**2023年
短篇小说年选**

孟繁华　　　　编选

# 阿尔哈金的光

山东文艺出版社

图书在版编目（CIP）数据

阿尔哈金的光：2023年短篇小说年选 / 孟繁华编选．—济南：山东文艺出版社，2024.1
ISBN 978-7-5329-7047-6

Ⅰ.①阿⋯ Ⅱ.①孟⋯ Ⅲ.①短篇小说—小说集—中国—当代 Ⅳ.① I247.7

中国国家版本馆 CIP 数据核字 (2023) 第 256164 号

## 阿尔哈金的光：2023年短篇小说年选
AERHAJIN DE GUANG: 2023 NIAN DUANPIAN XIAOSHUO NIANXUAN

孟繁华　编选

| 主管单位 | 山东出版传媒股份有限公司 |
|---|---|
| 出版发行 | 山东文艺出版社 |
| 社　　址 | 山东省济南市英雄山路 189 号 |
| 邮　　编 | 250002 |
| 网　　址 | www.sdwypress.com |
| 读者服务 | 0531-82098776（总编室） |
|  | 0531-82098775（市场营销部） |
| 电子邮箱 | sdwy@sdpress.com.cn |
| 印　　刷 | 肥城源盛印刷有限公司 |
| 开　　本 | 710 毫米 ×1000 毫米　　1/16 |
| 印　　张 | 28 |
| 字　　数 | 420 千 |
| 版　　次 | 2024 年 1 月第 1 版 |
| 印　　次 | 2024 年 1 月第 1 次印刷 |
| 书　　号 | ISBN 978-7-5329-7047-6 |
| 定　　价 | 79.00 元 |

版权专有，侵权必究。如有图书质量问题，请与出版社联系调换。

# 序：新生活、新人物和文学性

## ——从孙睿的『抠绿大师』看短篇小说的新发展

孟繁华

孙睿2022年曾经创作了一篇《抠绿大师》，小说也是"在一块绿布下完成的"。小说要表达的是，这个世界是不是因为有了"抠绿"技术就真假难辨了，作为"遮羞布"的绿布，是不是真的就遮蔽了人与人的差异性。现在，孙睿意犹未尽，他又创作了《抠绿大师Ⅱ·陨石》。虽然都与"抠绿"有关，但小说的主旨已大异其趣。而且《抠绿大师Ⅱ·陨石》更精彩，这是一篇特别值得我们关注的小说。它表面上是一个有关自媒体拍摄的故事：因业务的不景气，摄影棚只留下"我"一个人看棚，其他人都遣散了。突然来了一个人，锲而不舍地按着门铃。开门后出现的是一个四十岁左右的男子，要看"科技棚"。而他的"注意力还在他面前那条唯一通往我们这里的路上"。这个细节非常重要，这是小说结局的重要铺垫。然后是两个人关于价格的对话。"我"作为一个"留守者"本来不抱有谈成生意的指望，因此在价格上一丝不苟甚至咄咄逼人，每一个细节的费用都不含糊。这既是一个人物的性格，也是一个时代的环境。但来者非常坚决，直接将两万元钱打到了"我"的卡上。两人的态度形成鲜明对比，接着便进入拍摄。

男子要拍的是关于太空的故事，片长大约五分钟。他详尽地询问了诸多技术环节，并对"抠绿"询问得极为详尽。"抠绿"是指在摄影或摄像时，以绿色为背景进行拍摄，在后期制作时使用特技机的"色键"将绿色背景抠去，改换其他更理想的背景的技术，目的是使演员及道具看起来好像是在其他更理想的背景下拍摄的。男子自导自演，口中念念有词，但他不时地"望向门外，略带慌张"。一个心神不定的人到底为什么要拍这个短视频呢？我们一无所知。他要拍摄太空飞船和宇宙空间，而且一定要有家庭温馨的场景。点下拍摄键之后，他说："看，豆豆，我在哪里？对啦，宇宙飞船上！"这时我们明白了，他是要给自己的孩子拍一段视频。男子下面这一段道白，既是拍摄的画外音，也是我们进入小说的关键。他说——

"有时候，大家会流行一种情绪和论调——赶紧毁灭吧！豆豆，你看看窗外，这么美，多辽阔，值得我们活下去，所以不要悲观，无论什么时候，无论多难，都不要放弃，不要想着去制造爆炸。我和妈妈就是来负责疏通太空的交通，如果有星球快撞到了，通知它们及时刹车，在星球多的地方安放红绿灯，或修建立交桥，让它们各行其道，避免碰撞。

"豆豆，可话说回来，宇宙的形成恰恰是因为大爆炸，产生出行星、彗星、恒星、地球、月亮和太阳。所以，爆炸是好事儿还是坏事儿，很难说清，就看怎么理解了。给你讲了这么多，其实我也不是很懂，咱们人类太渺小，不要说搞明白宇宙的事儿，就是人和人之间的事儿，都不可能完全搞懂——今天你可能和这个小朋友好，明天说不定你就会和那个小朋友好，没准儿后天他俩都不和你好了，然后过几天你们又和好了。人就是善变的。

"再告诉你一些你现在还不懂，但可以帮你理解爸爸妈妈的话：保持一个开放的心态，才能接受新鲜事物，帮你打开格局，平静面对一切。你不是喜欢太空吗？那就要勇敢去探索未知的宇宙领域，包括探索自己和同类。"

但是，我们还是不明就里。他接着说："星球的脱轨是因为引力，人失控也是如此，造成人'脱轨'的原因很多。情绪、欲望都是一种引力。"这些话，显然是一个父亲对孩子的嘱咐、教导。而且男子在拍摄中间还穿插了这样一句话："来，让妈妈跟你打个招呼。妈妈呢？快过来，让豆豆看你一眼。""不知道为什么，我突然从他的话语里听到一丝哭腔。"最后——

他冲着镜头开始说话："豆豆，再见，爸爸妈妈要吃饭了。明天我们去的地方，信号可能不太好，不能随时和你视频了，你要听幼儿园老师的话，听所有陪着你的叔叔阿姨的话，他们是爸爸妈妈的朋友，爸爸欠你的，他们会替我实现。乖乖的，你是男子汉，想我们了不要哭！"

这应该是和孩子的告别了。他为什么要和孩子告别？

小说即将结束了，我们还是没有理出男子如此深情地与孩子讲述道理并最后告别的头绪。这就是这篇小说在艺术上的不同凡响。这是一篇后叙事视角的小说，因此，只有读到最后，我们才会明白到底发生了什么。这时，老板的电话打来了。老板显然知道这里发生了什么，因为他知道警车已经在大门外了，男子显然也知道警车会来。这时我们明白了男子刚来时为什么"注意力还在他面前那条唯一通往我们这里的路上",为什么他不时地显得慌张。但是,当警车真的来时,"他突然变得不着急了"。而且本来"不会吸烟"的他还要"来根儿烟"。他说:"我从没为一件事这么后悔过。""但一切都晚了。"这时我们终于明白,他嘱咐或告诫孩子的话,都是说给自己的。这才是小说真正的硬核。

小说将要结束时的情景让人泪目,一个中年男子的全部柔情和悔恨一览无余,那是我们久违的关于父子的"情天恨海"。当警察询问是"我"报的警吗,"这时我的身后传来一个声音,丝毫不像刚才那个男人所能发出的音调,仿佛来自太空:'我报的。'"是男子自己举报了自己。他拍摄的急切,几乎不计代价,因为他要完成一个夙愿;但能省的开销他又绝不浪费,他要为孩子节省任何能节省的费用。一个男人在那个时刻所有的心思都被讲述者想到了。这时,无论男子因欲望和冲动犯了怎样的错误和罪行,似乎都不重要、都可以原谅了。小说的整个过程,就是这个男子悔恨的过程、自我救赎的过程。他良知未泯,人间爱意未泯,因此他才有了举报自己的勇气,他是一个大勇者。当然,作为文学人物,我们没有必要从道德化的角度做出评价。如果从人物形象、人物性格的意义上评价,我认为这是近年来令人震撼的文学人物。虽然我们不知道他姓甚名谁,但他作为文学人物已经成功地矗立在我们面前。我曾多次讲过当下文学没有人物,没有情义,这是我们一个时期以来小说创作最大的问题。这个问题被提出以后,曾引起了普遍的关注,但总体而言并不乐观。因此孙睿的《抠绿大师Ⅱ·陨石》在这方面的努力和取得的成功经验,是特别值得我们关注的。

另一方面,小说非常具有时代感。小说的内容几乎是不可置换的,是难以挪移到其他任何时代的,它只能属于当下。文学与时代的关系,最重要的就是提供了怎样的新知识,在怎样的程度上改变了我们对世界的认知。如果不是这样,我们完全可以不读小说。自媒体时代的故事,有极强的专业性,小说家就是要在新的知识环境中塑造人物,塑造全新的人物关系和人物形象。由于对专业和生活的熟悉,孙睿才有可能选择了这样的题材，稀缺的题材和稀缺的人物形象，使《抠绿大师Ⅱ·陨石》当之无愧地成为当下小说创作的难得之作。但另一方面，小说关于情感的呈现又是传统的，那种溢于言表的父子之情，那种对过错的忏悔如泣血书，其中又有关于人性、人情不变的执着。这是小说最为感人的方面。因此，一篇好的小说，只有先进或先锋的方法是不够的。无论用怎样的方法创作小说，如果不与人性深处最幽微的东西结合起来，只能徒有形式的外壳。在这个意义上，《抠绿大师Ⅱ·陨石》是用先锋的小说形式处理人性和情感，结合得恰到好处的一篇小说；它是用文学性将新生活、新人物处理得浑然一体的小说。我甚至认为，2023年，有了孙睿的《抠绿大师Ⅱ·陨石》，我们的短篇小说创作就是一个好年景。

# 目录

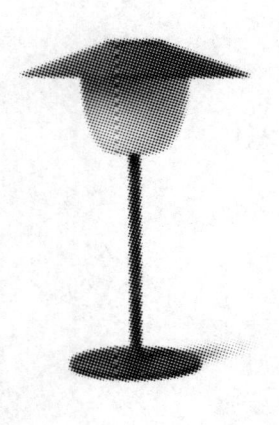

序：新生活、新人物和文学性
——从孙睿的"抠绿大师"看短篇
小说的新发展 / 孟繁华 ………… 001

在陶庵 / 东君 ………… 001

九三年 / 肖江虹 ………… 013

景区 / 南飞雁 ………… 027

昙花现 / 黄咏梅 ………… 048

巴米扬大佛 / 余一鸣 ………… 064

无限寺 / 喻之之 ………… 084

非洲鹩哥 / 马晓丽 ………… 105

胎记错 / 钱玉贵 ………… 126

肥肠 / 杨小凡 ………… 144

寒假 / 马小淘 ………… 162

在地下 / 邓一光 ………… 179

暗夜社区 / 毕亮 ………… 199

二十多天 / 夏鲁平 ………… 210

入学记 / 张鲁镭 ………… 227

外面下雨了吗 / 蔡东 ………… 243

桥 / 曾剑 ………… 259

打捞 / 刘庆邦 ………… 276

小黑 / 杨晓升 ………… 289

狼尾头 / 王祥夫 ………… 304

不可能死去的人 / 鲁敏 ………… 323

抠绿大师Ⅱ·陨石 / 孙睿 ………… 339

阿尔哈金的光 / 裘山山 ………… 351

暴雨倾城 / 海飞 ………… 372

衡阳牌拖拉机 / 郑小驴 ………… 378

豹猫穿过丁香花丛 / 潘向黎 ………… 390

我以为我是佛 / 丁小宁 ………… 407

东　君

# 在陶庵

　　必定有雨。入梅之后的南方弥漫着潮湿、发霉的气味。老城区的街道微微倾斜的一侧又开始积水了，汽车泼溅出来的水花和荡漾开来的波纹似乎更能让人感受到车水马龙的真实含义。坐在临街店铺柜台后面的店员每每看到有人被水花溅了一身，就会微微一笑，继而目光黯淡下来，恢复原初那种无聊、单调的表情。

　　午后的陶庵像一只灰色的猫，蜷伏于老城区一隅。对面是中医院，很多人在门外的人行道上排成两条长龙，一律戴着口罩，打着伞。还要排多久？一些人带着焦虑探出半个身子，往前面张望，更多的人则保持平静的站姿、前后一米的距离。他们的目光是倦怠的，仿佛深夜时分，街边小店的灯光。

　　陶庵，是老城区唯一一家书店。老板姓陶，跟太太搭档经营了二十多年，颇有些起色。年初，趁着疫情防控期间生意清淡，老板索性将店堂重新装修了一番，里里外外的布局与摆设都是认真请教过风水先生的。风水先生也是陶庵的常客，他认为老板的办公桌应该摆在文昌位。所谓文昌位，就是风水书上说的巽宫，也就是东南方。要说这桌子，也不寻常，陶主（这是我们对陶庵主人的简称）会告诉你，这是多少年前一位姓梅的县长使用过的办公桌。原本主人是正对着门的，这样子可不行，风水先生提醒说，这不符合吉祥数理。于是，主人的坐向就改成斜对着门，让我想起南京总统府里那张办公桌的摆法。桌子方位定好了，笔墨纸砚方得一一归置。笔要四支，而且必须是大号的，悬挂于笔架，边上置文竹一丛。至于电脑，这玩意儿有点冲，必须偏离文昌位，所以，书桌另一边又配置了一张电脑桌。

进里屋时，陶主正在测试一个新装的智能音箱。他只要喊一个唤醒词，音箱里就会飘出一个女声："主人，你想听什么？"声音谦卑、温柔，仿佛旧时代某老爷家的丫鬟正低着头，怯生生地应答；但这女声毕竟是带电的，自有一种令人称快的科技感。陶主离音箱每远一米，都会试一次，而音箱里不断飘出这样的声音："你好，主人；我在呢，主人；主人，你想……"

店堂内部沿着一条中轴线（过道）做了区隔，但有了灯光照明，看上去也很通透。老林见到我，照例喊一声"先生"。先生，在我们这里就是老师的旧称，至今沿用。他对这里过往的每一个人都是言必称"先生"。在过道上，老林正跟几位久违的朋友十分热切地介绍自己的孙子。小男孩一边嚼着口香糖，一边表演耳朵"说话"。老林说："你对着他左耳说话，左耳就会动几下；对着右耳说话，右耳就会动几下。人家是左耳朵进右耳朵出，这孩子不一样，左耳朵进，他就给你记住；右耳朵进，也给你记住。"

有人问老林："林老先生近来可好？"

"走了，已经有一年半了。"

"啊——"那人感叹，"三老中年纪最轻的林老先生都走了。"

"年纪最轻的，都有八十七岁喽。"

这二十年间有三位老先生时常光顾陶庵，人称"陶庵三老"。

一位是洪先生，本城的老作家。有人问洪先生，你家里有那么多书，为什么还要常常逛书店？洪先生没有直接回答，却讲了一篇海明威的小说——《一个干净明亮的地方》，说的是一个老人，家里有钱，也不乏好酒，但他还是喜欢拣一个干净明亮的小酒馆喝点酒，度送着无聊的时日。洪先生逛书店，大概也是这个意思了。每天下午三点，洪先生会准时到陶庵喝一杯茶（他认为茶这东西很雅，不能跟柴米油盐酱醋放在一起，而是应该跟琴棋诗书画放在一起）。

另一位是滕先生，本城的中学语文老师兼书画家。20世纪90年代初，我以摄影记者的身份采访他的时候，他正坐在阳光下捉跳蚤。滕先生说，他60年代末被关进牛棚那阵子，幸而有跳蚤相伴，不致寂寞得要死。他捉来跳蚤后舍不得掐死，通常是放在手中把玩，这就养成了一个习惯，他后来读书的样子也像捉跳蚤，手指戳着字，逐个逐个念过来。滕先生晚年得过一种急性脑血管病，有一根中枢神经什么的被压迫，落下了脚趾弯曲的后遗症，饶是如此，他每天午睡过后还是要外出散步，状态不错的话他可以穿过两条街，一颠一颠地走到陶庵（他常常把这一段路分成三四段，中途歇息片刻，然后继续前行）。有一回我在街头见到他，想上去搀扶，他却挥手拒绝。他没有承认自己的脚有什么问题，而是不停地转动踝关节，抱怨新鞋子偏大。

还有一位就是林先生，本城唯一的省文史馆馆员。我认识他也是当摄影记者那阵子。他的坐卧之室，到处是书，连那个原本用来存放杂物的小隔层，也被他清理了一遍，用来藏一些珍本古籍。找那一类书的时候，他得攀着竹梯上去。屋内光线暗弱，他把一只挂在墙上的手电筒拿下来交给我，随后一个箭步蹿上竹梯，那样子，像是要沿着光柱向天空攀登。竹梯发出吱嘎吱嘎的声响，听来十分悠扬，看了却叫人暗暗害怕。啪的一下，他打开了小隔层的灯，像土拨鼠那样钻进一堆书中，摸索了许久。"怎么样，林老，要不要我上来帮你找？"我站在底下问。"不麻烦的，不麻烦的。"林先生的声音像是从一个幽深的洞穴里传出的。找到书之后，他随即关掉小隔层的灯，仿佛生怕人家多看一眼都会发现里面藏着的宝贝。那个神秘的小隔层里面究竟藏有多少册珍本古籍，别人是不会知道的。

这位林先生，就是老林的父亲林漱石。

说起林先生，陶庵的常客都能讲上几个有趣的掌故。林先生跟人见面从来不打招呼，这跟他的视力有关。林先生的耳朵倒是不背，他可以听声辨形——不远处有人的声音飘过来，他大致知道对方是谁。据我所知，林先生晚年只能看到捧在手中的书，远一点的物事，他都看得不太分明。

"林先生，这幅字怎么样？"有人把一幅挂轴递过来。

林先生就把这幅字拉到鼻子底下，摘掉眼镜看了一遍，戴上眼镜又看了一遍。

"怎么样？"

林先生没说好，也没说不好，只是说看不清。拿挂轴的人一听就明白了。

林先生说，年轻时，两眼有神，看得长远；年纪大了，目光收回来，看看眼前的东西就可以了；再不济，就往自己的内里看。

"怎样往内里看？"

"你到了我这年纪就晓得了。"

林先生说话常留半句。

林先生最后一次来陶庵也是在雨天。那天他刚从中医院出来，经过陶庵，就条件反射般地进了店堂。他放下雨伞，取出化验单，让我边上的一位青年医生看看，说有些"雨伞"是朝上的，有些"雨伞"是朝下的，看来是出了些问题。

青年医生就化验单上那些朝上或朝下的箭头做了分析，也说了一些纯属安慰的话。

"老喽，"林先生说，"雨伞朝上的朝上，朝下的朝下，都乱了套喽。"

然后他就从谈话的圈子里退了出来，坐到一边的藤椅上，继续翻他的书。

一群人在谈天，林先生放下手中的书，闭目坐着。陶主问："林老，要不要去那边小房间的躺椅上休息一会儿？"

"不用，"林先生说，"我想听你们聊天。我的眼睛已经看不清什么东西，但我的耳朵很灵的。如果我想听人聊天，耳朵就能放大他们说话的声音，缩小外面的雨声；如果我不想听什么，就放大外面的雨声，缩小别人说话的声音。"

林先生又缩回到藤椅上，微闭着眼睛，不晓得是在听别人聊天，还是听外面的雨声。

"老林，这是你的孙子？"
"是啊，下半年就要上小学了。"
"眼睛真好看，你瞧，眨巴眨巴的，像是会说话。"
"耳朵也会说话呢。"

老林总是不厌其烦地夸孙子聪明。他说聪明的孩子有异相。异相在哪儿？耳朵。于是，后来者也跟前面的人一样，把目光就聚集在孩子的耳朵上，夸赞他果真有聪明相。小男孩很淡然地站着，继续接受大人的夸赞。在他清澈的眼睛两边是红润的、近乎透明的耳朵，仿佛微风中轻轻颤动的两片叶子。看得出来，孩子有点好动，身体即便静着，眼睛、耳朵、嘴巴、鼻子，乃至眉毛，都一直在动。

老林指着孙子说："我在他这么大的时候，老爷子就常常带我去县城图书馆。"

说到这里，他照例是要怀个旧。

上世纪50年代末，老林还是小林，只有六七岁光景，父亲就带着他去县城的图书馆看书读报。他们是坐船去的。清晨时分，船从白塔码头出发，途经金炉、蒋家桥、王家店、西仁宕、东仁宕、上池、文昌阁汇、吕岙、苏岙、上米岙、界岱、万山堂、宋湖，抵南门桥，登岸。这一路上，林先生会给小林讲一些当地的传说，后来也讲盘古、女娲、诸葛亮、关云长、岳飞、刘伯温等古代名人的故事。

小林问父亲："你为什么喜欢读书？读书有什么用？"林先生总是这样回答："读书无用。"这就让小林有些糊涂了。人人都说读书有用，为什么父亲独独说无用？既然无用，他为什么老是看书？林先生没有跟儿子做深入的解释，却拿河里面的鱼做了个比喻。他说："那些河里面的鱼，游来游去，无忧无虑，它们哪里念过什么书？不读书，岂不是更快活？"这话不像是说给儿子听,倒像是说给自己听的。

林先生在图书馆读书的时候,小林就跑到附近的竹林或屠宰场里玩。小林不喜欢读书,说得更具体一点,是小林不喜欢书上那些字,密密麻麻像虫子一样的字。

如今,小林变成了老林,字还是那些字,没有让他喜欢起来。

远处是雨雾,近处是雨点。锌皮屋檐传来滴答声,仿佛浴室里没拧干的毛巾还在滴水。老林的孙子正在用脚步丈量着地板砖。看得出来,地板砖也是新铺的,表面光洁无垢,颜色浅淡而宁谧。他经过反复丈量,得出的结果是,从书店的这一头到那一头总共有五十七个方块。

到了下午三点,陶庵里的闲客就多了起来。"三老"之后,还有所谓的"七子"。他们时常泡在书店里,不是买书或读书,而是聊天喝茶,直把书店作茶楼。这个小圈子曾为"七子"究竟是指哪七位发生过争论,他们扳着指头一数,发现里头远远不止七人,于是又分出了"前七子"与"后七子"。本人算是"前七子"之一,但凡有外地客人过来玩,总是少不了请他们到这里坐坐。

"去哪里?"

"陶庵。"

"陶庵是什么地方?"

"一家旧书店。"

"远不远?"

"走路过去,也就一盏茶的工夫。"

信徒说一炷香的工夫,俗人说一顿饭的工夫,雅人就说一盏茶的工夫。这不,我们坐在陶庵里,自然就是雅人了。

陶庵的二楼辟有一间聊天室,又称"聊斋"。在聊斋里面,有吃烟念头的,可以吃烟;不吃烟的话,可以吃茶。茶水是免费的,花生、瓜子之类的茶点也是免费的。很多人在聊斋一坐,就是一个下午。到了打烊时分(深夜十时许),陶主会把这一天的流水账记在日记本里,然后配上各种图片，在微信公众号里推送。

下午有几人到中医院这边排队，顺便来陶庵坐坐。也有的，原本是想来陶庵坐坐，顺便去对面排个队。区别在于，这里头的有些人到了陶庵，总是先要跟主人打声招呼，千万别把他们下午过来聊天的事写进日记。陶主点头称好。

我们都是无聊的人，无聊的人和无聊的人在一起就有得聊了，我们就聊一些无聊的人和无聊的话题。这世上就有很多无聊的人，干了一些无聊的事。比如，有个意大利人，发现一根干意面无论怎么折，都无法折成两段，而会是若干段，后来，一位"不务正业"的物理学家花了几十年的时间才发现其中的奥秘。还有一个人，也真够无聊，骑着自行车，忽然想弄清楚自行车是如何保持平衡的，结果这个问题跟地球为何能运行一样令人费解。这些人要是跟我们在一起，也是有得聊的。今天下午，我们就从昨天下午在建设西路十字路口发生的两车相撞事故，聊到十万年前的一场火山爆发、四十亿年后银河系与仙女座星系将会发生的碰撞，这些事跟我们没有一毛钱的关系，但我们依然聊得津津有味。

窗外的沙沙声，仿佛是时间走动的声音。

对面大街上两条长龙已并作一条，依旧是安安静静的。这种天气，除了排队，很少有人会出来走动。下雨变成了这条街的一件大事。

因为无聊，很多人都在伞下低着头，玩着手机。一个肥胖的小男孩手里牵着一个红色的气球。雨是雾状的，仿佛也是因为充气而膨胀开来的。气球向上飘动，小男孩也做出向上飘动的手势。他那么重，气球那么轻，可我仍然担心他会突然飘飞起来。这年头，什么怪事都能发生。

老林从一个书柜移到了另一个书柜，这本书摸摸，那本书摸摸，仿佛摸摸书也能过瘾；有时他还会掏出纸巾，擦掉书上的灰尘或污渍。当他坐到书柜一隅，戴上老花镜，手捧一本书的时候，我突然感觉林老先生又回到了我们中间。那一瞬间，老林抬起目光，看到了我，说："你给我——啊不——给我爹画的那幅肖像现在还挂在我家的客厅。"

我看着老林，和他眼睛里两点浑浊的亮光，顿然有了一种恍惚感。

去年四月，我从画室里掇了一张小椅子，放在门口的雨棚下，边上立起一块牌子：免费为过路行人画速写。老林就是在那个时候过来的。"先生，"他问，"能否给我爹画个肖像？"我环顾四周问："林老先生在哪儿？""走了。"他说。"林老先生走了？"我不禁感叹了一声。"是啊，过了年没几天就走了。"他也感叹了一声，"出殡的时候，连一张遗像都没找到，就这样草草送走了。"我说："没有照片我怎么给他画肖像？"老林想了想说："这样吧，我坐在这儿，你就照着我的模样画。他们都说，我的面相像爹，你只消把我画得清瘦一些、苍老一些就行了。对，还要文气一些。"

我答应了老林的要求，打算用炭笔给他——不——给林老先生画一幅肖像。

我画画的时候，就跟老林聊了起来。我们聊的是林老先生。

"算命先生说我爹命里是带贵气的，可他这一生，非但没有大富大贵过，还遭遇了几桩不明不白的冤案。他的老同学都当上了正部级干部、厅局级干部，他呢？连我们一家四个兄弟姊妹的工作分配都使不上劲。大哥在乡下务农，二姐耳聋，嫁给一个没出息的哑巴，阿妹在街头大榕树下摆摊做裁缝。我呢？就在屠宰场杀猪——杀猪好歹有肉吃。"

"我当年给你们拍过全家福的，你们兄弟姊妹四人四个样，看不出哪点跟你爹像。"

"我杀猪杀了那么多年，身上只有杀气，哪里还有什么遗传的贵气？这么说吧，我在屠宰场杀过的猪跟我爹读过的书一样多。你看我这只手，现在即便没拿杀猪刀，手上还有一丝杀气。你看看，这青筋，我孙子说它们跟铁丝一样。"

"一个人有没有杀过猪，未必看得出来，但一个人读没读过书，是可以看得出来的。"

"是啊是啊，现在回想起来，老爷子身上的确是带贵气的。这一身贵气，都是从书中来的。抗战的时候，他躲到寺庙里读书；后来考上西南联大，时常是泡泡茶馆读读书；回老家，跟人合开了一家书店，直到亏本为止；再后来，即便家里的书都被抄走了，他还能到图书馆继续看书。我娘在世时就说了，但凡手头还能捧着一本书，再糟糕的日子他都能忍受。老爷子走的那一天，枕边放着一本新买的书，里面还有折过的痕迹。留在他眼里的最后一样东西，恐怕就是书里那几个字了。"

"像林老这样的读书人现在是很少见了，他好像在哪里说过，自己就是为读几本好书而生的，也是为了再读几本好书而活着。他这一辈子读了那么多书，也该知足了。"

"我小时候不晓得老爷子为何要坐船去县城的图书馆看书，后来才晓得，那里有一部分藏书以前是我们家的。再后来，那些藏书突然就没了，据说是分流到其他县市或省城图书馆了。80年代初期，老爷子曾在旧书摊上见过自己的一部分藏书，那个痛啊，像是看见自家的孩子插着草标站在马路上出卖。图书馆迁移到新城之后，他索性就不去泡图书馆了。还好，老城区还有一座陶庵，能让他有书可看，有地方可坐，有话可聊。"

老林跟我东拉西扯的时候，我正在考虑如何用细腻的笔触化去画面上那种生硬的东西。

老林说，他从肉联厂出来之后，第一件事就是把自己手中的杀猪刀扔进河里。他希望这世上少一把刀，少一头命丧刀下的猪。老林还说，他杀了一辈子猪，现在一点儿都不喜欢吃猪肉，倒是喜欢吃牛肉。老林好吃。他每周都要坐着公交车去老家的阿鼎面馆吃一碗牛肉面。上世纪六七十年代，他在阿鼎的父亲工作的那家国营面馆吃过面，80年代初，他又成了阿鼎牛肉面馆的常客。现如今他住在县城里，如果坐公交车去阿鼎牛肉馆，要经过万山堂站、峡门站、湖横站、松鹤楼站、七厂站……老林数过，总共十一个站点，比当年走水路便捷多了。

"有一回，"老林说，"我一个人坐着吃面的时候忽然想到，自己大老远坐车来吃牛肉面，跟老爷子当年坐船去县城图书馆看书其实是一回事。"

他说这话时，整个人端端正正地坐着，双手放在膝盖上，目光落在手上。

他发呆的样子,的确有点像林老先生。不过,出于职业敏感,我很快就判断出父子俩脸部肌肉构成的差异:老林脸部肌肉取的是横势,且呈微微隆起的块状向两边扩展,而林老先生的脸部肌肉是向下垂坠的,表面匀净,脱去了火气。那一瞬间,我忽然被什么触动了一下,返身从画室里取来一本书,放在老林手上。老林的嘴角一扯,露出了一丝略显僵硬的笑容。我说:"你可以想象自己就是林老先生。"老林很自觉地收起笑容,脸上的线条渐渐变得柔和起来——果然,手上多一本书,他的气质就变得不一样了。原本跟老林的脸重叠在一起的那张脸,褪去了记忆的阴影,从我脑子里慢慢浮现出来。我一边画着,一边跟他继续聊天。

"在陶庵,我时常看见林老先生翻完旧书后,用酒精擦拭一下双手。"

"是的,严格地说,这不是什么洁癖,而是跟他学生时代在图书馆里感染过肺结核病毒有关。"

"你这么一说我就明白了,他后来似乎只有碰书之后才会用酒精擦拭一下手。"

"我是个粗人,"老林说,"我这双手更是碰不得书。"

"这话又怎么讲?"

聊到书,老林顺便讲述了一桩怪事。父亲去世后,他几乎每天都在整理那些书。他不喜欢看书,但喜欢翻书。他翻书的时候,往事历历在目。有时翻着翻着书里面会掉出一张旧纸币、一封信札、一些邮票、一张船票或别的什么票证,他意识到,这些书里面可能夹着一些值钱的东西。那阵子,他很少去老人亭跟那帮老家伙搓那种一元一台的麻将,因为他在牌桌上总是输。关键不在牌技,而是手气。他们说,老林老输的原因是这阵子接触了太多的书。他们还说,老林家里的书都快发霉了。

倒霉的事是一桩接一桩来了。老林的儿子那家火锅店再也没能开张。半年后,儿子因为卷入一桩非法融资案,一套刚买的商品房被银行查封,儿媳妇咬咬牙丢下孩子离开县城,回娘家去了。到了年关,各路债主前来堵门打砸,儿子见势头不妙,赶紧躲起来。有几个债主还找到了老林,说子债父还,也是天经地义。总之,这两年,老林接连摊上了几件很不顺心的事。有一天深夜，儿子不知从哪儿偷偷溜回来，向老林借钱。老林断然拒绝。儿子瞄了一眼屋子里堆积如山的书问，这些东西是否可以送给他。老林说，书还能当饭吃？儿子说，书不能当饭吃，卖了就能当饭吃。老林一气之下，就住进了医院。出院后，已是入梅季节，老林也不顾身体状况，继续整理那些受潮的旧书。傍晚时分，一个戴红袖章的大妈敲开了林家的房门。门虚掩着，老林挡在门口。她把头往里探了一下，抽了抽鼻子。老林问，屋子里有什么问题？戴红袖章的大妈说，她闻到了一股煤气味。老林说，是旧书的霉味。老大妈掩着鼻子走开之后，老林就决定把屋子里堆积的书处理掉。所谓"处理"，就是把书卖给陶庵。

说到这里，老林又长叹了一声。

"活到这个岁数，我就慢慢理解老爷子这个人了。他在世的时候，我很少跟他说话，也很少跟人谈论他，但他去世之后，我却很想跟别人，尤其是像你这样跟他有交情的人聊聊他。"

"毕竟是父子嘛。"

"啊，画好了？"

"画好了。"

老林拍了拍肩膀，像是刚刚理完了头发。他站起来，端详着眼前的肖像。

"能不能借个地方跟你说几句体己话？"老林把我拉到一个小房间说，"你也知道我家的境况吧，我儿子不争气，偷偷卖掉了老爷子留下的那些书画。我手头还有一些名家信札，往后交给这败家子，早晚也是要白菜价卖掉的，因此，我就想在有生之年，把这些信札整理出来，分批处理掉，好歹也给孙子积攒点念书的钱。你是识货的，有空到我家看看，我是相信你的。"他这样说着，就从一个皮包里哆哆嗦嗦地掏出几封已经泛黄的信札，我翻了一下，都是写给林先生的，有朱镜宙的、南怀瑾的、陈正祥的、倪悟真的。老林说："这些人，我一个也不认识，里面说什么，我也是一概不懂。不过，我晓得，这些应该都是有名望的人。"

老林的孙子走过来，推了推爷爷，问什么时候回家。老林说："等雨势小一点我们就回家。"小男孩撇了撇嘴，走到一扇玻璃长窗边，继续点数着玻璃上滑落的雨滴。斜对面中医院门口已无人排队，只有雨满大街走动。

"陶庵七子"仍在闲聊，似乎很留恋这里的氛围。他们聊的全是未来生活的话题：人工智能、星链、虫洞旅行、暗物质……聊得最多的还是移民火星的话题。有人问陶主，未来有没有打算把陶庵开到火星上。陶主说，火星如果免税收、免房租，倒是可以考虑。

窗外的雨也没有停歇的意思，就像一个人在光线昏暗的角隅向谁诉苦，却没有人愿意倾听，只好低下头来对自己说些什么。天色又暗了一层。一些人出门，一些人进来，一些灰尘落在书上，一些暗物质穿过我们的脑袋，一切如同往常。老林依旧坐在书柜前，似看非看地翻着一些书，而他的孙子在一边玩着手机里的游戏，小脑袋一啄一啄的。

书柜上有一排史书，是老林卖给陶庵的，有旧书，也有新书。老林指着书脊上的书名，略显吃力地念着："《史记》《后汉书》《资治通鉴》《国史大纲》《中国古代服饰研究》《唐代长安与西域文明》《地中海与菲利普二世时代的地中海世界》《伯罗奔尼撒战争史》《希罗多德历史》《希腊史》《罗马史》《俄国革命史》《人类简史》……"

小男孩的耳朵动了一下，又动了一下。

原载《作家》2023年第1期

肖江虹

# 九三年

  1993年,四川内江来的建筑队开进了我们无双中学。
  那个寒风凛冽的黄昏,父亲站在学校大门口,眼睛不停地往马路尽头眺望,不时抬起手看看他那块掉了秒针的上海牌手表,喃喃自语:"根据客车的速度和路况,应该差不多到了呀!"
  一直等到天黑,客车才带着怒气将一群外乡人吐在学校大门口。三十来人,全都灰头土脸,一人肩上扛着一个鼓鼓囊囊的蛇皮袋。笑逐颜开的父亲赶忙上去握住一个年轻人的手使劲摇,说辛苦了辛苦了。年轻人戴副眼镜,眼镜右边的架子"骨折"过,用黑色的棉线实施了"包扎"。尘灰没能掩住他脸上的羞涩。慢慢把手抽离,他指了指后面一个又矮又黑的中年人对父亲说:"他才是工头。"父亲愣了一下,看看面前的年轻人,又看看他身后的矮黑工头,扬了扬手说:"到了就好,终于可以开干了!"
  父亲叫许觉民,我们初二三班语文老师,无双中学校长,上任半年来,一直在为学校新建教学楼四处奔走。
  弯着腰觍着脸跑了半年,教学楼建设项目总算获批。父亲说了,要不是县教育局基建科科长是他同班同学,腿跑断了都未必有结果。去见科长那天，父亲把母亲养了三年的两只老母鸡和厨房里最后一块腊肉一并装进蛇皮口袋带走了。

拿着审批手续，父亲表示建筑队一定要请四川的，说四川人除了勤快，还专业。

建筑队的临时住所安排在学校食堂，和我们教职工宿舍一墙之隔。我站在食堂门口，看着一群人默默打着地铺。我惊异于他们随身带的那个蛇皮袋，仿佛一个聚宝盆，不停吐出来形形色色的物什：铺盖卷、饭盆、卫生纸、瓦刀、麻绳、灰铲……

最后我注意到了他，那个戴着断腿眼镜的人。他一共从包里掏出来四样东西：铺盖卷、一个包子、两套换洗衣服、几本书。

包子他吃掉了，铺盖卷和衣物后来被父亲烧了，几本书被父亲放到了他自己的书架上，我还记得书名：《罪与罚》《几何原理》《我的世界观》《清宫十三朝演义》。我最喜欢那本演义，一直到高中都在看，它成为我此后很多年吹牛聊天的重要素材库。

新校舍建在老教学楼的后面，那里原先是个知青点，石头建筑，知青们哭天抹泪离开后就被推平了，慢慢荒草丛生。几个潦倒的代课老师看准了这块福地，刨掉荒草种了些白菜萝卜，去自己地里扯两棵白菜都得偷偷摸摸的，就怕其他老师看见笑话自己。

四川人就是四川人，半个月不到，教学楼地基就夯实了。父亲站在地基上，呼呼的北风吹着他瘦削的身子。他拿起钢钎四处乱戳，戳到空洞处就对着工头破口大骂，说不马上给老子把空洞处补上，你们休想拿走一分钱。工头点头哈腰连声说好，父亲绿着脸抓起钢钎继续四下乱戳，像极了营养不良的恶毒小地主。

在父亲面前，矮黑的工头是弱势者；在工头面前，其他工人是弱势；在其他工人面前，眼镜是唯一的弱势者。通过半个月的观察我注意到，这个眼镜其实啥都不会干，是典型的混在工人阶级里的寄生虫。抹不了灰，修不了石，拉不了线，砌不了砖，他唯一能干的就是挑灰浆。一担灰浆在他肩上摇摇欲坠，他的瘦弱比父亲更甚：父亲瘦而矮，底盘低，风要撩起来得抄底；他瘦而高，肩膀以上基本在风中，所以他的大部分精力都用在如何不被北风带走上了。挑一担灰浆从起点到终点短短一百米距离，他能给你走出西天取经的九死一生来。工地上的人大部分时间是沉默的，但凡有声音响起，那一定是工人们在诅咒这个戴断腿眼镜的四川老乡。

"卢开智，整哪样，你是爬过来呢吗？"

"眼镜儿，整快点嚯！你是蹲在那里吃灰浆吗？"

"挑灰浆的，麻利点嘛！属乌龟的吗？"

接下来，就是卢开智不停的应答声——"要得要得，马上马上，快了快了……"

这个工地上地位和地基一样的断腿眼镜，连娱乐时都不能翻身。工人们晚上唯一的娱乐活动就是看电视，电视在我家客厅，凯歌牌，黑白的。为了让电视的颜色变得五彩斑斓，父亲在电视屏幕上加了红黄蓝三色卡片。屋子塞得满满当当，卢开智一般都在靠门的最后一排，脖子不伸长，连包青天和展大侠都分不清楚。

这个时候，我都在里屋做作业。一般先做语文，这是我擅长的学科，翻烂了"飞雪连天射白鹿，笑书神侠倚碧鸳"后，我就成了语文老师眼里的"香饽饽"。最怕的是数学，特别是几何，一个扁平的图案，硬是要求我看出三维来，鼓着眼足足瞪了二十分钟，还是扁平的。不得已，我只能推开门对位居电视观众前排的父亲说："爸，这道数学题我不会。"父亲还沉浸在刚刚刀铡驸马爷的兴奋中，对我挥挥手说再想想，独立思考是最大的美德。我走过去把题目递给父亲，说都美德一小时了，还是不会。父亲拿过题目看了半天，摇着头说他也不会。

场面尴尬，屋里瞬间就冻僵了，四川内江工程建筑队几十双眼睛齐刷刷盯着父亲，所有表情都是希望能得到一个合理的解释：你不是人民教师吗，还是校长，你连道初二的数学题都不会？父亲四下环顾，读出了一众工人眼神里的恶毒，然后一字一顿说："看哪样看？老子是教语文的。"

突然门边一个声音响起："要不我看看？"

父亲迟疑了一下，把手里的纸片递了过去，纸片几经辗转，最后到了那只细长粗糙皱皮发白的手中。

眼睛凑到纸面看了好半天,卢开智一声不吭。父亲走过去一把从他手里抄过纸片,手指隔空对我一戳:"去问你的数学老师,他一个挑灰浆的懂什么。"

卢开智抬了抬鼻梁上的断腿眼镜,仰头看着父亲,轻声说:"一共五种解法,我是在看哪种解法更适合他。"

面对摆在面前的五种解法,我仿佛看到了数学这门学科的不怀好意和诡诈异常,也陷入了如何选择的艰难处境。卢开智应该是看出了我的心思,食指按住答案之一种,说:"这个吧!最简单的,也符合你现在的知识结构。"我摇了摇头,选了最难的那一种,没其他意思,我就是想让我的数学老师看看,如今,我身后站着的可是风清扬。

第二天数学课上,我的数学老师盯着我的作业沉思了八分钟二十五秒,其间抬起头共看了我四次,最后他说:"你回去问问教你做题的人,这样简单的一道初中二年级数学题,有必要用到微积分吗?"

教学楼一楼完成主体,无双镇下雪了,悄无声息下了一夜,第二天起来,天地间都是耀眼的白。恰逢周末,静寂的校园看不见一个人,几只麻雀在雪地上起起落落,那些平日里刺眼的脏乱和坑洼,都被贴心地一一掩盖。

我捏着父亲给我的十块钱,小心翼翼寻找着出去的路,雪很厚,得靠路两边凸出的荆棘判断路的曲折和走向。脚下在试探,心头却在盘算,一盒花溪牌香烟三块五,一瓶酱油一块三,一袋洗衣粉一块二,三块五加一块三再加一块二等于六块,还余四块,这就是我的跑腿钱。父亲让我出门买东西时就谈好的,天寒地冻,我挣的也是血汗钱。

转过蓄水池,我看见肥嘟嘟的操场上立着一架枯瘦的躯体,正沿着篮球架慢慢挪动着脚步。远远看见我,他朝我笑笑,笑容里掺杂着白色的雾气,笑意也变得若隐若现。我朝他点点头,他扶了扶眼镜,嘴里喷出的雾气更粗壮了:"恁个早就出门啊?""出去买点东西。"我答。"今天歇工,雪太大了,大家都还在睡瞌睡哩!"他又说。"那你跑出来干啥?"我问他。紧了紧身上又皱又薄的西装，拢起手放在嘴边哈了一口气，他说："雪天多难得啊，不赶紧看看很快就化了。"

从镇上回来，雪地上已经看不见他。雪停了，不过风还在，贴着地面跑，吹得雪沫子四下乱飞。我嘬了一口嘴里的棒棒糖，又看了看手里另一根棒棒糖，环顾空寂的四野，心里有些失落。走到高处，我回身又看了一眼肥实的操场，居然发现了一朵玫瑰花，对，就是那人用脚走出来的一朵玫瑰花，正在呼啸的风中绽放。

到家推开门，我惊讶地发现断腿眼镜居然坐在我家破了洞的沙发上，手里还端着一杯热腾腾的茉莉花茶。他的脸色还泛着青紫，脚上的解放鞋在水泥地上洇出两摊水迹。

朝我笑笑，他说："找许校长借本书看。"

父亲端着茶杯从里屋走出来，递给他一本书。

坐下来，父亲说："《爱弥儿》，我喜欢'直观教育'这个理念，你认真读一读，对以后教育孩子肯定有好处。"

放下茶杯，两腿并拢，断腿眼镜盯着父亲小声说："我不太赞成他《鲁宾逊漂流记》是进行儿童教育最理想的教材这个观点，书里面是能认识自然、接近自然，但说到底还是丛林法则，接近和认识的唯一目的还是为了生存。当然，时间往后一百年，我相信他会推荐《瓦尔登湖》。"

父亲僵住了，愣了一阵，伸手一把从卢开智手里扯过那本书，说看过早说嘛，我再去给你找一本。趁父亲找书之际，我把手里的那根棒棒糖递给了他。把糖接过去，他朝父亲站立的方向偷瞄了一眼。

反正那天父亲进进出出拿出来多少本书我不记得了，唯一印象深刻的是卢开智最后拿走了一本黑皮词典，叫《贵州草药》，里面有手绘的草药图。

教学楼主体完工，学校请建筑队吃饭。场面铺得很大，父亲专门让人买回来一头猪，猪肉当然得搭配本地苞谷酒，一块钱一斤，纯粮食酿造，度数高不上头。才下去两碗，工头就打招呼，明天要干活，都不要喝了。正在兴头上的工人们面面相觑，咬牙瞪眼看着工头。这时一个声音在食堂西边的角落响起："难得一顿，要尽兴嘛！"工头回身一看，那头卢开智满脸通红。工头手指隔空一戳："干活懒散，吃饭大碗，你还有脸说？马上放下碗给老子滚回去。"卢开智酒碗往桌上一掼，脖子一直："资本家吗？资本家都比你好！"工头眼一横，撩起衣袖就准备冲过去。父亲一把拉住了他，慢条斯理说："他说得对，要尽兴嘛！"工头奋力挤出一线笑，两手一摊："许校长，你的活路，你说了算。"

那晚父亲喝了不少，拉着同样步履踉跄的卢开智到了家里。他们俩先是坐在我家破了洞的沙发上骂了工头，父亲又红着眼介绍了无双中学未来十年的远景规划。他们还花了一个多小时说周树人，意见大都不合，几乎是在争吵中结束了这个话题。

打了个哈欠，卢开智站起来，我家沙发发出了"唧"的一声长叹。"该回去睡觉了，明天贴外墙砖，还要挑灰浆呢！"父亲喊住他，从里屋拿出了一副围棋，吹了吹棋盘上的灰尘，说："来一盘？"卢开智一看棋盘，眼睛直勾勾盯着父亲问："校长还会这个？"父亲怅然一叹："无双镇地窄人稀，我十年未逢敌手。"

父亲执黑先行，落下一子说："就一盘，不影响你明天挑灰浆。"

卢开智盯着棋盘摇了摇头："有棋下，管他妈啥子灰浆哟！"

父亲哈哈大笑："还是第一次听你娃开黄腔呢！"

卢开智缩缩脖子，其声如蚊："酒壮尿人胆嘛！"

确实不影响挑灰浆，棋局半小时就结束了。无双镇的独孤求败，和四川内江建筑工程队的灰浆工人卢开智酒后对弈，行棋未到中盘便投子认负。胜者摇摇晃晃离开后，父亲盯着棋盘足足看了一个小时，还自言自语："为啥子输得他妈这样快哟！"

从大门口挪到电视观众前排，卢开智花了一个月时间。坐在第一排的灰浆工人显然还不太适应，一集《包青天》要调整五六次坐姿，总觉得如何摆放手脚都不合适。只要我一打开里屋的门，他就一下绷直身子，满脸期待地问："哪道题不会？"

他做题时不看我也不问我，低着头自顾演算，一算就好几张草稿，很多字母和公式我都不认得，我们数学老师也不认得。做完了他也不问我会不会，用笔勾出一个最简单的答案给我后就回到电视机前。

那天是《包青天》最后一集，外面展昭带着王朝马汉正和奸臣做最后决战，叮当乱响的兵器撞得人耳膜发麻。卢开智正低头给我演算一道几何题，其间他抬起头嘿嘿一笑："恁个久，总算遇到一道拐了弯的题目了。"

我歪着脑壳看着他，他突然抬起头问："有啥理想不得？"

我说："当无双镇镇长。"

他说："就这个？"

我说："出门有吉普车，顿顿有酒喝，安逸得很。"

想了想，他说："读书呢？有啥想法不得？"

我说："想考个电力学校，出来分在供电局，当电老虎，工资比镇长还高。"

他说："其实你还可以有更高远的想法。"

我说："那我就上高中，考最好的大学。"

我问他："你晓得最好的大学是哪所不？"

他说："是不是最好不敢说，但是我觉得校园里应该有湖，湖边还得有松，古松，古画里头才能见到的那种。"

我说："具体点嘛！"

他笑笑说："走之前一定告诉你。"

教学楼眼看竣工在即，不料还是被突如其来的事情延缓了进度。

这段时间无双镇发生了两件事，一大一小。

先说小事：镇西头的郎姓个体户打了镇文化站的干事，原因不得而知，反正打得挺狠，全家齐上阵，文化干事肋骨断了好几根。文化干事一直走路都俊朗挺拔，经此一劫，撒泡尿都得猫着腰。

再说大事：派出所所长把配枪搞丢了，要命的是弹匣里填满了八发子弹。丢枪的原因众说纷纭，比较可靠的说法是派出所所长去镇上酒馆喝酒，回家路上醉倒在马路边，迷迷糊糊中有人把枪给拿走了。县刑侦队下来调查，详细盘问了所长丢枪的过程，所长揉着浮肿的双眼很肯定地表示，虽然当时迷迷糊糊，但他可以确定拿走配枪的绝对不是本地人，无双镇谁脸上有颗痦子他都一清二楚。

理所当然，外来建筑队成了重点调查对象。

盘问地点在初一三班教室。

我躲在窗户下面偷听了对卢开智的盘问，也只听了对他的盘问，其他人我才懒得管。

两个民警先问了姓名年龄性别籍贯民族，然后进入正题。

民警："六月九号晚上七点到十点之间你在哪里？"

卢开智："在床上看书。"

民警："看书？"

卢开智："《我的世界观》。"

民警："没问你世界观，问你在干哪样！"

卢开智："我说我看的书名字叫《我的世界观》。"

民警："哪个可以证明？"

卢开智："狗屁！"

民警一声怒喝："你说哪样？"

卢开智："哎哟！对不起对不起，我是说翻译水平。"

民警："问你哪个可以证明你在看书！"

卢开智："嗯！具体点不出名字，都盯着书了。"

盘问时间不长，两个民警估计很难把眼前这个大风都能带走的人跟一件冰冷的制式杀伤性武器联系起来。

最后喊来派出所所长，所长前前后后上上下下左左右右打量了一番，摇着头说拿我枪的人没戴眼镜，狗日的是个络腮胡。

接下来镇上唯一的络腮胡被警察带走了，是镇上的铁匠。很快传言就在镇上传开，说枪是铁匠拿的，熔掉后做成了锅碗瓢盆。

六月的无双镇空气里弥漫着黏稠的沮丧，唯一值得高兴的就是无双中学教学楼最终顺利竣工了。教育局基建科科长带着人仔细检查了一通，微笑着对父亲说这是他见过质量最好的教学楼。父亲喜笑颜开，又把母亲刚刚养了半年的一只母鸡杀了招待科长。科长抹着油嘴对父亲说:"楼再好也只是硬件。老许啊!软件得跟上,升学率冲进全县前三,才对得起这栋楼。"

六月末的阳光照在新落成的教学大楼上,三层,外墙有雪白的瓷砖,反射着白刺刺的光芒,气势力压镇政府办公楼。父亲站在大楼前,对建筑队一拨人表达了感谢。他两手叉腰,看样子是想说些豪言壮语,突然教导主任跑来对他说县教育局来电话,要他马上去县城开个紧急会。

父亲点点头。

教导主任脸上有了难色:"你接下来有两节初二三班语文课,我查了一下,所有语文老师都在课上,这个咋整?"

指着卢开智,父亲说你去给我代两节课吧!

往后退了两步,卢开智慌忙摇手。

父亲说正好讲到《狂人日记》,就按你的想法上。

教导主任表达了他的担忧,说这厮毕竟不在编制内。

父亲指着自己的鼻尖说首先我是校长,又指着卢开智说他能不能上我心里有数。

当满头水泥灰、双脚泥汤水的建筑队灰浆工人走进教室的一瞬间,当即惊起一滩鸥鹭。倒不是以貌取人,关键是建筑工人介绍自己时都脸色惨白惊魂未定。

镇定从介绍周树人开始,他两手撑在讲桌上,先讲了大先生和弟弟以及弟媳的公案。

八卦总能让人聚精会神。

接下来他在黑板上写下"狂人日记"的标题。建筑工人没有立即进入课文内容,他先说了一个古怪的名字:尼古拉·亚历山大罗维奇·杜勃罗留波夫(这个名字当时我是没法记住的,很多年后查阅资料才搞清楚全名)。建筑工人说这个名字很长的人有个观点:文学必须强调真实性和人民性,人民性表现得最充分的地方,也就是生活的真实性最充分的地方。灰浆工人说要反映人民的思想、感情、意志和愿望,就必须抛弃偏见,努力渗透进他们的精神。这里的他们，就是你们无双镇上的每一个人，也包括在座的你们，体验你们的生活和感情。只有平视，也只能平视，才能表达出你们真正的情感，而这种表达如果带有哪怕一丁点认知上的优越感，都是不真实的。

消化这段话，我花了整整十五年的时间。

那堂课具体讲了什么，我只能记个大概，但是短短四十分钟，我们初二三班所有人见证了一个灰浆工如何从结结巴巴到神采飞扬。讲到最后，卢开智把满是尘灰的头发往脑后一拢，大声说："最后送你们一句话：不要相信眼睛和耳朵，要相信脑髓，脑髓才是人最后的篱笆。"

从县城回来，父亲让母亲准备了几个菜，把建筑队几个管事的叫到家里喝了一顿酒。

给工头表达了这个意思后，父亲随口说："把他也叫上吧！"

工头问："哪个？"

父亲："眼镜嘛！"

工头愣了一下说："肩不能挑，手不能抬，喊他干啥？"

父亲依旧坚持，工头只能点点头，临了还小声嘀咕："没得他，活路怕早他妈干完了。"

点点头，父亲说："干活路他确实不行。"

包工头手一摊："都跟我们干了三年了，还是这个熊样，早晓得是这个样子，三年前他找到工地上来的时候我就不该要他。"

晚饭还没上桌，卢开智先来了，身上还是那件窄瘦的西装，还洗了头，一股子洗衣粉味儿。进门他就探头探脑问父亲："你家儿呢？"我在里屋应了声，他轻轻推开门走进来，拍了拍我的肩膀说："活路干完了，明后天就得走了，以后作业只能靠自己了。"

他从西装口袋里掏出一张纸，展开递给我。我接过来，纸上画了一个拱门，清式皇家风格，正大门上悬着一块匾，匾上无字。

"送给你的。"他说。

我还没来得及细问，父亲在外面喊他上桌。他笑着又拍了拍我的肩膀，转了出去。

那天是父亲这些年来最快乐的一天，从头到尾都在笑，他们一直喝到深夜，几人才跌跌撞撞离开了我家。

父亲站在月光如银的星空下，一直目送着他们走进临时宿舍。

现在我时常会想起父亲。他的颓伤，他的感奋，他的激越，他的哑默都算常见，也能具体到很多不同的场域，唯独惊惶，我只见过一次，因为次数极少，所以后来想起父亲，总是从那天他的惊惶开始。

酒局次日是个周末，天气很好，睁开眼我就看见了太阳，它卡在我家窗棂上，散着淡淡的柔光，不晃眼，也不灼人。我翻了一个身，想睡个回笼觉，刚闭上眼，父亲咣当一声推开大门，冲进屋子朝着母亲大声喊："拐了拐了，天，咋个会这样嘛？"他的声音短而急，充满了惊惶和无助。

还没等母亲发问，父亲嘶哑着说："卢开智死了，狗日的卢开智死了。"

卢开智躺在无双镇镇西松林里的湖泊边，那件又短又窄的西装盖在他的脸上，一条黑色的血线沿着湖岸一直向远处延伸。风一过，密集的古松发出呜呜的声响。县里下来的法医用手术刀剖开了他的胸膛，将他的心肝肚肺掏出来挨个检查了一遍。把内脏塞回去缝合好，法医站起来对几名警察说，典型的贯穿伤，子弹从左胸射入，半扇肺叶碎裂。举起沾着黑血和泥土的弹头，法医又说，近距离射杀，人没有立即死去，试图爬出森林求救，终因伤势过重死在了这里。

朝林子深处看了一眼，法医说短短一百多米，他起码爬了三到四小时。

后来听说经过弹道检测，那颗子弹正是从派出所所长搞丢的那把五四式手枪里射出来的。

那支枪此后再也没有出现过。

父亲顶着灼热的阳光从林子里慢慢走出来，他的脸上除了汗水，还涂满了哀伤。这时候工头走过来对父亲说："许校长，我们在贵阳三桥还有活路，明天一早就得到位，你看这事情咋个整？"父亲说你先通知他的家人吧！摇摇头，工头说要晓得我早通知了，三年了，我们也没搞清楚他具体是从哪儿来的，只晓得是四川的。"总得把他埋了吧？"父亲说。怔了怔，工头从兜里掏出一沓钱递给父亲说："恐怕只能麻烦你了，我们实在没法子。这是他的工资，一共两千一百六十四块八。几个老乡合计了下，又给凑了一千块钱，一起交给你。买口薄皮棺材开个路，或者挖个坑扔进去盖个土，你看着办。"

把一千块钱还给工头，父亲说我们这里物价低，他的工资够埋他了。

无双镇的黄昏很短，眨巴一下眼睛就没了，不过血红的残云却一直都在，月亮起来了还悬在天边。

初二一班的教室变成了灵堂，很多老师反对这样做，说教室是教书育人的地方，这样敲锣打鼓成何体统。父亲没有争辩，最后还是教导主任站出来力排众议，说校长都说了，只需要一个晚上，做完了收拾回原样就行了嘛！

道士先生是从邻镇找来的，他跟父亲说开个路也行，但需要个孝子送行。

父亲两手一摊，指着躺在教室中间的人说："哪点来的都不晓得，哪来的孝子嘛！"

说完父亲转头看着我。

干咳一声，父亲对我说："教你做过题，名义上也算老师了。一日为师，终身为父，你就给他戴回孝吧！"

我和父亲蹲在教室外面烧纸，他正了正我头上的孝布，说去给他磕个头吧，明天一早就要抬出去埋了。

慢慢折进教室，道士先生在对着经书念经，我站在道士身后，发现他一直在偷工减料，念错字就算了，还夹着页翻。站了好一会儿，我拍了拍道士的肩膀，指了指门板上躺着的对他说："他识字的。"道士一怔，看看我又看看门板上的人，小声嘀咕："难怪戴副眼镜。"然后他正了正身，把经书翻到了第一页从头开始念。

双膝一软，我跪了下去，水泥地有些凉，凉意从双膝处上下蔓延。抬起头，我看见了那张脸，有些胡楂，眼镜镜片磨损得很严重，脸色乌黑，嘴唇都是黑的。还有那件西装，实在太小了，完全裹不住他的身体。我确定他是死了，那些公式，那些符号，那些将父亲按在黑白世界里使劲摩擦的奇思妙想，那些藏在他脑子里的秘密，跟着他一起死去了。

此刻我只希望能把他埋掉，越快越好。

父亲花了一百二十八块钱和一条过滤嘴香烟，请镇上的风水先生找个下葬地。风水先生很敬业，带着父亲一直从清晨跑到黄昏。余晖中，道士先生抹掉额头细密的汗珠对父亲说："两个地方，一个在山那头，状如蛇鳝，蜿曲而长，体势柔顺，前有笔架砚台，后有扶椅倚身，典型文曲地，后世定能金榜题名，科举高中；另一处就在我们脚下，也算好地，但普通了许多，后世最多也就衣能暖其身，食可果其腹。"

想想，父亲叹口气："就这里吧！"

下葬那天，镇上铁匠赶来蹲在新坟前烧了一沓纸钱，他说要不是这一枪，他恐怕还在看守所呢！头七那天，父亲带着我给他坟前送去了火种，把他的铺盖和几件换洗衣服烧掉。父亲还给他烧了一套新买的西装，父亲说根据他的身板，估计还是买大了。沉默一阵，父亲又说："大了总比小了好。"

从那天开始，无双镇连续下了两个月的雨。我依旧在里屋做作业，父亲还在客厅看电视。包青天走了，许仙和白娘子在西湖开始了人蛇恋，刺耳的喧闹没了，只有父亲连绵起伏的鼾声。我照例有很多不会的数学题，数学老师每次看到我的答案都会长舒一口气。

只是我的父亲，从此变得沉默了。

父亲一直都不明白，那个夜晚，来自四川的灰浆工为啥会出现在镇西松林的湖泊边上。

补记：

几年后，我接到了父亲的电话，说当年卢开智下葬的地方要修高速公路，涉及迁坟，镇政府打听到卢开智是父亲当年负责埋葬的，要他去处理迁坟相关事宜。电话里父亲表示他身体实在不好，让我回去处理这件事。

我当时正开着车穿过北京的街头，摁掉电话，我花了很长时间才想起那张戴着断腿眼镜的面孔，他站在那个冬日的雪地里，远远看着我笑。

车经过海淀区时，我看到了那座图画中的拱门，清式皇家风格，正大门上悬着一块匾，匾上有四个字。

原载《天涯》2023 年第 1 期

南飞雁

# 景区

　　老蔺刚一登台,小蔺就知道要出事故了。老蔺有两套演出服,一套是樵夫,配一把道具斧子,另一套是家丁,道具是马鞭。这次忙中出错,家丁提了把斧子给财主牵马,演财主的老孙成心出他洋相,临场改词令他扬鞭催马。老蔺反应倒快,举起斧子对着老孙以及并不存在的马,喝道:"畜生!再捣蛋一斧头劈死你!"

　　这话一出口,老孙就笑得打跌,老蔺也憋不住笑,戏也就演不成了。两人相互看着,在台上笑个没完。按理说这算演出事故,不过问题不大,台下拢共只有两三个观众,其中一个还是小蔺。小蔺看着俩老头在台上发疯,一声不吭站起来就走。其实他也算演员,兼职当托做观众,一天五十块钱。老蔺帮他找到这个活计并不容易,跟群头大郎好说歹说,还请了顿酒,没想到上工才几天就撂了挑子。不过这也不奇怪,得跑好几个场子老老实实坐上一天,鼓掌叫好带节奏,小蔺能坚持下来才是怪事。

　　等这场结束,老孙去"水晶宫"演黑鱼怪,老蔺去"遇仙山"演樵夫。老蔺手提斧头正走着,迎面被大郎拦住,面容愁苦地问:"小小小蔺呢?"

　　老蔺满脸堆笑,说:"肯定是赶场当托呢!"又生怕大郎已经发现了,赶紧继续说，"晚上请老弟你喝酒，你可不能再推了。"

大郎急得眼冒金星，他本来就有些结巴，这会儿更是话都说不囫囵。老蔺陪着他憋得脸涨紫，终于听懂了剧情。原来景区被人写了公众号文章，阅读量还不低，说什么景区经营不善、员工比游客都多等等。尽管说的是实情，老板仍是盛怒不已，勒令找人删文。手下人没经验，研究一番后，发现小蔺在这个号上发过文章，估计认识里头的人，想找他帮忙说和。老蔺不由得喜忧参半：喜的是小蔺居然还发过文章，看来天天捣鼓上网不是搞歪门邪道；忧的是他跟小蔺关系势同水火，父子俩同居一室，每天说话不超过五句，不知道儿子会不会给面子帮这个忙。见他踌躇，大郎更加面容愁苦："你你你快带我找小蔺，老老老板说了，有有有有预算的。"

大郎见到小蔺，他正歪在床上打游戏，身子蜷得像只虾米。小蔺抬头看见大郎，眼里闪过一丝慌乱，随即一脸破罐子破摔的凛然。他实在没想到大郎居然这么敬业，抓一个溜号摸鱼的观众托能抓到家里来。

"大郎找你聊个事儿，"老蔺抢着说，"有预算的。"

小蔺一脸蒙地看着大郎。等听明白来龙去脉，他不慌不忙把充电宝插上，表示这事能帮忙，但能帮到什么程度，他自己也没底。眼看大郎脸色又涨紫，老蔺赶紧帮腔说咱们都指着景区吃饭呢，可别把自家饭碗砸了，听得大郎连连点头。小蔺从容不迫，给两人上了堂科普课，从平台算法到流量变现，从底层逻辑到数据分析，讲得大郎如坐针毡。老蔺则跟看戏一样，都想不起上次见小蔺说这么多话是哪年哪月了。

送客出门之际，老蔺像是刚想起来，直拍脑门，嚷道："坏了坏了，耽误演出了，这可怎么好？"

"都都都这会儿了，还还还还管什么演出？"大郎面容愁苦地说，"反反反正也没几个人看，等等等等景区黄了，更更更不用演了。"

大郎一走，房间里彻底安静下来。房子是租的，紧挨着景区，一个月六百块钱不含水电费。老蔺在景区有宿舍，不过他呼噜声音太大屡犯众怒，床铺被浇过水淋过尿，架也打过两回，最终不得已租房自己住。小蔺以前在省城混，后来发现郊县生活成本低，也不耽误他写文章挣钱，关键是房

· 028 ·

租有人管，便果断搬来跟老蔺合住。人是搬来了，话没搬来，跟老蔺基本是零交流。说来也怪，老蔺小蔺人前人后都是话痨，能把对面的人说得脑仁都沸腾了，偏偏父子俩说不上话，就像和尚面壁，都觉得对方是那堵墙，没有出声的必要。

安静之中，老蔺有些着急。他上午下午各两场演出，上午的已经是事故了，出了事故是要扣钱的，总出事故是要开除的，他不怕丢了工作，怕的是工作一丢，跟老蔡就不能常见面了。老蔡平时做保洁，凑人手救场的话，也能演个没台词的村妇媒婆老妈子，她性格爽利，能说能干，颇对老蔺的脾气。想跟老蔡套近乎的人不少，老蔺只是个分母，机会说没就没。他刚给大郎发了信息，托他帮忙把上午的事故圆过去，大郎打字并不结巴，说这都是小事，又威胁他要是稿子撤不掉，爷儿俩就等着开除好了。老蔺本就心烦意乱，房间里小蔺又噼噼啪啪敲着键盘，动静跟打机关枪似的，弄得老蔺坐立不安，实在忍不住了，站在门口说："让你撤稿子呢，你问了没有？"

老蔺努力让声音听着和蔼可亲，可话一出口，他自己都觉得硬邦邦的。

"不用你管。"小蔺头也不回，"我跟大郎联系。"

老蔺没再说话，很快，小蔺就听到门响，打开又关上了。景区中午供应大锅菜和馒头，有老蔺的一份，他当然不会再花钱吃外边的。理论上小蔺也能去吃，不过他才不会跟老蔺老孙他们搅在一起。他刚得了笔稿费，三百二十七块钱，省着用够一周吃喝了，这就是郊县的好处。但现在情况又有变化，估计只够三天，主要是晚饭开销大，两碗米线，一盒臭豆腐，十个荤素烤串，再加上散步时的两杯奶茶，至少要五十块。好在美菡不作，也就吃吃喝喝，别的要求没提过，连暗示都没有。他俩刚认识不久。小蔺接了大郎的活儿，到各个演出点赶场当托，美菡就是主景点的演员，准确地说，是演员之一。莺莺燕燕满台的姑娘，小蔺只看中了美菡，她不是那种漂亮的女孩子，但是真诚得要命，对别的女孩子的瞧不起一览无余。也正因为这个，美菡很不合群，小蔺就是在她被女孩子们孤立出圈，落单走在后边的时候，快步追上去的。

"你表演得真好。"小蔺说,"认识一下吧?"

美菡脸上还带着妆,尽管这种舞台妆不能近看,完全遮住了她热气腾腾的脸,但她眼里真诚的难过和落寞还是遮掩不住的,这实在让他喜欢。

"你是工作人员?"

小蔺只是临时工,归群头大郎管,有一张进出景区的工作证,此刻就挂在脖子上。没等他回答,美菡就继续说:"想请我吃饭?"

"当然,如果我有这个荣幸——"

美菡已经笑嘻嘻地挽住了小蔺的胳膊,步伐也快了起来,两人从女孩子们身边经过,本来叽叽喳喳的声音瞬间消失了。

"笑一笑。"美菡低声说,"谢谢你。"

小蔺马上配合地笑起来,还把手搭在美菡腰际,他感受到了那一触间微微的战栗。美菡把头靠近小蔺:"过分了哦,一会儿可得拿开。"

小蔺请美菡吃了米线、一盒臭豆腐、十个串,送她回宿舍时还买了一杯奶茶。他本想买两杯,可手机账户余额真的只剩个位数了。美菡就站在他身边,不知道她是否看到了那个尴尬的数字。能确定的是她叫美菡,刚从职专毕业,没有男朋友。在她宿舍外边,小蔺问能不能再请她吃饭,美菡笑起来,把剩下的大半杯奶茶递给他,换了一支没有用过的吸管。刚才他只顾羞愧难当,竟没发现她多拿了一支吸管,藏了起来。

总体上小蔺是喜欢美菡的,尽管她学历不太高,也不够漂亮,脸上有轻微的雀斑,腰里还有些软软的赘肉——这是刚才那轻轻一触的收获。可看上去,也的确是一个热气腾腾的二十岁少女啊,谁又能拒绝呢?何况她也没有拒绝他。那天晚上,小蔺出于无奈,跟老蔺多说了几句话。

"给我点儿钱。"小蔺说。

"够了吧?"

"够了。"小蔺点开红包,里面有二百块钱。

"有女朋友是好事。"老蔺慢吞吞地提醒,"别被骗了就好。"

随后就是漫长的沉默,两人都在等对方开口。小蔺想,如果老蔺问起来,他就说有女朋友了,是他心心念念的那种,他很喜欢她,尽管只见了一面。还有，她不会骗他的，他也没什么好被骗的。他真的有很多话等着说，可是老蔺始终没问，不知他是在等待，还是觉得不必问，他都明白，但小蔺很怀疑父子间究竟存不存在这样的默契。

"我得写东西了。"小蔺终于说话了，"把门带上。"

老蔺起身出去，关上了门。锁扣啪嗒一响，结束了一整天的对话。小蔺没有骗老蔺，的确是刚刚接了生意。刚有位明星贡献了个"八卦"，不出意外的话，明天会有铺天盖地的公号文发出来，看来得熬个通宵了。这种文章是有套路的，低级的就事论事，稍高一级会扒些历史，再高级一些会旁征博引，拉其他明星进场搞对比，噱头和流量都能翻倍。他写了一年多公号文，感觉自己在往高级上靠了，缺的是一两篇阅读量十万以上的爆款，但他有信心写出来，而且他相信那一天不会很遥远。在这个无边无际的晚上或早晨，肯定有无数个像他一样的人在拼命写同一个八卦，在憧憬着有十万个人点开文章看，他意识到自己跟那"无数人"不同，因为只有他一边写稿，一边在想着一个叫美菡的女孩子。

一周之后，小蔺收到了稿费，三百二十七块钱，在他的写稿生涯里不算多也不算少，那篇文章阅读量不算高也不算低。说来也怪，他干什么都是这样，不温不火，不好不坏。时常觉得要吃不上饭了，倒也一直没饿死；跟老蔺如同路人，有困难了却是本能地找他；就连曾经的恋爱和分手，似乎也没有留下什么不舍或不甘——无非是别人都有了女朋友，他恰好也有了一个，毕业时多数都分了手，他俩也就不再联系。他感觉自己湮没地生活在生活里，甚至连随波逐流都谈不上，他固执而懒惰地藏匿于水草中间，实在藏不住了，就懒洋洋地朝前流动一截路，找到下一丛水草，再躲起来。他不想跟着走，能躺就躺一阵子，什么都不管不问，也不参与。直到他开始给公众号投稿，写各种热点各种明星，高铁上有人霸座不让，写上一篇，明星出轨崩了人设，再写上一篇，那些当事人当然不会在意他的存在，文章也很快就不会再有人看，或许从来就没几个人看，但对他来讲意义非凡。他忽然感觉自己真实起来了，他觉得这个世界变得触手可及，他被激活了，重新对世界产生了新鲜的渴望。至于随之而来的两位数、三位数的稿费，更像是一种附加的馈赠，宛如女孩子蹦蹦跳跳地走开，又蹦蹦跳跳地回来，再多送上一个吻。那是无比美好的感觉。

他从未有过这样的感觉，既然有了，就不想再失去。所以老蔺离不开的大锅菜和馒头，小蔺也离不开了，至少能把一顿饭钱省下来，变成美菡手里的一杯奶茶。她像是一把万能钥匙，可以打开他所有的犹豫和拖延，让他本来不会去做的事变得充满合理性。不过他还是顽固地等老蔺先走，他需要错开时间，总是等到食堂快关门才过去。美菡为此嗔怪过他，他的解释是"社交恐惧症"，这是个太好用的借口，她一听就不再怪他了，还多了些似懂非懂的小心，这更让他体会到了一段亲密关系的美好。

小蔺匆匆赶到食堂，美菡已经等在门口，远远地招手。她穿着演出服，袖子口宽大，一扬手就滑下去，露出白白的臂膀，晃动着迎过来。小蔺脸上的笑很快凝固住了。

"可来了，我都饿坏了！"美菡拉住他的胳膊，笑着，热气腾腾。

美菡的演出是景区的招牌，每天两场，下午两点一场、五点一场，长假时如果游客多，上午晚上再各加一场。她要赶两点的演出，他也要去当观众托，时间还真有些紧张。不过这些都不重要。跟美菡一起朝他走来的，还有老蔺和老蔡。老蔺比老蔡高一头，只顾跟她说话，话里又赔着笑，笑容自由落体般扑扑簌簌掉在地上。大概老蔺眼里只有老蔡，直到走近了才发现小蔺。父子俩的视线在那一瞬间牢牢握在一起。一如既往，两人都没有说话，脚步也没停，就这样错肩过去了，甚至他们同样冻住的笑容都没来得及变化。小蔺忽然担心起来，老蔺心脏不好，随身带着速效救心丸，是不是要含上几粒？

"今天有肉丸子啊！"美菡摇着小蔺的胳膊，"再不去就真没了。"

小蔺笑了，说："那可得抓紧，待会儿你还有演出呢。"

演出是沉浸式的，有好几个舞台，大约一个小时。美菡她们出场在中后段，差不多十分钟，剧情是少爷选妻，待选的姑娘们逐个亮相给少爷看，主要是给观众们看。小蔺就混在观众中间，随着情节在剧场里走动停留，带动观众们叫好鼓掌。他们俩有约定，每次她亮相之际，他会站在一个固定的位置，而她就会看过来，专为他一个人表演，整个过程三十秒钟。她在台上，他在暗中，她自然是看不见他，但她说能看见，而且语气很肯定。他在黑暗里看着高光中的美菡，心情总是慌乱的，生怕她的好被更多的人看见，看见的人一多可能她就不属于他了。不过这次却有些不同，除了慌乱，他还有些生气，具体地说，是生老蔺的气。虽然没有明说过，但他觉得老蔺应该懂的，他刻意错开吃大锅菜的时间，其实是不想看见老蔺他们，也不想被他们看见，看见了就得面对，面对了就得有话说、有态度。他不想跟老蔺谈这个话题，他现在什么话题都不想跟老蔺谈了。况且，是老蔺先刻意瞒着他的。

这时有女人高声道："冯氏女出，众家女退！"

糟糕。小蔺意识到美菡的三十秒早过去了，此刻高光下的是"冯氏女"，也就是选妻最后的胜出者，美菡最讨厌的女孩子。观众不是很多，窸窸窣窣有了些掌声。小蔺知道这还不是高潮段落。很快，刚才那个女人又高声道："更衣，佩玉，戴冠！"

"冯氏女"转过身，两个侍女上前，褪去她的上衣，露给台下一个不着寸缕的背。另有两个侍女再上，把一件大红色的喜服抛散开，围住她玲珑浮凸的上身。就在那短短的裸露的一刻，观众发出一阵惊呼。搁在以前，小蔺会带头鼓掌，可是在此刻，他铁青着脸环顾四周，想用犀利的目光制止这群没见过世面的观众。但周遭的黑暗笼罩了一切，连同他杀人放火的目光一并淹没了，他还是听到了一阵热烈的掌声口哨，对他而言分外地嘲讽。

"朱蕊。"美菡气鼓鼓地说，"她叫朱蕊，也就是个子比我高一点点，胸比我大一点点，腰比我细一点点。"她一边说，一边狠狠地吃掉了一块臭豆腐。小蔺最喜欢她这个表情，还有她汁水淋淋的嘴角。

"我可不希望你变成冯氏女。"小蔺把剩下的臭豆腐浸在汤汁里，"你以为那些观众是觉得她演得好？"

美菡看着小蔺，好像在想着什么，忽然笑起来："那好吧，我不当冯氏女了。"说完又塞了块臭豆腐，含混着说，"反正我也当不上。"

"能当上也不行，我不想你光溜溜地被人看，他们还给你鼓掌。"

"而且还是你当托，带着他们鼓掌。"美菡笑得合不拢嘴。

小蔺很享受这样的气氛，在情意绵绵里你来我往，说不完的废话。他和美菡不管讲什么都像是挽手共舞，进进退退，兜兜转转，舞步根本停不住。跟老蔺在一起就不同了，像是签了生死文书的对手，站在擂台上你不动，我也不动，都等着对方先出手——可总也没人出手，就这样沉默地对峙着。

其实小蔺还想说"要看也只能是我看"，不过又觉得太露骨，正琢磨着换个腔调，旁边有人叫他，竟然是大郎。他也不见外，拉把椅子坐下，看看小蔺，又看看美菡，面容愁苦地笑了笑，说："稿稿稿稿子那事，有有有眉目了？"

小蔺小心翼翼赔着笑，说："中午才说的，哪会这么快？"

在景区，大郎顶多算个小头领，但手下小喽啰里就有蔺家父子和美菡，当然也有老蔡，说不让干就得走人。小蔺是兼职，可以不在乎，但美菡还指望这份工作，这就让他不得不重视，赶紧云天雾地讲了通不着边际的话。大郎一眼看出他在敷衍，却也不去戳破，等他讲完了才问道："老老老老弟，这这这个小弟妹，也也是咱们演员吧？"

小蔺和美菡都是一愣，像是忽然有了什么不可告人的秘密。大郎却不接着说下去，要了一堆烤串几罐啤酒，把账单付了就走，临走时撂下一句话："小小小弟妹好好干，干干干干好了能转签约。"

烤串很快端了上来，羊肉、孜然、辣椒，混在一起的味道让人恍惚。这家店名叫"枪王之王"，招牌菜是烤羊枪羊腰，吱吱冒油，闪烁着生猛之气。

"他可不是什么好人，平时跟我们女孩子说话，总是一脸苦巴巴的笑，转脸就想动手动脚占便宜。"美菡吃着热气腾腾的羊腰子，"不过这烤串真好吃。"

"没占过你便宜吧？"小蔺想了想，还是说了出来。

"他敢！我又不是朱蕊，由着他胡来。"

"就那个冯氏女?"

"朱蕊就是签约演员。"美菡说,"她们住四人一间的宿舍,我们是八个人的。"

小蔺看着她,她的目光里真诚地洋溢着羡慕。其实小蔺知道,不光是宿舍条件有别,工资上也有高下,签约演员才能演"冯氏女",每天露两次背,多拿五十块钱补助。她递了串羊腰给他,铁盘子里已经滴答了一小团暗红。羊腰外裹着一层丰腴的脂肪,改刀割出了条条伤口,烤得正如玉兰般绽放艳丽,得趁热吃,不然就蔫了。

"你是不是也想住四个人的宿舍?"

"我更想住两个人的。"美菡认真地看着他,"我总不能一直待在这里,演一辈子的丫鬟侍女吧?"

小蔺默默地吃着,在美菡面前第一次不知该说什么好。美食街上有歌手卖艺,五十块钱一首,一百块钱三首。在两人难得的安静里,歌声插了进来:

  棣棠丛丛,朝雾蒙蒙
  水车小屋静
  传来阵阵儿歌声
  北国的春天
  啊,北国的春天已来临
  家兄酷似老父亲
  一对沉默寡言人
  可曾闲来愁沽酒
  偶尔相对饮几盅
  故乡啊故乡,我的故乡
  何时能回你怀中

沉默里,两人应景地碰了碰杯,都笑起来。在歌声中的春天里,小蔺的心被浑黄的啤酒泡得化开了，但他脑海里出现的却是老蔺。他听老蔺唱过这首叫《北国之春》的歌，里面有句"一对沉默寡言人"的歌词，好像就是在说他们父子。

"这首歌好老啊，"美菡评价说，"不过还挺好听的。"

啤酒没喝完，美菡自作主张把剩下的退了，换成两杯奶茶。送她回宿舍的路上，她又讲了大郎不少风流事。比如有一次他提着酒菜零嘴到女生宿舍串门，说是关心群众，跟女孩子们调笑打趣，朱蕊喝得脸红扑扑的，在哄笑声里端起一杯酒给他，说："大郎，你喝了吧。"

"那他喝了没有？"小蔺漫不经心地问。

"喝了呀。没过几天，朱蕊就搬到四人宿舍了。"

美菡说完这句话，调皮地趴在他脸上轻轻啄了一口，就转身蹦蹦跳跳走进了宿舍楼。小蔺又慌乱，又幸福，又不知所措。他忽然意识到，应该跟老蔺聊聊了。不过他可以想到老蔺的反应，那种涂抹了全身的不着调的感觉。老蔺也真的就是这样回应的。

"我都奔六十去的人了，"老蔺说，"你也该成家立业了，我总不能拖累你吧？"

小蔺当然知道自己该成家立业了，这样的想法从未如此清晰过，何况美菡刚刚还说，希望能住两个人的房间。这再正常不过了，甚至颇为美好，可他一想到会随之扑面而来的种种不易，就本能地感觉需要来几次深呼吸。他没跟她详细说过家里的事，只是简单地告诉她，母亲去世多年，父亲身体还好——应该不只是还好，眼前的老蔺正盘腿坐在沙发上，端着手机，脸色好得像鲜牛肉。是啊，他的春天已来临，不过小蔺的也来了。

"听说叫美菡，是吧？回头一起吃个饭。"

"那你呢？"又沉默了一阵，小蔺终于说，"跟那个老太太，也吃个饭？"

"刚五十，什么老太太！"老蔺同情地看着小蔺，"就你这武艺，还追小姑娘？"

又来了，又来了。刚才老蔺一开口就稳稳地占据了制高点，敢情他是为了不拖累儿子，才先跟老蔡好上了。现在呢，他又感慨小蔺不懂女人，至少不懂如何追女人。在这熟悉的不着调的气氛中，小蔺猝不及防地看清了两人之间的病灶。不是他不肯沟通，也不是没话讲，是老蔺说话的姿态让他不舒服。他都二十多岁了，老蔺还固执地把他当个孩子，孩子的问题都不成问题，难处也并非难处，只要老子肯出马，一切都能迎刃而解。所以老蔺说什么都是居高临下，那种恨铁不成钢的神情让小蔺窒息。

可老蔺自己呢？小蔺想，他跟大多数平凡的父亲一样，平凡到并不能给孩子更多，连可行的建议都很少。他总能讲得一套一套的，什么都洞察，什么都明白，仿佛给他一个国家他都能治理好。

"我想自己租个房子。"小蔺说。

"钱够不够啊？"老蔺胸有成竹地看过来。

这绝对是有意的。小蔺简直要气得笑出声了，他认真地看着老蔺，摇了摇头。这个回答让老蔺很满意，一切都在他预料之中。

"押一付三，得两千多，我这就给你。"老蔺说，"凑个整吧，正花钱的时候。"

小蔺的手机响了，老蔺的也响了。小蔺低下头，屏幕上那个收款按钮很扎眼，怎么看都是老蔺不着调的笑脸。他放下了手机，看着老蔺，也不着调地笑起来。

"我不是问你要钱的，你也没什么钱，留着用吧，正花钱的时候。"

老蔺的笑肉眼可见地融化掉了，黏糊糊地挂在脸上，像白白胖胖的毛虫。小蔺不动声色地加上一句："钱我自己能解决，我就是跟你说一声，房子看好了，明后天就搬走。"

小蔺起身走进房间，脑袋里喊杀声四起，他从没这样跟老蔺说过话，他快撑不住了，得赶紧躲开缓一缓。他完全被自己震撼了，顾不上想租房的钱从哪儿来。管他呢，办法总比困难多，大不了把电脑卖了，以后文章用手机写，再不济还能用手写，纸笔花不了几个钱，将来成名了手稿还能升值呢。他迫不及待地搜各种租房信息，跟中介们热烈地讨价还价，直到门被推开，老蔺突兀地站在那里，身体仿佛刚被挤压过，像一张斑驳的门神画。

"你不是借了网贷吧？"老蔺明显有些慌张了，"那可是无底洞！抖音里都说了——"

"没有。"

"那你哪儿来的钱？"

"自己挣的，不犯法。"

"你们才认识多久，这就住一块儿了？"

小蔺已经把房租砍到了四百块，不到四十平方米，但也足够了。至于老蔺关心的那些，小蔺觉得属于另一个物种，跟他没有关系。是啊，没有关系。老蔺絮絮叨叨讲着，但说了什么他都听不见，也不必去听。老蔺的知识结构比较单一，基本上来自抖音，难得他还如此自信，就像前些年他帮老孙他们答疑断案，无非是看过无数期的《今日说法》。老蔺当然不会知道，小蔺就给不少抖音号投稿，写的还是专给中老年男人洗脑的文案——效果还不错，因为老蔺就是个绝佳的研究样本。

"那个——"老蔺的声音有些飘，身子也摇摇欲坠，他扶住了门框，好让自己不被风吹跑，"避孕套，知道怎么用吧？"

"不太熟练，"小蔺一本正经地说，"我去抖音上看看，应该有教程。"

小蔺在黎明前离开，老蔺躺在客厅沙发床上，似睡非睡，鼻息很沉重。出门时，小蔺步子慢了一拍，他还是想说几句话。老蔺的呼吸也顿住了，像是有坐起来的意思，他应该也想说话。那漫长的两三秒钟里，父子俩都没有开口——开口又能怎样？刚刚过去的这个晚上，大概是他们最近说话最多的一次，可结果不也是毫无结果吗？小蔺想，原来他和老蔺就像两辆迎面驶来的车，只能擦肩而过，都不敢停下，否则就成了车祸现场。

老蔺租的房子在三区，对应的是第三村民组安置房，小蔺谈妥的房子在八区，正好跟三区一东一西，中间就是景区，南北都是大片工地，据说要建成省城周边最高档的别墅群。按照老蔺和老孙的说法，只要别墅卖得好，别说员工比游客多，就是一个游客都没有，景区也能撑下去。不过这一切跟小蔺无关，别墅距离他还很遥远，他现在满脑子都是八区那个顶层的四十平方米。上一个租户是卖胡辣汤的夫妻俩,据说生意越做越好,把父母叫来帮工,另租了两室一厅住。这也是打动小蔺的原因,谁不想沾沾彩头?他特意去那家店里吃了早饭,老板夫妇算账盛汤,两个老人炸油条和鸡蛋布袋,吃饭的人不少,喇叭里"收款××元"响个不停。胡辣汤四块,鸡蛋布袋四块,一顿早饭花了小蔺八块钱,如果两个人的话,就得十几块了。不过要是住在一起,他和美菡可以一天三顿都去景区食堂,偶尔再出来解解馋。但这样一来,不免会跟老蔺和老蔡碰面,其实也无所谓,套一句他经常在文章里引用的话:只要自己不尴尬,尴尬的就是别人。那就让他们尴尬去吧。

景区的演出上午十点开始,小蔺得去当观众托。他特意跟大郎请假,大郎满口答应,还说要是忙下午也不用去,"反反反正没几个来看戏的,赶赶赶紧删稿子。"美菡到的时候,小蔺正灰头土脸在收拾,身上也弄得脏兮兮的。她怔怔地四处看,像一只受到惊吓的小鼠。在得到确认之后,她忽然哭了起来。

"真的,我做梦都想有个自己的房间,"美菡哭着说,"哪怕是租来的。"

下午的演出是两点,得提前化妆进场,美菡舍不得走,一直忙活到一点半。她手脚比小蔺利索得多,大概是从小就干活的缘故。她上面有个哥哥,下面有个弟弟,能读个职专学门手艺已经算幸运了,尽管电子商务这手艺她可能一辈子也用不上。

"跟我一般大的小姐妹,差不多都结婚有孩子了。"美菡告诉他,"小两口在城里打工,孩子让老人看着,日子过得也挺好的。"

"是挺好的。"小蔺提醒她,"不过你真的该走了,误了场就麻烦了。"

"她们要是知道了,该多羡慕我啊!"临走时,美菡拉住他,真诚地亲了他一下。

小蔺忙得像个陀螺,他再也不想离开这个房间了,今晚就要住在这里。他也没什么家当可搬,一台电脑,铺的盖的,一辆三轮车就装下了。老蔺不在,应该是在演樵夫或者家丁。关门之际,小蔺甚至没有想到回头看一眼就匆匆离开,像是医生不假思索地剪断了脐带。美菡的东西更少,一个双肩包，一个拉杆箱，拉杆上拴着一个塑料袋，里面是脸盆和洗漱用具。小蔺在她楼下等着，她朝他奔跑过来时，整个宿舍楼都沉默起来，一定有很多双眼睛在看着他们，直到他们走入夜色，如同一艘船静悄悄沉入海底。

第二天在景区，小蔺并没有遇到什么尴尬，其实他已经做好准备了。接下来的几天里，他有好几次看到了老蔺，两人远远地相互看着，脸上都带着客气的笑。等走近了，老蔺会问他忙不忙，有空吃个饭，或者是要降温了，记得添衣服，或者是大郎那稿子赶紧催，最后总会问他钱够不够花。小蔺搭着话寒暄，表示钱够用，等月底发了工资就请老蔺吃饭。如果说他们跟平常有不同的地方，除了两人的话多了，小蔺还下意识地挺拔了腰背，让自己看上去如沐春风。

这天在水晶宫散了场，小蔺急着赶美菡的演出，带头往外走，几个观众稀稀拉拉跟在后边。刚走出剧场，黑鱼怪老孙蓦地拦住小蔺去路，张口就问他："你爸中午的事，你知道不知道？"

老蔺的事说大不大，起因是老蔡。保洁班组里有个老张，也是想跟老蔡套近乎的分母之一，眼看老蔺得了手，自然心里不痛快，发乎于心现乎于行，跟老蔺干了一架。俩老头本不打算真干，都等着看热闹的来劝，不料老蔺入戏快，嘴皮子也溜，说得老张不真动手就过不去了。老蔺嘴上占了便宜，肩膀被老张推了一把，当即顺势躺倒，四处摸着找速效救心丸。老张虽然只做保洁，但整天见人演出受过熏陶，当即也躺了下去。众人七手八脚扶起二老，笑着劝了半天，俩老头马上见好就收，老蔺继续去演他的家丁，老张还是做保洁。

"您想跟我说什么？"小蔺有些疑惑，"我爸真没事吧？"

"听大爷的，有空去看看你爸。"见他还是不上钩，老孙只好把话挑明，"你爸跟老蔡的事，你什么打算？"

原来这才是重点。老蔺架都干了，等于公开表白，只要老蔡不拒绝，老蔺就得一条道走下去。老孙显然是受老蔺指使，来探一探小蔺的态度。小蔺早料到会面对这个话题，也早有准备，只是没有想到面对的是老孙。对手变了，备好的套路也就没法用了，简单地说，又掉进老蔺挖的坑了。

小蔺一时又好气又好笑，他仿佛看见了老蔺狡猾的不着调的笑脸。

"老蔡那人怎么样？"

"人不赖，不然还能有老张跟你爸抢？"

"这事我得想想，想好了，我给我爸打电话。"小蔺说，"我得赶紧走了，还得赶场子当托呢！"

主剧场里观众比以往要多，看来那篇公号文刺激了老板，景区又是组团又是优惠，拼了命想拉拉人气。到了选妻一节，那个女人高声道："冯氏女退，曹氏女出。"

"曹氏女"就是美菡。小蔺已经站在约好的位置，美菡一身少女汉服出现在高光之中。时间只有三十秒，她得在这三十秒里做出各种动作，向众多的眼睛展示自己的四肢腰臀，在她之前已经有五个了，在她之后还有两个，最终的胜出者就是"冯氏女"朱蕊。剧本早就写好，而且演过了无数次，这是一次她注定失败的展示。但在小蔺眼里，她的一切都是那么美好，不仅是因为这短短的三十秒只为了他。在最后的几秒钟里，她完全转向了小蔺，热气腾腾地朝他笑，根本不像是一个明知即将被淘汰出局的少女。小蔺的掌声恰到好处地响起来，可惜身边被他带动的观众并不多，这让他多少显得有些另类。

"你就为这个不开心呀？"美菡把挑选好的上海青装进塑料袋，悄悄对他说，"你的掌声我听得可清楚了，真的。"

"姑娘，都像你这么能挑，我们干脆不要做生意了。"结账的时候，菜摊老板无奈地摇着头，"小兄弟真好眼力，是个会过日子的。"

晚饭是美菡做的，肉末上海青，西红柿炒鸡蛋，自家蒸的馒头。是的，她会蒸馒头。她从小就做饭，做一大家子的饭，说不上多好，至少可以熟练地做熟了。吃完饭，碗也是她洗的，她习惯了在家里忙忙碌碌的节奏。这几天，她已经里里外外打扫了好几遍，地板是跪在地上一点点抠干净的。小蔺母亲在世时算是能干的了，却也没见她这样打扫过，这简直刷新了小蔺的三观。等那笔钱到了，一定买一台电视，小蔺想，快入冬了，不能总像现在这样用散步打发饭后时间。

"蔡阿姨找我了，"美菡挽着他的胳膊，边走边说，"听她说，你帮了大郎很大的忙，你爸爸可有面子了——"

"你觉得她人怎么样？"小蔺问她。

"跟我一个县的，还是老乡呢！"美菡挽得更紧了，小心翼翼地继续说，"人挺利索的，说最近咱们一起吃个饭，让我跟你好好说。"

"你说呢？"

小蔺知道她肯定会说"我都听你的"，她也的确是这么回答了。他把这顿传说中酝酿了许久的饭安排在周日晚上。晚饭可长可短，聊得来的话吃喝到半夜也行，话不投机拂袖而去也正常。不过小蔺想，有美菡和她那位老乡在，场面应该不会太尴尬。更重要的是，周日前那笔钱就会到了，他打算给老蔺买个手环，能测心率能报警的那种，速效救心丸吓吓老张就够了，最好用不上。至于给老蔡的礼物，就让美菡想吧。

"我最近得了笔稿费，"小蔺郑重地说，"两千块钱。你想买点什么？"

其实也不能叫稿费，是景区发的奖金，一共五千块钱，交房租的三千是借大闯的，得先还给他。大闯和小蔺大学在一个宿舍，那年宿舍失火，大闯喝多了叫不醒，是小蔺把他背出来的。大闯跟人合伙开了家文化公司，经营好几个公众号，那篇惹火了景区老板的公号文就是他写的。前不久同学聚会，小蔺无意中说了些景区的事，大闯听者有心，马上闭门攒了篇文章，还让他拍了几张照片，他稀里糊涂还真就拍了。等他见到文章，腿肚子都转了筋。景区有问题不假，员工也的确不比游客少，可人家也养活了那么多人呢！老蔺、美菡，再加上老蔡，跟他关系最近的不都靠景区吃饭吗？吃景区的饭，不便再砸景区的锅。他赶紧给大闯打电话，大闯倒也不瞒他，笑嘻嘻直说是想薅景区一把羊毛，等羊毛到手不会忘了老同学。他听了更狼狈，把当年背大闯逃命的事又搬出来，大闯沉默半天，答应三天后撤稿，起码挣些流量好完成绩效。那三天小蔺过得水深火热，好在稿子还是撤了，从老板到大郎无不满意。老板见备好的预算没用，就奖了小蔺五千块钱，还打算招他入伙，搞搞宣传公关业务。这消息是大郎说的，他还约小蔺吃饭致谢，"带带带上小弟妹一起，说说说转签约的事。"

大郎在枪王之王烧烤店请的客，小蔺和美菡到的时候，桌上已经琳琅满目摆了不少烤串，大郎一如往常地面容愁苦，拿出瓶白酒，非要小蔺喝两杯。三杯酒落了肚，大郎主动提到美菡转签约演员的事。按他的说法，转签约没问题，就是"冯氏女"一时半会儿还安排不上，也就没有那一天露两次的补助了。

"老老老老弟你多理解，老老老老哥我也有难言之隐的。"大郎脸喝得红扑扑的，下意识地扫了一眼美菡，继续说，"那那那个小朱，干干干得也挺好，下下下个月，再再再找机会让小弟妹上。"

出乎大郎预料，美菡跟没听到一样，小蔺甚至说起了别的话题。其实对美菡来说，转签约的意义在于可以住进四人宿舍，可以有机会演冯氏女，可以每天多拿五十块钱补助。不过她已经住上了两个人的房间，而且她也很清楚，小蔺并不想她也光溜溜那几秒钟。大郎当然猜不到小情侣的心思，还以为是他们在表达不满，毕竟小蔺帮忙删了稿子，他却连个冯氏女都搞不定。他面容更加愁苦，把谢意和歉意都喝进酒里，结束时连走路都不利索了。小蔺和美菡要送他，他又坚决不让，说有人来接，催他俩先走。美菡拉着小蔺离开，却不走远，就在一旁远远看着。果然，他俩刚刚走开不久，朱蕊就过来了，扶着大郎离去。

"看见了吧？"美菡意味深长地看着小蔺，"真有人接呢，说不定早等着了。"

小蔺看着他们的背影，两人贴得很紧，像是长在一起。他感到无比尴尬，不是因为窥视到了他人的秘密，而是自己跟美菡走在一起，肯定也是这个样子。

"朱蕊早就不在宿舍住了，"美菡继续兴致勃勃地揭发，"谁都知道她跟谁住，她自己还非说是跟女老乡合租。"

不，这是不一样的。小蔺想，美菡跟他好是因为她想，朱蕊跟大郎好，则是大郎能让她转签约演冯氏女。可这么一来，他似乎连大郎也不如了，大郎还能给自己的女人带来踏踏实实的好处，他只能租一间四十平方米的屋子，顿顿吃上海青。而美菡住进来的第一个晚上，就把自己的积蓄都拿了出来，一共八千块钱。这让小蔺又吃惊又羞愧。她每月工资一千多点，一年工夫居然攒了这么多。他还打趣说自己傍了个小富婆，惹得她不好意思地抿嘴笑。好在他如今也看到希望了，领奖金的时候，管人事的人果然问了他有没有入职的想法。

奖金到手，小蔺还了三千给大闯，又按计划买了两个大件，一个是给老蔺的手环，花了他两百多块钱，另一个是给美菡的电视，花了五百多。两个大件周日前都到了，美菡自然是开心得不行，拉着小蔺看了一通宵的恋爱综艺。第二天早上两人都起晚了，来不及再做饭，就去那家夫妻店喝了胡辣汤，合吃了一个鸡蛋布袋。小蔺不太饱，但想到晚上就要跟老蔺和老蔡吃饭，中午还有免费大锅菜和馒头，省几块钱并不是坏事，蚊子腿上也有肉的。下午他在遇仙山当托，跟樵夫老蔺碰了面，虽然还是寥寥数语，但两人都看出了对方的激动。

"晚上我请客，不许你抢。"老蔺说，"就在枪王之王，包间我都订好了。"

"演出结束了就去。"小蔺还想说准备了礼物，不光有给老蔺的手环，美菡还买了护肤品给老蔡。不过没等他酝酿好，老蔺推说要赶场演家丁，忙不迭溜了。小蔺不觉一笑，也忙不迭去了主剧场。不光是激动，两人还都有些不好意思，再过两三个小时，就该吃这顿筹划已久的饭了，他们各自的女人也即将正式介绍亮相。

主剧场里居然人头攒动，让小蔺怀疑走错了地方。几乎都是母校的师弟师妹，他问了一个师弟，说是学校和景区搞合作，学生免费逛景区，要求写文拍照发朋友圈，点赞量最高的几个还会得到文创纪念品。

"师兄是在这儿上班吗？"见小蔺点头，师弟又问，"工资待遇怎么样？加班不？管不管吃住？有没有五险一金？"

师弟的声音有点大，旁边几个男生女生都围过来，七嘴八舌提出各种问题，还纷纷要加小蔺的好友，估计他们上课都没这么踊跃。小蔺镇定地胡诌了几句，演出总算开始了。再拖下去就该露馅了，小蔺有些惭愧，其实除了大锅菜，他并不比他们了解得更多。

手机响了，有一条新的微信，是刚加的一个师妹发的。师妹的微信名很长，繁体字混搭各种字符，不过真名却很接地气，叫刘琳。她一口气发来好几条，有文字有图片，也有会动的表情，大意是向优秀的师兄学习，将来打算到这里实习，请师兄多关照。小蔺回复了几个握手。很快，一连串跟感谢有关的表情出现在屏幕上，动个不停。

小蔺现在的人设是管理人员，还得是有一定话语权的，至少是大郎的级别，也就不能像往常一样露骨地给观众带节奏，他需要矜持。到了"少爷选妻"，八个女孩子依次出现在高光里，师弟师妹们应该没有见过这样的场面，没有任何修饰的选与被选、挑与被挑，就这么生猛香艳地出现在他们眼前。大概女演员们也很少碰到这么多观众，动作都有些夸大变形，竭力展示着四肢腰臀，向那个从未出场的"少爷"证明自己的审美和生育价值。第六个是美菡，小蔺蓦地发现她脸色很难看，全然没有以前那种顾盼神飞。她的表演倒无可挑剔，在短短三十秒里做完了所有动作。忽然间，小蔺感觉到异样。一开始，男生们都举着手机屏息拍照，不时发出一两声惊呼，但接踵而来的是女生们小声的议论，男生们也尴尬地放下手机。议论声越来越大，台上的人还以为哪里不够好，更加卖力和投入。

一个师妹突然小声叫了起来："这都什么呀！"

小蔺愕然地扭脸看去。说话的女生就在身边，映着暗弱的光亮，看得见她脸色通红。更多的声音响起来了，女生们交头接耳，他闻到了被冒犯之后愤怒的味道。小刘师妹的微信不期而至，还有几个愤怒的表情："太过分了！大清不是已经亡了吗？"

小蔺有些蒙，也有些哭笑不得。一场演出而已，他看了那么多次，从来没想过跟大清还能有什么关系——年轻的师妹们显然不这样认为，议论声还在继续，演出也在继续。声音配乐都是事先录制好的，齿轮般咬合得分秒不差，不会因为她们的叽叽喳喳就停下来，直到那个女人一锤定音地宣布："冯氏女出，众家女退！"

然而高光里的却是美菡。她挡住了朱蕊，牢牢地站在那里，不管不顾地嚷着："凭什么要我退？我就不退！我们就活该被你挑来挑去的？你出来我瞧瞧？"

小蔺晕头转向，眼前的美菡和她的声音火车似的轰隆隆迎面而来，他根本躲不开。灯全亮了，舞台上乱成一团，两个工作人员冲上台抓住美菡，她用力挣扎——配乐喜气洋洋，这本该是冯氏女裸着背裹上喜服，观众们掌声如雷的时刻。小蔺朝台上挤，一边挤一边叫着美菡。他的师弟师妹们在短暂的沉默之后，开始有节奏地喊叫鼓掌，让工作人员放开手，给美菡喝彩。

整个剧场比之前任何时候都更像个剧场。

等老蔺和老蔡赶到枪王之王烧烤店，小蔺和美菡已经在了。因为走得急，老蔺老蔡还穿着演出服，像穿着情侣装。最近景区上新节目，从伙夫保洁水电工里选了一撮人，培训跳集体舞，每天闭园时欢送游客。老蔺本不在其中，他担心有老张之流心怀不轨，托大郎帮忙才混了进去。

"没人为难你吧？"老蔡提心吊胆地问，"大郎怎么说？"

这事跟大郎其实没关系，他也是受害者。签约演员里有个演薛氏女的李笑，一直想顶掉朱蕊演冯氏女，不料朱蕊还在却又杀出来个美菡，李笑知道她俩后台都是大郎，就越过了大郎，跟他的上司西门有了来往。西门是景区演艺部的一个主管，比大郎级别高，有了西门撑腰，李笑就没再客气。朱蕊外强中干，一副花拳绣腿打不过她，美菡则是遇强更强，演出前跟她戗了一架，上台时又被她故意绊倒，实在气不过才即兴发挥了一出戏。

"她还说了，少爷选妻其实就是西门选妻，"美菡冷笑两声，"我倒要看看，那西门少爷在哪儿呢？敢不敢出来走两步？"

"他不敢！"老蔡斩钉截铁地说，"他没这个秉气！"

这顿饭一直吃到很晚，其间主要是老蔡和美菡在聊，基本没有老蔺小蔺说话的机会，顶多不痛不痒地插上几句。那气氛不像是父子俩引见各自的女人，倒像是母女在介绍各自的夫婿。完全颠倒了，小蔺笑着想，不过这样也挺好。

离开烧烤店，老蔺和老蔡去三区，小蔺和美菡去八区，正好一东一西。美食街上人声喧嚷，可能有人正拿下午的演出当谈资。美菡挽着小蔺往八区走，两人脸上都带着笑。景区的处理结果还没出来，大不了美菡丢了饭碗，他丢了还没到手的饭碗。不过老蔺认为起因是李笑和西门，再说小蔺刚给景区做了贡献，估计美菡也不至于真就失了业——景区那么大，老板要发愁的事那么多，还能跟一个小演员过不去？

"别看你爸没说什么，"美菡说，"刚才出来的时候，蔡阿姨说他可高兴了。"

"两百多呢！他可没给我买过。"

"谁说的？"美菡挽紧了小蔺，笑起来，"咱俩租房的第一天，他就让蔡阿姨找到我，给了我三千块钱交房租，还再三嘱咐不让跟你说。"

美菡那八千块钱里，有老蔺的三千。其实这事小蔺知道。老蔺跟他交过底，如果美菡跟他说了实话，就是真心跟他好。不过小蔺觉得无所谓，她说不说这三千块钱，都没有据为己有，不是全拿出来了吗？老蔺总这么不着调，还想拿这个试探美菡，估计又是从短视频里看来的伎俩。

"怎么不说话了？"美菡吃吃地笑了，"也真有意思啊，平时你说话没完没了的，怎么跟你爸一见面，你俩都不说话了？"

小蔺好像又听到了《北国之春》。他也忍不住笑了，想，不，并不是。

原载《人民文学》2023年第2期

黄咏梅

# 昙花现

阳台那里有一个区域，信号一定会不稳定。有可能是那根粗大的廊柱，挡住了网络通行。这是父亲的判断。不过语音竟然不受影响。从疫情开始到现在，两年没回家，视频通话变成我的必修课。做惯家务的母亲动手能力强，加上比父亲年轻几岁，她操作手机更流畅，提及家里每个角落每件物事，她都能准确移动镜头让我看见。她每次非要炫耀她种的花，一说起，就动身晃去阳台，手机扫向凌空加盖的那排花架子，月季、海棠、石斛兰、绣球花……运气好的时候，镜头会定格在一朵绛色的月季花上，背景是河对岸绿茵茵的榜山，看着像一幅画。但大概率画面会停留在她脸上某个松垮垮的局部，或者一排锈迹狰狞的铁栏杆。

"妈，别往阳台走。"我对着手机大声喊，像来不及阻止一个人踏进路边的水洼，眼睁睁看她麻利地拉开那扇镶嵌着隔音玻璃的移门，又迅速关上。

这一次，镜头刚好停在晾衣杆一端挂下来的几只年代久远的竹篮上。闭着眼睛我都能认出那里用牛皮纸包着的草药，凤尾王、一点红、百花草、蒲公英、车前草……

"林姨妈走了。"母亲的声音从几只满当当的竹篮里跑出来，跑到一千多公里以外我的手上。

"我知道，妈你说过了，是在养老院。"

频繁视频通话，我们已经没有什么话题可聊，不像真的坐在一起，围着功夫茶盘，东扯西扯，就连微微感受到空气中湿度加重了，我们都可以一起抱怨今年的"黄瓜季"过于绵长，导致人酸软无力，然后顺着这个话题交流祛湿养生的做法。我们相聚的时间多半都是这么度过的。手机屏幕画面有限，一周或两周甚至更早以前说过的话，又经常被当作新的事情被母亲说一遍两遍，倾听很考验我。要是有耐心的话，我会装作第一次听，间中还提些已经知道答案的问题，但多半我会像现在这样，简单总结试图阻止她主题不集中的絮叨。

"嗯。她好像知道自己要走，给我打电话说，阿莲，我要回家了。我问她是不是小坚要来接她回家，她没说是，也没说不是，又重复两句，我要回家了。之后电话就断了。不像是挂断的。养老院那里信号总是不好。"

第一次讲这些的时候，母亲尽力克制，哽咽得像个孩子。我比她更早流下了眼泪。母亲自责在电话断掉以后没回拨过去。她反复强调自己以为林姨妈说的回家，是指小坚来接她回家过中秋，就想着等过两天中秋节再给她打电话，毕竟她接电话的时候，锅里正处于小火转大火的收汁阶段，她怕搞焦了那只花一下午工夫卤起来的猪肚。她们之间从来没有什么要紧的事情要急着打电话，几十年都没发生什么要紧的事。母亲责怪自己现在很没用，已经不能同时做两件事。

"我哪里知道，她说回家，其实是走。"母亲说得平静。我也静静在听，眼睛盯着屏幕，希望信号如同福至心灵，会跳出母亲的脸。可那几只静止的篮子一动不动。

"妈，翻篇吧，不要再去想这些负能量的事。"

不记得从什么时候开始，父亲将一些不好的消息统统称为"负能量"，要求我们的通话避开负能量，恨不得在耳朵外竖起一根粗粗的廊柱。对于七八十岁的老人们，不好的消息无非就是生病和死亡。这些年，陆陆续续从他们那里听到的负能量，多数来自他们认识或者知道的远远近近的人。与其说害怕这些负能量会影响血压、脉搏的数值，不如说是害怕负能量的残酷本身。中年以后，我也不知不觉害怕残忍的事情，在手机上看网剧，遇到诛心的情节，会不由自主拉进度条跳过。

"嗯，你爸在书房。"我忽然意识到母亲跑到阳台的廊柱后边，不是为了重复讲林姨妈的去世。一下子心被揪了起来。说到底，害怕听到他人的负能量，不就是害怕负能量终于降临我们自身？我担心那里微弱的信号支撑不了母亲的吞吞吐吐。好在，那几只篮子虽然纹丝不动，但母亲的声音还很连贯，除了在一些地方是因为她本人的停顿。

母亲是求我做件事——找一找钟俊仁。如果他还在的话，"告诉他，林姨妈回家了……但是要让他明白，她是走了，时间是2021年9月16日，酉时。"

我的几个姨妈当中，林姨妈最好看。母亲一直是承认的。她们当年一起从农村被招到文工团，到各个区县演样板戏。不是科班出身，但都在十七八岁的年龄，学东西也快。林姨妈必然是主角。《红灯记》里她是铁梅，母亲是慧莲，而徐姨妈和王姨妈因为骨架宽大、肉多、显老，往往只能轮流化妆演李奶奶。《红色娘子军》里，林姨妈是吴琼花，她的腿又长又直，"向前进，向前进，战士的责任重，妇女的冤仇深"，她稳立舞台中央，腿绷直抬高，一点不影响脸上昂扬的表情，母亲她几个则站边边，矮下去半截，腿潦草上踢。林姨妈身材比例好，腰短，腿长，脖子细，穿肥大无型的土布衫都好看，又有一张小鹅蛋脸，化妆最省心。母亲说，她最费事的是眉毛——样板戏要求一字粗眉，林姨妈的柳叶眉是她的苦恼。我看过林姨妈演戏的照片，只觉得她五官精致，哪里都好看，唯独那两道粗黑的眉毛突兀，好在底下有一双明眸救场。在她们几个人的生活合影中，即使不站在"C位"，我也能一眼确认林姨妈的主角相。我母亲仅有过一次主角时刻——因为长得的确蛮像陶玉玲，她在《霓虹灯下的哨兵》里捞到了演春妮。

主角往往会遭到嫉妒的，但林姨妈和配角们玩得很好，她们的友谊跨越半个世纪。文工团解散之后，她们得到了样板戏的回馈——安排进城里工作。林姨妈在棉纺厂，徐姨妈在印刷厂，王姨妈在工人医院，而母亲因为早在进城前嫁给了父亲，作为家属被安排到了政府后勤处。四个人按照时间给出的剧本，各自演着人生这出大戏，结婚生子，工作至退休，继而含饴弄孙。那些样板戏的岁月，仅作为几张黑白照片存放在各家的相册或抽屉里。父亲书桌的玻璃板下，压着母亲演春妮的一张后期放大处理过的黑白照片，不过已经不完整——围巾、额头、脸颊、脖子以及斜襟扣子系得紧紧的胸部，这些地方都被我和弟弟的彩色照片盖住了，而我们那些彩色照片又陆续被他们两个孙儿的搞怪大头贴盖住了大半。

林姨妈跟我母亲最亲密，她是我家的常客。她挨着母亲窃窃私语的样子，倒像她是母亲的妹妹，实际上她比母亲大一岁。奇怪的是，我并没有遗传到母亲对林姨妈的亲密，整个童年我最怕见到她——她的到来必然伴随一个热烈的见面礼，这种热烈不见得是有多喜欢我，而是进他人家门那一刻的开心。她抓住我，像啃苹果一样，口水印在我胖嘟嘟的脸颊，接着又从正面乱亲一气。我肯定是挣扎躲避过的，但这讨厌的见面礼几乎伴随我整个童年，等我长到有足够的力气，能让她感到我的挣扎是认真的而不是出于小孩子的忸怩，她才停止这样做。有一次，林姨妈开玩笑问我："妹妹，分了新班级，同桌男同学好不好看？"我大方地点点头。她又问："有多好看啊？"我恶作剧地大声喊："像钟俊仁那么好看。"那时，我已经不止一次从母亲与林姨妈的窃窃私语中听到过这句话。林姨妈用手把整张脸捂起来，手心里传出一阵咯咯咯的笑声，像是在害羞，笑过之后，忽然将我一把拉到她的腿边，不顾我的挣扎，对我一阵乱亲。她亲得很用力，好像怀着某种善意的报复，又好像在我脸上撒娇，嘴里咬牙切齿般喊出钟俊仁这个名字。

"妈，林姨妈嘴巴好臭。"我终于确认我的不适来自那些口水的臭味。我小时候有一些奇怪的逻辑，比方说看到满脸皱纹的老人，我会悄悄对母亲说，这个老爷爷好痛哎。同样，林姨妈的口臭让我认定她总是不开心，甚至觉得她身体里藏有什么东西在腐烂。

"你林姨妈白长了一张好脸壳。"母亲认为林姨妈不经营自己，更不经营家庭。样板戏主角在台上演着别人的人生，催人振奋，台下却一塌糊涂。但这反倒使林姨妈和母亲她们之间构成了一种平衡，她们和谐安好一辈子。她们时常聚会，各自牵着两个或三个孩子，呼呼喝喝，鸡飞狗跳。只有林姨妈单丁独户，偏坐一侧，瘦瘦的两腿间夹着一个同样瘦瘦的小萝卜头。小坚向来不合群，融入不到我们这些时而合作时而互相抢地盘的孩子们中间，他咯嘣咯嘣咬完一块水果硬糖，就开始闹着要回家找爸爸，嘴里被塞进一块新的水果硬糖才消停。多塞两次，他不干了，脸埋在林姨妈腿上故意使自己憋气，两只手在林姨妈身上抓来挠去。林姨妈一点办法都没有，只得草草收兵回家。她们说，小坚好像不是林姨妈生的一样，养不熟，也治不住。林姨妈根本没有心思研究对付小坚的办法，同样，她也没心思研究跟林姨父家和万事兴的秘诀。那个沉默寡言的林姨父，一辈子在生产资料局工作，凭票购物的时候有过点小权力——我们家第一台黑白电视机，就是托林姨父拿到票买的。新旧世纪交替之际，单位转企，毫无斗志的林姨父干脆提前退休回家。林姨父总是一个人到河边小公园看人下象棋，间中按捺不住低声发几句议论。像小坚一样，林姨父也没能融入棋局作为对弈的任何一方。他和林姨妈各玩各的，直到最终先于林姨妈独自走上黄泉路。

上世纪70年代，独生子女这个词还没有被造出来。只有一个孩子的家庭，时常被人暗戳戳地揣测问题出在男方还是女方身上。林姨妈生下小坚，刚出月子，就跑去工人医院找王姨妈，瞒着林姨父做了节育。我母亲知道这事后，把王姨妈大骂一通。王姨妈说："你来拦拦看？林莉这个癫婆，死都解不开那个结，她一遍又一遍搬出钟俊仁来说，你叫我怎么劝？"母亲一听，怒气顿时熄成叹气。

那只节育环早早地在林姨妈子宫深处套上了一个结，就好比现在一个已婚人士把一枚戒指套在了无名指上。只不过，这种宣誓的形式不是出于爱，而是——拒绝。因为身体里的这枚"戒指"，林姨妈跟林姨父的关系变得很糟糕。有段时间，林姨妈像是把家当成旅舍，一到晚上就爱跑到我们家，有时给我妈的家务搭把手，更多时候会坐在窗下一张板凳上，默默地织毛衣。母亲没工夫理她，父亲在书房写领导发言稿，我和弟弟趴在桌子上写作业，差点忘记了屋子里还有个林姨妈。到我们准备刷牙洗脸睡觉了，她才理平针脚，毛线团一卷，小篮子一装，塞到板凳底下，伸个懒腰，好像刚结束夜班收工。隔天，她又来我家"上夜班"。

中秋节晚上，林姨妈也照样来。月亮还没升起，她就拎着用油纸包的四只大月饼和一网兜柚子，直接爬到天台等我们。那时我们住在宿舍楼最顶一层，我家门口往上还有一截楼梯，尽头是一扇虚掩的小木门，从小木门走出去是个公共的天台。除了邻居偶尔趁天好爬上来晒晒被子，这里几乎属于我们家自用。母亲施展农民出身的本领，在天台四周用大大小小的花盆种满了蔬菜，中央搭起一个高高的瓜架，丝瓜、苦瓜、葫芦瓜、葡萄……藤蔓四处攀爬，绿叶密密麻麻隔出来一个小天地。父亲从家里牵出根电线，在瓜架上吊两只小灯泡，这里就变成了一个小茶室。天气好的时候，我们在地上铺席子，放张小茶几，坐到这个小天地里喝喝茶嗑嗑瓜子望望天。逢着节假日父亲有空，检查我和弟弟背诵唐诗宋词，也在这里进行。"谁知林栖者，闻风坐相悦。草木有本心，何求美人折？"父亲最欣赏这几句，摇头晃脑单拣出来背。这些时候母亲是插不上嘴的，她只会简单的"鹅鹅鹅"。母亲指着夜空中那三颗等距排列的星说："看，扁担星，多平。"白毛女逃进深山老林，夜夜望星空，盼救星。林姨妈穿着破衣裳，一头披散的白发，对着夜空苦大仇深地唱。舞台一侧那棵纸皮糊起来的树，树梢整齐地挂着三颗红五星。团长在台下一看，蒙了，这一场，八路军还没来到，哪里来的红五星？仔细又一想，后边出场的那些八路军帽子上不是两颗扣子？谢幕之后，团长调查这几颗无中生有的星星，才知道，我那几个没文化的姨妈，为了增加舞台效果，请钟俊仁在部队仓库里翻出些褪色的旧红旗，剪下三颗红星，用毛线整齐地穿在一起。高高挂着的扁担星陪伴着凄苦的白毛女。

样板戏从上边出发到区县，专业性会大大减弱，业余班子业余演出，在故事情节大方向不变的情况下，道具会因地制宜做些微调整，有时细节也会结合当地观众的喜好进行改动。比方说，《沙家浜》的芦苇荡在我们这里变成了一塘荷田，《智取威虎山》里坐山雕的皮草大衣改成了我们这里有钱人穿的香云纱袄。类似这样的改动很常见，是为了更能引起当地观众的共情。反正这里的观众谁也没有看过"正版"的演出。但这三颗被姨妈她们发挥出来的扁担星，令团长大发雷霆，责令她们逐个写检讨书。

"这个死馒头，差点要给我们定性为'破坏革命样板戏'。"母亲笑着骂的那个人，我们经常见。中山电影院放映新电影时，等观众都在位置上坐好，我和弟弟就会到门口跟检票员讲："馒头让我们来的。"要是还不给进，我们会绕到电影院的侧门，那里有间小屋子，馒头叔叔一准儿在那里面办公。他会赶在剧场熄灯前把我们领进去。在空旷的影院前厅，他挺着圆滚滚的肚子在我们前面小跑，腰上一串钥匙抖擞雀跃，如同我们看"霸王戏"的心情。退休后，姨妈她们经常约他在西江边饮早茶，杯盏一推，几个人打斗地主，轮番赢他的钱。

"妈，八路军帽子没有红五星的啊？"我弟弟那一阵的理想是当解放军，他拿母亲做衣裳余下的布条绑在小腿上，皮带在腰上一捆，深深吸着气，木头枪困难地插进皮带内侧，敬起军礼也是雄起赳的。

"救白毛女的八路军是没有的。"母亲只记得戏里的服装。

父亲说："八角帽才有红五星，国共合作后，红军改编为八路军，帽子正前方缝两颗扣子。"

弟弟就吵着母亲给他的帽子缝上两颗扣子。

比起父亲那些小园香径独徘徊的诗词，我更爱听母亲讲她们演样板戏的故事，台前和幕后，戏里和戏外。

天台的避雷针塔下，有块小平阶，林姨妈在那里扦插种下了两盆昙花。林姨妈不知从哪里听说，昙花好养，又可以入药，煲汤清热解毒，种昙花符合她的日常需求。这两盆昙花也是她经常来我家的一个理由。施肥，修剪枝叶，在林姨妈的精心照料下，它们长得比母亲种的菜还肥壮。每到夏天，叶子边缘会伸出一些长长的花苞。大清早，母亲给她的蔬菜浇水，翻开那些像海带一样肥厚的叶子，找到一朵垂头丧气软塌塌的花。咦，这朵昨晚开过了。好像刚发现昨晚那里发生过一些不为人知的事情。

总会有那么几朵昙花像是被林姨妈施下了魔法，准时在月圆时分开放。我从没见过昙花开放的整个过程，往往只看到，昙花挣脱紫色的衣裳，昂起头，好像下定决心要出来跟我们一起望月。它的嘴巴刚刚张开一个小口，我就呵欠连连，那些发誓要等昙花开的话，就像大人哄孩子入睡前的承诺。迷迷糊糊被父亲从天台抱回床上，第二天醒来记起，跑去看，那几朵昙花又整齐地扣好了紫衣裳，什么事都没发生似的，开花只是做了个梦，跟我一样刚醒过来。不过它们不再昂起头，泄了气般垂落在叶子下，远看就像那里晾着我和弟弟的几双白袜子。

除了林姨妈，我们家没人看见过昙花开到尽头的样子。在我们小时候的那个年代，大家作息都还很"农民"，早睡早起。我们小孩子自然是抵挡不住瞌睡，父母那时候似乎也特别缺觉，绝对不会为一个月亮一朵花熬夜。但林姨妈对熬夜很不以为奇，好像在夜晚醒着是她练习出来的一个本领。她独自在天台守一整夜，等昙花开，又像是为了送走天上那轮圆月。南方的中秋夜，暑气仍盛，躺在席子上一夜到天明也不觉得凉。暗夜里，昙花与明月同色，因过于洁白亦有光一样的明亮。

"昨晚昙花怎么开的呀？"我们问林姨妈。

林姨妈表演给我们看。她将五个手指尖拢在一起，自己制造出某种节奏，一下，一下……直到将手掌张开到最大，每根手指仍保持微微的弯曲。"最大的时候，有我们吃饭的碗那么大。"

很多年以后，我在微信上看到有朋友发夜晚昙花开放的全过程视频，类似孔雀开屏。在那洁白的花苞里，仿佛含着一股力量，先是挣开了紫红色的棱脊，接着冲破白色花瓣的重重包裹。绽放如同破裂。由于经过剪辑技术处理，五小时的花开过程，被压缩成一分多钟，但不觉得急速，倒使人安静地看到一种时光流淌的节奏。最终，视频定格在花开的极致处，果然"有我们吃饭的碗那么大"。

开过的昙花，林姨妈会将它们剪下，用毛线针在粗茎上穿个小孔，绳子一穿，倒挂在晾衣杆上，跟那些她不时从北山上、河滩边、公园里摘来的凤尾王、一点红、车前草、蒲公英、百花草、鸡骨草之类的挂在一起。等到晒干晒透，这些她称为"看门药"的东西，就会被逐样分成几等份，包在一种黄色的牛皮纸里。"看门药"在我家以及每个姨妈家的阳台上都挂着。我结婚后搬到现在住的家，阳台上也同样有，只是，在我的那些牛皮纸面上，母亲生怕我不会分辨，让父亲用钢笔分别写上了：凤尾王2015、一点红2015、车前草2018、蒲公英2019……

这一类常见的野草晒干后变成了"看门药"，它们分别负责治疗一些常见的病症：凤尾王负责小腹坠胀，车前草负责小便不畅，蒲公英负责白带异常，鸡骨草负责口苦口臭……事实上，这些仅仅是林姨妈的常见病症。久病成医，她总觉得大家——主要指女人，都会像她那样，在戴上那枚"戒指"之后，仿佛就携带了终生不愈的妇科病，从小腹到腰到双腿的整个下半身，连绵不绝地酸酸胀胀，描述不准是什么滋味，总之是那种可以忍着不去医院的症状。

记得有一次，我生完孩子回家休产假，林姨妈专门拿了一包金婴子来，吩咐母亲用四十度酒加红枣枸杞浸泡，每天饮半两，专门保养被胎儿伤害过的子宫。初为人母，我仍沉浸在对婴儿奶香芬芳的甜蜜期，听到她用"伤害"二字，心里觉得印证了小时候对她母爱淡薄的判断。不过有一次，我突然感到小腹剧痛，母亲从阳台的篮子里扯了一把凤尾王煮水，一大碗喝下去，症状竟很快消失。从此我对林姨妈那些"看门药"有了些许迷信，虽然极少使用，还是会让它们挂在我家，看门。

我母亲认定，最终是那枚"戒指"要了林姨妈的命。对照自身，母亲甚至认为那"戒指"早已经腐烂在林姨妈的子宫里。五十二岁告别月经那年，母亲在父亲的陪同下，去医院将那枚戴了二十多年的"戒指"取下。本来以为是个门诊小手术，没想到，随着子宫的衰老、萎缩，"戒指"嵌入肉内，与子宫相连相生，需要用钳子将它一点点剥离，手术花了两个多小时才结束。因为出血量大，母亲从门诊转到住院部，吊水消炎，前后三天才出院。母亲说，比任何一次生孩子都疼。她朝父亲乱发脾气，好像这"戒指"真的是父亲当年送给她的劣质礼物。父亲任由母亲骂，他向来严肃的脸上出现一种我几乎没怎么见过的坏笑。

经母亲这次经历的提醒，我那几个姨妈才忽然记起她们身体里那枚"戒指"。日久年深，她们已经忘记了它的存在，如同忘记了自己年轻时的模样。徐姨妈退休后马不停蹄接连带大三个孙子，一直拖拉到六十多岁才有空闲想想自己的身体。多亏了一次剧烈的腹痛，检查出那枚戴了三十多年的"戒指"已经逃离她荒芜的子宫，跑进腹腔里试图继续寻求安居的沃土。幸而发现还不算晚，做掉一个腹腔的大手术后，徐姨妈说话的中气少了一半。"好在几个孙子已经念书了，完成任务了。"提起自己的身体状况，徐姨妈总不免这么说明。

但林姨妈一直都记得的。她的一生被它硌得酸酸胀胀，下半身状况迭出，却从未曾想过将它取出。她与它共存到生命的最后一刻，直至将它带进坟墓。她的去世离奇，听小坚说，突然连着几天吃不下东西，人就没了。后来，养老院里有个母亲认识的护工，小心翼翼在电话里跟母亲讲："你那个姐妹，刚走掉的那个林莉啊，一点不'突然'的。来这里之前就有子宫癌，不治疗，不让说。儿子也没来管。难受了，就让我们护工帮忙煲点草药喝喝。癌啊，喝草药能喝好的？"放下电话，母亲哭一阵，骂一阵。两个姨妈知道后，也是哭一阵，骂一阵。

我以为林姨妈害怕怀孕是为了保持身材，就像现在很多女明星那样。

"你别忘了，林姨妈怎么说都是女主角，跟你们不一样的，她会在意自己的形象。"跟母亲逛街买衣服，懊恼一条裤子的加大码断货时，我不止一次这样打击过她那如同怀胎六月的大肚腩。

母亲哈哈一笑，一副云淡风轻的样子。"草台班子的女主角，谁还记得谁演过谁。"那些几十年前坐在台下看到过她们的人，用母亲的话来说，"多半已经入土的入土，老懵懂的老懵懂了吧。"

林姨妈吃再多再好都不可能胖。"这个钻牛角尖的人，怎么会胖？"母亲接下去又要提到钟俊仁。

掐腰的红衣裳，翠绿色的裤子，喜儿的大辫子扎上了红头绳。林姨妈把钟俊仁看痴了。作为当时地委书记的贴身警卫员，常常得以坐在前排看戏，谢幕接见演员的时候，他也在场。他近水楼台，顺利获取了林姨妈的芳心。在人们眼里，他们两个的确般配。无论什么时候，母亲讲起钟俊仁，即使往往带着一种惋惜的语气，也都不忘赞美他的英俊。退休在家，母亲跟我一起看港剧《原振侠》，见到黎明出场，她会指着屏幕说，钟俊仁就长得像他，脸型和鼻子特别像。我曾经狂热喜欢过黎明，无数次想过，不知道什么样的女人才能嫁给他。要是我有一个这样的林姨父，我跟林姨妈会不会亲密一些？不过也有可能会更疏远，至少她不会以经常到我们家玩为乐了。

在情感道路上跌跌撞撞，我拖拉到三十四岁终于出嫁。婚事定下之前，母亲有一次拉我进房间，关上门，那架势像是要独授我一份沉甸甸的家传之物。"妹妹，结婚一定是要跟自己喜欢的人。"仿佛一句经典的台词，母亲存了好多年终于说出口。

林姨妈没能跟自己喜欢的人结婚，原因在她。人生中某件重要事情出了一个错，好像之后容易一错再错。而对于那个时代的女人而言，没有什么比嫁人更为重要的事情了。林姨妈跟钟俊仁的恋爱在那个小县城是很轰动的，又因为得到地委书记的认同而有了极大的正确性——这其实在很多人看来可以算作光荣了。没想到，1968年，我们这一片开始武斗，两派对垒，地委书记错站在了"422"一派，钟俊仁不可避免地跟着倒了霉。

在一个月光皎洁的夜晚，钟俊仁拿着一张地委书记签署的结婚介绍信，跑来征求林姨妈的意见。那个时候，传言已经四起，大趋势大家也看清楚了。地委书记命运未卜，他此前所有的政绩都将被推翻甚至被视为反面教材，他的派系队伍即将溃散，有他签署名字的文件将统统失效。而林姨妈和我母亲她们，也已经听说钟俊仁将被"流放"到山区农场护林。时年二十七岁的钟俊仁向林姨妈拿出那封信，但并没有提及自己的明日厄运。他不提，她也没问。两个人，坐在被黑夜笼罩的小河边，隔着这张未被捅破的窗户纸。黎明到来之际，希望跟月亮一起隐去，失望渐渐日出东方。

年轻的林姨妈没能正确地做出决定。我猜,"正确"这两个字,是跟我说起这事的时候,母亲自己加上去的。

在这张结婚介绍信作废之前,像是部署某个战略,由地委书记牵线,钟俊仁迅速跟另一个女人结了婚。一个黄昏,县长途汽车站的黎司机给母亲她们几个带来了一包喜糖,托运人是二百多公里以外松村农林站的钟俊仁。

"妈,这不能怪林姨妈,他不说出来,难道打算骗她结婚?"

"从来就没有人怪她,是她自己怪自己。"母亲苦涩地笑笑。

在母亲仅存的几张老照片里,有一张林姨妈和母亲、徐姨妈三人的剧照。林姨妈坐在铺满稻草的木板上,母亲和徐姨妈则分别坐在她的左右,大概是因为寒冷,三个人身体紧紧挨着,目光望着同一个远方,脸上却是那种夸张的坚定。这是在狱中临刑前话别。再说几句话,母亲和徐姨妈就会被国民党拉出去枪毙,独剩林姨妈一人,等待乌豆那一幕经典的刑场救人。《杜鹃山》,林姨妈演视死如归的铁血队女党员贺湘。她们演过很多场这种表达坚强意志的戏,演得多了,好像感觉自己真的连赴死都不害怕。我母亲告诉我,有一个晚上,她们到梅花村演出,因为第二天一早要开大会迎接最高指示,她们连夜走三十几里的山路回县城。半途掉队了,她们举着仅有的一盏煤油灯,路过一片磷火乱飞的山坟地,她们大声唱着歌走过去,一点都不感觉害怕。可是那次,她们商量了一整夜,拼命劝阻林姨妈,再也不能回到松村那种穷山旮旯里生活了。她们对那种穷极无望的生活更感到彻骨的害怕。她们对"新生活"满怀激情和希望,坚强的意志在"新生活"的召唤下变得风吹草动,即使用爱情这种美好的东西也难以固定。

谁说不是?爱情从来就是生活的一种。仅仅是其中一种。

母亲在舞台上只演过一次爱情戏,就是她当主角的《霓虹灯下的哨兵》。春妮的丈夫——三排排长陈喜,被上海南京路的"香风"腐化,一度丧失革命意志,幸而最终被英雄感化,回归正确的革命道路。有一幕是这样的:陈喜嫌弃糟糠之妻,将他们的定情物——一只针线包,扔得滚落舞台。那只针线包是林姨妈一针一线做出来的，被母亲像勋章一样留下来，纪念自己的这次主角身份。小时候我时常偷穿母亲的衣服，在一只大大的樟木箱里见到过它，红缎面上一只手绣的小鸟，展着灰色的小翅膀。

  挂掉视频，不一会儿，我收到母亲微信传来的照片，不是原图——她总是忘记点下边那个小圈。但那张旧纸片上的字够大，够严肃，笔画不做潦草的勾连，好认：钟俊人邕县良宁镇自然资源所。我第一个反应竟然想笑。原来他的名字是这样的，几十年来，我一直很自然地认为是钟俊仁。要早知道是这样的"俊人"，估计每次听到我都会忍不住笑出来。我甚至怀疑，之所以隔着那么遥远的记忆，她们还对他的俊美不减赞赏，多半是受这个名字的暗示。

  为了腾出老房子给小坚二婚，林姨妈收拾好一些自己的东西，准备住到北山脚下的养老院。这张旧纸片就在这些东西里面。去养老院之前，她把它放到我母亲的手中。

  "哪天我走了，想办法，告诉钟俊人。"这句话让我母亲伤心了好多天。她们在一起好了那么多年，互相帮忙的不过是些柴米油盐、芥豆之事，这张旧纸片就像一个即将奔赴"刑场"的人托下的愿望。母亲想起前半生她们一起演过的那些英勇故事，觉得这件事情非做不可。

  我其实并不太抱希望，潜意识里还有些嫌麻烦。这不是一个电话打过去就能完成的。人海茫茫，大费周章去为一个已经离世的人完成一件事，其实仅仅是为了告慰活着的人。何况是这样的一件事。这又算是一件什么事呢？

  在电话里，我跟母亲兜来兜去，最后说出了我的心里话："妈，你算一下，五十三年了，五十三年间没任何联系的一个人，说不定他早就不在那个地方了。"其实我想说的意思是，说不定他早就不在了，但这话我不敢对一个跟他年龄相仿的人讲。

  "我觉得不会。嗯，不一定会。她之前还去找过他。"母亲把声音压得很低，很轻。

我才忽然醒悟，这张旧纸片上的地址不是松村，不是那个把母亲她们吓怕的穷山旮旯。

"之前是什么时候？有电话号码吗？"我仍然希望一个电话能搞定，或者加个微信搞定。现在跟人联系，即使是一个陌生人，不须见面，在微信上也能说很多话，交代很多事。

"呃，只有这个地址。"母亲在心里算了一下，"林姨父去世那年，应该是2007年。"

我在心里迅速地算了一下。"妈呀，十五年前了哎，那还叫什么之前啊，妈，你这是什么时间概念呀……"十五年前，我的孩子才刚刚出生。

2007年，林姨妈偷偷跑去松村找钟俊人，谁也不知道她想干吗。她从没对母亲她们说过，直到她将那张纸片放到母亲手上。她也只是简单告诉母亲，她"之前去找过他"。那时，松村已经不存在了，合村并镇，钟俊人就在纸片上这个地址。现在，拉进度条一样，我从五十三年前前进到十五年前，要找到十五年前的钟俊人。即使时间"咻"一下缩短，我也觉得并不是件容易的事。

我默默在我的人际圈里搜索了一番，确定在邕县有联系的只有一个老同学，不过她的工作跟自然资源一点不沾边，她是个中学老师。我硬着头皮把电话打过去，简单把事情说了一下，装作好像为了找这个人我在很多地方已经说过很多遍似的。我认为她顶多只会帮我打几个电话，毕竟只是——这样的一件事。我倒是反复回味刚才在那通电话里，我灵机一动，将钟俊人这个人定义为"我姨妈的前男友"。老同学还以为要找的是这个单位的在职人员，觉得难度不大，答应得也干脆。不过，当我接着说出他的年龄时，她沉默了好一会儿，最后改口说："那我帮你问问，我尽力啊。"

这事要不是身处其中，外人总归会觉得过于戏剧性，但能否做成，也不是编剧说了算。

那通电话后，几天没消息。有一天傍晚，老同学终于联系了我。她找到了她一个学生的家长，几经周折，锁定了一个生于1941年的钟俊人。

我添加了一个微信名为"人在旅途"的人，头像是有山有湖的风景。

此人是良宁镇平安养老院的院长。对于我和母亲来说,"人在旅途"现在是这个世界上离钟俊人最近的人了。在我的微信朋友圈里,居然有几个人不约而同叫"人在旅途",有男有女,如果不是及时添加备注,我根本分辨不出谁是谁。他们平时不怎么发圈,一到周末,美景美食几欲刷屏,各种节假日会分享官方制作的贺卡。我猜,"人在旅途"也属于这类中年人。

加上不到一分钟,"人在旅途"发来一张照片。照片上的他老得不像一个刚跨入八十岁的人。要是按照我小时候那种奇怪的逻辑,这个人一定会被我列为"好痛哎"的那类。除了因为肉少而倔强挺直的鼻子,他脸上每一个地方都塌下来了。不过他花白的板寸头,让我确信他就是我要找的钟俊人。这一点跟母亲多年来对他的描述是吻合的。吸引我注意的是,在他长满老年斑的手上,竟然拿着一张报纸。从他的姿势来看,拍照是为了使镜头更好地展示这张报纸。

这张照片不是特意为我拍的。每个月,"人在旅途"都会为养老院的老人拍这样的照片,然后上传到社区街道办的一个系统,照片被确认后,这些老人才能领到每月八十元的养老补助金。因为疫情的缘故,本人没法前往街道办确认身份并领取八十元,"人在旅途"每个月就多出了这么一桩任务。像道具一样,老人们手上会拿着一张当天的报纸,上边的日期就是他们当月活着的证明。

"他只认得出少数人,脑萎缩啦。""人在旅途"用语音发给我。她果然懒得打字。

我将照片转给母亲,隔了很久,母亲才给我回电话。"怎么那么老了啊!好像真的是他,眼睛和鼻子都像钟俊人。"

又过了一阵,"人在旅途"发来一段视频,时长一分三十七秒。

跟我想象的不相上下,"人在旅途"的确是个中年妇女,肥胖,唯一称得上特征的是她的穿着———件紧身的橙色毛衣,一条黑白竖条纹的阔腿裤。她一出现便夺走了我的注意力。

她凑近椅子上的老人,嗓门很大,说出了我写给她的那段话。

"你还记得林莉吗?"她跟我说过,钟俊人是那里边唯一一个讲普通话的老人。好在，她的普通话讲得还行。

在养老院做久了，"人在旅途"很能把握跟老人说话的节奏。她停顿了一下，想看看他的反应。

"嗯，是的，住在梧市的那个林莉。"我不清楚她是怎么接收到他表达过"是的"的意思，我一点都看不出他有任何反应。

"林莉有个亲戚，让我告诉你，林莉回家了，时间是2021年9月16日，傍晚六点左右。"在我写给她的那段话里，"酉时"的后边，我用括号注明"傍晚六点左右"。看到她这么讲，我竟生出一丝得意，仿佛相比整件事，我更期盼这个地方的出现，更为自己的用心感到满意。

"人在旅途"又停了下来，这次停得比上一次久一点。

"你听懂了吗？林莉过世了。林莉过世了，听懂了吗？"

说完，她指了指我这边，让他看过来，他的眼睛就看向我了。我突然感到有些慌乱，好像他真的能看见我。好在，他那双深凹下去的眼睛，一如往常只能看见他所身处的熟悉的周遭，那些将伴随他到达人生终点的时间地点和人物。他脸上的迷茫没有一丝改变。想到这个，我顿时释然。

视频结束了，那么短，短到我都很难在它底部的进度条进行拖曳，一拖就到了开始，或者到了结束。它并非像人们回忆中的时间，自成节奏，有的会被无限压缩，有的会被尽力拉长。

原载《钟山》2023 年第 1 期

余一鸣

# 巴米扬大佛

## 一

刘六一被手机的闹铃惊醒，一骨碌从床上坐起，妻子的那侧早已空了。他洗漱完毕，儿子刘子涵已经坐在餐桌前，一手揉着惺忪的眼睛，一手正抓着一片面包往嘴里塞。餐盘里的水煮鸡蛋已剥好壳，冰清玉洁地卧着。父子俩剥鸡蛋的水平一脉相承，蛋壳沾在蛋白上斑斑驳驳，剥不干净，主要是耽误时间，所以妻子干脆餐前提前剥好。休息日送儿子上补习班，是刘六一的任务，妻子不会开车——说不会也不对，是不敢，驾驶证已经领了三四年，可她就是不敢上路，一握方向盘脸发白手发抖。她勇敢地开车上过一次路，轧伤了人家一条狗，赔了两千块钱。刘六一安慰她，还好，轧伤的是狗不是人。从此刘六一就成了家庭的专职司机，刘六一无怨无悔，总比把一颗心悬在老婆的车轮上好受，这道理很多做丈夫的人都明白。丈夫辛苦，妻子也心疼，妻子一大早准备早餐，其实也辛苦。说来说去，都是为了儿子，为了儿子上该死的补习班。

刘子涵上的是奥数班，说"补习班"其实名不副实。一个小学三年级的学生，做的那些奥数题目连刘六一也解不了。刘六一硕士毕业，虽然学的是中文专业，可高考时数学差两分就是满分。儿子遇到难题常常请教老爸，有时是故意将老爸的军。刘六一偶尔也能解出一两题，但用的是方程式或者函数方法，小学数学没教过，他无法给儿子讲明白。刘子涵很不屑地看他一眼，当爸的那一米八的个子就矮一截。教室就在长江路的一幢商住楼上，长江路曾经是"电脑一条街"，如今都被教培公司占领了。教培公司的办学条件好，教室里桌椅崭新，触摸屏黑板，装有中央空调，教室外还有专门的家长休息室。你可能会说羊毛出在羊身上，学生交的费用高，未必是老板肯为家长着想，是由于教培市场竞争激烈。但对疲于奔波的家长来说，休息室有总比没有好。刘子涵进了教室，刘六一进了休息室。刘六一急于躺倒在一把椅子上补觉，一节课的时间够他小睡一觉，睡醒后他还得把刘子涵送到另一处，上外语提高班。

他一眼就看到了师傅徐海英。

徐海英坐在一张排椅上，脑袋仰靠在椅背，她的两条长腿叉开，正对着休息室的门。刘六一走过她身边，差一点被她的长腿绊着。她的脸上没有化妆，黄色的皮肤上有明显的色斑，短发蓬乱，有一绺落在眉梢。她闭着眼，有轻微的鼾声传出，显然睡着了。徐海英是刘六一的师傅加领导，他俩都在同一年级的办公室。讲究体面的女教师在办公室已不多见，女教师结婚生子后基本成了邋遢婆娘，但师傅今天也太不讲究了，在校外也顾不上自己的形象。上课的铃声才响过几分钟，徐老师已发出鼾声，这随时随地入睡的本事让刘六一羡慕，哪怕累成了狗，刘六一入睡也要有个过渡时间。显然，师傅这是真累了。徐老师来这里，是送她的小二子丁小萌来上课，丁小萌是个姑娘，徐海英还有一个上高中的儿子，如果说刘六一累，那徐海英是累的平方。刘六一不敢打扰她的睡眠，强迫自己闭上眼睛，睡不着，闭一会儿眼也是幸福的。

将刘六一惊醒的是师傅的手机铃声。徐老师昂起脑袋，收回双腿，整个身体从一把大提琴变成了绷紧的弓。她朝睁开眼的刘六一歉然一笑，左手理了一下额前的头发，右手按下了接听键。教师的手机一般都是静音，教室里手机铃响了,属于教学事故;年级办公室十几号人,手机铃声也妨碍别人工作。也就是休息日,有重要的事不敢耽误,才调出铃声。按规定,班主任老师二十四小时开机,休息日打电话来的人,一般是学生家长。徐海英是年级组长,一个年级上千号学生的家长都有权利随时找她。徐海英对着手机说:"您好,我是徐海英,请讲。"看样子她睡着了片刻,精气神恢复了。

徐老师说:"您好,王主任您好。"徐老师的脑袋低了几分,脸上露出恭敬的神色,眼角的鱼尾纹挤到了一起。她似乎不知道,对方根本看不见她的表情。

王主任说:"徐老师,我们提出的周日学校补课的事,你们考虑了吗?"

徐老师说:"抱歉,我们已经汇报给校长室,正在等校长们的讨论结果。"

王主任说:"你们的办事效率也太差了,下周一我去找校长。"

徐老师说:"再等等吧,有结果我会及时向你们汇报。"

对方把电话掐了。

师傅朝刘六一苦笑了一下,摇摇头,将手机收了。

王主任何许人,为何敢如此咄咄逼人?高二年级的老师都认识王主任。王主任是高二年级家长委员会主任,她的儿子王大卫就在刘六一任教的四班。王主任的男人是本市一位副市长,也姓王,她本人在某公司挂一个闲职。她的主要精力是抓儿子的学习,王大卫的学习成绩被她越抓越差,母子关系极僵。有一个阶段,王主任对儿子的老师们极其恭敬,她需要老师们替她传话。当副市长的老爸说话,王大卫表面听着,当耳边风听;老妈说的话,他连听的耐心也没有。其实不听也是好事,偶尔听进去几句,王大卫都是和她对着干,你要我朝东,我偏要朝西。但自从这位女家长当上年级家委会主任,王主任的教育觉悟提高了。有位教学大师说,只有不会教的教师,没有教不好的学生。王主任终于懂了,王大卫不好好学习,责任不在王大卫,不在王大卫父母,根源是王大卫的老师。这深入浅出的教学理论也得到了副主任们的赞同，他们意识到了家委会的神圣职责之一，就是督促高二年级的老师们提升教学水平。你别小看家委会主任这个职位，别说厅级处级，它连个科级也算不上，但它的手下是一两千人的家长，加上"管辖"的上百位年级教师，拉出去也是浩浩荡荡的队伍。东宁中学是东宁市排名第一的重点中学，学生主体是凭成绩考进来的优秀学生，但你懂的，也有少部分学生是塞进来的权贵子弟。有钱的出钱，有力的出力，办学也是众人拾柴火焰高。这么说吧，在东宁市，你的孩子如果读中学不在东中，你是再大的官位、再大的财阀，都不算个人物。刘六一做班主任的四班，高一时转进来一个学生，家长是市政府引进的上市公司老总。校长在校长会上说，这是上面交下来的政治任务，儿子进东中是公司老总提出的条件之一，该公司是本市的纳税大户，我们接受这个学生是为本市的就业和税收做贡献，是为东宁市的人民利益考虑。另一方面，家长也为学校做出了贡献，为每个教室更换了空调，改善了本校的办学条件。这个学生的成绩并不理想，家长私下对刘六一说，我并不指望儿子进了东中能考上名牌大学，我在乎的是他的同学资源，他的同学要么是本身优秀，要么是家庭优秀，我这公司将来交给儿子，如果关键时刻有同学帮他一把，我这一步棋就走对了。要知道，人这一辈子，中学的同学情谊是最纯真的。老总的眼光确实看得远，刘六一打心里佩服。言归正传，高二家委会的几位副主任也十分了得，有两位是公司老总的夫人，全职太太，把主要精力都用在东中高二年级师生的教育事业上。家长们都是聪明人，领头人有钱有地位，还要敢说话敢作为，几位主任深得家长人心，有底气。

徐老师说："小刘，想什么呢？"

刘六一说："师傅，您打个瞌睡的时间他们也不放过您。"

年级组长这个职务，说起来是学校中层干部，其实什么也不是，没资格参加校务会，没有行政津贴，教学工作量也不减，徐海英依然带着两个班的数学课。年级组长的上面，校长室、教务处、学生处等部门的工作，千条线一根针，最后都靠年级组长落实。最麻烦的事，比如说应对家长，年级组长首当其冲，敢冲到校长室骂人的家长毕竟不多。做年级组长，对上要减轻领导压力，对下要保护年级组老师，忙不说，受的委屈太多。刘六一常看见，师傅一个人坐在办公桌前默默生气。

师傅说："这样，我得去找一下范校长，提前告诉他王主任说的事，这事电话里说不清楚。要不，王主任下周到他那里兴师问罪，范校被打个措手不及，就被动了。下一节英语课，麻烦你带上我家小二子，我争取下课之前去接她回家。"

刘六一说："没问题，您不用急着赶过去，下课后我直接送她回家。"

英语培训班在另一个街区，两节课之间只有十分钟，却相隔四五个公交站。刘六一将两个小家伙塞进车后排，他俩是同班同学，熟，憋了一节课没说话，此刻劲头上来了，叽叽喳喳说个不停。刘六一顾不上听，他的精力集中在方向盘上。刘六一喜欢开车的感觉，只有手握方向盘，他才觉得命运掌握在自己手中。城市的街道总是拥堵，这难不倒刘六一，他见缝插针，左拐右突，抢红灯，溜黄灯，总能准时将刘子涵送进教室。国外有个电影叫《速度与激情》，年轻人喜欢看，都拍到续八续九了，刘老师也喜欢，速度是激情，也是刘老师的青春记忆。年轻时他没有汽车，只有一辆二手自行车，但并不妨碍他骑车时飞速的享受。如今，也就是在驾车时，他才发现自己虽然在别人眼里是油腻大叔，内心却还有不服输的劲头。

## 二

徐海英有十几年的驾龄，但是不出城她不开车。开车在城里耽误时间，上班下班，学校门口的小车排着长队，家长接送小孩。遇到堵车，别人等得起，当教师的等不起，教室里五六十个学生眼巴巴地等着你呢。就算没第一节课，也有一大堆事等着你处理。徐老师骑电动车，轻便，主要是快捷，大街堵，你可以走小巷，小巷堵，你可以将电动车一扔，步行。如果是汽车，你想扔也扔不了，阻碍交通。徐海英读书时是乖学生，教书时是好教师，从来不做不守规矩的事。

范校长在学校，今天轮到他值日。

私下里范校长喊徐海英师妹，范校长比徐海英高一级，读师大数学系时俩人就认识，都是东宁老乡。范校长年轻时风流倜傥，梳大背头，留大鬓角。那年代流行卡拉OK和室内舞会，范师兄瘦高个，却能唱美声，拿手曲是《我的太阳》，身材好，舞场上当然也是明星。范师兄待徐师妹不错，刚工作时常带她出去玩乐，甚至可以说对她有过那个意思。而徐海英是个安静的人，她觉得找男人得找个安稳的，这位范师兄过于活跃，不适合她。徐海英现在的丈夫是纪检部门的一位副处长，姓丁，丁副处里里外外都彬彬有礼循规蹈矩，把副处长当到退休没问题。而范师兄，工作几年后突然变了个人，埋头教书，潜心写教学论文，专注于登攀职业阶梯，先是评上"教坛新秀"，接着被评为"市学科带头人""省特级教师""教授级高级教师"，一步也没落下。别人一般是先做行政，当上主任校长后再去评特级升正高，近水楼台先得月。范师兄牛，两条路都没耽搁，行政上的台阶也一步一个脚印，从年级组长到教务主任、教学副校长，齐头并进。范校长当东宁一把手校长时不到四十岁，其时范校长已经是三级教授，要知道，这是在中学不是大学，能评上教授的人已属凤毛麟角。当然，职业能改变人，权威更能改变人，范校长已经看不出一点当年范师兄的飒爽英姿，他正趴在办公桌上看文件，白衬衣，深蓝色夹克，领导服装的标配。听到敲门声，他头也不抬地说："请进。"徐海英首先看到的是一个硕大的光脑袋，那些蓬勃乌黑的头发都去哪里了？男人的睿智，或许只有等到秃顶时才能一目了然。

范校长说："有事吗？"他对休息日出现在校园的徐海英，一点也不觉得意外。

徐海英将家委会王主任的要求如实汇报。

范校长说："这个王夫人，一点也不省事。禁止中小学节假日补课，上面有明文规定，多少双眼睛在盯着东中，我们敢做初一，别人就敢做十五，最后挨棍子的首先是我们。"

范校长说："她家那公子王大卫最近成绩有没有起色？"

徐海英摇摇头说："学生不学，老师再优秀也只能干瞪眼。"

徐海英跟王大卫的班主任和老师一一打过招呼，重点关心王大卫的学习。班主任说，放学后老师们想留下来单独替王大卫补习，可是教室里根本找不到王大卫。替王大卫开小灶，这是补差，王大卫考试成绩拉低班级的平均分太多，老师们愿意，是从任教班级的考试均分考虑，年级均分要排名，落在后面的老师也没面子。王大卫是副市长家的公子，这与底层教师何干？倒是徐海英存了一点私心，如果王大卫成绩上来了，王主任或许就会少找她和学校的麻烦。徐海英不怕王副市长，怕的是家委会王主任。可恨的是王大卫不爱学习，狗屎糊不上墙。徐海英恨铁不成钢，把王大卫比作狗屎，有违她的教师角色，即使她在心里这么一说，也觉得不妥。权贵子弟分两类，一类极其优秀，全面发展，人中龙凤，另一类就是纨绔子弟，贪图享受，懒于学习，还呼朋唤友，破坏班风。班主任带班时碰到后者，三年一轮，算是倒了三年霉运。可徐海英是年级组长，每一届学生中都少不了刺头学生和刺头家长，她别无选择。

范校长说："她如果真的来学校闹，我拿出文件给她看，总不能逼着我们撞红线。再不行，我们直接向王副市长汇报。"

王副市长不是分管教育的副市长，但是范校长也算是官场中人，他绝对不可能走到那一步。说白了，他也就是安慰一下徐海英，让她别有太多焦虑。

做重点中学的校长，其实也是高风险职业，东中的前任校长，就是被家长举报，进去了。当初孩子进东中时，家长送了钱给校长，孩子考上大学，家长就实名举报了校长。丁副处对徐海英说，做官在台上当然风光，但是老百姓只看到牛吃豆子，看不到牛挨鞭子。当你们这种重点中学的校长，不知道有多少家长求他，他收了孩子，家长感恩戴德，他拒收孩子，家长就埋下了恨心。收的学生有限，拒的学生总是多数，他得罪的人是多数。倘若他有一天出事，墙倒众人推，能踩他一脚的人都收不住自己的腿。徐海英说，关键是自己行得正，倘若自己干净，别人想踩也踩不倒。老公点头说，那是。老公不与徐海英争辩，他的工作性质决定了他的见识，能娶到徐海英这样大脑简单心地纯真的女人做老婆，是他的福分，多少家庭都是毁在心眼太多的主妇手中，他见得多了。

离开学校，徐海英去了菜市场。平时工作忙，徐海英总是中午在食堂买几个菜，留着做一家人的晚饭菜，天冷，将菜在微波炉里转一转，天热，可直接端上桌。可今天是休息日，食堂不开张，再说，总是吃食堂的菜，徐海英对丁副处和孩子心有愧疚。食堂的菜油大，老公嫌油腻，俩孩子嫌单调，一个礼拜吃下来，徐海英得给他们改善一两次伙食。徐海英买了一条鲈鱼，打算清蒸，又买了小排骨，可以做糖醋仔排，俩孩子贪肉。荤菜有了，再买些叶子菜，徐海英的布袋子就塞得鼓鼓的。这布袋子据说在西方很流行，环保，可拎可挎，年轻人认为时尚，徐海英是觉得用着顺手。数学教师每天都布置作业，两个班的作业，白天改不完，就塞进布袋子带回家改，第二天课上要评讲。有一个周末，她买菜时忘了布袋子里有作业本，星期一的数学课上，有学生从作业本里拣出了韭菜叶，弄得徐老师很尴尬。幸亏荤菜都装在塑料袋里，要不，那学生的作业本就面目全非了。徐老师那次差点造成了教学事故，她吸取教训，每天将作业本放进布袋子前，先放进塑料袋，用胶带封死。作业本放进布袋，就进了套中套。徐海英想到中学语文课本里有篇小说叫《套中人》，主人公喜欢在什么东西上都加个套子，其实也并不那么可笑，用一个词来形容，那是"严谨"。教师这个职业，必须严谨，为人师表，领导、家长、学生，整个社会的眼睛都盯着你，一个微小的瑕疵放在放大镜下也能令人神共愤。

丁副处不在家。这是他的职业特点，案子在手上，十天八天失踪也不奇怪。小二子已经回来，乖乖地在她的房间里做作业，门开着，这是徐海英的规定，方便随时督查。老大房间的门关着。老大读高一，学习自觉，成绩在年级排名总在前五，用不着徐海英操心。当然，还有一个徐海英内心不承认的原因：孩子越大，逆反心理越强。老大曾经强调，他有隐私权，他有关门的权利，进他的房间必须敲门，这是对他的尊重。徐海英默认了，有时候对孩子的让步是无奈，也是必要。关键是老大的学习习惯已养成，用不着别人督促。对一个学生来说，学习习惯养成比学习成绩重要，好比是上了轨道的火车，它的车轮自会滚滚向前。而靠家长和老师监督学习的学生，家长和老师苦，学生也苦，而且一有松懈，前功尽弃。徐海英对小二子从严，就是想让她养成学习习惯，将她送上轨道。小二子是姑娘，是父母的小棉袄，徐海英当然心疼，但是孩子的成长过程就是先苦后甜。

有时候老公会替孩子说话，说，你把俩孩子变成了学习机器，有什么意义？

有什么意义？徐海英也想过这个问题。所有的父母都希望孩子能考上重点中学重点大学，然后做公务员做医生做教师，然后成家立业，让后代再来一个轮回。就如徐海英和老公，他俩的人生道路没掉过一次链子，按部就班，没有野心也缺乏激情，但这世上绝大多数人不都在这样过日子吗？

徐海英洗鱼，配佐料，将鱼放进蒸锅。然后烧仔排，这是徐海英的拿手菜，曾经得到过那三位的一致称赞。但上一次烧这个菜，居然受到了三位食客的批评，嫌酱油多了，嫌肉老了。并不是徐海英的厨艺水平下降了，是那次烧菜时她接了一个电话，年级里有个事要让她处理。做什么事一心都不能两用，即使是烧个菜。徐海英把握火候，眼睛掐在表上，这次得发挥出正常水平。生活其实是美好的，老公忠于职守，勤勉敬业，两个孩子懂事听话，成绩优秀，作为妻子，作为母亲，她找不出不满意的理由。

范校长的电话是她把饭菜端上桌时打过来的。范校说："吃过饭没有？"徐海英说："正要开始吃。"范校说："不好意思，打扰领导用餐了。"他说的领导当然不是徐海英，是徐海英的老公。论级别她老公是副处，范校是正处，范校一口一个领导，是官场的礼貌。徐海英说："他没在家，加班。"范校说："哦，领导辛苦——我跟你说个事，我联系了王主任，商量的结果是可以星期天补课，由家委会组织，学校不出场地和教师，由家委会出面操办。但他们希望任课教师还是东中的老师，可能王主任要请你做做老师们的工作。"

王主任的心思徐海英当然猜得到，东中的老师比培训机构的老师强，那些机构的老师鱼龙混杂，很多人连教师资格证都拿不出。但是，如果学校不表态，谁也没那么大胆子外出兼课，上边明令禁止在职教师做家教，本市已有几位做家教的教师被家长举报，处分通告挂在教育局官网上。

徐海英不说话，范校说："这也是没办法的办法，那位王主任，差点掀翻了我的办公桌。"

范校说："至于教师的报酬，家委会说按市场价给，我觉得不合适。都是本年级的学生，也算是为学校本届学生高考做贡献，按节假日加班算，上一节课六百元，你觉得如何？"

一节课六百元，听上去报酬不低，但要知道，上一节课要备课、改作业，四十五分钟至少得忙活四个半钟头。去机构上一节课，老师至少拿得到一千五百元。当然，去机构上课有风险，但王主任这边就没风险吗？

徐海英说："我明白了。"

## 三

又一个星期过去，忙有忙的好处，中学教师的日子总是比别人过得快。刘六一将刘子涵送进长江路上的教室，奇怪的是徐老师今天没来，不知道她家小二子来了没有。刘六一是不主张刘子涵上培训班的，至少不应该语数外三门课都上，可他拗不过老婆。不知道哪个混蛋提出的口号，说不能让孩子输在起跑线上，居然深入人心。徐老师家姑娘与刘子涵同班，小姑娘在班上成绩拔尖，根本用不着出来上课。

这个星期四刘六一遇到了一位家长的纠缠，家长是年级家委会委员，一位副厅长的太太。这位委员很厉害，刘六一早有耳闻，高二四班还是高一四班时，班主任是一位博士刚毕业的大龄姑娘，性格内向，不擅与家长交流。该委员联络了一批家长，搜集了相关"证据"，集体签名找到了校长，要求炒掉四班班主任。校长居然屈服了，真的将班主任调离了教师岗位，将女博士安排去了阅览室。这次该家长找到刘六一，请他星期天替学生补课，家长说，她是代表家委会前来邀请，放心，出了问题由家委会负责任。刘六一当然知道，家委会有很多显赫人士，但他不能拿自己的饭碗开玩笑。刘六一已经不是当年那个初出茅庐的毛头小伙子，他有老婆有儿子有房贷。他婉言谢绝，惹不起这种家长，躲应该躲得起。

刘六一刚做班主任时，学校指定徐海英做他的师傅。每年教师节，学校都举行"师徒结对"仪式。"师徒结对"分两种，一种是学科师徒，还有一种是班主任师徒。不是所有的新教师都能做班主任，教师评职称，对教师做班主任有年限要求，新教师做班主任需竞争上岗。刘六一是年级组长徐海英推荐的。刘六一是师大硕士毕业，那年代研究生进中学的还不多，不像现在，北大清华的博士、博士后都打破头往东中挤。刘六一是学生党员，政治素质高，兴趣广泛，书读得多，足球踢得好，元旦联欢会上一展歌喉，简直比明星还明星。这样的教师应该受学生欢迎。但事实并非像徐老师想象的那样，一个优秀青年未必能做一个优秀教师。

刘六一第一次被家长举报，是举报他在语文课堂上扯闲篇，说他的语文课是大杂烩，时事政治天文地理无所不扯，例证是用一节语文课讲了巴米扬大佛。巴米扬大佛深藏在阿富汗巴米扬山谷的石窟中，有两尊，一尊凿于5世纪，高53米，身披红色袈裟；另一尊凿于1世纪，稍矮，披蓝色袈裟。刘老师说中国晋代高僧法显和唐代玄奘都曾前去瞻仰，《大唐西域记》中就有描述。早在2001年3月，大佛就被塔利班轰炸倒坍。刘老师说，他有一个愿望，在有生之年去一趟巴米扬山谷，哪怕是只能看一眼那空空的石窟。家长质问，刘老师教的是语文，又不是教政治教历史，那两尊大佛与中国的高考语文题有什么关系？何况那两尊菩萨已经烟消云散。举报信转到了师傅徐海英手里，徐海英受命找刘六一谈话。刘六一很生气，生气的样子让徐海英心疼。徐海英的职业生涯也是这样走过来的，从妄想天涯海角到心如止水，从生气到不会生气。刘六一拿出一本语文教学刊物，叫《语文学习》，他指着封面上一行字一字一顿地读给师傅听："语文学习的外延与生活的外延相等。"徐海英听不大懂，但她相信，专业的事应该让专业的人干，刘六一那样教有他的道理。徐海英说："小刘，教语文有教语文的难处，语文课本上的那些字，家长都认得，都自以为有语文水平。其他科目不这样。比如说英语课数学课，家长不懂，绕着走；比如说政治课，政治正确他们也无话可说。你听说过吧，北大有个叫钱理群的教授，到他的母校开设文学课，结果遭到了家长和学生的抵制。为什么？家长要的是语文高考分数，不是语文水平。"

刘六一领会了师傅的苦心，心里不服气也得服气。东宁人请客，酒席的档次不是酒和菜，是看陪客的档次，陪客的领导级别越高，酒席的档次越高。但处理人时，找你谈话的领导级别越高，问题越严重。据说本来出面谈话的人是副校长，但是师傅说，我是他师傅，我有责任，她把别人不愿干的差事揽过来了。学校把刘六一的班主任免了，但到了下一届，徐老师又瞅空子把他拉上了班主任岗位。

在刘子涵下课之前，徐老师赶来了。她家丁小萌并没有落课，早晨是她独自坐公交车来的。小女孩就是比小男孩懂事，据说国外的小学生上学放学都没有家长接送，可中国的家长想学也学不成，独生子女时代，家长把孩子当成王子公主宠溺，轮到二胎上学了，不能厚此薄彼，何况接送已形成了习惯。师傅肯定是一大早让什么事绊住了。

师傅说，先把他俩送过去。

两个小朋友坐后座，丁小萌说："妈，这是上次的测验试卷。"徐老师接过试卷，刘六一忍不住瞥了一眼，一百分。刘子涵装着看车窗外。刘六一不指望儿子也能考满分，小小男子汉也有自尊心，刘六一没有问儿子的测验成绩。这十分钟也是小朋友难得的放风时间，男生从前排座位的后背上掏出一只奥特曼，嘴里大声喊："我是赛罗！"女生被吸引了，说："赛罗是谁？不是都叫奥特曼吗？"男生得意地说："奥特曼有很多，这个是赛罗，我家里还有一个，叫迪迦。"男生神气起来，向女生介绍赛罗的本事。刘六一对儿子的管理比较松懈，他觉得刘子涵知道赛罗和迪迦，也是拓展了一种知识面，未必非得奥数考满分的孩子才有资格显摆。儿子长得像刘六一，刘子涵说，他是用爸爸的零件重装的一个他。

小朋友又进了课堂。徐老师说："我来是找你的，否则，我就给你发微信，把小二子交给你捎上了。"

徐老师："家委会的家长找过你了，听说你拒绝了她？"

刘六一说："没错，哪天她倒打一耙，我还得吃不了兜着走。"

徐老师说:"家长是从自身利益出发,东中的老师上课,当然比外面机构的老师强,况且收费也比外面机构低。"

刘六一说:"师傅放心,我不是钻在钱眼里的人。"

刘六一也在节假日出去带过课。语文教师本身不吃香,不像英语和数理化老师。语文是积累型学科,少上几节课未必考差,多上几节课未必考好,家长大多在高考战场打拼过,都懂,时间和金钱投入进去收效却慢。刘六一出去带的课主要是作文课,考试作文都是套路作文,说白了就是把学生作文压模子,压进阅卷的评分标准里。刘六一缺钱,刚工作的年轻人都缺钱,除了富二代,刘六一没那福气。但是教育局禁止在职教师带家教的文件一出台,刘六一就退出了。除了怕挨处分,刘六一觉得上那种家教课没意思,没激情没兴趣,纯粹是为了挣铜钱银子。

徐老师顿了顿,说:"不过,如果学校的老师肯带课,总比让学生在外面上课强,外面的老师水平毕竟参差不齐。从学校的升学率考虑,也许并非坏事。"

刘六一说:"师傅,教师也是人,需要休息日,我们也有家庭,有孩子,有一大堆事等着休息日忙活。"

徐老师说:"做教师,就得有奉献精神。并不是唱高调,怎么说呢,一个家庭与几十个家庭相比,少数服从多数。"

刘六一听明白了,师傅是站到家委会那一边了。师傅说:"放心吧,校长不方便出面,有家委会顶着,真要有什么事,棍子打不到教师头上。"

刘六一只有服从,师傅待他不薄,他不能拂师傅的面子。一节课六百,一次上两节课就是一千二,这对他来说,也是不错的进项。

## 四

家委会的班开起来,徐海英更没有星期天了。徐海英本来将补习班定义为真正意义上的补差班,考试成绩在年级前一百名的学生不得参加,但是,优生的家长们不答应。家长们给徐老师讲故事,兔子和乌龟赛跑的故事，兔子打个盹，乌龟就爬到前面成了冠军。如果下次考试这些优生落后了，你徐老师是不是承担责任？徐老师一个弱女子，肩膀没那么硬朗，于是补差班上乌龟进来，兔子也进来了。

东宁市的中学不是一家人，但东宁市所有的家长都是一家人。很快，别的中学也纷纷效仿，有家委会的上阵，没有家委会的，火速建立家委会也上阵。人家东中那么牛的重点校，星期天都补课，你们学校凭什么不补课？笨鸟得先飞，再不飞怕永远飞不起来了。校长们嘴上喊冤，心中窃喜，有人做冤大头冲锋在前，我等何不紧紧跟上？枪打出头鸟，有事也轮不到咱。一时间，东宁市各校的补课活动风起云涌。东中的补习教室设在校外，避嫌，租借的场地，有的学校不搞形式主义，明目张胆地使用本校教室，不用白不用嘛！家长们奔走相告，终于得解放了，解放区的天是明亮的天，休息日不用奔波在长江路上了，休息日不用整天面对孩子们苦大仇深的面孔了。几家欢乐几家愁，长江路上的机构门前冷落马车稀。这不是砸我们的饭碗吗？有人向省市相关部门举报，上级明文规定中小学不准节假日补课，不准教师有偿补习，东宁市的中小学是不是没王法了？

徐海英没有想到，板子举起来，会落到她头上。尽管是高举轻落，但这等于用吹胀的猪尿脬打人，挨打者不在乎痛，在乎不服"气"。

徐海英那天正在办公室改作业，秘书室打来电话，说范校长在会议室等她商量事情。范校召见，不在校长的办公室，而是在学校的会议室，这是集体开会。进了会议室，偌大的会议桌前却只坐了范校一个人，徐海英觉得会议室空空荡荡，但没觉得蹊跷。范校说："师妹最近辛苦了，家委会那边又给你揽了那一堆事。"徐老师说："那是我工作分内的事，应该的。"范校说："徐老师，在外人面前可不能说这话，这是家委会的事。"徐老师想，学校也罢，家委会也罢，反正干活的是我们这些教师，看范校脸色凝重，她没敢说出口。范校说："上面已经通知学校，休息日禁止补课，我们本周开始执行。"徐老师说："这才补了多久，说停就停，家委会会答应吗？"范校说："你啊太天真，你真以为家委会那几个女人能顶天立地？她们平时拉大旗作虎皮，关键时刻气也没屁也没。我刚才跟王主任通了电话，这女人腿脚溜得比谁都快,嘴上说得高大上,说我们家委会也服从上级指示,不给领导添乱,不给学校添麻烦。问题是,上面揪住不放,说要给民众一个交代,现在别的中学异口同声咬定,东中是领头羊,想把脏水都泼到我们家头上。"徐老师说:"她们怎么能这样!"过了两天,秘书室又通知她去会议室,这次会议桌上坐了两个人,徐老师认得,是教育局的两位工作人员,一男一女,男的问话,女的记录。男的说:"徐老师,家委会说补课一事是他们出面,由你牵头和组织,这情况属实吗?"徐海英点头,上课的老师有几位起初不答应,她出面做过工作。男的又说:"那么,徐老师,我们想了解一下,你作为牵头者,家委会有没有给你另外的报酬?"徐海英很生气,大声说:"谁说给了我另外的报酬?请他过来,我们当面对质。"那男的说:"你别激动,我刚才说过,我们只是了解情况。"一节课六百块的上课费,徐海英是拿的,家委会的会计往手机上转的账,所有补课的老师都有。徐老师站起来,说:"我下面还有课,抱歉,我走了。"

徐老师回到办公室,眼泪不由自主地流出来了。好在年级组长的办公桌在最后一排,方便平时掌握年级组老师的在岗状态,没有人看到她的眼泪。中午她没有去食堂吃饭,没胃口,晚上回到家,这才发现今天没买晚饭菜,她下楼去超市买了速冻饺子,晚饭就用饺子对付过去。吃完饺子,俩孩子都去各自房间做作业了,丁副处说:"今天的碗筷少,我洗。"徐海英说:"行。"丁副处从厨房出来,徐海英坐在沙发上看《新闻联播》,平时为了不影响孩子学习,俩人只看每晚的《新闻联播》,无声,看字幕。此刻两位主持人看着徐老师,徐老师却没正眼看他们。丁副处说:"从你回家,我就看出你今天有情况,出什么事了?"丁副处善于观察人,多少老奸巨猾的人都逃不脱他的目光,何况徐老师?老公一问,徐海英情绪就崩溃了,想到两个做作业的孩子,才把声音压低。丁副处说:"徐老师,你被你那范师兄卖了。你仔细想一想,他当初找你牵头,有没有别的领导在场?没有。他找你谈话,没有发短信或微信,你凭什么证明这事是校长授意?从一开始,姓范的就留了退路,把屎搭在你头上,他连手都不用洗。"徐海英将信将疑,说:"他还不至于这么坏吧?"丁副处说:"现在我们做最坏的打算，能坏到什么地步？"徐海英想到以前被举报的两位老师，一位在机构上课，一位在家中带家教，处理结果是记大过，扣除三年绩效奖。徐海英说："法不责众，估计不会处理所有的老师，但拉我做替罪羊，估计我得受处分，扣奖金，说不定把我的年级组长撤了。"丁副处说："如果把你的年级组长撤了，倒是件好事，你可以潜心抓儿女的学习，少受累也少受气。"丁副处说，"其实你们教育局分管纪检的领导我也认识，但我不想找他们，一是违反纪律，二是我觉得受个处分扣点钱无所谓，反正你也不吃行政饭，当不了官。如果能不当年级组长，吃小亏占大便宜，值。"老公明显是安慰她，徐海英说："就只有你是做官的料？怎么到如今也就是个十几年原地踏步的丁副处？"

正如徐海英所料，对她的处理逃不掉，这次找她谈话的是东中的纪委书记。范校躲着她也有理由，按照规则，处理教师是纪检书记分内的工作。还是在学校的会议室，这次是徐海英早早到了，徐海英有了心理准备，反而显得并不慌张。她这次认真打量了一下会议室，这实际上是个小型会议室，一张腰子形的会议桌，正好够十位校级领导坐下，一边是学校的荣誉墙，挂着奖牌和奖状，一边是写着校训的书法作品，作者是位著名的书法家，曾经是东中的学生家长。天开始热了，徐海英打开了墙角的立式空调，看见饮水器亮着灯，又给自己泡了一杯茶。徐海英对自己说，该来的都会来，来吧。纪检书记是个小老太，说："海英，我办公室有特级龙井，比这里的好，我去拿。"徐海英说："不必了，谈正事吧。"小老太先是替徐海英种种鸣不平，绕了一圈才说："行政会上大家商议的结果是，你是为学校做出了牺牲，但是又不能对上面没个说法，只能委屈你了。学校建议你交一份辞去年级组长的申请，这样比学校免职面子上要好看，至于别的处理，就免了。"徐海英听进了最后一句，就是说不扣她的绩效奖之类。徐海英说："要撤我的职你们撤，我不会写辞职申请书。"

下午没课，徐海英破天荒早退回了家。她买菜烧菜做饭，等儿子女儿回家时，桌上已摆了满满一桌菜，可惜丁副处去南方出差了，否则，徐海英想和老公开一瓶白酒。儿子说："妈，今天是什么日子？"徐海英说：

"今天是个好日子。"这是一句歌词。徐海英说:"其实每天都是好日子,是妈这些年疏忽你们了,以后,妈会经常给你们做好吃的菜。"

儿子女儿晚饭后都去做作业了,徐海英洗涮完毕,坐在沙发上,觉得闷热,就去冲了个凉,还是热,她开了客厅的空调,依然没觉得凉爽。她知道是心中燥热,打算出门吹吹风。车也很久没动了,人闲不得,车也闲不得,车停久了,电瓶里的电就会跑光,有几回启动时都打不着火。她下楼到了地下车库,开车出了小区,漫无目的地沿马路疾驰。半个小时后,车开到了城东开发区,灯红酒绿的一条街,两边都是酒吧和餐馆。这地方徐海英来过,是和几位班主任寻找夜不归宿的问题学生。徐海英泊了车,走进了一家叫"夜莺嘶哑"的酒吧,徐海英今晚想喝酒,也许只有烈酒下肚,心才能凉下来。

## 五

刘六一这天睡得比较迟,因为第二天有作文课,他得连夜将学生作文批改完。家委会的补课班被叫停,刘六一少了一笔预期的收入,有几分失落。教师们中间有一种传说,要退掉补课费,不退就是"有偿",得受处分。刘六一并没什么担心,天塌下来有高个子顶着,他一个随大流的普通百姓有什么可烦躁的,如果非得退补课费,那就算是撞了霉运吧。把钱塞进腰包是快乐的事,把钱从腰包里抠出去,那是另一种感觉。

刘六一刚上床,手机就在床头柜上鸣叫,他慌忙把手机捂住,怕把老婆惊醒,一骨碌起了身,走出卧室接听。是师傅,已经是一点半了,师傅说她在"夜莺嘶哑"酒吧,让他过去接她。刘六一想不起来"夜莺嘶哑"在什么地方,说我这就过来,您发个定位给我。他回到卧室,老婆还是醒了,问道:"谁呀?这些家长还让人睡不睡觉。"不久前也有过半夜来电,是班上一个有心理问题的学生,站在窗台上不让家长靠近,家长害怕了,哭着向班主任求救。刘六一火急火燎地冲出门,开车连闯两个红灯赶到,把学生劝住了。为此,刘六一的驾照差点被吊销,学校和家长出了证明,才救了回来。刘六一说:"不是家长,是我师傅,她的车在开发区坏了,让我接一下她。"刘六一脱口而出说是师傅的车坏在路上了,他自己也弄不清为什么要撒谎。老婆说:"你这师傅也真是个师傅,走吧走吧,开车注意安全。"

  刘六一打车赶到"夜莺嘶哑"酒吧门口,在门外也听得见震耳欲聋的音乐,有年轻的男人和女人歪歪斜斜走出来,倚着墙呕吐。不论从身份和年龄来说,这里都不是徐老师该来的地方。他找到徐老师的车,前排座位上没人,拉开后座,徐老师仰倒在后座上,头发蓬乱,衣衫不整,露出一截白色的肚皮。刘六一第一次看到这样的师傅形象,这是遇上了多大的事,才能让师傅变得如此不堪。刘六一将她扶正,她说:"水,矿泉水。"刘六一从后备箱找出一瓶矿泉水,拧开盖,递给她。她喝了一大口,说:"六一,坐,陪师傅说说话,师傅心里苦。"

  师傅将脑袋耷拉在刘六一肩膀上,刘六一不敢动。师傅说:"我一直弄不懂,你们那次的事,明明是两口子,为什么非要出去弄什么'车震'?"

  这是七八年前的事,刘六一刚买新车,也是夏天的夜晚,他和老婆开车到东山公园兜风。东山公园有山有林,被称为东宁市的"城市绿肺"。心情好,年轻,俩人忍不住在后座上激情了一把,却被公园联防队盯上了。在公共场合有伤风化,罚款,刘六一认了。"谁知道你俩是不是合法夫妻,必须让单位来领人。"无奈,刘六一报了师傅的电话。徐老师来了,乐得不行,她说:"我是他的领导,还是他俩的证婚人——没想到你俩结婚这些年了,还需要我再来一次证婚。"这事当然被徐老师按下了,她连范校也没汇报。徐老师说,咱是教师,工资不高,但社会地位高,这事传出去,不知道会给你们编出什么样的故事,一定要以此为戒,下不为例。

  车泊在停车场,天色很暗,把车内车外都遮蔽了。

## 六

  老实人有老实人的脾气,徐海英坚决不写辞职申请书,她等着,等着范校长来做她的工作,看他究竟是副什么嘴脸。范校在校园里遇见徐海英,像以前一样热情,但徐海英不是以前的徐海英了,范校喊徐老师她不理,范校喊师妹她不睬,范校有风度,下次遇见她态度依然热情。刘六一认为,范校长当然不怕得罪徐海英,但他肯定怕得罪丁副处。现在是廉政时代,官员最怕纪检委的人,除非他真的是一身正气,清廉无瑕。

一个星期过去了,两个星期过去了,传说中的楼上那只靴子还是没有掉下来。这天,范校长终于召见了徐老师,范校说:"师妹,你就别生我的气了,我在昨天的校务会上拍板,决定不给予徐海英同志任何处分,你还是高二年级的年级组长。"徐海英一时摸不着头脑。下一个周一,东中召开全校教师会议,会上范校长宣读了教育部《关于进一步减轻义务教育阶段学生作业负担和校外培训负担的意见》,明确指出学校要制定课后服务实施方案,增强课后服务的吸引力。东中决定,平时每天放学延迟到晚上八点,星期天各年级恢复补习课,课堂从校外搬进了校内。风向突然就变了,校外培训机构的好日子到头了,家长们拍手相庆,"双减"政策至少减轻了家长的负担。但是,有人减轻了担子,就有人加重了担子,中小学教师们失去了更多的休息时间。

徐海英明白了,哪里有什么人为她主持公道,是车掉头了,从逆风变成了顺风,她运气好,搭上了顺风车。

徐海英坚持不再做年级组长,她找到范校长,诚恳地向范校请求:"我好不容易想通了,不当组长,不回头了。我已写好年级组长的辞职申请书,请校长收下。"范校说:"我可以答应,但老师们不答应,家长们不答应。你可以不替学校着想,但你总得为这帮学生着想。从高一入学至今,你带这一届学生马上就是两整年了,你能放得下他们?"

徐老师还是高二年级的年级组长。

刘六一见了师傅,总是有几分不自然。但师傅还是原来的样子,布置工作,讨论问题,她认真细致,一如既往。据说有人酒后失忆,师傅可能已经忘了那一幕,忘了也是好事,大家都轻松。好在外面的补习机构都树倒猢狲散,刘子涵和丁小萌不上那些班了,刘六一和徐海英也没机会在那里单独相遇。

有一天，开完班主任会，徐老师说："六一，你知道吗，除了你，还有人惦记巴米扬大佛。"

大家都笑起来，打人不打脸，揭人不揭疤，教师们私下都不认为那事刘六一有错，是伤不是疤。时过境迁，那事已经可以当个笑话讲。徐老师说："我在网上看到，有一对中国夫妇历经千辛万苦，利用光影艺术在巴米扬石窟重现了巴米扬大佛，你看到报道没有？"

刘六一说："那是去年的新闻了。"

徐老师说："好在他们用的是光影技术，真正修复的机会还给你留着。"

大家又一次哄笑。刘六一说："我去不去重修，不重要了，用佛教徒的话说，佛在心中，巴米扬大佛即使不重塑，也活在那些阿富汗信众的心中。"

原载《大家》2023年第1期

喻之之

# 无限寺

## 1

那天喝完茶之后,俞问樵是走回去的。

茶楼离他家很近,何况雨过天青,清风徐来,俞问樵很喜欢在街上走一走。所以当茶楼送客的车开出来时,他摆了摆手,跟大家道过别,就信步走到了街上。

俞问樵走到了玉带街上。这是他回家的必经之路,也是较近的一条路。这条街白天没有什么特别的,但到了晚上,就有些异样了。怎么个异样法呢?就是别人在跟你说到某个人某件事时,会突然眨一下眼睛,暧昧一笑,你立即心领神会了——这条街就是这样,它属于常常被人挤眼睛之列。

俞问樵大步流星,眼看要走出玉带街了,却在他身后出现了一阵骚乱。他并没停下脚步,只是回头看了一眼,原来是公安部门在执法,几个身着制服的大汉,正把一个年轻女子押着,从一家小洗脚房推了出来,女子不从,挣扎着,喊叫着,一路撞翻了垃圾桶和电动车几多。

俞问樵没有停,继续朝前走,就在这时,却听到在黑夜里有人喊出了自己的名字。他本能地一回头，看到那女子已被推上车，但她努力挣扎着，扭着身子，伸长脖子，向下面站着的一个看上去比她更年轻的小姑娘喊道：

"别怕，别怕，你别怕！去区政府找俞、问、樵，俞主任！"

俞问樵惊得全身冷汗一炸，脊背上像中了一排冷箭。我喝多了？不会多到这种程度吧？顿时茶也醒了酒也醒了，待他细细一回味，"俞问樵俞主任"六个字犹在耳边回响，没有错。

俞问樵想回头看个究竟，可那女子已被人推上了车。很快，车门关上，车队呼啸而去，俞问樵也回过神来。他想，这事得从长计议，但此刻还是赶紧离开这是非之地比较好。

他快步走到主街上，一轮明月正从云层中涌出来，清辉万丈，可他已无心欣赏。那女人什么时候知道他名字的呢？一次酒后失德？俞问樵摇了摇头，他没有。某次不太有边界的聚会，朋友的朋友带来的？可如果是这样，她凭什么在这时候去找他呢，还那么理直气壮……前两年，他上网查过，全省跟他同名同姓的只有一人，是一位秭归的老先生，如果健在，今年应该已经九十七岁了——她该不会是要去找他吧？

或者余问桥？俞问乔？

俞问樵又摇了摇头，据他所知，区政府跟他同名甚至同音的，根本没有任何一个人。

俞问樵走到自家楼下，没有直接回家，而是在花坛上坐了一下。

近两年来，俞问樵感到不是一点儿的不顺。各种事，莫名其妙地冒出来，缠住脚，绊住人，浪费了太多精力，想推进的推进不了，想摆脱的摆脱不了，阴差阳错失去好几个机会。在同学们看来，他大小是个人物，只有他自己知道，可走的前路已经越来越少了。想起读大学那会儿，意气风发，在心里暗暗立下齐家治国的远大理想，不觉有几分羞愧，在黑暗里，他无力地摇了摇头。

妻子突然打来电话，问他在哪里，他说到楼下了，妻子说家门口堆着两箱橙子，大概是老家人送来的。俞问樵笑了。老家这事，有点难办，人托人找到他，他花了些心思，这个周末，请了相关单位几个部门的小头头，在郊区山庄里消磨了两天，总算把这事给解决了。既然是老家送来的，他得赶紧回个电话过去，千里迢迢的，多谢果农们的一片心意。

可这会儿，他却有点不想动。他坐在花树的阴影里，看到明月把树枝的剪影投射在自己身上，突然很想化在这春风里。

## 2

第二天一上班，俞问樵便拿了盒特级金骏眉，去了书记老汪的办公室。

老汪正在看报纸，俞问樵自己坐了，从柜子里取出老汪的茶壶，烧上开水烫了，又慢条斯理把茶叶拆了，剪开，余下的放回了老汪的柜子里。

老汪正在看报纸，偌大的报纸遮住了整张脸，但他也斜着眼睛看到了，便问："干甚干甚呢？"

老汪是陕西人，还带点儿口音。时间长了，俞问樵也觉得这话挺有意思的，比干什么要少一个字，简洁多了。他也便学着说："不干甚，馋你的紫砂壶了，喝口茶，行不？"

老汪不作声了，把报纸折起来，扔到桌上，接过俞问樵递过来的茶杯，也就正过了身子。

俞问樵一边斟茶，一边把昨晚那事当笑话讲给老汪听了。

讲完后，俞问樵停顿了几秒，想听听老汪的反应，但他没吭声。为了缓解这尴尬，俞问樵勉强笑了两声，说："汪书记，我向您保证，我绝对是清白的。"

俞问樵又坐了一会儿，喝了两杯茶，就回了自己办公室。要说，俞问樵是信得过老汪的，刚来单位时，老汪还是中年汪，爱打个篮球，俞问樵是忠实队友，截到球后，必定喂他两个。后来老汪心血管不好，打不动球了，改徒步，俞问樵每周陪他远足一次，鞍前马后的。现在，老汪快退了，直感到人未走茶先凉，只有俞问樵还经常串串门，嘘寒问暖。这阵子，他正在为退休后的生活培养新的爱好——研习书画，俞问樵也肯花时间陪他在书画院一坐半天。但老汪今天的态度有点说不准。不信任他？不至于，多少年的朋友了。信任他？又没个话。俞问樵想起前段时间老汪所托的儿子的事，必定是因为这个了，他一时半会儿还没找到机会跟曾局开口嘛。他敲了敲桌子，心想，不想了，已经跟他说了，万一有什么事时，我也算是第一时间跟党组汇报了——这就是他的小目的啊。

还是要给赵胖子打个电话。俞问樵在办公室转了几圈，最后这么决定。如果说他是匹白马的话，那老赵就是匹黑马。不是有寓言说过吗，驾车需要两匹马，一匹白马，一匹黑马，黑马办起事来可比白马方便多了，老赵就属于那种太阳照不到的地方全归他管的马。

十年前，俞问樵还是政府办的小科员，赵胖子也只是个夹个皮包到处点头哈腰递烟的小老板，挤破脑袋给政府做了点工程，有些小事找到俞问樵，要他行个方便。能办的，俞问樵都办了，不能办的，也耐心跟他说清楚，或者指点着他办。一来二去的，老赵的生意越做越大，他们的友谊也保留了下来。如今老赵已经是响当当的房地产开发商了，在本地算得上是手眼通天的人物。

俞问樵费了点劲，把赵胖子约了出来，一五一十把那事跟他讲了。可赵胖子不沉默，他先是笑，笑得双下巴随着全身的肉一起抖动，说："纵横江湖几十年，没听说过这种事。"

俞问樵似笑非笑，白了他一眼。

他一边猛吸了一口烟，一边又歪嘴笑了，说："人家那么理直气壮地要找你，那肯定是有点什么吧？"

俞问樵连忙打断他："对天发誓，天地良心！"

"你看你看，心虚！谁？谁对天发誓？谁的天地良心？发个誓，连自己的名字都不敢装进去？"

俞问樵深深叹了一口气，说："老哥，你别玩我了，这么多年，你不信我？"

"信。"赵胖子伸出手掌来，点了点手指，做了个少安毋躁的动作，制止了俞问樵即将脱口而出的解释，"放轻松，老弟，我咋能不信你呢？你还记得十几年前，你研究出一套人际关系代数式吗？"

俞问樵有点蒙，看着他，努力在脑海里搜寻着。

"唉，你看，亏我还记得，名字这么拗口，害得我舌头都打结了！"说着，赵胖子故作夸张地活动了一下腮帮子，看到俞问樵还一脸茫然的样子，便提醒道，"等量，等量关系式！"他索性说了下去，"你说，所有的关系都可以用代数式来表现，比如，稳固的关系，就是等量。稳固的男女朋友是等量，稳固的夫妻关系是等量，稳固的母女关系是等量，好的权利结构，也是等量……你别看那男女朋友中，有的女人很丑，可是她的家庭背景、工作单位、为人处世，都是加分项，所以也能构成持久稳固的男女关系，甚至走进婚姻殿堂……而夫妻关系呢，你别看有些人好像很不匹配，但他们相安无事地生活了很多年，仔细一观察，发现，嘿，你还真别说，其实都是半斤八两，这里强一点的，那里就要差一点，总之，就是势均力敌。特别是平常的夫妻，你不要看到一人灵光，另一人一脸蠢相，等你接触下来会发现，在深层次，两人基本上在一个平面上。还有，就是通过其他方面来维持平衡，比如，你看老王的生意越做越大，老王媳妇生的儿子就越来越多；老汪的官越当越大，他老婆却越来越丑，但她掌握了老汪的核心秘密，一招制衡；当然，老王也有可能找几个小三，用以制衡……这种平衡也有可能被打破，打破之后，如果亏损的一方不及时补充，等号变成了大于号或小于号，关系就会重组，变成另一种关系。而最绝的是你关于一张桌子、一张床上的等量关系的诠释。你说，一张酒桌，是绝对的等量关系，主和宾，绝对是等量平衡的，请什么样的主客，就绝对会请相当分量的陪客来作陪，如果不存在主宾关系，只是哥们儿靠杯，那一定就是半斤八两的几个人，否则，这顿饭就有人吃得不舒服……老弟啊，你这话太精辟了，我就是学习了你这套理论后，才纵横商场几十年屹立不倒的啊。可以说，学习了你的理论后，我的所有饭局，人人吃得开心，喝得痛快……"

俞问樵看着他，根本插不上嘴。只见他又接着往下说："最最绝的是关于床上——或者说，上床的论断。比如说，老汪和他老婆，是夫妻关系，也是等量，共同生活在一个屋檐下，维持着某种平衡。但他俩绝不上床，各睡各的，这就说明，床上关系是绝对的等量关系，是抛开其他关系而绝对是个人与个人等量关系的较量……这个，导致的最直接结果就是：我不能嫖了。

"每当我扑上去的时候，我就在想，这是一种对等关系，那么，我是什么呢？鸭子，还是妓女？——没错，肯定是嫖客，但嫖客又是什么呢？和妓女对等的，和妓女进行等量交换的——什么？我回答不了这个问题，就直接导致我废了……从那以后，我就再也没嫖了。当然，你知道的，只不过换成了另一种形式的补充……"说着，他嘿嘿笑了两声。

俞问樵看到一条缝隙，连忙把话头插了进去，说："所以，你看，她说的那人根本不可能是我，你相信吧？"

"相信相信，当然相信！"又闲话了些别的什么，老赵才正经起来，慢悠悠掏出手机，往外打了个电话，"你问问玉带街那几个主儿，看看最近有没有一个叫俞问樵的在那儿消费。俞，就是比喻的喻不要口；问，问题的问；樵嘛……樵嘛——这个樵怎么说？"他问俞问樵。

大概一盏茶的工夫，那边回过电话来了。

"有，还有好几家呢。"俞问樵听到电话那头大声说。

"哟！"老赵也吃了一惊，"那——看看有没有赊账，赊了多少。"

"赊账倒没多少，半年结一次，也不多，还有万把块。"

"那……"一时间老赵也愣住了，顿了片刻，他才接着说，"那人长什么样儿啊？"

电话那头出现一阵停顿，传来几声小声的议论，然后听到对方又说："矮墩墩，胖乎乎，是个大黑胖子。"

老赵上下看了眼俞问樵，仿佛这会儿才排除他的嫌疑似的，说："不对，那搞错了！"

"嗯？"

电话那头一愣，老赵也不管对方一脑袋问号，问："那人是不是真叫俞问樵？有谁看过他身份证吗？"

那边迟疑了一下，然后说："没有……"

老赵挂了电话，又冲俞问樵歪嘴笑了一下，说："这还真巧了，李逵遇上李鬼了，可李鬼是要李逵的名号呢，要你俞问樵三个字有什么用？"

俞问樵看着他，一脸蒙。他确实不明白，从政这些年，基本上是与人为善，广结善缘，不说是到了谨小慎微的地步吧，也差不多了，怎么会不知不觉得罪了人呢？

赵胖子突然凑过来，右手揽住俞问樵的肩，轻轻拍着，然后扭过头，凑在他耳边，咧嘴一笑，问："你小子是不是真在外面有什么风流债啊？"

俞问樵心里的火差点就冒出来了，但也只是无可奈何一笑，说："真没有。如果有，我现在去找那人，不就结了吗？"

"嗯，也是。"老赵把手拿下来，若有所思地点了点头，握了个空心拳头，轻轻叩击着黄花梨桌面。

正在这时，老赵的手机又响了，那边有点小激动，说："调出监控来了，赵总要不要看看？""发过来"三个字话音还未落，那边就发过来了。老赵点开微信，俞问樵凑过去，看到一个微黑的胖子正站在柜台前，俯拍的，正面、侧面、背面都有，还有几张戴口罩的。还戴着口罩就瞎跑，怎么得新冠的不是这种人呢？俞问樵心想。

"认识吗？"老赵问。

"不认识。"

"没准儿这家伙真叫俞问樵。"

也在区政府上班？俞问樵想说，怎么可能？这厮就不配叫俞问樵。他这名，是前清秀才的太爷爷给他取的，太爷爷从缠绵已久的病榻上抬起身子，拈了三天的胡须，才给他取了这名字。那人配？

老赵猛地一拍脑袋，说："哎呀，我大意了，他怎么可能叫俞问樵？有谁去嫖的时候，还把自己的尊姓大名告诉小姐，还连名带姓的加上工作单位？"

# 3

俞问樵跟老赵分开后，没有回家，而是去了单位。单位里几个年轻人正在加班，把几份文件送过来让他签字，又说了些别的事。他们走后，俞问樵把门关了，灯也没开，在黑暗里坐了一会儿。

他没有对老赵说实话。那个人，他有一点点印象，一点点模糊的、似曾相识的感觉，尤其是他走路的那个视频，那两腿迈动的幅度，总让他好像要想起什么，有什么念头就要在脑海里呼之欲出，但又不出。对于赵胖子，他自然是信得过的，但到了这一步，他认为得自己出手了。

看了看墙上挂着的时钟，才八点过一点，在这个城市，约消夜还真算是早的。俞问樵把电话打给了大学同学小万，约在了老地方。他们的老地方是大学侧门街上方姐开的那家苍蝇小馆，都过去二十多年了，方姐已经由原来亭亭玉立的小嫂子变成了油腻大婶，但老远扯着嗓子的一句"小俞来了！"还是令俞问樵心里一热，他们最先在这个城市里落脚的时候，不也就只有方姐的一句"小俞来了！"吗？

一落座，一壶开水、一盒恩施玉露、碗筷，连同一个接水的盆子，就放到俞问樵桌上。俞问樵拆开消毒碗筷，把筷子放入杯中，倒上开水，涮起碗筷来。

凉拌毛豆、刀拍黄瓜、上汤苋菜、小龙虾，是这个城市夏天的标配，也是俞问樵的最爱。两瓶冰啤递上来，方姐麻利撬开，俞问樵给小万斟满，也给自己倒上一杯，两人一仰脖干了，伴随着一股清凉浸润脾肺，全身的毛孔微微张开，一股爽快似乎要冲破沉闷之气。在这种感召之下，俞问樵连干了三杯，顿时，他感到自己像是蜕去了一层皮似的暂时得到了解脱。他掏出手机，打开那段视频，递给小万——当然，他已下载保存到手机相册里了。

"有印象吗？"

"谁？"小万一边看一边问。

"听说是我们一个校友。"

"没什么印象。怎么了，犯什么事了吗？"

"也没有。在一个校友群里看到的，说这人有点怪癖，我觉得面熟，就问问你。"

俞问樵当然明白，面熟不一定是同学，同学也不一定是大学同学。面熟的有可能是初中校园门口的小吃店老板，有可能是小区附近的公交车司机，但俞问樵认定他们是同学也不是没有根据的：从视频上来看，他们年纪相仿，正负不超过三岁。公交司机会完完整整说出你的大名？小吃店老板会冒充你去夜店消费？当然不会。能干出这事来的，必定有什么瓜葛吧。

"说起校友，我们那一届倒真是出了不少怪才。有一个就在文理学院，专门研究清史，出了好几本爆款书，像《古代行刑为什么在午时三刻》什么的，是学者，更是名流，常常往返于各大电视台及政要的饭局。听说他还挺热爱收藏，最珍贵的一件藏品是嘉庆皇帝穿过的一件常礼服，上面有一块血迹，珍贵就珍贵在这儿，据考是嘉庆皇帝亲自流的……"

"嗯。"俞问樵抿了一口酒，不由得问，"那这个怎么证明的呢？DNA（脱氧核糖核酸）吗？"

"当然不是。清军入关二百六十余年，自顺治至宣统共十位皇帝，遇刺的有两位，一位是雍正，一位是嘉庆。雍正那次不可考，但嘉庆帝，历史上还真有记载，嘉庆八年（1803）闰二月二十……"

"这就能证明了？"

"是。我当时也这么一问，可半个月后，人家就拿出厚厚一沓稿纸，从丝织品年代、图样、纹饰，以及手工，证明了就是这件衣服——顺便还开了个研讨会。"

说着，两人哈哈大笑起来，又碰了一杯。

俞问樵往自己碗里夹了一只小龙虾，低头剥起虾来，说："这没用，到时候把嘉庆帝的DNA调出来，一比对，他下的所有功夫都白费了。"

"人家当然也想到这点了——他已经通过自己的社会关系，把这件常礼服捐给省博，大张旗鼓办了捐赠仪式——他已经得到了他想要的，诸多，种种。"

俞问樵不吭声了，真是棋高一着啊。他有点后悔自己刚才说的那话，显得太弱了，幼稚，他想。

"说起来，你们还有点渊源呢。"小万说。

"哦？"

"你们都来自×县。"

"×县一百三十万人口呢，这也叫渊源？莫不是说长江上游有小孩在水里滋了一泡，全市人就都喝到了童子尿？"

"你呀你呀。"小万伸出筷子点了点俞问樵的头，"你们×帮在省里是相当厉害的，你就是不沾边。"

"够不上呀。"俞问樵当然明白，要挤进那个圈子谈何容易，更重要的是，自己削尖脑袋挤进去了，还能按自己的心性办事吗？

"——最厉害的要数政法学院那位。"

俞问樵会意，点了点头："是，三代培养一位贵族，一位学术巨星，也要举几代之力啊。"

"听说他马上也要进军政界了。"

"不说了不说了，干杯。"俞问樵说。

"对了，你刚说的那人应该也是×县的吧？"

俞问樵一愣，指了指手机："你说视频里的那位？"

"是，他只嗯了一声，但我听口音有点像。可能你们平时不觉得，但外人还是听得出来。"

俞问樵又愣了一下。

## 4

在回去的地铁上，俞问樵眯了一会儿。他现在有个毛病了，正儿八经躺在床上睡不着，却时常在各种吵闹的环境中感到疲惫。

在梦里，他还在过家乡的那条河，河水突涨，他却没有舟楫。醒来后，他发了一会儿愣。地铁里正在播报："韶关站到了。"他一惊，发现又是一场梦。俞问樵疲惫地靠在座椅上，嘴里就不觉吟出两句对联："笑古笑今，笑东笑西笑南笑北，笑来笑去，笑自己原无一物；观事观物，观天观地观日观月，观上观下，观他人总有高低。"

这是无限寺大门上的一副对联。无限寺是区里的一项好资源，也是由来已久的一个难题。寺庙建于两江交汇之处，春水满四泽之时，一座观音阁遗世独立，耸立在波涛滚滚的江面，甚为奇特。这里历来信众特别多，每年的门票收入就有一千多万。大年初一达官贵人们都要去上香的，无事时，也喜欢到禅房坐坐，在禅院的梅树下喝一杯梅花饮——听说，这一杯能解千愁，任你有什么天大的烦心事，只一杯梅花饮便能化解。

但巧便巧在，大概在历朝历代的更迭中，寺庙时毁时建，这座千年古刹竟然没有得到民宗委颁发的证书。上次说要拆除是一年半以前，区里叫了施工队，还派了一帮武警跟着。但荷枪实弹的武警把那扇两米多高的大门撞开，所有的大师父小和尚都在天王神像下诵经——闭目，合十，凝神静气，所有人都被镇住了。

回来后，亲临现场的局长在办公室抖落了一身尘土，嘴里骂骂咧咧："哪个真要拆呢？我想拆？又不是压了我家的祖坟地，我想拆？我也不想做历史的罪人哩！"

哪个想拆？领导们也不想拆，就会给我们施压。这下好了，咱们样子也摆了，庙也没拆，皆大欢喜！一干拍马屁的把这话说得更直露。

于是，这事就这样拖了下来。但一年半以后，这事成了俞问樵的事了。

分管民族宗教这块儿的副局长提前退了，但上面一直没派下来个人，局长便扒拉了扒拉，把民宗这块儿分给了俞问樵。俞问樵誓死不从，但局长不管这些，直接在大会上宣布了。消息一公布出去，有事都找他，起先，他还耐着性子说："哎，小某，哎，某主任，不是，这块儿就不是我管……"结果事情越积越多，人家还是找他，眼看着局长的脸越来越黑，终于在背地里放出一句狠话——不听话，就走人！俞问樵望了望天，只得消极应承下来。

这拆是拆不了了，那就只有想办法保护了。俞问樵想了很多办法，也找了不少省市领导，最后终于找到一份旧文件，里面说如果寺庙超过五百年历史，占地面积不少于两百亩，可以直接办证。可这份文件是哪一年的呢？1999年的。俞问樵很无语，1999年，这寺庙的主持在干什么呢？难道也在研制梅花饮？

俞问樵拍了拍脑袋，一阵烦闷。出了地铁站，他打的去了玉带街，他还是想会会那人。

他坐在河堤上，望着对面来来往往的行人，喝啤酒的，吃烧烤的，打情骂俏的，他突然觉得，眼前的一幕幕就是一部电影，可能是一部名为《玉带街的花与火》的纪录片。他就这么饶有兴趣地在河堤旁，时坐时蹲，看着那些骑自行车的，步行的，或者提个公文包的，或心急火燎的，或故作悠闲的，走到某一个亮着红灯的小洗脚屋旁，猫腰一望，见四下里无人，赶紧钻了进去。

俞问樵就这么看着，足足盯了半小时，也没看见那个大黑胖子。他想起税务局曾局，又想了想，提起精神给他打了个电话。电话通了，他声情并茂地说："少年，玉带街的晚风，能邀你出来喝一杯吗？"

那头似乎传来一声苦笑，说："还在加班，事儿没搞完。"

"半小时搞得完不？"

"搞不完，一小时也搞不完。"

"那就先出来吃，吃了再回去加班。"

曾局笑了一声，也就答应了。

十几年前，曾局和俞问樵差点成了连襟，只可惜那个风流成性的大姨姐临结婚前突然恋上了一个小她六岁的大学生，要死要活跟曾局分了手，她成没成另说，但确实是令曾局消沉了好一段时间。那时候的曾科长约俞问樵居多，不管什么地方、多晚，俞问樵必定到，大多数时候是去收拾残局，把不省人事的曾科长背回家。也好，那股被抛弃的哀怨变成了工作中的生猛，一路上曾科长手起刀落，过五关斩六将，很快成为区里最年轻的局长，紧接着又从商务局调至税务局，成了区里炙手可热的人物。成为中心人物后，曾局倒似乎没有什么变化，有时候私人聚会也喜欢把俞问樵喊上，过年过节的问候短信，比俞问樵的到得还早，这两年，明里暗里没少帮俞问樵的忙，也正因为如此，汪书记儿子的事，俞问樵才迟迟不好意思开口。

二十分钟后，曾局到了。俞问樵选了一家大排档最靠外的桌子，让老板把桌子斜放，他坐在面对街市的那一角。他相信，无论从哪个方向走出来一个一崴一崴的大黑胖子，他都能看到。

半扎啤酒下肚，从面前路过的，来来去去的腿不知看了多少双，俞问樵始终没看到一双一崴一崴的黑腿。正在他考虑还要不要再叫一扎啤酒的时候，一辆大块头的宝马越野吱的一声刹在路边，车门夸张地打开，跳下来一个黑胖子，砰，车门关上，越野又吱的一声开走了。黑胖子左手捏着手串，右边夹着公文包，一崴一崴地从马路边走过来了。

是他？不是他？不是他？是他？俞问樵的心突突跳着，不能完全肯定，毕竟镜头里总会有点失真。他停了筷子，眼睛一直跟着那人，只见那人走进一家副食店，在门口买了包烟，拆开，点上，又要了瓶汽水，把公文包换到左边腋下夹着，一边抽着烟，一边仰脖子喝着汽水——这是那厮？俞问樵心里的疑虑越来越大，只见那人竟然在门口的凳子上坐了下来，除了卖东西那男人，里间还走出来一个女人，两人都俯身在柜台上，伸长脖子，跟他交谈着，脸上挂满了亲热与巴结。

俞问樵把目光收回来。心想，你们聊去吧。

就在这时，他余光看到那人从凳子上站了起来，正一手夹着烟，一手夹着包，晃荡晃荡朝前走去。眼看他走到一条巷子口，俞问樵带着七分酒劲，一下站起来，冲那边喊了声："俞问樵！"

那家伙一愣，回了下头，似乎感觉不对劲，猛地又把头扭了回去，刹那间，从腋下取出包拿在手里，就冲进了巷子——整个过程一气呵成，速度快得俞问樵的酒嗝还只打了三分之一，等他气喘吁吁追到巷子口，连那人的影子都没看到，只听到深长幽暗的巷子里传来咚咚咚有力的脚步声回响。

他拿拳头狠狠砸在墙壁上，上面落下来很多细小的石灰皮。"见鬼！"

他小声骂了句。

俞问樵试着向巷子里追了几步,但什么线索也没有。他垂头丧气地折返回来,曾局已经站了起来,关切地朝这边望着,问:"什么事?"

俞问樵心里一热,竹筒倒豆子般,把那事对他讲了。

曾局一笑,说:"这不是什么大事,顶多是个恶作剧,真正有深仇大恨的人不这么搞。"

俞问樵听他这么一说,心里轻松多了,刚准备举起酒杯来,就听到他顿了顿,又说了下一句:"不过,你还是小心点,今年换届,不要撞枪口上了。"

俞问樵把酒杯放下,苦笑了一声。

## 5

星期五下午,赵胖子组了个局,在白塔山庄。

白塔山庄在郊区。一高一低两山夹一道山涧,高的那山是悬崖峭壁,如刀劈斧凿一般,山庄就建在这山石之中。其中更有一个妙处,有一块凸出的岩石,上不着天,下不接地,伸在半空中,仅能建一个小亭。赵胖子便是一个月之前预定了这间小亭,给曾局庆生。

陪客们早早都到了,也不多,才五六人,但还没看见寿星的影子。赵胖子也不拿自己当外人,说:"曾局还有个局,我们先聊。"说着,便有人把窗子关上了,万壑松风顿时被关在了窗外,一时间格外安静。

俞问樵很少见赵胖子这么严肃,只见他默默把一支烟抽完,顿了顿,才开口:"承蒙大家赏脸,今天来赴我赵胖子的约。今天所到的各位,都是我所知的,曾局过命的朋友。可以说,这些年,我仰仗了曾局,也仰仗了各位,所以想请大家坐一坐。"

他顿了顿,又接着说道:"曾局今年四十五,在区里已无年龄优势,他必须在这一次换届中进入副区级领导班子,争取下一届进入常委,才不枉他这一生勤政为民啊。"

知道他卖的什么药了，大家似乎都松了一口气，是啊是啊，大家都附和着。俞问樵稍稍朝椅背上靠了靠，万壑松风似乎从遥远的地方传到了他耳朵里。

又有人接着说，上头有人明示过，曾局目前的竞争对手有三位……

大家你言我语正聊得炽热，俞问樵收到司机的一条短信："俞处，您有没有堂兄弟之类的，被人喊老俞或者问乔的？"

俞问樵的心怦怦跳起来，他知道这个司机不是个多言多事的人。紧接着，司机发来一张照片，是背影，还是那个大黑胖子。他简短发了个消息过去："在哪里？"

"在停车场五十米左右的半山腰。"

俞问樵手拢在赵胖子耳边小声请了个假，就一路从山巅跑下半山腰，可停车场四周哪还有人。

## 6

俞问樵接到曾局的电话是第二天中午，他在电话那头笑，问："有没有兴趣见一见你那位同名的兄弟？"

俞问樵正准备去看望丈母娘，于是只得好言哄骗妻子，让她自己去了，他另外叫了辆车，直奔曾局处。原来已有人在别处看到那个大黑胖子开的宝马了，上相关网站一查，便查到了他的一些资料，然后顺藤摸瓜，查到了他的其他资料：余贵生，男，1978年出生，胡家凉亭小余湾人，初中文化程度……名下有一家建筑公司，两处房产，两辆车。

"是你同学呢。"曾局说。

俞问樵凑过去，看到了网站上余贵生年轻时的脸，那些在脑海里呼之欲出却不出的记忆终于脱壳而出。余贵生！他拍了一下脑门，终于想起来。

"我约了他下午过来喝茶，他答应了。"曾局说。

俞问樵恨不得握住曾局的手，连连摇着说谢谢，但他最后只笑了笑，把手放在额角，向曾局敬了个礼，说："谢了。"

加了把凳子，俞问樵坐下来。饭局已经残了，服务员倒上茶来，一圈人开始抽烟。人们开始议论纷纷，话题无非明年的换届，眼前的楼市，即将动工的新河大桥。在一片嘈杂之中，曾局的电话响了，他做了个噤声的手势，所有人立即安静了，就连老曹打了半个的喷嚏也硬生生吞了回去。

"嗯，嗯。好，好。"四个字，曾局的电话接完了。他站起来，问俞问樵："这会儿区里有个紧急会议，我得参加。你是跟我一块儿走，还是——"

"我？"俞问樵刚来，他更着急想见见那位初中故人，便摇了摇头，说，"我就在这里等你们吧。"

大家纷纷站起来，有人要去看外孙，有人要补午觉，还有人有三千万的单要签，大家都散了，只有俞问樵留了下来。杯盘狼藉撤下去后，服务员上来做好清洁，茶艺师便上来了，点了檀香，再净手泡茶。

俞问樵站到窗边，院子外面是一片老城区，一个油渍斑驳的巷子口正对着马路，石库门上横七竖八拉着许多电缆电线，上面又五颜六色挂着许多长裤短裤。三三两两的老人拄着拐棍、提着青菜在门口闲聊。一个骑着自行车的少年从门口呼啸而过。

曾经有一段时间，余贵生是他非常要好的同学、伙伴、哥们儿、知己。

1989年，俞问樵从村办小学考上了镇上唯一的重点中学。开学后，他每天都要步行十几里，从村里到镇上去上学，下午放学后，又要步行十几里，从镇上返回村里。因为全村、全小学，只有他一人考上了镇中学，所以那条路他一直是一个人走。其实孤单点倒也没什么，俞问樵经常是一边走一边背英语单词，一边走一边做试卷，但秋冬季节，天黑得太快，经常是离家还有四五里路天就黑了。俞问樵那时候还没长个子，生得单薄瘦小，村里的老人常常开玩笑，说一只半大狼崽就能咬住他的脖子，把他甩在背上背走。所以俞问樵每到天黑的时候就非常害怕，这种害怕是与生俱来的。白天的时候，太阳还在山脊，他会想，我一定不怕，这有什么好怕的，如果狼来了，我就跟它搏斗，我要用书包带子缠住它的脖子，用石头砸它的脑袋，不，眼睛，先弄瞎它……可是到了晚上，天一黑，狼还没有来，这个小小少年就不由自主地感到害怕了。

大约过了小半年，俞问樵发现，自己身后总跟着一个人，一个矮墩墩的小黑胖子，他走他也走，他停他也停，到了胡家凉亭后，他往左拐，他往右拐。开始的时候，他还没在意，只是心里庆幸，多了个同路人，狼和害怕这些念头便很少到他脑海里来了。直到有一天，他因为上体育课扭伤了脚踝，怎么也走不快，那个小胖子依然跟在他身后。

但他也没打破这种默契，每天无声地同行到胡家凉亭，他往左，他往右。直到有一天，在快到胡家凉亭时，俞问樵一回头，发现小胖子一直在无声地哭泣。他站住脚，想问问为什么。等小胖子走近，看到他手里捏着一张卷子，俞问樵想起来了，下午各班都发了数学试卷。小胖子的试卷上无情而狰狞地写着一个五十九分。

"我怕回家被我爸打死。"小胖子就这样开口了。那是他们第一次说话，但小胖子一开口就说了很多，他说知道他叫俞问樵，是隔壁班的，知道他成绩好，作文写得好，字也写得好，老师们都很喜欢他。

"要不，我们换一下？"俞问樵很着急，眼看着天就要黑下来，而他还要往前走四五里路才能到家。

"真的？"小胖子喜出望外，那惊喜让俞问樵也无法考虑这方法的可行性了，两人当场交换了卷子。

俞问樵不知余贵生是怎么蒙混过关的，但第二天，他给他带来了肉包子。他早早等在凉亭里，见俞问樵走来，远远便扔了个纸包，俞问樵打开一看，竟然是久违的肉包子！

"香吗？"

"香！"

"好吃吗？"

"好吃！"

他俩就这样对上话了，余贵生滔滔不绝讲了一路。什么隔壁母猪下崽了，一窝下了二十个；家里鸡发瘟了，所以吃到了鸡肉；前天晚上父亲跟母亲干仗了……天上的,地下的,看到的,听到的,他都跟俞问樵讲。俞问樵读英语的时间都被他占用了,但也乐得被占用,他仿佛才知道,原来除了读书,还有那么多有趣的事。两人从此结伴而行,在路上干了不少坏事,下河摸鱼,田里偷瓜,把迷路的小牛犊赶到水凼子里,把狗尾巴草结成绊子绊人,在路上挖个坑,把新鲜牛粪埋在里面当地雷……俞问樵每天在学校里还是一本正经地拿第一,但放了学就不一样了,他俩就像那没上笼头的半大畜生一样,撒开了四蹄到处撒野。

直到进入初三的那个秋天,一天傍晚,俞问樵刚刚到家,天还没黑下来,堂屋里放着一辆崭新的自行车。"自行车!"他惊呼了一声,扑上去,双手握住自行车把,转动了一下龙头,按了按铃铛,又蹲下去,用手捏住踏板,摇了一下,车轮转动起来,钢丝发出细密又悦耳的嚓嚓声。他马上把自行车推出屋,推到附近的稻场上,就着三脚架骑起来,姐姐和母亲拿着手电筒跟着。没有人告诉他,这是父亲咬牙卖了一头喂了几年的半大牛犊买的。

第二天,俞问樵早早上路了,尽管田间小路,一半是人骑车,一半是车骑人,他依然比平时早到了十分钟,而余贵生早已等候在那里。

"哇,自行车!"余贵生也高喊了一声。他围着自行车转了个圈,摸摸这里,拍拍那里,眼里心里满是兴奋。

"走,我带你!"俞问樵说着,跳上了自行车。

"好。"余贵生也没有多废话一个字,他看准俞问樵骑稳当了,就往后座上一蹦,哪知砰的一声,两人都摔倒在地上。

"再来!我刚才没准备好。这回,我喊一二三,喊到三的时候你再跳。"俞问樵把车子扶起来,崭新的车子摔在地上,他有点心疼,但他什么也没说。

但是第二回,两人还是同时摔倒在地上。

跳了第三回、第四回、第五回,还是两人连车子一块儿摔在地上。余贵生不好意思了,说:"别,别跳了,车子都摔坏了……我心疼……要不这样吧,你在前面骑,我在后面跑——我跑得可快了,你骑慢点儿,我肯定能追上你。"

俞问樵看看前面的路，又看看余贵生，太阳已经升起来了，英语老师怕是已经进教室了吧？他一着急，跨上三脚架，说："那好吧，我骑慢点儿。"

那是一条沙石大路。俞问樵起先还骑得挺慢，余贵生还能在两米开外跟着，他一边气喘吁吁地跑，一边还在跟俞问樵唠叨。"我爸昨晚又跟我妈打架了，一拳打在我妈的鼻梁上，我妈的鼻子顿时就歪了……我迟早要敲破他脑袋的！"余贵生狠狠地说。

不知不觉地，俞问樵越骑越快，开始他还能听到余贵生的唠叨，后来就只能听到他的脚步声，再后来，在小坡顶上休息的时候，看到余贵生已是一个圆乎乎的黑球，在灰白的大路上蠕动。他把手拢成喇叭状，大喊："余贵生，跑快点儿！"余贵生加紧跑了两步，但又慢下来，俞问樵不知道他已累得嗓子发紧心口生疼，两条胖腿在地上拖也拖不动。

一辆自行车从小路插到大路上来，骑车的年轻人看了俞问樵一眼，从他面前扬长而过。瞧，他骑得多漂亮，他从后面上车的，腿伸得笔直，画了一道优美的弧线。俞问樵的目光追随着那人从坡顶俯冲下去，没有一秒钟的耽搁，他也跳上了自行车——这时，他还没有忘记余贵生，他心想：我到前面坡顶上去等他吧。

第二天早上，俞问樵到达两人汇合的凉亭时，余贵生已等在那里，但他脸上挂着的不是平日那喜出望外的笑容，而是有一点尴尬，有一点小心翼翼，平时话多的他甚至都不知道说什么了——还是他先开了口，他说："你骑，你骑，我跟得上。"

俞问樵还没发力，自行车就跑出了好远，他轻轻踩了两下，余贵生就被远远抛在了后面。他大喊道："我到前面坡顶等你。"

"好！"余贵生大声回答。他小跑起来，冲过来，想抓住车后座，但自行车晃了一下，他又赶紧松开了手。他一直跟在后面，书包打在他屁股上，发出啪啪啪不均匀的声音，汗水从他黝黑的脸上冒出来，流下来——大路上只有自行车发出的细密的嚓嚓声和他粗重的呼吸声。

一颗小石头在脚下滚了一下，余贵生摔在地上了。不知出于什么原因，他没有像平时那样喊出声——他爬起来，自行车已走出很远，他干脆停下来，看着自行车越走越远，远到只剩下一个小黑点。

第三天，余贵生不在凉亭里，俞问樵想，他是不是先走了？第四天他也不在，然而，一路上，都没看到余贵生。

俞问樵的生活开始有了新的内容，新班老师讲课太快，作业太多，新的对手太强大，他还能考到第一吗……他的新生活里有新的同伴，渐渐地，他把余贵生忘了。

后来，偶尔在出早操或上厕所的时候听别人提起过余贵生，说他辍学了，也有说他那个开拖拉机的父亲当上小包工头了，把他转学到了城里。听到这些消息时，俞问樵愣了一下，那些愉快的放学和上学的路上的记忆就要涌来了，可急促的上课铃声马上把他拉回了现实，大喇叭里传出校长的喊话："同学们！要加油！要努力！一分压倒一批人！决定你们穿草鞋还是穿皮鞋的时刻来临了！"

成堆的英语试题数学试题物理试题，让俞问樵彻底忘记了余贵生。

现在，余贵生回来了。他甚至用这么个恶作剧似的方式回来了。这让俞问樵不觉又在心里笑了一下，他感到了一种从未走远的情谊，就像余贵生在他肩头轻轻砸了一拳——这小子，他一定混得还不错！不然，他不会回来，更不会用这种方式来跟他打招呼。

俞问樵坐在寥寥茶香里，他不用再问那个问题了。关于余贵生为什么要冒充他，他有一百种答案，尽管不一定是余贵生心里想的那个，但一百个围攻一个靶心，也差不太远吧？

对面的楼群旁，立着几棵泡桐和几根电线杆，在渐渐暗下来的天色中，一群又一群的鸟雀正飞往这里，它们一排排地停留在电线上，已达数百只之多，甚至还不止。可能是麻雀，也可能是乌鸦。俞问樵在心里说。他想到家乡的田野已经空了，鸟雀已经和人一样，不得不迁往城市。

他和余贵生一样，都是这迁徙的鸟，还有小万。余贵生想成为他，而他何尝又不想成为别人呢？X，Y，Z，甚至别的他。

"天黑了，要下大雨了。"茶艺师顺着俞问樵的目光看出去，她用略带轻松的语调说。

"有人喜欢下雨吗？"俞问樵看向她，年轻的眼睛里压抑着兴奋的光，答案不言而喻。

俞问樵不知道的是，他把余贵生冒充他当作一件大事来对待，谨慎得如同一只惊弓之鸟。他还不知道的是，今天下午的常委扩大会，就是处置无限寺的问题。没有任何背景的他，必将成为一只新的替罪羊。

这些鸟儿千里迢迢迁徙到这里，怎么会想到自己历尽千辛万苦，腾挪躲闪，还是逃不开这朵铅灰色的云呢？

咚咚咚！三下，接着又是三下，把门擂得发出回响。余贵生现在过得不错啊，否则哪有这底气敲门，俞问樵想，不知他最终把父亲的头敲破没有？推开门后，他会说一句什么呢？

"老俞，你让我找得好苦啊！"还是——"走，去坐一坐我的宝马香车！"

原载《作家》2023年第3期

马晓丽

# 非洲鹩哥

山路很险，胳膊肘弯一个接着一个，提在半空中的心始终也无法落下。盘山路一侧靠山，一侧是立陡立崖的岩壁，一眼望不到底，扔块石头下去半晌都听不到落地声。山也靠不住，随时都有可能发生滑坡。刚才就经过了一个滑坡现场，沙石泥土滚落在路面上，幸好是个小滑坡，没把路堵死。这场大地震真是把山都给震酥了。

我瞄了一眼后视镜，兵蔫瓜似的缩在后座上，脸色青白，眉头紧蹙，打眼一看就是个黄嘴丫子还没褪净的新兵。兵肚子疼了好几天了，初步诊断是急性阑尾炎。医生说阑尾炎虽说不算大病，但如果继续在山里耽搁下去，一旦阑尾化脓破溃导致腹膜炎就麻烦了，弄不好会出人命的。今天进山这趟就是来拉这兵的，准备把他直接送到前指随行医院，估计肚子上这一刀怕是躲不掉了。兵怀里还抱着个包，是开车前那个满脸堆笑的二班长塞给他的，之后兵就一直把包抱在怀里，跟天下无贼里的傻根儿似的。

我回头对兵说："你不舒服可以躺在后座上，用那包当枕头。"

"不用不用，"兵惊慌地说，"谢谢首长。"他反而把包抱得更紧了。

司机在一旁悠悠地插了句："告诉你别躺啊，路不好，小心把你那个烂盲肠给颠碎喽。"

我不悦地把头转向车窗外。

明摆着司机这是直接否定我的话，虽然他没明着冲我来。说实话，要是别的司机，我当即就能给压住。毕竟我是带车干部，我坚持命令司机把车开稳点，让兵躺着休息，他司机还能有什么牙啃？但司机有点特殊，他是个高级士官，据说驾驶技术一流。原本已经决定留用再提一级的，这样他就能干到顶，成为最高级别的士官了，挺难得的。可不知为什么，临了临了突然决定转业了。正巧就在他离队之前，发生了大地震。前指首长点名要他参加抗震救灾，他就跟随首长赴灾区来了。我倒不是忌惮他在首长身边，我是对他这个人感兴趣，觉得这是个挺不错的报道线索，所以一直就想找机会跟他谈谈，写个转业士官奔赴抗震前线的新闻稿。要不是存了这个心思，我今天也不会主动要求带车进山的。

虽然我也听到过一些其他的说法，说司机之所以肯来抗震救灾前线也是有想法的，应该是首长给他许了愿，抗震救灾回去后可以继续留队。实际情况是不是这样，我无从得知，也不想核实。对我这样的基层报道干事来说，能抓住表象及时报道出去就足够了，顾及不了那么多。眼下我能看到的表象就是，司机在转业前毅然以身涉险奔赴抗震救灾前线，这是基本事实。怎么根据这个基本事实，按照宣传需要去解读，那就由我说了算了。我也知道我有点太……那啥，但没办法，老实说我这段日子挺焦虑的。进入灾区之后，部队在前面抢险救灾打硬仗，各部队的报道人员也在后面打硬仗。都在比谁出稿子快，上稿子多，版面好，转载量大，影响面广。那感觉就好像报道决定了部队在抗震救灾的表现，报道上不去就说明你这个部队的工作没上去似的。身为报道干事，我当然感到"压力山大"。

前段日子我一直没找到机会采访司机。司机在前指主要负责给首长开车，整天东一头西一头地跑车，忙得昏天黑地，根本抓不住他人。按理说，一般情况下是不会派他出车执行其他任务的，但这次情况不同，进山接病号这条路又高又险，来回至少得七八个小时，当天还必须赶回来。首长不放心，就专门指派他来出这趟车。我一听他出车，立刻主动申请带车，说我正好可以进山看看部队，顺便挖点报道线索。正好医务人员也打不开点，阑尾炎途中又不需要特殊护理，只要把人安全拉回来就行，领导就同意了。

车窗外其实没啥可看的，颠簸中一切景物都变得零碎含混无法确定，看着反倒心烦。

又是一个胳膊肘弯，路面太窄，靠外侧的车轮几乎悬空驶过，惊得我出了一身冷汗。没想到刚转过弯来，车就突然开始加速，后座上咚的一声，兵被甩得撞到了车门上。

"慢点！"我对司机说。

司机没理睬我，继续加速。

我提高嗓音厉声道："让你开慢点，听没听见？！"

司机斜瞄着山顶，仍旧没理我。

我顺着司机的目光抬眼望去，忽然发现山顶上冒出了一股尘烟，不好！我猛然意识到要滑坡了。"停车！"我大叫着命令司机，"快停车！前面有滑坡！"

"坐稳！"司机只简短地说了两个字，一脚油门向前冲去。

我大惊失色，不顾一切地朝司机吼："停车！停车！停……"

但已经来不及了，我听到了石块噼里啪啦砸在车顶上的声音。这是最先滚落下来的碎石，接下来就该是大块石头和大量泥沙了。完了，结局在我的脑子里飞快闪过，即便侥幸没被巨石砸中，没连人带车滚落山崖，这一面坡的泥沙也足够把我们彻底埋葬了。

我真有些后悔了，也许自己今天就不该……我猛然想起了早上那条蛇。

那条蛇真挺怪异的，早上我急着出发往外走，刚走出帐篷就被它挡住了，匆匆忙忙差点踩到蛇身上。我不由吓了一跳，定睛一看是条小红蛇，通体通红通红的，一动不动地横在帐篷门口。我打心眼里硌硬这种软软的动物，厌恶地瞪着它，见它僵僵的没什么反应，就想回身去拿把工兵锹把它给收拾掉，但这时车来了。

司机喊我上车，我见没工夫理睬这货了，就想从蛇身上迈过去。不料我刚一抬腿，小红蛇就动起来，迅速游动到我看准的落脚处，惊得我赶紧把腿缩了回来。我改变方向准备躲开它从侧面出去，不料小红蛇几乎同时挪到了侧面，又挡在了我面前。我不由有些吃惊，以为小红蛇可能想从这个方向走掉，就赶紧收回脚怕挡了它的去路。没想到我一收脚，小红蛇立刻就转头回来了，仍旧横在了我脚前。这下子可把我给惊到了，怎么看这货都像是有意挡道，专门跟我过不去的那种。我心中不由一凛，只觉得后脖梗子上的汗毛都竖起来了。

司机跳下车边朝我走来边说："得赶紧出发了，路不好，晚了天黑前就赶不回……咦？"司机突然看见了我脚前的蛇，脸上的表情顿时灵动起来。他慢慢蹲下身子，像看稀罕物似的仔细端详着小红蛇，连声说："漂亮！哈，真漂亮！你发现的？"

我不置可否地在鼻子里哼了一声。

只见司机伸手逗引着小红蛇，嘴里发出咝咝咝的声音。

我目瞪口呆地看着小红蛇听招呼地朝司机爬了过去，任凭司机把它抓在手里；又目瞪口呆地看着司机边点着脑袋逗弄小红蛇跟它说着话，边小心翼翼地把它放进了草窠子里；再目瞪口呆地看着司机跟小红蛇说："再见，等我回来再找你玩啊。"真是活见鬼了，小红蛇竟然听懂了似的回头看了一眼，这才转身钻进了草窠子深处。

"赤链蛇，"司机转身对我说，"也叫红斑蛇红麻子什么的。别担心，这种蛇很常见，没什么毒。咱们赶快走吧。"

此刻想来，那条蛇真的很是怪异，就像是专门跑来向我预警，用肢体语言警告我说："不要出门！不要出门！不要出门！"我早就听人说过蛇是通灵的，莫不是小红蛇真的预见到我今天有危险，是特地前来阻止我出门的？我越想心里越不安，也许我今天真就不该进山跑这一趟。

其实进山这一路还算顺利，中午就到了。但还没来得及喘口气，就接到前指电话，说堰塞湖下午可能要泄洪，让我们抓紧时间往回赶，千万别被洪水堵在路上。

回程不能饿着肚子跑，赶紧扒拉两口饭吃。正吃着，二班长进帐篷来了，刚堆起笑脸开口说了声首长好，就从他身后滚进来一团灰色的毛球。灰毛球朝着我直扑过来，我下意识地抬脚一挡，只听嗷的一声，灰毛球被踢翻在地，原来是条狗。

"哪来的狗？"我有点不高兴，"怎么弄进来了？"

二班长的笑容顿时僵在了脸上："首长……这……这是……"

"赶紧把它弄出去。"我说。

二班长尴尬地咧了咧嘴，提起灰毛球，转身往外走。

我在后面问了句："有什么事吗，你？"

二班长踌躇了一下，犹豫着停下脚步，回过头满脸堆笑地说："没事没事，打扰首长了不好意思。"说罢就出去了。

车狂奔了一阵，终于停了下来。我惊魂未定地喘着粗气回头看，不由后怕得惊出了一身冷汗。

"好险啊……"我长吁了一口气。

司机沉默良久，没吭声。

"这滑坡虽然不大，但也足够成全咱仨一起去当烈士了。"我感叹道。

司机示意下车抽根烟，自己猛吸了几口之后，又递给我一支。待面部表情松弛下来后他说："咱商量个事儿？"

"你说。"

"司机处理紧急情况时，咱能不能别在旁边喊？"

我不高兴地说："我那是发现了险情提醒你！"

"当时我已经发现了，"司机说，"我正根据距离角度对落点进行判断，决定停车还是加速，这时你在旁边喊，特别影响判断。"

"嘿，我还正想跟你说这事呢！"我说，"我让你停车不对吗？你知不知道刚才你不顾一切往前冲有多危险？很可能我们连人带车就被埋进去了！"

"结果呢？"司机说，"结果我们不是冲过来了吗？眼下人车不是都完好无损吗?"

"这是侥幸!"我说,"没车毁人亡纯属侥幸!"

"侥幸?你以为这是侥幸?"司机突然把大半截烟掐灭,抬起眼认真地对着我说,"那好吧,我把道理跟你讲讲。当时如果刹车,正好就停在了滑坡的落点上!按说发现上面有滑坡的迹象,最好的选择就是倒车退回去,但咱车上不是拉着病号不能回去吗?当时滑坡刚开始,我观察那面山不算太陡,而且是岩性地质,力学强度比较高,按坡度和高差计算,下滑速度应该不会很快,这才决定闯过去的。"

"可是当时上面已经开始掉石头了,"我说,"你没听到车顶被砸得噼里啪啦响吗?"

"那是碎石,"司机说,"山体蠕动变形时先落碎石,接下来才是整体急剧滑落,这中间有个时间差,我就是看准了打这个时间差的。"

见司机讲得头头是道,我倒一时语塞了,但我还是护着面子强词夺理地说:"那也是侥幸,侥幸我们遇见的不是大滑坡。"

司机把眼睛从我脸上移开,看着前面一字一句地说:"我从来不相信侥幸,只相信经验和判断,否则,咱俩可能就没有机会在这掰扯了……"

后座上突然发出一串奇怪的动静,是断断续续的喘息和哼唧声。我赶紧回头看后面的兵,兵满头大汗,神色紧张。

"是不是肚子疼得厉害了?"我急切地问。

"不是不是。"兵慌乱地使劲摇头。

"吓到了吧,"我说,"别紧张,现在没事了,我们已经安全了。"我伸手拍了拍兵,想安慰安慰他,没想到一把拍到了兵怀里的包。令我猝不及防的是,那个包突然动了起来,里面发出了喘息和哼唧的声音,把我吓了一大跳。

"怎么回事?"我吃惊地问。

兵也吓得不轻,磕磕巴巴地说:"是……是……二班长……"

"我问你那里面是什么!"我指着包厉声道,"打开!"

兵哆哆嗦嗦地刚把包打开了个小口,一团灰色的毛球就迫不及待地钻了出来。

前指来电话，问我们现在所处的位置，嘱咐我如果堰塞湖提前泄洪，一定要听从沿途警戒部队的指挥。

车里的空气骤然紧张起来，我和司机互相看了一眼，同时脱口而出："快走！"

车明显超速了。作为带车干部，我应该随时提醒司机控制车速，但此刻已经无须提醒，车速是带我们脱离险境的唯一办法了。何况刚才的那番争辩，也让我看出了司机的经验和处理突发情况的能力，我开始信任这个司机了，难怪首长会点名带他来灾区。

倒是后座上那个东西不让我省心。我打死也想不到，那个随和地堆着笑脸的二班长会夹带私货，偷偷把一条狗塞到了车上。怪不得我总闻着车上有股子怪味，还以为是兵身上的，原来是狗，是那条灰不溜秋脏兮兮的狗。兵说二班长怕我发现，给狗灌了酒，还用胶带把狗嘴缠上，塞进包里让兵偷偷给带下山。

"为什么要把它带下山？"我问。

"二班长跟前指的炊事班班长说好了，让炊事班班长先帮忙养一段，然后再想办法给它寻个好人家送出去。"

"喊，谁会要这么一条野狗？"

"小白不是野狗，二班长说它是跟我们一起进山的战士。"

"还战士？"我不屑地问，"它叫小白？"

"是。"

"小白？为什么叫小白？"

"二班长给起的名，可能因为它是只白毛狗吧。"

"它是只白毛狗吗？"我忍不住笑起来，"我怎么没看出来？这么灰不溜秋脏兮兮的，还还还好意思叫小白？"

"就是白毛狗嘛，"兵不服气地扒开毛给我看，"你看里面的毛就是白的，主要是山里缺水一直没给小白洗澡，洗干净就是白的。"

"在山里抓的？"我问。

"不，小白是跟着我们步行进山的。"兵说，"我们在山下救灾时，小白就整天跟着我们，它的家被震垮了没家人了。原以为它跟着我们只是为要点吃的，后来发现小白能嗅出生命气息，带着我们救出了两个人呢。部队转场进山我们没想带它，但小白非在后面跟着走。部队是徒步行军，攀石爬坡苦得很，都以为小白跟不上了就会退却，没想到小白竟然一直跟着。那么小的狗，一天走几十里路，足足走了三天，生生把脚都磨破了，踩了一溜的血印子。那天二班长都掉眼泪了，用自己床单撕成的布条，把小白的四个爪子挨个包了起来。后来再遇到上坡、过河、路不好走，我们就轮番抱着小白。"

"怎么又不想要它了？"

"不是不想要，部队要撤离灾区，不能再带着小白了。我们想找个人家收留它吧，但山上群众生活艰难，没人愿意养一只不能看家护院的宠物狗。二班长跟前指炊事班班长是老乡，就跟他商量好了送过去。"

"那为什么偷偷摸摸搞事情，不明着跟我说？"

"二班长说……"兵小心地看着我说，"二班长说你……你踢小白，说你不喜欢小白，肯定不会同意带它走。"

"哼，判断正确，我是不会同意。"我说，"我们是来接你这个病号的，不能莫名其妙地夹带着接回一条狗！一会儿找个停车的地方，赶紧把它扔出去。"

"别，别，首长，千万别！"兵带出了哭腔，"我没法跟二班长交代呀。"

"我还没法向领导交代呢！"话音刚落，就觉得兵在后面轻轻地拽我的胳膊。我正想甩开胳膊，回头一看，就看到了小白那双乌溜溜的眼睛，眼里泪汪汪的，正乞求地望着我。莫名其妙地我心里就动了一下，转头缓声对司机说："一会儿看到路边有人家就停一下车，还是趁早把它送人吧。"

司机看了我一眼，笑呵呵地回头对兵说："兄弟放心，这一路都不会有人家的,不信咱走着瞧!"

真是怕什么来什么。刚出山没走多远,车就被警戒部队拦住了,通报说上游的堰塞湖已经开始泄洪,警报等级由黄色预警升级到橙色预警了。橙色预警是绝对不能走的,我们只好找了一个宽敞处把车停下,老老实实等待洪峰过去再上路。

真不知道还要等多久。我担心兵的病情,就打电话给医生,让医生在电话里向兵询问情况。听到医生说病情变化不大,应该没问题,我这才放下心。我让兵先把小白放下,嘱咐他躺下抓紧时间休息一会儿,兵却像被吓到了似的,说什么也不肯放下小白。

司机见状伸出手说:"交给我吧。"兵迟疑地看着他。司机说:"你放心,我不会把它扔了,这附近也没有人家。"

兵这才把小白递给了司机。

司机接过小白冲着兵一笑,说:"兄弟你就瞧好吧。"随后从后备箱里拎出个洗漱包,直奔山脚下的小河边去了。

等待。

来震区这么久了,还从来没像现在这样,可以静下心看看周围的风景。

河对面的山形很美,正是草深林茂的季节,本应山峦青黛满目葱茏,但不断发生的滑坡如利爪般,把山体挠开了一道道伤口。伤口中流淌出的沙石滚落而下,一路摧毁了绿色的植被,把整座山弄得遍体鳞伤,活像一张被抓花了的美人脸。

有狗叫,我扭头望向河边。

已是黄昏时刻,司机把小白按进金色的河水里,小白欢叫着在水里使劲地扑腾,溅起了一串串金色的水花,溅得司机满头满脸的灿烂。司机不依不饶地揉搓着小白,小白满身泡沫拼命挣扎。人欢狗叫,在这个意外滞留的橙色黄昏里,一人一狗搅活了整条落寞的河,温暖了灾后这片忧伤的天地。

看着小白褪去了灰色的铠甲,披着一身银白色的披风,焕然一新地跑来时，我心里忽然若有所动：在大自然面前，小白与我们，与山石草木江河湖海，与一切碳基生命本就没有什么区别。

"车上有吃的吗？"我问司机，"咱们吃点东西吧，还不知道得等多久呢。"

司机在后备箱里翻腾了一会儿，拿出一盒军用午餐肉罐头递给我说："你先把小白喂了吧，我得把车胎检查一遍。"

我从来没喂过狗，不知道该怎么对付这家伙，心里虽然不情愿，但还是接过了罐头。令我感到奇怪的是，小白就像听懂了似的，立刻高兴地叫着跑到我面前，眼巴巴地盯着我手里的罐头，两个前爪合在一起不停地作揖。我把罐头打开，抠出一块肉送到小白面前，小白急切地一口吃下，嘴巴流淌出来的哈喇子弄了我一手。我嫌弃地皱了皱眉头，不再伸手喂，把肉一块块抠出来放在石片上，看着小白风卷残云般，很快就吃了个精光。

我想叫兵一起吃点东西，见兵闭着眼睛很难受的样子，摸了摸有点发烧，就转头对司机说："咱俩先吃吧。"却见司机只拿出了几包压缩饼干。

"就这？"我问司机。

"就这。"司机说。

"不是有罐头吗？"我问。

"没了，"司机说，"就剩最后一盒了。"见我满脸疑问，又略带歉意地说，"真没了，咱就吃点压缩饼干垫垫吧。"

没办法，我只好撕开压缩饼干，干巴巴地啃了一口，说："故意的吧，你？"

司机一笑，满嘴喷着饼干渣子说："对，我看就剩一盒了，怕你从小白嘴里抢肉吃。"

我白了司机一眼，愤愤地咬了一大口，呛咳了好一阵子。

这个司机挺难弄的，貌似不急不恼，但老主腰子比谁都正，一般人弄不了他。进山来的路上，我一直想跟他攀谈，可是说什么他都打哈哈，整个一推拿高手。

"听说你要转业了？"我问。

"没错。"

"那为什么还来抗震救灾？"

"命令嘛。"

"都转业了，可以不服从命令了吧？"

"习惯了。"

"不是习惯，是觉悟。"我说。

"不是觉悟，是毛病。"司机说。

"毛病？"

"嗯，当兵时间长当出毛病了。"

"不能这么说吧？"

"别不信，我这耳朵真有毛病。"

"什么毛病？"

"时不时就会短路。"

"开玩笑吧，耳朵短路？"

"真的，有些声音进了耳朵立刻就会发生短路，然后不过脑子，直接行动。"

"你是指听到命令？"

"是指听到某些特定的声音。命令当然是其中一种，所以才会一听到命令就身不由己了。"

"哈哈，你这是妄自菲薄，故意把精神行为说成是生理行为。"

"哎对对对，就是生理行为。"

这嗑还怎么往下唠？我发现司机对我的采访很戒备。这我可真就不明白了，对他来说这是好事呀。如果他想在离队之前再立新功，让自己的军旅生涯更圆满，宣传报道不是最好的助力吗？再如果，如传言所说他还想借此机会留在部队，那不是更需要宣传报道为他推波助澜吗？

也许他只是跟我装呢？我干脆单刀直入，告诉他我准备写他的报道，宣传他在转业即将离队的情况下，还能毅然奔赴灾区，以身涉险，积极参加抗震救灾。我很诚恳地告诉他:"部队参加抗震救灾的人很多,但像你这种情况的绝无仅有,所以很有新闻点。我认为你的事迹很值得宣扬,一定会获得很大的反响。"

我相信司机应该能听得懂我这些话。我希望司机会就此转变态度,积极配合我的采访,但是,可但是,但可是……

"哦,"司机做出恍然大悟状,"原来你是要拿我写报道呀?要是这样的话,那我可得跟你说清楚了——不能够!"

"为什么?"我问。

司机指了指后背说:"这儿,我这里可背着个处分呢。"

"处分?"

"没想到吧?"司机狡黠地笑着说,"咱就别费那神了。"

我愣在那儿,一时还真不知说什么是好了。

橙色警报刚降为黄色警报,我立刻跟警戒部队交涉,请求放行。路卡不敢放,说黄色警报也很危险,现在水位太高,通过前面那段江桥尤其危险,保不齐会出现什么突发情况。我说车上有病号,再耽搁下去会出人命的。路卡就在对讲机里跟上级请示。急切之下,我抢过对讲机说明情况,对方犹豫了半天,才勉强同意放我们通行。

"赶快出发!"我跳上车对司机说。

"是!"司机把小白往我怀里一扔,一踩油门冲过路卡,加速奔跑起来。

"干什么你?"我猝不及防地看着扔到自己身上的小白,没好气地说,"你就不怕我顺窗户把它扔出去?"

"不怕,"司机胸有成竹地回答,"车窗我都锁死了。"

我想把小白递给后面的兵,回过头才发现兵的情况似乎不太好,可能是烧得厉害了,一点精神都没有。

"就让他安生躺着吧,"司机说,"后面没山路了,我尽量开稳点。"

没办法,小白算是妥妥地赖到我身上了。我低头看着小白,这家伙正在往我怀里拱,拱得热烘烘刺痒痒的。我没好气地拍了小白一巴掌,说:

"老实点！"小白倒是停了一下，抬起小黑眼睛看看我，但立刻又埋头拱起来。

司机在一旁悠悠地说："把它抱起来嘛，抱起来它姿势舒服了，自然就老实了。"

我这才不情愿地把小白抱了起来。小白果然老老实实地趴在我怀里，不再乱拱了。刚消停了一阵儿，我就感觉手背处凉津津的，低头一看，小白正伸出粉红色的小舌头，一下一下地舔我的手。我第一反应是想把手缩回来，但不知为什么没动，只抱怨地说了句："它怎么还舔起来没完了？"

司机笑着说："这就是传说中的'跪舔'嘛，是不是很舒服？人家小白这是在感激你，感激你喂它肉吃，感激你肯屈尊抱着它。"

"存心的吧？"我说，"故意把它扔给我，别以为这样我就认它了。"

"你认不认我不知道，"司机说，"反正小白现在是认你了。"

江桥这一带的水位仍旧很高，桥墩只露出水面一两米，从上游下来的水流很大，流速也非常快，浑浊的江水不断地冲击着江桥，发出骇人的轰隆轰隆的声响。

车驶上桥之后，明显地感觉到桥身在晃动，似乎这桥随时都有断裂垮塌的危险。司机虽然加快了车速，但我还是觉得这座桥太长太长，怎么加速好像都开不到头。

好不容易下了江桥，我这颗心还没等放下，就又紧张起来了。江对岸这一侧显然是有险情了，隔不远就能看到一个身穿橙色救生衣的战士，背手站立在江边警戒。我从没见过这么多的舟桥部队，车载舟桥一辆接着一辆，沿着江岸绵延数里排开，一眼都望不到头。

关键是只有我们一辆车在路上跑。这就是说，没有其他任何车敢在这个时候在这条路上行驶。我紧张地在心里预判着各种可能出现的情况，万一洪水漫上来把路冲坏了怎么办？万一车被洪水淹了来不及跑怎么办？万一……

"没事，"司机就像是听到了我的想法似的，说，"万一洪水来了，我就把车轮子卸下来当救生圈，加上小白，咱们正好一人一个胶皮轱辘。"

我白了司机一眼，说："这么危险，你还有心情扯淡。"

"危险？"司机说，"这才哪儿到哪儿呀，我在非洲维和时遇到的危险比这多了去了。"

"你参加过维和部队？"我惊讶地问。

"嗯，回来没多久。"

"能去维和可不简单，那可都是经过层层选拔出来的。"

"就算是吧。"司机似乎不愿多说。

我心中不免疑惑，参加过维和的官兵回国后一般都会提拔使用，司机不仅没提拔，反倒安排转业了，这其中必有原因。我很好奇，特别想引着司机说点什么。何况这条充满危险的路令人心里发慌，说点什么也能分散注意力，纾解一下紧张的情绪。

"听说那边气候又干又热？"我问。

"是，真他妈的热。"司机爆了句粗口，像是忽然想起了什么，又呓语般地低声重复了一遍，"真他妈的热……"

"你遇到过的最危险的是什么情况？"

"最危险的一次，"司机想了想说，"我掉进了树林中的陷阱，是一个已经遗弃了的、当地人为抓野兽挖的陷阱，很深，没有外力相助自己根本没法出来。"

"怎么会掉进陷阱了？"我问。

"为一只鹩哥。"

"是非洲鹩哥吗？"兵突然捂着肚子坐起来，巴巴地问。

"是，非洲鹩哥。"司机说。

"真的？"兵兴奋地说，"我家邻居养过一只非洲鹩哥，有一次我从他家窗前经过，突然听见有人在喊我：'小帅哥，小帅哥！'抬头一看竟然是只鸟，声音脆生生的，简直跟人说话一模一样，好听极了。"

"我们驻地旁边的小树林里就有一群鹩哥，"司机说，"应该是个小家族群，大概有五六只的样子。"

兵热切地把脑袋伸到前面问:"也会说话吗?"

"当然会,鹩哥聪明着呢,一听就会。"司机说,"我们刚到驻地的时候一切还没理顺,起居操课都是由管行政的副队长通知。每天早上副队长都会挨个敲门,喊大家起床。有一天突然提前敲门,喊起床了,起床了。大家以为发生了什么事情,赶紧起床跑去问副队长。谁知副队长一脸蒙地说这还没到点呢,我没喊起床呀。这事真是奇了,明明听声音就是副队长喊的起床,结果他愣是不承认。大家私下里猜测,莫不是副队长有梦游症?

"如果只是偶尔一次也就罢了,没想到第二天又是如此。副队长火了,坚决认为是有人故意制造混乱,损害他在队里的威信。副队长找到我,让我跟他一起蹲坑,看看究竟是谁在干这种事。

"我和副队长天没亮就起来候着了,但一直没见人影。天已经蒙蒙亮了,眼看就快到起床的点了,我心里想,看来那人没出来,今天肯定是没戏了。就在这当口,凭空突然响起了咚咚咚的敲门声,接着就听见副队长的声音在喊:'起床了,起床了。'当时我都傻眼了,没见着人呀,这不是活见鬼了吗!我惊魂不定地看看副队长,他已经跌坐在地上了,脸上的表情比我还恐惧。我心一横,说我过去看看,就轻手轻脚地走上前去。

"你们知道我看到了什么?"

"鹩哥!"兵说。

"没那么神吧?"我不相信。

"真就那么神,正是鹩哥。"司机说,"我看见一只黑头鹩哥站在第二个宿舍门前,先用嘴咚咚咚地敲了三下门,然后用跟副队长一模一样的嗓音喊:'起床了,起床了。'之后再飞到第三个宿舍门前重复一遍,极其敬业地依次把所有的宿舍都敲了一遍,喊了一遍。"

"太有意思了,"兵说,"后来呢?"

"后来我就跟这只鹩哥交上了朋友,它是这群鹩哥中的首领,我管它叫黑头。"

"你是为救黑头掉进陷阱的吗?"兵问。

"不，是为救鹦哥群中一只我起名叫黄脖子的。当时黄脖子差点被老鹰叼走，我只顾着赶老鹰没注意脚下，一不小心掉进了陷阱。是黑头救了我。"司机说，"要不是黑头，我这条命就撂那儿了。"

"黑头怎么能救你呢？"

"黑头飞回驻地，挨个房间敲门，拼命地大喊大叫：'起床了起床了，操场集合，操场集合……'大家都发觉黑头不对劲儿，声音特别急切，其间还夹杂着一些听不懂的当地话，就纷纷跑出来看究竟，结果就被黑头引到树林深处，找到了陷阱中的我。"

天黑了，车终于驶离了沿江路，甩掉了一路追赶的洪水威胁，前方就是城市了。

突然响起了呼噜声，原来是小白，小白竟然趴在我怀里睡着了。我这才想起，自己这一路是一直抱着小白的。连我都对自己的行为感到奇怪，平日里最烦狗的我，竟然能任小白在身上折腾，竟然没烦。

兵这会儿精神好多了，听到小白的呼噜声赶忙说："真不好意思，给首长添麻烦了，还是把小白给我吧。"

我低头看了看怀里的小白，看着小白那副安逸的睡相，忽然有点不忍心放手了，就说："算了，好不容易老实一会儿，别把它弄醒了，让它睡吧。"

车驶入了市区，本以为一路惊险，总算可以放松下来了。我环顾四周，却感到头皮一阵阵地发麻，一种毛骨悚然的感觉紧紧地攫住了我。我惊恐地发现，眼前这座地区第二大城市已经变成了一座死城。城里已经空了，在余震警报和堰塞湖泄洪的威胁下，所有的居民都紧急撤离了。我无法想象曾经繁华的大都市，顷刻间会变成眼前的这副样子。全城没有一丝光亮，也没有一点声音，那些曾经霓虹闪烁、歌舞升平的高楼大厦，此刻怪兽般黑压压地静默着伫立在路旁，看得人心里瘆得慌。偌大的城区中，只有我们一辆车孤零零地在空寂的道路上行驶，前后不见一辆车，左右不见一个人，犹如行驶在鬼城之中，令人不寒而栗、毛骨悚然。我这才发现，进入一个毫无生命迹象的死城,比在充满未知危险的旷野中行路还要令人心生恐惧。

突然而至的震惊和恐惧紧紧地攫住了车上的每一个人,车里的空气似乎凝滞了,沉寂了许久都没人说话。我故意咳了一声,没话找话地问司机:"哎,你说的那个黑头,还真挺神的呢,它说话都是你们教的吗?"

"没人教黑头说话,"司机说,"但黑头绝顶聪明,整天在营区混,听了就学,而且学什么像什么。我们常在一起抽烟聊天,黑头就会跑过来,学着我们的口气说:'来根烟,来根烟。'有一次,我刚掏出烟盒要给别人递烟,黑头就在一旁大喊:'空的,没有了。'也不知道是哪一次没烟了,顺口说一句就让它给学去了,弄得我哭笑不得。当地天气太热,实在热得受不了,我们常会气哼哼地发泄一句:'真他妈的热!'黑头把这句也学会了,并且还知道这不是句好话。"

"鹩哥不是只会学话,不知道是什么意思吗?"兵问。

"鹩哥可比我们想象的聪明多了,"司机说,"我常常逗黑头让它好好表现,说表现好就带它去中国。黑头知道这是好事,一高兴了就叨叨:'去中国,表现好去中国。'有一次黑头把我的杯子碰翻了,我生气地说了句:'烦死了,表现不好,不带你去中国了!'黑头愣在那儿想了想,突然愤愤地回了我一句:'真他妈的热!'当时把我都给乐疯了,估计黑头是气急了,好不容易才想出一句最不好的狠话来骂我。"

"那你带它回国了吗?"兵问。

"没有,"司机停了好半天才说,"黑头……死了。"

前指的电话又追来了,问我们现在到哪儿了,还有多长时间能到。我回答说现在已经驶出城区进入乡道,估计再有半个小时就能到了。这一大天!我心中暗想,本来以为天黑之前就能返回,没想到天都黑透了还没到家。

"快到了呀,"兵不舍地说了句,赶紧追问,"黑头是怎么死的呢?"

"我们大家都喜欢黑头,"司机说,"但副队长不喜欢它。副队长嫌黑头它们总在营区飞来飞去，动不动还挨个屋子串门，特别影响内务卫生。黑头也不喜欢副队长，因为副队长对它们从来没好脸，一看到就赶它们走。所以黑头一见副队长就喊：'烦死了，真他妈的热！'

"有一次，我国大使要陪同联合国维和官员来驻地视察，副队长组织大家打扫营区、整理内务。副队长说那群鹩哥整天在营区飞来飞去感观不好，特别是领头的黑头，动不动就爆粗口，万一领导视察期间黑头跑来爆个粗口，那可就造成国际影响了。副队长决定彻底解决这个问题，把树林里鹩哥搭窝的那棵枯树伐掉，逼黑头家族这群鹩哥搬家，远离驻地。"

"这……这也太狠了吧？"兵说。

司机说："伐树那天副队长故意把我支开，给我派了个外出的任务。我刚回到驻地，黄脖子就迎着我飞过来，飞到我面前焦急地大喊：'烦死了，真他妈的热！真他妈的热！'我心里一惊，立刻明白黑头出事了。"

"你怎么立刻就会想到黑头出事了？"我问。

"通常情况，一群鹩哥里只有领头的那只鹩哥开口说话，"司机说，"其他鹩哥都闭口不言，看上去它们都像是不会说话似的。但一旦老大不行了，老二立刻就会开口，接续老大的责任，而且老大说过的话，它几乎都会说。

"我跑进小树林的时候，黑头已经死透了，但眼睛还不甘地睁着，一只被砍掉的翅膀甩落在旁边。据说黑头当时拼命啄副队长，不让伐树。副队长急了，挥起电锯一挡，结果把黑头的翅膀一下子砍掉了。副队长也没想到会搞成这样，赶紧停止伐树把人撤回去了。

"黑头拼死用自己的性命保住了这群鹩哥的家。我用针线仔细地把黑头的翅膀重新缝到了它的身体上，把它完整地埋在了小树林中。安葬完黑头后，我就去找副队长。

"虽然心里有气，但我也只是想跟副队长商量一下，让他别再赶鹩哥了。那些鹩哥是这里的'原住民'，不能我们来了就把人家赶走。但副队长是个硬性子，早就想到我会找他兴师问罪，一见我就把硬话顶上来说：'你别来给我找事啊！告诉你，我早晚得把那个鸟窝给端了！'

"当时如果副队长说话不那么硬，可能也就没什么事了。大概副队长觉得我这人性子不刚，说几句硬话就能压住。这倒没错，但也得分说啥呀。结果我这耳朵一听'端鸟窝'这三字，立刻就短路了。我也不知道拳头是怎么打出去的，反正等我反应过来，副队长的鼻梁骨已经断了。"

"打骨折了？"我一惊，那可麻烦了。

"给力！"兵在后面小声说。

"打架是一回事，"我说，"骨折了性质可就不一样了。"

"谁说不是呢。"司机说。

"你就是为这事受的处分？"我问。

"嗯。"

"后悔吧？"

"后老悔了。"司机说，"其实副队长人不错，对我也一直很好。"

我沉默了一会儿又问："转业也是受这事影响吧？"

"就算是吧。"司机说。

大家一时都无话了。

过了许久，司机故作轻松地说："也好，回家就轻松了。"又忍不住低声叹道，"不过在部队这么多年了，真要脱了这身军装，一下子还真不知道怎么办才好。"


终于回到了前指驻地。

我把兵送到随行医院，医生检查之后说幸亏送来了，炎症已经控制不住，必须立刻施行阑尾切除术。我一直看着兵被推进方舱手术室，才转身离开。

炊事班班长还一直在等小白。我把小白交给炊事班班长的时候，小白的两个小爪子死死地抓着我不肯放手。我摸着小白的头安抚说："别怕，别怕。"一边让炊事班班长去拿盒午餐肉罐头来。小白见了肉就放开爪子扑了过去。我也不知道自己怎么会那么在乎小白，出了门又转头回去，再次嘱咐炊事班班长要好好待小白，要找到喜欢它的好人家再送出去。见小白吃得香，我这才转身出去了。

夜深了，我把最后两支烟摸出来，递给司机一支后，举着空烟盒问："黑头是怎么说的来着？"

"空的，没有了。"司机说。

"空的，没有了。"我一把捏扁烟盒，下意识地又跟了句，"真他妈的热！"

我俩相视一笑，吸着烟并肩往回走。

"你为什么对报道那么反感？"我突然问。

"没有，"司机说，"我不是受处分了吗。"

"别以为我听不出来，你那是托词。"

"不是托词，是真不合适。"

"就是托词。"

"好吧，你说是就是。"

"为什么？"

"为什么？"司机犹豫了半天才说，"这可是你硬逼我说的啊，说啥不兴翻脸。"

"不翻脸，你说吧。"

"你们写的那些东西也不靠谱呀。"

我呆住了，一时不知说什么是好。

"不是说你啊，"司机说，"前些日子随行医院抢救一批中毒伤员，报道上说，院长背伤员累得昏过去了。不瞒你说，我那天就在现场，首长让我备车随时听候院长调遣。我一直跟在院长身边，我怎么没看见院长昏过去呀？"

我无语。

"还有，我后来看到关于副队长受伤的报道上是这样写的：副队长为了维护营区安全身负重伤。"

……

烟已经烧到手指了，烫了我一个激灵。我甩着手，尴尬地开口说："问题肯定是有的，但我会尽量实事求是……"见司机狡黠地笑看了我一眼，我又很没自信地补充了一句："尽量吧。"

一时无话。走到分手回各自帐篷的路口，我停下脚步心有不甘地说："我还是想写你，我希望把你的事迹宣传报道出去，我希望能让大家都看到你的价值，我希望你能再立新功，我希望……"我犹豫了一下，干脆咬牙明说了。我真诚地对他说："我希望能帮你，希望你能功过相抵，继续留在部队。"

司机惊讶地看着我说："你这是想哪儿去了？我离队手续都已经办完了，怎么可能留队？再说来灾区之前，我已经把行李都寄回家了，准备这边一结束，就从这里买火车票直接回家。"

我哑口无言，默默地看着他。说实话我心生惭愧，内心生出一种难以言说的自卑感。我不无尴尬地拍了下司机的肩膀，说："好样的！"

司机诧异地笑着，挥挥手转身回自己帐篷了。

我又在原地站了一会儿，心里乱七八糟的，就像是一个很久都没有清扫过的房间似的。我想，也许真应该认真整理打扫一番了。

在帐篷门口停下脚步，我扭头向深草棵子方向望去。小红蛇明天早上还会不会来呢？我想，还真希望能看到它呢。

原载《作家》2023年第6期

钱玉贵

# 胎记错

## 一

我其实很少能见到那个叫林红的漂亮姑娘，尽管我们在一个大院里上班。如果不是第十届全市职工男子篮球比赛，她作为单位抽调的志愿者给我们搞后勤服务，我几乎不认识她。我们队得了冠军，大家在一起合了影。我记得合影结束散了后，我们一行人往洗浴间走去时，她突然伸手拉住我，指着我裸露在运动衫外的左臂上那块像台湾岛形状（同事们这么说的）的胎记问我："这是你故意文上去的？"我突然觉得这个给我们篮球队队员留下热情开朗印象的姑娘其实挺傻的。我说："是老天爷给文上的。"其实我本想说，这能文得上吗？她红了一下脸，低头走开了。她是一名质检化验员，化验楼与我们工程设计院隔着两栋楼，平日里我们几乎见不上面，偶尔上下班见到，也只是点头打招呼而已。

有一天下班，在公司大门外，她站在那里，等人的样子。我走出来，她径直迎上我，说："我想请你吃个饭，赏脸吗？"我觉得莫名其妙，问她："为什么？有事？"她说："当然有事，想跟你聊聊。"天色正暗下去，我掏出手机给妻子小芹打了电话，说临时有事不回家吃饭了。

我们没打车，沿着街道走，显然她也没有事先预订好饭店。路上，她只是说篮球赛期间的事，夸我的球打得又好又凶，甚至说没有我，我们队夺冠是不可能的。我告诉他，我最早的篮球教练就是我爸，小时候我爸就带着我在他的供销社大院里的露天篮球场上练过人和投篮，到了大学参加校队参加校际联赛，才算有了正规教练。天渐渐黑了。她领我走进路边一家小酒馆，里面热闹得很，弥漫着浓重的酒气菜香。在一个狭小的包间坐下，她抓起桌上的餐巾纸擦着油腻腻的桌面问我："吃点啥？"我说随便。直到此刻，我依然弄不明白她要跟我聊些什么，或者说，她究竟有何事找我。

她一点也不张扬，就点了几个小菜，开了两瓶啤酒，跟我碰起了杯。她脸色红红的，好像已经喝了很多似的。她说自己是从大别山一个小镇上考出来的，考得不好，专科毕业，当上质检化验员并不是她的理想，只是谋生而已。她又说到自己的恋爱，先后谈过两个男朋友都分手了，她没说原因，只说一个是没意思，另一个是道不同——啥道？不知道。

我一直处于缄默状态，但暗自惊讶，她怎么能跟我说这些？我是她什么人？尽管内心惊讶着，但外表镇静，我仍不想打断她，让她接着说。我想，她总要把她真正要说的那个事说出来的。两瓶啤酒喝完了，她让服务员再上，又是两瓶，接着喝。

她说她原先有个哥哥，五六个月大的时候被人偷走了，至今下落不明。她爸去世得早，在她两岁大的时候，死在了寻子的异地他乡。她妈快六十了，一个人住在小镇上。她妈最大的心愿就是她的婚姻，希望早点看到未来的女婿。我一头雾水了。这个漂亮姑娘究竟要干什么？她约我吃这顿饭，就是让我听她说这些？

"你的父母好吗？"她突然问我，这是到目前为止她第一次问我的话，似乎宣告了她要说的已经结束，该轮到我说了。好吧，既然她愿意听，我就说说自己的情况也无妨，至少也算是回敬她的信任。我是从皖南一个小县城里考出来的，是家里的独子。母亲五年前病逝，是肺癌。父亲退休了，一个人在小县城生活,他是个乐天派,钓鱼、养鸟、跳广场舞,从没闲着,身体也很棒,眼下他正等着抱上大孙子——我的妻子正怀着呢,预计明年春末就要生产。我嘛,就谈过一次恋爱,对象就是现在的妻子小芹,也是大学同学,没什么浪漫经历,也没经历什么坎坷,眼下嘛,就是努力挣钱,早日把三居室的房贷还清。

我说话的过程中,林红一直深情地望着我,这让我感觉很不好,似乎我与她之间有着某种暧昧关系。我没好问她,但从模样上看,我至少比她大五岁以上,她应该在二十七八吧。我差不多说完了,包厢里也安静了,能听到隔壁包厢里传来一阵一阵开心的划拳声。她没有收回深情望着我的目光。她说:"我能叫你大哥吗?"我说:"我当然是你大哥嘛。"于是她笑嘻嘻地说:"大哥,你能帮我个忙吗?"——终于说到正题了,我的心怦怦跳着。"你说吧。"我点了点头。她脸又红了,这次红得厉害,是整张脸通红。"你能陪我去一趟我老家那个小镇吗?就是去见见我妈,你就当是我的男朋友,让她老人家见上一面。"我差点儿把手里的啤酒杯掉在桌面上。这种事我听得多了,特别是到了春节期间临时花钱租个男友或女友回老家去应付催婚的父母。她怎么也要弄这一出,而且是偏偏选上我?"我可是结了婚的,"我说,"而且老婆明年春夏就要生孩子了。"我的语气明显严肃多了。"不成,这事肯定不成!"我说。我甚至觉得很荒唐。我看到她眼里掠过一丝失望与惆怅。"我想问问你,怎么会偏偏选上我?"她看着我,眼眶里渐渐晶亮。"大哥,就算是临时去我妈那里应付一下行吗?"她的眼泪流下来,这让我有些尴尬。我这人最见不得女人流泪,她一流泪仿佛我已经伤害了她。她哽咽着说:"我妈最喜欢的就是像你这样又高大又健壮的男孩,带回老家,不仅我妈会喜欢,小镇上的人看到了我们也有面子!"我打断道:"可那是假的啊,你这是欺骗她!你不会是想跟我假戏真做吧?"——这话我在内心揣酌了好久,还是决定把它说出来的好。她立即保证道:"我绝对没那个企图,我只是想让我妈高兴。眼下她正病着,据说有喜事就能冲掉她的病,我希望她早点好起来。"她说着,把手机递过来,打开一个视频,说:"这是我妈家的邻居帮着拍的,你看看吧。"画面上,一个蓬头垢面的老妇人躺在一张厚重的被褥包裹的床上,喘息着,冲着镜头说:"林红啊,早点回来看看我啊,最好是带上你的男朋友回来,妈妈想呢……"边说边老泪纵横。她把手机收了回去。

我对她说:"这事,你让我想想吧。"

## 二

林红老家的那个大别山区的小镇与我们城市之间的直线距离并不遥远,高铁一个多小时就到了县城,不过还要坐上一段约三十公里的中巴才能到她家。这是周末的第一天,我对妻子谎称要跟同事一起去邻市看个环保项目(这是我的专业)。说好的,就住一个晚上,我不住在她的家里,住镇上的旅馆,翌日就走人。中饭我俩在镇上吃,晚饭在她母亲家里,三个人一起吃,也就是说,真正的重头戏就是晚上这顿饭,我要表现好,让老人家满意即可。至于以后的事,那就交给林红了。

在高铁上,我俩几乎没说话,她看手机,我闭目养神,戴着耳机听手机音乐。坐上中巴后,车厢里没几个人,我俩坐在中间的座位上。一路上我还是觉得林红策划的这件事十分荒唐,这不就是做戏糊弄她老妈,有什么意思呢?我见不见她妈有意义吗?车在往大山里开,弯道多,一会儿左一会儿右,而且上下颠簸得厉害,林红开始还把持得住,后来随着车身晃动索性就依伏在了我的肩头。这一刻,我权当她就是我的小妹妹吧。我忍不住问她:"我跟你去这么做,有意义吗?"她扭过头看着我,目光依然含情脉脉,她说:"有没有意义,我现在还不能告诉你。"

中午在镇上一个小饭店里吃了两碗面,接着她又陪我在附近一家小旅馆开好了房间。我换了西装,打了领带,捯饬得像个新郎官,走到街上时感到既别扭又丑陋——倘若我的妻子小芹这会儿从天而降,看到我在这个小镇上伴着林红的这般模样,那会出现什么情况?我简直不敢想象。

进了镇东南角的一个破落陈旧的院子里,我才明白,林红已经提前把她要带我回来的消息散布出去了。院子里面挤满了乡亲,男女老幼,叽叽喳喳,好不热闹。我注意到人群里有几个穿着鲜艳衣裳的女人在举着手机拍摄,赶紧对林红说:"别让她们拍,发到网上可就麻烦了。"林红立即走过去,叫她们停拍,可她们扭身跑开了,回身又接着拍。这时候,那个在林红手机里躺在床上病恹恹的老妇人,被两个妇人搀扶着从屋子里出来,颤巍巍地走到我的面前。老妇人的目光就像看到了天外来客一般专注而惊异,她把我的五官仔细察看了一遍,一只手举了起来,想在我的脸上摸一摸,被林红挡开了。她说:"妈呀,人家刚来,你可别吓着人家。"她接手搀着母亲回屋子里去。

除了开始时我叫了声"伯母好",之后就几乎没再发声了,任凭周围人吵吵嚷嚷和评头论足。坐到桌边时,我捧着茶杯,低眉顺眼,赔着笑脸;只要看到有人举手机拍摄,我马上垂下脑袋,用头顶冲着那些镜头。那一刻我内心的荒唐感更加强烈,并开始后悔不该答应林红来到这里;我已经想象不出这出闹剧究竟将怎样收场。我心里反复念叨,你这是好心办坏事,好心办荒唐事!

晚饭是一个叫李婶的胖女人在厨房里做的,据说这个胖女人是镇上一个饭店里的厨娘,是林红母亲请她来的。丰盛的一桌菜端上桌后,解下围裙的李婶就要告辞,说是要回饭店里忙去了。外面天色已是黄昏,院子里也终于安静下来,昏暗的灯光下,老母亲坐在上席,她不喝酒,用一碗米汤代替酒,林红和我还是喝啤酒,三人共同举杯,尽管拘谨得很,但总算开吃了。老母亲开始问我的情况,父母呀,家庭呀,个人经历呀。除了恋爱结婚外,其他情况我都如实相告。我注意到林红不说话,不时地看看我,又看看她的母亲,目光来回穿梭,显得急切而认真。我瞪了她一眼,她反而笑了一下。她凑近我的耳边说:"你有没有发现,你长得挺像我的母亲?"我惊怔了一下。"你在胡说什么呀?"我小声嘀咕道,但把目光转到上席座位上的老母亲时,我确实差点儿惊出冷汗来。是的,老母亲的面容尽管瘦削,皱纹层叠,但整个脸庞,特别是额头与颧骨,真的与我有些相像啊!我吓坏了,这是怎么回事啊?我想抽身离开,回到那个小旅店去。

我害怕，后面不知道还会发生什么事情。我忽然觉得林红似乎给我设了个陷阱，就等着我掉进去。我强行走了出来，林红跟着跑来。"怎么啦，你？要上卫生间吗？"她轻快地问。院子里几乎漆黑一片，光线从堂屋那边斜射出来，林红的脸上依然显得兴奋而激动。"还怎么啦？"我说着，怒气已不可遏止，"我上你家来究竟是干什么来的？怎么扯到跟你妈像不像的问题上！"林红把我拽到旁边的阴暗处，低声说："你别激动嘛！我现在只求你一件事，你能不能把左臂上的那块像台湾岛形状的胎记让我妈看一眼？"我又是一惊："为什么？"我觉得自己快被某种不确定的恐惧弄得魔怔了。林红说："我现在还不能告诉你，让我妈看看，你就知道了。"我被她硬生生地拽回了屋子里。她大声说："妈，我让你好好看看他手臂上的那块胎记吧。"老妇人的嘴里连声说了两次"胎记，胎记"，像是吓着了似的。林红先是催促，后来干脆伸手帮我把西装脱去，解下领带，再脱去里面的白衬衣，仿佛动作慢了那块胎记就会跑了似的，直到将我的左手臂几乎拉直了，让她的母亲看上面的那个胎记。我看到林红母亲昏花的眼睛里突然闪现出电光般的亮度，那光芒一遍遍地扫过我左臂上的那个胎记，仿佛是在进行着某种血缘意义上的扫描探测。这个过程中，她突然挪身靠近我，猛地搂住我，力量之大、用力之猛在刹那间让我震惊不已。接着她喊道："孩子啊，你该不是我丢失了三十多年的宝儿吧！"眼看着场面就要失控，我意识到自己不能乱了阵脚。我忙不迭地说："伯母啊，你弄错了，我有自己的父母，我不是你的宝儿。我怎么会是你的宝儿呢？一定是弄错了。"我边说边从林红母亲的手臂里挣脱出来，她失去了对我的拥抱，几乎当场就要瘫倒在地，幸亏林红一把扶住。我对林红说："我要回旅馆了！"便匆匆逃了出去。

　　当晚，我没在小镇的旅馆住，而是租了个小三轮赶到县城，在县城又叫了辆的士连夜赶回了城里。我彻底吓坏了，感觉自己是仓皇逃窜，一分一秒也不敢耽搁。我恨死了林红，她怎么可以跟我做这么个残酷的游戏——不，是策划这场以相亲为名的认子闹剧？我怎么就成了别人丢失的"宝儿"？我不能原谅她。

## 三

像被魔咒附体了一样,那个"宝儿"从此住进了我的体内,无法排遣。林红来找过我几次,在公司大门口,她试图解释,但我根本不予理睬,匆忙走过。后来她又几次来我们的工程设计楼,我不仅没见她,而且告诉门卫,以后不准这个姑娘再进来,否则我要追究他们的责任。一句话,我再也不想见到她。后来,她不知从哪儿弄到了我的手机号(我猜是篮球队的那些队员给她的),给我发来了短信:

> 大哥,真对不起!你无法想象,我妈为寻找她丢失的儿子,这些年里承受了多少伤痛!当我在篮球场上看到你左臂上的那块胎记时,是多么激动,那是我妈至今唯一清晰记得的关于她儿子的标记!我想,如果我妈得知她丢失的儿子居然还活着,甚至就在眼前,她会幸福成什么样啊!即使你不是她的儿子,就是让老人家短暂地幸福一场,也是我愿意竭力去做的事情。我要向你道歉,这一切我事先并没有对你讲清楚,使你陷入尴尬,甚至痛苦,我请求你的原谅!

我没回她的短信,但记下了她的手机号码。事情至此就搁置在了那里。

我对妻子小芹说,想回老家看望一下父亲。小芹说:"不是说好中秋节回去的吗?"我谎称:"我觉得爸爸最近的状态不太好,昨天打电话时就感觉到了。而且我回去还想催促一下他找老伴的事,他年龄大了,身边没个人照应总是让人不太放心。"小芹嘀咕了一句:"对我爸妈也这么上心就好了。"其实,她爸妈幸福着呢。

我回到父亲的家里,他正在阳台上喂笼子里那只精灵乖巧的八哥。我走过去，八哥倒是先开了口："大俊哥好！大俊哥好！"我冲笼子里招招手："八哥好！八哥好！"父亲说："你回来怎么也不先打个电话给我？"我回到客厅里，坐到沙发上说："是出差顺便来看你的。"父亲披上一件单衣，拿起门后的一个网袋，说要去买点菜，冰箱里早就空了。父亲出门了，我去厨房里拿来暖瓶给自己泡了杯茶，靠在沙发上，电视机是开着的，里面播放着有关老年人保健的讲座。我用遥控器关了电视。母亲的遗像还摆放在电视机旁的那只陈旧而笨重的五斗橱上，我起身走到近前，父亲的照片也在旁边，两人紧挨着，照片尺寸也一样。我仔细端详着他们的面容，不禁打了一个寒战。我长得不像他们吗？或者说，我不是他们亲生的吗？——这是我长这么大第一次发出这样的疑问！这怎么可能呢？在过去的岁月里，我从来没有听说过我不是他们亲生的。从小到大，他们给予我的爱，也从来没有任何令人怀疑的地方，怎么我会成了"宝儿"？墙壁上的老相框里，还是小时候我跟父母在一起的合影，其中我跟父亲在学校篮球场上和获奖后的合影居多。父亲是我最早的篮球教练，我的整个发育期都是在父亲带领下的运动当中，一天天地长得壮实有力，长成一个高大帅气的小伙子。

父亲回来了，拎着沉甸甸的网袋，他说："大俊啊，老爸今天做几道你爱吃的菜，咱父子俩好好喝几杯。你一回来，瞧你那疲惫的样儿，我就知道是工作累的。"我走到厨房，说爸我给你打下手吧，于是我们父子俩就在厨房里忙乎起来。以往小芹跟我回来，是她给父亲打下手。父亲炒菜有两把刷子，是自学的，母亲生前，一到逢年过节，也是让父亲掌勺，并且甘拜下风。父亲是农资中专毕业，爱动脑子，勤奋好学，他干了一辈子供销社的销售员，算盘打得呱呱叫，经手的账目从没出过差错。他善良，诚实，要强，从没有对我动过手，倒是母亲在我小时候经常会打我的屁股，当然那是在我闯了祸之后。父亲的爱几乎不动声色，但言行之中又无不体现。他问我小芹怀孕的情况可好，要求我务必照顾好她，他甚至告诉我，他现在经常在梦中见到孙子，虎头虎脑的一个胖小子，跟爷爷亲得不得了。我说："要是生个女孩呢？"他笑呵呵地说："那也很好啊，只是我还没梦到孙女嘛。"从这一刻开始,我的心中就变得有些纠结了。我真的需要把身世弄清楚吗?我真的需要知道我是不是那个"宝儿"吗?

油烟在厨房里弥漫开来,父亲就让我出去了。不知怎的,我突然觉得自己要哭了,心酸得微微抽搐。

一桌我爱吃的菜肴,酱猪蹄、红烧带鱼、梅菜扣肉,还有西红柿炒鸡蛋。我说:"弄这么多,咱俩吃得了吗?"父亲笑呵呵道:"傻儿子,我一个人可以慢慢吃啊。说真的,你不回家来,我哪有心思做这些,说是给你做的,其实也是为我自己解馋呢。"

像以往一样,他不吃,只是看着我吃,等我狼吞虎咽一番后,他才会动筷子。他给我倒了酒,举起杯子,说:"大俊啊,每到这个时刻,我就想起你妈来,要是她还活着,该有多幸福啊。"他眼圈泛红,一口把酒饮尽。我知道,正是这个心结使他迟迟不愿再找老伴,与母亲同甘共苦的岁月令他至今难以释怀。我说:"爸,前不久,我的同事跟我说了一个故事,真是挺特别的,怎么会有这种事情啊!"父亲放下酒杯说:"给老爸讲讲,什么特别的事情啊。"我看着桌上的菜盘说:"我有个同事,跟我年龄相仿,因为身上长了一块胎记,跑到乡下游玩,不小心那块胎记被人认出来了,结果居然是人家三十多年前丢失的孩子,而原来的父母却是养父母——"我一点也不敢抬起眼去看父亲,害怕看到我不想看到的。屋子里奇怪地静默了,好像到这里就必须静默了似的。父亲终于开口了,声音很冷静:"那个胎记就能证明他是人家丢失的孩子?这不是孩子的事,这是父母的事,只有父母说了才能算数。再说了,现在要亲子鉴定也简单,到医院里做一下就行。"我说:"好像还没到那个阶段,丢失孩子的母亲现在也是孤身一人,说是为寻找那个丢失的孩子,父亲死在了异地他乡。"父亲说:"那是发生在什么地方的事?"我说:"是大别山区的一个小镇上,我也去过那里。"我说了具体的地点。父亲神色有些凝重,他说:"这种事,在我们小的时候并不少见,那个年代丢失孩子的事并不多,反倒是送养的孩子多,原因也简单,主要是养不活,特别是在农村,也不懂什么避孕措施,生下来养活不起,就只好送人,主要是往城里送。另外就是未婚生下的孩子,叫黑户,也只能偷偷地送人。还有嘛,就是所谓婚外情生下的孩子,也是不敢养的,只好送人。真正被拐卖的孩子并不多,不像现在这样,有人光天化日到人家里偷孩子去卖。"

我说:"爸,你觉得我刚才说的那件事可能吗?"

我抬头看着父亲的脸,他的脸阴沉而忧郁;他的目光也停留在我的脸上。

"可不可能,那都是人家的事。"他说完,淡定地挥了一下手,接着端起酒杯,"咱父子俩继续喝。"我忽然发现,父亲一点也不想就这个话题跟我谈下去,我甚至想到,即使那一切都是真实发生过的,此刻的父亲也一点不想再提及,就让它深埋在历史的尘烟里吧。

当晚我睡在自己过去房间里的床上,父亲换上了新被褥。等我睡下后,像小时候一样,他进来将被角掖紧实了,在床边坐了一会儿,然后熄了灯,蹑手蹑脚地走出去,掩上门。我在被褥里背过身去,突然有种想哭的感觉。

翌日我要走了,父亲在门口拉住我,深情地望着我,眼睛里居然泛着泪光,后来他抬手在我的脸上抚摸了一下——这是过去从没发生过的。他说:"把小芹照顾好,也把自己照顾好,让我的大孙子顺利出世。爸爸的晚年就在你们的身上啊!"两滴浑浊的泪从他眼眶里溢出来。

## 四

回到工作环境后,我时常进入走神和发愣的状态,同事们当然认为这很反常,甚至认为我是不是外面"有情况"了。我意识到关于"宝儿"的这个心魔不除,可能就永无宁日。我通过上次发短信的那个手机号码约了林红,还是在上次她约我吃饭的那家小饭店里,我们面对面谈了一次。我可不能显得寒碜了,至少要比林红请我那次奢侈些,点了小饭店里能做的所谓高档菜,红焖鸡、酱麻鸭、清蒸鳜鱼什么的,后来发现,比起这次谈话来,吃什么一点也不重要。林红告诉我,她母亲现在心心念念的就是再见我一面，她甚至已经确信我就是她丢失的"宝儿"，甚至提出要让林红领着我们一起去医院做亲子鉴定，而且不止一次地催促着林红领着她进城来，目的只有一个：跟我见上面，把过去的事重新捋一遍。林红边说边流眼泪，她理解母亲的迫切心情，她为出现这种局面感到悔恨而又无奈。

我一直沉默着。我明白自己面临的问题就是敢不敢去做鉴定，因为那个结果将解释一切。我敢吗？如果我真的敢去鉴定，为什么不把这一切原原本本地告诉自己的父亲，而是采取那种旁敲侧击的策略？假如林红母亲真的是我的亲生母亲，尽管她未养育我，但我血管里流的毕竟是她的血啊！

我问林红："你觉得我现在应该怎么办？"林红的眼泪扑簌簌流下来。

"我真的没想到事情会弄到这个地步。我当初只想让母亲高兴，假如你真的是她那个丢失的孩子，也是替你找到了亲生母亲，我也找到了自己的亲哥哥——我觉得自己是在做一件高尚而道德的事情，可是我怎么也不会想到，事情现在变得完全不一样了。"

她叙述了她母亲那个"宝儿"丢失的过程。三十多年前的那个冬天，据她母亲说，那天是农历十五赶大集的日子，她把熟睡的刚满六个月大的宝儿锁在家里，要去街上买一个大澡盆，想着到了夏天好给孩子洗澡用。等回到家里时，孩子不在了——贼儿是翻墙进院撬开窗户进来把孩子偷走的。从那个时刻开始，这几十年就是一场梦魇。每年农活忙完，父母就要外出寻儿，后来母亲身边有了她，体弱多病的父亲就独自踏上寻子之路，结果死在了湖北一个偏僻的小山村里。从那以后，母亲嘴里就总念叨那个宝儿左臂上的胎记，因为没有其他任何印记可以拿来佐证了……

现在，我觉得这件事必须跟父亲谈清楚。我从来没有想到我的人生会有这样离奇而可怕的历程，它过去似乎一直隐藏在生命的皱褶里，现在它仿佛自己需要大白于天下。我没有对妻子说再回老家看望父亲，而是说公司项目需要出差一两天，便又赶回了皖南那个小县城。我事先给父亲打了电话，说要回来，他没问因何事又要回来，只说了声"好吧"。我一进家门，他居然问我："那个老妇人上门来找你了？"仿佛他早已知道了事情的过程。我摇头。坐到沙发上后，我说："老妇人的女儿对我说，她正急切地要跟我再见面，她说要把事情搞清楚，甚至提出要去医院做亲子鉴定。我就想还是应该回来，听听您的意见。"父亲在我身边坐下，拍着我的肩膀，表示他理解我。屋子里静下来。阳光从阳台那边斜射过来，那只灵巧好动的八哥也终于安静下来，似乎知道客厅里的父亲有话要说，它不能捣乱。

"那是1988年的冬天。我当时还在一个小乡镇的供销社工作，你妈住在县城，她当时是县百货商场的营业员。那一年的化肥销售供不应求，我忙坏了。一天晚上，刚刚睡下，有人敲门，我以为又是为化肥找上门的农民，就说：'没肥了，等明天开春吧。'但外面依然敲着，而且越敲越急。我穿着单衣去开了门，一个裹着脏兮兮的破棉衣、蓬头垢面的汉子抱着一个熟睡的婴儿走进来。他让我先给他口水喝，说渴得厉害，后来我发现他并不那么渴，可能只是心里紧张吧。他两只黑乎乎的手肮脏不堪，一手按着那个放在膝盖上的褓褓里的婴儿，一手抓着瓷缸喝水。他说，他想把这个孩子送给我。我当场吓坏了，问他为什么要这么做。他说，他在镇上听说了，这些年里我为了要个孩子，让老婆吃了不少苦头，但就是怀不上——他说的是实情。那几年我带着你妈到上海、南京、无锡等大医院都看过了，西药、中药，甚至连偏方都吃了个遍，但你妈的肚子就是不见反应。接着他说了孩子的来历：是他外甥女的孩子，男孩，五六个月大。是外甥女跟一个有妇之夫的外乡人生的，他们在广东打工时混到了一起，孩子就是在他这个舅舅的家里生下来的，外甥女的父母打死也不同意接受这个孩子，外甥女也没办法，就托他这个当舅的找个好人家，他这才抱着这个孩子偷偷跑出来。他说他在这个镇上待两天了。我打开褓褓看了看，孩子天庭饱满，粉嘟嘟的小脸十分可爱，一双微微浮肿的小眼睛紧闭着，仍在酣睡。我立即喜欢上了。我说：'你把这孩子的出生证明给我看看。'汉子苦涩地笑笑说：'大哥啊，要是有那玩意儿，我还要在这黑夜里把他往你这儿送？'我知道他不会白送的，于是问他要怎么酬谢，他提出不能少于一千元，而且还说了这一千元的来由：外甥女生孩子的辛苦费、月子费、营养费，还有他上门送子的跑腿费——那个时候一千元不是小数目，我答应了他，但要凑齐一千块钱并不容易。我说：'你把孩子留下，明天傍晚来取钱。'他立即反对，并且明确强调，必须一手交钱才能一手交孩子。甚至说，今夜筹不齐钱，他就走人，再找下家。没办法，我让他就在屋子里等着，我出门借钱去了。记得下半夜三点多钟了，我把从几个同事那里借来的凑足了的一千块钱给了他。他慌张地攥着钞票，在昏暗的灯光下，一边沾着嘴里的唾沫一边一张张数着的样子，我至今记得。他走后，我一点也没耽误，趁着夜色，把你绑在我的怀里，开着供销社那辆机动三轮车就赶回了县城，把你交到你妈的手里。为了掩人耳目，你妈带上你又回你姥姥的家里待了一年多，说是歇产假去了。

"后来，我怕这事在小镇上传开，就要求调到别的乡镇供销社工作，先后辗转了几个乡镇，直到你读初中时，才调回县城，同时，也把你妈的工作关系调到了县供销社。这么多年里，没人怀疑你不是我们亲生的孩子。我其实也一直害怕有一天公安找上门来查验你的来历，同时又一直希望还能见到当初那个送孩子来的汉子，问明白当初没搞清的关于你亲生父母的情况——就是他所谓的外甥女和那个有妇之夫的情况。1994年的夏天，我去县法院申诉一起供销社被县物资公司长期欠账的官司，无意中在县法院的公示栏里看到了当初那个送你来的汉子的照片和死刑公告——他来自贵州一个偏僻山区，长期流窜作案，不仅贩卖人口，而且是惯偷，判处死刑是因为他奸杀了一个被盗的受害人。显然，这家伙至死也没供出贩卖你的罪行。那一刻我想，关于查找你出生地和亲生父母的愿望可能这辈子也没希望了。本来我想，在我生命临终时，再把真相告诉你，何承想，你身上的那块胎记却把一切又从头揭开了！"

父亲看着我，眼眶满含泪水。

"儿子，你要原谅爸爸迟迟没告诉你真相，爸爸是担心影响了你的成长和幸福。你回去一定还要安心工作，就当这一切没有发生过。至于那个老妇人——我现在也不能确定她就是你的亲生母亲，我会到那里去做个调查的，反正我有的是时间。我要把事情原原本本地搞清楚，到那时，如果是真实的，你们就母子相认，我们也就是一家人。这事让我来处理吧，你要相信爸爸！"

我起身一把抱住父亲，不，是扑进他宽厚的怀里，就像小时候我受到委屈和伤害时那样。

爸爸，我永远是您的儿子！

## 五

回到我自己家里后，我忍不住把一切都对妻子说了。小芹听后，眼泪簌簌而下："老公，你不会是编个故事逗我的吧？"她的泪水仿佛呼唤出了我的泪水，我只觉得眼眶里有一串串热流汹涌而下。我怎么会想到自己是这样的身世？如果不是我左臂上的那个胎记，我可能这一辈子也不会相信自己原来有这样的命运！她问我下一步打算怎么办，我无力地摇摇头。

那个时候，公司在西南地区有个生态环境修复项目，考虑到妻子有孕在身，我原本不打算参加的，但现在我改变了主意。小芹表示理解，她觉得我现在换个环境很有必要。我临走时给林红发了条短信，说我去了西南地区，要工作一段时间，至于何时回来我没说。我相信在这段日子里，父亲会像他说的那样，"把事情原原本本地搞清楚"。林红回了短信：祝哥一切顺利！——她似乎理解我的心境和这样的选择。

那是个大山丛林之地，过去的乱砍滥伐和破坏性资源开采造成了严重的水土流失，生态修复的任务艰巨而复杂。我们前期需要做出规划和实施步骤。那些日子里，我几乎整天泡在需要勘察的工地上，上山入林，住帐篷，吃方便面，晚上倒头就呼呼大睡。我一刻不想让自己闲散或分神，因为那样，过去岁月里我所不知道的那一切就会变戏法般地出现在我的想象世界里；那个世界黑暗、恐怖、痛苦，还有汪汪的漫漫长夜般的泪水。这期间，父亲给我打过电话，说他已经到了那个大别山的小镇上，并且住了下来，觉得那里环境、空气什么的都不错，人又纯朴，只是一字未提他是否与那个丢失了"宝儿"的老妇人见了面，未提情况是否搞清楚；他要求我的依然是安心工作，照顾好自己。从他乐呵呵的语气上判断，他似乎胸有成竹，或者说，情况正在向好的方向发展。

转眼三个月过去了，有一天父亲突然打来电话，问我能不能回来一趟。我问家里出了什么事，他哈哈大笑，说："你和小芹不是一直催促我找个老伴吗，我现在相中了一个，希望你回来看看，帮我把把关。"我像是被电击了一下，立即回答他："好的好的，老爸！我这就请假回来。"

在回去的飞机上，我的脑子里乱极了。尽管我不敢相信，但已经隐隐猜想到了父亲相中的那个老伴是何人，又极其害怕那是真的。当我背着旅行包回到了父亲的老屋子时，看到的场面更加令人惊异：林红母亲，就是那个叫我"宝儿"的老妇人正坐在沙发上看着电视，旁边坐着的是林红，挺着大肚子的小芹和我父亲在厨房里忙着，家里似乎异常温馨和谐。而最先发现我回来的竟然是阳台上那只笼子里的八哥，它兴奋地叫道："大俊哥回来了！大俊哥回来了！"

没有人再提及我左臂上的那个胎记，仿佛那个胎记已不再重要。晚餐的餐桌上，尽管增加了两个陌生人，但大家并不拘谨，反倒有说有笑，仿佛本来就是一家人。小芹和林红似乎早就熟悉，姐妹俩似的。我更惊诧地发现，父亲与林红母亲之间说话也已经相当熟悉，甚至就像老夫妻那样随便而轻松。有一个细节让我既感动又惊愕，那就是从小到大，在饭桌上往我碗里搛菜的只有母亲，母亲去世后，父亲以及我后来的妻子几乎都没这个习惯，而在这顿晚餐时，林红母亲居然伸出筷子往我的碗里搛菜，一边搛着一边说："你是家里的男人，就应该多吃些才是。"父亲看着我，抿嘴笑，不说话。他眼里隐约泛着星光。

晚餐后，父亲与我去小区花园里散步，我知道他有话要对我说。原来这三个月里，他先后几次去了大别山区的那个小镇，不仅与林红母亲熟悉了，而且还成了当地的社区和居委会里的"老同志"。他是以寻找失踪孩子父母的身份去的。了解到两个家庭的现状,他跟林红母亲能够牵上红线,就是当地居委会的功劳了。据了解,那些年里,小镇上丢失的孩子绝不仅仅是"宝儿",而是先后失踪了七八个孩子,年龄最大的有四五岁。父亲说:"从丢失的时间上看,你跟那个'宝儿'还是有出入的,因为那个'宝儿'是1990年的冬天丢失的。再就是你左臂上的那块像台湾岛形状的胎记,林红母亲的记忆也存疑不少,她开始坚持说是在左臂上,但不久又说可能是右臂上,甚至还说到在后背肩胛骨的位置。更重要的是,她记得的那块胎记只有钱币那么大。"我伴着父亲走在华灯初上的花径小道上,听他说着,心里时紧时松,这会儿却又变得有些失落和茫然。

我问爸:"下一步该怎么办呢?"

父亲伸出手臂搭上我的肩膀,他的手臂和腰身仍然显得厚实有力。"大俊啊,林红的妈妈不容易,这些年里吃了许多苦,想儿子,找儿子,是她这一生都摆脱不了的伤痛。现在,儿子回来了,我们成了一家人,你想想看,她心里该有多幸福啊!"

我说:"如果我不是她的亲生儿子呢?"

父亲停下脚步,认真地看着我,半晌才说:"我们都是一家人了,是不是亲生的还重要吗?如果你觉得重要,就跟林红的妈妈去医院做个亲子鉴定。当然,这个需要你自己做决定。"

## 六

根据我跟林红的约定,她负责带着她的母亲,我由妻子小芹陪着去了一家医院做亲子鉴定。一个星期后,回到西南地区的那个项目工地上的我,接到了妻子小芹打来的电话。另一份报告是林红拿回去的。当天林红的电话也打了过来:"哥啊,怎么会是这样的结果?真的,我根本没想到!"我的眼泪好像噎住了嗓子,哑然了半天,才吐出艰难的声音:"是啊,我也没想到……"但我很快又清醒过来,"林红啊,这个结果千万不能告诉你妈,她要是问,你就说结果还没出来。"她问:"那要等到什么时候呢?"我说:

"等到……我通知你的时候。"其实,我的内心一片茫然。我立即给父亲打了电话,父亲沉默了很久——我能想象到他沉默的样子,甚至是他那种悲欣交集的神情。后来他问我打算怎么处理,我说我不知道。父亲说:"我还是那个态度,这件事仍然由你自己做决定。"

父亲和林红母亲的婚宴定在腊月小年。我提前回去了,约了林红见面,这次是在闹市区的一家咖啡厅里。我先到的,点了两杯咖啡和点心,隔着落地玻璃窗,望着街上熙熙攘攘的人流,想象着每个人可能都有不为己知的诡异的命运,那一刻,内心真是百感交集。林红打扮得十分俏丽,一进门就亲切地叫着哥,引得其他人纷纷侧目。是啊,假如有这样一个亲妹妹,也是件无限美好的事情。当然,现在我们以兄妹相称也在情理之中。我对她说:"我已经想好了,我俩要统一口径,当然不能按照那个报告的结果说。"她的眼睛放出光芒来:"这么说,你要承认自己就是我妈的那个'宝儿'了?"我点了点头:"是的,我就是那个'宝儿'。"她的眼泪哗哗流淌下来:"哥,你太好了,真的,太好了!"她的嗓子快哑了,"哥,你这是救了我老妈!你不知道,我妈说过,这辈子找不到她的儿子,她是绝对不会再嫁人的。这么多年里,多少媒人被我妈骂过,我甚至怀疑,我妈是知道了你爸的儿子有可能也是她的儿子,她才决定嫁的。我要告诉你,你是她的宝儿,她这辈子就圆满了。"

林红控制不住了,趴在桌沿上抽泣,身子微微抖动着。我伸手在她的肩头轻轻拍了几下。"注意点儿影响!"我发现了别人投射过来的目光,说,"我这么漂亮的妹妹在这里哭,别人会怎么看我这个当哥的?"她停住了,很快就抬起头,那张泪水涟涟的脸蛋一下子绽放出灿烂的笑容。"哥,我是幸福死了!"她大声说。

腊月小年这天,皖南小镇上鞭炮声不断。父亲在酒店里订了三桌饭,来的都是他的亲朋好友。父亲和林红母亲都穿着大红绸缎棉袍,脖子上搭着同样红艳夺目的围巾,站在台上,俨然一对幸福般配的伴侣。父亲举起酒杯准备向大家敬酒,我走了过去,林红就伴在我的身边。我站在两位幸福的老人面前,从上衣口袋里掏出一张事先准备好的纸条,大声念道:"根据医学鉴定，我就是林红妈三十多年前丢失的'宝儿'，现在，我要向我的亲妈祝福，祝福她——"

我的声音突然嘶哑了，眼泪似潮水般涌出，却不知是激动、喜悦，还是心酸。

原载《天津文学》2023 年第 3 期

杨小凡

# 肥肠

郑而比醒来，才知道自己睡在了儿子的床上。

昨晚进家，见到妻子小薇了吗？他一时不能确定。他一边想，一边用右手撑着床垫，把上半身靠在床头上，长喘一口气，突然闻到一股发酵一夜的酸气从口中呼出。这味道中，有酒，有肥肠，有烟，还有生葱和大蒜的气息。酒，是浓香不散的古井酒味。肥肠味，却复杂得多，有卤小肠、干煸肥肠、熘肥肠、麻辣九转肥肠，还有肥肠豆腐煲。昨晚，他们吃的是肥肠宴，应该还有几种，只是他记不太清了。

郑而比想了想，确认昨晚回家时见到小薇了，而且，应该还吵了一阵子。以前，他极少跟小薇吵架的，甚至，在这二十多年的时间里，他们吵架不会超过五次。昨天为什么就吵起来了呢，是酒喝多了？感觉喝得不算太多啊。酒是从来不能帮郑而比壮胆的，就是说，他喝酒和不喝酒，在小薇面前情绪基本是一样的。那就是进家门前没有刷牙？对，肯定是因为没有刷牙，让她闻到了肥肠的味道。

结婚二十多年，郑而比只要晚上在外面喝酒，回家前总是要刷牙的。这个习惯让他很尴尬，也很无奈。现在好多了，他有自己的公司，晚上吃过饭，可以先到公司把牙刷好，有时再喝一杯碧螺春，甚至喷几下漱口水，进家时嘴里的异味基本就没有了。以前，还没从法院辞职时可不是这样。每次在外面有过应酬，尤其吃过肥肠和生葱、大蒜后，他都要先回办公室，把牙刷干净。时间久了，这一习惯被同事发现后，一些疑问和猜测便四散开来：这个而比，为啥吃过饭都要先躲到办公室刷牙呢？莫非他外面有女人，或者是要去有女人的地方？现在想来，这些猜疑也许是郑而比辞职的另一个重要原因吧。

这样的习惯和结局，都源于小薇，以及郑而比对小薇的承诺，或者说是一天天渐减的余爱。郑而比是个守诺的人，在大学的荷塘月色里，而比答应过小薇的要求：从此，不准吃生葱、大蒜，更不能吃动物的内脏！郑而比答应了这个南方的姑娘。那时，在爱情的冲动中，他觉得死都可以为她赴，更别说不吃这几样东西。其实，他哪里知道，再小的承诺，只要加上时间这个变量，就是一件无比艰难的事。前年，就因吃肥肠这件事，郑而比曾动过要离婚的念头，他突然觉得这样的日子太难。他最终还是向自己妥协了，不就是不吃这些，或者是吃过后刷牙吗？自己劝自己效果最好，最终，他自己劝住了自己。

现在，郑而比确信自己昨晚进家时是没有刷牙的。而且，因为没有刷牙与小薇争吵过，因为吵了几句或者十几句，他一气之下，睡进儿子的房间。以前，儿子没有去上大学的时候，郑而比晚上也因为吃肥肠不刷牙的事与小薇吵过几次，那时，他是直接在沙发上睡的。有一次，他出门去了宾馆，最终还是被小薇找回来，睡在沙发上。

昨晚，郑而比吃过肥肠宴，而且喝多了酒。

其实，开始的时候他并没有准备喝那么多酒的，而且，计划吃过饭后，肯定要回公司去刷牙。这顿饭谋划或者说蓄谋快两个月了，所以，郑而比做过相对周密的思考。昨天上午，他才给奈良约了吃肥肠宴。奈良姓吴，是人民医院的骨科大夫，在医术上除了科主任就数他厉害，人称二把刀，又称吴二把。郑而比是在微信上给奈良留的信息，快一点钟的时候，奈良回了微信：上午两台手术，下午还有两台，晚上等我！

郑而比知道奈良肯定会回复的，只要一下手术台就会立即回复。他们之间很默契，像量子纠缠一样，郑而比想到奈良时，他一般都会很快有电话或微信过来，奈良想郑而比时，郑而比也会心有灵犀地想到他。他们并不是同学，业务上也没有交集，他也没找奈良在医院帮过忙，奈良也没找他打过官司，可以说，他们都没有互相麻烦过彼此，怎么就会成为好朋友了呢？人们总说，友谊和关系是在相互麻烦中建立起来的，这一点在他们身上不适用。他们俩曾在几次喝酒时讨论过这个问题，最后得出的结论就两个字：缘分！

郑而比的律师事务所楼下，有一家"肥肠小店"。这家小店在他的律所搬来之前就有了，也许当初就是看到这个小店，郑而比才下定决心把律师事务所搬过来的，他自己也说不准。反正，这个肥肠小店开业的第一天晚上，他就光顾了。郑而比参加工作以后，才知道自己最喜欢吃的是肥肠。他出生在农村，那时，乡下一年也吃不到几次肉，只有过年的时候，父亲才会买回来一大块猪肋条和一挂猪下水。肋条是用来做碗面子肉，待客用的，猪下水才是自己家人吃的。

看父亲和母亲联手清洗猪大肠，是郑而比童年很幸福的一件事。

父亲先把猪大肠用温热水泡一会儿，沥干后滴几滴菜油，再撒上少许麦面粉。那时候，麦面粉和菜油都是稀缺物，清洗猪大肠虽然用得不多，但看得出母亲也是十分心疼的。但是，为了能把猪大肠洗干净，母亲不得不这样做。等猪肠外壁沾满了黏糊的面浆后，父亲又将大肠从里面翻出来也裹上面浆，母亲便开始用手反复揉搓，最后再用清水将大肠两面清洗干净。

洗净的猪大肠，看起来就像一摊乳白色的油筋，基本没有猪大肠原来那圆圆长长的一根肠子的形状了。等母亲将切成小段的猪大肠放到喷喷香的滚油中快速翻炒时，肠子的形状很快就得以恢复，颜色也由乳白色慢慢变成浅黄色。不多时，猪大肠那特有的香气便从锅中弥漫出来，并慢慢盖过油的香气。猪大肠在刚开始下锅翻炒时，是有一点点猪屎臭味的，随着锅铲的翻炒，那种气味就渐渐地被混合了淡淡苦味的浓香所取代。慢慢地，微弱的苦味消失了，只有猪大肠才有的那种特别的香气，变得越来越浓。待猪大肠炒到表面呈现黄褐色的时候，整个锅台乃至整个灶房，都被那浓浓的大肠香味弥漫。

童年时，对猪大肠所见、所闻、所吃过后的那种感觉，深深地刻在郑而比的记忆里。待他工作后，自己拿工资了，这种味道的记忆就从身体深处喷薄而出，化作一种不可抵制的食欲。这让他每隔几天，都不得不去吃一次肥肠，卤的行，干煸的行，炖汤也行，总之，只要是用猪大肠做主食材的，都可以解馋。

上个月，因为疫情，光明大道上郑而比的律师事务所和肥肠小店都关了门。这一关就是半个月，郑而比只得在家里办公。因为很多资料还在公司，做起事来就很缺手，加上家里无葱、无蒜、无肥肠的寡淡饭菜，郑而比似乎对生活的意义产生了怀疑，活着太没劲了。

前天，郑而比终于可以去律所办公。原来接的案子还没办结，这一个月在电话里又接了几个案子，都是经济纠纷。他中午让人送来盒饭，一直忙到晚上七点多才想起来该吃晚饭了。这时，他突然想起了楼下的肥肠小店。

肥肠小店的门半掩着，显然是没有营业。郑而比很不解，甚至对店老板老姜很生气。他站在门外喊："老姜，咋不营业呢？"

老姜从椅子上起身，快步跑过来，拉开门，一脸无奈地赔着笑："郑老师，我也想开门啊，可现在还不行。"

"奶奶的，嘴里都淡出鸟来了！"郑而比骂一句，转身要走。

这时，老姜上前一步，压低声音说："郑老师，反正这几天不对外营业，我明天备点料，晚上给你真真地弄个'肥肠宴'！"

郑而比一愣，转过脸来，对着老姜笑了："好，一言为定！"

"好嘞！"老姜的声音像润了蜜一样，甜滋滋的。

老姜四十岁上下的年纪，话很少，一脸的老实相。人有些胖，而且，是那种厨师特有的自上而下的胖，这样的胖法，让人感觉到富态和佛性，就多了几分亲和感。肥肠小店开张也有四五年了，老姜说他是四川人，可从他见人就称"老师(sher)"的习惯和发音判断，应该是河南人。不过，他的口音确实很四川化了，真让人分辨不清。

郑而比有一次吃肥肠时，曾经问过老姜他是哪里人。老姜说："早些年四处去打工，入乡就要随俗，到哪里，就学哪里的话。我这河南口音，可能是在驻马店当厨师时学的。"郑而比也没再往深处想，管你是哪里人呢，只要肥肠烧得好吃，那就行了。不过，那天问过老姜的籍贯后，郑而比却想到一个问题：随着全国人口流动和普通话的普及，是不是再过一些年，方言就会消失呢？全国口音就大同了？这也不好说。

郑而比向上欠了欠身子，把后背更踏实地靠在床头上。这时，他想，昨晚咋就喝多了呢？他闭上眼，想把昨晚喝酒的事捋一捋。

七点刚过，郑而比就开始收拾桌子上的卷宗。这是一起建筑公司与房地产开发商工程款纠纷的案子，其实并不复杂，就是合同工程量与结算工程量存在差距的问题。要是在前几年，房价一直上涨，人们摇号抢房争房的时候，这种纠纷就不会发生。现在不一样了，房价在落，关键是房子卖不出去，开发商资金链都快断了，肯定是能少付就少付点，何况现在真没有钱呢。郑而比判断，现在打起官司来，就是开发商想拖着付款的时间，当然，能少付一点肯定是更好的结果。

郑而比喜欢办这样的案子，一是案值大，二是案件不复杂，无论谁赢谁输，他的代理费都是先收的。不过，他是想着能帮建筑公司打赢的，一则，他与这家公司签了附加协议，赢了要按比例另收费用；再者，如果这家公司赢了，他们也能尽快地把农民工工资付掉。疫情这几年，建筑行业更是雪上加霜，拿不到工资的农民工日子更紧巴。

郑而比又扫了一眼卷宗，拿起来，在桌子上蹾了两下，整齐了，才放进背后的铁皮档案柜里。他把柜子锁好，又打开下面的柜子，他记得里面放着一提老酒。这提"中国强古井贡"，是一个在法院工作的老朋友送来的，说是在他那里已经存放超过十年了。这一定是好酒。郑而比想，今晚就喝这酒吧。酒不喝下去，再好，也不能真正体现价值。

郑而比拎着酒来到肥肠小店门前，门是虚掩着的。

他推开门进去，老姜连忙跟他打招呼："郑老师来了！"

老姜的话刚落音，他的媳妇就快步过来，把郑而比手里的酒接过去。这时，郑而比看到靠里面的一张桌子上，已经摆上了四个菜。虽然上面用半圆形的纱罩罩着，但他还是一眼就看清楚了：青椒拌耳丝、卤小肠、水煮五香花生米、生腌野芹。

这可都是喝酒的好菜啊，青椒的青，耳丝的枣红，卤小肠的酱紫，花生米的黄中透白，野芹菜的翠绿，只看这颜色就让人有了食欲。郑而比心情很好，他想抽支烟。刚掏出烟，老姜的媳妇正好拎着茶壶过来，她把茶壶放在桌子上，随即从桌子上拿起打火机，递给郑而比。郑而比向她笑笑，大声说："谢谢！"

郑而比知道，就算他这样提高了音量，眼前的这个女人也听不到他的话。果真是这样，她的目光在郑而比嘴上停了片刻，才回个微笑，转身去灶间。

望着眼前这个转身离去的女人，郑而比心情突然复杂起来。从背影看，这个女人的线条很好，肩部圆而丰满，自肩而下自然收紧，到腰部时最为窄细，腰部以下又相当浑圆，后凸丰腴的臀部以下，线条渐次收窄，大腿和小腿笔直挺拔。看身材，这女人最多三十岁上下，说是二十岁左右也能说得过去。从外表上看，她配老姜显然会让人想起鲜花与牛粪。

老姜却不这样认为。他跟郑而比说过，这个女的叫大莲，是他四川的老乡，比他小十岁。她之所以愿意嫁给他，是因为她小时候发烧打庆大霉素打聋了耳朵，没有学会说话；他之所以愿意娶她，就是看中她的漂亮和温柔。

听老姜说，他们结婚快十年了，一直没有孩子。是不想要，还是不能生，郑而比没有细问过。别人的这种私事，作为律师肯定知道是不便打听的。但是，郑而比对大莲的印象很好，她真的是非常勤快，他每次来这里吃饭，都见她无声无息地忙里忙外，似乎一刻都不让自己闲下来。郑而比有时想，真是啥人啥命，老姜摊上这么个媳妇，也算福气。

其实，郑而比是不渴的，下午在办公室喝过好几杯茶。但是，他还是坐下来，一边抽烟，一边端起大莲送过来的茶。他端起茶呷了两口，并不是因为需要喝，而是想表达心里对大莲的感谢。人家殷勤地把茶送来了，不喝两口，心里总觉得过意不去。一支烟抽了一半，郑而比想到灶间看看老姜在忙什么，肥肠好吃，看看老姜是如何做出来的，也是挺有意思的事儿。于是，他把剩下的半支烟掐在烟缸里，大声说："老姜，我要看看这美味的肥肠，你到底是怎么做出来的！"

郑而比来到灶间，老姜正不慌不忙、一丝不苟地配着菜。

老姜笑着对郑而比说："干煸肥肠、熘肥肠、麻辣九转肥肠的料我都配好了，等客人到后再做。现在，我先把肥肠豆腐煲煲上。"

肥肠豆腐煲这道菜，郑而比吃过不少次，那味道真是吃后还想吃。他今天要看看老姜到底是怎么做出来的。

老姜也来了兴致，一个厨师被人欣赏，那当然是自豪的事。

老姜指着刚配的料，用那四川和河南混合的口音介绍起来。他说："这豆腐煲最重要的是选大肠，用的是猪大肠末端一尺之内的肠子。豆腐要选卤水点的，不能老，也不能太嫩，老了煲出的汤汁味苦，嫩了煲出来的汤汁就淡。用到的作料也得讲究，要用人工榨制的菜油、井盐、酱油、味极鲜、鲜姜、蒜苗、白蔻、八角、料酒、冰糖、红尖椒，这些料有一味用不好都不行的。"

郑而比边听边点头，也不插话，专注地看着老姜有条不紊地操作着。

老姜先把鲜姜洗净切片，红尖椒切段，蒜苗洗净切段，然后，再把肥肠切段，豆腐切块。切好的豆腐放在开水里过水两分钟左右，捞起沥干水分。接着，热锅凉油加姜片、红尖椒段、八角、白蔻炒出香味，香味四散开来时，再加肥肠、料酒、酱油、味极鲜翻炒均匀。这样翻炒三分钟，把带作料炒好的肥肠放入水已烧温的黑陶砂锅中，敞锅口，大火烧开。这时，才转小火开始慢炖。

老姜把砂锅下的火调合适后，对郑而比说："郑老师，这肥肠豆腐煲讲究的就是肥肠要酥烂，豆腐要入味。这样大概要炖四十分钟，然后才能加入豆腐，盐要与豆腐一起加，早加晚加都不行，蒜苗在大火收汁时才能加呢。"

老姜刚收拾好砂锅，大莲就把洗净的大葱和剥好的鲜蒜瓣递过来。葱是山东章丘大葱，白长脆爽，蒜是山东金乡的，饱满细白。山东的葱蒜都好，这与山东人爱吃葱蒜是密不可分的。老姜拿起洗净的葱白，用刀改切成寸段，放在一个翠绿的长盘子里。他边收拾边说："吃肥肠没有这葱段和蒜子，就白瞎了。"

正在这时，郑而比的手机响了一声。他掏出手机，扫一眼，微信是然然发来的，问他今天准备吃什么。

郑而比拿起手机，对着老姜刚切好的葱段，拍了一张照片，发了过去。

然然立即发过来一个笑脸，紧接着，又发来一句话："大葱是肥肠的灵魂！吃好，喝好！"

郑而比心里一热，他一直感谢这个贴心贴肺的女人，觉得这一辈子遇到她，是自己的福分。郑而比退出灶间，点上一支烟，他与然然的过往，便从记忆里走来。

然然是东城中级人民法院的一名书记员。四年前，郑而比因代理一个案子，与她相识了。其实，在这之前他们也是有过交集的。郑而比还没从法院辞职时，他与然然一起参加过一次全省系统培训会。那是七八年前的事了，那时，然然还是一个刚入职不久的小姑娘，彼此之间算不上熟悉。他们在一起后，据然然回忆，她对郑而比的印象是很深的，这印象缘于郑而比的名字。然然说，当时她真弄不明白，为什么他会起"而比"这个名字。后来，查了百度才知道，这名字还是很有讲究的。

郑而比在然然面前是放松的，这种放松，来自他的什么习惯她都能接受，甚至可以说是喜欢。就比如说这吃肥肠与喜欢吃生葱和大蒜吧，在妻子小薇面前，郑而比是压抑的。小薇坚决不允许他吃生葱和大蒜，每次在外面偷偷地吃过，都必须反复刷牙、漱口。

而然然就不一样了。郑而比与然然见面，无论吃了多少肥肠，或者生葱和大蒜，见面前都是不需要刷牙的。然然说，她喜欢那种肥肠、葱、蒜和烟、酒混合的气息,这才是真正的男人味道。可惜,郑而比与然然见面的机会并不多,一年也就是五六次吧。更多的时候,他要面对的却是小薇。这让郑而比很苦恼,他觉得自己委屈,又感觉对不起然然。

郑而比对然然是真心的,他在东城专门买了一套房子,房产证上是然然的名字。他每次去东城时,都是先在宾馆开了房间,然后再回那套房子里去住。想到这些,郑而比心里有种酸楚的感觉,是为然然,还是为自己,他一时说不清楚。

于是,他深深地吸了一口烟,让烟雾通过喉咙压进肺里,再从肺里吐出来,这才长长地舒了一口气。

奈良抬头看一眼手术室里的挂钟,差几分钟就到八点了。他长出一口气,才感觉到脚后跟、腰和背的酸痛。这台手术终于做完了,今天,他连做四台手术,已经站了十个多小时。他毕竟是快五十岁的人了,身体是不错,但对于这种高强度的工作,也感觉有点吃不消。

都说骨科医生是体力活,像木匠一样,敲、锯、钻、磨,不仅要费体力,更要精神高度集中,稍有差错,病人一生都会感觉不舒服的。从这个角度说,骨科医生并不像人们说的那样,能出力就行,要像工匠一样追求精益,这是医德也是尊严。这一点,奈良从没含糊过,并不像人们传说的那样,只有收红包才认真做。奈良曾经跟郑而比聊过关于红包的问题,他说,给医生包红包其实只能给患者家属一些心理安慰,医生无论收不收红包,只要上手术台都是一样的,不会收了红包就认真,不收红包就随便乱来。这根本是不可能的事,面对的是活生生的病人,医生怎么可能无良到那个程度呢?医生被妖魔化,让奈良心里很不平。

其实,医生的灰色收入不是靠红包,而是靠药物提成或耗材提成。奈良曾经在一次酒后跟郑而比细算过,像他们做一台骨科手术,收入最高的时候,主刀四五百元,一助两三百元,二助一百多元,其他人也就几十元。医生最大的灰色收入是靠耗材,比如一个人工髋关节,两万到五万元不等,供货商会拿出百分二十到三十给科室,然后,由科主任按职级和工作量进行分配。

医疗改革推进后，实行集采的方式，供货商能给的提成很少，有时甚至一分钱都没有，以前所谓的"金骨科"就没有了"含金量"。但是，手术还是得做，只不过不再像过去那样，现在是可做可不做的就不做了。

所谓"可做可不做"，就是达到了手术指征，但对活动要求没有那么高，可以接受坐轮椅或卧床的病人，或者是现在还没有那么急，可以再保六个月的病人。这些病人如果暂时不做，可以少挨一刀，或者晚挨一刀。这也意味着，医生不愿再为病人冒险了。需要接受人工关节置换的，多是患有老年性骨关节炎，或因创伤导致股骨头供血不足坏死的患者，一般是能不做就不做了，劝患者回家躺躺，或许这种保守治疗是件好事。

奈良身高臂长，个子有一米八的样子，肤色微黑，两手到膝。从外表看，很难将他与医生的身份相联系，他倒是很有军人的气质。他曾自嘲地说过，小时候，奶奶让人给他算过一卦，算卦的说他有大将之命，只可惜没赶上兵荒马乱的年代。他这样的体格，在骨科很受欢迎，本来骨科医生就多以男性为主，对骨头敲、锯、钻、磨，不仅需要体力，更需要胆量。

奈良来到肥肠小店时，已经八点半。

郑而比已经把酒倒好半小时了，专等着奈良的到来。老姜也抽了两支烟，等他到来后，才能开始做干煸肥肠。干煸肥肠必须趁热吃，稍微凉一点，麻辣味的爽劲就差了。

奈良坐到桌前，并没急于喝酒，更没有先吃菜，而是先点上一支烟。今天确实很累，抽支烟是可以解乏的。郑而比见奈良吸烟的贪婪劲，便笑着说："你们医生都是口是心非的人啊。劝别人不要吸烟、喝酒、吃肥肉，你们比谁都贪这几样。"

奈良吐一口浓烟，笑着说："常言道，干啥的不信啥，卖啥的不吃啥。你做律师的，相信有法律后，世道就真正公平了吗？"

郑而比没有反驳，他端起酒杯对奈良说："来，干了这一杯！"

奈良端起杯子，向着郑而比手里的杯子一举，抬手仰头，就把酒倒进了嘴里。他们两个喝酒很少碰杯，只是有一个碰杯的示意，太熟的人是不需要真正碰杯的。奈良与郑而比一样，都喜欢大口喝酒，这样，能喝出酒进喉咙的爽快感。今天，他们用的八钱杯，连喝两杯后，才开始夹菜。

奈良夹起一筷子卤肠放进嘴里，嚼了两下，含着卤肠说："老姜今天亮手艺啊，比以前脆了！"郑而比把卤肠咽下去，回味一下，笑着回应："是的，是比以前更有脆劲。肥肠能卤出脆爽的感觉，那是很少能吃到的。"他们又举起杯子，连喝两杯，然后，夹菜咀嚼，并不再说话。他们都被这四个凉菜和酒陶醉了。

这时，大莲把干煸肥肠端了上来。奈良向大莲点了点头，表示谢意，大莲回以微笑就迅速离开了。郑而比说："来，尝尝！"他边说，边夹了一段肥肠放进嘴里。

奈良把肥肠咽下去，就开口说："今天老姜真是露绝活了，你瞧这肥肠焦透油亮，麻辣筋道，嚼一下就满口爽香！"郑而比就笑着端起酒杯，对奈良说："老姜说了今天要拿出绝活，这家伙还真有两下子呢。"这时，奈良又举起酒杯，两个人又连喝两杯。

郑而比递给奈良一支烟，两个人各自把烟点燃。奈良深吸了一口，然后，吐出一股青烟，才看着空酒瓶说："开酒，开酒！今天这酒咋这么不经喝啊，才几下瓶就见底儿了。"郑而比就笑了："兄弟，别忘了我们每人六杯，每杯八钱呢！"

奈良又吐出一口烟，然后说："喝酒不这样喝，还有意思吗？"

郑而比又开一瓶，给奈良满上，奈良就立即端了起来，一仰头，又喝了下去。郑而比就笑："哎，哎，你今天是咋了，不会半个月没喝酒吧？"奈良并不理他的话，而是说："倒上，倒上！"

每个人又喝了两杯后，奈良显然有些酒意了。喝这样的快酒，酒劲上来得也快。郑而比夹起一块肥肠放进嘴里，边嚼边问："有心事？"

奈良竟放下筷子，又点上一支烟，连吸了三口，才说："大律师，我问你件事？"

"啊！怎么了？"郑而比觉得奈良今天的表现似乎有些陌生，以前他不是这个样子的。

奈良又吸几口烟，才开口说："如果一个人以前受过贿，有一天他突然后悔了……"停了一下，他又接着说，"这钱又退不出去。他如果捐出去，将来查出来算不算有罪呢？"

郑而比虽然喝了不少酒，但还是清醒的。听奈良这样说，他立即意识到奈良今天可能就是因为这个心事才表现得这么反常。他对着奈良瞅了两秒钟，才说："这是两码事。钱虽然捐出去了，但毕竟是收过了，最多量刑时可以作为减轻的条件。"

奈良又深深地吸了两口烟，停了十几秒钟，才开口："为什么会这样呢？他并没用这钱，应该算是个好人啊。"

郑而比想缓和一下气氛，端起酒杯说："来，再喝一杯。"两人都把酒喝掉后，郑而比又夹了一块肥肠，用力地咀嚼起来。两个人四目相对，都在咀嚼。

郑而比把烟掐灭，想了想，就说："要我说，这事与这肥肠有一比。"

"啊？"奈良有些不解，他也把烟掐了，等着郑而比把话说下去。

郑而比就说："这肥肠原是装猪粪的，经老姜洗干净，再过火、过油，人人都爱吃。可是，如果看到洗好的肠子掉进了猪粪里，就是再洗干净，我们还愿意吃吗？"

奈良没有听明白，他并不作声，只是自己又点着了一支烟。

郑而比又接着说："道理很简单。比如一个人，做了九十九件坏事，只要他开始做一件好事，人们就觉得他在向好的方向发展，会变成个好人。相反，做了九十九件好事的人，只要做一件坏事，从此，他就有污点了，再洗也是洗不净的。"

这时，奈良又端起酒杯，仰头喝了下去。

郑而比连连制止："别这样，老弟，出什么事了？"

奈良把手里的酒杯重重地放在桌子上，然后，向后微仰头，笑着说："没什么，没什么，你别多想！"

"我怎么可能不多想呢？"郑而比向前伸手，抓住奈良的左胳膊说，"别忘了，我是律师！"

这时，奈良摇了摇头，叹过几口气，才开口："听说给骨科供耗材的老洪进去了，咬了不少人！"

"啊！"郑而比心里一紧。他知道，虽然奈良不是一把手，但参与其中是肯定的事儿。他用力抓住奈良的胳膊，小声说："有翻盘的机会，相信我！"

奈良抬眼望着郑而比，两人四目相对，足足有一分钟。郑而比收回放在奈良胳膊上的右手，拿起酒瓶给奈良满上了。

老姜把熘肥肠端上来时，奈良和郑而比都喝得不少了。但是，他们都还清醒，都能控制住自己的言行。酒醉心不迷，何况他们还都没有达到醉的程度。

郑而比就招呼老姜说："老姜，先坐下来喝两杯！"

老姜嘿嘿地笑着说："麻辣九转肥肠这个压轴的菜，还没做呢。"奈良伸手拉住老姜的胳膊，用命令的口气说："坐下来喝，这道菜我做！"

老姜坐下来，端起酒杯把酒喝下去。酒咽下去后，他并不夹菜，而是咂了咂嘴说："好酒！我真没喝过这么好的酒呢。"

奈良给老姜把酒满上，说："喝，再喝两杯。等会儿我去烧这个九转肥肠。"

老姜又喝了两杯酒，才说："吴主任开玩笑了，那可是我的看家本事，你不能抢我的饭碗啊。"奈良就说："你当我的老师，你指挥着，我做！"

郑而比心情也好起来。他把筷子送给老姜，说："喝吧，咱哥儿仨今晚一醉方休！"郑而比接过奈良递过来的烟，又接着说，"人的骨头他都能换，何况一盘菜。今天就吃吴主任做的麻辣九转肥肠了！"

郑而比之所以这样说，其实是想活跃一下气氛，让奈良从刚才的沉重中走出来。

他们每人又喝了两杯酒后，奈良把杯子往桌子上一放，起身说："走，看我的手艺！"

三个人说说笑笑地来到灶间。

老姜已经把配料和肥肠备好了。奈良接过大莲递过来的围裙，套在脖子上，又把后面的两根绳系上，动作连贯，有板有眼。老姜说："还真是那么回事呢！"

"看你说的，老子上手术台时，每天都这装扮。"奈良走到灶台前，大声说，"老姜，你指挥，我来操刀！"

做麻辣九转肥肠，用到的作料很多，最讲究的是川椒和青花椒，麻辣的精彩全在这两味作料中。当然，白芷、草蔻、香叶、白椒、黑胡椒、桂皮、料酒、盐、生抽、老抽、葱、姜、蒜，这些作料一样也不能少。

这些，老姜都备好了，整整齐齐地码放在操作台上。不仅如此，老姜还把这道菜的前半步都已经做了。他把处理干净的大肠翻回去一半，用牙签穿透固定，每隔五厘米插一根牙签，这是避免煮时胀气。刚才，他给锅中加清水，把大肠焯一下水，捞出来，重新换水，放葱段、姜片，大火烧开，放入大肠，加料酒，煮开后改中火，敞开锅盖煮，以便散发大肠的腥味。现在，大肠已经煮熟捞出，正在沥水。

奈良兴致很高，问老姜："下一步怎么做？我保证服从命令听指挥。"

老姜就说："听好了，先拔去大肠上的牙签，切成三厘米左右的肠段，再放到开水锅内焯下水，沥干水分备用。"

奈良说："好好，先说到这里，我一步步地做。"说罢，他就按老姜刚才说的，拔掉大肠上的牙签，切成肠段，然后，开火烧水。大肠焯好后，捞出来沥水。

老姜就说："接下来就是炒了。锅中放油约五百克，大火烧至七成热时，放入大肠，大肠变黄后捞出沥油。然后，再把油烧热，下入大肠回锅复炸，到两面金黄色时捞出，再控油。"奈良听着，便说："这么复杂啊！"这时，郑而比接话说："九转回肠啊，你以为一遍就炒出来了？"

奈良没有理郑而比的话，而是按老姜刚才说的，一步步地做，一边做一边问老姜火候。这些步骤做完了，老姜又接着说："下面的几步很关键，还是我来吧。"奈良硬着脖子扭过头，很不满意的样子："今天这道菜我做到底了！你说，接下来咋办吧。"

老姜笑笑，笑过之后就说："那好吧，下面先把四瓣蒜切片，三克姜切丝，四克葱切斜片；锅烧热入油烧热后，先下入川椒、花椒煸香，再下葱姜蒜煸香，加入大肠翻炒。"

奈良说："我记住了，这也没啥复杂的啊。"郑而比就笑着说："俗话说，看拳师学的武艺打不了人，老师不亲手传授招数，你是学不到真经的。"这时，老姜就接着郑而比的话说："接下来才是真功夫呢。翻炒好的大肠还要盛出来，重新再回锅。"

"啊，还真不是这么简单。"奈良看着老姜又问，"有多少步骤？你一次说完吧，我先有个了解，然后呢，你再指点着我慢慢来。"看得出奈良有些心虚了。老姜就说："按上边的炒好后，再清锅加猪油，油热后放糖，小火熬出糖色，转大火把刚才炒过的大肠再翻炒，放葱姜蒜、花椒、辣椒、八角、白椒、黑胡椒、酱油；翻炒上色后，加清水与大肠齐平，大火烧开后改中火炖，要勤翻一下；汤汁少时大火收汁，加鸡精、醋，要勤颠翻炒锅，让浓汁裹在大肠上，才能关火。"

奈良一听，有点怵了，嘴里说："咋这么麻烦啊！"

郑而比就说："不麻烦咋叫九转肥肠呢！我看你收手吧，还是交给老姜，这么好的菜别被你炒煳了。"奈良想了想，自我解嘲地笑着说："好吧，前一半工序可都是我干的啊！"

老姜来到灶前，一边麻利地动着手，一边说："这肥肠我做了快二十年，是越做越喜欢。这肥肠啊，前半生装猪粪时人们提起来都恶心，可是，过了我的手后，它的形象就改变了，人见人爱。人啊，是只看结果，不认来路的。"

奈良听了老姜的话，觉得有些意思，想起了赵本山的小品，就说："真是，一个厨子都研究起哲学来了，这世道！"

郑而比被老姜这话触动了，想想这肥肠还真有点道道呢。就像人一样，谁的从前和背后没有过不堪，人们关注的却是他当下的表面状态。人们都喜欢外表的光鲜，里面装着乱七八糟的杂物，是可以接受的。现当下，哪个人不是在经营自己的外表呢？

老姜的手艺几乎达到炉火纯青的地步，看他站在灶前缓急慢快翻炒自如的样子，真是一种享受。十来分钟后，肥肠就出锅了，装盘，淋麻油，撒上香葱、香菜，绛、紫、红、黄、绿，搭配和谐，香味四溢。

三个人重新坐到桌子前。郑而比把酒满上，对老姜说："姜大厨辛苦了，来，喝一杯！"三个人都喝了一杯后，才开始尝这盘刚出锅的九转肥肠。奈良咽下一口肥肠，又端起酒杯说："姜大厨，我来敬你一杯，感谢你刚才的指点。"老姜很高兴，他也不知道咋说客气话，就举着酒杯说："喝，喝！今儿咱高兴。"

没多大一会儿，这瓶酒又差不多喝完了。大莲把肥肠豆腐煲端上桌时，老姜显然是有点喝多了，开始抢着说话。郑而比再给他倒酒时，他从郑而比手里夺过酒瓶，边给郑而比倒酒边说："郑大律师，今天你得帮我个忙，得给我做主啊！"

"啊？啥事，你说吧。"郑而比没想到老姜有话要对他说。

老姜张大嘴吐了一口酒气，手拿酒瓶说："我坐过四年牢。我知道自己是冤枉的，可我没有讲理的地方。"

"啊，怎么回事？"郑而比和奈良都被老姜的话惊住了。这几年，老姜在他们眼里是个憨厚的老实人，平时几乎不怎么说话，怎么还有坐牢这档子事呢？

老姜接过奈良递过来的烟，点上，狠狠地吸了两口，才开口说话。

他说："那是十年前的事了，当时我在驻马店一家酒店做厨师。一天晚上，一个当地的混混吃饭时调戏服务员小满，在大厅里拉拉扯扯，我从传菜员那里听说后，就从后厨出来了。我出来后见那个人正朝小满脸上扇着耳光，当时，我手里正拎着炒菜的勺子，就冲过去把勺子甩在了那人的脸上。没想到，这一勺子正好把那人的鼻梁骨给砸断了。后来，我就稀里糊涂地被以故意伤人致人轻伤的罪名判了四年。"

"你这是正当防卫啊！真是不讲理了！"奈良气愤地说。

老姜用拳头擂了两下桌子，又接着说："我认为理是有的，是他们不讲啊！"

· 159 ·

郑而比很冷静，他问老姜："法庭上你没说明白当时的情况吗？"

老姜又用拳头擂了两下桌子，更气愤地说："那狗日的老板，为了自己能继续干下去，竟说我跟小满谈恋爱，才与那个人起了争执！"老姜猛吸了一口烟，又接着说，"听说我进去后，那个小满拿了钱，按别人的要求作了伪证，就回老家了。"

郑而比端起酒杯，对老姜和奈良说："这事，这事难办！都过去这么多年了，而且，证据虽然是假的，但形成了一套完整的证据链，难撕开！"

老姜喝过杯里的酒，突然大声说："妈的，我真要去杀人！"

这时，大莲正来给他们加水，听老姜这么说，突然开口说："你！"

奈良愣愣地盯着大莲，然后说："啊，她会说话？"

大莲赶紧摇着头，嘴里发出啊啊啊的声音，转身离去。

刚才的这一幕，郑而比也看得真切，他疑惑地看一眼大莲的背影，然后，才把目光转向老姜。

这时，老姜突然清醒了许多，他连忙端起酒杯说："来，咱喝了这一杯。"

郑而比和奈良迟疑了一下，才端起酒杯。

老姜放下酒杯，才说："她就是个哑巴，是我坐牢时一个狱友的妹妹。她哥杀了人，临走时嘱托我娶她。"

"啊呀，看不出你老姜还这么有故事！"奈良边倒酒边说。

郑而比又点着一支烟，然后才说："喝酒，今天不谈这些伤神的事了。"

"喝！"老姜又端起了酒杯……

郑而比准备起床了，也该起床了。

他想，起床后先去卫生间冲个澡，水要放热点。重要的是要把牙刷干净，一遍不行，就刷两遍，一定要把嘴里的肥肠味道清除掉。

他做出这个决定后，突然又想起昨晚与奈良和老姜喝酒时，说到的那些事。每个人都像是一根猪大肠啊，肚子里都曾装过乱七八糟的东西。这时，他又想到了小薇。去掉了嘴里的肥肠味，她就会原谅自己吗？显然是不可能的。为什么然然能接受他的这些习惯呢？郑而比有点犹豫了，甚而，从心里生出一种五味杂陈的感觉。为什么自己就不能吃肥肠了？难道就因为她不喜欢，我就不能吃生葱和大蒜了？他想，如果自己与小薇之间，被肥肠和葱蒜横亘着，这样的婚姻也太可疑了吧。

这时，钥匙插入锁孔转动的声音传过来，郑而比知道是小薇回来了。

他突然有点慌，一时不知道自己下一步该做什么……

原载《芙蓉》2023年第3期

马小淘

# 寒假

　　午休时间，我同办公室的同事在看《女管家的心事》，她嘴里不时发出啧啧的声响，以示自己阅读的投入。事实上，嘴里发出喊喊喳喳的小动静可能是她自己不曾注意到的坏习惯，我已经适应了。她读的书让我想起十几年前，我大学的最后一个寒假。

　　那时候我大四，寒假结束也不用返校上课，按照学校要求自己找地方实习。我刚考完研，也不打算正经实习，所以那个假期在家待三四个月完全没问题。但那个假期我家的"人员配置"是非常态的，一些常住人口缺席，又多了些临时人员，以至于管理起来稍显混乱。我爸爸好不容易得到了一个去欧洲交流的机会，要离家四个月。我舅妈的父母在那一年相继离世，她认为自己得了抑郁症，随时处于崩溃的边缘，舅舅又正好刚刚退休，他决定带舅妈去海南度假，所以不得不把跟着他们生活的我姥姥送到我家住一段时间。姥姥那时刚刚扭伤了脚，不适合跟着他俩一起出行，但我觉得她的脚没事他们也未必愿意带她，谁知道她是不是我舅妈抑郁症的原因之一呢！加上回来过寒假的我，家里的构成变成了常住人口我妈、我妹妹，流动人口我、我姥姥。

当我下了火车踏进家门的时候，发现家里还多了一条狗。它冲我哼哼唧唧地叫唤，透着尽忠职守和尚能饭否相混合的暮气。我妹妹温柔地安抚了它，告诉它我也算自己人。

"哪儿整这么条老狗？叫得我都起了同情心。"

"我同学举家移民留下的。"妹妹轻描淡写地说。

"男同学？"

她白了我一眼，点了点头。

"所以你是喜欢那个男的，觉得替他在国内养这条老狗你俩就能保持密切联系了吗？"

"你思想太肮脏了。"

我们说话的时候，狗一脸不高兴地打量着我。妹妹说完，它跟着妹妹走了。不知道是狗眼睛斜还是长短腿，我觉得它走路不直。

而后，我妈、我姥姥并不热烈地欢迎了我。我妈急着上班，正糊弄着简单的早饭，这上有老下有小还加上条狗的日子，够她焦头烂额的。我姥姥从来就不是个热情的人，她很像电视剧里脾气古怪的知识分子，虽然她其实没什么知识，并且正暂时坐在轮椅上。我妈事先在电话里提醒了我，虽然并不十分必要，但我姥姥坚持要买一个轮椅。所有亲人都必须顺着一个七十多的老人，除了八十多和九十多的，但当时家里没有那么大岁数的。

早饭刚刚吃完，门铃响了，一位红光满面的大姐来上班了。真是热闹极了，一个已经装了四个女性的家，竟然还是另一位女性的职场。当时的房间分配非常不科学，但似乎也没有什么更好的解决办法。搬进这个三居的家时我已经上了大一，所以我没有自己的房间，寒暑假回来就住在书房的沙发床上，或者往好听点说，我的房间就是书房。余下自然是我爸妈一间，我妹一间。我姥姥临时搬来，我妈想征用我妹的房间，让她搬到书房，我妹表示了强硬的拒绝，最后只好让我姥姥住进了书房。而我，确实没什么合适的地方安置，就只得被塞在我爸空出的位置，和我妈一起睡在他们的卧室。并且，由于我妈白天还要上班，我妹高二，号称要全身心投入学习，我也表示了假期会经常出门，我妈只好雇了一个白班保姆，也就是刚刚那位大姐。大姐负责做一顿午饭，简单料理点家务，听我姥姥的指挥就好。在我看来，如果不是义务劳动，如果把这当成一份工作，能获取相应报酬，活儿还是挺轻松的。只做一顿饭，照顾一个假装半自理其实可以自理的老人，虽然约定午休一小时，但其实我姥姥午睡两小时，保姆也可以休息两小时。

据说这位大姐在我家已经干了俩礼拜，我妈认为她除了能吃没什么别的毛病。我妈和我描述她的能吃程度时举的例子是——两天喝光冰箱里一联酸奶。

"那要取决于一联是多少盒。现在有的酸奶一联就四盒，两天一联也不多。"我不是想为大姐辩护，我只是爱好和我妈抬杠。

"一联八盒那种，并且我和你姥、你妹都没动。"我妈仿佛在讲述什么英雄事迹，脸上全是感佩的神色。

平心而论大姐做菜也算可口，至少勉强超越了大学食堂的普遍水平。我们心里都清楚，这里不是"唐顿庄园"，我们也没花什么大价钱，找来的不过是一个市场平均水平搭把手的保姆，并不是专业的厨师或者管家，所以没人提出什么精益求精的要求。甚至每当她坐在客厅沙发看午间剧场的言情剧时，我都默默躲在我妈卧室不敢造次。我总感到一种微妙的尴尬，作为雇主的女儿，一个晚辈，我为自己经常待在家感到抱歉。放假前，我以为我肯定每天都约高中同学出去玩，真一回来，又觉得北方的冬天太冷了，男朋友在外地，普通朋友懒得见了，还是屋里暖和舒服。

这位大姐从不午睡，所以我姥姥午睡的时候，她就在客厅看电视。我姥姥睡醒了，起来看电视，她也多半陪着一起看。我妹像关禁闭一样守着自己的房间，除了吃饭上厕所基本不出来，狗多数时候也在她屋里，好像她已经提前进入了和一条老狗相依为命的晚年。青春期少女嘛，在家人面前总是劲劲儿的。很多时候我能听到她房间里键盘噼啪作响，那是十几年前，并没有什么网课或者网络作业，电脑对于高中生的主要用途就是娱乐。我猜想她是在和狗的前主人聊天，当然仅仅是猜想，没有任何依据。

一般来说傍晚我妹会出门遛狗，作为她一天中唯一的户外活动。我妈说这件事她少有地做到了持之以恒。我想起我们小时候，也就是我挺小我妹更小的时候，我俩很想家里能养只宠物。但是那时房子比较小，爸妈又觉得宠物终究活不过人，我们会在短暂的幸福后面对必然的离别，就没有同意。这条老狗也算是一种补偿吧，让我妹在法律上即将成年的时候，终于第一次有了一只宠物，还是带着男同学嘱托的宠物。

有一天我妹把我叫进她的房间，小声问我喝没喝她的红牛。我朝她翻了一个白眼。她说阳台上她的红牛少了几罐。

"你说你都放假了还喝那东西干吗？放假了就没必要熬夜了，白天学习就够了。"

我妹比较迷信功能饮料，总觉得那是助力她熬夜学习的好东西。

"我没喝，但是我昨天去阳台拿东西，目测少了好几罐。"我妹压低声音，表情神秘，显然她已经有了怀疑对象。她是个对数量非常敏感的人，或者说她对自己东西的动向有着非常深切、神秘的洞察。小时候我趁她不在家吃了她桌面零食筐里的一块话梅糖，她回来只看了一眼那个筐就发现了。

"你觉得会是姥姥还是那位大姐？"基于对我妹妹这方面天赋的认可，我也迅速进入情境，跟着压低嗓子说话。

"大姐。"我们姐妹俩异口同声警惕地回答，仿佛对接一个事关重大的暗号。

"你看她两眼炯炯有神，从来不午休，原来是喝了红牛。"我妹若有所思地追加着自己的判断。

"这个精气神儿备不住是人家自带的，不喝也这么炯炯有神。毕竟你喝了也没那么精神过，看着还是挺委顿的。"

"滚。"

随后我们两人故作平静地加大了对大姐的观察力度。坦白说她干活儿确实挺利落的，吸尘、擦地、收拾碗碟都比较得心应手。你看着她好像看了不少电视，但细观察，该干的活儿也没落下。但一旦有人细致入微地观察你，你的特点总会轻易暴露。大姐确实太爱吃东西了，冰箱里的酸奶、水果、冰激凌，她干活儿的间隙会随时向体内补充。午饭后给我姥姥吃维生素，她也会顺手给自己同等待遇。并且人家做这些的时候从没偷偷摸摸，人家是自然而然地吃。我妈的朋友送来一箱车厘子，那在当时属于北方冬天罕见、昂贵的水果。大姐洗的时候直接洗了两盘，一大盘端给我姥、我妹、我分享，一小盘留给自己。我们三个用眼神交流，分明感到了一丝不合理，但又无法准确描述。好像独享一小份显得更高端一些，而分享稍大份的我们，对比下来不太高级。甚至有一天我看到她拎着一袋狗粮十分认真地端详，我很想冲过去告诉她，大姐，这个是狗吃的，虽然加了钙，但并不适合人类。

我十分"小人"地把大姐的贪吃汇报给了我妈，声情并茂地讲了一些细节，我妹也少有地声援了我，证明我所言非虚。我妈用一只手搓了自己整张脸来表示她的心烦。

"你俩现在怎么变得抠抠搜搜的？"

"你不是也说过她喝了很多酸奶吗？"我不服地嘟囔。

"我那是提醒你，她比较能吃。我都告诉你了，你还天天盯着人家干吗？"随后，我妈长篇大论地讲述了现在保姆有多么难找，她是面试了几个简历看着不错，真人看着糟心的人之后才敲定了这位大姐。她说现在简直不是雇主在挑保姆，是保姆在选主顾。而且把一个陌生人引到家里来，原就是需要适应的。这个保姆身强体壮，看着也合眼缘，能吃已经不是什么大毛病了。

"你们要是有什么珍贵的零食就自己收好，其他的随她吃吧。而且人家也不是偷吃，人家坦坦荡荡的。你们俩都这么大的人了，什么责任都不想承担，要是你们俩行，我还用请人照顾你姥姥吗？自己不干，还管人家吃多吃少。另外，人家是辛苦操劳凭本事吃饭的劳动者，要尽量对她好。"这是我妈当天的结束语。我和我妹事后一想，我们也并不讨厌大姐，甚至她朴实的食欲，有一种挺讨人喜欢的生命力。有时候举报者未必怀有极大的恶意，只是一种掌握了情报的激动怂恿着我们不吐不快。

然而，几天后，当我们逐渐习惯了大姐的好胃口，大姐却在一起流血事件后主动辞职了。

那天我妹经批准和同学去看电影了，傍晚我从外边回来她还没回家，而她的狗总是蹲坐在门口呜呜地叫。我原本对它并不洪亮的叫声已经免疫了，但是我姥姥表现得略显抓狂。

"那谁，那谁，你能不能让你的狗别叫了？"她心烦意乱地指着我。

我发现她最近常常以"那谁"来指代我，也不知道她是分不清我和我妹，还是只是想不起我是谁。

"姥啊，这不是我的狗。"

"那你能不能想想办法让它别叫？"

随着我姥姥语毕，狗目不转睛地盯着我，仿佛也在问我，能不能想想办法让它别叫了。我只好给我妹发了条短消息。

我妹从电影院打来压低声音的电话，说狗大概是想便便，是遛狗的时间了。

狗仿佛听见了电话，竟然叼起了狗绳朝我走来。当然，不能说径直朝我走来，我依然认为它走得不直。

我从没有任何养狗的经验，对带着一只想要便便的狗出门感到恐惧。

"要不我去遛狗吧。我在农村老家，家里一直有狗。"大姐仿佛看透了我的心思，主动请缨。

那个瞬间，我感觉大姐、狗都冰雪聪明，至少是比我聪明，只有把我叫成"那谁"的姥姥似乎略逊一筹。

我觉得这是极好的主意，几乎就要答应了，转而想起狗对我妹来说的重要意义。据说，它的前主人，也就是我妹的男同学原是打算带它一起去国外生活的，可是它年事已高又体积略大，不能进入飞机机舱，只能托运。经过多方评估，他们觉得它受不住有氧舱里巨大的噪声和黑暗，不适宜长途飞行。十几个小时的航程，万一再有个延误，不敢担这个风险，它才被忍痛留在了国内。虽然结果是狗被留下了，但前主人痛彻心扉的心路历程我已经听了不止一遍，说是思来想去，最终不舍地把它留给了我妹。

为保万无一失，其实是担心得罪我妹，我不敢就这么把这条可以引申为情感信物的狗交给大姐，我和大姐一起去遛狗了。毕竟我姥姥不是完全离不开人，遛狗的工夫，她还是应付得来的。并且，她也提出了一起去，被我拒绝了。一条狗三个人遛，其中一个还坐着轮椅，未免有点过于隆重了。

大姐果然非常麻利地处理了狗的便便，在北方深冬的傍晚意气风发地拽着那条往好了说算是老当益壮的狗。

然而说时迟那时快，狗被一辆自行车撞了个趔趄，骑车的小男孩也随着车栽倒在了花坛边。由于用手撑地，小男孩的手都破皮了，隔着脏土露出血迹。大姐一把将狗紧紧抱在怀里，我被这突然的场面震慑了，一时间脑子转得飞快，却不知道自己到底在想什么。狗拴了狗绳，大姐也牵着绳，是北方的天黑得太早了，小男孩看到狗时一着急失去了平衡。从道理上讲，好像是怨那孩子的，可他看起来只有十三四岁，手又摔破了皮。他又惶恐又气急败坏地站起来，似乎也不知道说点什么好。

"你走吧。"我对小男孩说。

"他手摔破了，咱们不用赔钱吗？"大姐望着男孩推车离去的背影小声嘀咕。

我已经冷静了下来，自认为很有条理地把我们牵了狗绳之类的话讲了一遍。大姐依然将信将疑，好像那男孩的手是被我们咬破的一样。狗在大姐怀中龇着牙发出低声的呜咽，大姐说她感觉狗在发抖。

狗没有吃晚饭，面对填满了的食盆，毫无兴致地转身离去。我妹回来之后，它紧紧依偎在她脚边，那张委屈巴巴欲言又止的狗脸，看起来非常像受害者，非常有故事。我主动交代了我和大姐一起遛狗发生的意外事件，我妹勃然大怒，对我激烈咆哮。我妈出来一边和稀泥一边各打五十大板，一边说我做事不认真，一边说我妹自己不遛就不要怨别人。我姥姥忽然在客厅嚷嚷她想上厕所，我们吵得正来劲，竟异口同声对她喊："自己去！"那一晚，至少在她其实可以走路这件事上，我们早已默契地达成了共识。

第二天大姐来上班时心事重重，而我妹依然怒气冲冲。狗的事故给两人造成了方向相反的心理创伤：大姐总担心撞了狗的男孩手落下什么病根来找我们算账,在她朴素的逻辑里,人比狗金贵;我妹还是迁怒于狗是在大姐手里被撞的,虽然我反复解释了大姐遛狗完全是出于好心,而忽然蹿出个骑车的男孩纯属意外。

我妹拉着个长脸带着狗去了宠物医院,虽然我们前一晚已经反复检查了狗的身体,没有出血,没有擦伤,基本上可以认定为安然无恙,但狗的精神状态确实不太好,处在一种经历了重大事件的恍惚中。我妹为保万全还是坚持带狗去医院。

花了几百块拍了片、做了检查之后,狗的状态更差了。虽然医生向我妹保证,它除了固有的老年病,并没有骨折、外伤,狗却依然是一副受了惊吓的哀婉模样,甚至它走起路来更加摇摇晃晃,真是没有倾国倾城的貌,却有着多愁多病的身。也许它受了我姥姥的启发,想体会一下装瘸的乐趣。不知道它会不会意识到,没有人会给它买轮椅。

大姐在两天后向我妈提出了辞职。她的焦虑非常明显,食欲几乎下降了五分之四,以至于我们家的冰箱显得格外满满登登。她说她依然对受伤的男孩充满担忧,不想给自己找麻烦,不想再出现在我们小区了,要求尽快结账走人。我妈对她的心焦表示理解,只得被动地再次进入了面试保姆的环节。

新保姆来之前,我短暂在家服务了两天。一瘸一拐的我姥姥和狗,鼻子不是鼻子脸不是脸的我妹,客观地说,在这个家干活儿倒真没有我一开始想象的那么容易。虽然活儿不多,但是人员配置糟心啊。那时候点外卖也没现在这么容易,我和我妹都不会做饭,所以那两天的午饭其实是我姥姥做的。

然后新保姆来了,她三十岁出头,黑黑瘦瘦。结果第一顿午饭,她就给了我们一个下马威。她做的菜非常咸,看起来清清爽爽,并不是加了过多的酱油之类调味,就是单纯的咸。接下去的几天,我们反复提醒她,要把菜做得淡一点,可是无论怎么提醒,无论她怎么答应,都还是淡不下来。我想起之前在报纸上看过,吃盐太多皮肤会变黑,对照这位保姆的肤色,似乎是对报纸的佐证。

狗的前主人对我妹说过，千万不要给狗吃人的饭，因为人的饭太咸，狗的肾代谢不了。我如果是个坏人的话，简直想把这位保姆炮制的佳肴给狗试试，那大概是足以一击致命的盐量，可能会直接摧毁暮年狗的老肾，瞬间让它翻了白眼。

可能是年轻的关系，这位保姆挺爱聊天。我谈没谈恋爱，男朋友是哪里人，为什么我们家一个男的没有，我妹成绩怎么样……我不得不准备一些意思含糊又不失分寸的话，应付我们的闲聊。虽然有时候复盘，觉得她问得有点多，但她聊天的时候挺真诚，也没让我感到不适。不适的始终只有一个问题——咸。我当时就认定，如果我中年就不幸患上高血压，可能就有这位保姆的助力，那时候我们肯定已经失散在茫茫人海，我也拿不出具体证据找她维权。

她上门一周之后，我姥姥养成了午后散步的好习惯。

每每午饭，姥姥吃几口就饱了，说吃太撑让保姆陪她出去遛弯。我说我陪她去，她断然拒绝，说我没劲，不足以在她需要时给予有力的搀扶。她说她的脚在逐渐康复，要尝试着走出家门，我认为还是她的虚荣让她在出门时删除掉了轮椅这个配件。

几天后的中午，姥姥又提议出门散步。结果半小时后，在楼下的兰州拉面店，我们偶遇了。她和保姆一人一碗，还点了拍黄瓜和海带丝。我也是咸得受不了才出来自行解决的，竟然发现我姥姥的遛弯场所也是这里。姥姥先是波澜不惊地看了我一眼，试图装作素昧平生，见我依然热情而执着地注视着她，才假装刚才没认出来，挤出一丝尴尬的笑。我、我姥姥、保姆相顾无言地拼桌吃了面，我只点了一碗面，她们也并没有邀请我吃黄瓜和海带。席间，保姆似乎有几次试图开口，但碍于我和我姥姥表情都过于严肃，她最终压制了自己的活泼。对饭菜最不在意的是我妹，她虽然也觉得有点咸，但是反正咸淡适中她也吃不了几口。少女都不吃饭，少女都是喝露水长大的。

没几天，这位保姆就被我妈辞退了。我猜测可能是我姥姥连续自费吃饭私房钱下得太快了，不得不和我妈打了小报告。这位保姆终于"盐多必失"地离开了我们。

然后，寒假的高潮来了。第三位保姆极具视觉冲击力。她又高又胖，穿一件藏蓝色的羽绒服，初看起来非常威武雄壮。脱掉羽绒服，里边是一件既正式又廉价的淡蓝色蕾丝裙，蕾丝裙里下半身是一条黑毛裤，像一个放大版的花样滑冰运动员。这套装束脚下不配一双冰鞋，着实有些可惜了。我相信如果看护对象是个老头，如果面试她的是老头的子女，她八成是得不到这份工作的，她太容易让人想到那种处心积虑想嫁给独居老头的角色了。当然，要求保姆朴实无华也着实是刻板印象的老眼光。

她让我想起一个高中同学，我现在已经记不得她名字了——那个寒假我是记得的，现在已经忘记了。每周体育课的跑步热身，那女同学都走出队列和体育老师说她不方便。体育老师是个四十多岁的大叔，每次都心领神会，不耐烦地叫她到操场边休息。每一周这个戏码都会重复，一个每个月四次不方便的壮硕女同学想必给体育老师留下了深刻的印象。高中毕业就没有了来往，我却对她嬉皮笑脸请假的样子记忆深刻。她曾经特别得意地说："他能脱我裤子看看我撒谎了没有吗？"我当时曾经非常恶毒地想，你没撒谎，你就永远不方便吧。

中介说这位大姐经验丰富，是抢手的熟练工。她将近五十，和我妈年龄相仿，有个刚上大学的女儿，老公也在这边打工。几天下来，她也没说过几句话，性格好像比较内向，和张扬的外表形成极大反差。细看几眼，她长得就有点阴郁。

我妹认为她粉底的色号太白了，并且过于爱补妆，对她十分不屑。

"没人规定保姆不能化妆，你别那么苛刻。你看她一天都不闲着，少说多做。"我觉得我妹过于挑剔了。

"但她确实太像一个女装大佬了！一个又高又壮的男的穿得花里胡哨金丝金鳞的感觉。多冷的天啊，每天穿着舞台装干活儿。还有，她好像确实一直在干活儿，但你看到什么突出的成果了吗？是地板更干净了，还是午饭更丰盛了？都没有。她每天准备两三个小时的午饭，你以为是煲汤还是什么花样呢，其实就是简单的炒菜。菜是咱妈买好的，其实就是洗了炒炒，她能折腾一上午，好像跟菜叶子挨个儿谈心似的！她就是效率低下，毫无意义地空转。你看原来那个大姐，瞧着总在看电视吃东西，但人家其实大概其的都干了。我觉得现在这个就是笨，化妆也化不好，活儿也干不明白，天天白忙活，表情还特绝望。你不觉得她是一个需要冗长助跑才能加速三米的笨蛋吗？"

我妹对新保姆个人风格和劳动能力全盘否定，但我觉得抛开穿衣风格，她至少试图呈现内敛和勤勉。她不爱说话，可以说非常寡言，甚至我主动和她说话，她都讳莫如深。我记得因为同是大学生，我随口问了问她女儿在哪个学校。她非常为难地瞄了我一眼，又很快缩回目光，半天微笑着说了一句："下次我再告诉你。"

基于这种莫名其妙的神秘感，我甚至犹豫了一秒该称呼她阿姨还是老师，当然我最终还是勇敢地选择了叫阿姨。

然后是似乎渐入佳境的一个月，阿姨逐渐适应了我家的工作，从不迟到早退，来了就扎进厨房耗时漫长地准备午餐。必须承认如我妹所言，她的效率不太行，但据我观察这一切和偷懒无关，她真就是干活儿有点慢。同时，我们有幸欣赏了她诸多蕾丝、亮片、尼龙、化纤为主要材质的仿佛花滑考斯腾的紧身连衣裙，我简直有些上瘾，隐隐期待她脱掉藏蓝羽绒服的激动人心花红柳绿的时刻。

阿姨早前有些吞吞吐吐地征询我妈的意见，是否可以留我家的地址收一些快递。因为她一周五天在我家上班，出租房里没有人，收网购物品实在有些不便。我妈非常爽快地答应了，并且感慨她接受新鲜事物的本事。那是十多年前，网购和快递并不普及，我大学同学里有淘宝软件的也没几个。并且那时手机不能上网，电脑也不便宜，我揣测阿姨的出租屋里也许没有电脑，她是下班后风尘仆仆赶到网吧去完成她的网购的。

然后，她就在我家签收了不少质感诡异、款式华丽的连衣裙。我揣测她的大部分收入都已经变成了裙子，所谓网购物品其实都是连衣裙。坦白说，我甚至是在她身上开始理解恋物癖、理解对美的执着的。她拆快递的神色通常是麻木不仁的，但我知道她内心一定充满了喜悦，不然她不会持续地买，她只是习惯掩饰自己的真实情感，不想被看透。有一天我忍不住说了一句："这件桃粉色的不错。"她却迅速收起了裙子，剪碎了快递包装袋，低头去洗手间了，好像我说了什么攻击性的话，让她落荒而逃。

她越是这么君子不党，我便越对她充满好奇。不论她表现得多么不动声色，我都能通过她闪闪发亮的着装感知她内心的狂野，她未被生活消磨的古怪热情让我钦敬。那时我正在读三岛由纪夫，"你的野心一定很大，有野心的人总是带着悲伤的样子。"这个句子可以送给她。

还有，她几乎不怎么吃东西，和我们一起午饭的时候，也吃得非常少。像传说中的女明星一块饼干咀嚼三分钟一样，她细嚼慢咽几乎到了故作姿态的程度。饭桌上她病娇的身影，既精致矜贵像豌豆上的公主，又厚重庞大如公主和豌豆之间那几十个床垫。我妹说她下班之后肯定会暴饮暴食，不然不会有那么壮观的体魄。我觉得她身上有一种严阵以待的破碎感，又凄凉又要强，又不服输，又找不对方向。

有一天我姥姥上完厕所，马桶却持续不断地流水。我关了水闸，等着物业来修。已经到了阿姨的下班时间，她却坚持要等物业修好了马桶再走。

"这个挺简单的，物业来了就会弄好，您可以按时下班。"我并不觉得这是个需要延迟下班的大事件。

"不不不，我不放心，我一定要看着他们修好才能离开。"阿姨忧心忡忡盯着马桶，如同纪录片里责任感爆棚的英模。

我姥姥也劝她不必太过担心，然而她不听劝地站在洗手间门口，愁苦地端详着马桶，仿佛为它的不懂事痛心疾首。

经过此事，我被她的责任感大为感动，我妹却越发不以为然。"全是没用的，不该冲上去的时候非冲上去，有她啥事啊？修也不会修，还坚持围观，一个庞然大物，没事激情澎湃的，看着就烦。还有你，你看到她低俗、抓马、煞有介事的衣服就高兴，你就是审丑！"她似乎对新阿姨有一种本能的反感，因为忍不住要表述这种反感，话都变多了。

并不是所有反感都会演变成冲突，至少我觉得我妹没有这个意愿。可能是阿姨也挺敏感，她似乎感知到了什么，率先对我妹表现出了不友善。

我记得我妹让她找个什么东西，她眼皮都没抬一下，说了一句："对不起，我在洗菜，帮不了你。"而后我不止一次听到了"对不起，帮不了你"。

"我妈花钱，买的是你的服务。雇佣关系，你有什么资格觉得自己在帮我？你不是在工作吗？不应该心态平和一些吗？"我妹忍了几次之后突然发作。

"你这样说不公平！"阿姨慢条斯理，同时眼含热泪。

我忽然发现，她戴了美瞳。非常黑非常大的美瞳显得她黑眼球硕大无比，黑洞洞塞在眼眶里，几乎遮挡了全部眼白。我不敢与她对视，担心会被吸进她浓黑的美瞳里。

"我不是下人！"她带着哭腔又补白了一句，转身进了厨房。愤怒让她的鼻孔一张一翕忽大忽小，那一瞬间的情感强度让我简直担心她要血栓。如果她不转身离开，我也会去劝的，毕竟她血栓肯定算工伤。

我妹也被眼泪和哭腔震慑到了，一时语塞。

"什么不公平！我让她拿个东西，她天天跟我对不起，我就说了句我妈给你钱，你应该心态平和。她是来服务的，不是义工。她说我不公平！和谁公平？我怎么她了？还上纲上线，下人都出来了，好像我剥削她了一样！我就是提醒她，我们家是她的职场，她应该好好工作。她怎么倒好像把我当她同事了，我说一句她顶一句，跑来和我竞争！不是我有分别心，但我确实也算是雇主啊！又笨，又不懂装懂，教她用洗衣机，她明明没学会，还假装点头。我看她洗衣服的时候乱按了好多次，才凑合洗上了。还有，我一看她的装扮就烦，天天打扮得像个喧宾夺主的伴娘，配上她惊悚的表情——你注意到她的表情了吗？总是失落，很怨恨，好像什么期待被辜负了，什么愿望落空了，有一种非常阴郁的不安分。"晚上我妹气急败坏和我吐槽，大概是白天没发挥好，有几分不甘心。

"不要以恶意揣测别人吧。"可能是知道自己待不长久，心思不在这里，我无法像我妹一样投入巨大的情绪，反而比较平静。

"这可是家里！家里的陌生人！没点防人之心可不行。"我妹瞪大了眼睛，怒气在眼眸中跳动。

经此一役，两人初步摸清了彼此的实力，谁也没有再主动挑衅，却都努力散发着不愉快的情绪。她们像两团没有奋力燃烧，但也不肯轻易熄灭的火，默默地在沉默中对峙，我能感觉到她们的意念扭打在一起。毫不夸张地说，我第一次体会到了压力带来的耳鸣，比考研复习还令人窒息。想想也有点好笑，我妹竟然跟保姆搞出了爱恨情仇。

同时，阿姨开始在许多无关紧要的细节上显出某种幽幽的需要仔细体会的固执和霸道。当我们家的秩序与她的预设有出入时，她会想方设法把我们往她那儿掰。比如我妈买茄子她从来不做，问就是忘了；比如三番五次提醒我妈买一个新砂锅，你问她旧砂锅哪儿不好，她缄默不言；比如她会在下班后忽然给我妈发一条短信说第二天有事不来了，从不会展开说什么事，就是有事；比如只要我妹不在家，她就一定要收拾她的书桌，不管我妹怎么要求她别乱碰，她还是非要把书擦成一摞……说起来好像也不能算带着恶意，但她庞大的自我好像多少有些越界。

我姥姥有时候喜欢开着电视听收音机，也经常开着电视、收音机，然而她看报纸。你也不知道她的注意力到底在哪头，或者她仅仅是想显示自己一心几用的能力。每每此时阿姨都会劝她省点电。和我妹比起来，我姥姥算得上姜还是老的辣。她并不正面硬顶，她非暴力不合作，对一切置若罔闻。有一天阿姨又一次规劝未遂，收音机里的女主持恰巧发出尴尬的大笑，又悲凉又热闹。我姥姥仿佛较劲，伴随着收音机看了一下午电视。几个小时过去，电视屏幕上的北极熊依然饥肠辘辘，捕食行动前途渺茫。阿姨补过妆的脸色比北极熊还难看，老太太的消极对抗让她脸上浮出一层既卑微又不服的晦暗。

"她真是过于有主见了。"这是我姥姥对她比较中肯的评价。

"她觉得她有资格立规矩。我不知道她为什么对家政工作误会这么深，这是服务业，不该出改革家！"我妹愤愤不平。

人们排遣压力的方式千差万别。我就是看小说、打游戏；我姥姥是睡觉、看电视；而阿姨选择了和领导谈心。原本她是五点半下班，按照约定，不需要和我妈交接，她可以准时按点走。但是慢慢地，她养成了一定要和我妈述职的习惯。每天她都要等我妈回来才下班,有时甚至六点半了,她也依然要等。虽然她等待的那一小时是不会干活儿的,但她昂首挺胸端庄镇定地戳在沙发上,像一艘乘风破浪的巨轮,让周边都弥漫着既深沉又狂躁的气场。有一天我说她其实可以下班了,她露出一种隐隐轻蔑的神色,似乎在用表情传达——你也配。

自从她开始反感我妹,对我的态度也急转直下。毕竟如果一定要分伙儿的话,血缘还是不能忽视的。

我妈一进门,她就露出既卑躬屈膝又绵里藏针的狡猾表情。仿佛为杜绝我们姐妹恶人先告状,她会事无巨细和我妈汇报全天的工作,诸如炒了三个菜,擦了两次地,擦了书柜,清理了洗衣机。我能看出我妈不想听,但她似乎看不出来。她显现出一种我不看,我不听,反正我很伟大的斗志。

我感觉到了一种办公室斗争的氛围,好像我妹是个德不配位的中层,阿姨是个受尽屈辱又十分想被提拔的下属,我妈是那个掌握话语权的老板,而我和我姥是办公室里最没品最没立场最没存在感的墙头草。

后来我们家上了社会新闻——一个和阿姨有情感纠葛的男人不知怎么找到了我家,狗咬了男人,男人一气之下踢了狗,阿姨大怒捅了男人一刀,男人带伤逃跑,她穿着高跟靴子追出去时滚下了楼梯,扭伤了手臂。邻居听到人和狗的各种惨叫报了警……

这一切发生时,是个寒冷的、平凡的、毫无预兆的星期二。很遗憾,那天我恰巧约了同学逛街,没能目睹那惨烈又滑稽的画面。我想如果拍成电影的话,可以配上交响乐,一定非常带劲。

我妈在单位,我妹已经开学,我姥姥直到警察来了才睡醒,你简直不敢相信一个老年人有如此优越的睡眠质量。

狗苟延残喘地幸存了下来。它装了几天瘸,又被带去拍了X光,我担心过度辐射对它老迈的身体也是一种创伤。这狗跟秦香莲似的,苦情是真苦情,倒霉是真倒霉,但命硬也是真命硬,最后还是能赢。早知道它这么皮实,阿姨还真没必要火冒三丈替它出头。

我妹为自己看人的能力扬扬得意:"你看她一天天霜叶红于二月花的,

一脸与生活作对的瞎振作,时刻准备着歇斯底里。明明风平浪静,她总想力挽狂澜。这回厉害了,直接干进公安局了,太超纲了!她倒真不是什么都不行,她格斗确实挺厉害的!可惜了,没见证她滚楼梯的高光时刻。"

非常长的一段时间,我姥姥都觉得是我和我妹把保姆推下了楼。她反复小声排演应对警察的台词:"我真的一直在睡觉,我真的什么都没看见。"她的脸上挣扎着既想包庇保护我们,又不解我怎么会痛下杀手的疑虑。她说那个保姆看起来的确不太正经,但我们也没有真凭实据,怎么就动手了呢!

"动什么手啊姥姥,我们什么坏事也没干!再说人家怎么不正经了?人家就不能爱美吗?"我哭笑不得,佩服我姥姥的想象力。

"我一眼就看出她不清白。你看她眉毛长得乱七八糟!"我姥姥笃定地给出判断。

"人家眉毛是画的。"

"不管她眉毛怎么样,你们都不该那么对她!"

"我们怎么对她了?所有人都没什么大事,因为穿了羽绒服,连那个不自量力的男的都没受什么伤。"

"哪个男的?"

"算了,反正你就记得所有人都没事,狗也没事。"

我姥姥将信将疑,继续以审视的目光打量我。

后续的事情我妈不让我们打听。和我对付我姥姥的词差不多,我妈也说基本上所有人都没事。

我很好奇那个被捅伤的男人到底是谁,是传说中也在这城市打工的老公,还是另外的什么神秘男子?我想起,她常常在午休的一小时出门,默默离去,又悄悄回来,但几乎从不超时。没有人知道她去干什么了,毕竟那是她的休息时间,人家自行规划利用,也轮不到别人操心。

家里也没有再找保姆,倒不是心有余悸,而是高潮与疯狂过后,终归是平淡和日常。北方春天彻底来的时候,我爸回国了,我姥姥回了舅舅家,我也回了学校,一切好像回到了原点。但我感觉我已经不是原来的我了,七十多天，遭遇了三个保姆、一条狗，还差点就目击了社会新闻。我没考上研究生，那是我学生时代最后一个寒假，它的信息量那么大，是我进入社会前来得及时的预防针，我感觉我毕生都不会忘记它。至少现在十几年过去了，我有时候还会偷偷回想它的混乱无序、喧闹沸腾。在街上看到花枝招展一脸疲惫的中年妇女，我还是会想到那个阿姨。

至少这个寒假教给我一个受益终生的道理——人和人挺难彼此理解的，谁和谁都需要互相忍受。

我蛮喜欢那个嘴里总出声的同事的，我把她当成看电视时听的收音机，就觉得挺有意思的。

原载《芙蓉》2023年第4期

邓一光

# 在地下

## A. 00:30，深时王国的短暂旅行

整个夜晚，狄二岸都睁眼躺在黑暗中，这样方便他在两个世界里行走。

同宿舍八个安保员，最后一位爬上高架床的时间是零点二十多，钻进被窝后他长长叹了口气，很快睡着了。狄二岸又等了两分钟，然后安静地启程，离开人类世，返回深时王国。

狄二岸来到大鹏半岛的四代火山遗址，从这里开始了他当晚的旅行。他独自穿过岬湾海岸挂满海葵和层孔虫的海蚀崖，从那里折返，通过生物遗骸沉积而成的盐矿，依次去了咸头岭和大黄沙、屋背岭和九祥岭、红花园和铁仔山的地下遗址，它们分别是新石器时期、商代和汉代人类活跃过的地方。狄二岸在那里见到一些新朋友，他没有和他们打招呼，用不着，他们以后会认识。不过，他双手抄在裤兜里，闲适地在元代人类活动过的楼村悠闲散步的时候，见到三位在那里度假的老朋友，荷兰人郭士立、瑞典人韩山明和德国人黎力基，他们为黎的《德客词典》词性问题争得面红耳赤，几近翻脸。狄二岸礼貌地在他们面前站下，问候了三位长者，顺便

问了黎先生，他失踪的妻子是否回到了他的身边。

当晚旅行的最后一站是梧桐山。三年前，从深时王国返回人类世的路上，狄二岸在梧桐山森林中看见一片茂盛的毛棉杜鹃林，离着它们不远处，有一棵百年树龄的南酸枣树患了根腐病，显得非常痛苦，而一棵树龄千年的篦齿苏铁正在缓慢地死去。狄二岸在那里逗留了一会儿。人们看不到那里发生了什么，狄二岸知道，真正的故事发生在地下。那些植物的底下，有个庞大的真菌家族，家族成员们非常小，肉眼看不见，它们始终活跃着，为地面上的植物分配资源。在它们的帮助下，生机勃勃的毛棉杜鹃通过根压争夺水源和养分，输送给那棵南酸枣树大叔和那棵篦齿苏铁爷爷，帮助它俩摆脱困境。因为吸足了水分，年轻的毛棉杜鹃显得湿气浓郁，每一牙叶片都在落泪。

那以后，狄二岸不断回到梧桐山。他帮不上任何忙，但他会在那里待上一会儿，静静地观察庞大的真菌家族须臾不停的抢救行动。几个月后，南酸枣树重新活了过来，它还会在地面上生活一百年。篦齿苏铁在第二个年头死去，它开始慢慢地降解，在日后几十年的时间里，它会用自己的腐殖质回报曾经抢救过它的年轻的毛棉杜鹃们，让它们在生长中长期获益。

凌晨五点三十分，狄二岸隐约听见闹钟声传来，他知道，他在地铁集团服役期间的最后一次短暂假期结束了。

## B. 05:30-05:45，地铁安保员的晨间活动

宿舍的灯亮了，安保员们哈欠连天地起来，进进出出，排队上洗手间排泄和洗漱，空气中充满尿的氨气味和牙膏的香精味。

公司准点派单送来加蛋米汉堡和小米粥早餐，安保员们一边没滋没味吃着，一边议论职业生涯中的不满：每天十五公里巡程，二十二项指标考核，每月底薪两千八，五险最低档，加班一小时补十二块，非全勤每天扣二十……

狄二岸安静地坐在一旁，他没有参加议论，也没有人对他说："喂，伙

计，怎么不吃早餐，也不说话？"同伴们当他不存在。

他们这班安保，多半是再就业入职地铁集团的。老陈过去是会展公司的营销专员，老李是影院场务，小陈是教培中心助教，小王是餐馆面点师，最年轻的小吴两年前大学毕业，游戏策划与电子竞技专业，刚入职，地铁安保员是他第一个职业。狄二岸和他们不同，他是志愿者，对薪酬没有要求，有没有五险无所谓。

狄二岸每天在城市的地下奔跑，没有恐惧，也没有谁阻止他。几年前，他发现人们开始进入地下，他们把岗厦北的地下挖空，在那里建设了一个庞大的交通枢纽。狄二岸很开心，常去那儿玩。那以后，他发现人们开始建设更多的地下城，深港科技创新特别合作区、深圳湾超级总部基地、宝安中心区、光明科学城枢纽、龙岗大运枢纽，他数过，大大小小有四十五个。当地面上的城市以各种方式控制人们的命运时，地下城市正快速在城市大象的每个部位建立起秘密基地。

三年前疫情出现，人们很惊慌，手足无措。狄二岸为他们着急，他想告诉人们，他们完全可以进入地下，像他一样尽情地奔跑。于是他选择了当一名地铁安保员，帮助人们在地下奔跑。

如今疫情过去，人们潮水般涌入地下，地铁恢复了繁忙的日子，人们不再需要他帮忙。今天是他在地铁集团工作的最后一天，干完今天的工作，他就要离开了。

## C. 05:45，机场、码头、珠江三角洲和地铁1号线

早餐结束后，他们列队出了宿舍，一路杂乱小跑，绕过煌上煌酱鸭店，拐过街口，进入地铁1号线罗湖站，去警务室领取了A包，开始着装：防刺背心、制服、战术靴、制服帽——帽檐和鼻嘴一条线，前沿离眉一指——然后检查装备：警棍、手电、口哨、防割手套和800兆对讲机。节假日和重要活动会增配一台视频记录仪，现在不用。

十九岁前，狄二岸有过很多不切实际的梦想。他想去机场工作，干一

份水暖工或者配电工的活儿，只要每天能看到大大小小的飞机昂着海豹脑袋从跑道上跃起，让它们把他的视线带走，随便让他干什么都行。他也想去蛇口港，去那儿碰碰运气，说不定他会被某位大胡子远洋轮船长看中，安排他上船干轮机维护、加装燃油、绞缆、起抛锚和接送引水的活儿，从此过上漂洋过海的生活。他甚至还幻想过一件更不靠谱的事情：背着行囊，环珠江三角洲走一遍。他会哼着歌，歌不唱出声来，一路打工，替收留和照顾他的好心人卖力干活儿，加倍回报他们，这样等他老了，回到家乡，他就是一个见多识广的人了。

可惜，那场大火阻止了狄二岸的梦想。那场大火以后，狄二岸再也没有回到过地上，机场地勤工、远洋轮水手和流浪者，他一样没干成，而是在三十年后来到地铁1号线，当上了一名安保员。

1号线是城市首条地铁线，东起罗湖，西至机场东，往返一百公里，列车在黑暗中呼啸而过，从未陷入过困境。狄二岸和1号线有种神秘关系，那会儿他刚刚进入深时王国，还没有适应过来，一台"铁建重工"牌盾构机就轰隆隆来造访他，好像它知道他来了，它在找他，而他则吃惊地看到沉睡了亿万年的地壳被它挖开，那些生命堆积层里满是让他心动的秘密。他当然也看到了人类世在地下留下的痕迹，大量水泥构件、残存的塑料和铅207，这让他有些不安和内疚，这就是疫情发生后需要他做一次抉择时，他选择了来1号线服务的原因。

### D. 06:20, 地下暗河和羞涩的小镇少年

六点二十分，狄二岸负责执岗的首班车发车。

头两站人不多，上车的乘客并非凌晨新鲜空气的爱好者，多数内省而忧郁，仍然戴着口罩，好像摘掉口罩会让他们感到羞耻。他们上车后就把自己封闭在座位上，也有守着空位不坐的，把自己栽种在车厢的某处角落，一动不动，保持着安静。

狄二岸对地面上的情况了解不多，他不知道人们想把地面上建设成什

么样子。他从来没有被允许参与决定城市的命运,也不确定它是不是高兴他生活在它之中。地下的生活就不同了,他想去哪儿都行,想做什么都可以。

有一次,狄二岸在石岩水库地下闲逛,看到一条奔涌的地下河。他跟着欢畅的河水奔跑,穿过一段黑暗的路程,河水突然坠入岩洞消失掉,他毫不犹豫地跟着它跳入岩洞。没走多远,河流突然被一股力量吸往高处,好像在躲避他的追踪。他哈哈大笑,抹去脸上的水花,向急不可耐远去的河水挥了挥手,转头去了别处。

在地下生活时间长了,狄二岸知道自己只需要获得一个坚定的方向,不必为举足不前犹豫,那是生命本来的样子,除此之外,不需要再做别的什么。他觉得最好的生活在地下。他把这种想法带到了1号线。

车到老街站,乘客开始多了起来。这一站有两条中转线,打明代起,上面那条老街就是粤南一带有名的墟市,活动着一些改变过人类世的重要角色,如今他们和他一样,也生活到地下来了。

狄二岸在车厢里流动巡查,无声地穿过乘客。他没有打开肩灯。他不喜欢警示和理智的两色光晕在肩头闪烁,也反感对人产生威慑的力量。

狄二岸曾是羞涩的小镇少年,不聪明,没有出色的能力,有时候会犯点小错误,把事情搞砸。因为这个,他一直有点紧张,不爱说话,童年和少年时期没有朋友,中学毕业后只考了个专科,让父母失望,连向暗恋女孩表白的机会都错过了。

直到1993年夏天,狄二岸突然结识了很多人,他们的年龄比他大很多,有的认识燧人和祝融,有的认识太康和少康,有的认识妇好和姜尚,有的认识东方朔和霍去病。他们个个性格爽朗,身怀绝技,从不拿他当外人,狄二岸喜欢他们,突然地,他学会了开口说话。

### E. 07:20,地铁回笼觉与睡眠通灵者的体验

七点二十分左右,地铁早高峰到了。不知打哪儿冒出那么多人,车厢

瞬间就挤满了。

狄二岸在各种面料包裹着的人体间滑动,有一阵,他被卡在两个大汉的胳膊肘下。两个汉子,一个身着防静电阻燃工装,身上散发着浓重的机油味道,一个嘴里嚼着槟榔,一只手撑着车顶,空出的那只手留着长长的指甲,盘玩着一串檀木手串;俩人都闭着眼打盹,随着人潮的节奏舒坦地做浪涌状,压得狄二岸骨头一点点往皮肤外钻。好在只有几秒钟,狄二岸就脱离了困境。

车到下一站,狄二岸头一个出现在站台上,两个大汉紧跟着他下车,强烈的机油味和手串的摩擦声擦身而过,眨眼消失在人群中。

不止两个汉子在早上的地铁上睡觉,此刻,车厢基本成为千家万户的延伸卧室,人们抱着竖杆,吊着拉环,靠在车厢厢体上,悬挂在人群中,纷纷进入回笼觉模式。直到列车停靠某个站台,车门开启的一瞬间,他们中的一些人会立刻睁开眼睛,捕蝇草一般弹向车门,随着人群挤下车,眨眼消失掉。

狄二岸是睡眠的通灵者,知道很多关于睡眠的故事。

这座城市以昧旦晨兴闻名,走在街头,几步就会遇到一两个步履匆匆张着大嘴打哈欠的人,他们像是一些梦想兑现者,被一种神秘力量催促着,到处去寻找他们的梦,可却没人耐烦等待他们似的。狄二岸知道那是一种什么感受。他刚来这座城市时,头一个月换了十三份工,最短的一份干了不到十分钟。他很焦虑,根本不敢睡觉,害怕眼睛一闭,他就会失去工作机会。后来他在清水河仓储区找到一份入库员的工作,那里有大量硝酸铵、甲苯、金属砷、黄磷和双氧水需要人搬运,他第一次知道,建设一座伟大的城市,不光需要昂贵的大理石和贵重金属,也需要大量爆炸物。

有一天下班,狄二岸在仓储区路边看见两个年轻营销商在推销床垫,四周围着看热闹的仓储区员工。营销商怂恿人们躺上床垫体验,宣称他们的床垫非常神奇,专治失眠,就算《山海经》里从不睡觉的独龙躺上去也会大睡不醒,忘记司掌昼夜和四季,成为神界的渎职者。一名中年女工被营销商挑选出来,她害羞地说,她宁愿在黑暗潮湿的出租屋里被丈夫搂着睡，也不愿躺在马路上，她担心自己像流浪猫狗一样无家可归，从没有过安稳觉。不过，躺上床垫不到三十秒钟，她就睡着了。

狄二岸忽然觉得这件事情很有趣，问营销商他能不能试试。营销商爽快地给狄二岸戴上监视仪器。狄二岸在人们的注视下走向床垫，离着床垫两三米，他停住不动了。人们在等待他的下一步行动，可是，接下来的事情只能换一个视角表述：负责测试的年轻人丧气地向伙伴示意，这位身材精瘦的小个子体验者在走向床垫的过程中就进入了睡眠模式，是站在床垫前入睡的，和神奇的床垫完全无关。

如果狄二岸说，有人利用上洗手间的工夫在小便池前站着打三十秒钟盹，然后打着尿哆嗦睁开眼，抖擞精神去挤地铁，他可没有撒谎，这样的事情每天都在发生。

狄二岸还见过一些中年妇女，家里有两个或三个"神兽"，经济压力大，要转N趟地铁去赶一份或两三份工。她们会在排队过安检时睡着，而轮到她们过闸时神招醒，熟练地刷卡过闸，抢到扶梯左边，小跑着超过其他人，冲下人头攒动的站台。

狄二岸特别想安慰那些紧张的姐姐们，对她们说，没事，一切都可以搞定，她们和她们的孩子都会好起来。他猜想，如果事情真能像他说的，一切都会好起来，那些姐姐们肯定会开怀大笑，并且在大笑中瞬间入梦。

## F. 08:10, 在地下行走的勇士

车每到一站，狄二岸都会第一个下车，疏导乘客上下车，掐着点观察客流和站台上的异常情况，快速向人多的车厢移动，阻止乘客在关门提示音响起后往车里挤，做好车门和屏蔽门夹人夹物的应急准备。

八点十分，车停靠宝安中心站，在车门关闭的预警声中，狄二岸看见一只胳膊忽然从车门内伸出来，像是喊："Save my soul!（拯救我的灵魂！）"狄二岸迅速移动上前，抓住那只胳膊，把它的主人拽出车厢，自己则在车门关闭前的一瞬间薄纸似的插进车厢。

狄二岸没有回头看惊慌失措的男人，心里想，那位老兄真不容易，是个勇士。

狄二岸觉得在地下行走的人们都是勇士。他这么想可不是乱想。城市并不爱所有人，它在崛起时不光托起了目光如炬的富有者，也陷落着无数打拼者的无效梦想。在地下行走的人们大多属于后者，他们是城市里人数最多的族群，城市故事里听不到他们的声音，但因为有了地下，他们可以怀揣不放弃的残梦，搭乘一匹钢铁快马，在黑暗中一往无前地向前奔跑，穿越刀锋生活，哪怕距离灾难只有一寸。

狄二岸小心翼翼，将一位拄着医用手杖的眼镜哥带到几位外套上有标志的空港地勤人员身边，为他找到一个靠柱，然后走开。他知道那几位靓女帅哥会照顾眼镜哥，为他找到座位。每天能看到大大小小的飞机昂着海豹脑袋从跑道上跃起的人，他们也是一些奔跑者，会做点什么的，这一点他十分肯定。

## G. 09:30，地铁里有没有惊魂时刻？

九点半以后，早高峰时段差不多过去了，列车行驶在第二个往返路程中。这期间，狄二岸处理了好几场不大不小的纠纷。

三年地铁安保工作，狄二岸处理最多的是各种应急。传染性疾病、台风和暴雨天气、火灾、突发停电和临时停车应急，这些他都应对从容，没有出现过重大差错。他没有遇到反恐应急，治安事件倒是每天有，印象最深的是一起暴力事件：一位精神病患者因一幅车厢广告引发了一场群殴，事件从发生到控制住经过了十七个站，先后有十一位互不认识的乘客参与进来，事后发现，其中九人患有不同程度的精神障碍。狄二岸事后想过一个问题，深时王国里有没有精神障碍？他当然没有得到答案，因为在地下世界里，是否有疾病的答案由自我决定，不受他人意志支配。

今天的第一桩纠纷有点诡异。一位年龄很大的老者把一个衣冠楚楚的年轻人摁在车厢里暴打了一顿，原因是年轻人性骚扰一位衣衫单薄的女乘客。狄二岸赶来解决纠纷，弄清楚"衣冠楚楚"和"衣衫单薄"是一对情侣，俩人在家里实在憋闷，心血来潮，决定玩一场地铁Role-play（角色扮演）。

狄二岸向火气上头的老者解释什么是"角色扮演"，比如植物扮演生产者，动物扮演消费者，真菌扮演分解者，扮演者本身并不是他扮演的角色。老者仍然不依不饶，认为"衣冠楚楚"扮演《地铁惊魂》里的盖伊，那是他的事，但他在光天化日之下纠缠凯特，其行为挑战了光天化日之下人民群众的角色，人民群众不会在光天化日之下让坏人得手，他挨揍是自找。

乘客中有不少刷剧族，一听都笑了，说老爹威武，我们支持你。狄二岸也笑，他没有执法权，处置治安事件的底线和乘客一样，报警。他只拿准一条，每个冲突制造者都有苦衷，他不会和他们过不去。狄二岸没有告诉老者，他喜欢《地铁惊魂》里那条丑丑的小狗雷，如果可以，他愿意做雷，或者遭到凯特冷酷对待，却在凯特身边放下一把硬币的流浪汉。

第二个纠纷属于行业不正当竞争。两个中年女推销员向对方推销同一类产品，发现是对头，杠上了。在她俩把对方的头发揪下来之前，狄二岸赶来阻止了冲突。

狄二岸特别能理解这类纠纷，一大早，大家都有起床气，对一天的预期没有底，很难淡定。成千上万的私人情绪集中在小小的车厢里，冲动是一天中头一件纠缠自己的事，免不了小摩小擦。但狄二岸不喜欢冲突。在有限的十九年人生中，他是冲突的牺牲品——爷爷奶奶揍，老师训斥，同学白眼，校园霸凌，高考失利，工头不屑，工友虐待……不过他并不憎恨生活，他觉得生活没有人们说得那样糟糕。比如两位气呼呼的同行大姐，看上去她们是那么的失败和疲惫不堪，活脱脱被自己和他人耽搁了，但她们能把生意做到地下来，在行业的旮旯角落里拽发厮杀，说明她们是出色的女人，身后有期盼着她们带来幸福的家庭，别伤着自己和他人就好。

## H. 11:10，在海上凌空漫步的近景魔术师

快到中午时，地铁在前海湾站停下，一位看上去很老的老人，怀里抱着只塑料袋，袋口露出一叠冥币，从座位上撑了两次站起来，一点一点往车门移动。

狄二岸赶紧过去搀扶住老人，帮助他挪到门口。

"朋友，麻烦您几位从两头下车，谢谢。"狄二岸和颜悦色地和后面的乘客商量，请他们分流到两边的车厢门，这样老人就不用那么急了。

安保条例规范用语是"对不起"，狄二岸偷偷改成了"朋友"。他觉得"对不起"有种无奈感，他更喜欢"朋友"。

其实狄二岸在人类世没有朋友。他认识一位人类世的小伙子，他们见过两面，小伙子偶尔会给他发几张图片或短视频，它们拍自世界各地。有时候小伙子会问他是否还在地下狂奔，但他不确定他俩算不算朋友。

说起来，俩人的认识挺有趣。那会儿狄二岸刚当上地铁安保员，有一次巡查过一个车厢，见几位背双肩包穿格子衫的年轻程序员围着一个小个子年轻人。年轻人纤瘦得像一片香荚兰叶，耳朵边有一道伤疤，笑吟吟的脸上满是疲惫，分明身处窘境之中。他突然把一个女孩的手机抢下来塞进嘴里，然后在众人的惊叹声中咽下去，再痛苦地把手机从肚脐处硬拽出来，还给主人，惹出一阵欢乐的惊叫。狄二岸挤进人群，告诉他们，车厢里不允许吵闹。"香荚兰叶"笑嘻嘻地看着狄二岸，突然从自己乱蓬蓬的头发里摸出一把匕首，狠狠刺向自己的腹部。狄二岸大吃一惊，一个跃出将"香荚兰叶"扑倒在地，夺下他手中的匕首，结果发现是一根面包棍。在众人的哄堂大笑中，"香荚兰叶"龇牙咧嘴夺回面条棍，坐在地上心满意足地把它吃掉，而那个手机失而复得的女孩则从包里取出瓶水递给他，问他想不想尝尝她早上为自己准备的午后茶点。

狄二岸后来知道，"香荚兰叶"是近景魔术师，艺术职业学院毕业后分配到群艺馆工作，因为不喜欢上司的赏饭脸，也不耐烦直播讨好观众，

离职在社会上漂了两年，这座城市是他在这里的最后一站，他将要去周游世界。

第二天，狄二岸又遇到"香荚兰叶"。他在车厢里给几位晨练的老年乘客表演魔术，把一枚硬币隔空变进一位练家子的保温杯，晃动杯子，杯里的保健水立刻变成了可乐。一位大妈不忿地叫来狄二岸，用桃花扇挡着半边脸，投诉"香荚叶"在公共场合宣传骗局，破坏和谐城市形象。狄二岸安慰大妈无果，只好按条例把"香荚兰叶"带下车，送出站台。

"香荚兰叶"问狄二岸，知不知道英国人史蒂文·弗雷恩。狄二岸不认识这个人，他倒是认识一个葡萄牙海盗，在深时王国里遇见的。海盗看上去年龄有三百岁，他说他见过比他大两百岁的拉斐尔·佩雷斯特雷洛，后者是哥伦布的妻子菲丽帕·莫尼兹的表哥，第一位从海上登陆蛇口的欧洲人。

"香荚兰叶"告诉狄二岸，弗雷恩和海盗拉斐尔不同，他在贫民窟长大，有过不美好的童年，瘦小的他像一根苇秆，可他却用魔术给人们带来快乐和惊喜。"香荚叶"一直在学习弗雷恩，琢磨他在泰晤士河上漫步的魔术，就要成功了——他打算一旦魔术琢磨成，就从东部海湾漫步去新界，那样他就不用办理手续烦琐的签证了。

"告诉我，""香荚兰叶"很在意地问狄二岸，"你喜欢我这个想法吗？"

"能告诉我你叫什么名字吗？"狄二岸反问他。

"你可以叫我'现世朱'。现世就是今生，朱是姓，但不是我的姓。""香荚兰叶"眨巴着聪明的眼睛，"别瞎琢磨，你肯定不知道伟大的朱连魁。"

"好吧，你说什么我都相信。"狄二岸深吸一口气，一脸严肃地说出他曾经想去的那些地方，"我还相信你在新界上岸后不会停下来，你会走过维多利亚海湾，去港岛和大屿山，对吧？"

"是的，是的是的是的是的！""香荚兰叶"激动得像是找到了知音，"我还要在外伶仃洋漫步，去澳门，在南洋漫步，去拉瓦格、沙马、丹戎槟榔，从格雷特海峡进入印度洋，去很多很多的地方！"

"能不能拜托你件事？"狄二岸非常羡慕"香荽叶"，他多少有些不好意思，而且有点拿不准他是不是有权利提这样的请求，"你能不能代我向你去的那些地方问声好？就说，有个叫狄二岸的人，他问你们好。"

"香荽兰叶"严肃地看了狄二岸一眼，他的目光清澈如洗，他在想狄二岸提出的那个请求，然后他伸出一只手，分外慎重地和狄二岸握了握。

狄二岸当然不奢望"香荽兰叶"成为自己的朋友，那不可能，人家要走遍世界，去很多地方的海洋凌空漫步，而自己属于地下，不属于海洋，他们不在一个世界，成不了朋友。

## I. 13:20, 黑松露口味的蘑菇牛堡和一张高铁车票

午后，从机场折返的列车通过白沙洲站，狄二岸报了一次屏蔽门故障处理。门能关上，但显得有点犹豫，好像它在思考什么问题，不过还没越过思维能力的奇点。

白沙洲站上面是这座城市最大的城中村，南山科技园的码农多数住在这一站，即使高峰期过了，人流量也非常大。狄二岸看见一只手机从一位急匆匆往车下挤的年轻人的双肩包里滑落出来，掉在地上。他叫住年轻人，提醒他捡回手机。

说到手机，去年有几个月，地铁不停驶时，每天早高峰一过，就有位戴着渐变镜的中年人拎着个黑色通勤包上车，找座位坐下，目光发直地刷手机。如果客流量大，渐变镜中年人会让出座位，站在车厢角落里继续刷手机，等客流量小再坐回座位刷。下午三四点钟他会收拾好通勤包离开，第二天又会出现在车上。

不知为什么，这位常客最近一段时间没有出现。

狄二岸观察过渐变镜中年人，他是那种浑身上下透着想要活得明白，又眼睁睁看着生活变卦、被生活抛弃后的心里什么都明白的人。他出现过一段时间后，狄二岸就在心里叫他"明白哥"，并且很快描绘出他的行动路线图。

"明白哥"乘车没有目的地,他不去任何地方,乘客来来往往和他没有关系,出现应急事故时,他最多抬头快速看一眼,继续低头刷手机,手机没电了,就从包里掏出充电宝,也不知道他那个通勤包里装了多少充电宝。中午十二点左右,"明白哥"会下车,他会走出检票闸口,找个角落,从通勤包里取出一只密封食品袋,剥开封装妥帖的蓝蛙汉堡,背对着来往乘客,人站得笔直,一口一口吃完汉堡,再从通勤包里取出矿泉水慢慢喝光,包装纸折叠好,和空瓶一起丢进可回收垃圾箱中,去一趟洗手间,重新返回检票闸口。

狄二岸知道"明白哥"吃的是黑松露口味的蘑菇牛堡。狄二岸猜他可能更喜欢四重芝士狠浓牛肉堡,只是担心洋葱味影响其他乘客,而黑松露调和酱的味道非常接近车厢里的混合人气,所以他才选择了后者。

狄二岸并不知道孤独的"明白哥"遇到了什么,不知道一个人要经过怎样的生活折磨,才能在人群深处表现出如此痛心彻首的体悟,成为明白人。狄二岸由此想到另一位孤独者,一个二十岁左右的长发青年。

两个月前疫情严重时,一位头发长长的青年上车后,就一边往人少的地方挤,一边小声打电话,有人靠近他,他就躲开,这样换了好几个车厢。狄二岸先以为长发青年怕感染,后来发现不是。长发青年出门闯荡了几年,毫无收获,身心疲惫的他想回家,可身上只剩下二十块钱,他花七块钱买了张地铁票,在车上用微信和家人通话,请他们给自己定一张回家的高铁车票。他打给爸爸、姐姐、舅舅、堂兄,从西乡站打到世界之窗站,不是被嘲笑就是被敷衍。车过世界之窗站后,他换成给同学和熟人打电话,一直打到科学馆站。剩下的四站,他绝望地收起电话,靠着车厢发呆。

狄二岸看出来,长发青年之前是位有志青年,他想从其他人变成自己,但平庸一直追随着他;等他明白自己就是其他人,接受了平庸,他的亲人却不能接受,他们不允许他躺平,不接受平庸的他回到他们身边去。

车到罗湖站,车厢里只剩下长发青年和坐在他旁边的一位中年女工。女工背着两大包行李,衣着简朴,口罩捂得严严实实,看不见她的脸,之前她一直在发呆。狄二岸过去提醒长发青年和中年女工,车到终点了,请他们下车。女工和长发青年下了车,但他俩没有马上离开。中年女工突然站住,要求加长发青年的微信,然后快速给他转了一张深圳北站到株洲西站的高铁票钱。长发青年哭了,结结巴巴说,幸亏是坐地铁,要是在大马路上,他可没有脸接受陌生人的帮助。女工不好意思地紧了紧口罩鼻夹,背着沉重的行李匆匆走到前面去。长发青年追上去,抢过女工的行李背在身上,两人一言不发,去了扶梯方向。

列车开进折返线,换端开进另一侧站台。狄二岸借这个空当赶上去,把中年妇女和长发青年送到了直梯口,这样他们上到出站口就会轻松很多。

狄二岸听说有个叫马斯克的人正在造超级高铁,一旦造成,深圳到北京只要两个小时,票价一百五十元。这对很多人都是好消息,但狄二岸不那么认为。他觉得马先生太着急了,眨眼间就到真的是件好事吗?人们真的需要说到就到的目的地吗?按马先生超级高铁的速度,长发青年在1号线上只能停留两分钟,他没有时间打完那些电话,中年女工也没有机会听到那些电话,那张车票的故事就不会发生了。

## J. 14:04, 死亡事件和黏菌路径

死亡事件发生在午后人们最容易困倦的时候。

不是自杀。也不是狄二岸值岗的这班车。

下午两点零四分,折返线停在大剧院站,狄二岸看见一个职员模样的中年男子步履迟疑地走下站台,在最后两级台阶上站住。列车驶出站台,中年男子呆滞的脸从门窗前一晃而过。狄二岸感觉有点不对,走到无人处,用对讲机小声做了通报。二十分钟后他得知,中年男子被发现倒在地上,脑袋耷拉在台阶下,急救人员赶到时,他已经没有了呼吸和心跳。

狄二岸的想法不同,他觉得中年男子在最后两级台阶上突然停下来,是想起某个秘密约定,或者接到某个神秘信号,于是做出停下匆匆脚步的决定。

狄二岸觉得,地铁里的每位乘客都拥有一个秘密身份,他们怀揣着特

别身份证，那张身份证能证明他们是上个黄金时代的继承人。几十年前，黄金时代的开拓者们闯进这片土地，在寂寥的河网地带凭空建设出一座城市，再把形形色色的念头带到城市的每个角落，让它们在那里生根发芽，结出不言而喻的果实。现在轮到他们上场了，他们在履行自己的合法权利，去采撷果实，并且种下更多形形色色的念头。如果他们没有做到，那张特别身份证将被收回，他们会在某个台阶上停下来，跌倒在地上，消失在人类世。

狄二岸这么想是有道理的。他知道一种叫黏菌的地下生物，它们在寻找目标时会覆盖所有前往目标的通道，留下两地间最短的路径，放弃其他路径，每次都能以最快的速度到达目标。狄二岸和地下的朋友们做过实验，他们模拟了深圳地铁四百一十九公里线路和五百零一个站台，那是人们花十九年时间修建的地下城堡，黏菌只用了十七个小时就准确覆盖了所有线路和站台，而没有去其他任何地方，这样的生命是不会被收回身份证的。

狄二岸不知道城市其他角落有哪些生命正在被收回身份证，但他知道这件事情是心照不宣的，只因为人们不甘心，遮蔽掉或者不肯承认。而那位走下站台的中年男人，他接受了命运的提示，停下了脚步，同时停止了呼吸和心跳。他那颗耷拉在台阶下的脑袋，只是对来不及赶到现场的亲人表示，对不起，这一生添麻烦了。

## K. 20:30，回家的人们和秘密输送机

知道死亡事件的人不到二十个，在百万人次的载客量中溅不起任何水花，但半个下午，地铁都在庸常的往返中行驶，好像它感应到了什么。

今天最后一个客流高峰时间很长，晚上八点半，高峰基本过去，同班的前影院场务老李耗尽了体力，累到直不起腰，车到前海湾站，他下车去休息一小时。老李会坐在保洁室补一瓶水恢复体力，顺便在手机里问问前同事，影院是否恢复放映，他能不能回去继续喝免费的廉价咖啡，然后在九点半收起手机，重新束上腰带回到车上。

狄二岸没有下车。他是队里唯一不休息并且保持全勤的队员，他会精力充沛地值完晚上十一点的末班车。

狄二岸特别喜欢晚班车。白天，阳光照耀下的地面不属于任何人，人们在地面上行色匆匆，四处奔走，非常容易认错目标，或者消失掉自己。知道地下的夜晚是什么样子？人们步履一致地进入地下，晚班车不离不弃地等在那里，从不因为他们早上急迫地跳下它冲上地面而抱怨，也不因为他们垂头丧气地从地面返回地下而嫌弃。单日客流量达一百四十二万人次的六节编组A型车厢像正在执行秘密任务的输送机，分秒不差地默默启动，载着互不相识的人们在地下跋涉，无论凌晨他们为何进入地下，晚上他们回到地下都是为了同样一件事情，回家。

狄二岸无声地穿过乘客。他们站在摇篮一般轻微晃动的车厢里，白天积累的不顺和委屈渐渐消散，脸上浮现起呆呆的笑容。有人靠在角落里打着盹，为回到家和家人团聚集聚精力，现在他们每分钟都离家近了一步。

一群背着露营行囊的年轻人在世界之窗站上了车，他们和别的乘客不同，显得异常兴奋。塘朗山上出现了大片的萤火虫，那些年轻人要去塘朗山步道宿营。他们下了班才出发，赶不上夜里七点到九点的最佳时段了，但凌晨会有一些萤火虫重返舞台。

狄二岸从他们当中穿过。他想起另外一些年轻人，葵涌镇玩具厂的女工们、舞王俱乐部的舞者们、光明新区红石山下的揾工者们，他们比他后进入深时王国，他们也很年轻。狄二岸知道那些绿色灯笼不会在塘朗山上悬挂太久——它们点燃尾部光亮后就不再进食，靠露水为生，只有一周左右的生命，他希望幸运的年轻人记住它们美丽的光芒。

## L. 23:00，三十年前的老熟人和两次爆炸

夜里十一点，末班车从机场东驶出，狄二岸知道这一天将要过去，他在1号线的三年服务就要结束了，此刻经过的每一个站台都是告别。

地铁在桃园站停下，狄二岸下了车，向两边观察。在站台上候车的乘

客中,他看见了三张熟悉的面孔。一只名叫"考迪"的拉布拉多导盲犬和它的主人,还有一位戴着圆形眼镜有着乔松之气的男子,看起来他想帮助导盲犬的主人上车。

狄二岸快步向三位的方向走去。这是个意外,尤其他发生在狄二岸结束三年人类世工作的最后几十分钟,差不多算是某种暗示。

"考迪"和主人是1号线的老乘客。这座城市有八只注册导盲犬,你想想和它们相遇的概率有多少。狄二岸几乎每周都能遇到"考迪"和它的主人,每一次,他都会抢在前面帮助他俩腾出通道,照顾他们上车。车上无论多拥挤,总会有人为他俩让出座位。

"考迪"在主人脚边安静地卧下后,狄二岸用眼神和它打了个招呼,然后离开。"考迪"认识他。唯有它认识他。他俩之间有其他人不知晓的问候方式,但它安静,从不说破。

未必有人给圆形眼镜男子让座,虽然他已年过六旬。他姓胡,大名胡野秋,是本市文化名人,据说他的每场演讲听众都爆满,人们称他为温暖的文化传播者。

严格来说,狄二岸认识胡先生,胡先生不认识狄二岸,他俩不算熟人。

1993年8月5日清水河仓储区大爆炸时,狄二岸和胡先生同在现场,那会儿胡先生还是一名记者,是个长发飘逸的年轻人。不同的是,胡先生赶到现场前,狄二岸已经被下午一点二十五分的第一次爆炸掀进一片废墟,身子炸得难以辨识。他身边的废墟里大约躺着四五十个仓储员工和消防队员,他师傅陈小华和笋田派出所警官曾志德躺在他不远处,陈师傅的蓝花楹色裙子和曾警官血肉模糊的脸上蒙着一层厚厚的浅黄色化学粉末,两人已经停止了呼吸。

透过浓稠的爆炸粉尘,狄二岸看见了胡先生。他蹬着一辆破旧自行车,闯过警戒线朝这边冲来,一名警察拼命咳嗽着,举着警棍在后面追赶。然后第二次大爆炸发生了,建筑碎片和碎裂开的金属骤雨般落下,大树齐腰折断,火焰和浓烟冲天而起,遮蔽住了天空。

狄二岸几天后才知道,胡先生在第二次大爆炸时受了伤,自行车也丢失了，他忍着伤赶回报社，写下一篇新闻稿：《深圳在我眼前爆炸》。胡先生在稿子里写到现场的险情：六个过氧化氢罐离大火仅三十米，如果第三次爆炸发生，必将引爆附近八个储量超一千吨的液化气罐、十八节液化气槽罐和加油站，威力将是广岛原子弹的两倍，大半个特区将夷为平地！"苦心经营十四年的中国第一个经济特区，难道真要毁于一旦？"胡先生在新闻稿里痛心疾首地写道。后来胡先生私下对朋友说，文明史以来广东有过四次机会，前三次都错过了，如果第三次爆炸发生，黑暗将再度持续数百年！

狄二岸还知道，那天下午，三千多个男人冲进了火场，用二百多吨水泥铺出一条隔离带，阻止住大火的继续蔓延。狄二岸不认识那些男人，那会儿他正在前往深时王国的路上，他是后来才听说了这件事。他不知道人们是否给那三千多位无名的男子立了纪念碑，如果人们忘记了，应该补上，因为他们救下了这座城市，救下了一个时代。

车在华侨城站停下，"考迪"和它的主人下了车。胡先生又坐了三站，在香蜜湖下了车。好像有什么暗示，下车前，他朝狄二岸的方向看了一眼。

狄二岸很想和他们说点什么。"考迪"、"考迪"的主人、胡先生，说什么都行。但他没有开口，看着他们消失在车窗外。

## M. 00:06，梧桐山、马峦山、羊台山、三洲田、松子坑森林的地下

子夜时分，末班车驶入罗湖站，这一次它没有停在折返线上。

乘客们在终点下车。一个相貌出挑的女孩帮助一位背着工具包的中年男子捡起掉在地上的工具袋。之前中年男子太累，一直抱着扶手打盹，在女孩的提醒下醒过来，不好意思地谢过女孩，接过工具袋。看得出来，女孩不是头一次照顾别人，她笑吟吟朝中年男子扬了扬手，走到前面去了。

还有一个女孩，是在机场站上车的，上车后就坐在角落里戴着耳机听歌，听着听着莫名其妙地哭了，睫毛膏弄花了整张脸。

第一次从女孩面前走过时，狄二岸没有停下，返回时也没停，直到看出女孩停止了流泪，他才礼貌地在女孩面前站下，问她是否需要帮助。女孩发着呆，视线在虚空里。狄二岸窘迫地说，今天是他最后一趟班，下班后他要回到他来的地方，路上想顺便去罗湖CBD逛逛，听说那里的女孩喜欢仰着头看天上的星星，显得脖子特别长，所以比其他地方的女孩好看。女孩破涕为笑，伸手打了狄二岸胳膊一下，然后长长叹了一口气。狄二岸知道他可以离开了，于是对女孩说："想喝热水告诉我。"然后向女孩敬了个礼，转身走开。

"谢谢你的关照。"下车前女孩过来找狄二岸，她摘下耳朵上的耳机，一只手轻轻搭在他胳膊上，眼睫挑了一下，说，"有没有人告诉你，你好帅，要不是在应激期，我就把你捡回去了。"

狄二岸不好意思地笑了。因为对方在车上流过泪，他有一种冲动，想给对方讲讲发生在梧桐山森林地下的故事，那片年轻的毛棉杜鹃树也一直在流泪。他想请女孩，还有她的家人和朋友去看看森林，生命间彼此的关照就发生在那里，发生在梧桐山、马峦山、羊台山、三洲田、松子坑森林的地下，人类世失去的美好世界，在地下继续发生着，每时每刻都没有停止过。

狄二岸当然没有机会讲出真菌世界的故事。但姑娘说把他捡回去，今天很奇怪，他什么都没有捡到。之前三年，只要地铁运行，每天他都能捡到几件乘客遗失的物品——遗忘在车上的蛋糕、当天领取的离婚证、另一个城市的充电宝、第一代深通卡、装在特快专递袋里的房产证，还有一次是一小瓶用去多半的救心丸。他把它们交给闸口工作人员，希望它们能尽快回到主人身边，而主人能尽快回到自己的生活中。

### N. 00:18，在地下，在地下！

十二点十八分，狄二岸交完班，走出保安室。安保员同伴们从他的身体中穿过，谁也没有注意到他，而他也不能和他们打招呼，只是安静地目送他们远去，算是告别。

　　列车入库了，狄二岸站在安静的站台上，用同样安静的目光向站台告别。他对人类世石器时代的尼安德特人、罗德西亚人、德马尼西人、东非直立人、霍比特人、纳莱迪人充满好奇。不过，他在深时王国里学会了"源头"这个词的解释——不是他老家院子后面那口井里的水打哪儿来、他的狄姓始祖是商王朝始祖阏伯的母亲那个源头，而是生命最早的出处。生命的出处离他很远很远，远到离开直立人的生活场景，甚至离开显生宙时代，在元古宙和更远的太古宙。他听说在那两个时代，地球和他一样简单干净，一点儿也不聪明。他有强烈的心动，也许他可以去那里待上一段时间。他认为马斯克先生的超级高铁也应该前往那个地方，去看看那个以百万、千万、亿万年构成的生命诞生、创造、湮灭的记忆地带，马先生要去了，可能会改变一些想法。

　　狄二岸向空无一人的站台投出最后一瞥，转身离开。他要回去了，回到清水河仓储区的地下。那场大爆炸之后，他一直留在深时王国里，在一百三十八亿年前地球诞生时的古老场景里安静地生活，等待地面上的人们需要他帮助的时候。人类的灾难还有很多，他会不断回到人类世，这是他在深时王国里了解到的规律。

原载《收获》2023 年第 6 期

毕　亮

# 暗夜社区

书桌台面摆了三只鼠灰色胶质沙漏，也是三枚计时器，分别代表十分钟、十五分钟、三十分钟。我盯着中段时间沙漏，直到沙粒落尽，眼皮没眨一下。出发前一小时，我仍在犹豫，到底要不要出门，参加"暗夜社区"建群八周年纪念活动。

我想喝点酒再做决定，酒柜各种酒瓶全被我喝空了，独剩一支启开的威士忌，目测残存酒液三百毫升。前夜喝过的酒尚未醒，我感到头重脚轻，走路似脚踩浮云，腿软。手握酒瓶，我没给自己倒酒，舔了舔干燥的嘴唇，将酒瓶放回原处。

两个月前，群主就发了活动通知，原本我没打算参加。近两年，我一直潜水，没在微信群冒头讲过一句话。时间迫近，我又改变主意，觉得去一趟也无妨，参加个活动身上不会少半块肉。

挣扎半晌，我决定去。

仿佛是为了追求某种仪式感，我仔细洗了个澡，拿飞利浦电动剃须刀剃了胡须，穿了件白色圆领T恤。考虑两秒，又脱了，换了件白衬衣。衬衣领子皱巴巴的，但也比T恤穿着正式。出门前，我给客厅两盆绿萝浇了水，给水族箱四条蝶尾金鱼投了食,又站在阳台点燃一支香烟,抽到一半掐灭了。楼上胖女人在阳台唱歌,听歌不要钱,却要人命。楼下小区甬道有个四十出头的男人遛狗,牵了一只体型硕大的杜宾犬,那条狗蹬腿冲在主人前面,看上去倒像是狗遛人,不是人遛狗。

活动地点在壹方城银河咖啡馆,时间是下午三点。

我提前十分钟赶到活动现场,咖啡馆已聚满深圳天文爱好者。他们三五人围一圈,一看就是老熟人,聊着月亮环形山、土星、木星、仙女座星云。我似局外人,独自端杯柠檬水,孤坐角落沙发榻。

咖啡馆正中位置搁了块巨幅展板,背景是浩瀚的星空图,左下角黑体字注明纪念活动流程:一、观看纪录片《宇宙时空之旅》;二、天文专家主题讲座《领略宇宙之美》;三、群友自由交流分享。我盯看玻璃水杯里悬浮的柠檬片,新鲜柠檬快泡散了。我忆起八月中旬去南澳海滩观星,拍了张美到炸裂的银河流浪星球群图,那张照片我至今未跟任何人分享。我想,浩渺的银河系,数千亿颗流浪星球,这些自由飘荡的星球与地球不同,它们没有一个类似太阳的恒星绕之旋转,我就像那些流浪星球,在深圳近一千八百万常住人口中,我是一个流浪的人、孤独的人,那张群星闪耀的绝美星空图,还未遇到有缘欣赏它的人。当时在浓稠的夜色里,面对星辰大海,听着浊浪拍打礁石的声音,我眼窝潮湿,流下眼泪。那一刻,我不知道自己为何会流泪。

穿宝蓝色连衣裙的女人三十出头,做了精致的妆容,可能是落了单,站立展板前左顾右盼,稍后她端起柠檬水,朝僻静角落走来,坐在我对面,一株半人高的阔叶植物旁。像是怕其他人发现她,女人刻意藏身那株植物之后。尽管有妆容当掩体,我还是看出女人眉宇间那一丝不易察觉的疲惫。

我朝女人扬起手中的水杯,算是打招呼。我说:"你来参加活动?"

女人嘴唇苍白,她说:"算是吧!"

我说:"那你应该站在舞台中央,到人堆里去。我的意思是,你不该躲在这里。"

扬起眉毛,女人冲我笑,她说:"你不也是。我是新人,看了凡·高的画作《星月夜》，点燃我的观星兴趣，最近我才加入暗夜社区。"

我说："现在光污染严重，想看到璀璨银河，需要运气。若可以选择，我希望回到二十亿年前的地球，活在汪洋大海中。"

女人说："那时可没有人类。"

我说："做人太难了，特别是在深圳做人。我宁愿当一粒微尘。"

女人说："很多时候，人没法自己做选择，也没有退路，只能硬着头皮往前冲。我叫林佳琪，咱俩加个微信吧！"

我说："我是马嘉明，一个格格不入的人，幸会。"

喝完半杯白兰地，我拧开瓶盖，又给自己倒了小半杯，加了个冰球。

窗外天黑透了，远处闪烁着磷火般的车灯。抿了口酒，我拿起书桌上的侦探小说，纸面的印刷字似黑色蚁群，整齐地排列在一起。小说已读了近半年，似部天书永远也读不完，书中连环杀人案凶手总是选择雨夜行凶，以利刃割喉残杀受害者，仿佛屠宰家禽般轻松。面对凶徒挑衅，警察却束手无策，找不到丝毫线索。

我对凶手的作案动机和警方侦破案件没半点好奇心。作为一名失眠症患者，我只想深夜小酌，借助酒精麻醉后再次进入梦的深渊。装酒的圆筒形玻璃杯布满菱纹，淘宝卖家说杯身菱纹设计跟巴黎圣母院穹顶窗花同款，每次端起酒杯，吞下白兰地，我都感觉自己喝下了一段沉郁、绵长的历史。

冰球化了，我端起玻璃杯晃了晃，将杯中酒饮尽。

对面十一楼客厅亮了灯，住户是位上了年纪的老太太，她经常黄昏时分呆坐阳台藤椅上，手握双筒望远镜，探查小区动静。楼下传来流浪猫的叫声，似婴儿啼哭。手伸出阳台护栏，弹指，烟蒂在黑暗中画了道弧线，往下坠落，陨石般撞向地面。老太太正手握望远镜，把我当成靶心，我猜老太太退休前职业是警察，而现在，她多半跟我一样，也是个失眠症患者。

打开微信，好几段未读语音，微信名为何小兔的女孩说话夹带压抑的哭声：

"天宇，不是你想的那样，我跟他早就没联系了，不存在藕断丝连，你不要生气好不好！

"今晚你回来吗天宇？你快点回来吧，我等你，现在我瘫在床上好累，像走了一天一夜的路没有休息。都十二点了，我眼睛快睁不开了，我想睡觉，明天、明天还得上班。上班真无聊，我想辞职，离开这鬼地方。

"做人流都是两年前的事了，天宇，那时我们还不认识，你老揪着过去的事不放，到底几个意思？你是不是跟我在一起腻了，想分手？我知道，你肯定是腻了。你根本就不爱我，只是一个人在深圳孤独，想找个人消遣取暖。

"天宇，你听到了吗？我在磨刀，这是磨刀的声音。你再不回来，我就死给你看。妈的，你就等着给我收尸吧……"

琢磨半天，我想起来，女孩是奔驰4S店销售经理，重庆人。女孩讲话时，讲两三句就会无意识地咬下嘴唇。她上颌突出，从侧面看有点像山顶洞人。三年前买车，是她接待的我，当时她的牙齿箍了矫正器。

我跟女孩并没有熟到倾诉隐私的程度，瞟了眼信息发送时间，已近午夜。女孩肯定喝多了。我又听了一遍语音，磨刀声异常古怪，这一场恋爱，女孩大概爱得很卑微。

女孩真会割腕自杀吗？

我不确定。但我可以确定，她喝醉了，且醉得不轻。


沙漏计时器是儿子多多留给我的。

每个礼拜，我会跟儿子见一面。偶尔在商场、小区遇到跟儿子一般高的幼童，我也会想起他，以及曾经在一起生活的画面。儿子可能基因随我，数学一塌糊涂。

过去多多做数学作业，经常做到夜里十一点，作业尚未完成。盯着儿子稚嫩的、疲惫的脸，我说："多多，要不先去睡觉，爸爸跟数学老师打个招呼，作业明天再做。"儿子头也不抬，他说："作业写不完，老师会在课堂点名，我必须写完再睡。"妻子在旁边帮腔："马嘉明，你不加油就算了，千万莫拖后腿，这么佛系，到时候孩子会输在起跑线上。"又说，"家里有你仰望星空就够了,我们得脚踏实地,孩子学习的事,你少管。现在倒好,你班也不上了,就不能务实一点,给孩子做个好榜样。"

在妻子眼里,我不像一个深圳人,属于精神上罹患癌症无药可救的那种人。

两年前,我跟妻子协议离婚。

我的失眠症也越来越严重,要么夜里难以入睡,要么半夜醒来睡意全无,打了鸡血般精神抖擞。有时候,我会做一些奇怪的梦,梦到自己变成一只成年肿头龙,用那颗巨瘤似的头不停撞击黑色铁墙。或者梦到自己化身为海马,孤独地在寂静的深海遨游,时常被一条凶猛的虎鲸鲨追逐,待快追到我时,我就从梦中醒了,脊背浸出凉滑的汗液,仿佛刚跑完十公里长跑,无以名状的累。

我以为喝点酒能对睡眠有帮助。起初,我只是喝小半杯威士忌、白兰地,随着失眠症持续加重,我喝酒的量也成倍增多,成了一名嗜酒者。我觉得,酒精真是个好东西,处于似醉非醉的临界点,我会忘掉肉身,把自己当成一粒微尘,穿越到二十亿年前的蓝色地球。

忘了是哪一年,我迷恋上探究宇宙,观星看银河,可能是儿子出生后,也可能是妻子怀孕期间。忙完广告公司一天的活,到家已是九点、十点,甚至更晚。尽管身心疲惫,但我会抱一瓶或两瓶青岛啤酒,打开电脑看纪录片,看得最多的是福斯广播公司和国家地理频道联合打造的科幻巨制《宇宙时空之旅》,面对浩瀚无边的宇宙、璀璨的星空,我体悟到生命的渺小和微不足道。喝完啤酒,盯看浩渺的夜空,我时常陷入虚无,在庞大宇宙的阴影下,每天上班下班,到广告公司撰写文案,有何意义?父亲在龙塘新村留了两栋房子给我,每月收取不菲租金,那些累积叠加的财富于我有何意义?很多问题令我感到困惑,我辞了职,告诉老板"世界这么大,我想去看看",从此没再去工作。

每年八月中旬,我会在深圳选择一个观星点,带上天文望远镜看银河。深圳的观星点,梧桐山、七娘山、马峦山、西涌天文台、杨梅坑、海柴角等高山、海滩,那些光污染小的地方,我跟暗夜社区的群友基本跑遍了。

2018年夏天和冬天，我背起行囊上路，抵达西藏纳木错圣象天门附近的观星点，在晴朗天气的夜晚，肉眼可见壮美的银河，欣赏由成千上万颗星体组成的夜空。运气好时，还能捕捉到划过天际的流星。我曾在暗夜社区微信群分享拍摄的图片，告诉他们夏季时，银河浓郁、热烈；冬季时，银河清冷、寡淡。不论哪个季节，银河都有其道不尽的美。

离婚后，我习惯了独来独往，不再跟群友一起观星，也在南澳海边意外找到一片乱石荒滩，一个无人光顾的观星点，此处成了我观星的秘密基地。

半夜，我又梦到自己变成肿头龙，不知疲倦冲刺飞跃，试图撞塌那堵黑色铁墙。似重拳击打棉花，无论我怎么努力，始终无济于事。醒来时，后背流的冷汗浸湿床单，我的手臂和腿脚仿佛被卸下，脱离身体，瘫在床榻，不再听大脑使唤。

九月末的一天，天气好得无可挑剔。下午我便开始清点装备，打算天黑后前往南澳观星点。因为要开车，整个下午我没沾一滴酒，拿来不锈钢酒壶，往里装了二百毫升威士忌。紧握酒壶，我开启壶盖，翕动鼻翼，闻了闻酒香，忍住没喝，又将壶盖合上，拧牢。我似只饿狗，盯着藏毒的骨头吐舌头，滴着涎液，却始终不敢下嘴。

天擦黑，我开车出发。

车到盐田，我便闻到空气中腥咸的海水味。远处灯光下，一堆堆集装箱似乐高积木，组装搭配成一道奇异风景。更远的地方，有一团浓重黑影，是行驶海上的巨轮。车驶入盐坝高速，像闯入了赛道，我打开车窗，猛踩油门。

我想更快一点抵达秘密基地。

从停车场出来，绕过公共海滩，我朝乱石荒滩方向走，遇到零星返程的游客。他们望着我，跟我擦肩而过。海风吹到身上，我感到冷，闻到了更加浓重的海水腥味。加快脚步，远远地，我看到属于自己的领地。若拍电影，这片区域是极佳的凶案现场。但我一点也不害怕，每次来这里，摆好天文望远镜装备，撑开简易折叠椅，我坐在椅子上，点燃一支香烟，微闭双眼，独自享受宁静的时刻。有时候，一支香烟抽完，我会再点一支，想着世界上另一个地方，戈壁荒漠、草木葳蕤的森林，也会有跟我一样孤独的人，在无边无际的星空下独坐冥想。

再往前走约两米，就是悬空三四米高的海崖。站立崖边，我曾经产生过跳下去的冲动，眼望汹涌的浪花，我忍住了。静坐乱石堆，我仿佛化作一股海风，融入黑夜。透过天文望远镜，夜空像点亮了无数盏明灯。

林佳琪发来微信，她说："马嘉明，你真想当一粒微尘？"

我说："不是当，我就是一粒微尘。"

林佳琪说："能做微尘的人，是幸福的人。"

我说："不一定幸福，可能我比较容易满足，看一眼银河，就饱了。"

林佳琪说："世界上有两种人，一种是可以自己做选择的人，一种是自己做不了选择的人。你大概属于前者，是被命运眷顾的人。"

我说："林佳琪，你呢？你属于哪一种？"

林佳琪说："我跟你不一样，我是想做微尘而不得。"

我说："今天，我找到了有缘人。"

林佳琪发来挠头带问号的卡通图，一脸蒙的表情。

我告诉她，等一等。从图库寻出银河流浪星球照片，发给林佳琪，我说："这幅图，我第一次跟人分享。"

大约过了两分钟，收到林佳琪回复："美得无法用言语形容，真好。"

我说："照片是上个月拍的，现在我就在拍摄地，南澳观星点。"

林佳琪说："有机会，也请带上我。"

我没有立马答应她，考虑三十秒，才说："好吧！"

海风刮得凶猛，海崖底端传来类似野兽嚎叫的音，我突然想喝点酒，又担心返程路上遇到交警查酒驾。摸出酒壶，我拧开壶盖，小抿一口，将威士忌含在嘴里，漱口，再吐出。夜空下，我想起微信里的奔驰车销售经理何小兔，那个忧伤的夜晚，她是否等到了她的爱人？

打了条信息："那天你发了一堆语音，喝多了吧！"

信息发过去，五分钟，十分钟，半小时，从侧面看像山顶洞人的重庆女孩没一点消息，信息似石头沉入深海。

每次见儿子，总是很匆忙，前妻给他安排了各类培训班，英语、数学、绘画、网球，近期还练起了马术。儿子课余日程排满了，我见儿子，得提前预约，找他培训课结束后插空的时间。

基本上，我和儿子都是在培训机构楼下的麦当劳见面。

儿子喜欢吃麦当劳的芋泥派、炸薯条、炸鸡翅，吃完一份，儿子伸出舌头舔了一圈嘴唇，吮吸手指。我要再给他点一份炸鸡翅，儿子说："妈妈说了，吃垃圾食品可以，但不能多吃。妈妈说了，很多事情大小道理是一样的，喜欢可以，但必须节制，沉迷其中，就会玩物丧志。"我不清楚前妻借儿子的嘴讲的这些道理，是不是针对我。我说："你妈妈是一个对待生活很严肃的人，她是她，你是你，你可以有自己的想法。"儿子盯着我看，欲言又止。

我发现儿子越来越像我，脸上的线条、轮廓，眉宇间的神情，还有总是把事情闷在心里，经历一番风暴，从不轻易告诉任何人。凝视儿子的脸，我忆起去世的父亲，大概在他眼里，我属于闷葫芦一类的憨宝，混入人群中，就是个省略号。

跟林佳琪见面前，我跑了趟书店，买了一本《国家地理终极观星指南》，对观星小白来说，这是实用的指导手册。

我和林佳琪约在银河咖啡馆见面。

我早到一步，发信息问她喝什么，她说跟你一样，我就点了两杯原味拿铁。作为第二次见面的人，我们都有点不自在，谈了好一阵天气，我将书递给林佳琪，告诉她，若是仰望星空，你会发现一个神秘的世界，每一颗星星都有自己的故事，等待你去发现与聆听。

林佳琪说："每一颗星星都有自己的故事，说得真好！"

我说："林佳琪，你说想做微尘而不得，为什么？"

林佳琪沉默不言，喝了一口咖啡。像是深思后给出的答案，她说："因为我是一个孩子的母亲，没得选择。"

我说："所有的母亲都喜欢拿孩子当借口。"

林佳琪说："你不懂的，有些事。"

我说："你是个有故事的人。"

林佳琪转移了话题，她说："上次分享的星空图，我儿子看了，很喜欢。我儿子今年六岁，他喜欢的东西不多。"

我说："我家也是儿子，叫多多，长你儿子一岁。他现在跟我前妻一起生活。你儿子叫什么？"

林佳琪说："林一诺，小名诺诺，诺言的诺。"她端起咖啡杯，晃了晃，喝了一大口，把杯子放回原处，双手搁在桌面，十根手指头搅在一起，又说，"马嘉明，能像你这样，简简单单的，多好啊！"

我说："有个从小玩到大的伙伴也这么说，世界已经变得面目全非，我还是跟三十五年前一样老，一点没变。我三十五年前就跟现在一样老了。我是老深圳人，这些年深圳确实变化巨大，沧海桑田，做什么都是深圳速度。有时失眠，夜深人静时我会想，若是银河系存在另一种文明，他们观测地球，用一架巨型望远镜看深圳，三十年前的深圳，二十年前的深圳，十年前的深圳，会是什么样子？大概像乐高积木搭建的世界，从荒芜到繁盛，从单一到丰富。但是人心，他们看得到吗？"

我又说："我们凝视星空时，星空也在凝视我们。"

林佳琪的目光注视着我，我在她暗淡的眼眸里，发现了一道闪过的流星。她说："下次去南澳，务必告诉我。"

从4S店给车做完保养回来的那天夜里，我耳旁总是响起何小兔压抑的哭声。我知道那是幻听。白天她的同事告诉我，何小兔离职有段时间了，具体去了哪里，属于个人隐私，他们也不清楚。何小兔语音里的磨刀声，令我想起一部惊悚电影，但电影名字再怎么苦想，我也没想起来。一只蚊子在我眼前盘旋两圈，歇在我左手背，伸出刺吸式口器，插入皮肤吸血。飞蚊大概饿坏了，丝毫不顾及危险，我看着它吸血，没去拍打它。吸饱血，蚊子收起吸管，心满意足飞走了。一阵快意的痒袭过身体，我想起《圣经》里说："有求你的，就给他。有向你借贷的，不可推辞。"

又一个晴朗的日子。

我计划去南澳观星点，约林佳琪，她说："我带上儿子，方便吗？"

我说："从小培养，壮大观星队伍，求之不得。"又说，"要一起出发吗？"

林佳琪说："自驾，地址给我就行。"

我将南澳停车场定位发给林佳琪，碰头后一起前往观星点。看到林佳琪时，她身后跟着一个小男孩，我发现她的脸红了。成年后，我很少看到三十多岁的女人脸红。她说："诺诺，叫叔叔。"小男孩望着我，眼珠子仿佛泥丸捏的，目光空洞。他当我是空气，无动于衷。林佳琪说："诺诺两岁半时，我就发现他跟普通孩子不一样，去医院做检查，医生说绘画对病情有帮助，就开始画画了。马嘉明，现在你应该知道，我为什么做不了微尘，因为我是一个母亲，必须铆足劲生活，像战场上的战士那样去战斗、向前冲。后来我尝试过各种办法，那次看了你拍的星空图，诺诺笑得很开心，好长时间我没见他那样笑过，眼睛里能看到整个春天。"伸手，我试图摸孩子脑壳，他似受惊的幼鸽，躲开了。我说："诺诺你好，我是马嘉明叔叔。"

迎着海风，我们一起前往观星点，我的秘密基地。路上偶遇游客，他们不停拿眼睛打量我们。我估计他们误会了，把我和林佳琪、诺诺当成一家三口。

夜幕遮蔽天空。

抵达观星点，我整理好装备，看林佳琪和她的儿子诺诺，他们的视线戳向被黑夜挟裹的瀚海。远处传来巨轮鸣笛的声音。林佳琪说："马嘉明，这里真好，谢谢你！"

我说："都是暗夜社区观星人，不客气。"

海浪撞击礁石，发出尖利的声响。我们三人似身处孤岛，站立乱石堆，彼此能看清脸部模糊的轮廓。我说："诺诺，你害怕吗？有叔叔在，不怕。一会叔叔教你看银河，认识月球、北斗七星、木星、火星、人马座。"

设置好天文望远镜，透过目镜，我找到月球球体，手把手教诺诺观看。我想起儿子多多，那个坐在书桌前眉头紧锁的少年，那个暗藏心思沉默寡言的少年。像小时候给多多讲故事那样，我讲了嫦娥与玉兔的故事，告诉诺诺那是远古时代人类对未知世界的美好想象。我又告诉他月球环形山、陨石坑、月溪、月海，告诉他月球是地球唯一的天然卫星，月球本身并不发光只反射太阳光；告诉他第一只登上月球的狗叫莱卡，第一个登上月球的人是美国宇航员阿姆斯特朗。诺诺放下警惕和戒备，试探着把手伸向我，在黑暗中紧紧握住我的手。

我想从背袋取出酒壶，喝了两口威士忌。我站着没动，那一刻，我渴望生活发生某种改变。打开手机屏幕，调出朴树的《平凡之路》，在海风声、海浪声的和鸣中，音乐响起：

　　……
　　我曾经跨过山和大海
　　也穿过人山人海
　　我曾经问遍整个世界
　　从来没得到答案
　　我不过像你像他
　　像那野草野花
　　冥冥中这是我
　　唯一要走的路啊
　　……

夜色渐浓，海风刮在身上变得越来越硬。我感到冷，紧握诺诺柔软的小手，想叫林佳琪一起离开，但我没开口。或许他们跟我一样，希望站立在暗处温暖对方，等待遥远的海平面升起太阳。

原载《文学港》2023 年第 4 期

夏鲁平

# 二十多天

## 一

顾晓燕第一眼看见女人,就大吃一惊。怎么会这样?太像了,太像了!她有些晕眩,有些呼吸不畅,感觉母亲在这一刻复活了。公交车慢悠悠行驶,车厢里挤成了一锅粥,她垂下眼睑,看向女人。女人头发花白,额头布满了细密的皱纹,顾晓燕越看,越觉得眼前的女人像母亲,连女人抬手捋起鬓角碎发的动作都像。

车厢摇摇晃晃,顾晓燕伸手提了提肩头将要滑落的坤包带,另一只手死死握住头顶横杆把手,将目光探出窗外。车窗打开着,风横行霸道地闯了进来,街上偶尔响起的鸣笛,毫不客气地撕扯起她脆弱的神经。女人面无表情地坐着,一只白帆布兜子撂在小腹前,死死攥在手里。顾晓燕的衣襟无意间扫到女人脸上,女人偏了一下头,躲闪开了,没有过多的反感。顾晓燕得寸进尺了,她借助公交车的惯性,身体再次撞向女人,女人还是无动于衷。顾晓燕心想,这女人怎么这么木,对自己的挑衅只知道一味躲避,怎么就不抬起头看看,哪怕心怀不满地瞪自己一眼也好。

女人明显比顾晓燕早几站上车，提前捞取了这座位。顾晓燕还想，要是自己坐在这座位上该有多好，女人恰巧站在她身旁，这样她就有理由起身给女人让座，在彼此的客套声中俩人就搭上话了，这时女人定会发出惊呼："你太像我女儿了，怎么这么像！"顾晓燕判断，女人如果结婚生子，一定有个女儿，与她长得一模一样的女儿，有其母，必有其女。

公交车走走停停，驶过了一站又一站，没人注意到顾晓燕眼中的泪花，没人注意到顾晓燕内心的激荡，一切恍如平常。女人可能去很远的地方，没有一点要下车的意思，拥挤的人群不知什么时候散开了，顾晓燕发现自己的身子还紧贴着女人。旁边有人提醒："你身后有个空座位。"顾晓燕回头看看，谢过人家，表示不愿意坐下。再贴近女人有些过分，她身体向后挪了挪，跟女人拉开一段距离，将目光再次探出了窗外。公交车驶入了陌生的区域，顾晓燕辨识着窗外的楼宇、街道、门市房，还是陌生。她早已错过了下车站点，只能继续乘车，继续守候着女人，就像守候突然降临的母亲，不愿离开，一分一秒都不愿离开。

## 二

母亲去世半年了，这半年里顾晓燕的心像没有了着落，母亲也迟迟不肯托梦过来。顾晓燕知道，这不是自己无情无义，是她还没有接受母亲离世的事实。

母亲是个健壮的女人，说话大嗓门，做事风风火火，这样的人，突然有一天病倒了，得的是脑血栓，半个身子不好使，说话吐字不清。有那么一段时间，顾晓燕试图用笔和纸跟母亲交流，可母亲手握碳素笔，笔尖长时间停留在纸上，目光呆滞，一个字也写不出来。那些字，随着母亲语言功能的丧失，也从她的记忆中消失了。得病后的母亲，脾气开始暴躁，摔东西，打人，有时会无缘无故大哭大笑——也许并非无缘无故，只是顾晓燕不能理解母亲更多的内心表达。后来，母亲病情愈发加重，彻底倒在了床上，她必须给母亲找一个保姆。可自从家里有了保姆，很多东西不是那个没有了，就是这个找不到。为及时掌握家里的情况，顾晓燕在母亲的卧室安装了监控，只要有时间，她便打开手机，看母亲如何睡觉，如何吃东西，如何去卫生间……她还时常看见保姆倒在沙发上腻腻歪歪玩手机、吃水果。保姆不可能一刻不停地干活儿，适当休息是应该的，顾晓燕很理解，但她不能理解的是，再打开手机，看见倒在床上的母亲睡醒了，不停地挣扎，可能想喝水或内急，保姆还在玩手机，对母亲的诉求视而不见。顾晓燕忍无可忍，突然冲着手机屏幕大喊大叫，让保姆看看母亲到底是怎么回事。

　　保姆知道家里安装了监控，每天开始勤快，干什么活儿都站在监控底下，故意让顾晓燕看见。顾晓燕不再看监控，那些日子她工作实在忙，没时间看。等她抽闲打开手机，发现监控镜头模糊，什么东西都看不清，她赶紧乘出租车回家。打开房门，看见保姆坐在客厅里，手指夹着一根细杆烟，跷起二郎腿，桌上摆放着一杯咖啡。顾晓燕给母亲买的罐装奶粉，开着盖，没能及时盖上。保姆见到顾晓燕，尴尬得不行，赶紧站起身，又转脸数落起母亲一堆不是，抱怨自己多么多么难，太累了太累了，这活儿真不是人干的。顾晓燕不听的，她直奔母亲的卧室，仰头看向监控镜头，发现那上面遮盖着一张白纸。顾晓燕对保姆说："你收拾东西，准备走吧！"保姆说："我的工资怎么算？"顾晓燕说："我一分不会少你。"保姆出门了，打开房门的一瞬间，顺手抄起门口台面上一只保温杯，狠狠塞进自己兜里。顾晓燕眼疾手快，一把拧住保姆的手，奋力将保温杯夺下。

　　那真是段苦不堪言的日子。再后来，顾晓燕又找来一位保姆，新来的保姆虽然有这样那样的毛病，但手脚还算利索，对母亲的照顾也算说得过去。在母亲躺在床上这两年多时间里，顾晓燕早已累得筋疲力尽，有时她感到自己快要支撑不住，脑子里竟会生出恶毒的想法——母亲与其这样活受罪，不如早早咽了那口气，早早获得解脱。

　　母亲是因为一场感冒撒手人寰的，看着母亲咽下最后那口气，顾晓燕有一种如释重负的感觉。她没有当场哭泣，她非常冷静地处理了母亲的丧事。一切都结束了，她和母亲都解脱了。人们常说久病床前无孝子，顾晓燕告慰自己说："我已经尽力了，如果母亲不离世，我自己就有可能倒下。"她年轻，还有很多事要做，她不想倒下。母亲离开的这半年，每当心里空落的时候，她总会怀念起那些忙碌的日子，想着哪里做得不够完美，哪里再用点儿心会做得更好。她想母亲了，她沉浸在丧母的悲恸中，无法自拔。

眼前的女人，只能是像，不可能是母亲。从面相上看，她起码要比母亲小十多岁。顾晓燕看着她，看出亲切来，有一股肝肠寸断的情感涌动在内心。是母亲的魂儿追随着自己的身体，来到这辆公交车，附在这女人身上，让顾晓燕真切地看见母亲活着时的模样吗？说不好。

公交车在终点站停下来，顾晓燕不得不下车了。她走向车门，向身后瞥了一眼，女人也离开座位，跟着顾晓燕往车门跟前走，根本不知道顾晓燕这一路对自己的注视，更不知道顾晓燕内心经历了怎样的激荡。她平静地下车了。顾晓燕停留在站台上，悄悄打量着女人。女人行走是有目标的，她奔向不远处一片新楼群，可能为了赶时间，女人加紧脚步，越走越快，那个白帆布兜子在手中大幅度甩动。这显然是她自己缝制的兜子，上面密密麻麻的蓝线与白帆布颜色很不匹配，看上去反倒别出心裁。现在这种白帆布兜子满大街流行，成为时尚的标志，看得出，女人不是为了时尚，她只是碰巧与时尚撞上了。

顾晓燕对女人好奇，也就有闲心也有兴趣跟踪起女人。街上人流稀少，车流也少，四周空旷，道路两旁修缮完好的绿化带新栽植上了树木，每一棵树都用四根木杆四平八稳地支撑着。也许因为远离市中心，空气中到处充斥着绿色植物的味道。女人没有察觉到顾晓燕，她绝不会想到后面跟着一个人，这个人在公交车厢里紧挨着自己守候了好久，一直守候到终点，她们一起下了车。

女人走向的那片新楼群，临近马路的一楼全变成了各类门市店——超市、美发厅、洗衣房、酒店、烤串店、宠物寄养店。天要黑了，没黑透，店面们提前亮起了灯光，花花绿绿，扑朔迷离，又安静无比。一家烤串店门前的露天场地，摆放了一张张空桌子和塑料椅，静默的餐具也正严阵以待迎候客人的到来。女人熟门熟路走进了这家烤串店，顾晓燕停下脚步犹豫了一下，最终还是走进店内。

凉爽的空调瞬间收紧了她的身子，她发现女人没有了，烤串店里根本没有女人的影子。

## 三

母亲生前跟顾晓燕关系并不好，甚至有点紧张，主要是母亲太强势，凡事必要个好。母亲退休前是一所中学的语文老师，顾晓燕上初中就在母亲所带的班级里，整天神经紧绷。那段时间，母亲也始终表情刻板，似乎从来没有对她笑过。顾晓燕知道母亲是会笑的，母亲对她的同事笑过，对班上的同学笑过，大嗓门笑得嘎嘎响，可就是没有单独对顾晓燕笑过。有一次，班里一位男生病了，可能发烧，母亲伸手摸那男生额头，测试起体温，可能怕把握不准，又用嘴唇贴向那男生的额头，然后揉搓那男生的脑袋，笑吟吟地说："没事，问题不大。"那一刻，顾晓燕嫉妒极了，母亲为什么那么偏爱那个男生，居然用嘴"亲"了他脑门儿，脏不脏啊！

顾晓燕高中毕业没有考上理想的大学，这让母亲在同事当中抬不起头，丢尽了脸面。母亲是个桃李满天下的人，她教过的学生，后来考上北大、清华、北师大的就有几十个。母亲常把她的学生挂在嘴边，历数他们如何优秀。那些学生在她手里的时候，还只是一只小麻雀，如今已长成了大雁，有的大如金鹏，能展翅飞翔万里，飞得她都看不着了。母亲沾沾自喜着，自我陶醉着，好像这么多年，那些学生从来没有离开过她。

在顾晓燕的意识里，母亲全部精力投入工作中，多半是家庭生活经不起深究和推敲。从她记事起，父母就分居，起先顾晓燕和母亲睡在一个屋，一张床上，当她稍稍长大，长成了少女，母亲毅然把她赶出了自己的屋子。幸亏那时家里已是三居室，一家三口各住一个房间。母亲说，只有自己一个房间，睡觉才能踏实。母亲神经衰弱得厉害，听不得屋里有半点动静，更听不得有人在她身边打呼噜、翻身，所以母亲必须把顾晓燕赶出屋。顾晓燕觉得，父母分居绝不像母亲说的那么简单，里面肯定有更深层次的原因，只是不便说罢了。父亲也是知识分子，很要脸面，他从不因一些琐事跟母亲吵闹，几十年如一日。有时，顾晓燕真希望他们吵一架，他们吵架肯定是她最开心的事。顾晓燕时常看见左邻右舍两口子吵，吵完了好，好完了吵，日子就在吵架中循环往复，乐在其中。父母不吵不闹，家里的日子就过得枯燥、干瘪、死气沉沉，可他们都习惯了这种生活。

顾晓燕不知道父母出了什么问题，而母亲从不把这些问题放在心上，她的心全放在了单位里，放在了同事们身上，无论哪位同事有事，她都想办法出面帮助解决，热心得有些过火。顾晓燕清晰记得她小时候，家里来了母亲单位的同事，那同事教数学，他领着孩子求母亲补习语文。为迎接那位同事到来，母亲提前一天发酵了一盆面，包起了糖三角。糖三角里面的糖馅用的是炒熟的芝麻和花生碎，母亲一边把包好的糖三角放进锅里，一边教同事的孩子背诗：

　　春江潮水连海平，
　　海上明月共潮生。
　　滟滟随波千万里，
　　何处春江无月明。
　　……

过了二十分钟，母亲去厨房关掉灶火，掀开热气腾腾的蒸锅，拣出一个个糖三角，摆放在一个大盘子里，给同事的孩子吃，给同事吃，顺便也给顾晓燕吃。那时家里做一次面食耗时费力，母亲用心蒸了一锅糖三角，说明她对同事的到来多么看重。补习结束，那同事刚要出门，母亲说："等等！"她转身跑到厨房，拿来五六个糖三角，装进一个塑料袋里，强硬地塞给人家。母亲的大方，顾晓燕难以接受。晚上，父亲下班回来，一家人在一起吃饭，那一锅糖三角只剩下最后一顿了。顾晓燕生气地问："为什么叔叔走时，你给他拿了那么多？"父亲是个敏感、多疑的人，他问母亲：

"什么叔叔?"母亲把同事领孩子来家里补习的事说了,说得父亲脸一会儿赤一会儿白,他啪地放下筷子,躲进自己的屋里看起书,不再走出屋门。母亲反过来跟顾晓燕生气,她认为顾晓燕这是无事生非,无中生有,故意挑拨她跟父亲的关系。母亲说:"我和你爸的事,全坏在你这张嘴上。你这孩子,你这孩子,我说你什么好呢!"

母亲和父亲关系缓和下来,是到了晚年。父亲得了不治之症,医院床位紧张,无法入住,顾晓燕又看到了母亲的强大,母亲在医院里不知怎么找出她以前教过的学生,求人家在走廊里摆下临时病床。母亲每天陪父亲输液,给父亲端屎端尿,尽到了一个妻子应尽的责任,但这些付出为时已晚,父亲躺在医院里一天不如一天,到了病情恶化时,输液也只是一个心理安慰。在父亲弥留之际,母亲一只手紧紧握住父亲的一只手,另一只手摸向父亲的脸颊,眼含泪水吟出一句诗:"今朝此为别,何处还相遇?"

每当想起那次与父亲的分别,顾晓燕内心都有一种说不出的滋味。好在时间早已淡化了情感,模糊了她的记忆,她感觉父亲离开了好久好久,她不怎么想他了。她想的是母亲,母亲会时不时从她心里冒出来。

## 四

烤串店里没有一名顾客。一个满脸涂了褐色面膜的中年妇女冷不丁仰起头,吓了顾晓燕一跳。面膜女正和另一个中年妇女围着一张餐桌穿肉串,旁边摆着两只大铁盆,一只铁盆装着切碎的肥肉,另一只铁盆盛满了瘦肉。穿在铁扦上的肉串码放在一只铁帘上,红乎乎堆积成一座小山。面膜女起身打起了招呼:"请问您是几位?"

顾晓燕没有回答,反问:"刚才进来的那个人呢?"

面膜女说:"去后屋换衣服去了,您找她?"

顾晓燕说:"也不是,给我烤十个肉串吧。"她找了一张餐桌坐下来。

面膜女说:"还吃点什么?"

顾晓燕想了想,说:"改成二十个串,别的不要。"

面膜女下了单，顾晓燕静静坐在那里，她不知道自己为什么坐下来，还点了肉串。平时她不喜欢吃这东西，嫌是垃圾食品，对皮肤不好，今天破例了，为了那女人。等一会儿见到女人，说些什么呢？没想好，到时候随机应变吧，随便说些什么都行。

女人换上与店里那两个妇女同样的衣装，从后屋走出来，面膜女喊："哎，有人找你。"

女人一愣，问："找我？"

面膜女朝顾晓燕扬了扬下颏。

女人奔向顾晓燕，上下打量，欲言又止。

顾晓燕站起身，说："没事儿，我就想吃肉串。"

女人松了一口气，说："怪不得我不认识你。没关系，来了都是客，往后咱们就认识了。"

顾晓燕说："我认识你，刚才我们同乘一辆公交车。"

女人惊讶了，说："是吗？"她显然对顾晓燕没印象。

面膜女端着铁盘子走过来，肉串很快烤好了。

顾晓燕对女人说："咱俩一起吃吧。"

女人说："我们这里有规定，不能跟客人一起吃饭。"

顾晓燕说："可以破例。"

女人说："真破不了。你还喜欢吃什么，我再给你做。"

顾晓燕忽然来了灵感，她问："能做鸡蛋糕吗？"

女人一笑，说："你真是问对人了，我蒸鸡蛋糕最拿手，这里的回头客，很多都冲着我这鸡蛋糕来的。"

这回轮到顾晓燕惊讶了。母亲生病之前，也最会做鸡蛋糕。母亲知道她爱吃，就隔三岔五做一次。有那么一些日子，顾晓吃得太多了，倒了胃口，她对母亲说："能不能换点别的？"母亲说："我以为你喜欢吃，才做的。"顾晓燕说："什么好东西，总吃也受不了啊。"母亲生气了，她认为顾晓燕不懂事，故意找别扭。从那之后，母亲再也没有做过鸡蛋糕，直到病倒在床上。顾晓燕有多长时间没吃鸡蛋糕了？不记得，至少有三四年。后来她自己尝试做过几次，想做出母亲做的那种鸡蛋糕，可每次，蒸出来的鸡蛋糕不是太软，就是太硬，没有一次叫她可心过。女人居然会蒸鸡蛋糕，太出乎顾晓燕意料，她为什么连做鸡蛋糕这事，都跟母亲一样呢？

也就十几分钟，女人端来了蒸好的鸡蛋糕，轻轻放在顾晓燕跟前，面带羞涩地说："你尝尝咋样。"

顾晓燕拿起小勺伸向碗里，舀出一勺，鸡蛋糕颤颤巍巍，不软也不硬，放进嘴里，嗯，味道好极了，比母亲做的还好。她又舀出一勺，噙在嘴边说："不错不错，确实好吃。"

女人要离开，顾晓燕赶紧问："你是本地人吗？"

女人不好意思了，说："不是，我从外地来，住我闺女家。"

顾晓燕问："闺女嫁到这里来了？"

女人说："她嫁来七八年了，我帮她带了六七年孩子。现在这年轻人，净拿我们这帮人当老妈子使唤，我必须出来找点事做，谁都不指望。"

顾晓燕问："在这店里工作多长时间了？"

女人说："头年才来。"

顾晓燕问："一个月开多少工资？"

女人又不好意思了，说："两千多。"又反问道，"你打听这些，不会是搞什么调查吧？其实钱多少无所谓，主要我想出来有事可做。"

顾晓燕说："不是的，我只是随便问问。怎么称呼你？"

女人说："我姓王，你叫我桂兰好了。"

顾晓燕说："桂兰阿姨，你不觉得我们有眼缘吗？"

女人说："有，有，咋个没有。阿姨也想多问你一句，咋一个人出来？不管有什么事都要想开，千万不能钻牛角尖啊。听我一句劝，哪怕失恋了，哪怕跟老公吵架了，都无所谓，假如家里死猫死狗了，更无所谓，伤心难过也就一时的事，过了这个坎儿，都没事了，人没有迈不过去的坎儿。"

顾晓燕眼泪在眼圈里打着转儿，她说："桂兰阿姨，你不觉得咱俩除了有眼缘，长得还有点像吗？"

女人说："我咋敢高攀，闺女你年轻，比我俊多了。"

顾晓燕说:"我有个请求。"

女人说:"只要你不憋屈,心里敞亮了就行,说吧。"

顾晓燕说:"你辞掉这工作,到我家里去。"

女人沉下脸色说:"我已经在这里干顺手了,哪儿都不想去。"

顾晓燕说:"我给你加倍的工资。"

女人说:"这不是钱的事。"

顾晓燕说:"你一定答应我。"

女人说:"我得回家跟我闺女商量商量。"

## 五

"闺女,这哪是我陪你,成了你陪我。你这不让我干,那不让我干,我待着实在难受,我天生就是干活的命。"

自从女人来到家里,顾晓燕屋子里的确发生了变化,几天前她随意乱放的物品,被整理了,摆在固定的位置。厨房的烧水壶、大勺、蒸锅,全用去污粉擦拭过,显露出金属的光泽。灶台也擦得一尘不染,每次做完饭,那上面都被收拾得利利索索。家里的窗帘也洗了,窗玻璃也亮了。女人真是闲不住,每天不停地找活干。顾晓燕看见女人擦玻璃时,将半个身子伸出窗外,一只手攥住窗框,另一只手在窗外忙活,吓得她腿发软,赶紧喊:"不擦了,不擦了,差不多就行了。"顾晓燕家住二十层高楼,女人一点不恐高,面对顾晓燕的劝阻,像没听见,依然我行我素。

顾晓燕说:"桂兰阿姨,我请你来,不是让你帮我干活的。"

女人笑吟吟地说:"这算啥活,我在我闺女家干得比这多。"

顾晓燕搬出母亲生前的相册给女人看,不为了别的,她希望她们之间有这样的相处,温馨、安宁,不被生活所累。她翻开母亲童年、少女、青年、工作时的照片,把一件件往事讲给女人。相册里最多的是母亲与某某届毕业班合影、跟单位同事的合影、某地支教留念、某某退休留念,还有母亲站在讲台上参加某学术活动的。有一张照片特别搞笑,父母腰板笔直坐在两只板凳上,中间站着童年的顾晓燕,一家人表情呆板,个个都像木头人。还有一张照片,令顾晓燕颇有些意外,这么多年她好像头一次看见:母亲抱着她,与她脸贴着脸,那应该是个春季,她们身后是一棵开满粉红色花朵的桃树。母亲的头发被风撩起,她目视远方,仿佛进入无边的遐想。顾晓燕从相册里抽出照片,擎在手上,不相信这是母亲抱着她照的。在顾晓燕的记忆中,母亲从来没有抱过自己,更没有跟她脸贴脸亲近过。母亲在她面前永远是严肃、不近人情的,顾晓燕在母亲跟前更是性格坚硬,表情刻板。

顾晓燕说:"你不觉得你和我妈有点儿像吗?"

女人说:"我咋能跟你妈相比,你妈是老师,气质好,有文化,我一个大老粗,根本不能比。"

顾晓燕说:"可我还是觉得像。平时你在家帮我养养花,出门和邻居大妈们聊聊天,就更像了。"

女人说:"那我可真是闲出花了!"

顾晓燕从网上给女人买了件真丝连衣裙。她已经目测了女人衣服的尺码,下单时,没把买连衣裙的事透露给女人,她要给女人一份惊喜。顾晓燕做这事的时候是用心的,就像为母亲挑选珍贵的衣装,把真诚的爱转移到了女人身上。

三天后,快递来了。打开包裹,连衣裙抖搂出来,顾晓燕跑到女人跟前,将连衣裙搭在她身上,看颜色是不是跟女人的肤色搭配,看肥瘦、长短是不是符合女人的身材。

顾晓燕说:"穿在身上试试吧!"

女人说:"这东西太贵了!"

顾晓燕说:"我特意给你买的,网上的东西不贵。穿在谁身上就是谁的,请接受我这一点儿心意。"

女人说:"闺女,你为啥要对我这么好?"

顾晓燕的心沉了一下,她无法回答这个问题,就反问自己,这算是对女人好吗?

女人说："我理解你的意思，这连衣裙我收下了，我在家穿给你看。"

顾晓燕计划领女人进行一次旅游，去长白山看天池。她在公司的年假早已攒足，随时可以出行。母亲生前最大的愿望是去一次长白山，站在天池边喊两嗓子，可直到病倒也没能去成。以前顾晓燕根本没有想过陪母亲出门旅游，她始终认为，上了岁数的人应该老老实实守在家里，干吗整天东游西逛到处乱跑？有一次，母亲偷偷报名参加一个叫"夕阳红"的旅行团，正当她在家收拾携带的物品时，被顾晓燕发现了，她上前极力阻止了母亲，说即便交了费用也不能去。旅游不是什么人都可以的，车上颠簸，山高路险，出了危险怎么办？母亲是个惜命的人，不仅害怕出行事故，平时她还把手里的大量退休金投在养生保健上，参加各种长寿培训班，买磁疗仪，买稀奇古怪的药品。母亲在这方面花钱从不眨眼，几万、几十万块钱打了水漂，也不吸取教训，只要听说有新产品让她身不疼，腰不酸，腿不软，能让她长命百岁，她就不惜一切代价买回家里。顾晓燕也时不时对母亲的行为进行围追堵截，包括那次要去长白山旅游。后来，母亲病倒在床上，再也无法实现她的诸多梦想，这才彻底消停。每当想起这些，顾晓燕都觉得愧对母亲，她不知道自己为什么对母亲那么苛刻。母亲年龄大了，已成了弱者，面对顾晓燕的强势，拧不过的，只能选择听从。细细想想，出去旅游有那么可怕吗？既然叫"夕阳红"旅行团，肯定有针对老年人的保护措施，顾晓燕独断专行，说白了，她是在以关心的名义，对母亲实施有力的报复。她是冷血的、自私的，她对母亲对她的亏欠总是夸大其词，而从没想过母亲对她的好。

## 六

顾晓燕为此次出行设计了两套方案：一是找朋友开车自驾游，这样比较自由，走到哪儿算哪儿，路上有什么好看的地方，随时停下来；第二个方案是参加旅行团，这样出行的所有路线被旅行社规划好了，人家领你去哪儿就去哪儿，住宿、门票都不用操心，尽管放松心情。母亲生前是打算参加"夕阳红"旅行团的，她领女人出行也是完成母亲那次心愿，所以必须按母亲最初的计划行事，参加旅行团。

出行头一天，顾晓燕去超市买了香蕉、苹果，还买了面包和矿泉水，她把这些东西统统装进背包里，又带上两把雨伞、两件长袖衣服。山上冷，必须带足穿戴，她给自己找了件羊绒衫，也给女人准备了一件。

一切准备就绪。这是夏季七月，正是长白山旅游的最佳时节。她们准备五点起床，去人民广场集合，乘坐大巴。这天早晨，女人四点钟就醒了，在屋里弄出挺大动静，洗漱、擦脸、拖地，脸上不知涂了什么牌子的化妆品，弄得满屋子都是古怪的气味。母亲生前脸上从不随便涂抹这些东西，即便有重要场合，也只施以淡妆。母亲的生活是精致的、讲究的，她浑身上下不会有刻意打扮的痕迹，可骨子里的精致又无处不在。另外，母亲不管有多么重要的事，从不起早，她要保持早晨那一段良好的睡眠。顾晓燕一直认为，母亲姣好的面容，跟她睡眠充足有关。而女人不懂这些。

顾晓燕和女人并排坐在车上，她发现女人这次出门，好歹没带她那只白帆布兜子。不仅这次，自从女人踏进她家门，顾晓燕就没注意到她那只白帆布兜子。她似乎早已忘记了女人曾有一个死死攥在手里的白帆布兜子。

顾晓燕一直像照顾母亲一样照顾着女人，尽管这天早晨发现女人一点不像母亲，可她对女人还是尽心尽力的。打发旅行寂寞的最好方式是吃零食，顾晓燕从背包里拿出两只香蕉和两个苹果，分给女人各一个，又找出事先准备好的垃圾袋，将香蕉皮和苹果皮放进去。女人看见顾晓燕手里攥着垃圾袋，伸手拽过去，揽在自己怀里，好像这垃圾只能归她保管。中途，大巴进入一个服务区，乘客下车去卫生间，伸懒腰，上超市买食品。顾晓燕和女人一前一后走下车，女人手里攥着垃圾袋，看到一棵树下有一包垃圾，随手将垃圾袋扔到那包垃圾跟前。顾晓燕脸腾地红了，她感觉后面有无数双眼睛看女人、看自己，那袋垃圾好像成了所有人心中的问号或感叹号。女人的习惯真不好，她又不知道不好。顾晓燕硬着头皮走过去，蹲下身拾起垃圾袋，连同原来那包垃圾一块儿拾起来，奔向远处的垃圾箱。女人在一旁喊:"扔掉的东西,再捡起来,多脏!"

顾晓燕脚步急急往前走,她什么话都没说,没法说。回到车里,她们同样并排坐在一起,顾晓燕仍是什么话都没说,她想把这事淡化,最终忘记。

晚上,大巴到达长白山下的二道白河,乘客们先入住宾馆,准备第二天早晨上山。大家兴奋着,猜测明天上山能不能看到天池。天池是神秘的、变幻莫测的,有时明明在山下看着晴空万里,到了山上却大雾弥漫,什么也看不见;有时呢,在山下看着天阴着,到了山顶,竟一派风和日丽,偌大的天池气势恢宏,静静的水面透出一种特殊的蓝色,那是除了天池,在任何地方也见不到的蓝。

乘客们陆续进入宾馆大堂,陌生人之间开始搭话了。有人问:"你们是娘儿俩?"

顾晓燕微笑着回答:"是的,是的,难道不像吗?"

"像,像,能带妈妈出来旅游,你真是个好闺女。"

娘儿俩自然被安排在一个房间,旅游的最大好处是,能把人和人的关系迅速拉近,亲密起来。平时在家,顾晓燕和女人分别住在两个房间,怎么说也有一种距离,这下好了,不管屋里空间多大,她们都要睡在一起。顾晓燕冲过澡,躺在床上翻看手机,想着第二天还要起早登山去看天池,心里颇有些激动。她想早点入睡,便放下手机,闭上眼睛,等待睡意来临。可这天晚上,她左等右等,就是睡不着。女人那边掀被子,翻身,叹气,她听得清清楚楚。女人可能还在为白天乱扔垃圾的事闹心,真是对不起了。顾晓燕发现自己失眠,是心里不踏实,她像母亲一样,容不得与别人同睡一个房间。好在顾晓燕没有瞪着眼睛熬到天亮,下半夜,她不知什么时候稀里糊涂睡着了,睡梦中,她听到了磨牙声、放屁声、打嗝声、梦话声、呼噜声、喝水声、去卫生间声,女人夜间毛病太多了,顾晓燕又感觉自己一宿没睡,她时刻小心着下一种声音突然响起。

第二天起床,女人对自己制造的各种动静毫无愧疚,反倒对顾晓燕说:"你睡眠真好,还打起了呼噜,可能折腾一天累着了。"

顾晓燕只能报以一笑。洗漱的时候，她脑袋昏沉，走路发飘，不管怎样，她还是硬撑着身子下楼，草草吃过早餐，回屋拿来那两件羊绒衫，自己穿上一件，另一件给女人穿上，然后乘车，钻过山门，上山了。

山上冷，还有雾，人们低头看路，抬头看雾，回头一看，模模糊糊全是大棉袄和塑料布。顾晓燕买了两件塑料雨衣，跟女人一人一件披在身上，雾气在眼前一团团飘飞、滚动、撕扯，那丝丝缕缕的雾很快把她的头发濡湿，贴在头皮上。不仅如此，这里能见度也低，走路时，连脚下的火山岩台阶都探不准。顾晓燕真担心今天乘兴而来，败兴而归，什么都看不见。她和一群人站在一起，站在天池边上，静静地等待，等待着，不知过了多长时间，雾终于有了变化，天池碧水悄然露出一角。有人发出惊叹，人们就一齐看过去，可好景总是不长，没等一看究竟，雾又悄然合拢，那一角荟荟的碧水也隐退下去。紧跟着，天池里好像有一股神秘而强大的力量，奋力将眼前的浓雾撕开一个大口子，半个天池水面出现，大半个天池水面出现了，接着，整个天池终于以它特有的容姿袒露出来，碧水、雾气、怪石……顾晓燕有些眼花缭乱，有些晕，她发现扮演母亲角色的女人不见了。她们可是一直走在一起的，就在大雾最浓重的时候还在一起，转眼间，女人怎么不见了？顾晓燕观察着周围人流，前前后后、左左右右都没有女人。

碰到一位同车游客，她奔过去问："你看见我妈没有？"

"没有！"

"你看见我妈了吗？我妈走丢了。"越问，心里越没底，她的眼泪都快要急出来了。有人提醒："你打她手机。"顾晓燕跟女人在一起这么长时间，从没想过记下她的手机号，她没必要记。又有人提醒："找导游，导游那里有大家的手机号。"顾晓燕知道导游不可能有女人的手机号码，她填写所有表格里的联系方式，留的都是自己的手机号。这是她的失误，原来她对女人是忽略的。

半个小时过去了，顾晓燕寻找无望，要崩溃了，她手攥着擦过泪水的纸巾，蹲在地上，没有了主意。有人又提供线索，说："在公共厕所门口，有个人好像是你妈。"顾晓燕抬头看向那人，猛地站起身，甩开腿奋力向公共厕所那边跑去。还没跑到跟前，她就远远地看见了女人。女人站在公共厕所门口的人流中东张西望，还一副可怜无助的样子。顾晓燕冲上前去，一把抓住女人的胳膊，死死抓住，生怕她再次跑掉，然后埋怨道："你去厕所，怎么不告诉我一声？"

女人说："我根本没去厕所，我跟一群人走丢了。我以为那群人跟咱们是一伙的，走了好长时间，发现不是，我走丢了。"

## 七

从长白山回来，女人不再拿自己当外人，她真把自己当妈了。每天顾晓燕回到家，女人都要唠叨："袜子怎么东扔一只西扔一只，女孩子应该学会整洁。"再就是，"这几天我看你饭量越来越少，是不是我做的饭菜不合你胃口？"甚至强调，"应该找个男朋友了，你总不能单身一辈子，你妈看到你这样，她会心不安的。听我一句劝，抓紧时间找一个吧！"那些絮絮叨叨，听得顾晓燕不胜其烦，她想顶撞女人几句，话到嘴边又咽了回去。她实在不想跟女人发生冲突，更不想跟女人翻脸。女人放弃烤串店工作，来到她这里，已经非常够意思，她怎么能随便跟人家翻脸呢！有时心烦难忍，顾晓燕就想，干脆辞掉她算了。

顾晓燕闹心着，煎熬着自己，又找不到出路。

是女人主动提出离开的。女人不笨，能看出眉眼高低，她知道自己跟顾晓燕的缘分已尽，只想着一别两宽。这天顾晓燕公司里的工作不是太累，就提前十分钟下班回家。一路上，她带着隐约不祥的预感，忐忑不安地往家里走，到了家门口，打开房门，忽见女人像迎接她似的站在门口，身边立着拉杆箱，浑身上下打扮得利利索索。

顾晓燕问："你这是要去哪儿？"

女人回答："回烤串店。"

顾晓燕说："干吗要回去？"

女人说:"我布兜子放在烧烤店的柜子里,我必须过去。晚饭我给你做好了,今晚我特意给你包了饺子,还蒸了一碗鸡蛋糕,一会儿你自己吃就行。"

顾晓燕说:"我不同意你走。"

女人说:"我在你这里已经住了二十多天了,不短了。我闺女说,二十多天你会好起来。"女人无法控制地哽咽起来,她停顿一下,调整了情绪,说,"其实我也舍不得你,这么多天你对我的好,我全记得,你让我过上了一段对我来说无比幸福的日子!有句歌词怎么唱的来着?'爱我你就抱抱我',咱俩抱抱好吗?"

顾晓燕猛地上前抱住了女人,真真切切地抱住了女人。她将头深深埋在女人的肩窝,感受着女人那柔软花白的发丝,感受着女人身上温热的气息,如同感受着母亲的体温,久久不愿分开。

女人说:"嗯,不许哭,闺女,听我一句劝,找个对心思的人,早点把自己嫁了吧!"

女人走了。顾晓燕站在门口,没有远送,她不是不想送,而是腿软得实在抬不起来。

原载《作家》2023年第4期

张鲁镭

# 入学记

他心里谋划着给玲珑找个爹,一个质量上乘才貌双全的爹。最好戴一副金边眼镜,椭圆形的,镜片不能太厚,薄薄的看上去很文艺那种。

关于给玲珑找爹这事,他想和米鞋匠聊聊,让他帮着拿拿主意。门外不远处,米鞋匠正坐在老榆树下忙活儿。这老榆树有些年纪了,他和米鞋匠加起来也没它岁数大。树干上有个挺深的洞,里面铺一层泡沫,米鞋匠能蜷腿钻进去睡觉。一般情况下不往里钻,米鞋匠都把它当库房。

虽然身上破这么大个洞,也没耽误老榆树正常生活,该绿的时候绿,该黄的时候黄。春天榆钱结得密不透风,米鞋匠撸了不少回去蒸包子。他背靠大树避雨遮风,就像靠着自家祖屋的山墙。

米鞋匠拿一只鞋在膝盖上蹭,然后举到眼前端详,是只枣红色漆皮女靴。也不知道他是欣赏自己精湛的手艺,还是拿鞋面当镜子照。米鞋匠斯斯文文一张脸,再戴上副金丝边眼镜,给玲珑当爹都行。想什么呢?这事岂敢凑合!

米鞋匠从树洞里摸出一个暖水瓶,里面装着他自制的玄黄茶——就是红茶绿茶白茶一起泡,不光提神还养生。他又摸出两个纸杯。"给儿子找爹？行，你真厉害，这招都能想出来！""米哥，我也是没辙，你有啥好办法？"米鞋匠滋溜滋溜喝茶，喝出一片不疾不徐岁月静好……

他放下杯子："倒也是个办法，可咱去哪里找个好爹？总不能满大街发广告去！"米鞋匠摇晃着脑袋，"找爹！找爹！"他抽冷子从树洞里掏出一双鞋，"它！就它了！"这是一双巴洛克男鞋，黑色鞋面棕色鞋底，上面还有细细的棕色装饰鞋带。他有些不耐烦："米哥你啥意思吗？""我一个主顾的鞋，他在银行工作，你看看……"米鞋匠打开手机微信，对方设置了朋友圈仅看最近三天，头像倒是本人照片，样貌蛮帅气，带一副椭圆形金丝边眼镜，年龄有三十开外。

这人单眼皮眼睛细长，和玲珑倒有几分连相。他和曼妞都是双眼皮，偏偏玲珑那眼睛一点双的意思都没有。曼妞总是捧着她儿子的小脸说："往上翻，使劲往上翻。"她儿子都快把黑眼珠翻没了也不见个双眼皮。曼妞坚定地看着儿子："有人二十几岁才变的，咱不急。"曼妞总是对未来充满希望。

"他个头有……""少说一米八。""在银行上班应该读过大学。米哥你现在就联系。"原想如果条件优越不戴眼镜，他就给临时买一副，现在这个眼镜钱都省了。

晚上他告诉曼妞给儿子找了个爹，他举着手机里的截图："看看可以吧？"曼妞抢过手机："帅呀，儿子这个爹蛮可以，蛮可以呀！"曼妞眼里涌出温柔。他不高兴："曼妞你行不行？行不行？"

夜里他倒上两杯红酒，澳大利亚奔富，然后关灯然后对曼妞说："来来来，让我们借着月光喝一杯……"

莫端端不光外形楚楚，皮包里也有货，哗啦一下倒在桌子上，红通通的耀眼。毕业证、学位证、计算机等级证、英语六级证、导游证、普通话证、驾驶证……当爹待遇优厚，莫端端好不欢喜。

他更痛快，明天周六，玲珑的钢琴课游泳课围棋课统统停下，就让莫端端带他去发现王国疯一天，尽快建立父子情谊。曼妞说："发现王国呀，我也要去，我顶喜欢坐摩天轮，怎么转都不晕。主要去监督那个莫端端，万一他照顾不好玲珑呢！万一他把儿子拐跑了呢！""省省吧，明天你去店里……"

毛虎经营着一家鸡架店，买卖可好了。好到什么程度？嘘——别让人听见，某些中小型企业都赶不上。喊，不就是个卖鸡架的！别门缝里瞧人，毛虎腰杆不硬敢给儿子请个爹？这是穷人能干的？

来过瓦城吗？知道瓦城有个星火王国吗？不知道。算了，咱还是说毛虎的鸡架店吧。毛虎的鸡架店过个红绿灯，斜对面就是星火小学，星火小学平行不超过五百米就是星火中学，星火中学后身是星火高中，人们称这里为星火王国。明白了！

星火的门槛高，很高。单凭小孩子的力量怎么行？小孩子又没翅膀。不怕，父母就是他们的翅膀，爹架一条胳膊，妈架一条胳膊，一二三，跳！于是就成了星火人。

星火人的家长不光财力雄厚，他们更明白三十年后父看子的道理，起跑线太重要了。他们对老师无上尊敬，教师节鲜花摆了满满一操场。他们对孩子无比疼爱，限量版耐克书包，买。高帮阿迪跑鞋，买。鸡架……这个太朴素！麦当劳怎么样？就鸡架！小孩子急了。

小孩子从不说假话，好就是好。毛虎的鸡架一吃上就停不下来。到底有多深入人心？买来尝尝就知道了！六块钱一个十块钱俩。鸡架能有多少肉？一个还不够塞牙缝，都一包一包买，大人拉着孩子一路走一路吃，没等进家门一包没了。所以啊，毛虎的腰杆越来越硬。

放学那会儿是生意最好的时候，就算流口水也没人蜂拥，很自觉地排起一条长龙。毛虎把鸡架装进袋子，那种传统的牛皮纸袋子，上面画了两只瘦骨嶙峋的鸡，毛虎自己设计的。交割买卖时他们都说谢谢，还不忘嘱咐小孩子："快谢谢叔叔。"大人孩子都说悦耳的普通话。

小孩子个个水灵灵，像刚洗过的脆皮萝卜，大人也都头脚板正。男人的鞋子永远那么亮，他们头发有型衣着干净，腋下总愿意夹个包；女人们略施粉黛长裙短靴，腕上的手链布灵布灵闪。男人买好鸡架边走边听电话："我在接宝贝放学，她妈妈去做瑜伽了。"哦，原来这就是成功男人的模样，孩子上星火老婆练瑜伽。

　　毛虎买了黑皮鞋，闲来也把它擦个锃亮。他还买了长方形手包，鸡架进货单都整齐地码在里面。他还买了奔富红酒，一胳膊夹着包一胳膊摇晃酒杯。看，女人们来接孩子了，她们的高跟鞋敲在柏油路上，哒哒哒，哒哒哒……

　　毛虎给曼妞买了长裙短靴，曼妞给自己买了金手镯金戒指金项链，鸡架店不用点灯了，曼妞整个人都在发光。毛虎告诉她："以后你不用来店里了，去喝茶去桑拿去练瑜伽。"曼妞以为闹着玩呢！毛虎是认真的，他要做成功男人，人啊，腰包一鼓想法就多，身份，他想到了身份俩字。

　　毛虎在瓦城有房有车有实体店，眼下他迫切需要一个身份，一个响亮的身份。他希望玲珑成为星火人，星火小学星火初中星火高中，就这么一路星火下去，然后清北人大复旦，然后国家栋梁，然后他顺理成章当上国家栋梁的爹，他就有身份了，他的人生就圆满了。

　　星火属于私立学校，不是拿钱就能进的那种，当然没钱肯定不行。在经济无碍的前提下校方聘请专家一遍遍过筛子，挑啊，选啊，最终留在筛子上的，像宝贝一样被收回去。

　　学校食堂都是星级酒店水平，虽然不是寄宿学校，却给每个学生都准备了床位以便午睡，窗帘床单被子都是统一的天蓝色，上面散落着一颗颗小星星。

　　这些不是毛虎亲眼所见，他进不去。门口足有一个排拿着盾牌的保安，在那儿稍微驻足就有人盘问。这些都是米鞋匠口述。他能进去？能，这家伙的儿子在星火小学读五年级，这事闹的。

　　米鞋匠的摊子上常年摆着石榴盆景和茶具，他悠哉悠哉喝茶，悠哉悠哉用软布擦拭那几个大石榴，悠哉悠哉钉鞋，当、当、当……敢问哪个鞋匠有如此闲情？米鞋匠啊！他是星火人的爹。

　　如果没有米鞋匠戳在那儿，毛虎也不会这么坚决。同为天涯买卖人，谁比谁矮一截？他要请米鞋匠喝一杯。毛虎店门前有一把遮阳伞，还有不少塑料凳，接孩子的家长来早了就在这儿坐坐，毛虎顶愿意听他们聊天，单词软件瑜伽打卡欧洲度假海鲜自助餐厅……这些似乎离他很远，但想想又没那么远。

毛虎捧个大白盆出来，里面不光有鸡架还有鸡脖，鸡脖不卖，有人买两个鸡架就白搭一根鸡脖，赠品。毛虎用水杯给米鞋匠倒酒，德国黑啤。米鞋匠不喝红酒，不习惯。毛虎就想在他这儿探探路，一杯两杯三杯，四杯五杯六杯。"米哥，当初你儿子咋进的？""那个时候还算容易，也不能说容易，关键路子对。""米哥啥路子？""稍等我去趟厕所。"米鞋匠回来甩着手上的水珠说："你的鸡架全瓦城第一，不，全中国第一。

"啥路子吗？哪有路子，米高运气好。你嫂子开网店没时间照顾，老早就把他送去补课机构，那时候培训班有机会把孩子往星火推荐，又参加了学校测试，最后顺利通过。补课机构那么多人，能进星火的有几个？运气，运气。"米鞋匠一再强调。毛虎觉得运气一词太抽象，深不见底。

玲珑报了很多班，奥数、英语、书法、围棋、游泳、羽毛球。曼妞对毛虎嚷："累，比卖鸡架都累。"小家伙成天闹着抗议。这些都是为进星火做的铺垫，怎奈去年政策突变，适龄儿童都可以在网上报名，然后通过摇号的方式获取考试资格，拒绝各培训机构推举引荐。前几天通过摇号，玲珑获得了考试资格。

当晚毛虎自己喝掉一瓶奔富。小家伙太走运，那么多人报名，被摇到的仅占三成，他儿子就是这三成里的一个。胜利在招手，曙光在前头，当然还要从这三成里减去两成，才能成为真正的星火人。任重道不远，还剩两个多月。

去年是家长和孩子一同考试，据说通过家长的表现可以推导出小孩子很多情况，去年面试的家长还遭遇满口英语的外教。怎么办？毛虎二十六个字母都认不全。

"米哥，碰上这种事你怎么办？""我？"米鞋匠喝口啤酒，"当然也是找爹。"俩人就说到莫端端，此人英语六级，外教完全能应付。你没见他还有导游证，就算考地理也没问题；他还有普通话证，和考官们交流起来更得体。样貌也好，金边眼镜一看就是文化人。他们越说越兴奋，赚了，这个爹找赚了，就像买根鸡脖子白搭个鸡架。

毛虎问："其他人怎么办？也都临时找个爹？"米鞋匠用手撕着鸡架："少见多怪了，米高他们班月月有'家长课'，家长都抢着报名。搞雕塑的就来一堂泥塑课，玩乐器的就来音乐赏析，骨科大夫讲青少年骨骼生长发育，开四S店的讲汽车构造原理，酒店经理讲待人接物礼仪，个个都有两把刷子。""米哥，你讲皮革护理？""我曾学过一阵魔术，我那堂课最受欢迎了。"

"到时候我可咋整？讲熏鸡脖子熏鸡架？我那秘方不好外泄。""看看你，校门还没进先愁这事，不过或许咱玲珑就有这运气。到时候你争取进家委会，米高入校我就进了家委会，肯定要搭上个人时间，当然也能获得不少升学信息。""啥信息？"米鞋匠舌头大了，哇啦哇啦说的啥也听不清……

毛虎的生活很简单，熏鸡架卖鸡架数钱。当然现在都是微信支付，他只需关注一下数字，那个数字相当振奋人心。

毛虎店里有一台电动清洗机、一口大号电锅、一个熏制炉台，鸡架做好拿到窗口出售。毛虎心眼多不找帮工，他那秘制配方就是一层窗户纸，轻轻一点即破。

毛虎曾在一家熏味店帮工，店里熏鸡熏鸭熏猪头熏猪脚熏猪大肠……毛虎精明，很快就把那层窗户纸捅破，他拿个鸡架偷偷在店里熏，味道超好。毛虎来瓦城自立门户，托星火的福，生意红火得很。

莫端端来瓦城这些年运气一直不佳，股票赔基金赔卖文化衫运输中还丢了好几包货。他又买了一辆二手车，下了班去跑活儿。现在陪小朋友吃吃要要就能赚钱，莫端端万没想到能碰上这事。

米鞋匠忽然联系他给人当爹，只要有钱赚当孙子都行，这可比开网约车轻松得多。玲珑这孩子很讨喜，莫端端让他骑在自己脖子上，玲珑一双胖乎乎的小手就在他前额摩挲。"爹地把我放下来，看看你都出汗了。"

这个爹地比他爸妈好得多。爸爸每天忙生意，早晚两头碰不到面，妈妈总是带他上课。玲珑不喜欢上那么多课，他最不喜欢的就是英语，几次找理由罢课，都被曼妞给挡了回去。曼妞眼睛一瞪像只母老虎，玲珑直吸冷气。

爹地陪他玩儿，给他讲故事，玲珑愿意天天跟着爹地过。开始毛虎还为称呼的事犯愁。"叫爹地，"玲珑说，"我同学就喊他干爸爹地。"毛虎觉得他儿子太聪明了，就是在考官面前这么叫也没问题，听着还洋气。

毛虎沉浸在一腔喜悦里，边招呼生意边唱："星火啊星火，亲爱的星火。"买鸡架的老先生笑了："谁家孩子不想进星火，难啊！我那孙子也摇到了面试资格，听说还要考家长，把儿子儿媳弄得紧张兮兮，一大早就爬起来背英语。那么多人抢一块蛋糕，不抢破头才怪呢。不过我们早有准备，孙子一出生就把户口落到我家，我那是公办重点小学学区，东边不亮还有西边接着。"

毛虎挖空心思上星火，却忽略了最基本的退路问题。他又找米鞋匠："我家附近那小学万万上不得。不行我也买个学区房，面积不用大，能落户就成。"米鞋匠拿起电话咨询，结果是学区房要提前一年落户，现在买只能明年入学。

毛虎把莫端端喊到店里考了一张英语卷，他在一旁监考。一个半小时后毛虎说："时间到。"他把卷子折叠好放进长方形手包。莫端端多少年不碰英语，先前学的那些有一半就饭吃了。给人当爹还要考试，新鲜不！

米鞋匠找人把英语卷批好，一百五十分满分，莫端端刚及格。米鞋匠擅交际，英语卷也是他托人搞到的，一边给人修鞋一边东拉西扯请人喝玄黄茶。自从儿子米高进了星火，米鞋匠的人脉也跟着扩，他在家委会交了不少朋友。

莫端端这成绩让毛虎心里没底，他告诉米鞋匠咱不能在一棵树上吊死。米鞋匠用小锤子使劲敲树干："这卷子是托米高英语老师弄到的，批改也是她来。不然让她当一回玲珑妈？""好啊！只要能进星火，按规定父母一方参加考试就行。"

"别看我们家米高读小学，英语水平赶得上初中生，米高一直在跟她学。""不是说进了星火就不用额外再补课？""马无夜草不肥，哪个孩子会闲着？这老师在外文翻译社上班，业余时间教课。"

"这活儿她能接？""问问看。""那你现在就联系。"对方电话无人接听，米鞋匠让他别急。毛虎看见英语老师的微信头像照片蛮清秀，他心里笑，这一天天的！

晚上毛虎告诉曼妞准备把莫端端辞掉，英语刚及格，怎么能辅助玲珑完成进星火的伟业？他举着手机，说又找了一个。曼妞一脚踹翻花盆，瓷瓦碎片立刻四处飞溅。毛虎赶紧给米鞋匠打电话："那个给玲珑找妈的事先放下。"

毛虎每天能赚不少钱，每只鸡架产生的利润都会通过微信或支付宝落到曼妞账上，开始打的底也不好改变，一家人进谁的账都一样，毛虎并不计较。曼妞和毛虎打架，她把两条腿骑在阳台上喊："惹急了我把熏制秘方贴到菜市场。"

毛虎讨厌打架，一打一闹啥都没了。但也不会完全屈从，关键时刻他是有立场的。比如曼妞讲，玲珑的游泳教练是个海归，英语肯定不差。毛虎当即否定，这么东一榔头西一扫帚不行，他需调整思路，即便去不了星火也要确保玲珑上个不错的学校。

米鞋匠那儿来了位时髦女士，脚穿一双枣红色漆皮短靴。米鞋匠一杯接一杯给她倒茶，毛虎踅过去看究竟。

米鞋匠说："我们都是家委会的。"他把"家委会"几个字咬得很重，像说个什么了不起的组织。俩人正筹划下星期天的出游活动。时髦女士说她准备找一家有关系的旅行社，用最低价位享受最好的服务。活动中还要融入英语小竞赛和国学讲座，这样孩子们出去一天既放松身心还有知识收获。这次出游至少要两位家长护航。米鞋匠建议让阳阳爸去，他是外科大夫，途中有个磕磕碰碰也好及时处理。时髦女士说还有大卫爸爸，他是防暴警察……

毛虎在一旁二目圆睁，这么个小学生一日游，还有安保还有跟班大夫，要是玲珑跟星火出游，他就免费提供鸡脖鸡架。可玲珑入学的事八字还没一撇。米鞋匠指着时髦女士："这位是房屋中介经理，看看有什么办法。"

女经理端起茶杯:"办法当然有。一种是买学区房,不过你这情况现在买确实晚点儿。另一种是房屋置换,就是把你的房子和对方的学区房置换,换个户名就行,孩子入学后再换回来。这个办法仅限于在靠谱的亲友之间操作。还有一种是把孩子落户到有学区房的人家……"说来说去都离不开房子,转眼间毛虎从找爹变成找房子了。

莫端端心里惴惴的,考卷没答好,这个爹怕是当不成了。他还是愿意把这个爹当下去,如果玲珑顺利"上岸"他会得到丰厚的报酬,相当于跑N趟网约车。那天的英语卷太刁钻,即便外教也不一定全会,毛虎不该用它考量。嘴边的肥肉被拿走,莫端端心有不甘。

如何让玲珑喜欢上英语?如何让毛虎再信任他?莫端端上网收集信息,还守在他家附近那所小学向家长询问,又找熟人进去听了几堂英语课,最后决定和玲珑一起表演英语课本剧。

莫端端给毛虎打电话:"英语课本剧既能表现亲子关系还能展示才华,我亲自去家附近的小学调研过……"米鞋匠耳朵尖,他把电话接过去:"你家附近是哪所小学?""建设小学,就在我家楼下。""你,房子租的?""我自己的。三十六点二平方米。"

玲珑落户到了莫端端家。建设小学是公办学校里的佼佼者,学校对户籍审查得极其严格,传说会夜间上门突击检查,看孩子是否真住这里。玲珑不仅落户还下榻了。

为了迎接这个小贵客,莫端端特意请了保洁。搬进来这些年也没像模像样收拾过,现在这个三十六点二平方米的小屋里又多了个衣柜,不光多了衣柜还多了一辆儿童自行车,不光多了自行车还多了一堆乐高,不光多了乐高还多了漫画书、各种玩具手枪、拼图、油画棒……曼妞要把钢琴抬来,莫端端觉得钢琴请进来床就要请出去,总不能睡在钢琴上。

莫端端认认真真当起爹,早晨为这个临时儿子煮蛋熬粥,再送去幼儿园,玲珑赖床,莫端端趴在他耳边连叫带喊。真欺负人,在家里迫于对曼妞的畏惧玲珑不敢,现在这个爹地不敢把他怎么样,莫端端越叫他越闭眼。"小祖宗我要迟到了!"莫端端投个毛巾给他擦脸,碰到脖子的痒痒肉了，咯咯咯……

晚上接回来给他做晚餐熬牛骨汤，曼妞特别叮嘱，孩子晚间要喝牛骨汤来壮力补钙，小家伙能喝满满一碗。然后俩人开始进入正题——排演课本剧。他们一会儿乌龟一会儿白兔弄得满头汗，俩人累得脸都不洗便一头倒在床上。

梦里莫端端住进大房子，有阳台有客厅有餐厅和卧室两间，阳台上开着美丽的花，客厅的茶台上在煮茶，厨房炉灶上正咕嘟咕嘟响，卫生间里的浴缸有单人床那么大，天蓝色的水面镜子一样，一张帅气的脸浮在上面。"你是谁啊？"莫端端探头细看，扑通，一个猛子扎进去……他睁眼看见床上的被褥湿淋淋的，孩子尿了。

"醒醒，你怎么回事？"孩子依旧睡得酣，小胸脯一起一伏一起一伏。莫端端不能睡了，把尿湿的被褥扔到床下，从柜子里翻出一件羽绒服给玲珑套上。这么一折腾天差不多亮了。早晨他把被褥拿到窗台上晾，估计一天也不会干，这房子是在阴面。他看着被子上的"地图"想，自己可能真的要发了。午休时莫端端去买了新被褥。

毛虎心里踏实多了，他给米鞋匠买来啤酒给女经理买来红酒，多亏二位帮忙玲珑才顺利落户莫端端家。他劝米鞋匠喝红酒："你不是家委会的吗，那红酒更匹配。家委会聚餐都摇着高脚酒杯，单单你……到时候我也进个家委会……"

毛虎心里还是放不下星火，那几乎是他的人生理想，放弃就等于背叛，毛虎不想当叛徒。怎么办？思前想后就给莫端端报了个英语班，提升才是最有效的办法。米鞋匠觉得不妥，莫端端白天上班，晚上回去照顾玲珑还要练课本剧，再给报个补习班能受得了？

"年轻人多吃点苦没啥，其实莫端端和我年龄差不多，只是没成家罢了。我当初创业每天才睡四五个小时，不也过来了！再说学到本事也是自己的，还有人出学费。"

莫端端去上英语班了，晚上下课后再去玲珑家把他接回住处，教他单词陪他演课本剧洗澡讲睡前故事……莫端端感觉自己像个陀螺，毛虎拿着鞭子使劲儿抽他就使劲儿转，转得腰酸背痛两腿发软。

　　夜里又洪水泛滥，莫端端又给玲珑套上羽绒服，自己蜷在沙发上看着对面这小孩儿。城里人都这样吗？他小学就在村子里读的，教室窗户上连玻璃都没有，就遮一块塑料布，他不是照样考上大学？一股火药味钻进嗓子眼儿，他想打开窗子换换空气又怕玲珑着凉。唉，哪一样钱都不好赚。

　　早晨莫端端指着湿漉漉的被褥："你又干好事。"肇事者翻翻眼皮一点愧疚都没有："能怪我吗？都是毛虎的遗传。爸爸说自己小学毕业才不尿床，不碍事的，不打针不吃药，尿着尿着就好了。"额的娘！

　　"你在家里怎么办？""妈妈叫我起夜。""今天我去买尿不湿。""不行，我皮肤过敏，用那东西身上起红点。""晚上咱不喝牛骨汤了。""妈妈说小孩子要补钙的。"

　　夜里莫端端总算熬到十一点，好歹把玲珑拖去卫生间。孩子闭眼坐在马桶上，嘘，嘘，嘘——莫端端嘴都嘘肿了，孩子勉强挤出一点儿。

　　靴子不落地回到床上也睡不实，他找来矿泉水瓶子，用水果刀在瓶口处挖两个洞，又拴上一根绳子套在玲珑脖子上，矿泉水瓶夹在下面当尿壶。莫端端正欣赏自己精湛的手艺，玲珑一翻身瓶子挂到屁股上，一股涓流直下……

　　莫端端给毛虎打电话，他说这孩子聪明又乖巧，这孩子哪儿哪儿都好，他拐弯抹角说呀说总算绕到尿床。毛虎笑了："你小时候不尿床？这个也有规律，正常都是夜里十二点左右，或许换了新环境他尿尿的生物钟一时紊乱。不过不能给他用尿不湿，更不能限制他喝牛骨汤。"

　　晚上莫端端收到毛虎发的微信红包，看看这都给夜班费了。他设置好手机闹铃，夜里十一点半准时将尿壶举起，又是吹哨又是哼歌，历经一个小时之久，那泡热尿终于千呼万唤始出来。

　　莫端端在办公桌上打起盹，主任把他摇醒："晚上没睡好？"莫端端苦笑："我有儿子了……""你啥时候接的婚？"

　　莫端端差一点就结婚了。他和小玲已经谈婚论嫁，莫端端爸妈对小玲很满意，一咬牙一跺脚掏出攒了一辈子的血汗钱。小玲对这笔钱也满意，房子的首付给她的彩礼还有办酒席钱都在里面，爸妈不愿意女儿找个乡下人家，这样对他们也是个交代。莫端端最清楚家里情况，爸妈打肿脸已经欠下外债。

亮亮是他在瓦城最好的朋友，他们曾是大学里上下铺的兄弟，在校期间亮亮就脑子活络，买基金买股票一百块钱迅速变成二百，莫端端没少跟着蹭吃喝。后来莫端端进了银行，亮亮干了期货。亮亮发财了，亮亮买了汽车。他劝莫端端一同参与，可惜莫端端没本钱。

亮亮要借那笔结婚钱周转，他发誓三个月肯定还，并许诺回报高额利息。利息很有诱惑力，给爸妈平掉外债还有盈余，时间期限三个月，啥都不耽误！亮亮很正式，欠条用A4纸打得规规矩矩。

莫端端没等到回报，他只有欠条。欠条能当首付吗？不能。欠条能顶彩礼吗？不能。欠条就是个屁，屁都不是。赔了老本的亮亮一下子变成个无赖，他说要钱没有要命一条。莫端端不想要他的命，他想要自己的命，他朝铁皮门一头撞过去，使劲撞使劲撞。来了，热血来了，海浪一样染红了整张脸，亮亮吓得打战："我奶奶在建设街有套老房子顶给你……"

小玲走了，留给他一双鞋，一双巴洛克男鞋，黑色鞋面棕色鞋底，上面还有细细的棕色装饰鞋带。原打算结婚那天穿的……莫端端在三十六点二平方米的小房子里开启了单身生活，他手脚并用四处抓挠钱。现在银行效益不好，光指望工资能翻身？莫端端样貌文静却能吃苦，这也是他最大的本钱。

玲珑睡觉像拉磨，小脚丫一会儿踢他脸上一会儿踹他胸口，夜里莫端端不光接尿还要忍受拳脚，这可怎么好？功课做完把他送回去？夜班费就没了！还有学校那突击检查……

莫端端买了个帐篷回来，夜里给玲珑接完尿直接钻进去。小子看你再踢我。忽然觉得胸口闷像口麻袋压在身上，一睁眼看见玲珑正横在自己身上。"你小子怎么钻进来了？"

玲珑强烈要求睡帐篷，莫端端不同意。帐篷哪有床舒服？"反正我要睡帐篷。"晚上洗漱后玲珑先入为主："爹地，扔给我一个枕头。"让孩子睡帐篷自己睡床总归不是那么回事儿，莫端端只好和他挤在一起。

"你真喜欢睡帐篷？""喜欢！""那你好好学英语。"莫端端就把睡帐篷当成一种奖励，然后这孩子就不再抵触晚间的英语学习。"爹地，背完十个单词就可以睡帐篷吧？那我把明天的也背出来。"玲珑的英语大有长进，和人说话都往外蹦单词，给曼妞打电话开口就是："哈喽，哈喽，给我准备一双运动鞋，我要爬山去。"

周末前一天晚上，玲珑自己收拾好背包，里面装了好几把冲锋枪。俩人在山上用碎石块垒碉堡，又端着冲锋枪乒乓扫射。玲珑脑门上冒出汗，他用小手一抹，马上把自己变成个大花脸。莫端端拿纸巾给他擦……要不是那笔结婚款流失，他的孩子也有这么大了。

天上忽然落了雨，莫端端怕孩子着凉，把他抱起来朝山下跑。到家孩子没事，莫端端发了烧。玲珑向曼妞求助："哈喽，爹地病了。"

莫端端和玲珑都缩在帐篷里，帐篷旁边堆着零食水果衣服拖鞋，床上被子也没叠，被子上散落着文具、玩具、书、闹钟、充电器……曼妞头都大了，这个小破房竟然能引渡她儿子上个好小学！狗尿苔长在金銮殿上了！

天天睡帐篷不着凉才怪，曼妞心里急，可玲珑铁了心睡里面。曼妞就跑出去买充气床垫，想想不行又买一个，想想不行又买一个，三个充气床垫摞一起就快把帐篷举到天花板了，玲珑着凉的问题得以缓解。

这个阴面小屋光线太暗，肯定影响视力，万一儿子将来要当飞行员呢？曼妞仿佛看见玲珑的眼镜片比瓶子底还厚，事态严重急需解决，而且要从根本上解决——曼妞先是换了灯泡，想想不行还要给墙刮大白。她找来师傅，程序是先磨掉墙上的旧有然后刮大白，然后再磨掉重刮，然后再磨掉重刮，这样反复三次才行。不妥，眼下她儿子必须生活在这里，灰土四扬怎么成？

对方出主意说可以贴壁纸，这办法可以。曼妞买来奶白色壁纸，房间小，她监督着师傅大半天就干完了。屋里一下亮堂起来，好比一个老头换上新衬衫，看着就精神。她找来几个大纸箱，准备把衣服鞋子玩具文具书都分门别类装进去，贴壁纸的师傅建议，不如在墙上打几个吊柜更省空间。有道理！

曼妞又找来木匠叮叮当当在墙上挂起一排吊柜，所有杂物都被束之高阁，屋里更整洁了，好比那个老头不光穿上新衬衫他还理了头发。莫端端蛮开心，不花钱不出力就把房子给装了。

曼妞在厨房给他们做蛋炒饭，火开得大燎到一旁的味精袋，味精袋又波及一塑料桶豆油，灶台上瞬间升起一个火球。"拉电闸拉电闸！"还是莫端端反应快。曼妞惊得手脚发软。这厨房才是最大的安全隐患，墙上拉着横七竖八的电线，炉灶上摆满各种调料瓶罐。玲珑搬进来太匆忙，也没留意查看。

曼妞又请人上门贴瓷砖，地下和墙面统统奶白色，紧贴着天花板也打起一排吊柜。原来的炉灶被请出去，一个电饭锅一个电炒勺足矣。曼妞发现卫生间地上有几块瓷砖迸裂，这容易扎脚。卫生间也得搞一搞。

壁纸贴了厨房弄了卫生间搞了，好比那个老头不光穿上新衬衫他还理了头发，不光理了头发他还穿上新皮鞋，不光穿上皮鞋他还打上领带，旧貌换新颜他变成个小伙。曼妞太有成就感了，于是拍照发朋友圈，照片是新老交替，配文曾经与现在。下面点赞一片，曼妞沉浸在前所未有的快乐里。

玲珑搬走后曼妞心里空落落的。现在鸡架店属于毛虎的领地，毛虎盘踞在那儿熏鸡架卖鸡架招呼生意，她在那儿显得特别多余。这几年她一直专心陪儿子，忽然间就失了业。

曼妞不喜欢做瑜伽，不喜欢逛街，不喜欢一坐半天的休闲，她热爱劳动，就愿意干活，劳动光荣劳动让人心安，毛虎偏要让她闲下来当阔太太。她八岁就扛锄头享受不起这份清闲，这清闲能把人活活累死。她给玲珑报了很多课外班，到了周六周日便马不停蹄。她一边对毛虎嚷着累，一边享受着累的快乐。

玲珑上幼儿园她便在家里到处收拾，那么大个房子也不请保洁，就她一个人干。家里干净到什么程度？戴上白手套去床底掏都没一丝灰。莫端端的房子太小，曼妞不过瘾。

曼妞脑子要比毛虎清醒，玲珑去星火的概率很低，八九不离十要来这个建设小学，到时候还让莫端端带，上学方便晚上还能帮着补习。现在的小学课本不简单，听说有些题大学生都不会，而她自己高中都没读过。玲珑要在这儿读六年小学，论投资与回报她一点也不亏。

最开心的是玲珑，他爬到充气床垫上纵身一跃跳到床上，然后再爬然后再跳，曼妞这是给他安了个蹦蹦床，比蹦蹦床还好玩。莫端端脑袋嗡嗡响，感觉自己像坐船。"别跳啦，别跳啦。"小家伙根本听不见，莫端端胸闷气短，一颗心脏就快从嗓子眼里跳出来。他捂着胸口偷偷拿起一根针，噗，最下面那个垫子在一点点变矮变小。玲珑打电话跟妈妈抱怨："你买的啥破床垫……""今天太晚了，明天我去看看……"

曼妞开车去莫端端家，脑子里琢磨着那个床垫，这才买几天？现在这东西质量就是不过关。迎面一座玻璃房子奔过来，它好像自己长了脚，忽忽悠悠朝曼妞这边行进。莫端端家楼下这条路很窄，曼妞赶紧打轮避让，来不及了，嘎吱，车尾被划出一条痕。曼妞看明白了，不是玻璃房子，是个封闭阳台罩，旧的。它也没长腿，一个男人在倒骑驴后面推。男人慌乱中掀起衣角猛劲擦，划痕又不是灰，擦不掉的。

男人擦拭的手在抖，他知道这辆车叫宝马。"这、这阳台一百五收的，转手能卖二百五，这倒骑驴能值三百多，全赔给你。"这世间并不缺少美，而是缺少发现美的眼睛。这世间并不缺少活计，只要你愿意四处踅摸。曼妞眼睛直勾勾盯着阳台罩子，旧是旧了点儿，框架和玻璃都完好……

莫端端家的阳台四平方米，这个罩子七平方米，曼妞就让工人把阳台往外探出去三平方米，屋里陡增七平方米面积，相当于添了个客厅。莫端端住顶楼，从外面看，这阳台罩像挂在墙上的空中楼阁。

曼妞拿个计算器让莫端端看："一平方米三万，三七二十一，看看，你看看。"曼妞没有讨债的意思，她只是表达心境，一个英明举措不光让房子增了面积，价值上也鼓舞人心。曼妞去见朋友去鸡架店都会翻出手机照片："这房子三十六点二平方米，学区房，就在建设小学旁边，均价每平三万。""你要卖房?""阳台上扣个罩子一下大出七平方米。这罩子,我扣的……"

曼妞在阳台上贴了五页告示:洗碗要把水控干净,洗衣服要加84消毒液,脱掉的鞋子要拿到阳台上晾晒,早餐一定喝豆奶……曼妞常来更换告示,昨天又添一项:去卫生间方便前要把马桶四周用湿巾先擦一遍。房子变大,莫端端不高兴才怪,现在忽然觉得曼妞是为了贴告示才打造的阳台。

莫端端接到社区电话,那空中楼阁严重危害楼下邻居们的安全,几家联合起来找到社区。莫端端家住七楼,楼下那六家说,如果社区不能解决他们就起诉到法院,莫端端支吾着说信号不好……他关掉手机躲出去,有位邻居知道他在这家银行上班,一激动找过来可坏了。

晚上打开手机,看见主任给他语音留言,那声音比咆哮还可怕。主任说:"你死哪儿去了?你有儿子了不起啊?你明天不用来了……"

玲珑还在充气床垫上跳,曼妞去把漏气的换了。莫端端说:"你要安静你要背英语。"玲珑看看他:"曼妞说我肯定去建设小学,那边不考英语。爹地,我太开心了,我可以一直住下去。"

玲珑继续跳。"爹地,你开心不?""别跳了祖宗,再跳楼塌了。"轰隆!莫端端的话像带着法力,那个七平方米的阳台罩子瞬间掉下去,玲珑连滚带爬躲到莫端端身后。莫端端朝外看,阳台那儿现出一个黑洞。这下好了,不用找人拆了。

这时候毛虎来电话,他从米鞋匠那儿得到消息,听说这次入学有亲子马拉松之类的考验,毛虎觉得莫端端太瘦,想给他报个健身班。"学校还考吹拉弹唱不?再给我报几个……"

莫端端从黑洞那儿看见不远处别人家的灯光,那么密,那么亮。他帮玲珑穿好衣服,拉着他朝门外走去……

原载《中国作家》2023年第3期

蔡 东

# 外面下雨了吗

他站在太阳地儿里，身后投下的，是熊猫的影子。

宋芹瞧见他站在外面，就飞快地取了桌布，铺好最后这张台，悄悄跟出来。

春末夏初，天空蓝得漫不经心，是一层薄薄透透不那么用力的蓝色，没有重量感，也没有藏住的隐衷和心事。云彩丝丝缕缕的，被风引着，白烟般上升，越来越淡，直至消逝于无形。阳光穿过清透的空气，跳荡着落下，照得到处一片晶亮。她深吸一口气，几步走过去，拽一下熊猫前掌，提醒他，我来了。他晃晃头作为回应。自然看不见他的表情，眼前依旧是一张毛乎乎的圆脸，脸上两个八字形眼圈拢着小小的树脂眼球。她冲这双下垂眼微微一笑，接着想到，不对，他是从熊猫嘴那里视物。她下移视线，目光落在透明嘴巴上，隔一层塑料往里看，模模糊糊也看不真切。

中午带几个客人入座，她注意到黄衣骑手送一盒蛋糕至前台，前台服务员转手放进冷柜。她忍不住在心底合计，是周五吧，晚上八成有生日宴。立马向四周张望，寻找他的身影。他仍独自待在角落，身体斜倚窗户，手臂交抱胸前，熊猫头放在脚边。

那算个秘密吗？她也说不清楚。饭点儿的时候，餐馆里热热闹闹多少双眼睛，他俩的秘密是在明处的，从未刻意掩藏，坦荡发生于每次生日歌结束之际。只是人来人往的，竟无人真正在意，倒成了专属于两人的秘密了。

过了午高峰，餐馆里活儿少，人偶就被派出去招揽生意。几个月来，人行道花砖地面投下过长耳兔、皮卡丘、尖头黄鸭梨的影子。宋芹看得出，现在他最喜欢这套新款熊猫的，头身分体好穿脱，里头空间大，还藏了个小风扇。

她陪他站在树荫里。一个漫长的午后，懒懒地停靠在黄葛树巨伞般展开的树冠上。长长的街道安静下来，行道树的枝叶间传出清晰的鸟鸣声。有的鸟鸣声短促清亮，珠子一颗颗滚落在地，还有的，是悠扬的带着颤音，一缕轻烟缓缓飘向天空。

"下来，我要下来！"一个小男孩双臂前伸，似要跃出母亲的怀抱。年轻妈妈一脸怒容，怀里抱着体型偏胖又不肯自己走路的孩子。她蹲下来放下怀中孩子，孩子转身扑向熊猫，小手来回抚摸熊猫厚密的腹毛。嬉戏好一会儿，小孩才面露厌倦之意，妈妈试着问："咱俩比赛走路好吗？"小孩眨眨眼，突地迈开步子往前走。另一位妈妈没那么幸运，熊猫刚一走近孩子就快吓哭了，妈妈捂住孩子眼睛，侧身快走几步离开。又来了几个穿校服的小学生，停下来跟熊猫握手。宋芹打起精神，防着他们拍打熊猫头或揪绒球般的短尾巴，还好几个人嘻嘻哈哈拍完照就走了。更多的行人步履匆忙，对身着劣质服装的人偶不感兴趣，低头疾步走过。

嘴角弯月般向两边翘，让人偶永远保持住笑容；黑色圆点表示鼻子之所在，写意式的，潦草了些；半圆小耳朵不知何时陷进白绒毛里，几乎看不见了，她抬手把耳朵往上拉出来，这样，人偶神情里就少些茫然。一阵风吹过，树枝摇动，摇得一地金色的光斑。她看一眼手机，都快两点了，哪还有人吃饭，就用肩膀蹭蹭他，说进去歇着吧。

几个月前，他还是一只长耳兔时，她来餐馆应聘，当天就领了工服。那会儿快到年底了，餐馆几个小年轻跳槽到对面KTV，穿酒红色衬衫配马甲，看夜场，端果盘收空瓶子。人的耐受力往往会在某些时间节点忽然崩毁，把心一横，换个新鲜地方熬也好。再说了，KTV员工服装洋气又精神，不像这家炒菜馆子，用的是黄棕色立领盘扣工作服。

宋芹不在意老气的立领盘扣，她庆幸又在深圳找到一张床。饭店提供服装，还提供民房里的一个床位。睁开眼就看到床边挂着的工作服，心里踏实，不必发愁穿什么。第一天上班，领班训话，说别玩手机，手脚利索点，这里可不养闲人。领班身着挺括的深蓝色套裙，头发在脑后挨脖颈的地方挽成一个髻，看上去严厉而干练。

大厅里，根据桌子的摆放划分出一个个相对集中的区域。餐馆工作嘛，谁都不希望自己地盘大，老鸟只看四五张台，她是新手，一个人看六张。新手要多干点，新手还是万金油和阿司匹林，哪里临时有活儿也喊她顶上。领班环视四围掌控全场，来自同事的监督往往更为严密，百忙中责备地瞪她一眼："你居然在闲着。"接着下巴一扬，"那边，快去。"

那天，她应付完一个对靠窗卡座有执念的客人，刚松口气，瞅见一位客人紧拧眉头招手。她提着心走过去，客人努努嘴，说："多重的烟味，就没人管吗？"她暗自叫苦，旁边那桌也是她的台。抽烟的人穿暗纹香云纱上衣，标配的念珠和扳指，哪敢惹呀。她应承着，并未上前制止，磨磨蹭蹭给另一桌撤餐盘，心里盼着在必须干预前，他已迅速过完烟瘾。

扳指客人又点上一支，烟雾像追着她一样飘过来。她硬着头皮走过去，弯下腰，小声说："先生您好，不好意思，咱餐厅不能吸烟。"客人呷口茶，深吸一口烟，眼神变得迷离，跟灵魂出窍了一样。她知道，他听见了。她横着心站在一边，还没想好怎么继续劝阻，客人就恼了，立起眼睛来，大声斥责："知道自己是谁吗，瞎嚷嚷什么？"喧闹的餐厅出现短暂寂静，随即声浪又起。她窘在那里，脸上烧得热烘烘，不用照镜子就知道，耳朵也变红了。

有人从她身边急匆匆走过，是领班，她听见领班的喊声："集合啦。"她趁机转身离开，见店员们围着一桌客人，站成一个半圆，有拿灯牌的，有拿荧光棒的，还有一只长耳兔，在拱手作揖。领班忽然一眼扫见她呆站在那里,喊道:"你,过来呀。"她走近,见客人正准备切蛋糕,还不知道要干啥,歌声已响起。

一人高举灯牌,一人挥舞荧光棒,其他人拍手齐唱祝福歌,长耳兔随节奏摇晃身体。宋芹有些放不开,跟着小声唱,惊诧于生日歌竟如此漫长,歌曲段落复沓。终于挨到最后一句,掌声过后,戴纸皇冠的人双手往空气中一推,示意他们离开。

临时的庆生小团队假笑着散去,她步子有些僵。事情就是在这时发生的。

她赶着回自己地盘,正走着,没承想,肩膀上突地多了点重量,还有一种早已陌生的感觉,是触碰带来的温热感。皮肤神经末梢激动地向中枢传送信息,心脏跳动的那一拍被拉得长长的,世界也跟着摇晃一下。

停住脚,扭头看,见肩膀上搭着一只毛茸茸的兔爪。兔爪轻搭在肩头,似向她求助,又像是给她安慰。来不及分辨,也不知作何回应,眼眶却不自觉地一热。转头向前,放慢步子,以搭在肩头的兔爪为连接,为他引路,引着身后的他,一径走到角落。角落里,兔子拽着耳朵往上一提,兔子头离开了兔子身体。人偶服中间,站着瘦小的人,这个人是长耳兔真正的脊柱,支撑起软塌塌的服装。她冲他点点头,小跑着离开,跑过一小片寂静,回到大厅,那里的声音和热气,多像一大锅正在滚沸的浑汤。

此后的日子,她也没工夫跟他多聊几句,停下来喘口气时,习惯性地四下瞅瞅,看他在忙啥。有时他躲在一棵橡皮树后,有时被儿童缠住不得脱身,有时在接受店长指导,店长嫌他不积极,说多互动,萌一点,给客人击掌、送飞吻,来,胳膊往前伸,这是求抱抱。

一晃到了四月,大半个春天过去了。她陪着他,站在一个悠长的午后里。四下寂然,看不见一只鸟,只听见阵阵鸣啭声。偶有几片落叶,浮在空中,晃悠半天,徐徐落地。南方多的是常绿阔叶树,树叶不会一夜间被冷风扯下,常常在春天,老叶子绿得那样深,像是累了,就悄然掉落,连和树的分离都是安静的。快两点了,她用肩膀蹭蹭他,说进去歇着吧。她帮他摘下头套,挺沉的,比想象中坠手。他揉揉脖子,抹一把脸上的汗,说:"我找个机会问老板,能给换个充气的吗。"

傍晚时分,熊猫又要出去招揽顾客。她忙着带位,间或透过窗户向外看一眼,见他歪着头,一只爪子叉腰,另一只爪子举高在耳边晃动。天色久久不暗,黄昏拖曳得越来越长,蜂蜜色落日在街道尽头的大树后平静地停留,某些时刻,隐身的群鸟像突然接到神秘讯息,一起从树枝深处弹出,向着远处的落日飞去。

周五晚上,空气中涌动起快活的气息,迫切需要一场聚会的人们冲出各类小隔间。导航地图上的线路,一根根变红了,从淡红到绛红,从车河潺湲到几乎不再流淌。直到食客星散于商圈食肆,梗塞的道路才空落下来。宋芹已适应了工作节奏,一开始上客,便嗅到危险的气味。山雨欲来,大战前夕,身边人个个神情凝重而动作飞快,准备迎接一个俯冲过来的繁忙夜晚。

铺桌布,摆放茶杯碗碟,迎客人入座,点单,上菜,续水,换骨碟,满足千奇百怪的要求。问询太过熟练,跟背出来的一样。"有忌口吗?酒水需要吗?甜品一起上吗?"客人食毕离开,立即收拾碗盘,盘子在最下面,大碗套小碗,摞得颤巍巍,放在比人还宽的托盘上一趟运走,撤桌布,喷洒去污剂,抹布大力来回抹。一个月就有了肌肉记忆,想慢都慢不下来,动作利落,没有任何犹疑和磨叽。哪怕无人监视催逼,也是自动往前赶的,快一点,再快一点。

天黑透了,六张台坐满客人,他们是宋芹今晚的命运。"儿童餐具呢?""来包纸巾!""青菜催一下,没做就退掉!"A1桌小朋友坐在加高餐椅上,手指紧攥勺子,捣树脂碗里的所有食物。A2桌随儿女出来吃饭的老人看起来很紧张,隔一会儿就摸摸裤兜。A4桌客人把壶盖放桌上了,要赶紧添水。A6桌男客人高声谈论股票,一旁妻子模样的人不停翻白眼。人们在家里总一言不发地吃饭,低头咀嚼各自想心事,到了外头却如此吵嚷。哪里突然爆发出一阵恣意笑声,接着,整个餐厅的声浪就跟着一用劲,蹿升到更高的地方。

她看顾自己的地盘,不忘观察东头窗下那桌,就是那桌客人把蛋糕存在冷柜里的。咦，有位客人骨碟里堆满虾头，她寻思着要不要上去换碟子。换碟子亦看运气，周到服务和愚蠢打扰仅隔一线，有时候人家配合，帮着挪碗筷，有时候人家嫌厌，抬手冷冰冰挡开。脑子里两股势力正拉锯，A2桌最后一道菜到了，她端上去，说菜齐了。一转头，见蛋糕已不在冷柜。往东头张望，客人正招呼服务员撤空盘放蛋糕，不等领班示意，她已大步走过去。

这桌人的视线，落在穿紫色裙子的姑娘身上，过生日的是她。庆生小团队就位，金色蜡烛摇曳起小火苗，歌声像从远处传过来，渐次清晰，回环的曲调递进出越来越浓烈的情绪。宋芹屏着气，知道自己也离那一刻越来越近。一曲终了，姑娘探身吹口气，熄灭蜡烛，众人继续鼓掌，姑娘十指交叉相握，闭目许了愿，说："好了好了，谢谢，你们撤吧。"

很多客人往这边瞧，面对突然聚集过来的目光，她并不感到紧张，没人真正注视她，也没人关心她是谁。是时候了，迈开脚步，暗自哼着哆咪咪，到第三个音节时，她肩膀找到一只毛绒包裹的手。这隔着衣物的触摸，依然令她全身一抖。这触摸有形状、温度和重量，可细细体味，还有，她感觉到，身后熊猫在找到肩膀的一瞬，呼出一口长气，绷紧的肢体松快下来，像偷偷告诉她，他心里有底了。

以搭在肩头的手为连接，她引着他，在众人面前走过。走着走着，她脚突然一滑，整个人向后仰倒。回过神来，发现自己靠在软乎乎的胸膛上，身后还有双手，坚定地支住她的腰窝。她脸一红，站直身子，低头看，瞅见地上一摊枯叶般的茶水，刚想抱怨谁洒的水，也不拖下地，身后传来闷闷的声音，他在跟她说话："是下雨了吗？"

他们似有着共同的样貌。在多数人要上班的时间徜徉于超市，牙齿洁白，衣着休闲，体脂率偏低，上了点年纪，喜欢买黑标火腿和羽衣甘蓝沙拉。眼前这位女顾客亦如此，符合目标消费者画像的各项特征，连皮肤和气色都带着些经典的意味。宋芹把东西放进可降解购物袋，目送顾客缓步离开，与其从容步态比照，才意识到自己刚才一连串动作有多慌张，呼吸也急促，像刚从水里浮出来一样喘息。超市为拓宽自助收银通道，又撤掉一个人工收银台。一上午连拆带运，动静不小，既像鞭策，又似威吓。眼看着收银台被拆掉，她心里说不上什么滋味，手头动作却不知不觉变快了。

她能留下来，是因年轻了几岁。隔壁的吕姐速度慢，周末客多时柜位总排队，加上这两周接连好几次对账都短了现金，只能自己补，吕姐抹眼泪，虽最终补了，到底耽误了主管的时间。有一回少了将近五十块，吕姐又点一遍，确实对不齐，人恍惚了一下，接着，夹住腿身子低下去，起了个哭腔，主管脸一沉，她无奈收住，闹也没意思。回宿舍路上，宋芹安慰她，说我在一家小超市待过，刚开始不会认假币，也是自己赔钱，一天白干。

一早，两人挤在小休息间里说说话，算作告别。吕姐个人物品不多，一边把水杯和药品扔进布兜，一边说："老乡答应帮忙，找个轻松点的活儿。"宋芹说："到时我跟你过去。"吕姐说："净想好事，哪这么容易呀。"其实她也只是随口一说。吕姐有腱鞘炎，脚踝经常肿着，小腿肚上蜿蜒着树根般的深紫色静脉，都是工作落下的毛病。宋芹身体各部件磨损尚轻，还能站几年。毕竟，用吕姐的话说，这里的顾客气质好，不爱吵架，结账也不要求抹零。这里是大型综合体配备的负一层超市，东西谈不上性价比，自然也不会有抢便宜鸡蛋的老头老太。

正结账的顾客突然想起来什么："我有会员卡的。"意思是，怎么没找我要？其实他也忘了报手机号，只是这类事默认为收银员的责任。散架的柜台堆放一边，刚来了两个工人往外运。她用眼角余光看着柜台被拖走，一分神，忘了询问。慌忙道歉，态度诚恳，心里告求各路神仙，盼着这位不在乎那点积分，退货重新扫可就麻烦了。还好，客人只随口一说，并不坚持。

长舒一口气，转过头来，看到下一位顾客，是她。

忘了从何时起，宋芹默默唤她为柠檬姑娘。购物篮递过来，跟往常一样，里头是熟食盒饭和一罐柠檬茶。也许是小危机化解后心情放松，也许是早就想跟她说句话了，宋芹拿起扫描枪扫条码，说："今天换口味了？"

柠檬姑娘常买黑椒牛柳意面,今天篮子里是葱油鸡便当。姑娘一愣,没接话,茫然地看她一眼,目光马上移开。她心一凉,低头掩饰尴尬,还是冒失了,这么多天来,以为这姑娘已认识她,至少对她有印象。

为了聚人气,熟食部在午餐和晚餐时段售卖盒饭。附近写字楼上班的人,吃够了公司旁的外卖,趁午休时间三三两两过来买。精品超市不以客流取胜,又非街坊集市,熟客有限。工作时,她跟表情平和的富人打交道,像两个世界出现短暂的交汇和连接,随即又彻底断开。从来看不清他们的真实长相,只感觉到,那是散发着相似气息的一类人。柠檬姑娘不属于那群体,她相貌娟秀,总独自一人前来,买份快餐就走,自助结账或赶巧在她柜台,几个月下来,宋芹心里已把她当成熟人。姑娘戴半框眼镜,留普通直发,额头清爽,没有抿成心形放左边或右边的刘海儿,喜好低饱和度颜色的衣服,一黑一棕两双乐福鞋轮着穿。附近一圈汇聚着投行和互联网大厂,里头多的是海归和名牌大学毕业生。脚下有学历垫着的人,跟她也没多少交集,并未期待什么,只是看到年轻又熟悉的面孔,便觉得亲切。

"是你。"姑娘表示记得她。多半是虚言,也让她好受些。她轻轻点头,帮姑娘把盒饭饮料装好,示意下一位顾客上前。

晌午时分,店里冷清下来,偶有几个顾客在里头闲逛,忽一下人影闪过,很快又隐没在货架后。吕姐走后,白班就剩下她和徐岁兰了,一人守着一张台。网购单居多,零星的客人用自助机结账,有个同事是专门看自助的,名义上帮顾客的手,其实是怕漏扫东西。

午后的负一层超市,堆积着上万件商品,从清晨站到现在,一身倦意抖落不及,终于神情犹豫地滑向一场梦境,裹带着人和物向更幽暗的地方沉下去。她站于其中,像站在一头巨兽的腹腔里。这工作教会她,维持基本的站立需要调动全身的肌肉群,小腿、大腿、臀部、腰背,腰一塌,肚子就腆出去,很快便累了。午后的困乏一波波涌过来,时间越走越慢,身体渐渐变重,她不得不倚住柜台,调整姿势。目前支撑身体重量的是右脚,过一会儿,换成左脚。就这样轮流倒换双脚,先休息身体的一半,再休息身体的另一半。她像个魔术师,把肉身切成了两半。徐岁兰未掌握切割大法,她借助一长柄簸箕,双手环住手柄,下巴也靠上去,相当于多一条腿来撑住身躯。

柠檬姑娘三天两头地来超市买快餐,有时宋芹的目光会把她唤过来,有时会把她推向另一个柜台。宋芹目之为熟人,不知姑娘会不会误以为里头有什么越界的情谊,这样一闪念,登时觉得没趣,想着不如避忌的好。

这天,姑娘刚走进来,宋芹就瞥见她了,她剪过头发,整个人看上去焕然一新。宋芹埋下头扫条码,滴滴声响过,忽地觉得有些不对劲,周围安静了下来,是突然的沉寂肃然,所有的声息消失,显得扫描的声音格外响亮。她抬起头,发现大家的目光聚集在姑娘身上,没人关心新发型,视线交汇在她的右手上。

她手里握着一把伞,伞面已收起,水珠正顺着伞帽滴落。隔壁柜台没顾客,徐岁兰贸然问道:"下雨了吗?外面下雨了吗?"

她有些惊愕,看着灯光下神色惘然的人们,点了点头。负责自助柜台的小冯紧张起来,她是相对机动人员,等顾客带进来更多的雨水,主管与外面通了声息,今天就必然多了活儿,要候在入口给雨伞套防水袋。

柠檬姑娘带着伞,带着雨的讯息,消失在超市深处。过了片刻,姑娘拿着盒饭走出来,宋芹冲她笑,她踌躇一下,还是走过来。姑娘主动打招呼,说:"入夏了,雨说来就来,你出去时带把伞。"她点点头,问:"雨大吗?"姑娘抚着天蓝色雨伞,说:"刚开始下。"

姑娘走后,宋芹留心觑看进出的顾客,以此揣测雨的模样。有的人一直逛商场,浑然不知外面天光如何,是晴是雨;有的人手执长伞如挽宝剑,伞面尚有雨珠滚动,衣袖是微湿的;还有的,衣服紧贴身上,头发打着绺儿,看样子淋得不轻。

结束这个白班,走到外头,一整天已过去。时近傍晚,雨已经停了,整个城市还在往下滴着水。她站在暮色里,站在一场雨的遗迹里。不知这场雨,是雍容的还是慌张的,是千万条雨线还是无数颗珠子,几时落下又何时收止,天是一下子黑下来的,还是在雨幕中缓缓变暗。雨后空气清冽,街面上一片银亮,行人踮着脚走过积水处,路边的植物一身洁净,散发出草木清气。公交站旁的那棵树，圆形树冠绿着一大半，剩下一小半泛着黄，在傍晚最后的光亮里，她认出来，有的叶子去年就在，有的叶子今年新长的，雨水一洗，生绿生绿的。

夏天随雨水越走越近了。

雨季里，邻居徐岁兰受不了久站，加上收银工资低，便转去促销岗。她辗转于不同的商品区，察言观色，伺机而动，逮着面相温和的顾客讲述一块牛排、一支红酒、一瓶面霜的故事，月光、草场、海洋等词语反复出现在她动情的讲述里。她看守这个世界，又跟这个世界没什么关系。宋芹知道，其实徐岁兰什么都不信，谁也种不了她的草，怀疑是她的铠甲，也是兵器。

宋芹再没找到机会跟柠檬姑娘说句话。姑娘依然出现，但总是径直走向自助机，付过款就走，步子有些快。她也说不清道不明，她俩算旧相识吗？无论如何，是有过一场雨的交情吧。她一次次对着她的后背，心思慢慢淡下来，本无交好的基础，也不必熟识，或许有了情谊反是负担。

日子一天天流过，她不嫌枯燥，倒为这保持了一段时间的安稳和确定窃喜。这天，中午小高峰过后，顾客一直不多，她四下看看，注意到有个小伙子在临期进口食品区逡巡良久，纠结半天，挑选出几样。小伙子来到柜台，她边扫码边问："需要袋子吗？"小伙子摆摆手，把东西往胸前一抱就离开了。

这时，柠檬姑娘的身影从烘焙区后面闪出来。乍一相见，她心底升起微小的期待，目光不知不觉迎上去。姑娘垂着头走过，用自助机结账。她暗自失落，刻意转头对着超市，不去看姑娘的背影。很快又来了顾客，手里擎着快餐套装。她接过来扫码，等顾客付完款，把盒饭递回去。

忽地，她眼睛睁大，身体跟着一僵。她折返到方才那一刻，盯住突然显现出来的标签，确认自己的猜测。盒饭中午一点半以后打折，例汤还可附送。回想起来才发现，最近这段日子，姑娘是比以前来得晚了。她深深叹口气，不知柠檬姑娘的午餐，还会配黄罐柠檬茶吗？扭过头，向超市出口看去，姑娘早就不见了。

整整一个九月，柠檬姑娘杳无消息。她经常一愣神，四下张看，却再也没有了她的踪影。

又一个午后，她倚住柜台打盹儿，上半身时不时朝前一栽。这会儿，不知有多少杯咖啡被放进外卖箱，在箍着防烫圈的纸杯里摇晃一路，递进一个个工位，用于刺激神经，改善情绪，提振再战一个下午的信心。她不喝咖啡，十元内平价奶茶也戒了，哪敢惯自己养成这些成瘾的习惯。为抵挡困意，她会允许自己想一想柠檬姑娘，允许自己牵挂一些从未真正认识的人。连从未真正认识的人都想过一遍，就任凭神魂出窍，漫游那个无限大、无限深幽，售卖物质也售卖良好感觉的梦幻之所。

所有商品如珠宝一般，得到精美陈列，无声地宣示，它们是好东西。保鲜柜里，新鲜非冷冻的和牛布满大理石状的纹路，一根根修长的蟹腿剖开来，隆起雪白的蟹肉。一个水果区就可齐集四季收纳世界，LED面板灯洒下均匀光线，再加一排暖色调筒灯照耀，果皮的色彩更为明艳。车厘子果柄是鲜绿的，果肉暗红多汁。蓝莓挂一层厚厚白霜，白霜下的蓝透着金属质感。你能在一颗芒果上发现四种颜色，霞光从果蒂处缓缓晕开，玫瑰红向着鹅黄过渡，弯弯的尾部一抹青绿，是山水秀色。还有一颗颗巨大的水蜜桃，桃尖那里一滴深红，由深到浅，往上化开了。

最后停驻在白雾缭绕的冷风柜前。有专人摆放收拾，生鲜蔬菜永远秩序井然。分割成三角形的奶酪，切面上露出蓝纹。蔬菜们包装精致主打有机，亮亮的塑料纸裹住几片叶子，看上去甚为矜贵。加湿装置奋力工作，细密的水雾向外喷涌，在这富丽丰裕的地下城里，渐渐地，弥漫成一片云烟。

六目相对时，她心头一颤。不知对方心情如何，看那飞奔逃走的仓皇模样，它心头的颤抖，应该比她剧烈。它是一只瞪着四个眼睛的蜘蛛。在这里住了半个月，还见过一些小怪物，或一面之缘，或数面之交。有的从门窗缝隙跑去外面，有的仍留在房间，东躲西藏地跟她一起生活。

餐馆倒闭已是三年前，一年前超市精简人手，她竞争不过小领导的远房亲戚，走人了，之后做过几份杂工，皆不长久。一丁点积蓄，经不起日子一天天地往外掏。心里空落落的，抬头看见大团的云朵正疾步离开市区，往海上走去，主意就此定下来。

换乘三条地铁线，在地表之下蜿蜒画出一个"乙"字，又搭一段电单车，总算到了，这里是城市接近消失的地方。昨晚在电话里问租价，便宜是便宜，便宜得叫人心凉。虽做了准备，真正看见了，心还是猛地往下一沉。楼梯房里，一个被几面斜墙逼成多边形的空间，像住宅设计失误，多出来一块奇诡而尴尬的空间，又浪费不得，装上一扇门就出租了。走进去，从一扇小窗里向外望，望见的是另一扇窗户。

架不住便宜，且再差也是能关起门来的单房，就它吧。几年间，换工作便要搬家，开始还大包小包，到后面，随身的物件散失零落，不过是四季衣服加上被真空袋压得扁扁的被子枕头，略一拾掇，就把自己和生活搬进了另一个地方。

夜里躺在床上，越想尽快入睡，越睡不着。到底是新环境，加上工作没着落，心事连绵往上涌，脑子里碎片成堆，这里一闪那里一亮。好不容易切掉走马灯的画面，声音又多起来。先一阵连续的咳嗽声，像楼上传来的。楼板薄，连喉咙里的轰鸣声都听得真切，咳嗽最后的那一下格外猛烈，她胸口跟着一疼。接着是风，在楼栋间灵巧穿行，渐渐跑远了，跑到后面山上去了。

这又是什么声音？她翻个身，脸冲着墙壁。滴答，滴答，清脆的滴水声，黑暗中辟出一条小道，通向耳蜗。她耐住性子等待，等待它停下来。声音像一道越来越细的尾迹，逐渐消失在空气中，黑暗重新完整。滴答声复又响起时，她身体动了动。这声音像从墙体里传出，她迷迷糊糊地抬起手，敲墙壁两下，又睡过去。

稠厚的夜色渐渐稀薄，天一点点亮起来。

隔壁住着对情侣，看起来像刚毕业的大学生。男孩显然活在自己的世界里，总一副惝恍浮想的表情；女孩亲和些，首次相见出于礼貌，说："以后我们是室友了，叫我辛迪就行。"她说："我叫宋芹。"此后宋芹和辛迪少有机会遇上，大约摸清了彼此习性，尽量不在公共区域碰面，偶尔见到也只是点点头。

入住半个月，她探明了新生活之地。依山就势展开的村落里，本地人的楼房连成片，并无闹市的雄心和韬略，建到七八层就算了。市面远不如中心区兴旺，前街后巷散布着非连锁的小店铺，生活倒便利。只一件怪事，叫人心里略不安定。深夜时分，时常有声音响起，脆脆的，一点儿不闷。她疑心有人在敲击中空的墙壁，又猜测是不是管道漏水，想着改天问问辛迪能听见这声音吗。细看内墙，上面鼓起一块墙皮，墙面蔓延着陈年水渍的印痕，那印痕像个歪斜的小拱门。

这天，她是被闹钟叫醒的，坐起来定神一想，心情难免黯然。念想的是相对固定的工作，陆续见过几份工，传菜员、美甲师、服装导购，迟迟等不来回音，只好答应去附近杂货店做小时工。她刚想往外走，不知哪里爆发出一声嗥叫，嗥叫声分辨不出性别且似跨越了物种，不像人的声音。随后什么东西被摜到地下，像有玻璃碴四处飞溅。

小屋的门半开，她出也不是，进也不是。很快隔壁的门摔在墙上，客厅传来钝响，像重物砸到地上。她探头往外看，看一眼，缩回来。情侣扭打一处，摔跤运动员般在地上滚，辛迪未落下风。虚掩上门，外面传来断断续续的闷哼声。

坐在床沿上等，不知过了多久，客厅没动静了，房间隐约传来又哭又笑的说话声。她轻手轻脚出门，到楼下仍在思量，刚才是应该上前拉开，还是佯作不知，不知怎样他俩会好受些。

临时工作是前一天晚上才知道明天有没有工开。杂货店周二上货，她因此获得数小时的工作机会。提前到了店里，老板介绍，跟她搭档的人叫老于，老于也提前到，到得更早。老于一头短发，看上去利落，站姿讲究，像有一口气吊着，笑起来声音连续不断，水波似的一圈赶着一圈往外荡。人来齐了，老于寒暄后就开始埋头干活，抬起放下，不吝惜力气，码放归类，动作很麻利，只是，她蹲下又站起时，膝盖里传出嘎吱嘎吱的响声，像有扇旧门在里头随风晃荡。宋芹听见，忍不住瞅她一眼，她身体里再有响动，就对着货架自言自语，说些"这个重，放下边"之类的话。

中午，两人来到旁边小面馆，随便对付一下午饭。呼噜呼噜吃完，不知哪里塞子一拔，老于漏掉胸中那口气，长长地伸个懒腰，瘫进塑料椅子里。她穿着显年轻的浅粉收腰上衣，连手边布包也是秀丽的藕荷色，宋芹注意到，布包里放着折叠成小方块的老花镜。她问宋芹之前做什么的，宋芹说："十个指头数不完。"她摇摇头，说："别发愁，你年轻，等到大量用人时就吃香了。"

两人坐在小店前伸的雨篷下，都想歇歇，就不再言语。对面是一棵老榕树，披着袍子般站在那里，气度庄重，宽大树冠在空中摊开，一棵树竟舒展出一片树林的感觉，看那密密垂下来的气根，这树真有些年月了。宋芹半闭起眼睛休息，耳边突地掠过一阵风声，眼前也跟着一暗。她仰起头来，见一只褐色大鸟正往山上飞，翅膀平铺，羽毛边缘像手指一样张开。老于循她的视线看去，说："叫得出名字吗？是黑耳鸢，本地人给我讲的。"

午后，她俩回到店里，忙完所有活儿，看看表，才不过下午三点多。两人走进大树浓荫，准备回各自的巢穴。宋芹住的那栋楼在路口，很快到了，她冲老于挥挥手，见老于转进一条巷子。她上了楼，钥匙插进锁眼，往右一旋，心就开始打鼓，不知道辛迪和男友怎么样了。门开了，客厅有人，正是辛迪，手里抱着个玻璃罐。她怕辛迪难为情，打算头一低侧身过去，没想到辛迪主动打招呼，说刚把鸭蛋腌上，是绿皮蛋，放个把月就流油起沙。她趁机抬起眼，见女孩面色如常，就安心了些，嘴上应着："肯定好吃。"

常常在大半夜，墙壁那边传来哭声和争吵声。也许是太年轻气性大，两人一处做伴却争拗不断。夜晚的哭声总显得凄凉，四面全是异乡的陌生人，哭声又透着毫无防备，听得人心里难受。

先是男孩不见了，兴许他早就走了，只是她刚发现。很快辛迪也搬走了。

室友走了，人声寥落，滴水声间或响起。等待新工作的日子，有的是闲工夫，四处游荡却只会让她生出堕落之感，索性待在房间，转个身，看到一面墙，再转个身，还是一面墙。滴答，滴答，声音响起时，她就放下手机，屏住呼吸，寻找这声音的源头。是拱门后在滴水，是时间流过去的响声，又或者，是一种幻听。她用耳朵贴住墙壁，想象有一道隐秘的小河正缓缓流经墙体。

跟往常一样，点份肠粉充作晚餐。刚吃完，微信叮咚一声，是老于的语音："还在洞里闷着呀，出来散步，不然年纪轻轻就脂肪肝了。"她回一句："哪来的什么洞。"接着环视房间，眉头皱起来，是该下去转转了。

两人沿一条石子路往前走，群山迎过来，楼房和灯光越退越远。高压线从山顶上走过，赶往另一座山。草木莽莽，密实地覆盖住山体，坡面上几乎找不到一条伸向天空的路。她们就在山脚下闲逛，<u>一丛丛灌木蔓延进前方的夜色，细看上去，墨绿叶子上</u>竟布满豹子般的斑点花纹。还时不时见到，昆虫崭新地蜕走后，留在地上的松脆外壳。肩并肩走着，老于温热的胳膊一会儿贴过来，一会儿缩回去，忽近忽远的，这让宋芹忆起些旧事。老于说："好天气不多了，高温一阵子，还要来台风。"她点点头，说南方的夏天真长啊。往回走的时候，她看见月亮升上去，山低了一些，黑耳鸢飞过山脊，飞过月亮旁的一朵浮云，山又低了一些。

接下来，一连串酷热天气扑袭，热得人更不愿意出门。下去倒垃圾时，她走得急，有些眩晕，就扶住近旁的一棵树站稳。眼前的马路、房屋、树木在热浪中微微颤动，好像随时会离开地面，在空气中悬浮起来。

周二又是上货日，她早早来到杂货店，竟不见老于，心里咯噔一下。赶紧问老板，老板说，老于不知到哪儿谋事去了，今天货不多，一人干得完。

她打开冷柜门，将饮料酸奶一排排归放，心里记挂老于，盼望她一切顺利，又舍不得她就此离开。这些日子，两人没少一起散步，天热穿起裙子，她才察觉到老于一条腿粗一条腿细，想到此节，心里又一酸。心神乱，手脚却不慢，很快清空数个纸箱和塑料筐，货都归位了。看看外面，阳光还没露头。这些天，气温一路往上走，响晴的日子过后，天闷热起来，低气压盘旋不去，仿佛就压在楼顶和树梢上。空气、家具、棉质衣服吸饱水分，整个世界静悄悄地膨胀，变得越来越重。

　　随便吃点东西，回到小屋，四面墙壁紧挨过来，往哪里一坐都一片濡湿，像坐进了水里。墙面鼓起的墙皮已脱落，歪斜的拱门好像变大了。她摸摸墙壁，似乎轻轻叩击一下，拱门就开了。

　　站在窄小平台往下看，只见楼梯盘旋，深入地下。踏上台阶，螺旋着往下走，拐过几个弯，便到了阶梯的尽头。尽头处高高的野草拥着两扇木门，正揣度咒语是什么，门自动分开了。心跳得很快，不敢往里看，怕看见幽深骇人的地洞。沉一会儿，才缓缓睁开眼睛，眼前出现的是平坦地面，向四周延伸，不见边沿。试探着，先一只脚踩上去，脚底传来坚实感，另一只脚就跟了过去。这时，巨大水声从上方传来，透明的穹顶上，一场大雨正从子虚乌有之地浩荡而来。

　　小窗户敞着，雨的气味先于雨的声音到来，这气味混合天地间诸般气息，丰富、强烈，令人想起童年，又恍如身处森林和原野。数天前，覆盖上千平方公里的庞大云系从西太平洋动身，旋转着接近大陆，率先抵达的云团在近海盘旋，蓄满水汽，沉重地抖动，终于，大颗的水滴不堪在空气中飘浮，一阵风过去，一滴撵着一滴落下来。她走到小窗旁，看到另一扇水汽迷蒙的小窗，看到雨从建筑的缝隙间飞快穿过。

　　雨水溅进来，她忽地一激灵，像忆起了什么。不敢相信似的，凝神继续想，待回过魂来，恍然有些明白了。她离开小屋，沿楼梯向上跑，跑到楼顶天台，抱着头疾行，随便找个遮挡，往前方看去。来自西太平洋的雨，从天上飞奔而下，被大地稳稳接住了。人间是新的，河流又一次被创造，近处树木涌出更浓郁的绿，绵延的远山雨雾浮动，大片青碧褪成淡淡的墨色。她像第一次遇见雨一样，惊叹眼前的景象。雨铺展得无边无际，如此辽阔广大，她抬起手伸进雨幕中，雨落在掌心，凉凉的，一股真实的凉意带来身体的轻微战栗，紧接着，眼睛就湿润了。

原载《十月》2023年第4期

曾 剑

# 桥

## 一、凶杀案

孙陆军手握一把杀猪刀，扬言要捅死程海军。程海军听见了这句话，也看见了那把杀猪刀，并未躲避。他迎了过去。

那把杀猪刀并没派上用场，孙陆军赤手空拳，就要了程海军的命。石桥镇的人，没想到孙陆军会杀人，更没想到他杀的是程海军。他们曾是形影不离的兄弟。

## 二、少年来到石桥镇

孙陆军本不是石桥镇人。

二十年前，一名中年男子，领着一个九岁的男孩，来到石桥镇。遭遇倒春寒，河水冰冻，屋檐下挂着一米长的冰溜子。他们每人只穿一件薄棉袄，父亲把自己的薄棉袄脱给儿子当大衣穿。父亲受了冻，得了严重的肺炎，他已无法前行，只好领着儿子，其实是儿子牵着父亲，来到石桥镇，暂住在"桥头客栈"。

客栈老板是程海军的爹。那时候的程海军不叫程海军，叫程亮亮。

程老板让父子俩在客栈歇息，他找来镇上最好的大夫给这位父亲治病。他们没能治好他，三天后，那位中年父亲死在客栈。九岁男孩，说不清自己从哪里来，说不清要到哪里去。死人不能总这么放着，便有人提议，埋了。

小男孩哭哑嗓子之后，不再哭泣，他懂事地帮老板扫地，收拾卫生。

"你叫什么名字？"程亮亮问他。

"秤砣。"他说。

"秤砣？你也不胖呀！"

"不是胖瘦，就叫秤砣。"

秤砣在石桥镇的桥头客栈待了一个月。正当石桥镇的人以为程老板会把秤砣当作自己的另一个儿子时，程老板发话了。程老板说，让秤砣当守堂的儿子。那天中午，程老板整了满桌菜，招聚几名老者，在八仙桌前围坐。除了几名老者，还有一位三十多岁的中年人，看上去比男孩死去的爸要老相。男孩也上了席。开席前，程老板手举酒杯，对众人说："不是我不仁义，我有自己的儿子。今儿个，秤砣就让守堂领去。守堂没有女人，没有儿子，到守堂那儿，比在我这儿金贵。孩子若有那份心，就认我当干爹吧。"叫守堂的中年男人满脸堆笑，说："程桥大哥仁义，按说，这顿酒席，应该我来请。"程桥是程老板的名号。程老板说："话不能这么说，孩子的亲爹是我发送的，孩子在我这儿待了这么长时间，有了感情。也不是养不起这个娃，只怕将来孩子之间惹罹难。吃了这餐饭，守堂你就领走吧。"

然后吃饭，喝酒。酒兴正酣，程老板让男孩管守堂叫爹。九岁的孩子，是有奶便是娘的年龄，张嘴就喊爹，并请爹喝酒，守堂高兴得眼里含了泪。

虽是一个没了亲人的孩子，但眉清目秀，倒也人见人爱。脑袋照别的孩子略大，不是毛病，那是聪明。

守堂领着孩子，要回石桥镇北郊的家。男孩走到院门口，转过身，冲程老板喊："干爹。"

男孩和亮亮，就成了干兄弟。守堂姓孙，给男孩起名阳阳。亮亮把阳阳介绍给他的伙伴杨冬冬，自此，三个小男孩便常在一处玩耍。

## 三、更名

十二岁那年的春天，三个少年在石拱桥上迎风而立。他们憧憬未来，稚嫩的脸上荡漾着因幻想带来的幸福。三个少年都想长大后去当兵。孙阳阳说："我当陆军，带兵打仗，手枪一指，叭，干倒一个，再一指，叭，又干倒一个。"他举起右手，做手枪射击状。

程亮亮说他不当陆军，他要当海军。"你看见没，石桥河这么宽，这么长。海是它的一百倍，一千倍，一万倍。"孙阳阳说："陆军海军有了，杨冬冬，你当空军吧。"杨冬冬说："我不当空军，我要当武警，在天安门国旗下站岗，威武！"

那个三月的午后，石桥镇这三个少年一同改名，孙阳阳叫孙陆军，程亮亮叫程海军，杨冬冬改名杨武警。他们的改名得到家长一致赞许，似乎他们这样就把将来的路铺好了，不用大人发愁。名字是自己的，却只能由别人来叫。各家的大人叫开了，整个石桥镇就叫开了。

此后，三个少年穿着从军人服务社买来的假军装：深蓝色的海军服，草绿色的陆军服，橄榄色的武警服。他们穿着各自的"军装"，走在石桥镇上。他们玩打仗的游戏。石桥镇的人，很难看到这三个少年分开，他们干什么都在一起。有时玩累了，离谁家近，就在谁家吃饭，挤在一张床上睡觉。

这天，三个少年走上石拱桥，倚着桥上那些石狮看山，看水，看风景。他们在桥上看风景，桥下看风景的人看他们。看风景的女孩叫李小蛮，年龄比他们略小。

李小蛮踏上桥，来到他们身边。她喊孙阳阳。孙陆军说："我不叫孙阳阳，我叫孙陆军。"她喊程海军，她说："程亮亮，你们在这儿干啥？"程海军说："我不叫程亮亮，我叫程海军。"李小蛮脸微红，他俩的语气让她觉得没面子。她转过脸去喊杨武警,希望面子能在他身上找回。她说:"杨冬冬,你们在这儿干啥呢?"杨武警说:"我不叫杨冬冬,我叫杨武警。"

李小蛮觉得他们是在奚落她,三个人都把名字改了,怎么可能?

女孩子窘迫了,她气愤地说:"不理你们!"她特别失落,就要哭了。她转身往桥头走。她说:"骗子,你们都是骗子。"程海军追上去,拽住她的手。程海军说:"我们真的改了名,不骗你。"他指着孙陆军说:"他不再叫孙阳阳,叫孙陆军,他想当陆军指挥官。"他指着杨武警说:"杨冬冬想当武警,将来在国旗下站岗。"然后,他指着自己的鼻子说:"我叫程海军,将来要当海军,上舰艇。我们三个,过几年都要去部队。"

李小蛮挣脱程海军,破涕而笑。她加入他们中间,像他们那样倚着桥栏看风景。桥栏由石板和石墩组成,石墩底部是长条形,顶部是张着大嘴的狮子。那些狮子大张着嘴,似笑非笑,恬静地望着在桥上过往的行人。

程海军背靠一只狮子头,对李小蛮说:"你也改个名吧,李小蛮不好听,好像你多蛮横。"

他们转过身,目光从河面移到河水上方,蓝天下,几朵白云飘荡,像田野里盛开的棉花。

"叫李小云吧!"程海军突然叫道。孙陆军和杨武警附和着:"好听,就叫李小云。你像天上的云朵,我们望着你,就像望着天上的云朵。"

## 四、桥与烟囱

十六岁那年的一个夏日正午,天热得要人命。三个少年走上石拱桥,他们准备去桥那边的浅水湾凫水。桥上热浪滚滚,能听见河面升腾上来的水汽被阳光烤得滋滋作响。三个少年走上桥的顶端,这时他们看见了李小云。李小云穿着白色连衣裙,从桥东那条街上缓缓走来,像天边飘来的一片云彩。三个少年的心跳同时加剧,他们平时沉溺于男孩们的玩耍,没注意到这十五岁少女悄然间长大了。她越走越近。她的美击中了他们,以至于他们都没能迈步前行。他们站在原地,凝望着李小云。她脚穿白色平跟运动鞋，白色蕾丝裙边在空气里轻轻摆动。她是那么白净，似乎多大的太阳，都不能将她晒黑。她继续向他们走来，像走入一个梦。

"将来我要娶她。"程海军说。

"将来我要娶她。"孙陆军说。

"将来我要娶她。"杨武警说。

"她是我的人。"程海军说。

"她是我的人。"孙陆军说。

"她是我的人。"杨武警说。

"你们怎么这样？"程海军说，"我说一句，你们说一句，像石拱桥洞的回音。你们不会说自己的话？"

"这就是我自己的话呀。"孙陆军说。

"这是我心里话！"杨武警说。

"可李小云只有一个，我们三个人，到底谁娶她呢？"程海军说。

"我们决斗。"孙陆军说。

杨武警看着比他高出半头的孙陆军，说："我不决斗，我们比赛，比胆量，谁不怕死谁将来娶她。她那么柔弱，将来是要人保护的，懦夫保护不了她。"

"比就比！"程海军说，"李小云，来，看我们谁敢从这里跳下去。"

"为什么呀？这多危险。"李小云说。

"为了娶你。"程海军说。

"讨厌！"李小云脸如春风里的桃花，瞬间红透。

孙陆军望着李小云那红如桃花的脸，内心涌出朦胧的爱恋。他少言语，更多时候，习惯用行动交流。他翻过石拱桥，纵身一跃，扑向河面。

石桥镇的少年，五六岁就由大孩子带领，在石桥河学凫水，十一二岁，就能从桥上往下跳。他们脱光衣裤，暮色像薄纱一样替他们遮羞，他们像白云飘向水面，钻入水中，故意在水下憋气，营造紧张气氛。漫长的一两分钟后，他们再从水里钻出来。

镇上从未有人从石拱桥最高处往下跳，即便夏日水深时，那桥的最高点,离水面也有三层楼那么高。弄不好肚子拍在水面,五脏六腑都得碎。石桥镇淘气的男孩们,只从拱桥近岸处往下跳,那也有两丈高。

　　孙陆军是第一个从拱桥顶端往下跳的人,他头朝下,一副慷慨赴死的样子。三人屏住呼吸,凝望着水面。水花落尽,水面波浪涌向岸边,越来越弱,最后成为涟漪。世界死一般沉寂,三人能听见彼此的心跳。

　　大脑袋孙陆军像一条胖头鱼突然钻出水面后,在水面躺平。他没有凫动,静在那里,死人一般。他们担心他死了。他身旁的波纹向四周荡漾开去,均匀有节奏,那是他急促喘息所致,他还活着。

　　程海军看一眼李小云,他看见她长吁一口气。她的胸脯起伏着。她长成大姑娘了,竟美得有些陌生。他翻过石板围栏,屈膝,一跃而下。

　　杨武警的跳水姿势与他们迥异,他把自己当成一截木头,双脚朝下,直直地扎入水中。

　　李小云抱着一颗石狮头,探出身子朝桥下看。她努力地不让自己坍塌。她没有尖叫,她吓傻了,忘记了呼喊。

　　他们湿淋淋地爬上岸,回到桥上。三个人走向李小云,李小云脸色苍白如纸。她看见程海军鼻孔里往外流血。她掏出自己洁白的汗巾,迎向程海军。她说:"血。"程海军躲开她,自己伸手抹了一下鼻子,随即将手背上的血抹在湿淋淋的汗衫上。他说:"没事,一着急,忘了将鼻子捏上。"

　　石桥镇的孩子,可不像那些专业跳水运动员,他们都是脚朝下,呈自由落体状。他们在入水前会把鼻子捏住,不捏鼻子的后果,就如程海军,鼻孔出血,严重的,会直接晕死在水里。孙陆军头朝下,以一种赴死的姿态扑向水面,开石桥镇少年之跳水先河。

　　少年们围着李小云。鼻血让程海军有一种强烈的挫败感,他说:"这个不算,这个不狠,来一个厉害的。"

　　"干什么?"李小云问。

　　"娶你呀,谁赢了,将来娶你,别人不准再惦记你。"

　　李小云刚刚恢复白净的脸陡地一红,她说:"你们别闹了。"

　　程海军说:"我们没闹,我们是认真的。"

· 264 ·

"多狠我都不怕，多狠我都会赢。"孙陆军说，"你俩没人胜得了我。"

怎么个狠法？他们四下睃视。程海军眼睛一亮，指着自己的右前方说："呐，就是它，烟囱。咱们爬烟囱，谁爬得最高，谁胜利。"

他瘦，机灵，爬高是他强项。

一道阴影在孙陆军的脸上爬过。那是五十五米高的烟囱，在荒草地，像巨大的纪念碑高高耸立。

程海军说："你怕了？"

孙陆军说："我不怕，我怕什么，我从没怕过！"

杨武警说："我也不怕。"

他们飞身下桥，在河套上狂奔，跑向远处的砖厂。

李小云愣在桥上。她望着他们，她恐惧，惊诧，疑惑。她看见他们像战士冲锋那样冲向砖厂，先后爬上烟囱。那烟囱有钢筋焊的抓手，一直通向烟囱的顶端。

正午的阳光过于强烈，天地像洒了一层光，人的视线不像晨雾收起后那么清晰，加之距离遥远，李小云看不清谁先上去的，她只看到三个人影，等间距往上爬。李小云想去阻拦他们，但她被他们吓坏了，迈不动腿。她就那么靠着一头石狮，无力让自己站得像平时那么笔挺。

她焦急之时，看见一个人放弃了攀爬，下了烟囱。她等着他们都下来，但事与愿违，剩下的两人，依然向上。

爬到半空，上面那人停止不前，下面那个人依然往上，靠近上面那个人。他们挤在一起，接着分开，一个向上，一个往下。李小云明白了，是上面那个人放弃攀爬，下面这个人继续往上，他们便在中间交叉，像车错道。

李小云看不清是谁在继续往上爬，谁开始向下。他们之间的距离越来越远，直到下面那个人下到地面，而上面那个人，身影越来越小，先前像一只蜘蛛，接着像苍蝇，最后像只小蚂蚁。他径直上到了顶端。

她不知道上到顶端的是谁，她不知道他们为什么非要这么玩儿命。

远处不断有人走向砖厂，大烟囱底下围观的人越来越多。李小云听见了他们的呼喊，因遥远而显得苍凉。她看见他们的手，像螳臂一样挥舞着指向高处。她知道他们是在喊上面那个人下来。

孙守堂在围观人群里，当他得知那个在烟囱顶端像蚂蚁一样的人是他的儿子时，他两膝一软，坐在地上号哭起来。这个老实巴交的男人，以为儿子跟着他受了委屈。除了专业给烟囱清灰的人每年上去两次，没人能上到烟囱顶端。就是清扫烟囱的人，也得系上安全带，一级一级上去，而且是在烟囱里侧攀爬。不是寻死，哪个敢爬那么高？

孙陆军站在五十五米高的烟囱顶端，向桥上的李小云挥手。李小云看不清他是孙陆军，只知道他是三个少年中的一个。在李小云眼里，那少年的手，像蚊子腿一样细，似有似无。

烟囱像一具硕大挺立的男性器官，它的顶端比主干粗壮，顶端与主干连接处，几乎成九十度的直角。孙陆军拼尽最后一丝力气上到顶端后，无法下来。他曾试图原路返回，结果在往下走的过程中，他双脚踏空，整个人悬在巨大的球体上。烟囱底下响起人们的尖叫声，像霹雳破天。那个叫孙守堂的老鳏夫，吓得不省人事。

要出人命了。

孙陆军悬着的身体终于被他自己拉拽上去，他再次上到顶端，看来，他是下不来了。

醒过来的孙守堂，不敢仰头看自己的儿子。

孙陆军消失了。人群再次响起尖厉的呼喊，有人说他是掉到烟囱里侧去了，那么高，即便里侧布满海绵一样的煤灰，他也将被摔成肉饼。他不摔死，也会被煤尘淹死。

程海军吓得像丢了魂，他自言自语地说："我说看谁爬得高，我没让他爬那么高。"杨武警脸色苍白如雪。这三个少年，他胆子最小，浑身已开始哆嗦。

庆幸的是，烟囱里没生火。前段时间雨水大，砖厂停产，现在农忙，也没烧砖，烟囱里不冒烟已经有一阵子了。若非这样，孙陆军会直接消失在砖窑里，连骨灰都找不到。

烈日炙烤着石拱桥，白亮的阳光像雾一样在桥上升腾，李小云似淹没在雾里。她发现高耸的烟囱顶上那只蚂蚁一样的人突然消失后，沿着三个少年飞奔而去的足迹飞奔。到达砖厂时，她没见到孙陆军，也没看见黑压压的人群，他们分散在各个窑门口，等待或者说是寻找孙陆军。李小云看见了程海军和杨武警，才确定那个在顶端消失的人是孙陆军。

李小云害怕极了。她什么也没做，但这件事与她有关，像空中的一坨鸟屎，生生地落在她头上，她只能自认倒霉。她唯一奢望的就是，千万别闹出人命来。

李小云没有走过去，如此巨大的砖窑，窑门像窑洞一样密布在窑壁上，她不知道孙陆军会出现在哪个窑门口，她就站在那片空地上，看着慌乱的人群跑来跑去。他们嘶喊，吼叫。极度的恐惧让她有一种末日来临的感觉，她不敢面对，所幸身边是由石桥河分流出来的一条溪沟，深不及腰，供砖厂用水。如果石桥河就在身旁，李小云觉得自己一定会投河，以免面对即将到来的可怕情景——她认为孙陆军必死无疑。

孙陆军没有死。当人们手忙脚乱把那些临时用红砖封闭的门洞打开时，就见一截黑桩子一样的东西冲出某个窑门，在砖窑前快速移动，是一个人，一个黑鬼。他们知道他是孙陆军，知道他还活着，但不知他是否被灼伤。是的，半个月没开火，但那窑里的火星子，真的就彻底熄灭了？

有人指着那条清澈的溪沟，引导那个黑鬼去那里冲洗。孙陆军没有，他在那个窑门口前短暂停留之后，直奔李小云。他冲向李小云，没有一丝犹豫。他拥抱了一下李小云，好像还说了句："我赢了！"

很多人发出惊叫，更多人是屏住呼吸，默然等待接下来的一幕。出乎所有人的所料，李小云表现得特别平静。她怕见到死人，只要人活着，一切都好说。她那条新买的洁白的连衣裙废了，但她什么也没说，甚至连一丝嫌弃的表情都没有。

拥抱过李小云后，孙陆军跳进溪沟，像一条鱼潜入水底，整条溪沟都黑了。

　　这件事轰动了整个石桥镇。时值暑假，第二天清晨，孙陆军到建筑工地帮工，用六十天的汗水，换来一条崭新的白色连衣裙。他从商场买到这条连衣裙后，找到程海军和杨武警，在他们的陪同下，把裙子送到李小云家。

　　"送给李小云。"他对李小云的母亲说。李小云的母亲抓起门角的笤帚，撵跑了他们。

　　暑假结束，三个男孩没再回到学校，他们已初中毕业，没去读高中。三个少年对读书不感兴趣，他们在街上游荡，等着去当兵。两年后，他们年满十八，去了征兵体检站，但只有孙陆军顺利通过体检。程海军和杨武警身体看上去结实，其实是表象，程海军肝大两厘米，杨武警胆囊有炎症。

　　孙陆军成为一名野战军。

　　孙陆军走进军营前，办了两件事。第一件事，他在程海军家的桥头客栈里，请程海军和杨武警吃饭。程海军说："你这是搞什么？要么你带我上别家饭店，要么我请你。"孙陆军说："要的就是这感觉，我掏钱，你请客。"

　　那身军装，穿在孙陆军身上，很是威武。

　　三个血气方刚的年轻人喝得热血沸腾。孙陆军说："我就要走进军营了，我就要成为一名拿枪的战士了。"他特地把重音落在"枪"上。他说："我走了，你俩一定要把李小云保护好。"他表面是求他们，实则是警告他们别碰她。石桥镇，只要他俩不接近李小云，谁还敢动她呢？

　　孙陆军做的第二件事，就是在他入伍那天，让李小云送他。李小云不答应，不答应不是不情愿，而是难为情。孙陆军不容她推辞，他说："明天上午九点，我们新兵从镇政府门前出发。"

　　第二天上午九点，队伍里的孙陆军在众多送行的人里找到了李小云。这时候的她，也没再上学，在家等着上班。她依然穿着白色的衣服，不是两年前那件连衣裙。那件衣服被孙陆军毁了，他拥抱过她后，那件裙子怎么也洗不白了。也不是孙陆军后来给她买的连衣裙，天冷，连衣裙穿不住。

那是一件纯白的羽绒服。

孙陆军在人群中没看见程海军和杨武警。看来，昨天那场酒没白喝，他们知道给他和李小云留一个独处空间。

孙陆军去拉李小云的手，李小云缩手躲开他。他再去拉，接兵干部在他身后喊："遵守纪律，不要乱动！"

美中不足的是，那天天色阴沉，似乎要下雨。孙陆军不喜欢雨，他盼着一场雪。他觉得只有雪花轻飘，才配得上她送他的美好图景。

## 五、悬在水中央

三年后，孙陆军退伍还乡，娶李小云为妻。是年，程海军应聘进石桥镇政府，在扶贫办公室工作。孙陆军和李小云结婚当天，杨武警离开石桥镇，自此杳无音信。

孙陆军和李小云婚后第七年，李小云患乳腺癌离世，这时，他们的儿子小糖六岁。小糖长得像李小云，不像孙陆军有着一颗大脑袋。小糖长得乖巧、秀气，像一个文静的小女孩。

李小云是在初冬离世的。第二年春，街道向上申报低保户，审批下来，没有孙陆军家。孙陆军找到程海军，留他在桥头客栈喝酒。醉翁之意不在酒，话题很快到了关键处。孙陆军说："低保怎么能没有我家？我家应该是低保户。"

"这是评选出来的。"

"什么评选，还不是你说了算？"

"你家不应该有。"

"家里没个女人，你不觉得这个家太悲惨，值得同情？"

"你家的经济收入不至于吃低保，你家是两个大人养一个孩子。"

"我退伍回来，没有手艺，到处打零工，有一天没一天的。"

两人声音越来越高，已经是吵架了。程老板走出来，他制止儿子，让他小点声，有事好好说。然后，他用话敲打孙陆军，提醒他别忘了当年他是怎么来到石桥镇的。程老板说："陆军啊，你当年到我家时，比你家小糖高不了多少，鼻子上还挂着鼻涕呢，冻得浑身发抖。你爹死了，我把你当亲儿子养，后来你爸孙守堂想要个儿传香火，就把你领到他家去了。"

孙陆军铁青着脸，这是他最不愿回望的一段历史。我是谁？我来自哪里？他多次这么问自己。他不知道自己的根，寻宗问祖找不到来路。他不知道上哪儿找他们，他们居然也没人来找他。就是从那段历史开始，他过着与别人不一样的生活，童年，少年，现在。

孙陆军把三百块钱拍在饭桌上，对程海军说："走，我们出去谈。"

程海军说："我没时间，我还有事。"

孙陆军说："那改天吧，这事，你总得给我一个说法。"

回到家，小糖在哭，说想妈妈。李小云在时，小糖是很干净的一个伢，现在鼻涕满脸。养父孙守堂坐在八仙桌旁，也眼泪直流。

后来发生的一切，源于那头猪。那头不识时务的猪，在猪圈里狂躁得很，它嘶叫着，声音高而急促。它并不饿，猪槽里的猪食，被它拱得满圈都是，正烦着的孙陆军，真想一刀把它捅了。孙陆军脑子里闪出这个念头时，就去鸡窝上找那把杀猪刀。那头猪还是李小云活着的时候抓的，那时它小，比耗子大不了多少。李小云在时，它像被吹的气球一样，长势飞快。李小云死了，它似乎跟着伤心，不怎么吃食，不但不长膘，还瘦了。

"我要宰了它。"孙陆军说。反正现在猪肉不值钱，喂它也赔本，还不如杀了吃肉。孙陆军这么想。鸡窝上的那把刀锈迹斑斑，它每年只磨一次。年关的时候，养父把这把刀磨得寒光闪烁，去帮乡邻杀猪，把自己的一张嘴带出去，每天还能带回一两碗猪下水。

孙陆军在门口磨那两尺长的杀猪刀时，猪睁眼看着他，那眼睛水汪汪的，像溢满泪。

刀闪着寒光，孙陆军企图来抓猪，猪知道大祸来临，竟然跳出一米高的围墙，撒腿就跑。孙陆军去追，在桥上，他遭遇了程海军。

"程海军，低保的事，你还没给我说清楚呢。"孙陆军说，"现在说吧，就在桥上。桥地势高，离太阳近，在太阳下说话透明。说吧，低保为什么没有我家？你对着天说，对着太阳说，对着你自己的良心说。"

程海军看见了那把杀猪刀，但他没看见已经跑到桥那边的猪，他以为孙陆军拿着刀是冲他来的，这个错误的判断，严重地刺伤了他。多大个事！多年的兄弟，至于吗？他愤怒了，他说："你还想杀人？"

孙陆军认为不给他低保，是程海军故意的，就因为他娶了李小云。程海军曾对他说，李小云是喜欢他程海军的，她爱他。

"可她从未说要嫁你。"孙陆军说。

"她不敢，你用你的野蛮征服了她。"程海军说，"她也喜欢杨武警，当然，她也喜欢你，但在我们三个人中，她对你的感情最弱，偏偏是你娶了她。"

"你终于说出了你想说的话。"孙陆军说。

"现在说什么也没用，来吧，既然你拿着刀来的，你把我杀了。"程海军说。

"我就是要杀了你！"孙陆军说，但这显然是一句气话。

"李小云就不该嫁给你，她要是跟了我，或者嫁给杨武警，绝不会得病，更不会死，杨武警也不会离家出走。"程海军说，"我们三个人，她最不愿嫁你，你是那样的身世，条件也差。可她不敢不嫁你，她怕你去爬烟囱，怕你从烟囱上跳下来。你的心思，我清楚得很。你把全部自卑转化成力量，转化成爱，这股爱的力量，足可以让你为她赴死。她没有办法。她怕你死，她不想你死。相比于爱情，她觉得生命更可贵。是你害死了她。"程海军说。

这句话像是一把匕首，直抵孙陆军心脏。孙陆军愤怒了，人各有命，生老病死，哪是他决定得了的。李小云得的是癌，他不情愿她死，但他留不住她。她的死，是他不敢回望的痛，程海军偏在这时来揭这个伤疤。此刻，他虽然被酒精麻醉，但内心是清醒的。正因为清醒，他才难受，才想发泄，那头猪就是他发泄的对象，但它跑了，早跑过石拱桥，跑到桥那边的树林子里了。他想一刀捅了它，他只想杀猪，不想杀人。他害怕自己杀人，便扔掉那把杀猪刀。刀落在硬石板上，弹起，落下，再弹起，像一条在岸上挣扎的鱼，亮光闪闪。

没有刀，孙陆军不再担心自己杀人了，但教训还是要给的。他冲上去，想锁住程海军的喉。我一个退伍军人还制服不了他？他的手伸过去，刚触碰到程海军的衣领，程海军往后一退，腰硌到石板桥护栏上，人就翻下了桥。随后，孙陆军听见重物击打在水面的声音，响如惊雷。

孙陆军并不担心。他清楚地记得十六岁那年，他们三人跳下拱桥的情景，就在这最高处。他们安然无恙。

水花溅到三丈之上的石拱桥面，这是他们以前跳水不曾有过的，程海军这次入水，像一块巨石。

天地静下来，孙陆军没听见凫水的声音，也没听见他想象中急促的喘息。孙陆军趴伏在一只石狮上朝下看。水面趋于平静，程海军竟然还没从水里钻出来？这不合常理。他看见水里有暗红色的彩带，他吓了一跳，酒也醒了大半，他知道，那应该是血。他跨过石板桥栏，纵身一跃，跳进河水。

程海军像一条被钢叉刺中的鱼，直挺在水中央，血从他的鼻子嘴里涌出来，迅速地在清水中变淡、变阔，像魔术师手中挥舞不绝的粉红彩带。

程海军死了。

孙陆军被抓，被控告故意杀人，判死刑。判定他蓄意杀人的，正是那把磨得锃亮的刀。

"刀可以杀人，那不是刀的错。"法官说。

"但刀没有杀人。"他说。

"可是，它证明你蓄意杀人。你特地把一把锈迹斑斑的刀，磨得锃亮。"

"我没想杀人，我只是想杀猪。"孙陆军说。然而猪没能证明他是想杀它。相反，法官认为他虽然没用刀捅程海军，但有人亲耳听他说，他要杀了程海军，这句话足以证明，这是一起事先张扬的凶杀案。尽管他没动刀，却将程海军推搡下桥。他将程海军推下桥后，自己也跳了下去。目击者说，孙陆军将程海军按在水里，造成他七窍流血，其手段凶狠，不输拿刀杀人。

程老板要孙陆军死。程老板说，他没想到多年前，他收留的，竟是一匹养不熟的狼。

孙陆军说："我不是杀他，我是下水去救他，等我把他拽出水面，他已经不行了。"

他的辩解无效，他不再辩解。他想死，他觉得自己成了人们眼中的杀人犯，活着没意义。他一直不知道自己从哪里来，要到哪里去，这两个问题一直困扰着他。石桥镇人养育了他的同时，对他的身世，有着种种猜疑，有人甚至认为，那个死去的中年男人，并不是他的亲爹，或许只是一个人贩子，要不，这么多年，怎么从未有人来找过他。

现在的他，依然不知道自己从哪里来，但他知道自己要到哪里去了，从哪里来，已经不再那么重要。

有人找到孙守堂，说有办法可保他儿子不死。

什么办法？老人干涸的眼里放着光，他急迫地要抓住这根救命稻草。来人说，花十万块钱疏通，他保证孙陆军由死刑变为死缓，死刑，缓期两年执行。

老人犹豫着，到底还是个死，多出两年牢狱生活，有什么意义？

"我没钱。"老人说。

他其实有十万块钱，这些年，孙陆军打零工挣的钱，他都给攒着，他们想翻修房屋。李小云的一场大病，让这计划泡了汤。李小云终归也算够意思，那病，来得快，去得快，花光了老孙家全部积蓄，最后却阴差阳错，制造了一场医疗事故，获赔十二万块。发送李小云用了两万块，那十万块没敢动，留下给小糖将来上学，房子也不翻修了。

"听说你手里有十万块钱。"来人说。

"这钱，我得给我孙子留着。"老人态度坚决。

捧回孙陆军骨灰的那个正午，老人来到石拱桥上。他腰间绑着一根草绳，那把杀猪刀斜插在草绳里。他站在石拱桥上。他没将孙陆军的骨灰葬在祖坟。他跪在石拱桥上号啕大哭。他一把一把，将孙陆军的骨灰撒在石桥河里。这哭声令人回想起孙陆军多年前来到石桥镇的情景，从那天起，孙守堂的屋子里，才有了热乎气，有了笑声，他这个鳏夫，才算有个家。

撒完骨灰，孙守堂将那个紫红色的骨灰盒扔下桥，骨灰盒竟然没有沉，像一条船在水面漂荡。

老人抽出那把杀猪刀，站在桥沿，双手握刀，伸到桥外，刀尖朝下，刀柄朝上，像举行一项仪式。然后，他松开双手，那把二尺长的杀猪刀，便像一把利剑飞速直下，刺向水中。水里发出滋的一声，声音很小，浪花也小，刀柄像跳水运动员的双脚，成功地压住了水花。

那刀将刺进水下的污泥里，见不到痕迹。

人们站在河岸，看着老人所做的一切。没人上前干扰他，大家以为他是要与过去彻底决裂。

当天深夜，老人再次来到桥上。他那个儿子，是从这座桥上来到石桥镇，来到他家的，后来他从这座桥上被带走，被枪毙。

老人穿着自己最体面的那套衣服，清冷的月光照耀着老人。老人艰难地爬过石板桥栏，站立在桥沿。他回望一眼石桥镇，然后，他像把那把尖刀丢进河里一样，把自己丢进石桥河。他双脚并拢，绷紧身体，轻轻一跃，直挺挺刺向水面。

第二天清晨，小糖起来撒尿，不见爷爷。小糖的哭声撕裂了石桥镇的黎明，邻居奔到他家，看见脸色如纸的小糖。八仙桌上放着十万块钱，像十块方砖，码得齐整。

众人去寻找孙守堂。他们在石桥河下游找到了他，他静静地躺在河湾，那个紫红色的骨灰盒，在他的臂弯轻轻漂荡，像一条小木船。

# 六、错过

我也是红安人，来自那个叫竹林湾的小村庄，离石桥镇八里地。我与孙陆军是同年兵，成为战友后，孙陆军给我讲他们的故事。我大哥通过我，认识了孙陆军。我大哥也是转业军人，爱喝酒，一见孙陆军，两人喝在一起，唠得热乎，把我冷在一边，好像他们才是久别重逢的战友。

我有个女儿。媳妇生下我女儿之后，子宫出问题了。我一直想要个儿子，做梦都想。孙陆军和孙守堂死后，大哥来电话，说孙陆军那个叫小糖的儿子，六岁，招人疼，要我把他弄回家养。大哥说，他若不是年龄大了，他就养着。

我跟媳妇商量，媳妇说，太难了，领养手续难，上户口难，上学难。现在供一个孩子读书容易吗？你我都得磨掉三层皮。我说，你不也想要个儿子。媳妇说，自己有了就有了，养着。可我现在生不了，就是没缘。我说，或许缘在那儿呢。

媳妇同意我去看看，有缘，就先领回来，手续慢慢办。没缘，便死了这个心。

这天黄昏，一个圆脸的中年人出现了，披着一身夕阳，脸上闪着金光，像弥勒佛。他是一个和尚，法号静空，俗家名杨武警。

他领着一个叫小糖的小男孩向西而行。小糖剃了光头，穿着静空的大马褂，像穿着一袭僧袍。他们走在石拱桥上，静空的一只手贴着小糖后脑勺，轻轻地推着他走。在石拱桥最高处，他们停下来。静空法师回望一眼石桥镇，说："小糖，从今日起，你不叫小糖，你叫静慧。"小糖说："嗯，我叫静慧。"

"叔叔，你要带我到哪里去？"

"叫师父。"

"师父，你要带我到哪里去？"

静空师父说："带你到很远的地方，那里有座山，山上有座庙，庙里有个和尚。"和尚叫静空，庙叫望云寺。

我是第二天上午到达石桥镇的，我错过了小糖。

原载《作品》2023年第4期

刘庆邦

# 打捞

　　一日午后，正是一天最热的时候。知了热得在柳树上不断发出尖叫，黄狗热得在树荫下不停地吐舌头。也有人说，雄知了的鸣叫是为了求偶，天气越热，它们求偶的热情越是高涨，叫声愈发嘹亮。而狗吐着红红的长舌头老在地上卧着哈哧哈哧喘气呢，是因为它身上没有汗毛孔，热量散不出去。舌头是它唯一的散热器，它是通过抖动舌头流口水散热降温。在炽热阳光的直接照耀下，连一向不怎么怕热的柳树叶子似乎都有些打蔫、泛白。

　　就在这个时候，冯淮海头戴白色头盔，骑着一辆红色的电动摩托车，到塌陷湖的湖边来了。湖边没有可以形成阴凉的树木，只有一些野生的灌木和杂草。冯淮海把摩托车停放在一片杂草地里。草地里开着一些细碎的小花儿，那些花儿有黄色、红色，也有白色、紫色等，色彩说不上斑斓，但也有着在阳光下点点反光的效果。草丛中还生活着一些不起眼的小蚂蚱，在没被惊动的时候，它们伏在草丛里一动不动，几乎看不见它们的踪影。当冯淮海推着摩托车往草地里走时，它们像是受到了惊扰，才纷纷跳开，或飞起来。绿色的蚂蚱飞起来时，才露出里面嫩红的内翅，艳丽得像会飞的花朵一样。

冯淮海此行的目的，是要下到湖水里打捞一样东西。时间还早，他没有急着下水，先在湖边站了一会儿。湖边的浅水处，生有一些芦苇和香蒲，芦苇还没有长穗，香蒲上已长出了肉肠样的蒲棒。冯淮海听见有苇鹰叫了几声，接着就看见一只苇鹰从芦苇丛中展翅飞出，飞到别处去了。他知道，苇鹰一定是在芦苇的秆子上搭了窝，要在窝里下蛋，孵小苇鹰。苇鹰发现岸边有人来，可能是担心来人看见它的窝，先用鸣叫表示抗议，再就是飞到别处，以把人的视线引开。冯淮海觉得苇鹰太小气了，他有自己重要的事情，才不关心苇鹰孵不孵蛋呢！在芦苇和香蒲之间的水面上，有几十条鲫鱼浮在水面晒鳞。它们不怎么游动，像是在水里集体午睡，青色的脊背把那片水面都变成了青色。那群鱼不知怎么看到了冯淮海立在水边的身影，它们一哄而散，很快潜到水的深处去了。冯淮海看不到鱼了，却在鲫鱼潜行的方向看到了一些荷叶和荷花。碧绿的荷叶天生都是圆的，有的铺展在水面，有的亭亭举起。荷叶之间，这里那里开着一捧捧荷花。荷花的颜色，一律是红的，在碧叶的衬托下，在阳光的照耀下，每朵荷花都像是一盏明亮的荷花灯。冯淮海不知道这些荷花是人种的，还是野生。岸上的灌木和野草是野生的，水边的芦苇和香蒲是野生的，苇鹰和鲫鱼是野生的，冯淮海更倾向于相信，这些荷花也是野生的。因为只有野生的东西，个性才更强，生命力才更旺盛。

冯淮海把头盔摘下来了，以头盔当眼罩子，向塌陷湖的湖心眺望。这里原是淮北大平原上的一片村庄，张庄、王村、李楼、赵寨、刘桥等，恐怕有八九十来个吧。因村庄底下压着煤，国家的煤矿要把煤采出来，就出资在靠近城镇的地方盖了新房，动员各村的村民搬到新房里去住了。煤层埋藏在七百多米深的地下，煤层叠加的厚度加起来有两三米厚。煤层上面矸一重，石一重；泥一重，沙一重；水一重，土一重，如藏宝一样重重包裹。那些不避艰险的矿工钻进地心，把"宝"挖走了，把煤掏空了。失去支撑的重重包裹，一重一重往下脱落。脱落波及地面，村庄的废墟和土地沉下去，地下水慢慢地浸上来，就形成这么一大片湖泊。这是个新生的湖，还没人为它命名。本地人知道它的来历，就叫它塌陷湖。湖面白茫茫的，似乎与天空连到了一起。没有风，湖水一点波纹都不起，平静得跟镜面一样。这样的湖水，在夜晚可以映进月亮，可以看到月亮像沉入水底的银盘。按说这样的湖水在白天也可以映进太阳，可冯淮海在湖里没有看到具体的太阳，只看到了满湖的阳光。既然满湖都是阳光，跟满湖都是太阳差不多。

冯淮海又看了看四周和天空，像是给他打捞东西的地方确定一个大概的方位，然后才开始脱衣服下水。湖边一个人影儿都没有，他脱得一丝不挂下水也可以，但他想了一下，身上还是保留了一件裤衩。他要去的地方，是他原来所在的村庄冯营。冯营是他祖祖辈辈生活的家乡，也是他度过童年、少年和青年时代的乐园。冯营虽说被塌陷湖吞没了，成了水底的村庄，但那毕竟是留在他心底的故乡，一个人回故乡，倘若一点衣服都不穿，那像什么样子。

湖边的水比较浅，他拨开芦苇和香蒲，踩着淤泥往水里走，越走水越深。湖水的表面一层，被阳光晒得有些热乎乎的，但下面的水还是凉哇哇的。比如淹到他胸口的水是热的，下面肚皮那里的水就是凉的，热和凉截然分明。他挥动双臂，把表面的那层热水搅了一下，意思是想把热水和凉水掺和一下。他一搅和，水面就出现了波纹，每道波纹上的阳光都往他眼睛上折射。他还未及感受一下热水和凉水掺和得如何，阳光已射得他有些睁不开眼，他只好放弃搅水。他大约往深处走了十多米，脚就够不到底了，先是脚板触不到底，后来连脚尖都探不到底了。这没什么，水都是越往里越深，一切都在他的预料之中。他身子借浮力轻轻往上一漂，双手往前扒，双脚往后蹬，开始凫水。在冯营村尚未被水淹没的时候，村子的西南角有一个面积不算小的水塘，到了夏季，每天一吃过午饭，他都会和小伙伴们一起去水塘里玩水。他们玩水是野路子，不是"狗刨"，就是"打砰砰"，谈不上是游泳，只能算是凫水。虽然没受过正规训练，但冯淮海对自己的凫水能力充满自信，凫两三千米不成问题。

冯淮海准备打捞什么呢？他要打捞一只石头碓窑子。石头碓窑子一般分两种，大号和小号，大号的碓窑子用来舂粮食，小号的碓窑子用来砸蒜、砸辣椒、砸香椿等。冯淮海要打捞的是一只大号的石头碓窑子。

　　拆房子搬家时，他们家的砖瓦、梁檩都卖掉了，家具都搬到新家去了。祖上传下来的一些老物件，不管有用的还是没用的，他们都装车拉到新房子里去了。经过"文化大革命"时的"破四旧"，他家的中堂字画、木雕祖楼子、香炉子、灯台等，差不多都被"破"掉了，剩下的有年头的东西，无非是一张大床、一张三屉桌、两把木椅、一只板箱、一支镶着十六两一斤的铜戥子大秤等。这些东西现在都在新房子里放着，有的还在使用，有的永远都用不着了。唯一没搬走的老东西，就是那只石头碓窑子。搬家的事一切由冯淮海负责，在取舍时，他看到碓窑子了。那只碓窑子在大门外面的一棵弯枣树下放着，他围着碓窑子转了三圈，看了三圈，最后还是决定把碓窑子舍弃掉。抛弃碓窑子的原因有三：一是用石头凿成的碓窑子太沉了，很难往汽车上抬。二是碓窑子太老了，恐怕用了上百年都不止，碓窑子中间的窑子深得都快要穿了底。三是现在用不着碓窑子了，碓窑子成了真正的废物，放到哪里都是一个累赘。所以冯淮海用电锯把弯枣树伐掉了，拉走了，只把碓窑子留下了。

　　在水里凫了一会儿，冯淮海估计自己已经凫到冯营所在的地方，并估计了一下自家的院子和碓窑子所在的大概方位，就开始潜水下沉，用脚探底。湖水两人多深的样子，他的双脚很快就探到了底。湖底软软的，脚下都是淤泥，好像一点儿硬的东西都没有。他双脚蹬泥，利用反作用力和水的浮力，将头和口鼻一下子露出水面，换了一口气，调整一下呼吸，再次潜入水中。在搜索碓窑子的过程中，他不是闭着眼用双手瞎摸，要是瞎摸的话，不知道要摸多长时间、摸多大面积，才能摸到碓窑子。他采取的办法，是在水中睁开眼睛寻找。小时候在水塘里玩水时，他多次在水中睁过眼，在水底看见过石子、蚌壳、水草，还看见过游动的小鱼。在他的想象里，立起来的石头碓窑子有半人多高，在水底的存在应该比较突出，他一看就能看到。他的打算是，找到碓窑子后，就借助水的浮力，一点一点把碓窑子往岸边移动。等移到岸边，就把碓窑子放倒，然后像推石碌一样，顺着岸边的斜坡，把碓窑子推到岸上去。然而他潜入水底两次，瞪大眼睛左看右看，眼前一片灰蒙蒙的，只能看到水底黑色的淤泥，别的什么都没发现。人的眼珠子上没有保护层，不宜和水直接接触，接触的时间长了，眼珠子就会发涩、模糊，加之冯淮海的双手和双脚在水里乱扒乱蹬，难免碰到水底的淤泥。淤泥的泛起，不但使水底的能见度更低，他还担心淤泥的泥浆会沾到眼珠子上，使眼睛的视力受到损害。于是他赶紧闭上眼睛，结束了当天的打捞，从水中冒出头来。

炽白的阳光仍照着湖面，无风无浪无飞鸟，湖面一片静寂。冯淮海现在也是一名矿工，他听矿上的技术员说过，在亿万年前，这里就是一片湖泊。是湖泊里慢慢滋生出了水藻，又滋生出了动物。后来湖泊的水退下去了，变成了一片陆地。陆地上长起了茂密的森林，森林也成了各种动物的王国。不知又过了多少年，因地壳发生天翻地覆的运动，森林和动物统统被埋进地下，这里再次变成了湖泊。湖泊渐渐退隐，这里又变成陆地，新生的陆地上就有了人类。有了人类的活动，就意味着有了男女，有了爱情，有了生息不断的繁衍，同时也有了战争、杀戮、饥荒等。反正自从人类创造了文化、文字、文明，故事就多了起来。以前的湖泊，都是在自然的作用下形成的。现在的湖泊，是人工所为。当上矿工之后，冯淮海就曾在冯营村原来所在地方的地底下挖过煤，应该说他亲自参与了陆地变湖泊的过程。

冯淮海刚从水中冒出来时，像是迷失了方向，分不清东南西北。他看看太阳，太阳似乎也帮不上他的忙。他认为太阳应该在西边，可感觉太阳却跑到了东边。他转着头乱找，却找不到他刚才下水的地方，也看不到他放在岸边的摩托车。他的摩托车是红色的，在绿色的草地上应该很显眼，怎么看不到了呢，难道被人偷走了不成？乱找的同时，他觉得湖面变得十分广大，广大得无边无际，仿佛天底下没有了别的东西，只剩下这一片塌陷湖。他突然恐惧起来，想到每个水底的村庄都有不少鬼魂，是不是有的鬼魂蒙上了他的眼，拖住了他的腿，要把他淹死在水中啊！要是他淹死在水中，并沉在湖底，时间长了，是不是也会变成一块煤呢？他要是变成一块煤的话，后世的人会不会把他挖出来烧掉呢？别人烧他的时候，他的魂是不是还在煤里呢？他会不会觉得疼呢？恐惧攫住了他，他的双腿几乎有些抽筋。不行，这可不行。这时他的意志对他说，你不能死，你上有老母亲，下有一双儿女，中间还有相濡以沫的妻子，你要是死了，他们怎么办呢？你还要打捞碓窑子，今天连碓窑子的一丁点儿影子都没看到。你要是不在了，谁替你打捞碓窑子呢？为了克服恐惧，他以仰泳的姿势，漂在水面休息了一会儿。水天悠悠，冯淮海把心静了一会儿，抬起头来再找，终于在岸边看到了放在那里的红色摩托车。打捞碓窑子找不到坐标，往岸边游时总算有了目标，摩托车就是灯塔一样的目标。

　　回到家中，冯淮海没有对母亲说他下班后去了塌陷湖，更没有说他下湖寻找碓窑子去了。他的打算是，等找碓窑子找得有了眉目，他再告诉母亲，好让母亲高兴一下。他轻易不敢对母亲提起塌陷湖，一不小心说到塌陷湖，或说到冯营，母亲的样子就有些难受，好像永远失去了家园一样。当初矿上派人动员他们家搬家时，母亲坚决不同意，说老冯家祖祖辈辈都住在这里，根扎在这里，苗发在这里，怎么能说搬走就搬走呢！矿上的人联合当地政府的人，到各家各户反复动员，不断提高优惠条件，眼看不少人家都答应搬迁了，母亲还是不答应。有人对母亲讲了不搬迁的可怕后果，说就算个别人家不搬走，矿上照样会把这块地底下的煤采出来，等地下的煤一采空，地面就会房倒屋塌，鸡飞蛋打，地下的水也会涌出来，把这里变成一片汪洋。人家把话说到这份上，母亲仍不松口，母亲说，那不是天塌地陷了吗，那不是活人遭到报应了吗！母亲还是说，反正她哪儿都不去，死也要死在这里。后来人家采取分化瓦解的办法，分头做他和妻子的工作，承诺让他到矿上当正式工，让他妻子到矿上当合同工，两口子都可以挣工资。孩子工作的事是大事，这样一来，母亲就不好再死扛。母亲到过世的父亲坟前哭了一回，又哭了一回，才收拾起家里的盆盆罐罐，从冯营故土迁到这个叫新村的地方。

　　没搬家之前，他们家在冯营住的是四间平房，搬到几里外的新村后，他们家住进了连体的两层楼。一楼有客厅、厨房、卫生间，二楼有三个卧室，还有孩子写作业的房间。一楼南窗下的一块空地方，被母亲开成了一个小菜园，菜园里种了黄瓜、茄子、辣椒、豆角等，随吃随摘，一夏天都吃不完。全家人都不能不承认，这里的居住条件和生活条件比在冯营时好多了，不说好到了天上，至少也好到了楼上。一家人过年聊闲话时，说到原来埋在他们家房子底下被称为乌金的那些煤，是老天爷送给他们家的宝贝，国家需要，他们就把宝贝献了出来。国家没有亏待他们，把宝贝换成钱，给他们建了这么宽敞明亮的房子。平日里，冯淮海和妻子去矿上上班，两个孩子去学校上学，只有母亲一个人在家里。这天冯淮海回到家，见母亲正仰靠在客厅里的沙发上打瞌睡。对面的电视机开着，电视里面的人还在说话，人影儿还在晃动，母亲却闭上了眼睛。母亲常常是这样，一个人在家里听着电视坐在沙发上睡觉。沙发是可以并排坐三个人的长沙发，冯淮海曾对母亲说过，母亲可以躺在沙发上看电视、睡觉。可是，不管家里有没有人，母亲从来不往沙发上躺，她说出的理由只有三个字——不好看。冯淮海一进家，母亲就醒了过来，看着他说："你今天回来得有点儿晚啊。"

　　冯淮海说："下班后，我和几个工友打了一会儿牌，争上游。"

　　"来钱吗？"

　　"不来，沾钱的游戏我从来不参加。"

　　"不来钱就好，一来钱人情就薄欠了。好了，上楼睡觉去吧。"

　　冯淮海没有马上去楼上睡觉，他在沙发上坐下了，要陪母亲坐一会儿。他有一个姐姐，姐姐一家都到南方的一个城里去了，现在守在母亲身边的只有他这么一个儿子。

　　母亲看了看他的胳膊，问他是不是到塌陷湖里凫水去了。

　　冯淮海不敢提到塌陷湖，母亲还是提到了。母亲问他是不是到塌陷湖里凫水去了，他想瞒恐怕瞒不过去。他想起，他小时候一到水塘里凫水，总会被母亲发现，因为胳膊在水里一泡，太阳一晒，就会发黑，发黑的胳膊用指尖一划就是一道白印。母亲现在不会在他胳膊上划白印了，但母亲的目光还是厉害的，把他的黑胳膊一看，跟划了一道白印差不多。他说，他想试试湖里的水有多深，就下去蹚了一下。

"有多深呢？"

"我估计有两人多深。"

母亲像是也估计了一下，说："要是咱家的房子还在的话，两人多深的水，恐怕都淹过咱家的房檐子了。"

冯淮海说："咱们搬到这里就不怕了，要是发大水的话，水淹到一楼，咱们就到二楼上去。"说着仰脸往楼上看了一下。

母亲说："你说怪不怪，咱家搬到这里这么长时间了，我连一次都没做过在新房子里的梦，一做梦还是在冯营，还是住在老房子里，还是你爹活着的时候。梦是咋回事呢？难道人的梦都是念旧不念新吗？"

"梦都是虚的，梦一醒啥都没了，不要相信什么梦。"

"我也知道梦做多了不好，人老了就是梦多，我也没办法管住自己。我只要一做梦，都是往后走，一次都不往前走，真烦人！就在你刚才进家的时候，我还在做梦呢，我又梦见了咱家的那棵弯枣树，又梦见了放在树下的碓窑子。我梦见回到了1960年，食堂断粮了，停伙了，生产队里给每家分了一把棉籽儿。我把棉籽儿放在碓窑子里用碓头砸，准备把棉籽儿砸碎，打成棉籽儿糊糊，或者捏成棉丸子。可是呢，棉籽儿在碓窑子里一会儿变成榆树皮，一会儿变成红薯秧子，一会儿又变成了水车上的胶皮碗子，我使劲儿砸呀砸呀，急得都快哭了，老也砸不碎。你回来得正好，你一回来我就醒了，就不用再砸棉籽儿了。"

看看，又来了，母亲又在拿碓窑子说事。石头不烂，碓窑子不烂，这件事就不会烂，母亲可能会一直把事说下去。他不记得母亲对他说过多少次了，说碓窑子是他的曾祖父买的，曾祖父传给他祖父，他祖父传给他父亲，他父亲又传给他，到他这一代，碓窑子已经传到了第四代。过去居家过日子，家家都离不开碓窑子，碓窑子差不多跟锅灶和水缸一样重要。比如说，农村地里种谷子，人们不能直接吃谷子，须把谷子变成小米才能吃。怎么把谷子变成小米呢？把晒干的谷子放进碓窑子里舂，把谷子包着的糠皮舂下来，再用簸箕把糠皮簸去，就变成了金黄的小米，用小米蒸干饭或熬稀饭都可以。再比如说，要把红薯片子磨成面，才能打红薯面稀饭，或蒸红薯面馍。把红薯片子直接放在磨顶上是不行的，因为片状的红薯片子大，磨眼小，红薯片子会卡在磨眼上下不去。那怎么办呢？把干红薯片子放进碓窑子里砸呀，用油锤大小的碓头把红薯片子砸碎，砸成丁子，再堆在磨顶上，磨起来就顺溜了。碓窑子虽属于他们家所有，但并不是他们家专用，邻居们谁家想用都可以，跟公共用品差不多。他们家之所以把碓窑子放在大门外面，而不是放在家里，就是为了大家用起来方便。寒来暑往，舂米声声，一只碓窑子不仅为别人家提供了便利，也为自家积累了公德。所以，每到过春节的时候，家里人在贴门神、对联的同时，都不会忘记在碓窑子上贴一方大红的福签子，以表示对碓窑子的祝福和尊重。

以前，母亲对他讲碓窑子的这些往事时，都没有跟梦联系起来讲，都没有借助梦的力量。这一次母亲在讲到碓窑子时，竟然跟梦联系起来，说她做梦都梦见碓窑子了。不管什么事，心有所想，梦才会有所现，入梦了就等于入心了。母亲说她梦见了碓窑子，说明碓窑子的事已沉到老人家的心里去了。还有，梦有时是和魂连在一起的，魂启和神启就不远了。冯淮海有些自责，说："都怨我，我想着现在想砸点儿什么都有粉碎机代劳，碓窑子过时了，用不着了，就没把碓窑子带过来。"

母亲说："有些东西是用不着了，用不着了不等于忘记了。越是用不着的东西，越是容易让人想起来。想想哪样东西用不着了，也看不着了，心里就像空了一大块。碓窑子的事，你也不用太吃心，我就是想起来说说。"

"您老说老说，我不吃心能行吗！看来我哪天得下水找找，看看能不能把碓窑子捞上来。"

"碓窑子那么沉，就算你找到了，一个人恐怕也很难弄上来。你父亲弟兄三个，当年你爷爷给他们分家的时候，三个人都想要碓窑子。你爷爷想了个办法，找人把立着的碓窑子推倒在地上，看看弟兄三人谁能把碓窑子扶起来。扶时只能用一只胳膊一只手，而且只能抠住底部的边子，把碓窑子扶得倒扣过来。结果，你大伯和你叔叔都没能把碓窑子扶起来。轮到你父亲，你父亲运了一口气，把一口气憋住，一口气就把碓窑子扶得倒扣在地上。力气在那儿放着，你大伯和你叔叔无话可说，只得同意碓窑子归咱家所有。你父亲每说起这件事情都很得意，好像他中了一回武状元一样。"

冯淮海笑了，说："原来还有这档子事，怪不得您对碓窑子念念不忘呢，看来我更得想办法把碓窑子捞上来。不怕碓窑子沉，水有浮力，碓窑子在水里会轻得多。等把碓窑子捞上来，我也要试试一只手能不能把碓窑子扶起来。"

母亲说："那你试吧。我看现在的人都没有过去的人力气大，用机器用多了，人就没劲儿了。"

再去塌陷湖里打捞碓窑子时，冯淮海没有像上次那样单打独斗。他有一位堂叔，在冯营村没消失的时候，堂叔是种庄稼的农民。冯营村被淹没后，堂叔不能种庄稼了，就请人打造了一只两头尖的小船，经常撑着船去塌陷湖里打鱼，变成了渔民。俗话说得好，有树就有鸟，有水就有鱼。村庄一变成塌陷湖，鱼自然而然地就生了出来。堂叔打上来的鱼多是一些杂鱼，有鲫鱼、鲇鱼、黑鱼、嘎牙、鳜鱼、㩜嘴儿，还有黄鳝、泥鳅、蚂虾等等。杂鱼也叫野生鱼，堂叔打到的野生鱼，都是拿到新村附近的镇上去卖。镇上的人现在都不爱吃饲养的鱼，认为那些鱼都是用饲料催肥的，一点儿鱼味都没有。而那些野生野长的鱼，别看杂七杂八，大小不一，颜色各异，吃起来却有着原来的鱼味。所以，堂叔每回打上来的野生鱼都不愁卖，而且价钱也不低。冯淮海买了香烟和白酒送给堂叔，跟堂叔说了想借堂叔的打鱼船打捞碓窑子的意思。堂叔认为他是个有孝心的孩子，答应带他去打捞一下试试。

又是一天午后，仍是炽白的阳光照着白亮的湖水，冯淮海乘上堂叔的渔船，向湖中冯营村原来所在的地方进发。堂叔的渔船没有船桨，不能靠桨板子推动渔船在水里划行。堂叔站在船上，手持一根长长的竹竿，把竹竿插入水中，一竿子插到底，左撑一下，右撑一下，推动渔船前行。竹竿也能起到锚的作用，堂叔需要在船上撒网捕鱼时，就把竹竿穿过船头的一个铁环，往水底的淤泥里一插，船就被固定住了。堂叔双腿叉开站在船上，不管扭动腰身撒多少网，船都不会移开。堂叔经常在湖里劳动，对冯营村原来所在的方位比较清楚，他撑着船走直线，不一会儿，就到了冯淮海要去的地方。堂叔不仅带他回到了"冯营",连冯淮海家原来的房子所在的位置,还有弯枣树和碓窑子大概所在的位置,都指了出来。堂叔说:"你们家的碓窑子我记得,有一年过年炸糖糕,我还在你们家的碓窑子里砸过蒸熟的红薯呢。还有一天下大雪,碓窑子的壳篓里落满了雪,我还吃过里面的雪呢。碓窑子要是一条鱼,我就用网帮你把碓窑子打上来,可碓窑子太大了,也太沉了,就算撒网能把碓窑子网住,恐怕也拉不动。"

冯淮海说:"我知道,您在船上指挥着,我自己下去摸。前些天,我一个人下水摸过,好像摸错了地方,什么都没摸着。"

堂叔说:"摸错地方很正常,有陆地的时候,地上有房子,有树,有麦秸垛,到处都是记号。陆地被淹没之后呢,水上没有了记号,人到水里很容易迷失方向。我在湖里转了这么长时间,才慢慢摸清原来的各个村庄在哪里。"

冯淮海这次从船上下水,带上了自己游泳时所带的潜水镜,这样他在水中睁开眼睛搜寻碓窑子时,就可以避免水和他的眼球直接接触。他像青蛙一样张开四肢,瞪大眼睛,在水底四处搜寻。搜寻了一会儿,他浮出水面,换了一口气,再次潜入水底。他潜入水底三次,浮上来三次,第三次浮上来时,手扒着船帮喘气休息。

堂叔问他:"怎么样,看见碓窑子了吗?"

"没有,水里除了淤泥还是淤泥,别的啥东西都没有。"

"淤泥底下,是不是就是你们的煤矿?"

"淤泥离煤层还远着呢,至少还隔着十八层东西。"

"这下面的煤你也挖过吗?"

冯淮海承认挖过。

"把煤挖出来值吗?我看不值,不如留着好好的地种庄稼。煤只挖一茬就完了,种庄稼呢,可以年年种,上一辈的人没了,下一辈的人可以接着种。咱们这里属于黄淮海大平原,是小麦主产区,这里的土地肥得很,种小麦亩产千把斤不成问题。你们把平地挖成了塌陷湖,就什么都种不成了。"

冯淮海听出堂叔对他有些埋怨之意，心说，把平地变成塌陷湖，不是他一个人的事，他可负不起这个责任。他想跟堂叔说点轻松的话，便说："有些话得两头说。平地不生鱼，有水才有鱼。要不是有了塌陷湖，要不是湖里生出这么多鱼来，您怎么能打鱼卖钱呢！"

堂叔不买这个账，他说："我才不想打鱼呢，我还是想种地。"

冯淮海扩大了搜寻范围，又连续潜水搜寻了三遍，仍一无所获。每次潜水，他都抱有希望，并有所想象。在他的想象里，碓窑子会突然出现在他面前。碓窑子赫然在水底站立着，还是像石磙一样圆滚滚的，还是赭红的颜色。他双手上去，一下子把碓窑子抱住了，像抱住久别重逢的老朋友一样。可是，他每次的希望都变成了失望，每次想象都化成了泡影。当堂叔拉住他的手把他拉到船上时，他想到可能永远找不到碓窑子了，可能永远都无法向母亲交代了，失望得情绪低落，几乎落下泪来。

堂叔见侄子闷闷不乐，一句话不说，反过来劝慰他说："这个事你不能一根筋拧到底，得往开了想。前天你跟我一说要到塌陷湖里捞碓窑子，我就觉得这事有点悬。你想啊，地一塌陷，地皮上的东西稀里哗啦往下陷，越是沉重的东西，下陷得就越快，下沉得就越深。石头碓窑子那么沉，肯定沉得最快，早就被淤泥埋住了。我怕你泄气，也怕你不甘心，这话就没有跟你说明。今天你劲也费了，心也尽了，我再不把话说明白，我这个当叔的就对不起你。你是读过书的人，应该听说过一句话，叫石沉大海。虽说碓窑子是沉在塌陷湖里，依我看跟沉在大海里也差不多，你以后再也不要想着到这里打捞碓窑子了。"

冯淮海无话可说，他说什么呢，一念之差，他把碓窑子抛弃了，想再找回来，就只能是梦想，异想，妄想。

来到矿上工友们中间，冯淮海把他打捞碓窑子的过程说给工友们听，意思是听听大家的意见，看看有没有什么别的办法，把遗失碓窑子的过失弥补一下。热心的工友们七嘴八舌，给冯淮海出了不少主意。有人说，可以买一只新的碓窑子，代替旧的碓窑子。有人说，城里有一家农耕时代农具博物馆，收集了不少包括石磙、石磨、碾盘、界碑、碓窑子等在内的石头制品,冯淮海可以去博物馆买一只多余的碓窑子。还有人说,冯淮海要是会写文章就好了,可以把他家的碓窑子写进文章里,然后念给他母亲听,他母亲就不会再提碓窑子的事了。前面两个主意,是工友们出的,也是工友们否定掉的。他们说,石器时代早就过去了,现在已经没人造新的石头碓窑子了,恐怕走遍全国都买不到。他们还说,石头碓窑子作为文物,放在博物馆里展览是有意义的,放在新居门前就不合适了,不伦不类,只会招人笑话。工友们所说的第三个主意,是冯淮海自己否定的,他说:"我哪里会写什么文章,就是打死我,我一辈子也写不出一篇文章啊!"

事已至此,难道关于寻找碓窑子的事一点儿希望都没有了吗?夏天过去,转眼到了中秋节。这天,女儿在客厅里翻看家里的相册,翻着翻着,她喊爸爸,问:"这是啥东西?"

正坐在沙发上看电视的冯淮海伸头一看,眼前一亮,不禁欣喜异常。你道怎的?他在塌陷湖里寻觅碓窑子无觅处,却在相册里看到了变成相片的碓窑子。他想起来了,在搬家之前,为了留念,他用傻瓜相机为老院子、老房子、老物件等,照了一些照片。他照了堂屋、灶屋、窗户、院门楼,还照了石榴树、竹园、压水井、柴草垛等。他不记得给碓窑子也照了相,可眼前有照片作证,可能是他照着照着照顺了手,把碓窑子也顺便照进了镜头。他说:"这是咱家的碓窑子呀!"

"碓窑子是啥?"

冯淮海没顾上回答女儿的问题,他从女儿手里要过相册说:"让爸好好看看。"冯淮海看清楚了,照片上不仅有碓窑子,还有碓头和弯枣树,等于是一张碓窑子的全景图。

他马上上楼,把碓窑子的照片拿给母亲看,说:"娘,娘,我总算把碓窑子找到了。"他激动得声音有点儿发抖。

母亲戴上花镜看了照片,说:"好,好,有照片碓窑子就留下了,啥时候想起碓窑子,看看照片就啥都有了。"

原载《北京文学》2023年第7期

杨晓升

# 小黑

小黑是一条狗。

星期六上午,小区业主404带着自己五岁的儿子贝贝在小区的花园溜达、玩耍,无意间遇到了小黑。

404是这位业主的房号,因为该小区的业主微信群都是以楼栋门牌号标注群昵称,因而彼此都不清楚真实姓名,便都以网名相称。404的群昵称是7-3-404(即7栋3单元404号),为方便起见又被简称为404,人们只知道404是一位年龄三十五六岁、风姿绰约的漂亮女士。

小黑是一条纯黑色的狗,浑身的毛密匝匝、黑得贼亮贼亮,个头不高不矮,不大不小,算中型狗吧。要说狗,如今是见怪不怪,纵观全国各大中小城市,哪个居民小区见不到狗?当然大都是宠物狗。论个头,大中小应有尽有。论品种,大型的有阿拉斯加、德国牧羊犬、边境牧羊犬、萨摩耶、哈士奇等,中型的有威尔士柯基犬、日本柴犬、可卡犬、巴吉度犬、牛头梗等,而小型的应该是目前最受宠主喜欢的狗狗了,比如博美、贵宾犬、雪纳瑞、西施犬、约克夏犬等等。体型更小的玩具狗也有,比如迷你的贵宾、吉娃娃等等。所以,当404和她的儿子见到小黑时,刚开始也是将小黑当宠物狗看待的。彼时,因为没见到小黑的主人,只见到小黑,淘气的贝贝便手舞足蹈龇牙咧嘴地冲小黑做出怪样,嘴里还咋咋呼呼地吼出怪声,意图挑逗、吓唬一下小黑。不料原本正神闲气定一心走路的小黑却被这突如其来的挑逗惊着了,它嗷的一声向贝贝这边猛冲了几步,气急败坏张牙舞爪地朝贝贝做攻击状,惊得贝贝霎时哭声震天,扭转身没命地跑,一头扎进自己妈妈怀里。404此时花容失色,勃然大怒。她先是蹲下身子,搂着自己的儿子一个劲安抚,一声"心肝"一声"宝贝"不停地劝哄,一边气急败坏地冲小黑破口大骂。尽管这时候的小黑早已偃旗息鼓,只丢下背影继续走路,一副大人不记小孩过的大丈夫气概,可404还是不依不饶,一路追着小黑背影骂骂咧咧,一副穷追猛打的架势,直至小黑从不远处拐弯钻进小树林,404才带着满腔的不甘鸣金收兵。

然而,事情并未就此结束。

回到家里,404满脑子都被那条黑狗的身影填满了,她越想越生气,越想越觉得这狗有些不对劲。她觉得这条黑狗与小区里平时见到的那些形形色色大大小小的宠物狗有所不同。以前见到的那些狗大都跟着主人,还大都被主人用狗绳拴着。而这条黑狗却自始至终一直不见主人身影,它竟敢在小区里大摇大摆招摇过市,十有八九是一条流浪狗。如果确认是流浪狗,那问题可就严重了。作为新落成不久、业主刚刚入住的居民小区,竟然有流浪狗在此出没,还胆大包天张牙舞爪吓唬小孩?流浪狗可是没有经过人工驯服的,更没有打过狂犬疫苗,说白了就是野狗,它可是埋伏在小区所有业主身边的定时炸弹。万一哪天它咬了人,那还了得?不行,绝对不行!404觉得自己有责任搞清楚这条狗的来龙去脉,为自己,也为大家消除小区里的安全隐患。

心动不如行动。404当即打开业主群"艾特"了所有人,问谁在小区见到过一条黑色的流浪狗。很快得到好几个业主回应,都说见到过,但未意识到那条狗是流浪狗,以为是谁家养的宠物狗呢,现在回想起来确实没有见到过有主人跟着,如此说来它确实是条流浪狗了。

确认那条黑色的狗是流浪狗之后,404又不失时机地将自己的担心一股脑儿抛进群里，瞬间如凉水泼进热油锅，得到更多业主叽叽喳喳的热烈响应，大伙儿群情激愤、七嘴八舌，几乎一边倒地赞同404的观点，继而议论纷纷，都说得想办法尽快消除小区隐患。至于什么办法，有人说得尽快向物业反映，让物业将那条黑狗赶出小区。有人则谴责起小区保安，说小区的保安干吗吃的，怎么可以让流浪狗闯进咱们小区，这明显是失职嘛！也有人主张必须立即打110报警，还说警方有打狗队，专门追捕流浪狗。以上这些主意都得到群里业主压倒性的支持。404急不可待，她在群里扔下一句"好，我这就报警！"之后，果真就打了110报警电话。她觉得找物业找保安，都不如报警来得直接和快捷，打狗队来了肯定能快刀斩乱麻，甚至斩草除根。

当天下午，警方派出的打狗队有五六个人，每人手拎一根打狗棍，还有人拎着长柄铁夹和长柄绳套，清一色全副武装，雄赳赳气昂昂进入小区。领头的一位中年警察先是给404打了电话，让她下楼引路，带领他们到小区里指认。404接到打狗队电话，兴奋得像打了鸡血，将正进行了一半的梳妆打扮草草收场，换衣穿鞋下楼。临出门，她还不忘在小区业主群里"艾特"了所有人，扔了一句："嗨，打狗队到咱们小区大门口了，大伙儿快下楼帮着找那条黑色流浪狗！"

下了楼，404三步并作两步，向着小区大门的方向一路小跑。夏日的微风将她满头秀发吹得四散飘逸，小区里也飘过她那婀娜多姿的身影。见到穿警服且全副武装的一队人马，404断定他们就是打狗队了，遂"嗨"的一声同他们打招呼，还挥着手向他们致意。

领头的中年警察问："你就是昨晚报警的刘丽娜？"

404点头回答："是的是的，谢谢你们的到来！"

领头的又问："狗呢，你说的那条流浪狗在哪儿？"

404说："应该是在小区西侧花园的小树林里吧，来，我带你们去找！"

这时候，其他的业主也闻讯而来，三三两两地围了上来。404与他们一通寒暄，遂前呼后拥，带着打狗队一行由小区的大门走向小区西侧的花园和绿地。这个新落成的居民小区有二十几栋楼，每栋楼都座北朝南，高二十来层，每栋楼都有五个单元。楼与楼之间，有水泥路、灌木丛环绕的花园、绿地、石径、花坛和小树林，偶尔还点缀有凉亭和石凳，也是业主们休闲散步的理想去处。小动物当然也是沾了光的，虽然它们都属于不速之客，却当仁不让地与小区的业主共享着小区里的这一片绿荫、花草和幽静。小鸟、蝴蝶、蜻蜓、小蝉和各色不知名的小虫，都在这片不大不小的绿荫中各得其所，栖息繁衍。它们快乐的鸣叫，为这里增添了几分情调与生机。因而，业主们对这些小动物是接纳和欢迎的，如果没有这些小动物的光临，小区里的这片绿荫会是什么样子？业主们想都不敢想。可他们万万想不到，除了他们所欢迎的那些小动物，小区里竟然还闯进来许多人并不欢迎的流浪狗，这是他们万万不能接受的。一想到流浪狗所带来的潜在威胁，在场的不少业主都认定必须尽早清除这个隐患。

正因如此，业主们都群情激愤、心急火燎地带着警方打狗队在园区里转悠，几十双眼睛像极了探照灯齐刷刷开足亮度四处扫描，绿地、花坛、灌木丛、小树林，园区里所有的犄角旮旯，几乎被拉网式地找了个遍，可就是找不到上午404见到的那条黑色流浪狗的踪影。不过，他们在小树林一处茂密的灌木丛中，倒是有了一个令人意外的发现：灌木丛中间一处野草杂生的空隙，竟然隐藏着一群毛茸茸、嗷嗷待哺的黑色幼犬，数量不多不少，一共五只。见到来人并听到喧闹声，此刻这五只幼犬一只只睁大眼睛，纷纷向来人投去警惕的目光，那目光带着惶恐与无助，却也不失憨态，那懵懂乖萌的样子，看着都让人心生怜爱——这五只幼犬会是谁的呢？它们的父母现在在哪儿？业主与打狗队的人七嘴八舌，议论纷纷。

经过一番分析，还是404先开口说话了："这五只幼犬，显然不是咱们小区谁家的宠物狗生下的。如果是宠物狗生的，宠主不可能让自家的狗跑到这里来生。最大的可能，就是昨天我看到的那只黑色流浪狗生下的，因为这五只幼犬都是清一色的黑狗。再说了，我昨天追赶那只黑色流浪狗时，那只狗就是从这边一转身钻进这片小树林的。"

"那只流浪狗现在到底在哪儿呢？"有人问。

"如果这些幼犬就是那只流浪狗生的，按说它应该不会走远，没准儿就在咱们小区里的某个角落里觅食呢。"有人猜测。

404说："无论它在哪里，今天咱们无论如何都必须找到它！"她是说给大伙儿，但更是说给打狗队的。

有人立即质疑："找到它又怎么样，莫非咱们真要将那只流浪狗打死？真要是打死，那这五只幼犬没奶吃可不得饿死，太可怜了吧！？"这话刚一出口，立即招来所有人的目光。有人发现说话的人是业主群中的3-2-606（为方便起见，以下简称606），一个与404年龄不相上下的少妇。这少妇素颜圆脸，齐肩的短发，小眼睛小嘴巴，若不是开口说话，她的长相普通得如同路边的一株小草，很难引起注意。对于606提出的质疑和忧虑，有一些人纷纷附和："就是。""就是。""就是。"还有人补充说："之前并没有料到那条流浪狗还生了这么多幼犬。"

打狗队领头的那个中年警察环视了一圈业主，开口说："那……这流浪狗到底还找不找、抓不抓了？"

404一听急了："怎么能不抓？"她瞪大眼睛，看了看打狗队的人，又瞧了瞧在场的各位业主，索性提高了嗓门，"如果不抓，万一哪天流浪狗咬了谁，尤其是咬了谁家的孩子，你们谁愿意？谁应该对此负责？"

606说："可这五只幼犬没了爹没了妈，它们吃什么？它们不可怜吗？"

404一脸不屑："哼，可怜啥？再怎么说它们也是流浪狗，长大了同样会咬人。有朝一日要是咬了你家孩子，你还会觉得它可怜吗？"

606反驳道："干吗老把问题往极端想，流浪狗就一定会咬人吗？你要不招惹它，它怎么会咬你？尤其是这几只幼犬，你看它们多么可爱，多么无辜，再怎么说它们也是几条活生生的生命呀。要是咱们现在就将它们往死里整，那也太狠心了吧，你们各位都下得了手吗？"说完她环视了一圈在场的每一个人。

这问题一时让大家犯了难，人们你看看我，我看看你，一时间议论纷纷，莫衷一是。一部分人支持606，另一部分人则站在404一边。

这时打狗队领头的那位又说话了："那条流浪狗到底找不找呀？你们这些业主意见都不统一，那我们干脆先撤了。"

话音刚落，404急了："那可不行！谁说不让找了，谁要是不让找不让抓，请签个责任书，到时候要是这流浪狗咬了人，就让谁负全责！"说这话时她目光咄咄逼人，而且是直逼606。

606也不甘示弱："你干吗老盯着我？我也没说不让找不让抓呀，我只是提醒大伙儿能否变换思路：这流浪狗干吗非抓不可，有没有更折中的办法，比如看看有什么地方专门收养流浪狗？"话音刚落，很快得到大多数人支持："就是。""就是。""就是。"

404说："那你们都说说，哪个地方能专门收养流浪狗？你们倒是快说呀！"看神情，她依然是一副不依不饶的样子。

有人冲404翻白眼，抢白她："你干吗说话老那么咄咄逼人？人家不是刚提出这个建议吗，至于到底哪儿能找到收养流浪狗的地方，我建议大伙儿都想想办法，到处打听打听。"

打狗队那个领头的警察又发话了："依我说，就按这位女士说的办。"他指了指眼前这五只乖萌可爱又有些惶惑的幼犬，"看在这几只狗幼小可怜的分上，你们先打听打听哪里有收养这些流浪狗的地方吧。说实在的，即使现在我们找到那条流浪的黑色母狗，我们也下不了手啊，毕竟这几只幼犬目前还需要喂奶，我们要是不管不顾一下子将母狗打死了，怎么说也是作孽！所以，我们今天就先撤了，之后你们要是还有什么问题，还可以给我们打电话。"说完他手一挥，打狗队的一行人便转身离去。

606说："各位香邻，那咱们都先分头回家打听下有什么地方收养流浪狗吧，有什么信息请及时发到群里互通有无。"大伙儿听罢，纷纷点头，之后相继离去。也还有几个人围着那几只幼犬恋恋不舍，有人还将手中的零食投给了幼犬，其中也包括606。

第二天是星期天。

一大早，606打开了业主群，发现虽然过去了整整一个晚上，群里却一直没有人提供有什么地方可以收养流浪狗的信息。606遂上网搜索了一圈，还在自己的朋友圈发了问询，却还是未能获得确切的回复。她有些焦急，遂又在业主群发了个问询，问是否有哪位香邻打听到哪里能收养流浪狗。

不一会儿就有几个人冒泡回复，都说打听了，但也没有确切的信息。

404这时候也冒出来了，还特意"艾特"了606："哼，你们不是说能找到收养流浪狗的地方吗？这下好了，看你们还逞不逞能！如果今天上午群里还看不到你们找到解决办法，我下午就继续给打狗队打电话，让他们无论如何也要将流浪狗通通赶出小区！"

606见状，也不甘示弱，在群里"艾特"404："喂喂，你是不是吃枪药了，怎么说话老带火药味？谁逞能了？要说逞能你才是逞能呢！你要是不逞能，能惹出这流浪狗的糗事吗？"此话一出，群里一片哗然，不少人发来形形色色的表情包，有坏笑的，有大笑的，有窃笑的，有鼓掌的，还有人打出代表胜利的"V"字手势。甚至还有人出来揭404的老底："喂喂404，记得你家也养了一只博美吧？你家平时是怎么对待博美的，能否也拿出一点仁爱来善待那些幼小无助的幼犬？同样是狗，流浪狗怎么了，它不也是狗吗，怎么就低你家的狗一等？流浪狗本来就流离失所无家可归，怪可怜的了，你要不惹它不也就相安无事，为何非得将人家逼上绝路赶尽杀绝？"这话一抛出，就得到十几位业主的支持："就是。""就是。""就是。"每一个"就是"后面都跟了一个拳头样的表情包。

404当然咽不下这口气，她当即反击："我看你们这帮疯子，全是鳄鱼的眼泪假慈悲，哪天你们一个个都被那条流浪咬死了，看你们还慈悲不！"这话一出，自然是惹了众怒。人们纷纷"艾特"了404，冲她甩表情包，有鄙视，有呕吐，有暴怒，有翻白眼，反正是将所有的愤怒和不满一股脑儿对准了404。

群里围观的人们纷纷盯住业主群，正期待着战火继续燃烧，看看404会怎么反击，却半天不见动静。人们普遍认为404这会儿肯定厌了。

404确实是厌了。她见自己身单力薄、寡不敌众，索性避开锋芒，选择了战略转移。她气哼哼地立即给打狗队打了报警电话，请求打狗队继续来小区抓捕流浪狗。为了引起对方足够的重视，她还添油加醋说刚才自己的儿子又差点儿让那条流浪狗给咬伤了。打狗队的人听罢，觉得事态严重，非同小可，当即就出兵直奔404所在小区，并让404在小区门口等候。404

立即像打了鸡血，自然是一脸兴奋，她马上招呼老公，夫妻俩一起换衣穿鞋，带着五岁的儿子贝贝和自家那只活泼可爱的白色博美，倾巢出动，迅速来到小区门口等候。404这回没有在群里发布打狗队即将到来的相关信息，她吸取了上次人多嘴杂、意见不一致的教训，打算独自引导打狗队，悄悄地将那条流浪母狗和它的那些幼犬通通赶出小区。

　　全副武装的打狗队很快来到了小区门口，领头的仍然是昨天的那位中年警察。那位警察见到404这回还带着儿子，就径直问她儿子："小朋友，你刚才在哪儿差点被流浪狗咬着了？"404的儿子听了一脸蒙，小家伙虎头虎脑地眨巴着眼睛，张着嘴却老半天说不出话来。404见状马上打起马虎眼："瞧瞧，我儿子都被吓傻了！"她手一指，"就在那边呢，来，我带你们去找！"于是，404一家子带着打狗队一行又来到小区西侧的花园和小树林，像昨天一样拉网式地找了个遍，可就是始终见不到那条黑色流浪母狗的踪影，倒是又在老地方见到了那五只黑色幼犬。令人意外的是，606和另几位业主正围着那五只幼犬，用奶瓶给它们喂牛奶，此刻那五只幼犬咿咿呀呀吃得正欢，那懵懂乖萌的憨态让404的儿子瞬间眉飞色舞，一下子扑上前去一个劲地抚摸、挑逗，口口声声地说："哇太可爱啦太可爱啦！"404家的那只白色小博美，也亲热地凑上前去，闻闻这只，又嗅嗅那只，小尾巴也欢快地摇得像拨浪鼓。404尴尬地站在一旁，不知如何是好。

　　606和另几位业主见404领着打狗队又来了，警惕地站了起来，并且将那五只幼犬挡在了身后，似乎担心404和打狗队马上会伤害那五只幼犬。

　　打狗队那位领头的警察问606："你们见到那条流浪母狗没有？"

　　606和那几位业主脑袋也摇得像拨浪鼓，异口同声说："没有。"

　　404满脸疑惑，对打狗队的人说："肯定就在小区里，咱们得继续找。"

　　打狗队领头的警察见606和那几位业主一脸不满地盯着404，便问："你们到底找到收养流浪狗的地方没有？"

　　606说："还没有。"另几位业主也摇了摇头。

　　404见状一脸不屑："既然没有找到地方收养，那总不能无限期拖下去，最终不了了之吧？这流浪狗要是长时间留在咱们小区，早晚都会是个祸害。我看长痛不如短痛，无论如何必须尽快将这些流浪狗赶出小区！"这话像一记鞭子，一下抽在404自己儿子的身上，小家伙哇的一声，连哭带闹说："不要不要，妈妈你不要赶走这些小狗！你不要赶走这些小狗！"这哭闹声让404猝不及防，众目睽睽之下一脸尴尬。她粉秀的脸唰的一下红了，仿佛突然间喝醉了酒。不过，她很快就镇定下来，边冲围观的人翻白眼，边蹲下身子搂住儿子，连哄带骗地一个劲安慰："儿子，咱们不是有乖乖了吗，你要那么多狗干什么！再说这些狗都是野狗，长大了会咬人的，你不怕它们将来咬你吗？"乖乖是他们家小博美的名字。404的儿子却依然不依不饶："妈妈你尽骗人！你说他们长大了会咬人，那咱们家的小博美不是长大了吗，它怎么不咬人？你说它们长大了会咬人，那我长大了也会咬人吗？"他又指着那几只幼犬说，"你看看这些小狗多么可爱呀，妈妈你要是把它们赶走，那它们去哪儿？它们好可怜啊！"小家伙这番话让404一时语塞，脸色红一阵白一阵。这时在场的爸爸也蹲下身安慰儿子："儿子甭担心，这些小狗去了别处，会去找它们的爸爸妈妈。"小家伙听罢眨巴着眼睛，暂时停止了哭闹。他抬头问爸爸："那它们的爸爸妈妈现在在哪儿，咱们现在去帮它们找找吧！"一句话，让在场的人都会心地笑了，连404、606和打狗队的人都笑了。

打狗队那位领头的警察笑着说："瞧，这小孩子也说要找那条母狗。"他瞅了瞅404，又瞧了瞧606，"你们倒是说说呀，那条母狗到底在哪儿？"

606瞧了瞧打狗队每个人手中的打狗棍、长柄绳套和长柄铁夹，忧心地问："要是现在找到那条狗，你们打算怎么处置它们？"

打狗队领头的警察反问道："你们说呢？"他指了指404，"这位女士不是又给我打了电话吗，她说刚才她儿子又差点让那条母狗给咬伤了。"404的儿子一听急了："没有没有，我今天还都没有见到那条黑狗呢，怎么说它要咬我了？妈妈你尽骗人！"小家伙瘪着嘴，鼻腔像拉风箱，眼睁睁地盯着妈妈，一脸的委屈。404的脸瞬间唰地红得像一颗紫葡萄，表情也跟着扭曲了。她气急败坏地打了儿子的屁股一巴掌，又摇着儿子幼小的身子大声训斥："你这个讨厌鬼！你尽说胡话，我看你是被那条野狗吓糊涂了吧！"

小家伙哇的一声又哭了起来。他的爸爸见大势不妙，迅速抱起儿子连哄带骗先行离开了。

见丈夫和孩子离去，404一手牵着她家那只白色小博美，另一只手掠了掠有些零乱的长发，对在场的人说："大伙都听着，流浪狗的事，明摆着是咱们小区目前存在的隐患，咱们早晚都得解决。"她停了一下，瞅了一眼606和在场的其他业主，"你们既然找不到收养流浪狗的地方，那总不能没完没了让流浪狗都留在咱们小区吧。既然打狗队的警察都来了，那我觉得将流浪狗交给他们处理既顺理成章，也合情合理。除非你们还有其他的解决办法，否则我觉得今天就应该让警察们将这些小狗也都通通带走！"

打狗队领头的警察点头赞同："这位女士说得在理，既然你们找不到解决办法，这些流浪狗长时间留在小区内，确实存在隐患，毕竟流浪狗没有打过狂犬疫苗，万一真要是咬了人，那事情可就闹大了，谁都负不起这个责任。所以，今天我们干脆将这些小狗和那条母狗一并带走。现在的问题是要先找到那条母狗，你们都说说，那条母狗现在到底会在哪儿呢？"

在场的业主你看看我，我看看你，之后相继摇了摇头。

打狗队领头的警察说："那咱们在小区里再找一遍，如果还找不到那条母狗，我们今天就将这几只小狗先带走。"

606问："请问你们将这些小狗带走之后，打算怎么处理？"

领头的警察说："这个你就甭管了。"这话像一记重锤，一下子砸在606心头上。昨天她听别人说了，打狗队抓到的流浪狗，不是被打死就是像囚犯一样被长时间关进笼里，甚至卖到餐馆或自己杀了当下酒菜，可遭罪了。一想到这种悲惨结局，606就一阵阵揪心。可回过头想，她和其他业主迄今确实也没有找到更好的办法——难道就只能举手投降吗？此刻她脑子像一台快速运行的计算机，忽然她急中生智，决意采取缓兵之计。她清了清嗓子对警察说："这样吧，看在这几只小狗年幼无助的分上，你们先找找那条母狗，找到了再考虑这几只小狗到底如何处理。好在这几只小狗还小，你们不会像有的人那样担心它们会咬人吧？"她故意停顿了一下，意味深长地瞟了一眼404，又看了看左右两边的另几个业主，继续道，"这几只小狗，由我们几个先养护着。"

　　领头的警察这回倒挺爽快，很潇洒地打了个响指，说："好，就这么着！"说完，他们让404领路，又在小区的花园、小树林和其他的犄角旮旯拉网式地巡视了一遍，可还是一直找不到那条黑色流浪狗的踪影。

　　404有些急，她柳眉一扬提醒说："咱们别到处傻找了吧，小区里不是有监控吗？咱们直接到物业那边查看监控，再不济你们还可以动用警察权力调取小区周边几条道路的监控，不信就找不到那条母狗！"这话一下提醒了领头的警察，那警察手一挥又打了一个响指，道："说得是呀，走！"一行人于是找到了小区物业的保安室，亮出证件，说明了来意，值班的保安便开始调取小区监控。他们翻遍当天本小区每个角落的视频，却始终不见那条黑色流浪母狗的踪影。保安又调取昨天小区的监控，终于发现昨天中午那条母狗独自走出了小区大门。查视频的年轻保安眼睛一亮，忽然喊道："哎——你们是要抓捕这条黑色母狗？"他扭过头，一脸疑惑地注视着打狗队队长。队长点了点头："是呀！"保安声音忽然高了八度，眼睛更亮了："这条狗在我们这一带可有名了，它曾帮助追赶一个小偷！"打狗队一行人听罢，眼睛齐刷刷也亮了。队长问保安怎么回事，那位年轻保安讲起了事情的原委：前不久的一天傍晚，对面小区的一个女孩肩上挂着一个高级皮包从外面回来，眼看就要走回小区门口，却冷不丁被一个路过的小偷突然掂下皮包，而后小偷没命地跑远了。那女孩一声惊叫，大喊："抓小偷，快抓住小偷！"边喊边追。那条正路过的黑色母狗见状竟然也帮着追赶那小偷，边追边冲小偷不停吼叫，吓得那小偷连滚带爬，不得不扔下女孩的皮包，一溜烟跑掉了。那狗见到小偷扔下的皮包，倒也不再追赶，而是气喘吁吁地守候在皮包前等那女孩前来取包。待那女孩走到近前，那狗却若无其事转身离开了。这事感动得那女孩泪水涟涟，围观的人都异口同声夸赞那条黑狗通人性，真是条见义勇为的好狗。保安还补充说："碰巧那天我也正站在小区门口值班，整个过程我都看得真真切切。"

　　在场的人听了也都啧啧称赞，觉得这狗神奇。队长睁大眼睛问保安："有没有搞错，你说的就是这条黑色母狗？"年轻保安拍着胸脯，大声说：

"千真万确！我干吗要骗你？"队长听罢频频点头，若有所思，也暗自思忖：难怪这条流浪狗进出这个新小区，保安也不管呢。之后，他让保安继续调取监控录像，却发现那条黑色母狗自昨天中午走出小区大门之后便一直不见回来。在场的人都感到纳闷，时间都过去一天多了，这母狗到底上哪儿去了呢？它干吗不回小区看护它那五只幼犬，莫非那五只幼犬并不是这条母狗所生？

为了刨根问底，保安在警察的要求下又调取了之前好几天的小区监控视频，数次发现那条黑色母狗总是往小区西侧小树林那五只幼犬所处的地方进进出出，却未见有其他进出的大狗。在场的人于是异口同声认定："没错，就是那条母狗！"至此，真相总算大白。可问题是，那条母狗到底去了哪里，为什么都隔了一天多的时间还不回来？打狗队决定扩大搜索范围，回队部调取小区周边道路的监控视频，他们让404先回家去等候，并说情况如何明天会电话通知她。事已至此，原本打算今天一追到底的404一脸懊丧，只好与打狗队的人告别。

第二天上午，打狗队在调取昨天中午404所在小区周边道路的监控时，却有了意外的惊人发现：昨天中午12:10，先是发现那条黑色母狗在小区附近西侧十字路口的一处空地上，与一条黑色公狗若即若离纠缠不清，俨然是一对情侣的样子，由此打狗队的人猜测，小区里的那五只幼犬很可能就是这对狗爸狗妈所生。再继续翻看视频，打狗队的人突然惊得差点掉了下巴——同一天中午12:50，那条黑色母狗独自走过路口时，被一辆急速拐弯的中巴撞飞，惨叫着在路边挣扎了几下之后，当场毙命。事故发生之后，那辆中巴并未减速停车，反而疯狂逃逸，有几个路过的群众带着惊讶的表情，先后围上前去察看瘫在地上的死狗，嘴里念念有词像在叹惜和谩骂，还有人拿出手机在事故现场拍照或拍摄视频，但事后都相继离去。14:15，一个男清洁工驾驶扫大街的清洁车路过，发现地上的死狗，遂下车察看死狗，又前后左右观察了一阵，之后将死狗搬进清洁车上的垃圾桶，驾车离去。

至此，事情水落石出：流浪的黑色母狗出车祸死了，撇下五只嗷嗷待哺的幼犬。打狗队长将这一信息打电话告诉了报警的404，并建议404在小区业主群发布相关信息，看那五只幼犬有没有人愿意领养，如果没有或者最终剩余未被领养的幼犬，可交由他们打狗队全权处理。

404接听电话的时候，她身边的儿子突然哇的一声号啕大哭，边哭边喊："小狗没有妈妈啦！小狗没有妈妈啦！"显然，刚才妈妈与打狗队队长的通话让小家伙听得一清二楚。

404见儿子哭闹，内心忽然腾起莫名怒火。她一边安抚儿子一边气急败坏冲电话那头大声嚷嚷："喂喂，听我说，那五只幼犬再怎么说也是流浪狗，品种低劣，估计不会有人要，我看你们还是尽快将它们带走吧！"

打狗队的人反驳道："那可不一定！你没看昨天你们小区那几个业主，包括你自己的儿子，见到那幼犬不是蛮喜欢的吗。"

404抢白道："哎呀他们也就是瞎起哄，你们还能当真？他们根本不可能领养这种劣种狗！"

打狗队的人批评她："这位女士，你说话别那么武断好不好？你都没有征求其他业主意见呢，怎么就知道没人领养了？"

404听罢，粉秀的脸唰地黑了，长这么大可从来还没有人敢批评过她呢，甚至小时候连父母都不敢轻易批评，她怎么可以接受外人这么说她！只见她樱桃小嘴一张，子弹一样蹦出来一梭子："你怎么这么说话呢！我哪里武断了？流浪狗本来就是劣种狗嘛，这有错吗？劣种狗怎么会有人愿意养？你没看我们小区的业主养的全是清一色的宠物狗，什么博美、贵宾、柯基、萨摩耶、哈士奇等等，全都是好狗，我这么说有错吗？不信你可以到我们小区来看看！你还说让我在业主群发布领养那些小狗的信息？我才不干这种蠢事呢，要发你们找别人发！"说完，她像掐死一只虫子，气哼哼地摁断了电话。

虽然404拒绝了打狗队的建议，但当天下午，小区的业主群还是出现了一则信息——

## 幼犬领养启事

各位业主、香邻：

近日本小区西侧小树林发现五只尚未满月的黑色幼犬，健康活泼但还不大能走路（幼犬一般是满月才能走路）。经报警并由警方派出的打狗队调取监控视频多方调查，发现这五只幼犬是一条流浪的黑色母狗在本小区生下的。不幸的是那条母狗昨天中午在本小区大门口西侧的十字路口处被一辆飞奔而过的中巴撞死了，可怜这五只幼犬眼下嗷嗷待哺，却幼小无助。若有哪位好心的香邻愿意领养，请在群里联系我并前来本小区西侧花园的小树林接洽。

特此启事！

3号楼2单元606业主

上述启事发布的同时，606还在群里发布了两条视频：一条是黑色母狗在路口被中巴一头撞死的监控录像，母狗的那一声惨叫和鲜血淋漓的场面惨不忍睹！另一条视频是那五只嗷嗷待哺、惶惑无助却又乖萌可爱的幼犬。

启事和视频发布不到一分钟，小区的业主群突然像炸了窝，群情激愤，几乎一边倒地大骂那撞死狗的中巴司机太狠毒了，同时也纷纷为死狗留下的那五只幼犬扼腕叹息，都说那些幼犬实在是太可怜了！有好几位业主还在群里"艾特"了606，给她发了点赞、鲜花的表情或评论，对606的义举大加赞赏。

十分钟之后，该小区花园西侧小树林便络绎不绝、兴高采烈地来了不少业主，有真心想领养的，但更多的是好奇前来看热闹的，还有一些是先前来探究竟的，领养与否打算看具体情况。

又过了不到十分钟，五只幼犬就被领养了三只。从昨天开始一直守护、喂养那五只幼犬的606和另一位业主7-2-505（以下简称505），原本也计划分别领养一只的，只因后来想领养的其他业主还有好几位，而606和505原本家里又已分别养有一只贵宾、一只柯基，只好将最后的两只幼犬让给了另两位想领养的业主。

小区里这场由流浪狗带来的风波，至此也宣告平息。

原载《福建文学》2023年第7期

王祥夫

# 狼尾头

然后，他们全家就都决定先去饭店大吃一顿。他们从那个谁也不想去的地方刚出来，那个地方肯定是谁也不想去，但他们必须去。他们在那地方刚办完了事，紧接着就接到了从医院那边打过来的电话，这简直是太叫人吃惊了，简直要让人惊掉下巴。医院那边的人在电话里低声慢气地说这件事对不起真是弄错了。"你们的母亲并没有死，而且开始吃东西了。"

这可真是太让人吃惊了，大卫的家人你看我我看你。

"这他妈也真是可太不可思议了。"大卫说。

大卫的家人都怀疑是不是医院那边打错了电话。那个已经被埋在地下的人到底是谁？不是他们的母亲？居然不是他们的母亲！医院怎么会这样？这实在是太离谱了，他们整整忙了三天，结果那人竟然不是他们的母亲！三天以来他们还不停地流眼泪，流眼泪是会传染的，一个人在那里流，紧跟着别人也会流，哭也是这样，只要有一个人哭，别人也会跟着来。他们现在都奇怪自己怎么就从没怀疑过死者不会是自己的母亲。不过这种事的发生概率太低了，他们谁也想不通这事怎么会发生在他们的身上。他们现在倒是有些责怪自己怎么就没有把那个袋子拉开看一下，哪怕是拉开一个很小的口子，只看看里边的那张脸就可以。但医院说那个袋子必须拉得严严实实，那个袋子被喷了消毒液，味道很呛，就是这么回事，这没什么好说的。

"怎么会有这种事发生？我们居然打发了一个谁都不知道是谁的死人。"大卫的大姐对她的丈夫说，她的表情既吃惊又愤怒，"怎么还会有这种事？"

"这种事也真是太不可思议了。"大卫侧过脸对他的女朋友说。

"是有点吓人。"大卫的女朋友小声说。

"那个人到底是谁？"大卫看着他的大姐，大姐的样子现在越来越像是他们的母亲。

"太吓人了。"大卫的女友又在一边小声说，还用手拉了一下大卫。

"人活着就是不停地烦，这就是人生。"大卫忽然来了这么一句，这是他的口头语。

大卫抬头看着旁边的那棵树，那是棵很大的树，上边居然会有三个鸟窝。即使是在这种时候，大卫还是把这话对他的女友说了出来，大卫说树上最大的那个鸟窝差不多有五十厘米乘五十厘米大。

"也许是个老鹰的窝，明年它们还会回来。"大卫说。

"这时候你还有心思说鸟窝？"大卫的大姐马上在一旁对大卫说，"那个人跟咱们有什么关系？"

大卫知道大姐说的那个人是谁，就是刚刚被他们埋在了地下的那个人。

"这件事得马上跟医院交涉一下。"大卫的大姐夫说。

"吃完饭，见了医院的人，要说就说到点子上，把咱们一共花了多少钱先说清楚。"大卫说。

大卫穿着一件很旧但很漂亮的棕色皮夹克，这是一件飞行员的皮夹克，是他父亲留给他的。

大卫说三天了，真不敢想自己的那些客户会被气成什么样。虽然他已经向他们解释了，他对他们说谁都有母亲，但未必每个人的母亲恰好都会在这几天突然去世。大卫这一说，电话那头的客户们马上就都不再说什么，有些客户甚至还会安慰他几句："不要太悲伤，这种事是迟早会发生的。"

整整三天，大卫的女友一直陪着大卫，这让大卫的家人都很感动。大卫的家人都希望他们赶快结婚。大卫已经不小了，谈过不少女朋友，但后来都分了手。大卫现在的兴趣一直好像都在户外野营上，自从从部队复员回来，大卫就爱上了户外活动，爱上了观察鸟。

"在这个世界上，最高级的动物其实是鸟，它们可以在天上到处飞。"大卫对他的女友说。

道边的树叶已经都黄了，只要一刮风叶子就会飘落下来，大卫和他的亲戚们忽然谁都不再说话，他们一时都没了主意。他们从那个地方出来了，他们还要再走一段路才能到达可以通车的大路。他们一时都不说话，只顾走路。那个死去的人，他们现在都在心里想那个死去的人可能是个什么人，怎么就被当作了他们的母亲？医院可真够缺德的，他妈的，三天以来，他们没有任何理由怀疑那不是他们的母亲，但现在他们已经无法知道那个人是谁，再说事情发展到这种地步，那人是谁对他们已经一点意义也没有了。问题是那个人已经变成了一堆骨头渣子，那些渣子现在已经被装在一个漂亮的盒子里并且被埋在了地下。那真是一个花花绿绿看上去充满了生机的漂亮盒子，上边雕刻着仙鹤和其他什么鸟，它们在欢快地飞翔。挑选这个盒子的时候，那个年轻小老板还说你们最好不要弄错，这种东西女人用的都是仙鹤和鸟，男人的才是龙。

"去那个世界，女人一般都骑仙鹤，男人才骑龙。"

"差不多就像坐过山车。"大卫马上跟着来了一句，差点笑了出来。

那个年纪轻轻的小老板是温州那边的人，长得很漂亮，他看着大卫也笑了一下。大卫奇怪这么漂亮的年轻人怎么会做这种工作。在大卫的想象之中，做这种工作的人都应该是糟老头子。那个年纪轻轻的小老板与众不同的地方是他留着很长的指甲，两只手上的大拇指指甲都很长。

大卫的女朋友小声对大卫说："他们南方人留指甲主要是为了吃海鲜。"

大卫看了一眼女朋友，想不出吃海鲜与指甲有什么必然的联系。

早上，在殡仪馆的时候，大卫和他的亲戚们每人还领到了一份三明治和一袋奶，还有一颗鸡蛋，但大卫发现几乎没人动那些东西，不少三明治和牛奶都原封不动地放在椅子上，估计过后还会发给下一拨人。

昨天刚刚下过一场冷雨，现在气温也真够低的。大卫和他的亲戚们的意见一样，决定先去吃饭，把肚子问题解决了，然后再去看躺在医院里的母亲，然后再跟医院那边把事情一是一二是二地说清楚，把这几天花掉的各种钱全部要回来。

"这简直是一个天大的奇迹。"大卫忽然笑了起来。

大卫的亲戚们看着大卫，也都跟着笑起来。

"你们还有心思笑。"大卫的大姐说，其实她自己也在笑。

于是，他们就都去了饭店，那家饭店的门口挂着一只很大的鸭子，油光光的树脂鸭子。这家饭店最好的一道菜就是梅菜烤鸭子，鸭子的肚子里塞得满满的都是那种好吃的梅菜，人们都很喜欢用鸭子肚子里的梅菜配米饭，所以这道菜去晚了总是点不到。这道菜有个好听的名字："梅鸭"。

去饭店之前大卫和女朋友回了一趟家。大卫的女朋友对大卫小声说怎么也得换换衣服，她这话是对大卫说的，但被其他的人听到了，其他人也都马上觉得是有必要把衣服换一下，从那种地方回来是应该换换衣服，所以几乎是所有人都马上回家换了一下衣服。

"从那种地方回来，是应该换一下衣服。"大卫的大姐说。

"咱们待会儿见。"大卫的二姐说，好像是对大卫说，又好像是在对别人说。

"我不但没胃口，恐怕现在连那个都不行了。"大卫一边走一边小声对女朋友说。

"我想恐怕是这样。"大卫的女朋友说。

"我想我肯定是起不来。"大卫又对女朋友说。

"从那地方一出来就想这种事好像不对。"大卫的女朋友说。

"你真不该跟我去那种地方。"大卫抬起一条胳膊搂住女友,"那种地方一个人一辈子只去一次就够了。"

"这种事,忙了三天,原来那不是你母亲。"大卫的女友突然又忍不住笑了起来。

大卫看着女朋友的脸,他此刻倒有了饥饿感,想吃东西了。香肠,大卫马上就想到了香肠,他最近吃到了一种很香的香肠,陈皮肠,南方战友寄过来的,香肠里有陈皮,味道很特别,以前没吃过,很好吃。

大卫和女朋友回家把衣服都换了,大卫的女朋友还顺便去卫生间洗了一下脸。

这时大卫忽然有了新的主意。大卫正在用一块抹布擦皮夹克,皮夹克这种东西是越老越有味道。大卫看着女友,说他现在不想去医院了,那顶新搞到的户外宿营帐篷他们还没用过。

"就等着跟你一起去。"大卫说。

"这话挺好的。"大卫的女朋友说。

"要不这就去,咱们不去吃饭了。"大卫说。

"你妈你不管了?"大卫的女友说。

"有他们呢。"大卫主意已定,"咱们每一次都很新鲜是不是?"

"应该先去医院。"大卫的女朋友说。

"这事可够麻烦的,我今天不想让自己再麻烦了。"大卫说。

"是够麻烦。"大卫的女友也说。

"问题是咱们谁也不知道那人是谁。"

大卫很小心地不说"那个死人"或者是那个"被烧成了骨头渣子的人"。问题是,他们一直都以为那就是他们的妈妈,他们哭得真是够可以的,他们都想不到自己会哭成那样,个个都哭得稀里哗啦,尤其是大卫的大姐和二姐,她们简直都被自己的哭给感动了。

"你说说这都是些什么事,哭了老半天,但那居然不是我妈。"大卫又说,"医院他妈的真是太坏了,还在电话里边说我妈一醒来就吃了一颗鸡蛋。"

大卫的女朋友看着大卫，不知道他这话什么意思。

"我妈都有三年没吃过东西了，植物人会吃东西吗？会吃东西还是植物人吗？"大卫说。

"医院也真是太离谱了。"大卫的女友说。

"我看是麻烦事来了。"大卫又说，"我看这是医院自己给他们自己找麻烦。"

"是麻烦。"大卫的女朋友看着大卫，"你想想，墓地、骨灰盒子、各种费用，都得算得清清楚楚，都得一笔一笔去跟医院要，一分也不能少，还有你大姐二姐还有你姐夫他们从外地飞过来的飞机票钱，还有他们这几天住宾馆的费用，都得让医院出，因为这事是他们搞出来的。"

大卫一屁股坐了下来，坐在他电脑前边那把可以不停打转的椅子上。那把椅子扶手上的人造革已经破了，被大卫用同样颜色的人造革粘了一下，大卫的手很巧，现在居然一点都看不出来破绽。大卫让女朋友坐在自己的腿上，其实这会儿他又特别地想那事，但大卫马上打消了自己的这种念头，他把女朋友推开又站了起来。

"这可真不是一般的麻烦，各种花费都得算清，医院必须出这笔钱。"大卫的女朋友又说。

"肯定是这样。"大卫说，"这可不是一笔小数字，光公墓那块地就十万。"

"现在一般人真是死不起。"大卫的女友说。

"这笔钱肯定得让他们医院想办法。"大卫说，"我们该走了，我们这就去湖边，我今天可不想再麻烦了。"

"你这么做是不是有点麻木？"大卫的女友说。

大卫看着女友，知道她的意思。

"去和不去一样，快三年了，我妈谁都不认识，谁让她是植物人。"大卫说。

"要是当时拉开一条缝看一下就不会出这种事了。"大卫的女友小声说。

"那可是尸袋。"大卫说。

"反正你们都有点麻木。"大卫的女朋友说。

"问题是现在的人们都生活在麻木之中。"大卫说。

"所以说喝酒也许是件好事。"大卫的女友说。

"我做那种事也是为了让自己不麻木。"大卫说着，顺便把一捆纯净水提在了手里。

"对，把水带上。"大卫的女友说。

"今天晚上咱们也许要麻木一晚上。"从家里出来的时候大卫又说。

"谁又把垃圾放过道了。"大卫的女友说。

"其实你也喜欢麻木，又麻又木。"从楼道出来往车那边走的时候大卫又说。

"你穿皮夹克挺漂亮。"大卫的女友说。

"是皮夹克漂亮。"大卫说。

大卫穿的夹克太老了，是父亲留给他的，当年大卫的父亲出去打猎就总是穿着这件皮夹克。皮夹克的肩膀那地方都有点裂了，大卫给那地方抹了点用来擦手的绵羊油，这是大卫的一个战友告诉他的，所以那地方皮子的颜色和别的地方不太一样。

然后，大卫和女友就去了那个湖边，那个湖就在城市的东边，不远。能闻到湖水的气息了，能看到湖了，大卫把车停下来，和女友从车上跳了下来。在这种季节，湖面是灰白色的，虽然还没有上冻。大卫已经和大姐通了电话，他说他累了，女朋友也累了，"不去了，不想吃东西。"大卫说他想和女朋友单独待一待。大卫的那些亲戚在那边已经点好了菜，听大卫在电话里这么一说他们便开始吃他们的，他们的兴趣一时都转移到了梅菜鸭子上，这道菜可真不错。这个季节，店里的顾客很少，窗外的落叶打得窗玻璃唰啦唰啦直响。这也就是说他们是坐在临窗的地方。大卫的大姐跟服务员要了三个塑料餐盒，把桌上的每样东西都夹了一点放在了餐盒里边，待会儿她会把这些东西带到医院里去。

"能吃多少就吃多少吧，这么好的梅鸭。"大卫的大姐说。

"她当然一点也不会吃,她会吃就好了。"大卫的二姐说。

"唉,人活着没什么意思,我跟你们说,也许她什么都知道。"大卫的大姐说。

"也许吧。"大卫的二姐说植物也是有生命的,有生命就不能说它们不知道。

"也许她什么都知道。"大卫的大姐又把这话说了一次。

桌上的人忽然又都笑了起来,医院那边的人居然说他们的母亲吃了一颗鸡蛋。

"真的,也许她什么都知道。"大卫的大姐又说。

大卫的亲戚们当然都知道大卫的大姐是在说谁。大卫的大姐甚至还往盒子里夹了一条鸭腿,虽然她知道母亲不可能会吃任何东西,但这么做好像能让她心里得到一点安慰。其实她现在心里有些发愁,其实别人也都在心里有那么点发愁,他们都知道他们的母亲忽然又醒过来意味着什么。他们的母亲变成植物人足足有三年了,从头一年开始他们就给母亲请了一个从乡下来的女护工,那个女护工的脸红扑扑的,劲可真大,饭量也大。母亲一个人的退休金根本就不够用,所以他们每个人每个月都还要给母亲打些钱来。给母亲雇了护工之后他们轻松了许多,去医院的次数也少了,他们可以腾出更多的时间去做自己的事。因为每个月给母亲一些钱,所以他们都觉得自己很孝顺。听说母亲去世,他们好像都在心里松了一口气,但没想到又出了这种事,人等于是又活过来了。

"医院真够缺德的。"大卫的大姐说他们怎么会弄出这种事。

"那个护工呢,她那会儿在做什么?她在做什么?"大卫的二姐说。

大卫母亲请的是那种整天不离病人的护工,既然她在,怎么会出这种错?

"到底错在哪儿?"大卫的大姐夫说。

大卫的亲戚们忽然都觉得事情严重了,但他们又想不出会严重到什么地步,医院怎么会出这种差错?

"所有的花费必须都得让医院出。"大卫的大姐说。

大卫的大姐说话的时候别人就都看着她。

"要不要让医院给咱们精神赔偿费？"大卫大姐的眼神像是看着每一个人。

"这个太应该了。"大卫的二姐说，"好在我心脏没问题，要不早就哭过去了。"

他们就这样一边吃饭一边说着这件事，他们越说越来火，然后他们就去了医院。医院门口排了很多人，他们都在等着进医院，但他们都不能一下子就进到里边。风这时候刮得很大，树叶子打在人脸上生疼，这你就知道风有多大了。医院对面是个公园，有人在里边走来走去，在用一个耙子搂地上的树叶子，还有几个人在那里聊天。他们都是些没事的闲人，刮风并没影响到他们的兴致，但医院这边的人们谁也看不清那边人的脸，因为他们都戴着口罩。

医院门口的人也都戴着口罩，所以他们也是谁也看不清谁的脸。

大卫把那顶黄色的户外帐篷搭在了湖边景区指定搭帐篷的地方。现在这个季节，热衷来户外玩儿的人已经很少了，不远的地方有一顶蓝色的帐篷，也许是因为那顶蓝色的帐篷，大卫才会把自己的帐篷也搭在这里。

大卫的女朋友说要去水边看看。

"去吧，最好别掉水里。"大卫说。

大卫忽然从背包里取出来一个皮面的小笔记本，往上边记着什么。还没等女友开口问，大卫就说："我马上就来。我想起来了，不记下来也许会忘掉，要一笔一笔都记清楚，马上把钱退给人家。"

大卫这么一说，他女友就知道他在记什么了。

大卫的母亲去世后，朋友们发来不少礼钱，钱数五百到一千不等。

"这下好了，还得一笔一笔退回去。"大卫笑了起来，"见鬼的医院！"

大卫的女友也忍不住笑了，这事可真是太好笑了。

"见鬼的医院。"大卫又大声冲着湖面骂了一声。

湖水已经凉到不可能游泳了，但大卫和女友还是看到有人在那边垂钓。一只白色的大水鸟在湖面上飞过来又飞走了，又飞过来又飞走了，它总是在湖面上绕圈子。这时候大卫的手机响了，他看了一下，没接。过了一会儿手机又响，他看了一下，还是没接。

大卫对女友说："你看这棵大树，上边的鸟巢也够四十乘四十，这说明里边住的也是大鸟。"

大卫的女友也抬起头来看那个鸟巢，这一点她挺佩服大卫的，一眼就能看出尺寸。

"猛禽之类的，它们晚上也许就会回来，你看地上它们拉的那些屎。"

"可别把屎拉在咱们的帐篷上。"女友说，"白花花的。"

"哪会。"大卫说，"不过也说不定。"

"它在找鱼呢。"大卫又对女友说那只在不停飞来飞去的大鸟。

那只白色的大水鸟此刻落在了南边那座水泥大桥下边的一个小洲上，一个白点子。

"再过几天会有大量的候鸟，它们大约会在这里待两三天，最多两三天。"大卫说。

大卫的女友知道大卫拍过不少鸟，因为拍鸟他和战友去了不少地方，一有时间他就会去拍鸟。所以他的活动区域越来越大，朋友也越来越多。他们都是鸟友，研究各种鸟。

"它们生在这里，长大后还会回到这里。"大卫说。

大卫的女友说这个她也知道，候鸟几乎都这样。

"而且它们还会再回到它们出生的那个窝里边去，在里边再孵化小鸟。"

大卫的女友说这可是她第一次听到的。

"所以说它们的窝就是它们的祖产，它们可以一代一代都住在那个窝里，除非那个窝不在了。人可不行，根本做不到这一点。"大卫说，"现在的人太悲哀了。"

"这真是比我们要好多了，起码我们办不到。"大卫的女友说。

"所以有机会咱们还是要挣钱，挣了钱买他妈个小岛。"大卫说。

"要是能出去，你想去什么地方？美国吗？"大卫的女友看着大卫。

"王八蛋才去美国，在美国买得起豪宅的人几乎没有一个好东西！他妈的！"

大卫马上又说："咱们说这个做什么，没意思，他们是他们，咱们是咱们，咱们不必关心他们。"

"我是说，一旦可以出去，你想去哪个国家？"

"去墨西哥，我一直想去那里拍蓝蜂。"大卫说蓝蜂漂亮死了。

"什么是蓝蜂？"

"蓝色的蜜蜂，像宝石一样，闪闪发光。"大卫说这种蓝蜂只有墨西哥才有。

"像蓝色的甲壳虫吗？"

"对，像金龟子，亮的，不知谁给它们镀的金子。"

大卫的女友有点走神，她想不出这样的蜜蜂应该是什么样。

"那种大型鸟有时候晚上会飞回它们的巢，白天再飞出去。"

大卫又开始说大鸟，抬着头。他说的大鸟一般都是猛禽，老鹰或者别的什么。

"隼不大但也是猛禽。"大卫又说，"就这么大。"

大卫的女友说她还没有见过隼。

"所以说，有些东西不是大就厉害，有些东西看上去不大但也相当厉害。"大卫说。

"我怎么就没见过隼？"大卫的女友说这种鸟是不是有点神秘。

"隼都被人们卖到阿拉伯去了。"大卫说。

这天晚上大卫就和女友住在了湖边，不远处那个蓝色帐篷也没拆，天黑后那个帐篷里也出现了灯光。大卫和女友吃了点东西，然后开始他们的事。他们在帐篷里能听到湖水的声音，他们就在湖水的声音里做他们的事，这让大卫很兴奋，而且后来他们都在湖水的声音里睡得很香，就这么回事。然后天就亮了。天亮后大卫从帐篷出去，他把尿撒到湖里去，撒尿的时候有不少鱼游了过来，都是些很小的鱼，大卫知道它们都是冲着尿液来的。湖边的雾很大，因为雾的关系，大卫现在看不到那顶蓝色的帐篷了。

也就是这时候大卫的电话响了，大卫想了想还是接了。

"妈这回可真死了。"电话里是大姐，一声惊呼。

"这回是真的吗？"大卫说。

"这也算是一种结束，妈的苦难终于结束了。"大姐的声音开始变了，开始颤抖。

大卫的大姐是中学语文教员，她当了一辈子中学教员。大姐的声音里居然还能让人听出来悲伤，其实别的人的悲伤早就让时间消耗光了，感情有时候也是一种预支，包括悲伤，像是一壶水，倒光了就没有了。

"悔不该我们昨天晚上都回去睡了，你知道医院是不让任何人留宿的。"大卫的大姐说。

"这也不是什么坏事，起码妈不再受罪了。"大卫说。

"早上起来护工发现妈的半个下巴掉下来了，这回可真完了。"大卫的大姐说。

"怪吓人的，下巴怎么会掉下来？"大卫给吓了一跳。

"人就这么回事。"大卫的大姐突然开始抽泣。

"我这就回去，这就回。"大卫说。

这时大卫的女友也从帐篷里边钻出来了，她手里拿着把梳子。

"看到大鸟没？"她以为大卫在看大鸟。

"我妈这回可真死了，这回是真的。"大卫奇怪自己好像也没有一点点悲伤。

大卫的女友看着大卫，她不知道该说什么好，她找不出要说的话。

"但愿这次没搞错。"大卫居然笑了一下。

回去的路上，大卫的女友开着车，大卫想让自己想想小时候母亲的事，但现在是连一件也想不起来了。

"真没意思，我大姐说我妈的下巴掉下来了。"大卫说。

"怎么回事？下巴？"大卫的女友说。

"其实谁活着也都没什么意思，折腾到最后也都是个死。"大卫说。

"你得先去把头发给理了，这回可真得理发了。"大卫的女友对大卫说。

大卫他们这地方的风俗是，父母去世后三个月内不能理发。

"这回弄不好我会全部推光，光头。"大卫说。

"先去理发。"大卫的女友说。

"对，先去理发。"大卫说。

时间过得很快，转眼间就已经又是春天了，这个春天连着下了几场雪，所以树绿得好像要比往年都早。下雪的时候，大卫会在窗台外边的那只大碗里放一些米，这样可以让那些总是在小区里飞来飞去的斑鸠不至于饿死，鸟类都怕下雪，只要一下雪它们就有可能什么都吃不到。这天早上大卫一起来就觉得自己应该去理发了，他先是看了一下日历，然后去了卫生间。他一边小便一边看着镜子里的自己，从时间上讲真的可以了，他妈的，一转眼，三个月。

洗脸的时候，大卫听到隔壁有人在说话，但听不清他们叽叽歪歪都在说些什么。隔壁的年轻人刚刚把房子装修好准备结婚，有时候大卫在走廊里边碰见这个年轻人还会说几句话，知道他以前是省队踢足球的，现在是少体校的教练。大卫家卫生间的隔壁就是年轻人家的卫生间。

大卫又在镜子里看自己，镜子里的自己正在用手弄自己的头发，大卫的头发现在可真是太长了。"差不多十七八厘米了。"大卫对自己说。三个月头发会长这么长真是让人想不到。

"狼尾头好看不好看？"大卫马上给女友打了个电话，他有什么事情都喜欢跟女友说说。

"我想起来了。"大卫的女朋友却来了这么一句。

"我跟你说狼尾头，你却说你想起来了，你想起什么来了？"

大卫说自己头发的长度现在正好可以留这种狼尾头。

· 316 ·

"我想起来了，到今天正好三个月。"大卫的女友说。

"中午一起吃饭吧。"大卫说咱们去吃包子。

大卫的女友说这个主意很好，她也想吃包子了，再来个芝士烤榴梿。上次，那个放在长形盘子里的芝士烤榴梿端上来的时候差点烫了大卫女友的嘴，她是太爱吃那道菜了。大卫的女友问大卫现在在做什么。"在洗脸，待会马上去理发。"大卫说。这时候隔壁的年轻人好像在那边打起来了，挺激烈的，弄出了好大的动静，这把大卫吓了一跳。大卫关了手机，仔细听听，那边又不太像是干架，女的在叫，男的在喘。这时候一架飞机正从大卫他们小区的上空飞过，好一阵轰隆隆轰隆隆。

"中午你就到卷毛那儿去找我，做狼尾头我看用不了多长时间。"大卫对女朋友说。

大卫穿上他的皮夹克，天还没怎么热，这几天他就一直穿着那件皮夹克，他喜欢那件皮夹克。大卫下楼，去车库，把车开出小区，再然后，大卫就坐在了理发店的椅子上。大卫希望这时候理发店别有那么多人，想不到真还是这样，小理发店里没有一个人，当然除了理发师卷毛。大卫进来的时候那个卷毛正在扫地，把刚才顾客留下的头发一点一点扫在一起，然后把下边是一个大铁盘的理发椅子撅了起来，把碎头发一下子都扫在了大铁盘的下边。卷毛的两个年轻徒弟最近都走了，一个去别的地方开了个小发廊，一个每天早上在花园的门口卖一种叫"金针"的干货。

"好家伙。"大卫进来的时候卷毛叫了一声，像是挺吃惊。

"你叫什么？"大卫说，"你还没见过头发长的人吗？"

"我还以为你去别的地方理过了。"卷毛说。

"没人会理一次发换一个师傅，头发让谁理都是一辈子的事。"大卫说起码男人都这样。

"你的事我都听说了。"卷毛说。

"现在好人不多。"大卫说。

大卫看着卷毛，他们的关系很铁。大卫发现理发的椅子背后的窗台那边的小桌子上出现了一台打印机，被一块白布蒙着，大卫不知道理发馆要一台打印机做什么。窗台上还养着两盆多肉植物，又小又碎。另外的那个窗台上也养着两盆，也是又小又碎。

"那件事完了没？"卷毛问大卫。

"说清楚点儿，哪件事？"大卫当然知道卷毛是在问哪件事。

"还会有哪件事。"卷毛说，"医院可真是太离谱了，没有他们那么离谱的。"

"谁碰上这种事都算倒霉。"大卫坐下了，卷毛让他再重新坐一下，坐到旁边的另一把椅子上。理发师一边张罗一边对大卫说："其实人们都知道你那么做没错，太开心了，你真是没一点儿错。"

"医院太坏了，他们根本就不想赔。"大卫说。

"那不行，那个死人与你们又没有任何关系，这全是医院的错。"理发师说。

大卫对卷毛说医院那边之所以直到现在还没赔偿，完全是因为那个死人是个孤寡老人，医院说根本就找不到她有什么亲人，她就一个人。她以前是毛纺厂的女工，但那个厂子早就不在了。

"要是她有一大笔遗产或者有几套房子，你看看她会不会有亲人，到时候会有数不清的人都会说自己是她的亲戚，就这么回事。问题是她肯定没有钱。"卷毛说。

"所以找不到人就得让他们医院出，一分也不能少，这是医院的事。"大卫说医院还想把这事往那个小护士身上推，说是那个小护士打错了电话把事情搞成了这样。"但问题是——"大卫说那个小护士现在也不知去了哪儿，谁也不知道她去了哪儿。医院说那个小护士是临时工，所以有许多事不归医院管。

"他妈的，那个院长让我们去找那个小护士，你说这能不能说通？"大卫说。

"你一点儿错都没有，错都在医院，医院现在是要多坏有多坏。"卷毛说。

"是啊,医院那边的话根本就说不通!自相矛盾乱七八糟!"大卫说。

卷毛站在大卫的身后,用两只大手框住大卫的头这边看看,那边看看。

"是不是太长了?"大卫看着镜子里的自己,抓了一下自己的头发。

"可不。"卷毛也用手抓了抓大卫的头发,这里抓抓,那里抓抓。

"留狼尾头够不够长?后边?"大卫说。

理发师又在大卫的头发上抓了一下,这次是抓后边,抓住,松开,又抓住。

"太好了,狼尾头这个想法真不错。"卷毛说。

大卫又抬起手抓了一下自己后脑勺的头发。

"你说狼尾头真好吗?"

"好,当然好,这地方,还有这地方,再上点锡纸烫。"卷毛用手指在大卫头上点了点。

"三个月没白过,想不到可以留狼尾头。"大卫说这也算是收获。

"你的事网上都有了,你知道不知道人们都站在你这边。"卷毛说。

"因为医院实在是不像话!"大卫说。

"你那么做真是太让人开心了。"卷毛突然忍不住笑了起来,那事让人很开心。

大卫从镜子里看着卷毛,知道他又要说什么了。

"我要是你也会那么做,医院现在真是坏透了。"卷毛说。

"留狼尾头的人感觉就像是战斗机。"大卫说。

"是那种感觉。"卷毛说,"你就是战斗机,你太牛了。"

大卫知道卷毛在说什么,自己的事现在是几乎每个人都知道了,那真是一件让人们觉得很开心的事。

"医院既然那么说,你说我能不把那个盒子从地里挖出来吗?"大卫说。

"那必须,那又不是埋她的地方。"卷毛说,"那片地又不是白给的。"

"光那块地就十万。"大卫说。

"十万不算贵。"卷毛说。

"医院既然那么说，你说我能不把她从那个盒子里倒出来吗？"大卫说。

"那必须，那种盒子也不便宜。"卷毛说。

"一万多，光一个盒子就一万多。"大卫一说这个就来气，"比如，你说，比如那盒子就是房子，我妈还没住进去就让那个谁也不知道是谁的人先进去住了几天，好在那些骨灰都放在一个袋子里，提出来就行。"

"你就把它从盒子里提出来了？"卷毛说。

"那当然了。"大卫说。

"做得对，你又不认识她，这事得让医院去负责。"卷毛说。

卷毛把一只手放在大卫的肩膀上，从镜子里看着大卫。

"其实这都怨那个院长。"大卫说。

卷毛的脸上泛着红光，他希望听大卫的讲述。

"是不是你直接就提着那东西去了，也没人拦你？"卷毛说。

"我推开门就进去，然后我又使劲把门带上，那个院长的办公室里当时还有两个人。"大卫说。

卷毛把另一只手也放在大卫的肩膀上，他从镜子里看大卫。

"讲啊，别停。"卷毛说。

"就这么回事。"大卫说，"他们根本就没想到那个袋子里放的是那个人的骨灰，是我对他们说了，我说那个人就在这个袋子里，我把她给你们送来了，你们好好处理吧。就是这么回事。"那个院长马上就跳了起来，倒吸了一口气大声说："你开什么玩笑！"

院长说："这地方是你随便开玩笑的地方吗？你是不是想跟保安谈什么？你是不是想跟保安谈什么？你是不是想让保安马上过来？"院长其实也不知道自己在说什么，他也烦透了。他忽然把胳膊抬起来对大卫大声说："你给我出去，从这里马上滚出去。"

"这是院长办公室！你以为是什么地方，提上东西马上滚！"院长又大声说了一句。

医院院长忽然有点岔气，大卫都能听到他喉咙里咝咝的声音。也是院长的这句话激怒了大卫，这么一来，故事就到了高潮，或者可以说是一种结束。但实际上这件事到现在还没有结束，所以只能说是事情发展到这个时候，突然出现了一个令人十分激动的画面，画面的细节是：一些灰黑色的东西还有一些碎块状的东西突然被大卫从袋子里一下子冲着院长抖搂了出来，院长的办公桌上马上腾起了一片接近小型沙尘暴的灰雾。袋子里的那些骨灰和骨渣子都被抖搂到了院长的办公桌上。办公桌上有一个玻璃大烟灰缸，院长居然抽烟，还有一个玻璃大茶杯，还有一左一右各一摞的文件，还有一个大海螺，是院长去年夏天从海边带回来的，还有几个琥珀色的空瓶子，里边不知道放着什么液体，桌上还有个眼镜盒子，还有手机，还有四五支笔。

"前后就这些，完了。"大卫笑着对卷毛说。

"真好。"卷毛说。

"但这事没完。"大卫又说。

"对，当然没完。"卷毛说。

"肯定没完，我们的钱也不是刮风逮的。"大卫说。

"说得对。"卷毛说。

"下一辈子我不转成人了，数人坏。"大卫说。

"对。"卷毛说。

"下一辈子我转一只大鸟，可以到处飞。"大卫说。

"你应该转一头狼才对！"卷毛说。

卷毛突然又笑了起来，他把双手从大卫的肩膀上拿开，他准备给大卫理他的狼尾头了。他笑着，像是看到了一些灰黑色的东西还有一些碎块状的东西被大卫从袋子里一下子冲着院长抖搂了出来，院长的办公桌上已经腾起了一片接近小型沙尘暴的灰雾。袋子里的那些骨灰和骨渣子都被抖搂到了院长的办公桌上。办公桌上有一个玻璃大烟灰缸，院长居然抽烟，还有一个玻璃大茶杯，还有一左一右各一摞的文件，还有一个大海螺，是院长去年夏天从海边带回来的,还有几个琥珀色的空瓶子,里边不知道放着什么液体,桌上还有个眼镜盒子,还有手机,还有四五支笔。

除此之外,还有什么,你自己去想吧。

原载《山花》2023 年第 8 期

鲁　敏

# 不可能死去的人

## 1

前往义爷家的路上，我步子迈得很慢，一路上都在思考，接下来将要如何交谈。每次回乡拜会义爷，都是这样，怀着一种像是冒险的心理，心虚又尽量勇敢地与他侃侃而谈，谈论周成山。

从小我们就知道，在东坝这里，提到周成山这个名字，要十分小心，因为有禁忌：你绝对不能用一种他仿佛已不在人间的语境语态，虽然早在半个世纪之前，就从南方传回他意外溺亡的消息。但那不是真的，在东坝，这是一个公理：周成山是不可能死的。尤其在义爷面前，在他那一辈人面前，哪怕就是含糊其词、顾左右而言他地跳过周成山这个名字，也是绝对不可以的。与之相反，你得结结实实、十分自信地讲一个故事、一种逻辑，或干脆就陈述一个事实，来推演和证明周成山的如生。这样的重任，从上一辈，接续到我们这一辈，尤其会落在往返于家乡与远方的东坝游子身上——大家总认为，在外面走动的人，会有更多渠道获知周成山的最新情况。

由于父母都已接到南方同住，这些年我已回来得很少。每次回乡，都深刻感受到时间所主宰的变动。以小时候扔石子打水漂的池塘为例，眼见着它，水线从深到浅，漂过死鱼，河水发臭，干涸见底，到上次回来，已扔满各种垃圾。可今天一看，它居然又成了清水一汪，还围起一圈讲究的木栏杆。我在倒映着树丛和天空的池塘边站住，回想上一次跟义爷是如何谈起周成山的，即使这次不能达成什么新的导引，起码不要与往昔有矛盾之处。

## 2

上一次回东坝是七八年前了，是秋季，算是特地回来报告关于周成山的最新情况。信源来自黄海。

黄海是谁？是周成山当年工作单位的直接上司，某编号工厂下属设计所的主任。最初传回东坝的周成山死讯，就是发自这位主任。据说，黄海主任本人的生命现也接近终点，最多个把月，应当挨不到寒露。可能因为我同在南方，也可能因为乡人高看我一眼，总之诸多在外发达的东坝游子中，我被义爷点到名，代表东坝人前去探看黄海主任。

实际上，东坝这边与黄海主任的联系，四十多年来陆陆续续的从未断过。东坝人以一种固执的长情，隔上一段时间，就会借着年节，捎带些土产山货，借着亲热问候的掩护，试图从他的口中套取出周成山的真正去向。东坝人，尤其义爷那一辈人坚信，在黄海主任的大脑深处，一定深藏着事实的真相，只是出于某种特别高级、远远超出东坝人这个层次的绝密原因，打死也没法透露。现在嘛，不用打死，黄土已快到他头顶了。是时候了，黄海主任会对东坝人说出实情，只要派个人上门，略加推导，然后支起耳朵听着就行。

黄海主任住在干休所一楼，带个小院子，院里一圈无人打理的乱草与灌木。屋子里被旧东西塞得满满的，书、报纸、鞋盒子、行李箱、铁皮罐、长军靴、陶花盆和瓷脸盆，甚至自行车，进入他的房间得穿过狭长的甬道。

床边挤挨着两张凳子，坐下来说话时，由于离主人太近，连视线都没地方投放，只能抛到院里那无甚风景的乱草丛了——那也比看着黄海主任要自在一些。他的眼睛布满白翳，白翳边交缠着血丝血筋，眼睑肥大沉重，好像一架来自时间深处的废旧望远镜。

床的另一边是一溜仪器，还有位护理员。后者看看我，又看看表，说最多给我一个小时，然后穿过甬道离开了。黄海主任做了一个拍床的动作，幅度很小："死在自己家里，挺好。"我一时不知如何接话，勉强找个地方放下月饼和水果，寒暄着说了一些早日康复之类的假话。他把眼睛朝向我："小周——周成山的事，我已经讲了十九遍，除了当时向上级报告、总结安全教训时的两次，其他的，都是因为你们东坝来人。来一次，我讲一遍。1971年的9月12日，星期天下午，小周独自到西大坝水库去游泳，不幸发生意外……"他攒着劲，讲半句，歇一下，再攒，讲下半句。

我没吭声，只报以愿闻其详的请求的笑。这显得不近人情，可的确，我想听到他亲口再讲第二十遍，最后一遍。老人明白了，他把头歪向一边，示意我用吸管给他补一点水分。

"当天晚上六点多，单位食堂正开饭的时候，传来消息，有人在西大坝水库的小树林边，发现堆放着的衣服鞋子和眼镜，裤兜里有钥匙和浴室证，才查出是他。我们分两路，一路组织捞人，同时派人去他宿舍，一切正常，洗好的衣服还在阳台滴水，手表搁在床头柜上，一本《物种起源》打开扣在书桌上，边上有读书笔记。没有找到遗书之类，只有一些信件，出于谨慎，我们后来也仔细读了。你们东坝一个署名'积庆'的人，有好几封。其次是有位姓田的女同学，有点谈朋友的意思，只是话还没说开。询问各方面人员，他才分配过来不久，虽不太相熟，但没有人觉得有异常。我们也知道他是游泳健将，可淹死的从来都是会水的。西大坝那一边，连着找了两天，都没有发现他。有人分析意外原因，可能是卡在大坝闸口底部，那里有两块石料被冲歪了，形成一个鱼嘴式的槽口。但水坝左、中、右三个闸门，当天都没有开放，并无吸力，就算真被卡住，尸身呢？也有人认为水库某处有一个不为人知的窄小漏水口，他从那里被挟带到水库外头，流入下段的灌溉水区，继而漂到沿途哪个分岔水道。后面有一两个月，我们都在关注下段各河道，始终没有消息。所里后来替他置了一块墓地，放的是他的衣物。"

就这么些内容，黄海主任说了足有一刻钟，中间隔着嘶哑的喘息、咳不出来的咳嗽、抖着嘴唇摇头、仿佛睡过去了一般的闭眼停顿。我压住呼吸，目光在院外的杂草和他脸上来回逡巡，试图捕捉到任何的破绽或言外之意。

这一段"故事"，这些年来，但凡从黄海主任这里回去的东坝人，都会忠实地加以转述，如果每一回都有录音的话，放一放、比一比，几无出入，就像一篇范文。实在太熟悉了，我一边听，一边在心里默念着他还没有讲出的下一句。其实黄海主任眼下这种情形，有些漏漏落落本也无妨，可他宁可停下来蓄力也不肯省略，这更加让我觉得，他是在竭力对照"原文"。而关于原文本身，东坝人已分析过多次，认为其中有些辩护的意思，详略比例不对，个别细节也令人生疑。比如为什么有遗书的猜想？为什么提到他是游泳健将？为何单独提到手表？《物种起源》有何寓意？从他离开宿舍到被人发现，咋那么快，洗好的衣服还在滴水？人就是这样，只要存了疑惑，一切就都是可疑的。我打小就熟稔这样的分析，疑心就像铁打的钎子一样，杵在我所有的思路里。

黄主任额上有汗，他把头在枕上左右挪动，徒劳地想找到缓解痛苦的位置。看得出，他是没有力气也没有意愿再说任何话了。

看看表，还有半个多小时，我决定换个思路，我来说，说给他听。而沉默当然也是一种沟通，不是吗？

我接口说道："是啊，您刚才提到与周成山通信的那个积庆，在东坝我们都叫他义爷，他跟周成山原先是小学同学……"我注意到老人黄中带青的嘴唇露出一丝干巴的笑。明白了，关于义爷与周成山，相应地，黄海主任也听了有十几遍了，这是东坝人上门来找他的主要根源，也正是出于这个根源，我们都坚定地认为，周成山是不可能死的。由黄海主任传到东坝来的死讯，只是一个时势所需的烟幕弹而已。

我也不打算省略，且还要尽可能地加以渲染和刻画。毕竟只有这最后一次机会可以感动黄海主任了，他是我们唯一可以够得到的知情人。

为了照顾黄海主任的角度，提到义爷时，我都换成积庆。

周成山和积庆两个，最老早是一起玩泥巴的小孩，一起拖着鼻涕抱着板凳上学。周成山一般只上半天课，因为下午要回家干活，可每到考试，他分数却总是最高，东坝人个个知晓，并人云亦云地称之为文曲星下凡。积庆呢，则是将将就就、中不溜丢的平常资质。

不过积庆家祖上在清朝出过举人，后来虽败落了，多少还有点耕读传家的意思，积庆小学毕业后，家里人跺跺脚，东抠西搂的，决定让他继续念书。那是20世纪50年代末，这里念中学的很少，几个大公社才合一个联办初中，离东坝挺远，得寄宿。积庆报到时，四处找小学里的熟脸儿，想着能搭个伴也好，愣是一个都没有。咦，那个总考头名的周成山也没来吗？放秋假时，积庆好奇地摸到周成山家，才知道周成山的寡母前不久带着他改嫁，本想着能借男方之力供他念书，哪料到刚嫁过去，那男人突患恶疾，掏空家底，数月而亡，连两间草房都贴到药钱里去了。寡母只好又回到东坝，再次守寡，身心俱衰，哪里还有周成山念书的可能。

积庆瞧瞧周成山，对比着一想，就凭自己，再怎么祖上出举人，这中学铁定是白念，要是周成山，那闭着眼都会是状元，真该换他才是。回家就把这意思说了。

这个交换的想法是重大的，但拿下主意来却是轻易——东坝人的算计，不是只以一家一户为单位，而是一种我们认为更精明、更高效的综合考量，是把东坝看作一个整体的。想想看，假如东坝只有一个孩子上中学，或者具体到积庆家，只有能力供一个，那肯定是供周成山划算，因为这孩子是能"供出来"的呀，就像好土好肥就得配上好种子才对。何况这又是积庆本人提出来的，大人的器量，只有比孩子更大的。积庆家说给四周乡邻一听，众人也都觉得很妙，好人好报、春种秋收这是古法，好钢用在刀刃上这是天理，人人坚信不疑。东坝真要出了有本事的子弟，那就相当于东坝的手脚长大，个头高壮了，不是大家跟着都荣耀吗。

此事中影响最大的积庆本人,更比哪个都高兴。他并不擅长念书,一直挺辛苦,而家里又时不时唠叨着上学多么费钱,倘能就此放下这副重担,真最好不过啦。也不能说是他太小了不懂事,是他懂事了——从所有人的反馈里,他知道自己做了一件正确的事情,这可能是他在东坝的最大价值。
　　确实如此。退了学的积庆,自此,不仅在家里有了当家作主的意思,在外头,也远比同龄孩子的地位高多了,好像他一夜之间就成了大人,不只是算劳力、挣工分的那种,更是会得到信赖、得到推举的那种。东坝的牛归他养,开春的鸡苗由他去进货,秋天收棉花,由他负责过秤,到冬天开河工,他给所有人发筹子记工分,过年前鱼塘捞鱼分鱼,他来给一家家分堆。甚至还没满二十岁,他就被提前说合上了最会持家同时又最好看的沈家姑娘。倒不是说东坝人就这么一根筋地顺拐,是大家心里都有数,眼睛也能看得到,为了供周成山,积庆家不容易,这些不容易最终都是落在积庆身上的。
　　主要是周成山实在会念书,各科目都包下联办初中的头一名,化学比赛还拿到一次全县第三,这不是天才吗!继续读高中?那还用说,直升县高中。县高中太高级了,真正的全面发展呀,像周成山那样聪明的,真是哪儿哪儿都抻开了。他加入了合唱团,"一二·九"比赛还是领唱。他负责给学校大喇叭值机播送,每天中午食堂里,老师同学吃饭时都听他在头顶上读中央的报纸。他靠着自己摸索,学会了吹笛子。他在运动会上创下县高中八百米的最好成绩:2分21秒。不得了,不得了。消息每次传回东坝,大家下地干活讲,坐下来喝酒时讲,夏夜乘凉讲,下雨天打小孩也讲。大家没有讲出来的是,所有那些个好消息,可都是花钱的地方啊。课本文具一日三餐四时衣服不说,还有床单铺盖替换,白假领子蓝护袖,冬天的毡帽,雨天的胶鞋,起夜的手电筒,跑步的球鞋,统一的运动衣,笛子和谱子,上台演出的理发钱,比赛要交的证件照……周成山的寡母那边,她自己都不够耗的,一文也指望不上,全得靠积庆家这边。谁都知道这一点,积庆也知道大家都知道这一点——没有二话讲,没有退路让,把干饭全改成稀饭来喝,肉菜全改成咸菜来吃,只管顶住。你既是已认下良马,如若不给它装马蹄,配鞍配鞭配辔头,这不等于是糟蹋了这匹好马吗,有且只有的这一匹呀。

好在积庆比周成山个头矮不少,给后者所置办的鞋啊衣啊,等旧了、用不上了,他都能接着穿好些年。只是过早的乡野生计使得他皮糙肉黑,腰背粗鲁,可身上那衣装呢,忽而像合唱队员,忽而像运动员,忽而又像民乐演奏员,只是统统大一号,鞋子有点踢踏,往往他人还没到跟前,踢踏步子声就到了,也算是东坝的一道景儿。最有趣的是寒暑假里,周成山也回东坝了,晚上在寡母家住着,白天总往积庆这边走动。他跟积庆站一块儿,两人明明是同学,明明一般年纪,衣服也都是高中学生的派头,只略有些新旧,可那种强烈的差异与对照,太滑稽了,滑稽得石破天惊又喜气洋洋,叫所有看到的人都忍不住要笑,可笑不上两声,又止住了,不是怕对不住积庆,是怕周成山难为情。

因为优秀学生周成山之所以急急忙忙起了大早,丢下假期作业过来,是要来干活儿的。是啊,他现在能回报积庆家什么呢,除了力气。他有着那么强烈的出汗出力出辛苦之愿,像汗珠一样跳在额头上,每个人都能看得到。多好的孩子,这样着急地就要报恩呢。大家对他的热心,早先还只是飘浮在那些费钱的好消息之上,等看到这样的周成山,人们的偏爱之情就更加由衷地落了地,亲昵和踏实了。不要讲积庆家不让,不论搁哪一家,所有东坝人家都不会当真叫周成山做事情的。挑水,担粪,带牛下塘洗澡,坡子上赶羊放羊,怎么可能让他干这些呢?就光看看他一双长手,那一口白牙,听听他一口普通话,吹几支笛子曲,就已经太满意了,太够本了。大家有种感觉:不论积庆家,还是东坝,实际上已经开始获得一种回馈了,虽则无形,可是无形得多么巨大,整个寒假暑假,积庆家简直就不用点灯不用生火了,有周成山在,就是一颗大明珠啊,每个旮旯都照亮了,所有来串门的邻居,哪个脸上不是亮堂堂的。

高中毕业之后,接着供周成山上大学,那也是小河淌水、自然而然的事。以县中第八的排名,稳稳地,周成山考到了南京航空学院。周成山像东坝放出去的风筝,直升到省城去了,那根风筝线,不仅是积庆家在拽着,东坝所有人也都悬着呢,没事把头仰一仰,眼光往远处张张,就能看到周成山代表整个东坝在出息着,越飞越高。

大学的花费比起高中,更多层次更丰富了。比如,要一个小闹钟,否则上课容易迟到。往返坐长途汽车时要个皮革旅行包。得置一双皮鞋和一根领带,这可是一位大教授提出来。要泳衣和泳镜,下水用。啥?咱东坝的老少爷们儿,哪个不会水,那是啥玩意儿?不久之后,周成山就寄回了他和校游泳队横渡长江的纪念照,所有人脑门上都推着泳镜呢。要小半导体收音机,因为要听英语节目。小组里要凑钱买计算器,因为试验课上要统计数据。类似的物品及其用处传回来,样样叫人开眼,叫人畅想。想想看,要不是有个周成山经常写信回来,跟积庆说到这个说到那个,谁能知道这些个哇。念这个大学,确实费钱,可确实也值,简直就是东坝所有老老小小、大眼小眼的,都跟着他一块儿念的。

到周成山快要毕业那个学期,为着毕业聚会、给学校赠纪念品、赈灾捐助什么的,花费更多了。这时积庆已娶下沈家姑娘,并生下大胖小子,家里多出两张嘴,而两个老人也出不动力气了,愣是全家再怎么勒起裤子扎起脖子,也是抵不住了,乡邻们就自觉自愿地凑起堆儿来,给积庆垫吧上。不管怎么说,得让周成山在外头宽裕点、体面点,大家好像都有一种加速冲刺的心理,那么些年都过去了,还差这最后一哆嗦吗!甚至,得更漂亮些——希望,就在眼跟前,等着瞧吧,周成山一毕业就要分配工作了,就要进入轨道了,就要出成果了,成个人物了,说不定将来都要到北京发展,要成为科学家或副部长,成为国家栋梁呢。妥妥地瞧着吧,从涓涓到滔滔,那大江大河的荣耀,绝对是整个东坝从来没有过的。

有高有低地讲到这里,我稍慢下来:"黄主任,然后就到了那年七月,周成山正式分配工作,到你们研究所报到。过了一个八月,然后是九月,到九月中旬,您拍电报来,说他游水淹死了。黄主任您说说,讲笑话也不能够哇,连头带尾,周成山工作总共两个月出头。不要说积庆那节衣缩食的一大家子,就到东坝扯一个大人小孩问问——不,哪怕这会儿,去外头随便问一个路上的行人,都会同意的:周成山他不能死的,不可能死。"绝没有一丝丝责问的意思,我很平静,像所有东坝人一样,自信这是一个哪怕讲到天边也不怕的真理。

黄海主任一直半虚着的眼睛稍许睁大一点点,表示他一直在听着我讲话,当然那表情,也是听了十几遍类似说辞的那种寡味与无奈。我承认,能打起这么久的精神,老人家肯定早就不大吃得消了。有一双手正伸过来,把体温计放到他腋下,又查看了下床边的两台仪器。是护理员,她啥时回转的呀,我都没注意。看看表,时间快到了,可我这儿还有一多半的话没有说呢。"嗯,我在想……"我用力挤出我的诚恳和迫切,想着应当如何向她请求延时,这毕竟是与黄海主任的最后一次求证了。

"我也同意,周成山他不能死,不可能死。"护理员打断我。我心里一阵澎湃。虽然这不是第一次,每次我们东坝人把积庆和周成山的故事说给不相识的人听,他们也都是这样,会由衷同意我们的想法。护理员给我杯子里续满热茶,这比她的认同更让我感激,我得到了默认,可以跟黄海主任多聊一会儿。

"您知道吗,就这一下子,跟当初突然间成了大人一样,积庆一夜就老了,成个老人了,垂手躬腰像个泥偶,一开口说话,浑身灰扑扑的直掉渣子。"也就是从那时起,积庆虽然年纪不大、没辈没分,可在我们东坝,大家都称他为义爷了。

听讲古的人说,上一回被冠以"义"名的是位老婆婆。老婆婆只有两个儿子,都在东坝的一次大水灾里,为救人而没了,她就成了义婆,后来的养老送终是整个东坝一起来的。但这样一个称呼并不代表人们接受了周成山的死,这是两回事情。东坝人接下来就开始了最最顶真的追究:咱东坝的文曲星、大学生、国家栋梁周成山,到底去哪儿了?当然我们并不是要图他什么,一点没,只要他好好地在着、聪明着、出息着,哪怕永远不回来东坝这旮儿都行。但周成山万万不能就这么没了,我们手里都还握着他这风筝线呢,反过来说,只要我们牵着这根线,周成山就一直会在什么地方高远着、好着。他的命在我们手里明白吗?

这样的悬想,比之周成山的读中学、读大学,全然不同,那个阶段里,这边有汇款有衣物寄去，他那里有照片有书信寄回，可知可见。现在这样，可真是考验也助长着东坝人的想象能力啊，在此后的漫长日月里，周成山开始以不同的形态"存在"于世上某处，这些形态，有的是强有说服力的，也有的叫人半信半疑，但其目标是一致的：否定最初那个溺水而亡的消息。

得到最多赞成的一个推理是认为，周成山南航高才生嘛，太聪明了，身体条件又好，大学刚刚毕业，肯定是被国家选中，被安排着去哪里继续深造，学习世界最尖端的航空航天技术了。显然，这事必须绝对保密。冷战时期，什么都是冷的，冷锅冷灶没声没息，连一缕炊烟都不能冒，何况要安排个大活人呢。天上的事情，你们不晓得的多了。研究所黄海主任所捎来的那一套，纯粹就是为了打掩护，再亲的人都必须隐瞒。

那时，咱们的原子弹、氢弹早都搞出了，包括"东方红一号"也发射到宇宙里去了，即便偏远如东坝，对这方面的成就，也都有种非常宏大非常神圣的感受。大家一致认为，凡是涉及这样壮丽事业的人才深造计划，确实应当保密，而随着时间的推移，也随着周成山的"深造计划"的推进，东坝这边的推理也在不断完善升级。他将来回来了，肯定不会再回研究所了，会直接派到核弹研究或卫星发射的基地去，进行最高级的试验，那种地方都是全封闭全独立的，比如酒泉或西昌；过几年，又有人补充海南文昌、辽宁葫芦岛……有一年，还有人带回一份报纸，上面就报道了某某核潜艇总工程师三十载不回家的事迹，当中父亲去世、兄长去世都是不闻不问，直到六十二岁完成国家任务了，才回家叩拜年逾九十的老母亲。听听，周成山年轻着呢，这才哪儿到哪儿。嘿，要是到六十岁才回来，那他跟积庆，可都是老家伙啦，大家甚至有鼻子有眼地想象着两位白头翁的重逢场面……

例证的出现、可期的终点、带有细节的画面，让大家都很满意，觉得这与积庆最初的交换、后来的长期供养，以及东坝人的参与和等待，在分量和价值上是相当的。最主要的，这样了不起且高层次的去向，正可以稳妥地解释黄海主任那明显说不通的死讯。

周成山虽不可能再写信给东坝，可所有关于两弹一星，包括后来关于登月关于潜艇关于飞船的消息，不都可以理解为周成山捎回来的口信吗？那很可能都有他在其中默默做着一份研究呀。正因为此，我们东坝对天空、外太空、宇宙黑洞、外星球文明等方面的新闻总是天然地有种关注，觉得那跟东坝是有着秘密关联的。尤其是到我们这一辈，基本上都有太空崇拜症，对近些年发射的火箭或卫星颇是熟稔，随便掰掰手指头一凑，能报个差不离。而每掰一个指头，也必然会十分随意地用家常口气提到周成山，瞧瞧他，不是文曲星，而是满天星嘛，瞧这一颗接一颗的。

其次的一个说法，虽则不够高端，但颇通俗，也得到不少认同。这个说法认为，周成山的家庭背景与经历，可谓十分之清白简单，俗话说的，一张白纸好画图，白纸周成山肯定是被选中，去了对过那边（放低声音，用含糊的指代），身上有特殊任务。这个说法跟有部叫《潜伏》的热播剧可能有点关系，某位东坝游子受其启发，在回乡拜望义爷时首次提出这个推断，老人们都觉得挺不错。两弹一星的方向，来来回回的，谈得太久了，有些词穷，故而此一说法出来后，也得到不少辅助推理。对啊，周成山寡母去日无多，他又未成家，等于是光溜溜一个人，最适合长期深潜于某个需要他的地方。有位已回到东坝做电工的复员军人，还有名有姓转述他听到的一个例子，说是某部的一名战士，因其相貌与某某（高层人物，讳不提及）失散的儿子极其酷似，连颈子有颗大痣都在同一个位置，后来这名战士也发生了类似的突然消失，实则更姓改名换身份，以看不见的方式去做统战工作了。

大痣？莫不是像越剧《追鱼》里那样，真假牡丹小姐肉眼难辨，"牡丹孩儿左手有肉痣一颗"？为了具有绘声绘色的说服力，有人故意唱念起来。那是戏文啊老哥，这可是一等一的真事，我亲耳听说。话讲到这里，越发真诚和笃定了，大家在讨论中再次达成高度的认同：肯定的，咱周成山不管是在哪里，都是良材之选经世致用，未曾负了积庆与整个东坝的数十年挂怀与寄托。

另外还有一些叫人半信半疑，但也不好否定的说法，比如，被派去援助非洲兄弟了，援助方向随着外部世界的发展而时有调整，医疗、制造、开矿、建大坝造路桥、架电线铺电缆、开银行做投资等都讨论过。可这样友好的去向为什么秘而不宣，是担心东坝这边舍不下周成山，或者是怕我们期望值太高？这倒是看低东坝了，我们早说过，只要周成山"在着"，那就会"好着"，他在哪里都会发光发热……提出这一说法的人意味深长地摇摇头，我们周成山那样的人才，肯定不会是普通的发光发热。随即打了个下棋的比方，说整个地球就是个大的棋盘，国与国的互动，就是出将入相走马拱卒，普通老百姓看到的只是表面上的第一步棋，实际上，还有第二步第三步第四步的后手，而每一步后手，是以三十年、五十年乃至一百年为时间单位来考察的。听说过美国那个"马歇尔计划"吗，40年代末到50年代初，对整个老欧洲的无偿援助？很可能，周成山就处于类似这样长远计划的核心，起码得等到第三步、第四步棋之后，他才会从幕后慢慢踱步出来，最终出现在东坝人的目力范围里……

  与上述方向同等可疑程度的还有南美洲说，但这个说法第一次把周成山的主观因素上升到决定性的地步，在年轻一代中有不少人推崇，毕竟，东坝游子们的专业和职业越来越广泛了，在家国与个人之间，考量的侧重点发生了微妙变化。此说是一位心理学女博士提出来，她认为那个"突然发生"的假死，是周成山本人的意愿指向，连黄海主任都被蒙住了。

  她从周成山扣在书桌上的《物种起源》，提到"物竞天择"说，又勾连到尼采的"超人说"，认为智商超群、知恩图报的周成山一定是雄心勃勃地想要大干一场，以报答积庆和东坝，报效国家和人民。对这一点，大家当然都无比同意。可她随即就向大家普及了著名的弗洛伊德，除了了不起的解梦与万物皆源于性的惊人学说之外，他还有个更深刻也更伟大的观点：人不仅有生存本能，更有一种内在的死亡驱动，而与此同理，人一方面会有"闻名"的野心，同时也会有"消失"的欲望。生与死，达与隐，如同一己之矛与一己之盾，两者的攻守力量几乎不相上下。她举例说到一个名叫霍桑的作家的某部小说（书名太拗口了，没人能记住），里面就写到这样一个男人，有天平平常常地出门，却从此再没回来，跟周成山一样，不见人也不见尸，几十年全无音讯，而实际上呢，他就在街道对过的一间租屋里，甚至可以看到他原来的家，看到妻子进进出出。在所有人都认为他不可能再出现的小说结尾，他又平平常常地推门回来了，"仿佛才离家一天似的"。粗略讲完这个小说，心理学博士又回到周成山身上。在获得众口交赞与高期望值的背后，自幼失怙、独自成长的周成山还有另外一面，并不为积庆和我们所知。他委婉地把衣服钥匙等留在水库大坝边上，就是那"另外一面"的选择，对生命和生活的一种处置，恰恰与巨大野心完全相反。不是只有他一个人会这样，女博士随口报出几个听来很大的数字，那是最近几年日本与韩国失踪的人口数目。

得承认，这个说法挺没劲，也太过怪异，可是又有种欲辩已忘言的悲欣交加，仔细想想，也能想得通，可以接受！只要他人在不就已经是最好了吗。当然，他不大可能隐身在家门口，乃至能看到积庆的某处地方，东坝实在太小了，像眼皮一样，就算周成山变成一粒土坷垃也藏不住。所以女博士才提出南美洲，并具体定位到布宜诺斯艾利斯，这不免让人联想到张国荣的那些传说。大家有点失笑，冲她摇摇头，提醒说不必把后面这部分也转告义爷。只要告诉他，不排除有一种可能，由于报恩东坝报效国家的雄心太重大啦，以至于周成山先得猫上一阵，缓一缓，当然这猫得有些久了，但没关系，等他哪天想妥当了，坦然了，自会重新出现，他仍是一双长手，一口白牙，仍会给大家吹笛子。

其他还有一些说法，考虑到时间毕竟紧迫，我就只是提纲式、要素式地一带而过。对所有这些方向，黄海主任并没有指认或辨别的义务，这不在他的责任或义务范围。我只是想告诉他，关于周成山环环相扣的生命轨迹，凭着我们东坝一众老小的智慧和力量，已经一环扣一环地找到了不同的编织方法，唯一阙如的，就是他这里的一环。如果他实在不便用明确的语言来推翻"溺亡"之说，那么，退一步，他只需对我们这些环节表示默认，那也是可以的，效果一样，等于黄海主任也承认了周成山的不可能死去。这是我临时冒出来的一个策略性的想法。

在我的讲述中，黄海主任一直闭眼休息，并没有表现出倾听的迹象。但我知道人们没法关上自己的耳朵，以他现在这种情况，应该也没甚能力来控制表情。果然,在我讲到"马歇尔计划"时,我看到他明显皱起眉来,继而面皮憋红,嘴巴用力抿住,呼吸加重。我抑制住激动,求证似的瞟瞟护理员,她也正瞟向我,随即冲我示意床下的导尿管。黄海主任正在排尿。

此时,黄海主任脸上已恢复平常,空气中并无异味,但我还是吸吸鼻子,以掩饰内心的空洞。我知道,就是再磨蹭半小时,再絮叨点什么,护理员也是会通融的,但已无必要,从这里不会得到更多了。我起身跟黄海主任告辞,一边不自然地再次祝福他康复,并问候中秋节快乐。他从朦胧中睁眼,微微抬手拍了拍床单,嘟囔了一句,跟我刚进来时说的一样:"死在自己家里,挺好。"我不禁有点怀疑起来,好像我跟他又重新进入了莫比乌斯环的起点,我们才刚刚开始下午的这场谈话。

护理员引导着我穿过丛林似的狭窄通道,也许是因为刚才整理了一下导尿管,她中途拐到卫生间去洗手,并客气地邀请:"你要洗吗?"我愣了一下,只好侧身进去,也打了点肥皂搓揉。她替我把水流拧大一些,哗哗声中,对着院外的乱草与灌木说:"他早都老糊涂了,不论说什么,等于啥也没说,也等于啥都说了。真的,脑子坏了,完全不好使,做过的事、没做过的事,全搅一块儿。常常是我前脚喂他吃药,后脚他就忘了,还闹着要吃呢。"她说得非常口语化,像是对着窗户在自言自语,可她脸上的表情却突然间那样严正和权威,像是在替一屋子特级专家向我宣布会诊结果。

那次我回去向义爷报告黄海主任的最后情形时,就一字不差地套用了她的原话。我说,黄海主任等于啥也没说,也等于啥都说了。以前做过的事、没做过的事,他全搅一块儿了。我用一种特别缓慢的语速,以若有所思的语气,重复了几遍这些话。果然,它超过预期地准确抵达目标,实现了使命,周成山环环相套的生命就此流畅、立体、周全了。我记得义爷当时正坐在屋檐下晒太阳,像所有的老人家那样,薄薄的冬阳像一层披风,覆在他肩膀上,灰尘在阳光里泛着白沙似的光。我说了两遍之后,那披风就破了,因为义爷的肩胛骨高耸了起来,把太阳光支棱出两小块弯刀似的阴影。与此同时,我耳朵里听到薄披风被撕裂的声音,喑哑,尾声尖锐,直到散落在院子里的几个人扑通通地跑过来围拢住义爷,我才知道,那是他嘴巴里发出的哭声。哭声太烙人了，所有听到的耳朵，都被割碎了。

事后有人说，这是打传回周成山噩耗、从被推为义爷以来，他第一次哭。这么多年的年月日，像周成山所沉落的那个西大坝里的水，一直满满地重重地蓄着，蓄在积庆眼里。

## 3

我从池塘边掰扯了一把绿油油的矮冬青，这玩意儿很耐受，扦插就能养活且四季常青，东坝到处都是，人们对它不大瞧得上。手上带着这一把泼辣的绿，似乎多个抓落。毕竟七年多没来，义爷已近八十。

义爷还是在院子里晒太阳，垂老，但不垂死，甚至可以毫不打诳地说，比起上一次见到的他，精神头更足了。他的面孔，带着乡下老人特有的那种树皮感，细看那老树皮，沟沟坎坎中，分明有种"熬"劲儿，好像在跟什么念想拔河，并因势均力敌而越拉越长越拉越远，如陷浓雾，如隔山河。他与那个念想，和作为仲裁者的时间，以及东坝的围观者们，统统都定格在那里，天长日久无尽时。我突然意识到，只要周成山以某种方式存在于某处，东坝的古法与天理就会一直在，而义爷也就不可能死了。不可能死去的，更是义爷呀。我是直到此刻才想到这个的吗？还是说，整个东坝，尤其来来往往的一茬茬游子们，早都明白这一点了？

义爷冲我扬手，又向边上摊手，问好请坐请喝水的意思，继而抬高下巴，那是问询，有什么新情况吗？他周围坐着几位东坝小后生，像是高中生，凳脚边放着红色礼盒，看样子是家里派来问候的。孩子们正要走，看到我进来，重又坐下，同样向我投来等待的目光。那目光一望而知，周成山与义爷，仍然是他们从摇篮里就开始听讲就熟知于心的童年掌故。

我脑里和心里均是空空如也，舌尖上品咂着淡淡的压力，以及骄傲中的委屈感。确实挺难的。日常之中的人与生活，完全可以几十年如一日，无甚大变，可周成山不行，他如何"存在"已然是一门大学问了，需要不断地更新、深化、补充、延展，前赴后继地做出不同的花样来。

我喝了一口茶,仍然没有放下手上的一把绿。"嗯,这次回来之前,我去看了一下他的生基。"周成山当时在研究所才工作两个月,所里还是出面给他买了个地方,埋放的,是他的衣物。这主要是黄海主任争取的,说周成山无家无口,单位得管着。但我们东坝普遍都认为,这个行为本身,并不只是道义上的考虑,还有更深厚的寓意。谁不知道呢,衣冠冢,常是为亡者所建,可同时还有生基一说,有为生者消灾祈福之功。所以我们东坝对那个衣冠冢,向来都是称为生基的,并深深信任着它对周成山的护佑之力。

我转动手上的矮冬青,惊奇地听到自己在讲话,非常自然,不慌不忙:"跟以前比,有点小变化。义爷您也知道的,除了我们东坝子弟偶有出差路过,那处生基是没有人照应的。包括黄海主任,他自己说过,只是当年落建时去过一次。可这回我去,您老人家猜猜,我看到了什么?"我瞥一眼手里绿油油的矮冬青枝,"就是这种,这样的矮冬青,生基周围插了整整一圈,我看看那根部,蛮粗的,恐怕长了得有三五年。谁插的这个呢?反正绝不可能是我们东坝这里人。"

这说明什么?一种留言一种讯息一种意会?会是谁留下的呢?周成山本人?他的友人、爱人、后人甚或外星人?我打住了,没有做任何阐释。这是一个技巧。一直是这样的,对新出现的信息或方向,我们初次提及时,只讲目力所及的表面现象,至于它的蕴意、它的指向、它的多种可能性,先空着,让义爷自去慢慢琢磨。而这个新的框架之下,后面一年年的,还需要有更大胆的猜想与更具体的细节,去主张与求证,去添砖加瓦,去起高楼建大厦。我瞥一眼义爷周围的年轻孩子们,心里有一种交付接力棒般的成就与狡黠,周成山那重重叠叠的永生之路,可又铺设了新的一条延长线了,后面,就看你们的,得让义爷一直去拔他的河呀。

原载《花城》2023年第4期

孙　睿

# 抠绿大师二·陨石

## 1

刚说睡会儿觉，门铃响了。我看了眼手机，十二点半，主要是看看有没有错过老板的信息，如果有人约他看棚，他会通知我，并告诉我接待规格。

没有老板的留言和来电，看来按门铃的人没跟老板约过，应该是临时起意过来的，这种人跟逛商场只是为了试试尺码，然后回去在网上买最便宜的那类人没什么区别。我刚吃完午饭，正犯困，决定不去开门，当院里没人，他按够了就会走，我需要瓷瓷实实睡上一觉。

以前这里是一处荒地，被我们老板包下，围成一片大院子，搭出几个摄影棚，还弄了一条七拐八拐的胡同，搞成影视拍摄基地，接待剧组。这两年大环境不好，剧组数量骤减，这儿也冷清了，用不到那么多人，老板就打发掉除我以外的其他人，剩下我在院里跟那些用作影视道具的鸭鹅牛狗做伴——每天我还得喂它们。

昨天有个网大剧组在这儿拍到凌晨，清完场都快四点了，我送走他们，锁上院门倒头便睡。没睡多一会儿，被蚊子咬醒，不止一只，打不干净，索性坐起来，在手机上买蚊香和驱蚊液。不到七点下完单，送货尚早，也没再睡，煮了一包方便面。各种不舒服的早上，我都会吃一碗面，卧不卧鸡蛋视心情而定，这次卧了。

　　面吃完开始干活儿，给老板做请柬。他儿子两个月后结婚，让我做个带背景图的邀请函。他把我留下看守这个院子，也是看上我这点，能文能武不拒绝吃苦。本来一开始我就在他公司的制作部上班，除了提供影视拍摄的硬件，公司业务也包括制作，先从小片儿起步，比如街道办的普法宣传片，或幼儿园的招生展示片。现在大家效益都不好，没闲钱拍片儿了，哪怕是小片儿，于是公司无片可制，我也顺势转了岗。老板说，都是暂时的，一切都会好起来，"相信未来"。

　　请柬图做好，收了下单的快递，我弄了个西红柿牛腩，蒸一锅米饭，吃饱出去喂完那些道具牲禽，正要睡，门铃就响了。响了两遍，我没管它，在床上躺下，估摸再响两次，人就该走了。可响了得有四五遍两次，还在响着，不得不去看看了。

　　我爬起来，摘掉对讲，问："谁？"对方答："来看看科技棚。"我们这儿有六个棚，科技棚是其中之一，还有生活棚，也就是各种居室棚、酒吧餐厅棚、医院棚、法院棚和办公室棚，一般的影视剧故事都发生在这些场景里。知道有科技棚，说明有备而来。在行业通缩的现实下，顾客更是上帝，我在对讲里说："您稍等。"

　　一名男子戴着口罩，立在门外，肩上挎着帆布包。

　　"以前来过？"我边开门边问。

　　"俩月前跟着一个导演来看过。"男子半侧着脸说，注意力还在他面前那条唯一通往我们这里的路上。

　　说的是哪个导演我也对不上号，不重要。我拉开门，迈到门外，冲他注视的方向看了看，光秃秃的一条柏油路上空荡荡的，又回过头往后看，同样如此。路是今年村里刚修好的，树还没来得及种。

　　门口没停着他的车，我问他怎么来的，他说打车。特意打车来，这单活儿十拿九稳。我把他让进院里，掏出烟："您是制片？"他摆摆手："谢谢，不会。"说想用一下科技棚。我问是再看看吗，他说上次看过了，心里有数，现在想用一下。我一下蒙了，问："怎么个用法？"

我们这里提前置景也是收费的，连同置完景后的拍摄时长，要一起计算费用，这些他都没问，也没带人来，一个人就说要用，连掌机员都没有，关键是也没看见摄影机。我对他是不是真用存疑，他却迫不及待又问出一个问题："你们这儿能抠绿吗？"

为了不耽误睡觉的时间，我说："只要有费用，什么都能做。"他问连拍带抠绿，得多少钱，说完又望向门外，略带慌张。我直接问他："你是干这行的吗？得看怎么拍，用什么机器，拍多久，抠多少。"他的口罩一直没摘，说他是编剧，就想现在拿手机自拍一段，片长最多三五分钟，然后我们后期帮他把窗外变成星空或银河系之类的就行了。我们这座科技棚，搭成了太空飞船的内部结构，曾有科幻网剧和宇航员指定牛奶的广告来这儿拍过，飞船的窗口都贴着绿布，拍完后期人员会把那些绿色抠掉——电脑最容易识别出绿色——然后贴上导演想用的宇宙背景。每个剧组这么干的时候都力图逼真，在远近景的虚实、窗内外光影比的设计上颇费功夫，技术人员多达数十人，没有像他这样拿个手机说拍就拍的。我索性说，手机自拍也得收费，拍之前先付一半，拍完支付另一半棚费，如果后期抠绿交给我们做，开干之前也要给预付。

他掏出手机，问棚多少钱，我说三万一天，拍半天也按一天算。他说拍一个小时呢，我说提前布置也算时间，他说不用布置，里面有什么道具陈设就用什么。我说那也得算半天，一万五。他问抠绿怎么收费，我说看镜头量。他说就是自拍的时候，如果扫到窗口了，就把窗外做上，给孩子看的，不用弄特细。我说那也得一万。他说片长不超过五分钟，尽量少带到窗口，减少合成的工作量，总共两万吧，现在转给你。

从没遇到过这种情况。我掏出手机，调出收款码，真伪一试便知。

## 2

我们搭的太空舱分成三个区域，中段是一个综合厅，具体干什么用，视剧本的需要。昨天那个网大把这里当成太空拳击场，给中央加了个拳击台，两派人物在此过招，每出一拳，飞船随之摇摆，挺有想象力。现在拳击台被撤走，显得有点儿空，还有些日用家具堆在角落，明天派车来拉。这个空间的两侧设有楼梯，通往二楼，仿佛上面别有洞天，其实楼梯就是个摆设，压根儿没二楼。把边儿的两个空间，一个是狭长的飞船通道，用这里取景的广告剧组尤其多，贴合大家对飞船的想象，空间封闭，易于做光效。另一个是环状空间，也是三组区域里最大的，真的有二楼，可以吊威亚，飞上飞下——万有引力定律在有些剧组那里不成立，他们就是敢让人物在太空里飞檐走壁。

这么搭建没什么设计道理，就是根据常见的影视大片儿里太空飞船的样子大体一搭，比较俗套，能满足常规拍摄要求，让剧组各取所需。

从头到尾又看了一遍这个棚，他问我哪边是飞船的船头，问完自己又说，也无所谓，飞船应该两头儿都能飞。我说随你怎么飞，到时候我让窗外的行星显得是在往后走就行。

我把手机上别的组在这儿拍完做好的样片给他看，供他参考，一共十多条视频。他真心诚意，我也服务到位，刚才他把两万一笔都转给了我。视频只看了两条他就不看了，让我帮他把综合厅角落里的家具抬出来，给环境陈设一下。我说我可以叫两个专门干这活儿的人过来，拍完还能帮着收拾，半天每人给两百就行，等人来的时间不计入棚时。我觉得他花两万那么痛快，不会在意这四百。他说不用了，选几件轻便家具，简单布置布置就行了，说完自己动手去搬，我也只好去帮他。

倒也没太费力，摆出五六件家具，有点儿家庭气氛了，他站在原地左看右看盘算了盘算，说先这样，走戏试试。说着他掏出手机，调出自拍模式，正上方三十度冲着自己举着，边走边看效果。我在一旁问他全程都这么拍吗？他说对，自拍，显得真实。我说，这样晃来晃去，镜头不稳，后期抠绿不好做，增加工作量。他把手机往下扣了扣，说这样能避开窗口，除了必须展示窗外的时候，他会尽量躲着窗口。然后问我，如果想给画面里再添上一个人，可以做到吧，简单露下脸就行。我说哪怕是简单入一下画再出画，也是动态的，比给窗外加银河宇宙那种空镜要难，首先得有这个人的动态素材。他说有，给我看他手机里的视频。都是同一个孩子和同一个女人玩耍的视频，孩子从摇晃着走路到在草地上奔跑，明显看出成长，也能看出女人的变化，不是变老，是脸部线条愈加清朗，多出阅历感，当然也算是一种变老。

他说："从这里抠出一段这个大人的动作，加到现在这个环境中，没问题吧？"我问："用配合你现在的画面内容吗？"他说得配合，显得是发生在一个时空里。我说："抠可以，但不一定能匹配上，这人的注意力都在孩子身上，真抠出来用的话，也得在你拍的画面里，安排一个吸引她注意力的元素，才显得不假。"他说："那要是凭空合成出一个人呢，然后贴上这女人的脸，电影里那些妖魔和外太空生物不就是无中生有出来的吗？"我说那需要3D建模，费用就高了，贵得不是一星半点儿。我大专就是学这个的，虽然没做过这方面的大片儿，但原理都懂。他说他看有的半人半魔的形象也像是真人演的，不是彻头彻尾合成的。我说没错，有真人来演这事儿就好办得多，真人会穿上一身绿色的紧身衣，从头到脚，只露出眼睛看路鼻子呼吸嘴巴说话，相当于全身裹着绿色的泳装和泳帽，还要在这片绿中贴上点，方便在电脑上做轨迹跟踪，然后按照造型设计，替换上相应的服饰或非人类的身体，以及发光的眼睛或烂掉的半张脸。换成另一个人的脸当然也没问题，现在软件的功能越来越强大，AI换脸甚至可以一键完成，但前提是得真有一个人拍摄时出现在那里，完成剧情所需的基础动作。

"这种绿色紧身衣你们这有吗？"他问。我说："肯定是有，我们这儿提供全流程服务。"他说："那就找这么个人来拍。"我说："这是单独收费的。"他问得多少钱，我说套着紧身衣，还得按要求做动作，最少五百一天，哪怕就拍半个小时，来一趟就得五百，后期费用也得跟着涨。"涨多少？"他问。我说："那要看人物出现在画面里的时长了。"他说："不超过十秒，也不用特逼真。"我说只是简单替上日常衣服，贴上脸，至少两千。

　　他立即做出两千五百块的付款码让我扫。我说别着急，得看看能不能找到人来演。因为干这个不露脸，不是所有人都愿意干，本质上是一种幕后，再加上我们这个基地在郊区，尚未通地铁，城里赶来不堵车也要一个小时，往返交通费另议。一连打了三个电话，一个没接，一个接了，说正拍着呢，今天来不了，第三个说不干这行了。

　　挂了电话，我说："不好办，没人。"他说要不您受累，亲自上阵。说着把付款码的数额改成三千。我说不是钱的事儿，关键是我不是干这个的，各人有各人的生存之道。他看出我的坚持，不再强求，问了一个技术问题，说如果他自己来演这个穿绿衣服的人行不行，拍两遍，第一遍举着手机自拍，第二遍是同角度拍摄——需要我帮他拿着手机拍一下——他再换上绿衣服，出现在相应的位置，完成第二个人的动作，然后把他这遍的身形抠下来，合上女人的衣服和她的脸；他有女人各个角度的照片，大概其能让脸的方向和做出的动作显得不假就行，最后把组合好的新人物插入到第一遍的视频中，就等于画面上有了两个人。

　　我想象着那种效果，以及是否可行。他显出急迫，说如果一时半会儿没有更好的办法，就这样搞吧。我大概知道他的需求和标准了，便去取绿色紧身衣。

　　他站在那片通道区域，用手机对着自己，准备开拍。我站到他面前不远的地方，不会穿帮，第二遍拍他的时候我也能大概给到同样的机位和角度。

　　我保持安静，他开始了，点下拍摄键。

　　"看，豆豆，我在哪里？对啦，宇宙飞船上！"他说着走到一扇挂着绿布的舱窗前——未来的视频上从这里向外望去，能看到辽阔的宇宙——他指着某个方向说："看，那是地球，我们和你的位置关系，就是现在你看到的这样，咱们离得越来越远了。"他的手指敲打着绿布，我知道，后期需要在这里加个地球。

然后他换了个位置，避开窗口，继续对着手机说："我和妈妈突然接到出差任务，来不及去幼儿园跟你告别。我们会暂时在太空里住一段时间，就像你在电视里看到的宇航员叔叔阿姨那样，吃饭睡觉都在这个太空舱里，这是派给我和妈妈的工作。"

我随着他倒退，他一步步往前："来，让妈妈跟你打个招呼。妈妈呢？快过来，让豆豆看你一眼。"不知道为什么，我突然从他的话语里听到一丝哭腔。

我好像看到他的手在抖。他停止拍摄，垂下举着手机的胳膊，调出刚刚拍摄的画面，边看回放，边低着头说："你给看看，哪儿需要改进。"

我凑过去，感到他身上涌动着一股奇怪的能量场，强大悍猛，似乎真有什么被喷发出来，一下下撞到我的身上。我看着视频，控制着呼吸，不敢也不想干扰到他。可能是我在疑神疑鬼。

视频看到结尾处，他说："这块儿，我说话的时候，插一个孩子妈妈进画打招呼的画面，打完就可以出画了。我一会儿套上绿衣服来一遍妈妈的动作。"

我给他建议，行是行，但是他说完话的时候，不能立即关机，需要举着手机，留出妈妈在后景入画出画的时间，他这时候还在镜头的前景，如果表情能呼应上后景人物的动作，效果会更好。

于是又来了一遍，还是刚才那些内容。说完差不多同样的话，他没有放下手机，保持冲着镜头的微笑，并稍稍侧扭了下头。我猜那应该是在给此时入画和孩子打招呼的妈妈在画面上留出更多位置。持续了五六秒，他收起笑容，对着手机说："妈妈又在做PPT，让她忙去吧，爸爸继续给你介绍飞船。"说完这句话，他关掉了录像。

我记住他所在的这个位置，一会儿拍他我也站这里，保持距离和角度跟他刚才大体一致。

然后他套上了绿衣服，线条消瘦，紧身衣让身形毕露。第一次穿这种衣服的人都会很兴奋，就穿在身上的感受议论不停，他没有表现出来，穿好就拍。我站在他刚才的位置，举着手机，开始录像。

他在画面纵深的后景入画，左手捧着从帆布包里拿出的笔记本电脑，右手在键盘上敲打，抬起头冲着拍摄的手机挥手微笑，然后便做出很忙的样子，继续低头敲打键盘。虽然会被替换掉脸，他还是做出全神贯注状，保持了两三秒——应该是在他刚才说的那句话"妈妈又在做PPT，让她忙去吧，爸爸继续给你介绍飞船"之后——又昂头冲镜头摆摆手，便退出画面，我也暂停了录制。

他放下用作道具的笔记本，问我拍的能跟他拍的那条画面合上吗。我说差不多，让他看看。他说不用了，往下拍。然后去脱绿衣服，脱着脱着，突然问我，在太空舱里走路，是不是应该一跳一跳的，引力小了，行进姿态随之改变。我说当然，但是你能演出那种效果吗？他问，别的片子里是怎么做到的？我说那都吊威亚了，演员身上拴着绳子，上面挂着滑轮，旁边有人一拽绳子，人就飞起来，显得脱离了地心引力。他想了想说，那算了，孩子也未必知道引力的事儿。

他换回自己的衣服，继续往下拍。还是边拍边移动，冲着镜头讲话，为孩子展示着飞船丰富的内部空间和窗外世界——现在那里还是一片片绿色，我会结合他所说的，在那些位置上做出轨迹复杂、命数叵测的行星。

## 3

他说："豆豆你知道我和妈妈这次来太空的任务是什么吗？是维持行星们在运转中不要发生碰撞，相当于太空里的交警。每个行星都有自己的运转轨道，大多数时候它们不会相撞，但个别时候，比如受到一股奇怪力量的吸引——大海涨潮就是因为地球外部天体引力的干扰——有的行星会脱离原来的轨道，跑到别的行星轨道上，跟那里的行星发生碰撞。碰撞的力量特别大，两个星球都会完蛋，变成无数的小碎石块儿。咱家不是有块陨石吗，暑假带你去新疆玩的时候咱们买的，那就是星体的碎片，落到地球上，被人捡到的。没想到吧，陨石听起来很神奇，其实就是星球和星球撞车后的爆炸残骸，知道了这些，你是不是希望宇宙里少些陨石才好？"

他又说："有时候，大家会流行一种情绪和论调——赶紧毁灭吧！豆豆，你看看窗外，这么美，多辽阔，值得我们活下去，所以不要悲观，无论什么时候，无论多难，都不要放弃，不要想着去制造爆炸。我和妈妈就是来负责疏通太空的交通，如果有星球快撞到了，通知它们及时刹车，在星球多的地方安放红绿灯，或修建立交桥，让它们各行其道，避免碰撞。

"豆豆，可话说回来，宇宙的形成恰恰是因为大爆炸，产生出行星、彗星、恒星、地球、月亮和太阳。所以，爆炸是好事儿还是坏事儿，很难说清，就看怎么理解了。给你讲了这么多，其实我也不是很懂，咱们人类太渺小，不要说搞明白宇宙的事儿，就是人和人之间的事儿，都不可能完全搞懂——今天你可能和这个小朋友好，明天说不定你就会和那个小朋友好，没准儿后天他俩都不和你好了，然后过几天你们又和好了。人就是善变的。

"再告诉你一些你现在还不懂，但可以帮你理解爸爸妈妈的话：保持一个开放的心态，才能接受新鲜事物，帮你打开格局，平静面对一切。你不是喜欢太空吗？那就要勇敢去探索未知的宇宙领域，包括探索自己和同类。"

说到这儿，他摊开另一只手的掌心，那里似乎打着小抄。他看着手心说："在这个宇宙中，人类能够看见的物质只占百分之五，其余的百分之二十三既不能发光，也不能反射光，还有百分之七十二的物质更神秘，人类都没有机会靠近，所以，这个世界的百分之九十五是未知的。当然，也许有一天你可能不再喜欢探索宇宙了，也正常，刚才说了，人就是善变的。

"星球的脱轨是因为引力，人失控也是如此。造成人'脱轨'的原因很多，情绪、欲望都是一种引力。

"比如一只蚊子咬了你，晚上没睡好觉，心里不爽，出门没准儿就会和人打一架，闹不好还会头破血流。你在幼儿园和小朋友有过这种情况吗，因为一个玩具汽车的轮子掉了，就干一架？千万不要这样，轱辘掉了可以安上，玩具坏了可以修理或再买，友谊坏了，就不太好办了。学会控制情绪。

"再比如贪心,也能使人偏离轨道。一战二战怎么爆发的——就是第一次和第二次世界大战,好几个国家联合起来打另外几个国家,世界都乱套了,所以叫世界大战。就是因为有的国家利欲熏心,先去霸占别人家的东西。想要的太多,这是大多数争端的根源。

"你要知道生活中这些随时都有可能发生,真的发生后,也不要手忙脚乱,更不要寻死觅活,那样一点儿解决不了问题,反而会更糟糕。"

他在录制这些话的时候,并非流畅完成,中间断了好几次,问我后期能给接上吗。需要抠绿的镜头量超出预期,我也没提出异议,正准备回答他,手机震了,老板来电,我先接了电话。

老板问我在哪儿呢,我说在公司基地。老板又问,你身边有人吗?我说有。老板说,是不是一个四十岁左右的男的?我说对,您朋友吗?老板说,现在我问你答,你别多讲话,只说"没事儿"和"不是"就行——他现在威胁到你了吗?我说没事儿,反问老板,怎么了?老板重申,让我别讲话,只需回答他。老板再次问,这人有没有抢劫的苗头?我说,可能不是。老板问,他现在在干什么?我说拍片儿。老板问,拍什么?我说,在科技棚。老板说,你现在安全吗?我说,应该没事儿。一直被这么问,我也慌了,不敢抬头看那个人,还怕被他听到。老板说,你要是能脱身,赶紧把院子大门打开,警车就在门口。我听清了,还是又问了一遍,什么车?

警车。

我瞬间蒙掉。如果有车来,不应该是精神病院的车接这人回病房吗?

我问老板,怎么回事儿?老板说,你是不是被他控制了?我说不是,现在挺好。老板放低声音说,千万要当心,然后跟我说了门外的情况,以及警察来此的缘由。说完不让我挂电话,他实时掌控里面的情况,并用另一部手机告知院门口的警察,让他们翻墙或破门进入院子。

我举着手机不知所措,听着老板在电话里把我所在的这个摄影棚的空间结构和当下的状况说给警察听。余光扫到,那个男子朝我走了过来。

我赶紧对电话里说:"好,先这样,这边要抓紧拍摄了。"然后把手机拿离耳边，并没有挂断。我回答男子刚才的问题："你刚刚的话都挺有画面感，我想好了插什么画面，可用的太空素材很多，再靠叠画组接到你带脸的自拍，顺滑肯定没问题。"

"是不是警察来了？"他突然变得不着急了。

我不知道该撒腿就跑还是怎样。

他说："来根儿烟。"

我迅速掏出烟。打火机就在烟盒里，他自己点上了。

"我从没为一件事这么后悔过。"他深吸一口，吐出烟雾，"但一切都晚了。"

我没有感受到危险，悄悄挂掉老板的电话。

"主要是我俩还有一个孩子。"他的眼睛已经赤红。

我说："时间不多了，抓紧拍完。"

他连抽了两口，扔掉烟踩灭说："来吧！"

我问他接下来打算怎么拍，他说该拍结尾了，跟孩子告个别。他环视影棚，看到环形区域那里有张大圆桌，有的剧组把这个当成会议桌，有的剧组用作陈设展示台。他要把它当作饭桌，和孩子妈妈在那儿吃饭，以菜要凉了为由，跟孩子挥手再见。然后问我，菜能P上去吗？我说可以，但这次不能手持拍摄了，镜头会晃，合成上去的菜是静止的，容易穿帮。我去棚外的道具库找来手机支架，让他把手机架在一旁，稳定拍摄。"应该让孩子看到你们吃了一顿平静、舒适的晚餐。"

与手机架一同拿来的还有几个绿色餐盘，我问了他家三口都喜欢吃什么，日后这些绿盘子上会出现他告诉我的那些食物。此刻绿色紧身衣已套在我身上，颇使他吃惊。

我说刚才出去取这些东西的时候，看到两名警察已经翻过铁门，正朝这边跑来，现在只有拍摄一条视频的时间了。"需要我怎么演，快告诉我。"

录制开始。我和他面对面隔桌坐好，面前是丰盛的晚餐——日后的效果。为了准确塑造我代表的人物，我的面前摆了他刚刚用过的笔记本电脑，并把自己上午设计的那份婚礼请柬蓝牙传到电脑上，真的像在做PPT一样，盯着屏幕修改起来。

　　与此同时，他冲着镜头开始说话："豆豆，再见，爸爸妈妈要吃饭了。明天我们去的地方，信号可能不太好，不能随时和你视频了，你要听幼儿园老师的话，听所有陪着你的叔叔阿姨的话，他们是爸爸妈妈的朋友，爸爸欠你的，他们会替我实现。乖乖的，你是男子汉，想我们了不要哭！"

　　他的双臂压在桌上。我觉察到桌面的颤抖，拉起他的手，想象日后将P出的那张笑脸，努力像她那样笑着，看着他，然后在手上提示他，该冲镜头挥手再见了。

　　他向手机摆起手："儿子，菜要凉了，我们得抓紧吃饭了。爸爸会把妈妈正在用的这台笔记本发太空快递寄给你，这里存着跟我们来太空有关的一切。"

　　我瞄了一眼笔记本，屏幕上是我改完的婚礼请柬，一块陨石碎片替换了之前的花束背景底图，看上去高级多了。

　　"开机密码是你的生日，你长大后想起太空，可以随时打开电脑看。"说完这句话，他上前取下手机，将拍摄素材隔空投送到我手机上，笔记本装回帆布包，请我转交豆豆。

　　这时摄影棚的大门被打开，猛烈的自然光灌了进来，门口站着呈剪影的两个人。

　　我走上前，和两人握手。伸出手的一瞬间，看到自己的指尖出现暗红色，应该是刚才修图的时候，在键盘上蹭的。正欲收回手，其中的一人问我，"两个小时前是你报的警吗？"说话的同时眼睛上下扫量，我的一身绿让他俩都有些准备不足。

　　这时我的身后传来一个声音，丝毫不像刚才那个男人所能发出的音调，仿佛来自太空："我报的。"

原载《小说月报》2023 年第 11 期

裘山山

# 阿尔哈金的光

## 1

公元1973年,我遇见了阿尔哈金。

阿尔哈金是阿拉伯人,出生在伊拉克的巴士拉。他有一个很长的名字——穆哈默德·本·哈桑·本·海什木·巴士拉,后人通常按拉丁语尊称他为阿尔哈金。

阿尔哈金所处的时代是伊斯兰的黄金时代,出现了一批科学通才,他们在各个领域都有建树,相当于欧洲文艺复兴时期的文艺复兴巨匠,比如但丁、薄伽丘、拉斐尔、达·芬奇。尤其是达·芬奇,既是艺术家,也是数学家,还是医学家、建筑工程师等等。据说他留下的科研笔记到现在仍有参考价值。阿尔哈金也是如此,虽然他的名声没有达·芬奇响亮,但他在物理学、天文学、医学、心理学等方面,都成就斐然,尤其是在光学领域,有着非同寻常的建树。是他将光学确立为一门独立学科的,故被称为光学之父。

当然,阿尔哈金生于公元965年,差不多过了一千年才出生的我,遇见他是不可能的。所以准确地说，我是在公元1973年秋天，读高一时，听到了关于阿尔哈金的故事。我用"遇见"一词，只是为了强调他对我的影响。

不过在当时的我眼里，阿尔哈金如同天外来客，如同神。由于这样的定位，我并没有对他的伟大科学成就感到太大的震惊。就好像那个时候听英雄故事，英雄不怕烈火烧身，敢用身体堵枪眼，敢跳到冰河里救人，我都觉得很正常，他是英雄呀（不是凡人）。所以，听到阿尔哈金的故事，我只是觉得这人很神奇，没觉得他了不起。

真正觉得阿尔哈金了不起，是在几十年之后了。

当电视上频繁出现伊拉克这个名字时，我忽然在战火纷飞的画面之外想到了阿尔哈金。我想，在那么遥远的年代，竟然就有了阿尔哈金；在那么遥远的年代，阿尔哈金就发现了光的秘密。真不可思议。

## 2

给我讲阿尔哈金的，是教我语文的黄老师。

说到黄老师，必须先说说我们之间的过节。我和她，曾经是大眼瞪小眼，针尖对麦芒，互不相让的一对。

我也不知道为什么要和她过不去，她从来没招惹过我，可以说她对我们所有同学都客客气气的。可是每次看到她被我找碴后，站在那儿面露难色，甚至是尴尬，一手拿着课本，另一只手用力握着拿课本的手背，好像书很重，我的心里便有一种解恨的感觉。

讲台很窄很短，比一张课桌大不了多少，一不小心就会踩空。我暗暗期待她踩空，崴了脚，然后去医务室，那样我们就可以自习了（跑到教室外面去玩了）。但她从来没发生过这样的意外。当然，我说从来，也就是指开学到现在，一个多月而已。

我一屁股坐下，杵着腮帮看她。她的尴尬变成了生气，大声说："我还没喊你坐下，站起来！"我又站起来，目光直视她，一点也不躲闪。我小声但很清晰地说："难道我说得不对吗？"底下的同学开始笑。僵了一会儿后她说："你先坐下，放学了我再跟你说。"

她接着讲课，十分卖力，声音略带嘶哑，我却丝毫没有兴趣。

教室很闷，是用搭建工棚的铁皮临时搭建的。窗户也就是半米见方的一个洞，拿塑料布替代了玻璃窗。教室里味道很大，也许来源于搭建材料，也许来源于泥土：因为地面没有用水泥硬化，只是把泥土压平撒了些碎石而已；更也许是来源于五十个青春期孩子身上的汗味。多种气味混杂在一起，令人呼吸不畅。

棚子的顶上吊着四盏日光灯，启辉器大概有问题，灯管不停地闪，仿佛在一次次地重启。这样的闪烁让我更加不得安宁，我无法想象要在这样的教室里读完高中。

可是不听课，我也没有更好的能打发时间的事。没有闲书可看，也不想和我的同桌说话。同桌是个傻乎乎的女孩，上课不是睡觉，就是在纸上画小人。不知是谁扯了一页作业本叠了架飞机，从后面嗖的一下飞到了我桌上。我捡起来哈了一口气，准备再扔出去。（很奇怪那时候我们扔纸飞机前都要哈一口气，也不知是谁最先发明的。）坐在我侧面的学习委员张晓萍狠狠瞪了我一眼。她爹是大官，她还很会读书，成绩比我好，对我多少有点威慑力。

我怏怏地扔掉飞机，眼睛转向窗口。蒙在窗口的塑料布破了，透过那个洞，我发现外面下雨了。难怪闻到了土腥气。天色很暗，就像马上要天黑了似的，其实还不到四点。放学回去又得淋雨了。我没有雨伞，也没有雨鞋，一年四季就是一双黑布鞋，塑料底已经磨得很薄了。每次下雨回家，衣服和鞋都要湿透。我只能把书包抱在怀里，那在我看来是最重要的。可惜书包里也没几本书。

虽然下雨会让我狼狈，可我还是喜欢雨天。尤其下大雨的时候，我觉得自己逃离了，进入了另外一个世界。从天而降的水在与大地相遇时，发出激烈的嘶吼，营造出神秘的氛围。在那个世界里，似乎一切都有可能，这让我心里有了些许期待。

## 3

那年我十五岁。原本已经考上了当地一所高中，但父亲所在单位要求本单位职工的孩子都读子弟校。子弟校原本是所小学，后来办了初中，再后来又办了高中。之所以不堪重负不断升格，是因为单位里的孩子大都成绩不好。家长们四海为家到处修路，子女们便从小漂泊没法安定读书。可是1973年，已经需要考试才能进高中了，领导们就决定自办学堂，把孩子们关起来。也没指望孩子们学到什么，只希望每天有人管他们。我父母便让我放弃正规中学来这里上高中，俗称戴帽高中。

子弟校没有多余的教室，就在树林里开出一块空地，用轧路机轧平，搭了两个工棚当教室，把我们这百把个少年分成两个班，关在这里。各科老师也是临时找来的，就是从自己单位的各部门，找了些文化程度略高的干部担任。比如我们这位班主任兼语文老师，就是下面一个施工队的文书，高中肄业。而我们的数学老师，是一个部门的技术员，中专毕业。据他说他每天晚上自己先学，然后再给我们上课。物理老师化学老师，差不多都是施工队的技术员。这里不像我原来的县中学，老师们好歹都是师范学院毕业的。

我在县中学读书时成绩好，当过学习委员，来到这里后完全被无视了。这里的学生不是靠成绩分等级的，而是靠家长分等级。总部领导的孩子一等，中层领导的孩子一等，剩下我们普通员工的孩子一等。总部领导那些孩子成绩不咋样，优越感却很明显。回想起来，他们长得也比我们好看，男孩子个子高，女孩子白皙，估计是营养好、穿得也好的缘故。我第一次见到戴牙套矫牙，就是在我们班学习委员张晓萍的嘴里。她爹是总部头头之一。我很稀奇，盯着看了好一会儿，直到她白了我一眼。

子弟校就在总部大院，领导的孩子们等于在家门口上学，而我们下面的孩子，要从很远的地方走过来上学。比如我，从家里到学校要走四十分钟，其中一段路还是大件公路，又是坡道又是弯道，那些很野的货车经常擦着我呼啸而过，飞起的尘沙塞满了我脆弱的少年的心。我眯缝着眼，吐出嘴里混杂着沙土的唾沫，总是恨恨地想，早晚有一天，我要比你们过得好。

自卑和不甘混合在一起，让少年的我变得很讨厌。讨厌而不自知。

比如今天，黄老师给我们讲逻辑。她在黑板上写了个题目：在我们村，最喜欢上夜校的是青年社员、女社员、老人和孩子。她说："这句话里有逻辑错误，你们知道吗？"大家都傻傻地看着她。她说："这里，概念重复了。因为，青年社员里就有女社员，老人里也有女社员，所以应该把女社员去掉。"她一边说，一边潇洒地拿黑板刷刷掉了"女社员"三个字。

我马上站起来说："不对，不能去掉女社员。"

她回头诧异地看着我。

我说："有些女社员已经不年轻了，不能包含在青年社员里，但她们又没老，也不能包含在老人里。"

同学们大笑，甚至拍桌子，连张晓萍也捂着嘴乐。我得意扬扬地坐下，用现在的话说，刷到了存在感。

黄老师尴尬地看着我，就是开头那一幕。

黄老师有个搞笑的名字：黄大娥。我想还好她不姓白，还好那个娥不是鸡鸭鹅的鹅。就她那个短脖子，和大白鹅一点不沾边。她的神情也与鹅大相径庭，总是很谦卑，穿着朴素，甚至有些男性化，灰上衣蓝裤子。一头直直的短发，很短，没盖住耳朵，额前光光的，一根刘海也没有，卡了一根大卡子。她第一次走进教室的时候，我还以为是个男老师。

可是这个貌似冷硬的缺少柔情的女老师，却从来不训斥我们。不管我们多捣蛋，她只是蹙眉而已，不会找家长，更不会体罚。这让我反而得寸进尺了。

我说过，那时的我讨厌而不自知，样子也难看，一张小黄脸因为营养不良没有光泽，头发干燥枯黄，好像一只绒毛褪了翅膀却没长出来的小鸟，处在尴尬期。我对男生也没有任何感觉。唯一能让我兴奋的就是书，书，书。可是书比金矿还难找，连妈妈包腊肉的报纸，我都翻来覆去看过了。

这让我经常莫名焦躁。

## 4

回到家妈妈总是问："今天怎么样？"我总是说："不怎么样。"

妈妈从来不对我说"你一定要好好学习"这样的话。她知道好好学习也没用，高中一毕业就戛然而止了，不能考大学不能找工作。她问我怎么样，是指有没有和同学闹矛盾，有没有被老师批评这类。

我忍不住说："黄老师今天又讲错了。她根本不懂逻辑。"

妈妈制止我说："不要自以为是，难道你懂？"

我说："反正比她强。"

我把黄老师讲的和我的反驳学给妈妈听，妈妈笑了，说看来她确实读书不多，你就得过且过吧。

我虽然不属于规规矩矩的好学生，但每次考试成绩都不差，所以妈妈也不管我。她和当时的很多人一样，早已中了"读书无用论"的毒，她觉得我考得再好也没用，不惹事就行。

让我意外的是，虽然我让黄老师当众尴尬，她却没有"修理"我，还把我任命为语文课代表。我以小人之心猜度，这是想拉拢我吧？好让我不要老找她的碴。我并不买账。

有一天黄老师讲荀子的《劝学》篇，讲到那句著名的"青，取之于蓝，而青于蓝；冰，水为之，而寒于水"，她讲解说，这两句的意思是说，青这种染料是从兰草里提取出来的，颜色却比兰草更青；冰是水构成的，却比水更寒冷。

我又举手了。

她皱了一下眉头，意思是，又怎么了？

我不等她允许就站了起来，迫不及待地说："不能说冰是水构成的。"她问为什么，我说："冰不可能无缘无故构成水，必须有条件才行，也就是说，气温必须冷到零下才行。所以，应该说冰是水冻成的，冻这个字就包含了气温条件。"

我叽叽呱呱一口气说完,抑制不住地兴奋。她有些气恼。同学们又起哄了。这回,她狠狠白了我一眼,虽然两只手依然捧着书,但我能感觉到她恨不能把书砸到我头上。

学习委员张晓萍看不下去了,也许她是同情黄老师,也许是讨厌我这么出风头。她站起来说:"我认为(她很喜欢说我认为,一副少年老成的样子),虽然说冰是水构成的不太恰当,但是,说冰是水冻成的也不恰当。"

我很生气:"怎么不恰当了?"

张晓萍支吾了一下说:"反正很别扭。"

我哼了一声,没反驳出来。

放学后黄老师又把我留下来了。我站在她面前,默默等着她训斥,甚至还想了几句顶撞她的话。但她一直不说话,只是微微低着头坐在讲台后面。我看着她的头顶,她的头发真黑,别着一根大卡子。我心里开始发虚了。原打算"兵来将挡,水来土掩",可是她的兵和水都没过来。她不会哭吧?如果她哭了我会害怕,比训斥我还令我害怕。

差不多五分钟后,在我快要坚持不住想主动道歉的时候,她说话了,语气依然温和。她说:"你说得有道理,冰成为水是需要客观条件的。但是张晓萍同学说这个冻字很别扭,我也觉得别扭。"

我松了口气,问:"那你觉得该用什么词儿?"

她说:"我需要再看看书,以后再和你探讨。"

这是平生第一次,有人和我用了"探讨"这个词。我有些飘飘然。那一刻,我觉得黄老师人不错。

放学回家,我还是把此事告诉了妈妈。一来妈妈总是问,今天怎么样;二来,也是想嘚瑟一下。我也找不到其他人可以嘚瑟。

妈妈又批评我了:"你这样不好。我说过多少次了,咱们家的孩子要夹着尾巴做人,老这么出风头干吗?"

我说:"她本来就错了嘛,不能让她误人子弟。"

妈妈说:"我看你也是自作聪明。小心她收拾你。"

我心想，怎么收拾我？无非就是给我的作文打低分呗。低分就低分，高分拿来也没用。

那时我骄傲自满，半瓶水响叮当，因为我还不知道世上早已有了阿尔哈金。在阿尔哈金的光芒里，我如同尘埃。

不过我到现在也不知道，黄老师是从哪本书里看到的阿尔哈金。她只跟我说，是一本外国人写的书。自从她看了那本书后，像变了一个人，眼神都不一样了。

5

星期天一早，妈妈让我去排队买肉。

猪肉是定量供应的，每人每月半斤，但也是经常买不到。一般来说星期天会有。我们母女三个一个月就一斤半肉，妈妈还时常舍不得吃，买成腊肉挂在窗户上，等爸爸休假回来吃。可我们姐妹俩也正是长身体的时候，妈妈为了保证我们的营养，就学当地人去买黄鳝，切成丝炒辣椒给我们吃。有时候也买点棒子骨熬汤，好歹让我们摄入点蛋白质。

我去的时候，队伍已经很长了，我排在队末。突然，我发现排在我前面的人，手里拿了本书。我的注意力马上被抓住了，好像那书是块磁铁，我就是根钉子，嗖的一声就吸住了。

我凑上去，歪着头从下面去看书的封面，封面上写着"野火春风斗古城"。这书我听人说过，写地下斗争的，抓特务的，很好看。我踮起脚想去看内文，惊动了拿书的人，她一回头，竟然是黄大娥。

我非常尴尬地叫了一声黄老师。其实这声黄老师主要是冲着书叫的，如果她手上没拿书，我可能会嗯嗯呜呜地混过去。

黄老师说："你也来排队买肉？"我急切地说："你这书是从哪儿借的？"她说："从我一个朋友那儿。"我说："可以借给我看吗？"她把书往怀里靠了靠，好像怕我抢似的："恐怕不行，我朋友也是借人家的，人家只给他两天时间，他分了一天给我，说好明天一早还。"我说："那你拿低点儿嘛，让我和你一起看。"

我那语气就好像跟她是朋友，毫不客气地提出要求。实在是太想看了，口不择言。黄老师为难地说："可是，我已经看到第三章了。"我说："没事的没事的，你接着看，我不影响你。"

黄老师答应了，她尽量把书放低，让我的视线足以够到书。但她毕竟比我高，为了将就我姿势就很别扭，严重影响了阅读。片刻后，她索性蹲下来，让我也蹲下来，这样我们的视线基本持平了，我们俩便专心致志地看起来。

虽然从第三章开始看，我也很快看进去了。先看到在医院当护士的地下工作者银环告诉另一位地下工作者高自萍，上级新派来一位交通员杨晓冬，需要将他护送到工作地点。高自萍很不乐意，说了些阴阳怪气的话。然后又看到银环的姐姐金环把地下交通员藏在诊所的夹壁墙里，特务来了发现屋里有异常，要用尺子量那面墙。我紧张得不行，还好又看到杨晓冬机智勇敢地站出来应对，骗过了特务，保护了大家。

我一会儿生气一会儿紧张。真是奇怪，我是如此迷恋文字，迷恋文字构成的世界，一进入那个世界，我就忘了身处的世界。如同下雨天营造出的另一个世界。

当然，黄老师也一样，并不比我淡定，从她急切翻书的样子就可以看出来。所以我们俩都忘了排队这回事，后面的人悄无声息地绕过我们往前走，等我们察觉的时候，肉已经卖完了。

肉铺售货员大声喊着："后面的不要排了，没有肉了没有肉了！"

我们俩听到喊声，大吃一惊地站起来。我的腿已经麻了，不知道蹲了多久。黄老师尴尬地说："这下完了，要挨骂。"

我无法理解谁会骂她，她不已经是大人了吗？"谁骂你？"我问。她不好意思地说："我爱人。"她说"爱人"这两个字时，完全是含在嘴里的，好像不敢吐出来，搞得我也不好意思了，讪讪地"哦"了一声。

她合起书说："我得回去了，还要备课。"

她语气里有些歉意，但毫无商量余地。我平时很自以为是，此刻却不敢说"你把书借给我看吧",或者"我跟你回去看书吧"。我只能点点头,眼睁睁看着她把书装进挎包,把金环和银环都装进去了,就是没把我的眼睛装进去。

回到家,我挨了骂,毫无悬念。黄老师都要挨骂,何况我。但我因为看书挨骂的次数太多了,已经麻木了。不记得那一回妈妈是怎么骂的,肯定又说了那句她最常说的话:"全家就你认字!"

## 6

妈妈总怕我变成书呆子,她的理论是生活能力比分数重要。所以我一闲下来发呆她就给我派活,叫我去打牛草卖、筛煤灰卖,收入可以归自己。她大概希望我成为一个结结实实的劳动妇女,不管风吹雨打都能好好活着。她却不知我找书有多难,做书呆子也是需要条件的。

我家邻居有个男生,本来我们从不说话,某天我偶然得知他家有一抽屉的书,便涎着脸去和他套近乎,很快获得了借阅的许可。那段时间我一放学就往家跑,好像有根绳子在拽我的脚。读小学时我为了看书,专门选了有洞眼的课桌,把书藏在课桌抽屉里,透过洞眼一行行地看,一节课不抬头。老师告状后,妈妈便从此立下规矩,课外书只能在家看。

没有书看的日子很无聊,上学不上学都很无聊。看到其他同学聚在一起说笑,我就觉得他们很傻。多数时候,我一个人在小树林里转悠,低头看看草,看看蚂蚁,捡几片树叶拿回来夹在课本里。只有借到书的时候,我会蹦跶两下。

语文课,黄老师进来了,我比平时多看了她一眼,奢望着她走过来,从讲义夹里拿出那本小说递给我。当然,根本没有这回事,就是奢望。她呢,像什么都没发生似的开始上课。

这一节是作文课,讲记叙文。她照本宣科地讲了记叙文的几个要素,应当怎样开头、怎样结尾,还找了一篇范文来讲。

我的嘴巴又痒痒了,又想站起来了。因为这篇所谓的范文写得一点也不好，空洞乏味。虽然符合所谓要素，可是谁会喜欢看这样的文章呢？而且它还用错了一个词，它说"那美轮美奂的烟花在夜空中升起"，美轮美奂是不能形容烟花的，它是用来形容高大华美的建筑的（话说时至今日这个词也常被用错）。但我终于忍住了。看在黄老师让我看书的份上，我决定不再找她的碴。说不定哪天她会借书给我看呢。

下午放学音乐老师叫住我。她说："听黄老师说你字写得不错，来办公室帮我抄一下歌单吧。"高帽子一戴，我就跟她去了。

抄完歌单，我看黄老师也在办公室，正趴在桌上改作业，我就凑过去支支吾吾地说："黄老师，那个，那个《野火春风斗古城》……"她头也不抬地说："还了！"那语气果断冰冷，让我感觉她终于报复了我。

我尴尬地说："我知道你还了，我就是想问个问题。"她抬头："什么问题？"老师的本能，让她无法不搭理一个要问她问题的学生。

我说："那个高自萍，他不是男的吗，怎么取一个女人的名字？我们班的张晓萍、刘艳萍都是女生呀。"

黄老师说："这个萍是浮萍、萍踪的意思，是属于大自然的东西，并不是女人特有的。你不要一看到草字头就觉得是女生名字。比如'芳'这个字，不仅仅是芳香的意思，也有好品德好名声的意思，有个词不是叫流芳百世吗？所以很多男人也用它取名字，大军阀里就有个叫孙传芳的，还有个叫马步芳的。中国字，大多数都有多种含义。"

这是第一次，我从黄老师嘴里听到了我不知道的知识。我老老实实地"哦"了一声。

她忽然停住讲解，问我："你这么晚回家害怕吗？"我说不害怕。那个时候真不知道什么是害怕。她说："你等一下我送你。"我说："不用送。"她说："我就送你到胜利路口。"胜利路就是公路尽头进入城区的路，估计她认为大件路不安全。我没再拒绝。回家晚了有老师送，妈妈就不会那么唠叨。

路上黄老师说："我看出来了，你很爱看书，难得。以后有机会我帮你借书看。"她此时的语气和刚才完全不同了。

我大喜过望："真的吗？"她点点头说："真的。我可以到县图书馆去借书，听说那里书很多。"我心心念念地说："昨天那本书你看完了吗？后来怎么样了？那个高自萍有没有当叛徒？银环牺牲了吗？"她迟疑了一下说："这个，等我有空了再给你讲。现在我要给你布置一样工作。"

原来黄老师不只是为了安全，也是为了让我干活。她要我写一篇记叙文，就按她今天讲的那套规矩写。她说："你先写一篇，下周我布置全班同学写的时候，就先念你的作文，让大家知道是怎么回事，不然他们完全找不到方向。上次布置的作文好几个同学没交。"

我的臭德行又出来了。我说："我干吗要提前写？我不干。我就和大家一起写。"黄老师说："你是语文课代表嘛，你比他们写得好嘛。"

黄老师又给我戴高帽子了。我沉默了一会儿，脑子里突然闪出个念头："好，我答应你。但是你也要答应我一件事。"黄老师笑道："嗬，会讲条件了。什么事？"我说："你一定要找时间给我讲讲《野火春风斗古城》后面的故事，我太想知道后面怎么样了。我做梦都梦到银环被特务抓了，像江姐一样被敌人严刑拷打，然后金环和杨晓冬去救她……是这样的吗？你倒是给我讲讲呀。"

黄老师说："好吧，我去给你借书。"

我说："一言为定啊。"

## 7

两天后，我完成了那篇记叙文。老实说，我自己不觉得有多好，但毕竟是符合要求的一篇文章。结尾为了升华，我还引用了鲁迅的一段话，这让黄老师十分满意。

我去交作文的时候，办公室只有黄老师在。我窃喜，于是作文本还没递到她手上就问："黄老师你去图书馆借书了吗？"

很有点儿一手交钱一手交货的意思。

黄老师说："我去图书馆了，但是那本小说被借走了，其他也没什么小说，我就借了一本科普书。"我很失望，甚至有点生气，觉得她没尽力。她马上说："科普书也很有意思，可以学到很多科学知识。"

我心想，总不能比故事有意思吧？

黄老师见我不以为然，把手里的笔往桌子上一放，扭转身对我说："那天我们讲《劝学》篇的时候，你不是纠正我了吗？你说冰不是水构成的，有道理。但是，我们也没有找到更合适的表达。我很想搞清楚这个水，就去借了一本科普书来看，看了书我才知道，水里有好多好多秘密。"

"水里能有什么秘密？"我说，"一眼就能看到底。"

黄老师开始给我科普了："看来你和我一样对水不了解。水看上去的确是透明的、很平常的，但你想不到，水作为液体只存在于零度到一百度之间，低于零度就成了固体冰，高于一百度就成了蒸气。冰和蒸气才是水的两面大旗。宇宙中的水大多是以冰和蒸气形态出现的，液态反而罕见。没想到吧？所有星球里，只有地球上水最多，占了百分之七十，就像一颗水星，所以人类才选择了在地球上生存。"

黄老师滔滔不绝地讲了一大通，还夹杂着许多我从来没听过的生僻词汇，这让我终于产生了兴趣。没想到图书馆还有这样奇特的书，我以为那里都是故事书。

我说："借我看看嘛。"

黄老师说："我还没看完，看完给你。"

她拿起放在桌上的手表看了一眼，四点半了。她那只表只有半截表带，每次上课时她都会从口袋里摸出来，摆在讲台上。然后她开始铺纸、倒墨汁，同时絮絮叨叨地说："这两天实在是太忙了，哪有时间看书。学校马上要开大会了，我们班的决心书还没写好。"

我不想走，好像站在她身边就可以离书近一点。只见她小心翼翼移动了好半天笔，才写下一个"决"字，那字就像是一只趴在地下的狗，被她强行拖出来的。难怪妈妈经常训斥我的字"像狗爬"，果然是爬的。

我突然说："我可以帮忙。"她抬起头疑惑地看着我："你会写毛笔字？那天我在班上问的时候，你不是说你也写不好吗？"我说："我就是写不好,但是我妈写得好。我妈的毛笔字不是一般的好,我带回去让妈妈帮你抄。"

黄老师咧嘴笑了,眼睛都亮了:"那可太好了!那可是帮了我大忙了!这样,一会儿我送你到胜利路口。"我说:"那路上你可以给我讲书。"黄老师答应了。

我努力憋着笑,感觉自己的小心思得逞了。

## 8

从学校到胜利路口,也就是半小时。这半个小时里,黄老师继续给我讲她借来的科普书,好像那本书深深吸引了她,让她放不下。这次她没有再讲水,而是讲了光。于是,我在车子呼啸而过的公路上,在尘土飞扬中,遇见了阿尔哈金。

阿尔哈金在一千多年前就发现了光的秘密,他自己也像光一样闪闪发亮。他所处的时代,科学尚处于萌芽状态,人们通常是用模糊思辨的方式来解释或推理世界的,若解释不通,就简单归结为上帝行为。而阿尔哈金是第一个采用科学方法做研究的人,他不只是光学之父,也是科学方法论之父。他是人类历史上第一个坚持所有理论都通过科学方法来验证的人,后来的许多西方学者是站在他肩膀上的。除光学之外,阿尔哈金在数学、心理学及视知觉方面都取得了开拓性成果,他居然在那个时代,中世纪,就发明了针孔照相机。

但这位了不起的科学家,竟遭遇了牢狱之灾。

大约是公元1011年,阿尔哈金看到尼罗河每年一到雨季就泛滥成灾,民不聊生,饿殍遍野,便做出一个大胆预测。他说,只要借助水库和堤坝系统,就能控制住这条河流毁灭性的泛滥。而且借助这套系统储存的水,还可以用于漫长的旱季灌溉。

他的这一想象放在今天肯定是理所当然的,但在那个时候却属于史无前例,很难验证。大胆想象和预测,原本就是科学家的重要特征。他将他的这一预测构想写成文章发表了。当时的埃及统治者哈里发听说后,就把阿尔哈金召去,给他下令说:"既然你的预测那么好,你就去把那个水库做出来给我看看。"

阿尔哈金被带去参观泛滥区,一个又一个泛滥区都凄惨无比,他的脸色也越来越凄惨。他明白,自己的预测实施起来难度很大,几乎没有可操作性。但他不能承认他错了,一旦承认,那么,残忍的嗜杀成性的哈里发就会将他斩首。阿尔哈金只好装疯,他指望哈里发把他这个疯子扔到大街上。

哪知哈里发看到突然变得疯疯癫癫的阿尔哈金,并没有把他扔到街上,而是下令将他锁起来,终生软禁,不准他再享受自由,不准他再与公众接触。不知道哈里发是怎么想的,也许他认为终生软禁是一种比砍头更严重的惩罚。或许他还藏着一丝念头,说不定哪天阿尔哈金突然又好了,还可以派上用场。

总之,后人必须感谢哈里发对阿尔哈金的不杀之恩。当时阿尔哈金四十六岁,正是搞研究的黄金时期,所以坐牢后他继续搞研究,一边装疯,一边埋头撰写论文(万幸他还能获得纸和笔),一天也没有停止。那十年时间里,他写出了大量重要的科学论文,包括七卷本的《光学》。这部著作成为艾资哈尔大学(埃及最古老的高等学府)使用了一千年的教材,一直用到今天。

值得庆幸的是,十年后,公元1021年,哈里发去世了,阿尔哈金出狱,时年五十六岁。他继续搞科学研究。无论坐牢还是不坐牢,都影响不了他的大脑高速运转。接下来,他又有了重大发现,他研究了光的折射,通过试验把复色光分解为单色光。

阿尔哈金的故事如此好听,让我入了迷,以至于黄老师送我到公路尽头要告别时,我厚着脸皮说:"你再送我一段嘛。"

黄老师说:"不行,我作业还没改完。你也得赶紧回家,请妈妈帮我们抄决心书。"

她转身就走,忽然又回头笑道:"说真的还要谢谢你,要不是你在课堂上找我碴，我还不会去借书看。这一看觉得自己简直太无知了，都不配当老师。"

这番话，倒让我傻了。

## 9

当晚回到家，我给妈妈"传圣旨"，说我们班主任黄老师听说她的毛笔字写得特别好，想请她帮忙抄写一下我们班的决心书。我哪敢说是我主动揽回来的，只能拉大旗作虎皮。

那年月老师从不麻烦学生家长，所以妈妈很意外，也很不乐意。她干了一天活，晚上哪里还有精神写字？可是毕竟是我班主任说的，而且我还得罪过她。妈妈瞪了一下眼睛没有发作，只是有些狐疑地问："她从哪儿听说我会写毛笔字的？"我说："可能是哪个学生家长说的吧。"

妈妈无奈，只好把饭桌擦干净，铺上报纸，再铺开我拿回来的红纸。她拿起稿子看了几行说："狗屁不通！"

我连忙说："那个，她太忙了，你帮她改一下呗。"妈妈说："我才懒得改！你这丫头，什么时候开始帮黄老师说话了？你不是很烦她吗？"

我赶紧转移话题："妈，你的字写得太好了。"

妈妈的毛笔字真的非常好，应该叫书法。据说她还没上学就跟着外公写毛笔字了。外公的毛笔字在县城很出名，每年过年求他写春联的人要排队。妈妈就给外公当助手，外公忙不过来她就写，所以是有童子功的。我这辈子也别想赶上他了。

妈妈是个清高的人，让她抄写这样的文章，实在是委屈她。为了免去她的嘀嘀咕咕，我主动念稿子。念的时候，感觉黄老师的确写得不好，也许她也是抄来的。干巴巴的大话套话一句接一句，好像一捆木棍堆在一起，没有水，没有生命。我想，我以后一定不写这样的文章，太无聊。

幸好木棍不多，堆了一页半大红纸。看到妈妈把最后的"高一一班全体同学"几个字和年月日写好，我松口气，连忙小心叠起来，再用报纸包好，感觉拿到了尚方宝剑。

　　本来我主动提出帮黄老师抄决心书，是为了邀功，换取她给我讲书的时间，可也不知怎么了，后来发生的事却没按我预想的来，变得有些莫名其妙。

　　也许是因为一场夜雨？

　　早上起来，发现夜里下了大雨。妈妈拿出一双新雨靴给姐姐，说姐姐那双小了，给我。我很开心，我一直希望有一双雨靴，可以让袜子不再湿透。而且雨靴是高帮的，裤脚塞进去感觉很酷。我兴奋得不行，穿上雨靴简直是跑出了家门。

　　可那毕竟是一双旧雨靴，已经被姐姐穿了两年了，鞋底非常薄。我还没来得及耍酷，就发现坏了，鞋里进水了。不知是本来就磨穿了，还是我那天早上磨穿的，总之我刚刚走上公路，鞋里就开始咕叽咕叽响。我停在路边脱下鞋看，发现鞋底果然穿了，袜子湿透了，尤其是右脚，可以拧出水来。我很懊恼，拧干了袜子重新穿上，那感觉，比穿布鞋湿透了还要糟心。

　　突然，一辆大卡车飞驰而过，泥水溅了我一身。我冲着大卡车喊了一句："讨厌！"觉得不解气，又跺脚加了一句："烦得很！"

　　这后一句是和班上男生学的，但声音连我自己听起来都很细弱，瞬间被风雨吞没了。

## 10

　　到了学校，我先去找黄老师，偏偏黄老师不在。音乐老师说校长找她，她去校长办公室了。我拿出决心书放在她桌上，闷闷不乐地离开。如果，我是说如果，当时黄老师在办公室，她接过决心书，很高兴地说了谢谢，并答应我得空就继续给我讲书，事情或许会不一样？

　　我走进教室，棚子里潮乎乎的，每个同学都把湿气带了进来。我发现张晓萍和两个女生在看我，并且捂着嘴笑——张晓萍因为戴着牙套，特别喜欢捂嘴。我不知她们在笑什么,总不至于知道了我鞋底有破洞吧?鞋底破洞,只可能是天知地知我知。

我走到座位上,那个我总看不起的同桌小声跟我说:"你脸上有泥巴。"我脸一红,连忙把脸埋在课桌上,然后用手在脸上摸。那时候找面镜子很难,我们教室连块玻璃都没有。我摸到了脸颊上的泥巴,使劲搓,又撩起衣角擦,然后悄悄问同桌,同桌点点头,表示行了。我以后要对她好点才是。

上午又是数学又是化学,都是很头大的课。课间休息时,张晓萍很大声地在班上宣布,最后两节课是语文测验。

我很吃惊,我竟然一点不知道,黄老师昨天送我回去的路上一句都没提。我感觉自己被轻视了。好歹我也是语文课代表,而且我还帮她抄了决心书,她怎么能这样?

一早积攒下的负能量开始扩增,在心里堵塞着,让我有些透不过气。我站起来走出教室,往树林里走。整个脚被湿袜子裹着,极不舒服。我一直走一直走,好像跟谁赌气似的。这段时间雨水多,满山坡的落叶被雨水浸泡后,变成了褐色。雨又淅淅沥沥下起来,天好像漏了。雨水穿透树叶滴滴答答打在我脑袋上。我心里恨恨地想,有本事你倒是下大点,下个铺天盖地给我看看。

树林深处有一间小屋,里面堆满了工具,锄头、竹筐、扫把之类。我推门进去,找了张草席靠着坐下,迫不及待地脱下袜子,脚已经被水泡出了皱纹,冰凉冰凉。我心里冷不丁冒出一个妄念:不去上课了,管他考试不考试!

我把袜子摊开,把两只脚埋进草堆,眯上眼,不知怎么竟然睡着了,还睡得很香。是不是压抑的情绪容易引发睡眠?我还做了梦,梦见回到家告诉妈妈鞋底漏洞了,进水了。妈妈说:"不是给你买了新雨靴吗,你怎么还穿旧的?"我高兴坏了,一下醒了。原来是白日梦。

醒来我感觉肚子很饿,也不知几点了,就起身往回走。学校很安静。我进教室去拿书包,教室也空荡荡的,显然是放学了。

我拿起书包一回头，赫然看到黄老师坐在讲台上，正死死盯着我。她竟然这么沉得住气。

我呆住，看着她。她也看着我，我们就这么对峙着。好一会儿，她拿起那只断了表带的表抖了两下，声音也在抖："你知道几点了吗？你知道我等了多长时间吗？你干吗去了？为什么不参加考试？"

我心里很害怕，知道自己闯祸了，但表现出来的却是无所谓的样子。我倒腾着两只脚，鞋里被我垫了些草，很不舒服。我说："没干吗，不想考试。"

"不想考试？为什么？"她的声音更抖了。

我大声说："考试怎么样，不考试又怎么样？反正读完高中就下乡，读书好了也没用，没用！"

她呆呆的，那表情显然是被我的回答惊到了。我等着她劈头盖脸地训斥我，但她只轻轻叹了一口气，然后说："没出息，你真没出息。"

这句话刺伤了我，我噔噔噔冲出教室。

她在后面大喊："回来！给我做卷子！"

## 11

那可真是难忘的一天，虽然我并没有就此写一篇作文。

我饿着肚子，老老实实坐下来完成了语文测验，然后被黄老师押回家。雨似下非下，我把书包抱在怀里，任雨淋着。妈妈总是说不要怕淋雨，小孩子淋雨可以长高。黄老师也没拿伞，不知她的母亲是怎么和她说的。我很饿，很委屈，想哭，可是是自己旷课犯事的，没道理哭。我强忍着眼泪，黄老师说什么我都不应，我怕一应会哭出来。

黄老师说："突然找不到你，我真是很紧张。你从来没缺过课。"

黄老师又说："校长找我谈话了，说我放松课堂纪律，还说我不该老看外国人写的书，还讲给学生听。"

我们就这么一前一后地走着。天阴沉沉的，乌云压在头顶，也压在我心里。一想到回家后还有一顿臭骂在等我，我就更难过了。

忽然，我感觉到了异常，一抬头，竟看到天边有一束奇特的光。那光穿透乌云直射下来，无比耀眼，将灰黑色的厚厚的云墙刺了一个大洞，光芒如白剑刺向大地，照亮了眼前的一切。

我傻傻地看着。

黄老师在我身后说："阿尔哈金的光。"

她的声音有些颤抖。我懂，我真的懂。她是想说，是阿尔哈金发现了光的秘密，阿尔哈金揭示了光的定律。

阿尔哈金是人类史上第一个精确描述空气如何使光弯曲或折射的人，也就是说，他发现了光的折射定律。在阿尔哈金之前，古人对于光学，即光是怎样的，人是怎么看到光的，有三种观点，分别是进入说、发射说和相遇说。其中古希腊学者伊壁鸠鲁主张的是进入说，认为是物体发出影像到达人眼产生视觉。但各持己见的人们谁也拿不出确凿的论据支持自己的观点，三种观点一直争论不休，直到阿尔哈金出现。

生活在中世纪的阿尔哈金，竟然史无前例地运用科学实验，支持了伊壁鸠鲁的"进入说"。他认为视觉纯粹是光进入眼睛的结果，眼睛本身没射出任何东西。他还说光是由细小的、直线运动的粒子流所构成的，这些粒子来自太阳，遇物体而反射。他还指出，光速虽然很快，但也不是无限的，是有限的可测定的。多么了不起。

阿尔哈金在经过严谨的观测和计算后，证明了大气是如何造出曙光的，他指出第一道曙光开始于太阳在地平线下的19度（与今天经过科学考证的18度几乎一致）。太神奇了。他还运用复杂精确的几何计算，确定出了地球的大气层高度数值为79千米。在当时，没有任何人对空气向上延伸多远有一丝线索，甚至不知道空气向上有没有尽头。可是阿尔哈金却计算出了具体数值（这个数值与科技时代所测定的84千米仅误差5千米）。

黄老师讲这些的时候，一直看着天空。我也一直看着天空，我们的视线在天空中交集，我们一起膜拜着千年前的先贤。

最后黄老师长叹一声说："阿尔哈金在一千多年前就对光有了如此高深

的研究，可是我们一千多年后还糊里糊涂的。我们在光的照耀下活着，有了光我们才看清这个世界，可我们却不知光为何物。光是多么神奇！光穿透我们的身体直接把我们的心照亮，光让渺小变得动人，光让暗处熠熠生辉，光可以把沮丧变成希望。有了光我们就不再惧怕黑暗了，因为光让我们知道，黑暗是暂时的，光是永恒的。"

她突然把视线从天空收回，定定地看着我："你真的觉得读书没用吗？世界那么大，天空那么大，光那么迷人，你不想去了解吗？我都好想重新进教室，坐在下面听老师讲课。你不晓得，我高中只读了一年，我的眼睛太需要光了。"

我摇头，又点头，不知该作何回答。再抬头时，天空已经变成了浅蓝色，云团一层层漾开，满天都是鱼鳞云，美极了。光在天空中肆意挥洒，为我们作画。也许片刻后它会消失，但它在那儿，一直在。我知道，我终于知道了。

黄老师又说："你要知道，光不仅仅来自天空，也来自……"

最后几个字还没说出来，一辆大卡车突然飞驰而过，泥水竟然溅到了我们两个人的脸上。我看着黄老师的花脸忍不住想笑，大泥点子像个逗号一样挂在她腮帮上，可是她却率先大笑起来："哈哈哈，你看看你，脸上有个叹号！"我也大笑起来说："你看看你，脸上有个逗号。"

我们两个就在光芒四射的天空下，捧腹大笑。

原载《万松浦》2023年第3期

海 飞

# 暴雨倾城

海胖天穿着青色的长衫，正在十五奎巷南头的鼓楼里神采飞扬地说书。这儿就是自南宋开始，著名了几百年的候潮门勾栏，这里每天都上演着杂耍和弹词、评话，以及咿呀小曲。在这样热闹的场景里，他觉得十分孤独，手中的王星记绢扇无力地摇动了几下。他突然看到一场民国二十九年的暴雨急匆匆地从钱塘江上移向鼓楼。那天台下正中的位置，坐着一位戴墨镜穿绸裇的先生，他叫何可以，身子浮肿得像一个发酵过的面粉团，身边跟着两个皮影一样的随从。

海胖天看到雨着急忙慌地赶来，突然像瀑布一样挂在了书场的朱漆雕花木格子窗前，一大片的水气就飘浮游荡了起来。他的眼皮子不由自主地跳了几下，于是拿起一把紫砂壶，对着壶嘴畅快地喝了一口酒。他酷爱东浦产的黄酒，说书的时候喝点黄酒，就能把那些故事说得酣畅淋漓，语速张弛有致，语调抑扬顿挫。所以他的紫砂壶从来不是用来喝茶的，而是用来装酒的。在他寒碜的坐落于运河边富义仓的那间租来的小屋里，一扇破败得随时都会散架的床板下，整整藏了十八坛东浦黄酒。每个酒坛上贴一张黄纸，上面是他亲自书写的三个字：苏伶醉。

多年以后，海胖天仍然能记得那场暴雨倾覆了杭州城。他刚好说到了南宋年间，临安城的市井闲人陈平安在候潮门勾栏里听说书人海青说书，突然被人错认为是机速房的细作接走……他刚想举起醒木拍响的时候，一声清脆的枪响先声夺人地回荡在书场里。汪伪特工总部新上任的杭州站站长何可以脑门上多了一个血洞，他的眼镜耷拉下来，整个人像一件松垮的衣服一样，随便地搭在了椅子上。海胖天举起的醒木，就半天没有拍下去。在杂乱无章的人群中，他看到一个头发烫着波浪卷的女人，匆匆地朝他瞥了一眼，转身被骚乱的人群卷得不知去向。海胖天怅然地站在台上，很久以后才想起，这个叫安娜的女人，就住在运河边富义仓附近。他们应该都是租客，游手好闲的少爷江枫是他们共同的房东。只不过安娜是住在向阳而干燥的楼上，而他住在杂物间隔出来的黑暗得不见天日的小屋里，阴冷潮湿得像是地狱。也就是在那一刻，海胖天认定了，刺客一定是这个叫安娜的不熟的老熟人。

那天日本宪兵匆匆赶来的时候，书场里已经没有几个人了。海胖天索性坐下来，挑了窗边的一张椅子喝酒。那个姓苏我的宪兵队长，边扯下雪白的手套边向海胖天走来，并且在他面前坐了下来。他们是老熟人了，那是因为苏我喜欢来书场听海胖天说书。他们没有说话，苏我往一只杯子里倒了一些海胖天紫砂壶里的黄酒，喝了一口后说："这是共产党在锄杀叛徒。"

海胖天说："同我有什么关系？"

苏我队长又说："何可以这个叛徒，该死。"

海胖天又说："同我有什么关系？"海胖天心中想着刚才在台上说了一半却没有说完的《临安诀》，那个故事是"临安谍梦"的一部分。南宋的临安皇城，也就是现在的杭州城，杀机四伏，宋金两国的特务出没，曾经在河坊街发生过一场惊天动地的刺杀李宝将军案。

"海桑，你在想什么？"苏我队长盯着海胖天问。海胖天长叹了一口气，望着窗外被暴雨卷起的水气，给苏我又倒了一杯酒说："苏我君，你们跑那么远来杭州凑什么热闹？"

苏我队长想也没想便说:"军人使命。"

海胖天说:"使命个屁。"

苏我队长就说:"海桑不要说脏话。"

苏我队长又问:"海桑的酒,为什么取名叫苏伶醉?"

海胖天就说:"同你有什么关系?"

那天他们一直在喝酒,海胖天后来用酒勺在说书台下他常备的酒坛中又吊起了一壶酒,和苏我队长忘乎所以地喝了起来。苏我队长命令士兵对所有在场的人员进行盘问,所以在海胖天后来日渐模糊的记忆中,仍然能记得那天一队日本宪兵刺刀上的寒光。海胖天喝得有些摇摇晃晃,最后站起身来走到了台前,猛地一拍醒木,开始对着凌乱的书场说起一段往事来。

只见那陈平安大摇大摆地走在河坊街上,手中不时地抛起刚刚顺手偷来的那把短刀。短刀的刀柄上镶着玛瑙,很是考究。他顺着河坊街,蹿入十五奎巷,此次是要去候潮门勾栏听说书人海青说书。那天他心下高兴,是因为他刚刚在皮市巷的赌馆里赢了不少银子。没想到他刚刚蹿入十五奎巷,突然一只手搭在了他肩上。陈平安回转头,不动声色地说:"兄台有何贵干?"那边的人皮笑肉不笑地说:"跟我走。"

陈平安被扔进一间黑屋,真个是伸手不见五指,后来他面前突然腾地燃起一团火苗。一位清瘦的年轻人出现在他面前说:"高先生吉祥。"陈平安后来知道,他偷的那把短刀的主人,就叫高津渡,是潜伏金国回临安城领命的南宋细作……年轻人说:"有人要刺杀李宝将军,我们必须把这个刺客团伙一网打尽,你有没有信心?"

陈平安说:"我干什么都有信心,主要看你们给我多少银子。"陈平安一边说,一边望着墙上燃着的油灯,他猛然想起,今天是去听海青先生讲书的。于是陈平安沉着脸说:"马上把我送往候潮门勾栏,我要去听一场十分重要的说书。不然的话,我一旦生气,后果会很严重。"

年轻人果然被陈平安唬住了,说:"保护李宝将军的事……"陈平安不急不徐地说:"保护李宝将军,缉捕行刺团伙,包在我身上。"陈平安突然就觉得自己雄心万丈,但他觉得自己忘了说一件事,于是他又猛喝了一声,"给我备一坛酒。"

那天的绍兴黄酒装了一坛,连同陈平安送到了候潮门勾栏,也就是海青在鼓楼的书场。陈平安听海青说书,边听边喝酒,喝到后来就有些神志不清。一直到听书的人全部散去,海青才站到了他的面前,脸色阴沉地说了两句话,第一句是,没有酒量,逞什么能。第二句是,给我也来一杯。

陈平安醉眼蒙眬,说:"你再给我说一段,我想听关云长刮骨疗伤。"海青于是坐在他对面,边喝酒边开始说书,说了没有一袋烟的工夫,他突然停了下来,说:"你为什么要我说关云长?"陈平安说:"我特别追随关云长,他不仅武功高强,更重要的是他还是武财神。"海青就说:"你为什么那么贪财?"于是陈平安笑了,很久以后,他的笑声停下来。他十分正式地说:"其实不是贪财,我只是想看看假如我有了钱,我还有没有兴趣到机速房去上班……"

那天的雨下得有些忘乎所以。时光已经一寸寸过去,转眼窗口就已经迎来了潮湿的黄昏。苏我队长和海胖天都喝得差不多了,苏我队长大着舌头说:"等到战争结束了,我邀请海桑去我的家乡奈良说书。"

海胖天就说:"难道那时候奈良人已经能听懂汉语了?"

苏我说:"韵律,你说书有韵律。听不听得懂,都不重要了。"

这时候一个女人的尖叫声响起。海胖天扭过头看向书场的中间。那个看上去二十不到的女孩,像是染了伤风似的,不停地颤抖着。刚才有一个宪兵摸了她,让她难以忍受。她再一次的尖叫响起来的时候,那名不耐烦的宪兵小队长突然掏出手枪在她脑门上开了一枪。鲜血溅到了小队长的脸上,他十分厌恶地掏出一块手帕认真地擦了起来。

海胖天就盯着苏我说:"是不是太过分了?"

苏我笑了,摇着头说:"过不过分,你说了不算,我说了算。"

苏我接着又说:"刚才是枪支走火了,肯定不是故意的。"

苏我队长喝得有些多了，脚步难免有些踉跄。他站起身来，走到死成一摊烂泥的何可以身边，踢了他一脚。然后他朝宪兵们一挥手，宪兵像一串蚂蚱一样，跟着摇摇晃晃的他下了楼。苏我觉得在这样一个暴雨倾盆的黄昏里，非常适合想念奈良。他精通中国文化，知道那句"独在异乡为异客"的古诗。那天苏我队长一无所获，但是他无所谓。他觉得宁静祥和的杭州城似乎也涌动着无数的暗流。至于那个叫何可以的叛徒，苏我队长对此不屑一顾。他想，杭州特工站少了一个站长，上海七十六号总部随即就能再派一人过来。

海胖天其实一直站在二楼书场的窗前，望着楼下日本宪兵在大雨中登上一辆军用卡车的场景。车子开走了，冲破了雨阵，然后一切都归于平静。海胖天颓丧地在窗边再次坐下来，对着说书台下面的安娜说："出来。"

那天已经是掌灯时分了。安娜从盖在说书台上的那块绿色绒布下面钻了出来，所有的灯光就扑向了她，落满了她的旗袍。她整理了一下头发，还十分轻地咳嗽了一下，然后走到已经醉醺醺的海胖天身边，说："你说书台下面的那坛酒，刚才被我喝掉了一吊子。"她和离开的苏我队长一样，也为自己倒了一杯酒。安娜一口气喝完了一杯酒，把酒杯在桌上蹾了一下，擦了一把嘴角的酒水说："酒是好酒，什么牌子的？"

海胖天就说："是绍兴东浦产的黄酒，我自己取的名，叫苏伶醉。"

安娜说："为什么叫苏伶醉？"

海胖天说："同你有什么关系？"

安娜就不再说话，她连喝了三杯酒。后来她的目光落在醉眼蒙眬的海胖天身上，笑了一下，说："我有一个女儿的，叫江小欢。"海胖天就说："我晓得的。"安娜又说："她十岁了，我和她相依为命。你都看到了，我是干什么的。"海胖天说："同我有什么关系？"安娜说："我女儿说，你经常在楼下天井里吊嗓子，练说书。"海胖天就说："你究竟想告诉我什么？"安娜就又笑了，说："如果我有什么不测，你领养她？"

安娜又说："都说胖的人善良。"

雨声收起了，安娜也消失在长长的街道上。安娜离开书场之前，海胖天突然莫名其妙地对她说："喂，我的祖上，也是说书的，叫海青。"安娜的脚步就停顿了一下，但没有回头，后来继续往前走去，走到楼梯口就下了楼。海胖天索性继续喝酒，喝到夜晚正式来临，他望着窗外跳跃的灯火，突然感到春天已经嚣张得有些愈演愈烈了。不远处传来一些虫蛙的鸣叫，海胖天继续给自己灌酒，在喝得瘫软在那张圈椅上的时候，他终于想起了一个姓苏的女子，以前是在候潮门书场唱弹词的，后来参加队伍，听说是牺牲了。而海胖天这个三十六岁的老光棍，总是对她念念不忘，于是在酒坛上标上了苏伶醉的酒名。

这时候一道闪电亮起，海胖天猛然记起，今天惊蛰。隐隐的雷声传了过来，而暴雨再一次从钱塘江上移向了书场的上空。

在密集的雨声中，他瘫软在那张椅子上，开始用杭州话大声朗诵《满江红》。书场老板和几个伙计慢慢走了过来，围在了他的身边，先是默不作声地看着他，接着和着他的声音，开始齐声朗诵："壮志饥餐胡虏肉，笑谈渴饮匈奴血。待从头、收拾旧山河，朝天阙……"

雨声掩盖了所有。

原载《芙蓉》2023 年第 4 期

郑小驴

# 衡阳牌拖拉机

## 1

我们在废弃的老仓库前捉迷藏。那阵全水车的孩子都痴迷于捉迷藏。我们已经厌倦了滚铁环、抽陀螺、打宝和弹弓了。这世上还有什么抵得上捉迷藏的紧张刺激呢？隐伏于暗处，焦虑不安地等待对手的到来，生怕被发觉，又担心过于隐秘而被人遗忘。即使寒冬腊月，我们手心和头顶也都是汗。

西北风透过老仓库破败的门窗，发出阵阵惊恐的呼啸声。风力再猛点，屋顶的黑瓦保不齐就要被掀走了。即使这样恶劣的天气，也抵挡不住我们捉迷藏的热情。一群小伙伴站在老仓库的门前，个个脸上红扑扑的，鼻下都挂着两条长长的"红薯粉"，寒风吹来，鼻涕摇摇欲坠，眼看要断，千钧一发之际，只听到一声清脆的吸溜声，鼻涕又缩了回去。这需要技术，也讲究分寸，谁要不小心掉胸襟上了，保不齐会挨我们一顿白眼。

我们中要数火鸡最强壮，寒冬腊月，他还穿着雪莉大前年织的毛线裤，凉拖鞋，光着脚丫子，裤脚已经磨掉一大截。我从来没见他穿过袜子，脚丫子冻得像红萝卜，每瞅他一眼，我就忍不住打哆嗦。我们没好气地说："穿那么少，不冷啊？"火鸡嘿嘿傻笑，他不仅不冷，还脸色红润，从不感冒，用我妈的话说，他皮肤就像刚剥壳的春笋。他只需稍微动一动，头顶就冒热气，像个内力深厚的武林高手。这家伙，让人打心底嫉妒。

我们猫在老仓库屋檐下，都仰头望向屋檐。屋檐挂着一长溜冰凌条儿，亮晶晶的，像一把把寒光闪闪的长矛头。老六找来竹竿，敲下，每人手里都握着一条，像握着火把，有些烫手。我们兴奋地比画，比谁的长，谁的硬。我忍不住用舌头舔了下，有点甜，凉凉的，粘舌头，嘎吱嘎吱嚼一口，冷意袭来，满口寒意，牙龈痛。西北风呼呼地刮着，吹得地上的枯枝败叶四散而逃。数九寒天，连狗都懒得出窝了，只有我们还在外边疯，把大人们的呵斥当耳边风。

这一局轮到郑妹找人了。火鸡用那块黑乎乎的毛巾紧紧绑住郑妹的眼睛。那块毛巾是火鸡从二先生拖拉机的工具箱里偷来的，沾满了机油，乌漆抹黑，散发着一股奇怪的气味，只要绑住眼睛，什么都莫想看清。郑妹一个劲喊："轻点，轻点呀，眼睛痛！"火鸡没理她，绑得紧紧的，还打了个死结。郑妹双手乱抓乱舞，火鸡趁她不备，往她头上赏了两个爆栗，声音很清脆，像熟透砸在地上的板栗。火鸡敲完撒腿就跑，郑妹大声骂道："火鸡，你娘的！"伸手要去揭毛巾。月宝呵斥："你莫要赖呵，再耍赖把你推进塘里试试。"郑妹哪个都不怕，就怕月宝。月宝有次真把她推进了水塘。郑妹就停止手上动作了，噘起嘴催促说："都藏好了没？我喊三二一——"

大家纷纷作鸟兽散。老六跑得最快，他跑到水井旁边的稻草堆，像小猪拱白菜似的，三下两下就钻了进去，顺手抓来两个稻草垛，往头顶一罩，严严实实的，这下连他家的黑狗都找不着他了。我打心眼里佩服老六。月宝钻进老仓库塌陷的地板下，他弟弟星星也想挤进来，被他一顿大白眼，没好气地轰走了。星星四处张望一番，决定躲进柴火垛，挪了一把茅草，潦草地遮挡住了身子。

我正发愁往哪儿藏，抬头一眼就瞥见火鸡，他正沿小土路飞跑。前方是个小坡，坡上停着二先生的衡阳牌拖拉机，旁边有棵苦楝树。他好像早就想好了，径直奔向拖拉机，没有丝毫犹豫。拖拉机自从秋天开始，和苦楝树一样，就在这里扎了根。据说哪个地方出了故障，二先生鼓捣过几回，也没解决问题。那可是一辆衡阳牌拖拉机啊，墨绿色的车头，锃亮的挡把，高高的座椅，即使趴了窝，也威风凛凛，比长顺爷爷的大黄牛牛气一百倍。去年春夏，它还生龙活虎的，轰隆隆，轰隆隆，整个山谷都被它惊醒了。平素龇牙咧嘴的狗，都吓得钻进狗窝，探出半个脑袋，屁都不敢放一个。鸡鸭鹅扑扇着翅膀，落荒而逃，满地毛羽，四处飘飞。它们打娘胎起就没见过这样的怪家伙。

　　只有我们不怕。听见轰鸣声，就晓得二先生回水车了。那声音如此悦耳动听，让我们个个热血沸腾，呼啦呼啦地冲出家门，去迎接二先生的拖拉机。有时忍不住会攀爬上去，试一下坐拖拉机的滋味。最难忘的一次是有年开春，拖拉机满载着化肥从小石拱桥上驶过。小石拱桥比长顺爷爷的背还驼，拖拉机开足马力，从桥头冲上去，我们就像一个个小土豆似的高高扬起，屁股悬空，双手乱抓，突然一股从未有过的激流从胯间涌过，像触电似的酥麻，电光石火间，拖拉机已经越过桥身，重重地落在桥尾。我们脸上都红红的，那种神秘的体验谁都羞于描述。

　　也不是每次都敢去爬二先生的拖拉机。大多数时候，我们刚攀爬上来，还来不及站稳，二先生扭过头来，狠狠瞪我们一眼。刚打了一通宵的"升级"，可能还输了钱，他的眼睛红亮，像两颗烧红的火炭，吓得我们慌忙跳下去。

　　拖拉机开得不快，我们继续追着它跑，直到它在老仓库门前停下来。停下来它依然嗷嗷嘶叫，像头负伤的巨兽，直到熄火，它才彻底安静。车头还是热的，摸上去烫指头，余怒未消的样子。空气中弥漫着一股好闻的柴油的味道，我们贪婪地呼吸着。1993年，柴油是世界上最新鲜好闻的东西。

　　二先生经常开着这辆衡阳牌拖拉机往返于枫树、水车、青花滩和石门一带，回来的时候，拖拉机装满了煤球、化肥或水泥。赶集时也拉人，拖斗里挤满人，连插筷子的地方都没有。大冷天，大家都将手拢在袖口或裤兜，嘴里叼着烟，拉家常，讲荤话，偶尔爆出一阵笑声。拖拉机上青烟缭绕，像着了火似的。老六爹经常被人开涮。"昨夜听说你和老婆犁田了？"老六爹叼着烟，眨着眼，也不生气，只怏怏地笑。老六上幼儿园，夜里醒来，发现他爹趴在他娘身上，他听见娘在哼唧哼唧，很痛苦的样子。他大声喊："爹，你干吗欺负我娘！？"吓得他爹一个猛子翻下床，慌忙哄他说："我和你娘刚才在商量犁田的事。"第二天，老六就把这事告诉了月宝，月宝又告诉了火鸡，不过一两天，全水车都晓得了昨夜老六他爹"犁田"的事了。水车人经常打趣，昨晚田有水没？犁快不？犁有没有劲？

这样的荤话水车人都讲，只有二先生不讲。二先生穿皮鞋，擦得锃亮的。穿西服，偶尔还要扎领带。一头乌亮的头发，整齐地往后梳着，有时还抹上摩丝。他是全水车最洋气的人，很招女人喜欢。他家三兄弟，他排行老二，起先大家都叫老二、老二，后来才晓得老二就是那家伙。那家伙来脾气时也很神气，但更多时候垂头丧气。

也不知谁先改口叫二先生。二先生果然很受用。叫二先生，他笑容满面，还会递根长沙烟；叫老二，保不齐会黑脸。黑了脸的二先生以后就甭想劳烦他了，毕竟全水车就他开得动这辆拖拉机。拖拉机一响，脾气再大的人也不敢不听二先生的话。二先生叼着烟，双手掌控着方向盘，牛气冲天地朝石门方向开去。他嘴里的烟仿佛没断过，抽完一根，马上就会有人补上火力。他的两只耳朵也没闲着，耳轮上永远夹着两根烟，随时待命。

## 2

火鸡双手攀住拖斗的门板，小腿一蹬，麻利地上了车，紧接着小身板一闪，人就隐没在拖拉机拖斗里。拖斗有雨篷，里面堆着干稻草，那真是一个谁也不敢怀疑的藏身好去处啊。我有点艳羡火鸡了。怪不得大家说火鸡有两个胆。上次他偷了五毛钱，被他妈雪莉发现，举着一把荆条，扬言要他屁股开花。火鸡一溜烟爬上老仓库的屋顶，一顿脆响，黑瓦嘎吱嘎吱往下掉。雪莉就他一根独苗，她膝盖发软，差点要哭了，求爹爹告奶奶，好话说了一箩筐，哀求他下来。火鸡说："我才不下呢，下来你就会打死我。"雪莉再三保证，火鸡说："我就信你一回，你说话要当真，不然我就跳下去。"

火鸡不怕他妈，只怕二先生。要是二先生晓得火鸡藏在他拖拉机上，保不齐赏他一记耳光吃。平时大伙谁也不敢靠近拖拉机，更不用说在拖拉机上耍了。有回我们在拖拉机旁边玩，大老远就听见一声暴喝："快给我滚，一会儿让我逮到，给你们脑袋调个方向。"我想要不是二先生一个冬天都没在水车露面，给火鸡二十个胆，他也不敢躲在拖拉机上。

老仓库阁楼上有架破风车，转轴和木页早就坏了，还瘸了条腿，用两块红砖垫着。我很小的时候，风车就摆那儿了。之前怎么没人想过躲在风车的谷仓呢？我灵光一闪，小心翼翼爬上风车，像只小狗似的蜷伏在谷仓里。要不是我个头小，那么狭窄的谷仓根本没法藏身。我听见郑妹在外边拍着手掌喊："哈哈，水壶，我看到你了，快出来吧！"我才不信你的鬼话呢。我心想。寻人的时候，大家都会说些类似的话，虚张声势，想打草惊蛇而已。之前我可没少上当，听到喊声就乖乖就范了。这回天塌下来，老子也不会再犯傻了。我蹲在风车谷仓里，屏息凝神，四周一片静谧，只听见隔壁老六家猪圈里母猪一直在拱栏。他家今年养的母猪一点不听话，已经拱坏几次猪栏了。房梁上偶尔有几只小老鼠追逐打闹，抖落几缕草屑。

风车积满了灰尘，散发着一股陈年稻谷混合着灰尘的霉味。味道有些刺鼻，我的鼻孔痒痒的，仿佛有无数条小虫子在爬。我捏紧鼻子，使劲憋住喷嚏。耳朵里的嗡嗡声消失了，母猪安静了，郑妹的喊叫声也消失了，万物僵死。她也许就藏在附近，正蹑手蹑脚竖起耳朵听周围的声响呢。我们经常靠一些细微的响声来判断对方的藏身之处。我一动也不敢动。

果然传来郑妹的欢呼声，原来星星最先被发现了。星星闷声闷气地说："这盘不算数，是你搞鬼。"郑妹得意地说："谁让你先动的。"她咯咯地笑着，拍打着小手，去找下一个了。我有些担心她上阁楼来，听了半晌，屋外又传来她的欢叫声："找到啦找到啦,不要再藏啦!"原来藏在稻草垛的老六被她找出来了。郑妹怎么晓得老六藏在稻草垛呢?难道她作弊了?正当我胡思乱想的时候,又传来郑妹的喊叫,原来藏在楼板下的月宝也暴露了。

月宝和老六、星星站在老仓库门前,几个人叽叽喳喳说个不停。不用猜我也晓得他们的鬼把戏,他们暴露了,现在倒打一耙,反倒帮起郑妹的忙来。果然我听见他们大声呼唤起来:"水壶,火鸡,出来咯,都出来咯,我看到你啦!游戏结束啦!"

尖啸的寒风从窗户透进来,风大得像要将老仓库吹跑。这会儿我已经习惯霉味,不再打喷嚏,只觉寒意彻骨,身子像纸片一样薄,浑身忍不住颤抖。这会儿要是坐在温暖的火塘前该多好,再往旺盛的火塘丢几个地瓜、板栗,煨熟,掰开,空气都是香甜的。这样想的时候,我感觉饥饿也如影随形。我想吃地瓜,想吃腊肉,想吃猪蹄,想吃猪血丸子,想吃刚炸的油渣。我吞咽着口水,喉结和肚子不争气地发出咕咚声。

我偷偷将头伸出谷仓,透过阁楼破败的窗户,看见火鸡依然伏在拖拉机的拖斗里。他用稻草盖住身子,只露出半个脑袋,要不是我站在高处,还真难发觉。既然火鸡还没暴露,我无论如何也不能认输。我铁了心要让他们看看我的厉害。他们到处鼓捣,想把我们揪出来,其间上了好几趟阁楼,到处翻找,谁也没发现我。我心里暗暗得意,这真是一个好藏处,谁也没料到我会藏在这架破风车上。他们找了半天,都有些泄气,嚷嚷起来。"再不出来,我们都回去啦!"这是老六的声音。"回去啦!回去啦!"月宝也在附和。过了一会儿,四周安静下来,我竖起耳朵听了一会儿,原来他们在马路上踢起了毽子。我猜不准他们是真的放弃了,还是故意引蛇出洞。我也想踢毽子,踢毽子暖和。

上回踢毽子还是立冬那天。月宝家杀鸡,我们用刚拔下来的鸡毛做了个新毽子,在老仓库前玩得热火朝天。刚刮了一夜的大风,老仓库前满阶黄叶,已经穿得稳厚外套了。我们的欢呼声穿过银丝般的细雨,声浪一阵高过一阵。正当我们玩得起劲，老六猛的一脚，鸡毛毽子顿时飞出去丈把远。我们愣愣地望着鸡毛毽子高高扬起，在空中画出一道漂亮的抛物线，最后稳稳落在二先生的拖拉机上。

细雨霏霏，四周除了我们几个，只有老六家湿答答的老黑狗和月宝家那群在小路边觅食的鹅。那是群趾高气扬的鹅，每次有人路过，它们都会拍打着翅膀伸长脖子啄人。我被它们啄过一回，屁股麻辣火烧，好半天还痛。哦，还有一只灰喜鹊，沉默地蹲伏在光秃秃的苦楝树上，像是个看把戏的。我妈说，这世上什么鸟都可打，唯独喜鹊不能打。喜鹊是报喜的，你打它，以后就没你的喜事了。我妈说的话我都当耳边风，唯独这句话我牢牢记住了。我们观察了一番，都心照不宣地朝拖拉机走去。雨越下越密，有些冷，冻得起鸡皮疙瘩。前两天，虽是阴天，但还没落雨，气温也没这么低，我们几个在收割后的稻田放鸭子，捡来一些干稻草，将地窖里偷来的红薯丢进火堆，煨红薯，摔跤，捉泥鳅，玩了个痛快。想起那堆旺火，我下意识摸了下裤兜，那盒洪江牌火柴还在，还剩大半盒呢。

鸡毛毽子落在车斗上，火鸡爬上去，很快取了下来。取走鸡毛毽子，谁也没要走的意思。冬日雨天，也没什么农活，大人们都猫在家里闲谈、打牌，没人留意我们。我们坐上驾驶位，像串小猴子似的，坐的、挂的、爬的、攀的都有，每人轮流坐一下主驾驶位。我想象着自己正在驾驶这台铁家伙，嘴里发出嘟嘟嘟响亮的声音。老六突然冷不丁说："你们晓得不，柴油点不燃呢！"我们都停下来，愕然地望着他。"胡说，柴油怎么点不燃！"月宝说。我也不信。我家每晚都点煤油灯，划根火柴，小火苗嗖嗖往上蹿。既然煤油能点燃，柴油就没点不燃的道理。老六见我们不信，说："你们自己去看。"

我们围着油箱，轮流将头探向油箱口。歪脖子加油孔口径有搪瓷杯粗，凑近了看，能看见大半箱黑乎乎的油，上面漂浮着几根惨白的火柴棍。我们都倒抽一口冷气。果然如老六说的，有人用火柴试过了，没有点燃。好几根火柴棍，说明有人试过多次，都没成功。

"是不是你干的？"月宝盯着老六说。所有目光都望向老六。老六慌了，发誓说："要是我干的，我是你崽。"月宝说："不是你干的，你怎么晓得油箱里有火柴棍？"我们都附和说："是啊，你怎么晓得火柴点不燃，莫非你亲眼看见？"老六小脸憋得通红，说："是真点不燃，我亲眼见的！我也很纳闷，为什么柴油点不着呢？"我们说："你见谁试过？"老六瞟了我们一眼，咬了咬嘴唇，欲言又止的样子。月宝催促说："你快讲啊！"我们都很好奇，纷纷附和，催他快点讲。老六脸上露出一丝诡异神色，说："你们发誓不讲出去？"我们用力点点头，纷纷发誓说："崽就讲出去！"老六说："好，谁讲出去，谁就是我崽。"我们都答应了。于是老六悄声说了一个名字。听到名字，大家都安静下来，都觉诧异。雨势渐渐大起来，绵绵细雨变成了一场大雨。雨滴噼里啪啦落在黑瓦上，发出清脆的回响。我听见老六家的母猪在雨中发出一声悠长的嚎叫，声音像把利刃，穿透雨幕，直贯我们耳膜。火鸡突然怒吼了一声，说："老六你胡说，我爹才不会干这种事！"见我们也都有些迟疑，老六说："崽骗你们，我亲眼看到的。"火鸡站在雨幕中，冰冷的雨水从他的发尖滴下，顺着脸颊滑落。他眼眶泛红，说话带着哭腔，狠狠地剜了眼老六，转身朝家里奔去。

## 3

老六说："其实不止火鸡爹，还有人也这么干过，好几回了，都没点燃。"我们对谁干过这事没兴趣，感兴趣的是柴油能否点燃。"真的点不着吗？"月宝头一个质疑。星星紧接其后，说："打死我都不信，猪油都能点着，何况柴油。"我们听后纷纷点头，表示猪油都能点着，柴油就更不成问题了。老六急了，掏出一盒火柴，梗着脖子说："谁要不信，就去试试。"他高举着火柴盒，就像举着一颗定时炸弹。这下谁也不敢吭气了，都杵在那儿，你瞅我，我瞅你，大气不敢出。油箱里还剩大半箱油，黑黝黝的，散发着一股柴油特有的气味。那股气味曾让我们无比沉醉，现在闻起来突然觉得很刺鼻，充满了某种未知的危险。我又下意识摸了摸裤兜里的火柴，硬邦邦的，火柴盒的尖角抵着我的大腿，我心里忍不住打了个冷噤。

这件事后，有一段时间火鸡见到我们躲得远远的。以前玩游戏他最来劲，只消在他家屋前喊一声，他立马钻出来，比狗反应还快。后来我们再喊火鸡，喊破喉咙，也不见火鸡人影。恨得我们跺脚骂娘，抓土块丢他家屋檐，使尽招数他就是不肯出来。火鸡爹在湘潭砌墙，平时很少回来。他爹不在家，他三天两头上房揭瓦，反正他妈雪莉管束不住。他爹一回来，火鸡立马就老实了。水车人都叫他爹老罗。尽管他年纪不大，但显老，所以早早就得了这个绰号。不像雪莉，瓜子脸，水蛇腰，嫩得掐得出水。老罗和二先生玩得来，二先生常在他家打牌喝酒。全水车都晓得，二先生和老罗关系铁。去年开春，老罗不在家，二先生给他们家拉了化肥和煤球，一分钱都没肯收。老罗往二先生油箱里丢火柴，谁都不敢相信。

过了大半个月，火鸡才和我们恢复往来。他的眼神依然有些怯生生的，没以前透亮。我提议一起玩玻璃珠游戏，他起先站在边上，怎么也不肯加入，后来心痒难耐，便加入了我们的游戏。他一参战，就没我们什么事了。还没一顿饭工夫，都输掉了老底，唯独他每个口袋都沉甸甸的，心满意足回去了。那个令人头疼的捣蛋鬼又回来了，看上去和往常没两样。

这个冬天我们还一块儿干了件非常顽劣的事。小寒那天，我们将长顺爷爷杂物间的柴火偷了出来，在清江边烧了一堆熊熊的大火。寒风劲吹，火苗蹿起两米高，人根本拢不了边。火鸡从家里偷了一只肥鸡，我们烤熟，每人吃得油光满面，打着饱嗝，直到看到月宝娘举着一把荆条朝我们跑来。

事后我们回家都挨了一顿饱揍。我妈眼泪都快气出来了。她将我堵在灶房，举着荆条，生怕一个疏忽，我又偷溜了。"是谁让你偷长顺爷爷的柴火的？"我起初不肯吭声，挨了几下。虽然是冬天，衣服厚实，我妈也晓得，其他部位怎么抽打都是挠痒痒，唯独手臂和小腿肚是薄弱环节，她专抽那儿，抽得我嗷嗷叫。我招架不住，只得如实交代，偷柴火和鸡都是火鸡的鬼主意。我妈听到是火鸡的主意，更加生气了，说："火鸡让你吃屎，你也吃吗？"这句话真把我给恶心坏了，我一整天都吃不下饭。

后来我才晓得，雪莉和二先生的事已经传开了。有人说早在夏天，亲眼看见晚上雪莉上了二先生的拖拉机，两人在拖斗里，待足了一炷香的工夫，雪莉才衣衫不整地从车上下来。这件事起先是月宝告诉我的。月宝故作神秘地凑在我耳边，说火鸡他妈偷人呢，我问偷谁，他说是二先生。后来我发现不仅月宝晓得这事，连郑妹都晓得了，那大人们肯定早就晓得了。我心里一下豁然开朗了。怪不得火鸡有天气鼓鼓的，发誓要烧了"这台破拖拉机"，那老罗往二先生拖拉机油箱丢火柴，八成也是真的了。

整个冬天，我们都没见过二先生的身影。很多人都在找他。有关他的传闻越来越多，听说他欠了很多赌债，生怕被人堵门追债，不敢在水车露面。有人声称在县城还碰见过一回，"在县城又搞上了一个，还是个开发廊的，穿丝袜皮裙，头发烫成方便面，啧啧啧，骚得打战战。"

赌债只是其一，他不敢露面据说是因为还有别的麻烦，传闻他和水车很多女人困过觉。这个流言像颗炸雷，每个水车男人心肝都要颠一颠。二窖爹有回喝了二两烧酒，站在老仓库前当着众人的面说："下回让我逮住他，我保证打得他两头出屎两头屙尿。"我才发现火鸡爹也回来了，正蹲在台阶上沉默地抽烟，没说一句话。他满嘴胡须，头发蓬乱，像个棕树蔸，我差点没认出来。他就那么不声不响地蹲着，听他们讲，一声不哼，眼神冷冷地盯视着什么东西。烟雾漫过他那张满是皱纹的脸，我不太敢多看，他的眼神带着寒意，有些吓人。

我倒是很盼二先生回来。那辆衡阳牌拖拉机已经许久没动了。它曾经势不可挡，如今低眉顺眼，不再轰鸣，不再动弹，仿佛没了脾气，两个后轮也逐渐瘪了，威风扫地。自打秋天起，水车很久没来过一辆拖拉机了。我们怀念那熟悉的声音，怀念空气中弥漫的柴油味。每次路过它的时候，我都会驻留一下，忍不住往油箱里瞥一眼。那个时候，我会下意识摸摸裤兜，很想试一试到底能不能点燃。有一回我甚至划燃火柴了，当手心那束火苗离油箱越来越近时，我看到了黑暗中那黑亮的流质，像有无数双眼睛在盯着我。我颤抖着手，想象火光冲天的场景，突然感到一阵莫名的晕眩，两条腿在寒风中微微地抖动。我用力并拢双腿，极力克制内心这股邪念。

突然胯间一阵奇妙的电流涌过，我想起上回坐拖拉机在石拱桥上腾空而起的那一刹，就是那种感觉。我在想象的大火中落荒而逃。

柴油能不能点燃，这成了我的一个心结。后来，我无数次从拖拉机旁经过，它像一块巨大的磁铁，牢牢吸引着我。我被这个疯狂而隐秘的念头折磨着，离拖拉机越近，这个疯狂的念头就越强烈，强烈到要将我整个吞噬。有天夜里，我梦见终于点燃了油箱。冲天大火，滚滚浓烟，整个天空都是血红的。我从梦中惊醒，大汗淋漓，世界一片漆黑。

直到有天月宝兴冲冲跑过来，推了老六一把说："你这个骗子！我这回特意问了我小舅！"说的时候，他又推了老六一把。老六连打了两个趔趄，急了，说："问了你小舅又怎样？"月宝气咻咻地说："我前几天去找我小舅，他正在修面包车，我就问他如果往油箱划根火柴，能不能点燃。我话还没讲完，头上就挨了两个爆栗。我小舅说，以后我要敢干这样的蠢事，准会把我绑起来用皮鞭抽。"我们都晓得月宝有个小舅，曾在兰州当过汽车兵，退役回来在县城开了家汽车修理店，他平时没少拿他小舅向我们吹嘘。既然他小舅都这样说了，那证明往油箱里丢火柴是很危险的事。听完月宝的话，我们都庆幸自己没干傻事。只有火鸡不信，他满脸不屑，走过来冷冷地说："你小舅骗你的，你们都是傻瓜。"

## 4

油箱里的火柴棍越来越多了，有天我惊讶地发现油箱里还漂浮着一个烟头。显然有人试过了火柴，发现不管用，于是将尚未抽完的香烟扔了进去。这个烟头让我又一次陷入了困惑，到底是哪些人在点火？为啥扔烟头都燃不起来？现在，我很想知道是谁在点火了。我暗地里观察了好几天，也没发觉什么端倪。倒是火鸡家出了点事。有天他爹和他娘为一点鸡毛蒜皮的小事，大干了一架。老罗头一回揍了雪莉，狠狠扇了她一记耳光，作为回报，老罗脸上多了五道抓痕。火鸡娘就像练过梅超风的九阴白骨爪，抓得又狠又准，沿老罗额头而下，气贯长虹。

他们那几个在外边踢得热火朝天，好像真的忘了我和火鸡的存在了。我有些恼怒起来，发誓下次轮到我，也将他们晾一旁，让他们好好尝尝躲在寒冷的角落里忍饥挨饿的滋味。我伸头往外望了望，已经傍晚了，苦楝树和拖拉机浸泡在冬日灰鼠色的暮霭中，隐约可见一个模糊的轮廓。我不确定火鸡是不是还藏在车上。阁楼上的光线本来就阴暗，这下更黑了。房梁上不时有老鼠出来晃悠，一群伙，在黑暗中肆无忌惮，丝毫不给我面子。我突然想起长顺爷爷说，老六的爷爷当年就是在老仓库的阁楼上吊死的。说舌头伸到胸前，比丝瓜还长。我脑海浮现出香港鬼片里的吊死鬼，穿长袍，伸长舌，蹦蹦跳跳来捉人。房梁黑黢黢的，一阵风刮过，吹着什么东西不停飘荡。我吓得尖叫一声，从风车一跃而下，慌不择路地跑了下去。

老仓库前一个人影也没有，只有一只踢坏的鸡毛毽子。他们不知什么时候散的。我已经顾不得埋怨了，一溜烟跑回了家。我妈见我脸色苍白，问我怎么了，我没敢说实情。扒完晚饭，外边已经漆黑，像罩了一只巨大无边的黑锅。我想起傍晚的事，心里还恨得痒痒的，寻思明日怎样复仇。

火势就是那会儿燃起来的。我听见有人在呼喊："着火啦，着火啦，快来救火！"我跑出家，远远就看见了那团大火。火势很大，噼里啪啦的，大半个夜空都被照亮了。拖拉机被烈焰包裹，变成一只巨大的火球，空气中弥漫着一股刺鼻的煤油和稻草味。我从没见过如此凶猛的火，隔着很远都能感到胸前一股透明的热浪在逼人不断后退。火势借着西北风，嗖嗖往上蹿，像无数条扭曲狂舞的火蛇，张开血盆大口，舔舐夜空。这时一个熟悉的小身影从土坡跑了下来，一边跑，一边打着哭腔："不要啊，爸爸！"我听出是火鸡的声音。黑暗中他被什么东西绊了一下，很快又爬起来，继续朝我们这边跌跌撞撞跑来。火光映照着一张被烟熏得乌黑的脸，满脸惊悚，像刚从灶膛爬出来，浑身上下唯有眼睛是白的，白得如此耀眼，像两颗刚剥壳的鸡蛋。

原载《芙蓉》2023 年第 4 期

潘向黎

# 豹猫穿过丁香花丛

等渐渐急促的呼吸透露出山的高度,她们已经爬到了山顶。这座山处于莫干山中心地带,这里果然是成熟的景区,到处都是平展的道路和规整的指示牌。就在前方,道路陡然向左侧斜切过去,旁边有一块巨大的指示牌,但是她们都没有顾得上细看,因为她们发现道路到这里消失了,而两段颜色暗沉、线条略带凌乱的石阶充当了新的路标,引领着三个女人的目光,一路向上,最后撞在了一座教堂的石壁上。

这座教堂和其他的教堂很不一样,其他各处的教堂或多或少总是在周遭环境中标新立异或者异军突起,而这一座教堂,就像是从这座山的泥土里长出来的一棵大树。它完全是山石砌成的,石头保持了原有的起伏和质感,看上去格外朴拙苍劲,整个轮廓似乎有力量在向外奔涌。教堂外表的颜色是灰黑色的,而且年久斑驳,灰的地方有明有暗,黑的地方深不可测。一座石头砌的、灰黑色的教堂,就那么高高地立在山顶,带着神秘的力量和不屑于解释的超然,似乎刚刚从时光的海洋深处浮出来,浑身挂满了往昔的海藻。

三个人中间最年轻的贝语新说:"这个,有一百年了吧?风格很特别!"卫婉之说:"像城堡。"冉一秋说:"对,中世纪风格的城堡。"

走进去一看,眼前一亮,意外地,里面是一个宽敞的大厅,除了两排柱子,没有一排排桌椅,几乎是空旷的,感觉可以容纳四百人的样子。里面的装饰风格也与众不同,没有多余的摆设,到处是几何形状,穹顶是三角形的,穹顶和花窗上的彩色玻璃形状也和一般教堂的不同,既没有花卉,也没有宗教意味的装饰图案,都是简单利落的长方形和正方形,玻璃的颜色主要是白色的,点缀了彩色玻璃,有红、黄、蓝、绿四色,颜色也显得直截了当。三个人都好奇教堂是哪个国家的人建的,贝语新在手机上查了一下,是美国人建造的。一个叫海依士的美国人,1923年建的。"真的一百年了!"她小声惊呼。

教堂的光线总是与别处不同。这里的玻璃穹顶和四面的落地窗让大量天光自然倾泻进来,同时彩色玻璃又让光线变得柔和而带着一些不易察觉的色彩变幻,让人可以安心地完全投入光线之中,而不会觉得被冲刷得疼痛。仰起头,闭着眼睛,仍会感到光线像一件从天而降的丝绒大氅,把人从头到脚,连同此刻的疲惫、过去的伤痛都轻盈而绵密地包裹起来,使人心满意足得想要叹息。

卫婉之仰头看着穹顶和天空,看了很久,然后闭上了眼睛。她的身材几十年没有变化,纤瘦而挺拔,穿了一身黑色的无领小西装和长裤,只有颈间系了一条白色的小丝巾。果然是多年的专业演员,形体和气质都不一样,她站在那里,看上去就像在拍摄电影:女主人公独自上场,即将回忆几十年前的家族故事,恩怨沉浮,还有凄美的爱情。冉一秋示意贝语新看卫婉之,贝语新脱口而出:"卫姐姐好美啊。"确实是。冉一秋去卫婉之的拍摄现场探过班,所以很容易就发现此时卫婉之的状态与她真的拍电影相去甚远:工作状态的她脚下是有根的,站在哪里都像定海神针,而此刻她是松弛而走神的,大量的光线之中,她的重量似乎被抽走了,整个人轻盈而透明,分明端端正正地站在那里,又似乎根本不在这里——在这里的不是一羽仙鹤，而是仙鹤的影子。

冉一秋说："确实好看，不过还是应该带一丝烟火气，涂一点口红。"

卫婉之对她笑了一下，从包里拿出一管润唇膏，随手往嘴唇上抹了两下。虽然只是给双唇增加了光泽，但整张脸看上去马上生动了许多，甚至有了一丝温婉的明媚。

贝语新说："这里适合拍婚纱照。石头墙、花窗都很衬婚纱，颜色、质感，都反差强烈。新娘新郎只要有一点点表情暗示，拍出来会很有故事性。"

冉一秋说："那不如直接拍电影呢。"

卫婉之说："小贝可以演新娘。"

贝语新说："我想当导演。"

这时她们发现教堂一侧的空地上有漂亮的铁艺桌椅，原来那是咖啡馆的露天座位。贝语新欢呼："正想喝杯咖啡呢，太好了！我请两位姐姐！"说起来，在电视台当了十年主持人的贝语新今年三十五岁，作家冉一秋比她足足大十五岁，卫婉之又比冉一秋大十五岁，也就是比贝语新大三十岁，按照惯常的做法，贝语新对她们应该都叫老师的。不过贝语新是何等人，怎么肯流俗。她说她留学新加坡的时候，看见那里的人对行业里资历深的女性，不论年龄，都叫姐姐，姓陈的就是陈姐姐，姓李的就是李姐姐，她觉得这样很好。加上她总是说："两位姐姐都是无龄美女。"然后就一直叫卫姐姐、冉姐姐。两个年长的女人当然知道她没说出来的心思：这样可以模糊掉年龄和辈分。其实卫婉之和冉一秋都不太在意年龄，但面对贝语新一番好意，也无谓计较这些小事，对贝语新的这种叫法也就无可无不可地接受了。

三个人就坐下来喝了一杯咖啡。味道自然不能和上海咖啡馆里出品的相比，但是山中层层叠叠的绿，教堂、树荫和天光的笼罩，还有新鲜的空气、清爽的风，都是让人不在乎喝什么的。她们静静地享受着，不知道过了多久，才起身离开。走了几步，冉一秋回头，立即惊呼："你们看！"

教堂侧面的拱门这时候成了一个取景器，门里一片橘红色的光，异常醒目，而且景深变了，门里咖啡馆里的陈设和咖啡馆里的人，都如在印象派的画中。此时的教堂，像黑色丝绒垫子上的巨大琥珀，既耀眼又柔和，既透明又深邃，似有千言万语，却欲语还休。

"电影镜头。太美了！我要当导演。"贝语新说。

"看到这片光以后，再转过头来，才发现天已经黑了。"冉一秋说。

卫婉之悠悠地说："就因为天黑了，门里的光才那么好看。就像人生一样。"

某个内心暗室的按钮似乎被触碰了，接下来的山路行进中，三个人都各怀心事不再说话。路灯的光线中，仍然可以看到道路两侧不时出现的野花，一簇，一片，主要是白色的，像是小雏菊。一只特别精神的猫哗啦一声冲进白色花丛，看不见了，然后又在高处出现。贝语新喜欢猫，她说那是一只豹猫。

她们住在芦花荡饭店，就在剑池的上方，她们的房间在一幢民国时期建的老别墅里面。楼里没有餐厅，所以路过主楼的时候，她们就进去吃了晚饭。三个人都是控制饮食的，简单吃了一点，也就打发了。回到住处，贝语新忙着给自己来一杯挂耳咖啡，冉一秋在喝自己带来的冻顶乌龙，卫婉之突然说了一句："今晚来点酒。"这就是卫婉之，她看上去那么温婉安静，但偶尔会说出让人惊奇的话。事实上，很难说清楚卫婉之是什么样的人。六十五岁女性的生活，在寻常人眼中似乎只有含饴弄孙和跳广场舞两个选项了，但是卫婉之就是卫婉之，她对这些世俗的概念丝毫没有反馈，她依然在拍电影、演电视剧、演话剧，她依然苗条雅致，整个人保持了一种有事业的人才有的弹性和轻捷。相比之下，比她小十几岁的冉一秋倒是有点发胖。说起冉一秋，读者们对她的印象是：笑容灿烂、穿着时髦、口齿伶俐的女作家，而在朋友们当中，冉一秋是以懒著称的人。这样将近两个小时的步行，对她来说已经是体力的极限了。她把茶端到床头，正躺在床上如释重负地休息，听到卫婉之的这句话，却马上说："我箱子里有。语新，拿一下。"贝语新走到沙发前，她和冉一秋两个人的箱子都打开平摊在地上，而卫婉之的箱子关得好好的，四轮着地，站在靠近阳台的角落。在冉一秋的箱子里，贝语新很容易就找到了一瓶酒，不是修长流畅的葡萄酒，更不是"适合女性"的奶油甜酒，是体态敦实的洋酒，芝华士十八年。

五十岁和六十岁的女性，行李里面放着远比外人想象的要丰富和强烈得多的东西，正如她们的内心。自从三十五岁的贝语新和这两个比自己年长的同性来往，她已经习惯了这种惊讶。

酒真是个好东西。喝在嘴里是一阵有柔软芒刺的风掠过，带来充满愉悦感的丰盛刺激，接着那些柔软芒刺一收，丝丝顺滑地从喉咙里滑下去，香醇一路潺潺而下，舒坦到胃，到五脏六腑。渐渐地，血液流速加快了，全身所有骨骼肌肉润滑了，周身看不见的绳索松开了，整个人松懈了，唯独情绪的水位涨起来。

"我最近有个烦心事，想请教两位姐姐。"贝语新说。

"是关于男人的吗？"冉一秋啜一口酒，一副准备拿绯闻当下酒菜的样子。

"我也说不好，和男人……有点关系吧，但在我心里，主要和工作有关，也和我在单位的人际关系有关。"贝语新说。

冉一秋说："你不会搞办公室恋爱吧？对方还是有家庭的那种？"说起来这个贝语新也不通俗，一米七的身高，五官浓烈肌肤雪白而行动飒爽，是个略带英气的美人。但她丝毫不倚仗美貌，一不娇气，二不自恋，三不造作。自从和一位京剧明星的异地恋结束了以后，最近几年她一直空窗，而且丝毫不见寂寞幽怨，工作时专业能力非常能打，能屈能伸能吃苦，逢年过节同事需要代班时也有求必应，因此这几年事业风生水起，江湖上也有了"贝女侠"的绰号。空下来她要么泡泡咖啡馆看看书，要么就是和卫婉之、冉一秋约了一起吃饭、喝酒、打理头发。如果三个人时间都允许，就一起来一趟旅行。

贝语新赶紧撇清："冉姐姐小看人，我至于吗？单身男人我都没空受理，何况有家庭的，多麻烦，我哪有时间啊！我现在真的觉得，忙事业多带劲啊，有耕耘就有收获，每天的太阳都是新的，每天的咖啡都是香的。何况我现在正是事业最关键的阶段，我才不想为一个男人断送呢。"

卫婉之微微一笑:"是什么事?说吧。"她的声音始终轻柔,喝了酒也是这样。

贝语新遇到的,果然不是感情纠葛,只是有个人让她动了猜疑,犯了难。那是一个名气很大的文科教授,这个人已经七十多岁了——比贝语新的父亲还大,十年前退休了,又被另一个大学高薪聘请去继续任教。"他叫——哦,他的名字,我就不说了。"冉一秋见缝插针地表扬她:"好,有进步。"冉一秋一直告诫贝语新:不要在当面聊天和微信里随便说出某一个人的名字,尤其是当对方是公众人物的时候。卫婉之的目光有意无意地投向阳台外面,似乎想在夜色中寻找远山淡淡的影子。贝语新感到自己需要加快故事的节奏,才能抓住面前两个见多识广的听众,于是她说:"这位教授,他出席一个读书会,我去主持,就这样认识了。第一印象是:这个人确实很会讲,也很知道听众需要什么,很会掌控全场的节奏,也很会自然地……流露?或者说展示吧,展示自己的学问和阅历。那天他当场夸了我两次,一次说我声音好听,一次说我读的书不少,作为主持人不容易,我还挺高兴的。然后我们和主办方一起吃了一顿饭,吃饭的时候,我还挺开心的,还有那么一点点被学术大咖认可的感觉。但是他和在公众面前就不太一样了。"

"对你色眯眯了?"

"也没有。他要我坐在他旁边,然后吃饭的时候,他一直给我布菜,弄得像他请我吃饭似的。喝了一点酒之后,他就开始讲笑话,其实是段子,都是带一点点荤,也不至于太黄的那种,满桌子就我和化妆师两个女性,我们都有点尴尬。然后也就过去了。那天我们互加了微信,后来他差不多隔两三天就给我发一首诗,他自己写的,我不知道为什么要一直给我发。"

冉一秋惊呼:"老年版徐志摩啊。"

卫婉之的表情连一丝涟漪都不起,只问:"自由诗还是旧体诗?写得好吗?"

"旧体诗。写得好不好我不懂,但是用了好多冷僻的字,好多字我不认识,也没空查。我觉得有点奇怪,他经常这样给我私信发他的新作,是出于什么心理？我们不是老朋友，不是师生，他为什么觉得我会对他的新作有兴趣？我觉得这是一种打扰。"

"你别理他，就好了。"冉一秋说。

"那不是不礼貌吗？其实我一直还挺尊敬他，或者说，想保持这种尊敬。所以我就每三四首里面选一首给他回一个表情，一个大拇指或者一个抱拳，也算回答了。可是就这么冷淡，他还是照样新作源源不断地发过来啊。我真的不知道，他想做什么？"

"你也是年轻的老江湖了，打发这么个疑似爱慕者不是问题吧？何况如果他当面骚扰，估计打也打不过你。"冉一秋说完，连卫婉之都笑了。

"你接着说。"卫婉之说。

"最近我们台里要做一档节目，有关传统文化的阅读推广的，台长点名说要请他来当一期嘉宾，然后我的同事去和他联系，没想到他就在电话里说：'不要跟我说什么台长，那是你的领导，不是我的。你们台我只和贝语新有交情，如果小贝来请我，看她面子我就去。'结果，我有个同事，是编导，平时和大家关系不错，都叫他李大头，这个李大头就从楼上飞奔下来找我，说如果我出面搞定了这个有学问也有流量但是实在会发嗲的老先生，他就对我千恩万谢外加请我吃一顿大餐。这下子我被顶在杠头上了。不去请吧，对李大头不够意思，作为电视台一员好像也不够敬业，这毕竟是工作；去请吧，又好像有点自己往坑里跳的感觉，说不清哪里有点不对劲。所以这几天心里老有个事在晃荡。"

卫婉之说："这位教授，他倒很直接。"

冉一秋冷笑了一声："什么老教授，老脸皮厚。"

"卫姐姐、冉姐姐，你们说，假如他看我面子来做节目了，是不是从此我就要对他知恩图报？以后他的每首新作我都要在微信里吹捧几句？"

冉一秋说："隔空聊天那怎么够？总要见见面，单独吃个饭，喝个咖啡，你笑靥如花奉承他两句，他摸摸你小手搂搂你小腰之类的吧。"

"妈呀，你这么一说，我鸡皮疙瘩都起来了。他长得……嗯，出于教养我从来不议论别人的长相，可是这个年纪了，他不知道自己作为男人都过了赏味期限了吗？我为了工作再付出，也不能牺牲到这个地步吧。"贝语新说。

卫婉之从沙发上探过身来，轻轻打了冉一秋的手背一下："你呀，真是作家的一张嘴，太损了。"

冉一秋一笑："你怎么不说她？她说赏味期限，都把男人当罐头食品了。"她没有等来卫婉之对贝语新的反应，话头一转，问卫婉之，"刚才在教堂，你想起了什么？没见过你那么出神的样子。"

"我想起了四十年前的一件事。"卫婉之说。

"教堂里的邂逅吗？和帅哥吗？"贝语新问，似乎唯恐她不再说下去。谁能当面听卫婉之披露自己的感情生活？说起来卫婉之已经演了三四十年，是演艺界罕见的到这个年纪还能一直接戏的女演员。她一直保持了专业水准和口碑，所以有一种"我就是我"的气度。唯一令人捉摸不透的是她的私生活，除了年轻的时候有过两段恋爱，她的生活里很多年一直没有男人的身影，这怎么可能？空谷幽兰，分明一直暗香浮动，别有一番动人心处，可是谁敢问呢？

"邂逅？不能算邂逅吧。认识也不在教堂，在课堂。那时候刚恢复高考，所以我是插了两年的队，二十岁进大学的，遇到他的时候，我二十一，二年级，他是我的任课老师。他课上得真好，我像从一片沙漠中刚走出来，遇到了一道瀑布一样，需要的东西远远超出向往的程度，结果是手忙脚乱，一边忙不迭地记笔记，一边要拼命理解他随口说出来的各种理论各种典故，一边还要努力听懂他随口说的英语单词和人名，真是又紧张又幸福。我后来才知道，那是真正的启蒙啊。"

她说到这里，举了一下手里的杯子，和冉一秋和贝语新碰了一下："为启蒙干杯。"

"班上的好多女同学都仰望他，好几个经常在下课以后围着他问问题，渐渐还和他一起在食堂里吃午饭，说说笑笑。我从来没有加入其中，也觉得他根本没有注意到我。"她看了两位听众一眼，否定了她们眼神里透露的东西，"不，我不是矜持，当时我可能因为在一群漂亮女孩子中间觉得自己很一般，所以没那么自信。也可能不太认同那些同学的态度，因为我把他当成很了不起的老师，而她们似乎是把他当成可以互相嘻嘻哈哈的男人。"

"他帅吗？人舒服吗？"贝语新问。

"我不知道，也不太记得了。在我的印象里，他应该不属于帅的，但是对当时的我们来说，真的好像对异性不怎么注重外表，只注重精神。"

"他多大？结婚了吧？"冉一秋说。

"大概三十岁，结婚了，有个三四岁的孩子。所以，当时我更不可能往师生以外的地方去想。"

"后来呢？"

"我们学校的图书馆是教堂改建的，我很喜欢在那里看书，有时候一楼没有座位了，我会上二楼，二楼有点像包厢，位置不多，而且平时人少，经常积灰。有一次，就在图书馆二楼遇见了他。我们打了招呼，这时我才确认他认识我。后来不知道什么时候开始，经常会在那里遇见他，至少每个星期三都会见到。图书馆里没法聊天，所以我们经常是微笑着互相点点头。直到有一天，下着特别大的雨，那天我穿了一件白色的连衣裙，我怕淋湿了衣服贴在身上，会显出身体的线条，让人看见难为情，就坚持在二楼继续看书，等雨停。那个老师也在，那天他穿了一件白衬衫，平时他穿什么衣服我都记不住，不知道为什么记得那天他的白衬衫特别白，白得有点发光，给他整个人罩上了一层光晕。雨一直下，后来，图书馆的二楼只有我们两个人了。"

"白袷玉郎啊。"冉一秋说。

"什么意思？白甲？白色铠甲吗？"贝语新问。

"不是，'怅卧新春白袷衣'的'白袷'啊。算了，不重要，别打岔。"

"对对，"贝语新转过脸来看卫婉之，"后来呢？"

"我们坐在一起，中间隔着一个空位置。因为没有别人了，我们就随便聊起了这座教堂和学校的历史，但是两个人都心不在焉，好像在扮演聊天的师生，其实只是拙劣的演员。他一直看着我，那种目光有温度，有穿透力，好像能在我的皮肤上烫出一串烙印。我也模模糊糊地看了他一眼，但是不敢对视。我觉得喉咙有点发干，想走，又觉得突兀，会对他不礼貌，不走，又不知道该说什么。"

冉一秋说："二十一岁的女孩子，那个年代的，又单纯又好学，多么干净，就是蒙昧，傻。你那叫战又不战降又不降，就那样木头木脑地面对着一个男人，嗯，我都有点同情你这个老师了。"

卫婉之浅浅地笑了："你居然这样想？可也没有人宣战啊。说起来，我还真没想过他的感受。"她喝了一口酒，接着说，"我们就那么坐着。那天雨下得特别大。"她的目光投向了阳台外面，那场四十年前的雨似乎还在那里下着，给她的语调带来了某种湿润。

房间里出现了一阵子寂静，然后听见了外面昆虫的声音，好像是金铃子的鸣叫，也许还有迷路的小飞虫振翅的声音。

贝语新瞪大眼睛看着卫婉之，想说什么，又赶紧低头喝了一大口酒，把到嘴边的话也咽了下去。

"后来我就仰头看图书馆的那个穹顶，天是灰的，因为下雨，光线朦胧，朦胧的光线从上方泻下来，我觉得很舒服，就有点忘却了刚才的紧张。这时候，身边的那个人说话了。他的第一句话，就让我很奇怪。'我羡慕一个人。'我奇怪地把脸转向他，用表情表示了疑问。然后他说：'那个将来要娶你的人。其实我一直不理解书里和电影里的教堂婚礼，因为觉得没有人配得上教堂的神圣，而世俗的人结婚无非是为了现实利益和繁衍后代，为什么要到这么神圣的地方来打扰这里的清净呢？可是你不一样。每次在这里看到你，我都觉得你是配得上的。你的洁净配得上教堂的洁净，你的美好配得上教堂的美好，你的透明配得上从教堂穹顶泻下来的光线的透明，你如果穿上雪白雪白的婚纱，那就是真正的白玫瑰，就是光明天使。将来会有一个人，能在教堂里迎娶那样的你，所以我羡慕他，简直有点恨他。'我听了这番话，一时间惊呆了，心里也不知道是什么滋味，但是感觉发生了非同小可的事情，而我完全不知道怎么应对，脑子都是乱的，所以我只能沉默。"

冉一秋叹了一口气。没有人问她为什么叹气，似乎她们都懂得她为什么叹气,或者她们都知道,连冉一秋自己也不知道为什么要叹气。

"后来呢?"

"雨停了,我就走了。他也没有再说什么。这件事总让人觉得不真实,很像在雨声中我自己做的一个梦。但是那以后我去图书馆就不敢再去二楼了,后来这位老师的课上完了,我们就再也没有见过面。过了好几年,我才听说那个老师后来到底还是和他那个纺织厂工人的妻子离了婚,娶了一个当年的学生,大家都在猜测他们的感情是什么时候开始的。我知道那个女孩子,她是我们这一届里最漂亮的一个,后来想起来,她有点像张曼玉。"

"你当年这个老师,这么……博爱啊。"贝语新让过了"花心""油腻""不要脸"这几个第一批涌上来的词,选了一个客气的,"卫姐姐,你肯定觉得震碎三观了吧?"

冉一秋又叹了一口气:"震碎三观不至于,但是总归觉得不舒畅。"

"我不知道自己当时的感觉……我说不好,有一点是肯定的——我是震惊的。来龙去脉我也不想知道,因为一个我佩服的老师不见了,一个体面的男人也不见了。"

"唉,所有欣赏都难逃失望。不过师德也是道德层面的事情,只能用来自律,不能用来要求别人。感情的事,说不清,因为人性太复杂。"冉一秋再次叹了一口气。

贝语新说:"面对无敌青春,有点动心,其实也挺符合人性的,但作为老师,是只能心动不能行动的,至少在对方在校期间是这样吧。"

冉一秋看向卫婉之:"这人不太靠谱,幸亏你当时没选择他。"

卫婉之淡淡一笑,说:"哪有什么选择?我其实整个人是蒙的,根本来不及想清楚。他那么直接地赞美我,而且像在舞台上背台词一样,我当时很不好意思,不过还是开心的,内心也觉得有点荣幸。以我当时的辨别力,面对他的学问,他的才华,他的阅历,感觉他身上是有光环的。"

贝语新突然灵光一闪,说:"对,这种光环是专业优势带来的!滑雪教练、潜水教练身上也会有。"

"难道说，你当时还可能陷进去吗？"冉一秋问卫婉之。

"不会，不可能，因为他有家庭。这是我的铁则，我们那个年代的铁则。"卫婉之说。她的嗓音轻柔里有些许追忆的调子，但脸上的表情在淡然之下，又似乎有一层薄薄的嘲讽的笑意。

三个女人又喝了一会儿酒，冉一秋的手机响了，是她女儿打来的，说她在外地，不知道为什么房东说楼下的邻居投诉她深夜发出巨响，想让冉一秋帮忙去她租的房子一趟，和物业一起开门让对方看看，证明她的无辜。冉一秋说："我也在外地。你可以自己回上海了再去办，也可以找你爸爸。"冉一秋离婚多年，女儿大学毕业后就自己租房子住了，曾经的一家三口现在住在三个地方。冉一秋毫不避讳这些事，因为她觉得这十多年她过得越来越自由，心里越来越透彻——既清楚自己要什么，也清楚别人怎么看，同时对别人的看法既不对抗也不妥协，当然更不解释，因为不需要。冉一秋的人生信条是：成年人的生活，不要依赖；成年人的选择，不要解释。"这个信条其实有一个粗俗版本，就是：你的生活，关我屁事？我的生活，关你屁事？"她还这样补充，卫婉之和贝语新都听到过，卫婉之几次都假装没听见，贝语新每次都哈哈大笑，还竖起一个大拇指，表示强烈赞成。

冉一秋挂了电话，把手机往床上一扔，说："我想起一个故事。"

"也因为教堂吗？"

"因为颜色。卫姐姐刚才说到白连衣裙和白衬衫，白色成了记忆中很重要的一个点，我觉得那是女孩子对纯洁特别重视导致的选择性记忆。我遇到过一个男人，他从来不穿白衬衫，基本上都是暗色系，也没什么设计没什么质感，整个人没什么看点的那种。当时连我自己也早就不穿白衣服白裙子了，那时我四十岁，离婚几年了，那时候的打扮一下子找不到属于自己的风格，加上还在当记者，所以衣服都是最方便省力的中性风格。"冉一秋又喝了两口，"本来我是文化记者，但是那天不知道为什么，可能是为了时效，临时让我代替一个跑教育线的记者去采访一个名校的教授，我就去了。他大概有六十岁了？反正那个学校说是六十五岁退休，而他还没有退。他给我的第一印象很正常，温和，谈吐还算有趣，也比较客气。后来，那篇专访出来了，他说一起吃个饭，我就去了，本来想请他的，结果他抢着把单付了。然后我就回请了一次，本来以为回请了就不会再来往，没想到他谈到我的小说，看得很仔细，评价也挺有道理。那时候我刚出了一本小说集和一部长篇，所以对这样的学术界高人的意见很在意，后来每发表一篇，都会把杂志快递给他，听听他的读后感。他有时候简单地说挺好的，有时候会提一点很具体的意见，我心里挺感激他的。我们几乎不见面，就是通邮件和短信。我们的聊天从来没有用'你''我'这样的开头，都是'这篇小说'或者'这个主题'开头的，所以有点像同行的讨论，也有点像老师在专业上指导学生，这样持续了大概半年，也许一年，记不清了。"

"后来呢？"

"有一次我获了奖，他打电话来祝贺，说我应该请他吃饭，我正高兴，就答应了。后来想起来，我总是奇怪自己为什么不多想想就答应了，可能是谈作品谈文学久了，人会忘记一些现实的事情吧。那次吃饭，我点的菜，他自作主张要了一瓶酒，是五粮液，我有点惊讶，因为那酒在饭店里卖得很贵，客人一般不会擅自点的。但是我想他对我的写作也有点功劳，好不容易我得奖了，应该大方点。因为有点心疼，我就陪他喝了几杯，我不知道他的酒量，只知道五六杯下去，他的话就多了起来，而且表情变得活泼起来。我觉得这是酒后的正常反应，暗暗觉得有点心烦，但是作为请客的人，又是半个徒弟的身份，也不好拔腿就走。突然他说：'第一次看见你，你记得吗？那天你穿了一件淡粉色的衣服，涂了玫瑰红的口红，好看极了。'我说您记错了，我没有淡粉色的衣服，更绝对没有玫瑰红的口红，我只有曼秀雷敦无色润唇膏。然后他说：'记错了？那就是我梦里看见的。'这句话一出来，我就觉得整个谈话彻底不对了。我还想让谈话恢复正常，就说：'哈哈你抬举我了，我这么粗糙的一个人。'然后他说：'你一出现，我就想起一种水果：荔枝。外面是一层有点硬、有点粗糙的壳，只要剥掉那层壳，里面是那么水灵，那么性感，特别诱人。'我听了一下子呆住了，说真的，我的汗毛一下子竖了起来，一阵反胃，我不知道自己做错了什么，为什么居然要面对这么奇怪的事情。凭什么他可以对我说这样的话？毫无道理，毫无逻辑。"

卫婉之迟疑地说："也许他是欣赏你，表达得不太恰当。"

冉一秋笑了笑，说："就是套路，你不知道他玩得多熟练。我吓了一跳，整个人都不好了。这种突如其来的所谓赞美或者撩拨，完全是从天而降的羞辱。"

贝语新问："你当场就走了？"

"没有，我还是保持礼貌，吃完了那顿饭，按照原来的想法埋了单，才告别的。我记得我最后还说，某某某先生，再见。那以后，我再也没有见过这个人。不会见了。他发来微信，我都不回，隔一段时间删掉一次。其实我也没有特别生气，只是觉得败兴，觉得自己有点可笑，一把年纪了，还会被专业光环骗了，自取其辱。我以为是专业上交流的关系，甚至是文人雅士之间来往的感觉，谁知道从一开始人家就是纯套路。"

卫婉之悠悠地说："他有家庭的吧。"

冉一秋说："应该吧。不过我不是因为这个，以我原来的感觉，我们的来往是和私生活无关的，因此彼此都不用关心有没有家庭。虽然我没想到他会把我当女人看，但是无论如何都要尊重我吧？那种套路，从一开始就全是虚的，而且没有一点尊重。人和人，没有一点真心，何必呢？他不把自己当人，我还把自己当人呢。"

"你们报社有人知道吗？"

"我没说。但是后来，那个教育线的记者有一次在电梯里遇到我，问我现在和那个教授还来往吗，我说没有。她说：'那就好。'原来当初是她受不了这个人的纠缠，所以坚决拒绝再去采访。领导不知道真相，以为教授个性太强要求太高，和记者沟通不顺利，就换个人派去了。哦不，我想想，也可能不是这样，也可能当初领导是知道真相的，但是觉得我不像个女人，应该能幸免，所以就派我去了。"

贝语新惊叹地说："看你现在这样讲究的打扮，想象不出来你曾经是那么中性化的。"

冉一秋说:"那种人玩套路,已经到了本能反应的地步。不过,说来也奇怪,从那件事以后,我好像打破了一个心理禁忌,知道别人怎么对待你和你怎么打扮没关系,这一下子穿衣打扮上面就放开了,喜欢什么就穿什么,开始化妆了,也戴一点首饰了。看这块手表,是我上一本书的版税买的,这条项链,就是我上上一本书的版税买的。我后来明白了,其他人的评价真的无所谓,最需要在意、最需要取悦的人是自己,这么一想,人就松弛了。谁知道我这样一松弛,异性缘反而变好了。我上一个男朋友,特别帅,比我小五岁,要不是后来他迫于父母压力想结婚而我不想,说不定到现在还在一起呢。"

"冉姐姐,你想得好清楚啊。"

"是啊,我觉得自己不适合婚姻,不想再迁就任何人,而那个男朋友是普通人,他是要结婚生子、夫唱妇随的,既然如此,那就算了,成年人最怕勉强。分手后的戒断反应?还好吧。我对自己是什么货色看得很透,知道自己是个不随和不贤淑的货色,所以这是我自己的选择,求仁得仁,没有什么好说的。"

卫婉之说:"很多人恐怕很难理解。"

冉一秋耸耸肩,笑着说:"比起传说中理想的婚姻,我更想得到理想的事业和理想的体重。"

贝语新笑了起来:"我也是!我也是!来,干杯。"

卫婉之也笑了,举起了酒杯,三个人碰了一下杯子,夜深了,酒杯轻轻碰在一起的声音格外清亮。

贝语新说:"我有个发现!如果拍电影,这三个故事里的男人,可以设置成同一个人哦。我捋一下时间线啊,卫姐姐读大学的时候,他三十岁;冉姐姐认识他的时候,他六十出头;现在我遇到了,他七十几了,从年龄上看,完全有可能。"

卫婉之神色一凝,眼皮向下一抹,表情显出了几分锐利:"不会吧?"

贝语新立即觉得自己冒失了,赶紧说:"不会那么巧,我想到哪儿去了。再说,一个年轻的时候把白衬衫穿得那么好看的人,老了也不会这么油腻。"

卫婉之的语气恢复了清淡："就不必考证了吧。"

贝语新看向冉一秋，冉一秋喝了一口酒，轻松地说："前几天我去了一个艺术家朋友的工作室。墙上挂了一张摄影作品，是风景和天空，天上的云有移动的痕迹，那个朋友就对我解释说，这是多次曝光的结果，他在同一个位置按了很多次快门，拍了同一朵云，这朵云在不同位置的样子，被他叠加到一起了，所以作品中的云是我们现实中看不到的样子。他当时用手在照片上平移比画，这里，这里，这里，都是同一朵云。我现在突然想，那真的是同一朵云吗？如果每一个瞬间都是这朵云，那么其实下一个瞬间它就变了；如果要全部的瞬间叠加起来才是这朵云，那么又可以说每一个瞬间都不是这一朵云。所以，是不是同一朵云，确实可以有不同看法。"

卫婉之笑了："作家开始谈哲学了。"

冉一秋说："是不是同一朵云都说不清楚，何况人呢？一个人二十岁、四十岁、六十岁，他是同一个人吗？可以说是，也可以说根本不是。何况我们这些三脚架——观察者的角度和立场也在变化，所以，有些事情根本没有办法说清楚。只要我们自己心理上不拧螺丝，让自己松弛，其实也都不重要。"

贝语新说："我们自己不拧螺丝，金句啊，姐姐。"

冉一秋说："夸我没有用，你想好了吗？到底要不要出面请那个老教授啊？"

"我刚才已经在微信里请了，他答应出镜做节目了。"

卫婉之有点惊讶："那你……准备怎么应对？"

冉一秋说："那种饭绝对影响健康。你真准备为了工作牺牲色相啊？"

"哦，对，我同事还在等我回音呢，我得给我同事打电话了。喂，李大头，那个事我搞定了。没事，也不麻烦，只不过我答应他当天拍好了以后，请他吃饭，我是为了你两肋插刀，所以你不能让我单独应付这顿饭，对，那天你也来，再带着摄影师、化妆师都一起来，对，大家热热闹闹吃个饭，我来请。什么，你埋单？那太好了！哦对了，他肯定以为是和我单独吃饭，为了让他做节目的时候情绪好，我们得保持这个错觉，你可别说漏了。"

冉一秋惊讶地问："你什么时候问他的？"

"就刚才啊，咱们一边喝酒我一边在微信里邀请的。他要我拍完了节目就请他吃饭，我答应了，可我没说要单独请他啊，我现在拉上几个人，不就好了吗？多方共赢，相当完美！"

卫婉之听着，半赞半嗔、有点啼笑皆非地说了一句："现在的小朋友，真是太有办法了。"

这天晚上，因为解决了难题放下了心事，贝语新面膜做了一半就睡着了。冉一秋也睡着了，只有卫婉之在有雕花石栏杆的阳台上坐着，独自慢慢地喝着杯子里剩下的半杯酒。喝到最后，她对着夜空举了一下杯子，说了一声"Cheers"，然后一饮而尽。真得谢谢冉一秋，出门带上这瓶酒。卫婉之决定下一次把人家送她的一条爱马仕丝巾送给冉一秋，那条丝巾浓郁华贵，但是卫婉之从来只戴黑白两色的丝巾，最多是黑白千鸟格的，所以那条丝巾一直没有用，送给冉一秋倒是合适。

卫婉之不知道，这时候冉一秋正在做一个梦，梦见在白天走过的山路旁边，有一大片白色的花，一只特别精神的豹猫，动作矫健地一头撞进花丛中，然后从好几米以外的地方冒了出来，重复了一次，又一次，每次它都回头看着冉一秋，似乎要告诉她什么。冉一秋走过去仔细看了看花，说："我看清楚了，这不是雏菊，是丁香花，谁说白色的就是雏菊，这是白丁香花。"豹猫摇了摇头，再次撞进花丛，然后又从另一头冲出来，再次回头看着冉一秋。冉一秋突然明白了："是什么花不重要。"这一回，冉一秋清清楚楚地看到，豹猫笑了，而且它笑出了声音，是冉一秋从来没有听见过的笑声，那声音，像一串风铃在风中自在摇动。

原载《钟山》2023年第4期

丁小宁

# 我以为我是佛

## 一

阿无突然就不吃饭了,只喝水。许常问它:"这是为什么呢?"阿无什么也没说,阿无当然也说不了什么,也不会说什么,因为阿无是条狗,公狗。

许常试着在阿无喝的水里混了些维生素粉,粉是白色的,又加了蔬菜汁,蔬菜汁是淡绿色的,它们溶在水里,但还是被阿无发现了,它拒绝喝,嚎了一声,拍了拍旁边的碗,那碗是清水。它连拍了几下,直到引起了许常的注意,这才把嘴伸了进去,喝完后,它看着许常,又拍了拍这碗清水,许常小声说:"行,知道了。"

许常总怕阿无饿死,但是,几天过去了,阿无并未饿死,许常这才松了口气。阿无和许常生活在山上的寺里,阿无比许常来得早,寺里的人很喜欢它,但他们只是把它当狗,唯独许常把它当朋友。

大概是一年前,许常正爬着山,突然下起了雪,山上温度低,很快积了薄薄一层。越薄的雪越滑,许常没料到下雪,鞋不太防滑,在好几个地方都险些滑下山崖,他怕极了。就在这时,身旁闪出一活物,那活物碰了他一下,这一碰倒把他拉回来了。许常心有余悸,嘴里念着:"老天保佑,老天保佑。"念叨半天,才想起感谢那活物,定睛一看,竟是条狗。狗把身子平铺在雪地上,眼睛半睁半闭,呼出的气让胡须一颤一颤的。许常看着它,狗没反应,许常觉得这不是一般的狗。哪儿不一般?脸不一般,不仅是张狗脸,还像猴脸,又看了会儿,发现倒更像人脸。正想着,狗嗖一下落在了一块石头上,石头下面就是悬崖,狗立在那儿,很是挺拔。许常这才看清,它通体都是雪白的,和雪融为一体,好像它本来就是属于这里的,好像它本来就应该出现在这里的。许常也找了块石头坐下,但他不敢靠近悬崖,只找了块安全的又离狗不远的石头。他看着它,许久,它都一动不动,许常不敢出声,生怕惊扰了它。这绝非凡狗,但许常却是凡人,坐久了腰疼,临走时,狗还立在那里,近乎雕塑,眼睛似闭非闭,大概在沉思。许常看着看着,大脑就放空了,一放空,像进入了幻境,他依着这幻境在山间走着,竟每一步都很稳当踏实,丝毫没有要滑倒的迹象。许常觉得这狗是上天派来的使者,此后,许常偶尔会想起它。

许常不曾想到,他和狗还会见面,再见时,狗不再坐在大石头上,而是坐在了蒲团上,蒲团在山顶的寺里。他一下子就认出了它。许常先是惊讶,然后怅然,一切皆是缘分,一切皆是因果,他对着狗反复念着这两句。和第一次见面一样,它的脸上并无表情,淡定自若,视许常为空气。许常突然就对它产生了敬仰之情,再次感慨道:"这绝非凡狗。"接着,他知道了它叫阿无,嘴里念着:"阿无许常,无常无常。"这句话从此便成了许常的口头禅,他念无常的次数甚至多于他念经的次数,只要一天没念,他就觉得嘴里缺了什么,有时还觉得心里也缺了什么。在许常这儿,这句话从此不是口头禅,而是经文。

其实,许常也说不清自己为什么会对一条狗着迷。只要阿无出现,许常便会观察它,他观察不是为了看新鲜,而是为了学习。许常发现,阿无恪守寺里的清规戒律,比如,从不吃荤;比如,不在寺里大小便;比如,从不大声喧哗;比如,从不赖床,每日早上五点参加早课。阿无熟悉拜佛的流程,甚至能把动作做得极为标准,因为浑身是毛,毛还挺长,只要一做动作,白毛就会飞舞,短暂地悬停在半空,如遇阳光,更添仙气。相比阿无,许常深知自己永远无法把动作做得优雅。他虽然个子不矮,但腿短手短,皮肤还黑,他跪下,站起,又跪下,又站起,他自觉这时的自己就是一根上了年纪的毛笔,即便已经清洗干净了,依然会有浅浅的墨水渗出来。每当这时,他便让自己拜佛的动作幅度尽可能小,生怕把墨沾染到佛陀身上。

阿无比许常更懂寺里的规矩,临近晚课,厅堂里总还是有一些信众,阿无见状便会跑进厅堂,先是在正中间站几秒,见无人注意,只好在信众身边绕几圈。老信众一看阿无来了,往往拍拍脑袋说哎哟冒犯了,连忙小跑出厅堂。新客只顾着看热闹,时不时去逗逗阿无,每到这时,阿无也从不动粗,只坐在原地,看向门口的方向,直至人们一一退去。但这还没完,待人走后,阿无又跑向厅堂的各个角落,低吼几声,猛地抖抖毛发,这套动作完毕,它才回到佛像前。等师父们进来,诵经声起,阿无便轻手轻脚地退出厅堂,在门口坐下,有时上半身挺直,有时又会把头放在门槛上,半眯着眼睛。后来和清洁工阿姨闲聊,许常这才知道,这第一步是为赶人,第二步是为赶鬼。阿姨又说:"也没人教它,自己琢磨出来的。"许常问:"那这套仪式做得对吗?"阿姨笑笑:"佛包容万物,都由它。"

许常对阿无的敬佩一天天加深,他觉得阿无这条狗真是与众不同。寺里师父众多,但许常不敢和师父们说话,甚至连对视也不怎么敢。即便他们每个人都慈眉善目,又博学多闻,许常依然觉得,他们身上有一股强大的气场,大概是自己前世或今生的修行不够,配不上这气场。许常只默默地敬畏他们,从不主动交集,唯独和阿无在一起时,有种全身心放松的感觉。开始,许常还会思考,这是为什么呢?阿无毕竟是一条狗。时间久了,许常不敢这样想了,他琢磨着,阿无不是凡狗,是佛狗。

对待佛狗,许常是认真的。

许常的房间在一间佛堂隔壁,那间佛堂有年头了,里头的佛像已经破损,正在修复,佛像前面铺着脚手架,门口拉着绿网。住在这儿,许常是怕的，他怕的不是脚手架和绿网，也不是佛像本身，他怕的是修复这件事。来寺庙之前，他就是干这个的，只不过他修的不是大佛，而是小佛——倒也不能这么说，佛不分大小，许常修的是体积小的佛，平时可以供在桌子上的，或是摆在车里的。原本这是个挺好的营生，不用坐班，也和他的专业吻合，干这行的人少，自然抢活儿的也少，客户又以生意人或附庸风雅的居多，给钱从不含糊。开头那几年，许常很是知足，还不时拿本佛经翻翻，看不看得懂是后话，但得先有个样儿。时间久了，许常觉得自己不是看佛经的料，搁在案台上，连翻都懒得翻了。后来又觉得这样有点玷污佛经，玷污佛经就是玷污佛，许常想出个主意，工作时，把佛经翻开一页，再把需要修复的佛像拿上来，这边书敞开着，那边佛像修着，假装自己边取经边修复。他知道这样根本骗不过佛，但总归图个心里安生。

可骗着骗着，就骗出事儿了。那会儿是夏天，又热又潮，空气变成烫人的糨糊，让人无法呼吸。店里来人了，一个女人，穿了件真丝的淡紫色裙子，隐隐地透着里面的肉身。她手里抱了个佛像，木质的，许常一眼看出是黑柿木，拿这种木料做佛像的极少，通常这种木料都被用来做家具和吉他。许常热爱木头，尤其热爱黑柿木，一下子他把心思从真丝肉身转移到了木质佛身。

"裂了。"女人说。

"看见了，鼻子这儿。"

黑柿木最独特的地方在于横切后，木料的边缘有一窄条淡黄色的边，业内习惯叫白边儿。这尊佛像的鼻子那儿刚好就是白边儿，一条白边儿竖在脸上本就突兀，再一开裂，裂纹还挺深，让原本看上去温和的佛像有种瘆人之感。许常思考了一会儿，觉得这单接不得，不知怎的，佛像拿在手里，总有心虚的感觉。这佛像的鼻子弧度和平常的不一样，鼻梁和鼻尖处的衔接极为精妙，雕刻时，角度即便偏了一点点，都会前功尽弃。更何况，开裂可能就是因为烘干不当，有水分留在了木料里，裂痕这么深，即便修复好了，怕还会二次开裂。

掂量了一会儿，许常说："您请回吧，这活儿接不了。"

女人"呀"了一声。

女人原本大概是想发火，声音从丹田或者更深的地方出来，遇到嗓子眼，却变成了娇嗔。这声音不止好听，还是有气味的，一股女人出汗后淡淡的腥臊味。恍惚间，许常突然觉得，佛如果有气味，大概也是这种气味，但转而他又骂自己荒唐，连咳了几声。许常还用余光看着女人，她的五官单拎出来都不算美，但组合在一起却极好。好到什么地步？好到许常觉得哪怕有一阵风吹过都是错的，她的脸是湖水，是蜻蜓轻啄后的涟漪。湖水是凉的，但许常的目光是热的；涟漪是凉的，但许常的心是热的。

他心里觉得修不了，嘴上却说着我试试。

女人把佛像交给他后，他并没有立刻修复，一天过去了，两天过去了，到第三天，他想着动工吧动工吧。这次他比以往都慎重，像第一次修佛像那样，喜悦又惶恐地把家伙事儿依次排开，理了理队形，生怕乱了，然后虔诚地打开一本佛经。这回他没做样子，而是认真研读，读的时候还念出了声，生怕佛祖没听见。末了，他又把佛像放下了，不妥，那裂开的口子像个深渊，许常没找到通往深渊的钥匙，他不敢造次，生怕深渊变得更大。

女人发微信问修得怎么样了，许常只好如实回答。女人没回复，许常想，一定是生气了。几小时后，女人出现在了店里。

"你很诚实，"她说，"佛喜欢诚实的人，我也喜欢。"

许常的心怦怦跳，此刻他认为，女人的突然到来是天启，没缘由的。但他不敢看她，连她的声音也不敢听，那声音让人浑身痒痒，总想做些什么，可他又无法捂住耳朵，只好咬紧牙关，鼓着耳膜，徒劳，他想听她，见她。虽然她说了些什么，他不知道，只记得她在说话。但是，女人一来，他就有了力量，这力量是专属那座佛像的，又是做给女人看的。他极为仔细地切割，研磨，固定，再切割，再研磨，再研磨，翻来覆去，不停试错。女人在他旁边看着，许常能感受到来自母体的、大地的，甚至宇宙的微热。

女人来得越来越频繁，许常一次次地进入深渊。

佛像修好了。

女人不再来了，许常忍住了没联系，和客人发生关系，原本就是坏了规矩。

过了一个月，女人又来了，和初次一样，她还穿着那件真丝淡紫色裙子，手捧佛像。"又裂了。"她说。

许常连说着对不起，他不敢看女人，只对着佛像连连双手合十。

"再试试吧。"女人说。

许常其实是高兴的，格外高兴。他预见了佛像还会开裂，但没想到这么快。转而他又开始愧疚，修的时候，他一直都有私心，他总是幻想，永远都不把它修好。

"再试试吧。"女人又说。

许常拿出工具，摆成一排，但迟迟没动手。今天是阴天，许常总觉眼花，明明很熟悉这座佛像了，却看不清裂痕。他从女人手里接过佛像，走向窗口，余光里是大大小小的佛像，铜的、瓷的、木的、陶的，他这才想起刚才碰到了她的手，是肉的。床在窗口，人在身边。

他们抱在了一起，然后，两人穿衣，下床，像从未认识一样，心照不宣，谁都没说话，女人抱着佛像匆忙地跑了。许常不敢追，即便追了，他又能做什么呢？他又想起佛像开裂的样子，佛像裂了，他的身体也裂了，连带着灵魂也裂了。

许常不敢直视佛像的脸了。佛看上去慈眉善目，包容万物，但他知道，即便包容万物，佛也一定动怒了。他发了好多微信给女人，女人不回，后来干脆把他拉黑了。女人把他拉黑了，就像佛也把他拉黑了，许常备受煎熬。

就这样煎熬了一个多月，许常决定上山。他们这边有个说法，管去寺庙静修叫上山。那天他在朋友圈看到友人拍的这座寺，九张照片，他看得很仔细，看着看着，自觉身心舒坦。这舒坦并不是愉悦，而是身心好像解体了，又被随意抛到了云端或是哪个看不见的地方，即便如此，他却觉得异常放松。他终于不再焦虑了，就是这里了。他把那九张照片保存了下来，时不时就拿出来看看，但这终归不够，不如亲眼去看，不如住进去。

可是这些和阿无有什么关系呢？许常说，我来这里是为了了却欲念，只有了却欲念才算是赎罪，教堂和道观不适合我，我只来佛寺。可我又怕来佛寺，到处都是佛像，每个人也一脸佛相。但又能怎么办？除了这里，我不知道能去哪儿。但是你出现了，阿无，你既不是人，也不是佛，但你既像人，又像佛。

许常也不知道阿无听没听懂，它也许听懂了，一直看着他。现在，他们来到山间，阿无在前面小跑，许常跟在后面。许常气喘吁吁，不停地叫着阿无阿无，阿无不理，许常笑笑，它大概也累了。

## 二

许常的房间是个单人间，很小，约六平方米，床一米二宽，没厕所。进门处有个洗漱用的搪瓷盆，镜子不在盆上方，而在盆对面的墙上，用细铁丝挂着，离地有一米五高，许常总是要踮着脚才能照到。窗帘用床单代替，上面画着山水、竹子、莲花，莲花尤其大，旁边一行小字："一路平安，招财进宝"。

刚入春，晚上还是很冷，许常时不时吸吸鼻涕。他睡不着，连着几天早上四点起床，明明睡眠不足，但一躺下，就是睡不着。他打算去院子里走走，刚一开门，发现阿无缩在门口，平时阿无都睡在客堂。许常小声叫它，它还在睡，外面太冷，许常想给它盖点东西，回到房间找了一圈发现没有合适的。这次上山他只带了很少的衣服，内衣和换洗的衬衣刚好洗了，现在还潮着，不能当被子。看了看四周，许常把窗帘取了下来，小心翼翼地叠好，掂量了一下厚薄，当被子正好。刚好那朵莲花朝上，阿无睡在莲花底下。

在阿无旁边坐了一会儿，许常决定去寺里走走。来了半个多月，因为恐惧，总是没法下定决心单独拜佛，即便跟随大家每天坚持上早晚课，他也从不抬头看佛，更不敢许什么愿。总不能一直这样，许常决定再试试。冷风一阵阵吹，周围更静了。

院子正中有棵马尾松，五百多岁了，形态奇特，树干分成两半，若即若离，从左边看像连在一起的，从右边看，又能看到中间的缝隙，像女人的大腿，微胖，看上去很有生命力。许常坐在松树下面，抚摸着树皮，树皮很干，裂成一块一块，像远古动物的坚硬鳞片，又像缺水的大地。

许常看见阿无过来了，身上还披着窗帘，睡眼惺忪的，像在梦游。许常摸了摸它的头，它很快闭上了眼睛，像是又睡着了。后半夜冷，湿气也重，才坐了一会儿，许常就觉得膝盖受不了了。他冷，阿无肯定也冷，即便有窗帘，还是不保暖，许常把它叫进屋。

可是阿无睡哪儿呢？总不能睡床上，地上又太凉，看了一圈，许常拿出了搪瓷盆，他打算把阿无安置在盆里。但搪瓷盆不光洗过脸，还洗过脚，还洗过屁股，又觉得不妥，可除了这个，房间里没一件像样的家伙事儿，也只能这样将就了。许常在盆里放了毛巾，又铺了几层卫生纸，阿无大概也有了默契，它也没犹豫，一下子就坐了进去。

阿无很快又睡着了，许常庆幸它不认床，脑海里又一闪念，狗都不认床，尤其是流浪狗。许常转而赶紧掐灭了这想法，休得无礼，人家可是佛狗。阿无睡着眼睛也是半眯的，不仅半眯，时不时还打转。阿无的身体偶尔会抖一下，一抖，就容易漏风，许常再次给它塞好被子。他这才注意到，搪瓷盆里面也有朵莲花，这盆有年头了，内壁都有包浆了，莲花的颜色是浅黄的，像是金漆描的，漆有些斑驳，有些线条断断续续、影影绰绰的，却更添神秘。阿无坐在盆里，就是坐在莲花上，佛也坐在莲花上，这么一说，此刻，它还真像一尊佛。

天暖了起来，算了算，许常在寺里住了两个月了。按理说两个月足够悟出些什么了，许常对着镜子问自己，可有什么长进吗？他回答不上来，唉，感悟是不可量化的。天一暖，信众就多，寺里人手少，许常需要干的活儿更多了。以前也就是扫扫地，擦擦窗，遇到法会的时候打打下手，偶尔喂喂流浪猫，现在，他还需要兼职会计，收钱，忙的时候，板凳上一坐就是大半天，和阿无的交流自然就少了。好在阿无每晚睡在他房里，晚课一结束，许常总是先跑回房里，如果阿无在房里，他便不去吃饭了，如果阿无不在，他便飞速吃点什么，又飞速跑回房里，那架势，像新婚的小伙儿。

阿无回来，总是跳进盆里，缩成一团，这是它的"御座"了。它小憩片刻，然后才坐起来，上半身挺直，下半身盘腿，眼睛眯着，两条前腿自然垂下，尾巴时而动，时而不动，嘴里常发出呜呜呜的声音。有时也不知为何，阿无一睁眼，许常就发现，它的眼睛湿湿的，像流泪了似的。人高兴大劲儿了就容易流泪，伤心大劲儿了也容易流泪，它大概是参悟到了什么，那里有大喜或大悲，大喜或大悲之后，就是空了，然后就得道了，然后就成佛了，想必阿无比许常离佛更近。在寺里待了这么久，许常依旧弄不明白佛是什么，佛和他的关系是什么。他也依旧看不懂佛经，开始他还会请教和尚们，但人家给的回答他也听不懂，于是便不敢再问了。只好不懂装懂，点点头，好像悟出了点什么，但静下来，他心里清楚，来这一趟，除了阿无，他几乎一无所获。如果阿无会说话就好了，它就可以给他讲讲佛。许常在阿无身上寄予了厚望，可是他怎么会对一条狗寄予厚望呢？他又无法说清，只能归结为前世的因缘。

四月初八是释迦牟尼佛诞辰日，寺里要在这天举办浴佛祈福法会，上上下下都忙碌了起来。许常分到的任务是准备鲜花。许常见过浴佛的场面，知晓这一任务重大，原本客堂有个鲜花部，他们会插花，也知道哪家花店的鲜花品相好，但负责的义工回家待产去了，算了算日子，也就这几天。许常不想打扰人家，他用地图查了查山下的鲜花店，找到两三家，心缘，梵尘，Love，许常嘴里叨念着店名，阿无坐在他旁边，正打坐着，忽然睁开眼睛，用爪子揪了揪许常的衣服。

"怎么了？"许常诧异。

阿无少有这等反应，看上去既焦虑又兴奋，一改往日的安静淡定。阿无用狗爪敲了敲许常的手机屏幕，看向他，嘴里呜呜呜像是有话要说。许常还是不懂，只能猜个大概："你对手机上的字感兴趣？要不我再念一遍吧。"许常又连着念了几遍，他终于找到了规律，每念到梵尘，阿无都会抬眼盯着他，眼睛滴溜一转，嘴里轻声呜呜着。许常放大地图看了看，梵尘在山下的美食街，即便不是最近的一家，但走过去也方便的。那就梵尘吧。

以前下山，阿无也跟着，总是阿无在前面开路，许常跟在后面。阿无跑得快，有时一溜烟就没了影儿，许常也不急，因为阿无必定会在某块石头上坐着等他。下山的路不止一条，其间又多有歧路，但阿无和许常早就有了默契。许常有时想逗逗阿无，故意挑没走过的小路，却总能在途中遇见阿无，它早就熟悉了他的味道。

但这回，阿无不是在前面开路，而是跟在了后面，这让许常觉得有点奇怪，而且，他自己总感到心慌，像要发生什么事似的。从寺里到山下要走半个小时，许常几次想要停下来歇歇，却又不知怎样跟阿无解释，这么走着，美食街就到了。

美食街是条老街，路是石板路，石板都被走出了包浆。许常不知梵尘的具体方位，开了手机导航，导航不仅指路，还介绍了一遍老街的历史，再接着介绍沿路的小店，大多是小吃店，间或夹杂着一两家卖衣服的。许常认为这是广告，听得有点不耐烦了，但低头一看，阿无却听得津津有味，每提及一家小店，阿无都会向四周看看，再回头看看许常，末了，目光停留在发出声音的手机上。许常想，它倒是认真。

梵尘的店面并不起眼，外墙用木板装饰，和石板路一个颜色，牌匾是铁的，不知道是生锈了还是故意做旧了，斑斑驳驳，"梵尘"二字躺在上面，又瘦又长，还有些歪歪扭扭，像尘世间的一缕烟。店主是个女人，长头发，头发很黑，又因为逆光，许常看得格外清楚，这抹长长的黑色在众多植物中流动着，许常想到了山脉，那抹黑便是山中峡谷。她背对着他，像故意不想让他看到似的。阿无轻轻拽了拽他的裤脚。"怎么了？"他问。阿无不答，跳到了门口，坐了一会儿，又跳进了店里。许常说明了来意，女人很快答应，价钱也谈得妥当，但始终，女人都是背对着他的，许常只能听见她的声音。她的声音好听，大概也是个美女，但那么神秘，他心里动起来了。

因为买得多，女人赠送了他一些茉莉花，又说："练习着把这些穿成串,法事前一天我会去寺里插花,也会带些新鲜的茉莉花。那会儿你应该穿得熟练了,佛陀戴茉莉项链,会很好看。"

许常连声应着。茉莉花用保鲜袋装着,女人又在外面套了个布袋子。许常提着布袋子上山,他下意识闻了闻布袋子,试图闻出点什么,但茉莉花裹在里面,什么味道也没有,女人的味道也没有,甚至连布袋子的味道也没有。布袋子是什么味道呢?女人是什么味道呢?茉莉花又是什么味道呢?正想着,阿无忽地从后面蹿了出去,还重重踩了一下许常的脚,许常一激灵,也跟着跑了起来。原来阿无是嗅到了一枚烟蒂,那枚烟蒂躺在草丛间,还烧焦了其中一片草叶,还好,烟蒂看上去是熄灭了。许常上前又踩了几脚,然后坐下来感激地看着阿无,好像那枚烟蒂就是他扔的,或者他代表人类向狗表达敬意。阿无大概不觉着这是一件值得人类感激的事情,它在干另一件事,拿嘴拱了拱许常手里的布袋子,跟许常一样,它也试图从袋子里面闻出点什么,它的鼻子比许常灵,它闻到了什么呢?

## 三

从山下回来,阿无突然就不吃饭了,只喝水。许常问它:"这是为什么呢?"开始的一两天,阿无不吃饭,许常也不吃饭,阿无只喝水,许常也只喝水。但到了第三天,许常就撑不住了,可阿无依旧坚挺,许常想,果真是条佛狗。阿无绝食,一定是在怪他,许常想起了花店的女人。可是明明他只和那女人见过一面,仅说过三两句话,他怎么会喜欢上她了呢?可许常还真就喜欢上她了。究竟为什么喜欢?他当然说不清楚,喜欢是无法被说清楚的,可偏偏,阿无好像就发现了。此刻,许常宁愿阿无蠢一些,糊涂一些,但这是不可能的。阿无时不时盯着许常,和之前的眼神不太一样,有些严肃,但严肃里面还含着些东西,许常一时辨不出这究竟是什么东西。总之,他是破戒了,一个清修之人,岂能轻易纵欲?

阿无每晚依旧睡在许常房里。还好,它没有因此抛弃我。许常心里想着。但只要一闭眼,满脑子都是那日下山上山的场景,场景一个个堆叠在一起，由彩色变成灰色，又由灰色变回彩色，但最后一个场景就是阿无发现的那片烧焦了的草叶。许常反复琢磨，这究竟是为什么？万事必有缘由，这是天启吗？他悄悄看着阿无，它睡得很香，身上盖着的莲花仿佛也有了香味，随着阿无深沉的呼吸轻轻晃动着。许常看得出神，额前一阵阵痒。即便入了春，晚上还是冷，屋里没空调，从花店回来后，许常却不觉得冷了，确切地说，是因为喜欢上了那女人，他不再怕冷了。他总是浑身躁动，全身的血液变成了土壤，心脏是种子，拼命吸取着营养，只想着开花，只想着开花。开花需要光，他体内的光太多了，多到互相挤压，挤压着挤压着，能量漫溢出来，光变成了火，有了火，山间的草叶就被烧焦了，山火就来了，生灵们争相逃跑，宇宙大乱，最终，回到宇宙混沌之初。许常猛地睁眼，是欲望啊，山间那簇小火苗是他的欲望啊，那片烧焦的草叶时刻提醒着他。它是细长条的，它是山的伤口，是裂痕。一想到裂痕，许常打了个激灵，又是裂痕，他想起了那座黑柿木佛像，造孽，他不敢再想下去。

即便只喝水，阿无的身体看上去也很健康，但这阵子，除了睡觉，阿无很少来许常这里了。它到底在干什么？许常不知道。自从从花店回来，他们的交流就少了许多，许常明显感到他们之间有了陌生感。这天，住持法师让许常下山，最后确认一下浴佛大会花坛的布置，许常想带阿无一起走，但左看右看，也不知阿无在哪儿。许常一个人，刚出山门不久，远远看见阿无在前面的山路上蹲着，好像它早就知道许常这会儿要下山，它在等他。

刚到美食街，阿无一溜烟就没影儿了，只剩许常一人前往梵尘。还没进门，许常就透过玻璃看见了女人，她还是背对着大门。门帘上有串风铃，只要有人进来，风铃必定会响，风铃很长，躲不掉的。

"低头也没用。"女人笑着说。

许常第一次听见她笑，她一笑，他也笑。

"你的狗呢？"

许常一时没反应过来，说："我的狗？"

"上次不是跟着你的吗？"女人把头偏了过来，许常能看到她的侧脸了，鼻子很长，鼻尖处微微一收，像悬在空中不舍得落下的雨滴。

"哦，哦，哦。"许常四处看看，不见阿无。

女人从吧台走了出来，她穿的是阔腿裤，橘红色，丝质的，明晃晃的，把周围都映上了一点橘红。吧台周围全是植物，有土培的，有水培的，植物的叶子有深绿的，有浅绿的，也有粉的、浅黄的，各种颜色的花嵌在其中，它们挤在一起，却不觉得局促。再仔细一看，有三两盆景穿插其中，其中一盆还做了水系，几条小金鱼游来游去。女人走得慢，每走一步，裤子就晃动一下，许常着了迷，花盆里的土变成了大地，花盆里的水变成了江河湖泊，那条丝质橘红色裤子也不再是裤子，它是太阳落山前努力留下的余晖。

许常最后确认一下花坛的造型，女人让许常填了个单子，签好名后，女人拿起来念了念："许常。"每个字都拖得很长。签名的时候许常满脑子都是她，他很怕她从字迹里看出了他的心思，但喜欢是掩饰不住的。

许常的事情就算办好了，但他还不想走。女人没说话，他也不敢贸然开口。他坐在吧台旁，为了掩饰紧张，他向四周看了看，最终目光却还是落在了女人身上。他还是无法看到她的正脸，她的头发对着他，好像她的脸就是她的头发，又黑又亮。

"你的狗还没回来？"

许常动了动身子，看向门外。"是啊。"他笑。

"它一时半会儿回不来。"女人也笑。

许常先是轻轻"哦"了一声，接着又重重地"哦"了一声："这样啊，这样啊。"

"你在这条街上走几圈，保准能看到它，只在小吃店门口转悠就行，别的地儿它不去。"

许常不解，女人的语气轻松又戏谑，听起来好像她很了解阿无，但小吃店……阿无去小吃店做什么？小吃店这三个字就和阿无不太搭，许常记得，这一路要么是做火锅的，招牌是牛杂锅和鱼肉锅；要么是做家常炒菜的，并不是素食餐厅；要么是做面的，卖的也都是牛肉面、猪肝面之类的。许常隐约感到了不妙，但他不去想，他还是坚信阿无要么是去哪个地方徒步了，要么正端坐在某一块石头上禅修，他不应怀疑它。

"我就在这里等它。"许常终于主动说话了。

此刻，一个是女人，一个是阿无，都让他又挂心又惴惴不安的，脑海里的想法一阵阵地冒出来，但都像落在沙漠里的尘埃，又乱又没有回响，这感觉真难受。

女人没说什么，她自顾自地梳着头发，从左到右，从下到上，许常看得出神，暂时抛弃了对阿无的揣测，把所有心力都放在了女人这儿。他又想起了山间那片烧焦的草叶，火，越烧越大。

他终于忍不住，小声说："我，我可以摸一下你的头发吗？"

女人的手停在了半空，许常清楚地听见她嗓子眼里发出了声音，但又收了回去。许常浑身打着冷战，他希望阿无赶紧回来，给他解围。他意识到这太唐突了，如果女人要告他耍流氓，他认，即便女人冲上来破口大骂，对他拳打脚踢，他也认。但这些并未发生，女人还是笑了笑，在头顶摆弄了几下，许常听到了咔嚓几声，却不承想，女人把头发捧在了手心里。"拿去。"她说。

许常这才看清，这是一顶假发。女人自己的头发很少，头皮上还有几块类似伤疤的东西。她用右手拨了拨假发，许常看见她戴了条手串，是市里很有名的寺院做的，许常认得，因为他也有同款，还是修佛像那几年戴着的，现在已经不戴了。

许常更紧张了。"你也信佛吗？"他结巴着。

女人哈哈大笑。"你说话真有意思，"她指指头顶说，"化疗，"又说，"你不需要避讳，我不需要别人的同情。"

许常连着"哦"了几声，即便知道了她是因为化疗，但他并没有同情的感觉，她没头发，反而增添了层超凡脱俗，她都这么美了，确实不需要同情。

许常努力不让自己眨眼，她没有头发的样子很像是佛陀，已经有好几个瞬间，他把她当成了佛。

阿无进来了，它叫了一声。女人一看见它就笑："小狗子，小狗子，你又吃撑啦？"许常夹在阿无和女人之间，他看了看阿无，又看了看女人，他听出了女人话里有话，又明显能感觉到阿无身上的气味不对。他猜到了大概，但毕竟这是在外面，不是在寺里，有事儿回窝商量。

刚出梵尘的门，许常找了个角落站住了。他凑近阿无的嘴闻了闻，阿无也没躲，好像知道早晚会有这么一天，也不知对它来说，这一天来得快点好还是慢点好。

阿无的嘴里一股香肠味，许常知道那家店，是一家衢州烧饼店，连带着卖烤肠。他们家喜欢放肉精，烤肠和烧饼里都放，吃完撒尿都一股肉精味儿。但许常心里又不想承认，他在等，等阿无撒尿，他想看看，它的尿是不是也一股肉精味儿。他们继续走，现在他们好像不是朋友了，他们只是一人一狗。以前的日子很可能就这样结束了，许常并未悲恸，也不惊讶，他看上去平静地接受了这一切。世事难料，阿无许常，无常无常。他不知怎么的又念起了这句话，一念，阿无就回头，再念，它频频回头。

许常突然就想哭了。

## 四

阿无的尿果然有一股肉精味儿。

许常一个人在房间坐着，阿无的座位还摆在跟前，他盯着盆里的窗帘，昨晚阿无还睡在这儿。许常坐在床上，默默看着阿无。天越来越热，蚊子多了起来，天没那么热的时候，屋里也总有蚊子，那会儿，即便知道蚊子正在哪一寸皮肤叮咬，许常也从不抓挠，他牢牢记得不杀生的规矩。而昨晚，他一手打死了五六只，什么清规戒律他都不在意了，这些蚊子大多吸饱了血，也不知是阿无的还是他自己的，这么一想，他就心软了。如果蚊子在他身上吸饱了血，那应该就不会再去吸阿无的血，暂且放蚊子一条生路，也放他自己一条生路。

许常坐着醒来，这个角度刚好可以照到墙上倾斜着的镜子。他满头是包，蚊子没叮他的脸，大概是因为头皮出汗更多，更吸引蚊子。许常仔细一看，这些包又大又圆，有的还有凸起，它们紧紧挨着，竟很对称。院子里有诵经的声音，许常想到了大佛，他又看了看镜中自己的头顶，不由得庆幸，倒像是大佛的头顶。他笑了笑，心里却更沉重了。

许常决定在浴佛节过后下山，再也不回来。

离浴佛节还有不到十天，许常开始收拾行李了，阿无在门口看着他，边看边闻着四周。许常不知道它在闻些什么，他蹲下来，想要问它，刚一蹲下，阿无却不闻了，它伸出了右前爪，许常知道，它想和他亲近。以前，往往是许常先伸出手，一想到这些，许常就难受，他轻轻拍了拍阿无的爪子。"罢了。"他说。他始终没去握它的手。

和尚不是也有吃荤的吗？和尚还有娶亲的呢！可是许常没办法说服自己，阿无竟然吃荤，它竟然吃荤！但这并不是重点，重点是，许常感受到了欺骗，不只吃荤，公狗喜欢做的事情估计阿无也一件没落下。许常转而又想，不，阿无从未想过要骗他，是他自己对阿无有着奇怪的执念。即便许常心里明镜似的，但他还是犹犹豫豫，反反复复，自相矛盾，他离混沌越来越近，离空越来越远了。

自从闻出来阿无的尿有肉精味后，许常就明白了，阿无绝食并没有什么特殊的理由，纯粹就是吃腻了素食。它在寺里待久了，也熟悉大家的脾气了，也终于敢一点素食不碰了，这是一种抵抗。好在阿无不吃饭，许常陪着它也绝食了几天，后来招架不住，终于还是吃了，也不知是修成了佛，还是修成了魔，许常有些心疼自己。阿无错了吗？不，错的是许常自己，一定是哪里出了问题，这芸芸众生，这周遭世界，一定是哪里出了问题。这些天，打坐已经无法让许常静心，上早课也总会迟到，即便寺里的大师父们并不怪罪，但他知道，他的求佛之路戛然而止了。但许常终归不甘心，他的心里有两个声音，一个声音在对阿无发脾气，一个声音在对他自己发脾气。两个声音吵来吵去，一阵阵混乱后，又有个声音来了，听不出是什么来头，也辨不出是雌是雄，只听那声音说："眼见为实。"这一下子就提醒了许常，总得见见，凭空想象，总是虚妄。

于是，一天下午，许常趁阿无下山，悄悄跟了过去。

许常连人都没跟踪过，更别说狗了。狗比人鼻子灵，耳朵也灵，自然难度更高，许常跟得又急，很快就被阿无发现了。阿无嗖地从旁冒出，倒把许常吓着了。许常主动走在了阿无身后，想到了去年雪地里的初遇，想到了无数次阿无下山为他开路的样子。不然，回寺里吧，算了，不下山了。可阿无明显没有回去的意思，它那张本就不太像狗的脸露出委屈的神情。许常说："好，好，都依你。"

阿无带着许常来到了美食街。

刚过晚餐高峰，小吃店的伙计和店主们喜欢搬个凳子，坐在门外抽烟或是闲聊，一看阿无来了，有的忙着给它递瓜子，有的干脆跑去店里端来一大盘肉，还有的，连连把阿无引到自己的摊位，双手做出欢迎的架势，再一仔细看，摊位旁还立着个狗窝，上面写着"佛狗专用，广结善缘"，旁边是吃食。以前，许常从未见过这场面，今天，这一切都有些不真实，就像是阿无临时对他们发布了命令，但它毕竟只是条狗。阿无低着头，礼节性地吃了点他们给的食物，店主们有的嘻嘻笑着，有的窃窃私语，还有的对着阿无连连作揖，嘴里不停念着"我佛慈悲，我佛慈悲"。阿无带领着许常走啊走，他们好像走了很久，街道两旁的目光都在他们身上，准确地说，是只在阿无身上。人们都低着头，低垂着眼，把这条狗的来临当作福祉，没人在意许常。连许常自己都在怀疑，它就这么有佛性吗？

最后，他们还是到了梵尘门口。没等许常进门，女人已经走了出来，这次她没戴假发，却依旧是极美的。太阳马上落山，橘红色的光映在女人的头上，她的头像个离得极近的行星，许常看得痴迷，他想到了宇宙。阿无的眼睛转了转，它大概是在确认许常和女人进行到哪一步了。接着，它的嘴角向上咧了咧，这一咧，瞬间被女人捕捉到了。"你看，"她用指尖点了点许常的肩膀，"狗也会笑呀。"阿无笑得更厉害了，它摇着尾巴。相处的这几个月，许常现在才惊觉，他还从来没见过阿无摇尾巴。一直以来，它的尾巴像是一条干透了的抹布，无论他的身子多么灵活，多么仙气十足，尾巴却永远僵直又耷拉，而现在，它的尾巴像在江河湖海里拼命吸饱了水，终于动了起来，重获自由。许常不禁一阵怜惜，这些日子，它在寺里，到底开不开心？

才和女人没说几句话，阿无就急着要走，女人见状，索性关了店门，手里转着钥匙，丁零零作响。"我陪你走走吧。"许常想说些什么，但什么都没说出口，他的嗓子眼是正被雨水浸着的大坝，此刻他希望有一股洪水，可以把大坝冲垮。他说："我就住在山上。"

女人问："山上？"

她大概是没听懂，许常又说："山上有座庙，庙里有个老和尚。但我不是老和尚。"

"反正你是和尚？"女人笑着问。

"不，我也算不上和尚。"

"那你是什么呢？"

见许常不回答，女人指了指自己的脑袋："你还不如我，你看，我是个尼姑。"

阿无在前，许常和女人在后，许常刻意和女人保持着距离，一路上，女人时不时就在笑。阿无停下了，许常和女人也停下了，眼前又是另一番景象，许常从未见过的景象。阿无低头舔着几只小狗崽，有黑的，也有白的，看上去刚出生不久，皮肤是淡粉色的，近乎透明，有几只两个眼睛微微睁开了，有几只的眼睛还完全闭着，哪边有声音，就笨拙地朝向哪边。许常伸手摸了摸，软软的。这些狗崽时而挤在一起，时而叠在一起，好像还不知道狗爸爸在舔它们。舔过犊，阿无又当着许常的面，和母狗亲热了起来。许常和女人看着，女人突然高兴地说："阿弥陀佛。"

上山后，阿无径直坐在了"御座"里，许常在床上盘着腿。许常向阿无打了个响指，阿无冲着许常叫了一声，许常又打了个响指，阿无又叫了一声，许常突然觉得这很有韵律，他就想哼上几句了。他唱："山里有座庙啊，庙里有个老和尚。"下一句是什么？他给忘了，但有这两句就够了，阿无听懂了，许常唱，阿无叫。

许常不唱了，许常叫道："阿无。"

阿无看了看他。

许常不停叫着："阿无，阿无。"

直到阿无睡着了，许常才不叫了。

其实，许常是想问阿无，你为什么要当着我的面在美食街接受各种小吃呢？你为什么要带我去看你的孩子们呢？阿无，为什么你一副看透了我内心深处欲望的样子，却完全把你的欲望袒露给我呢？阿无，你究竟是有心的还是无意的？或者说，会不会，你早已顿悟，进入了空？而我是不是终归是愚昧的，终归是离佛那么遥远的？

这时，住持敲了敲他的窗。许常正想着找机会和师父们拜别，感念收留之恩。还在犹豫着怎么开口，住持却先开口了，他满脸笑着说："有事想请求许老师。"许常赶紧把住持迎进屋，住持又看了眼睡着的阿无，双手合十，说："隔壁那间，你也知道的，一直在修，里头有座佛像，来的人怎么也修不好，说这活儿太细，有好几处他拿不准。不大，大概四五十厘米高，他推荐了一个人，说修复小型佛像很有名气，只是最近淡出江湖了，一问，你猜是谁？"

许常猜到了，是他自己。他喝了口茶，忽然感到一阵冷，打了一个喷嚏，接着又连打了几个喷嚏，一阵慌乱后，再一看，香炉里的香断了一根。住持看出了许常脸上的恐惧，把那根香一拔，又重新点上了一根。"无妨，别听那些不懂的胡说，香断了，就再点上，没什么可忌惮的。"

阿无被喷嚏声吵醒了，一睁眼，看住持正坐在它身旁，甩了甩尾巴，又打了个哈欠，继续睡去了。

住持起身，许常替他开门，住持看着许常，向隔壁佛堂偏了偏头，许常只能笑。不一会儿，住持抱着一尊佛像又进来了，住持把佛像放在了窗台上，一言不发就走了，那意思应该是拜托了，尽在不言中。

## 五

许常看着佛像，这是一尊观音菩萨，坐像，木质的，许常立即想起了去年和那女客人的事。那会儿，两人在床上，佛像在床下，床咯吱咯吱响，佛像也咯吱咯吱响。这会儿，许常也是在床上，佛像在床对面，这是尊无脸观音，不见五官，只见个椭圆。许常一阵心疼，再细看，却有一束光晃来，椭圆被照亮了，像太阳，也像月亮，总之，这是一束来自宇宙的光，大概也是来自宇宙的警示。于是，许常不敢再看观音的脸了，而是把目光转向了观音的莲座。

许常整整看了一夜观音的莲座，天亮了，才意识到自己一夜没睡就是因为这尊佛像。他小心地把佛像移到了隔壁的佛堂，佛堂采光好，观音的样子更清晰了，即便年头久远，脸也没了，还是能看出雕得很好，线条简约，形态生动。许常伸手摸了摸，又在脸那儿停留了片刻，忽然心里一颤，大概是自己出现了幻觉，这哪是在摸一尊佛像，分明是在摸一个女人的脸，他甚至想到了花店女人，不敢再摸下去了。

还有五日就是浴佛节了，寺里上上下下都在忙，许常也该忙起来了。他得确认一下鲜花的事了，阿无又正好把后腿一抬，想勾引他下山，许常就和阿无一起下山了。他们直奔花店，可花店的门是关着的，许常坐在门口的石阶上等，阿无也陪着坐了一会儿，随即就跑开了。花店门口有两个花坛，一个是长条形的，一个是圆形的，都是用石砖垒的，石砖的边缘不规则，表面坑坑洼洼，有些地方已经磨出了包浆，看上去很有古意。两个花坛都种着睡莲，有粉色的，有白色的，这个时间，正赶上它盛开。

一个小时过去了，隔壁店主突然探出头来告诉许常，说店主一早就出去了，可能很晚才回，他点点头。原本他还想再等下去，但已经被提醒了，再等下去就不好意思了。他只好起身，走了几步，他开始呼唤阿无，美食街格外嘈杂，他的声音被淹没了。他又回到花店门口，刚一坐下，发现花坛里的睡莲闭合了，才这么一会儿的工夫。许常既疑惑又失落，抬头一看，太阳越过屋檐直射下来，他把眼睛也闭上了。听人说，睡莲喜光，但光太强烈，也会把它照坏，跟人的眼睛是一样的。

阿无还没回来，阿无到底干吗去了？许常一路寻去，终于在一家店门口逮到了阿无。好像不是许常在找阿无，而是阿无在此等候许常。阿无立即示意他进来，许常就跟着进去了。阿无摇着尾巴把他带进了最靠里的桌位，旁边刚好有个婴儿座椅，阿无嗖地跳了上去，高度正好，许常猜它早就对这家店轻车熟路了。果然，老板也像见了熟客，送来了几个小菜，有花生米、海带丝，竟然还有两块香酥小带鱼。老板说："这几个小菜都没放盐，咱们这位吃不得盐，盐伤肝肾。"咱们这位指的当然是阿无。说到阿无，老板伸出双手，做了个请的姿势，又说："这位大哥，不知您来，吃点什么？"说罢，连忙递上菜单，许常便点了几个素菜。菜端上来，老板又额外送了几块排骨，连带着还有一份喝的。阿无嗖地把排骨叼去了，它对喝的不感兴趣，可许常倒很有兴趣，那喝的是用很精致的瓷碗盛的。老板说："这是本店新出的冷饮，叫花酿，天热，到店客人均有。"许常打开碗盖，几片粉色的小花漂在上面，还轻轻打着转，阿无正啃着骨头呢，也被吸引过来了，在碗口嗅来嗅去。许常实在是渴，一口气喝了一碗，立即又要了一碗，不多时，碗又空了。老板再送来一碗，提示说："大哥，慢点喝，这花酿，度数不低呢。"啊，原来是酒啊。

这酒怎么就那么好喝呢？这酒怎么就没有酒味呢？再闻，其实酒味是有的，只是自己喝急了，不知其味。许常闭了眼睛，像一个参禅的高僧那样，企图参透这花酿的味道。待许常睁眼，却看见阿无抱着瓷碗，两眼发直，四条腿有两条都站不稳了。许常嘲笑说："哈哈，你，你，你也喝醉了。"

阿无怎么都无法从椅子上下来了，许常想把它抱下来，它却百般阻挠。婴儿座椅有点高，上面还有根横梁，阿无也不知怎么就和横梁杠上了，明明都成功起立了，却非要去咬横梁，一咬，腿又滑下去了。阿无对许常使了个求助的眼色，却因酒醉，眼色使得极慢，几近翻白眼，很快，嘴角又有白沫涌出。许常没见过酒醉的狗，也没见过翻白眼吐白沫的狗，他连忙把阿无抱起。下了地的阿无，路还是会走的，只是走得摇摇晃晃，嘴里呜呜呜叫着。阿无这样子，像一个正在念经的和尚，街边的店主们见状，纷纷叫好，有人说："佛狗佛狗，佛狗念经呢。"于是更多的人凑过来了，有些人认识阿无，有些人不认识，他们念着阿弥陀佛，念着上帝保佑，还有人念着财神爷、土地公啥的，总之，阿无是这条街上的神，不光是一个神，而是众神。许常跟在后面，叫着："阿无，阿无，我们上山吧。"但阿无并不理他，只是继续呜呜呜地摇摇晃晃地往前走，直到眼前看见一窝狗崽子，阿无才四脚一软，躺在了它们的身旁。

许常这才明白，醉酒的阿无不理他，是因为想家了，现在，它躺在了母狗和狗崽子们的身旁，睡着了。许常看着，不免有些感动，就离开阿无，一个人上山了。

许常给花店女人发了一条微信，然后等她回复。许常隔几分钟就看一眼手机，女人还是没有回复，他反倒松了一口气。他打算去佛前拜拜，听听佛怎么看。

他随意找了个殿就进去了，一进去就跪下了，反正不管是什么佛，都一定比他有智慧。他低头念完了请愿，再一抬头，发现眼前是尊观音菩萨，许常立即想到了无脸观音，他觉得愧疚，赶紧闭眼想把请愿收回，可拜佛不是儿戏，许常刚一闭眼，无脸观音就在脑海里出现了，她叫着和尚和尚。不一会儿，花店女人也在脑海出现了，她也叫着和尚和尚，两种声音连绵不绝，许常分不清哪个声音是观音的，哪个声音是女人的，再仔细听，倒觉得像一种声音了。许常睁开眼睛，方才他在心里念，求佛发话，他该怎么办，也许，佛已经发话了，也告诉了他该怎么办。

许常心中纠结，准备先回房睡一觉，走到隔壁佛堂，发现阿无已经回来了，正躺在佛堂门口睡觉，它四脚朝天，很是自在，胡须因为呼吸微微颤动。许常在它身旁坐了一会儿，靠着门口的木柱子，木柱子未涂漆，有股淡淡的木香。柱子旁边有个花盆，里面开着几朵睡莲，许常一时分不清这香味到底是木头的还是睡莲的了，总之，闻着这香味，他就不想走了，他就要睡着了。

许常一睁眼，却发现自己是躺在无脸观音的案几下面，而阿无早已没了踪迹。他有点怀疑自己是在梦里，从门口的柱子到无脸观音这儿有两三米，虽然距离不长，许常还是觉得神奇，莫非是有人觉得他睡在门口不雅，把他抬进了厅堂？他摇摇头，这显然是不成立的，那么，大概只有一种原因了，那就是无脸观音用神力把他召唤到了这儿。许常抬起头看着无脸观音，她浑身好像真的散发着某种神力，是一种女性的神力。许常着了迷，不再把它当作观音，而纯粹当成了一个女人，他伸手摸了摸，突然从心底深处生出强烈的怜悯，她怎么能是无脸的呢？从这一刻开始，他想通了，他修复的不是观音，甚至也不是女人，他要修复的是他的欲望。

可欲望要怎么修呢？欲望是无形的、抽象的，而修复是有形的、具体的。也不知哪儿来的力量，令许常突然变得自信又急迫。"快，快！"他自言自语道。原本山下他自己那套工具用着最顺手，但他等不及了，寺里也有一套，比他那套更齐全，他小跑着去取，又小跑着回来，从未觉得身体如此轻盈过。

以往，他都要在修复前拜佛念经，这次却什么都没做，很自然地就开始了，好像他和观音早就熟悉了，有一种彼此都懂的默契。许常先是将观音擦拭了一番，除去表层上老旧的污垢和浮尘，然后开始磨刀。他很久都没磨刀了，磨刀生出的热让他莫名有些兴奋，很快，这热传到了观音的脸上，他不需要铅笔描摹，心里早就有了大概。第一刀下去，发现观音是香樟木的，许常凑近闻了闻，只闻见一丁点香味，很快，第二刀，第三刀，第四刀，直到无需凑近，也可以闻到香味了。也许是这香味让他着迷，许常的动作几乎没有迟疑，行云流水，很快，平面正中微微隆起了一座小山，山有两洞，山脊有积雪，雪化成水，缓缓流着，遇着碎石，悬停了一会儿，这才落下，刚好落在一块青苔上，砸出了一个小坑。青苔茂密柔软，稍稍抖动了两下，这便是观音的鼻子和嘴了。有了鼻子和嘴，便只剩眉眼了，眉眼最难，许常迟迟没有开始，而是反复看着已经雕好的鼻子和嘴。坐着看总感觉不对，许常又站了起来，可站着就是俯视观音了，也不对，他又开始踱步了，这回，踱步没有加重他的焦虑，倒给了他灵感，许常侧卧在了地上，正对案几，仰视着观音。许常只能看到观音的一半脸，但他觉得这样刚好。躺着的时候，许常轻轻敲着案几的腿，敲多了，便有了韵律，韵律在佛堂里回响，长而深远，像催眠曲。观音大概是睡着了，不一会儿，许常也睡着了。

半梦半醒间，许常突然想起明天就是浴佛节了，猛地起身，他觉得脑子不对了，好像身体是空的，灵魂也是空的。许常刚要起身走走，却见阿无从外面跑来，眼睛转了转，像有什么话要说。许常此刻还处在放空的状态，无心搭理它，自顾自地向外面走去，一出门，却听见个熟悉的声音，声音像从他自己的身体里发出来的，是花店女人的声音。

女人看到了许常，也看到了案几上的观音。

女人转过头来，笑着指了指案几上的观音，说："你看，我像不像菩萨？"

许常没回答，只笑。

女人说："你是和尚，所以我是菩萨；我是菩萨，所以你是和尚。"

这时，住持走了过来，许常赶紧双手合十，念着阿弥陀佛。

住持点头问："修复得可还成？"

许常说："还成，还成。"

住持说："你费心了。"

许常说："不，修佛是积德行善。"

住持再点头，看向女人，又看看许常，许常低下了头，住持笑着拍了拍他的肩膀。许常不敢看住持，只好看脚边的阿无，阿无闭上了眼睛，一副置身事外的样子。等许常再抬头，女人却消失了，只这么一会儿，比天空中一片云和另一片云相遇的时间都短。许常拿起了手机，好像一切都有了着落，一切也都有了终点一般，他问：

走了？

走了。

女人回得很快，许常没再说什么，他拿起刻刀，在观音的脸上雕刻着。

这是一张与众不同的观音的脸。初看，它不是慈祥的，也不是悲悯的，但再看，它既是慈祥的，也是悲悯的，可特别的是，除了慈祥和悲悯，还有些说不清道不明的感觉。

　　次日，释迦牟尼佛诞辰。诞辰当天，佛像尚未点睛。许常已经调好了颜料，点睛事关重大，许常请求住持点睛，住持应允，持笔正要上前，却看这观音的样子与以往都不相同，满脸诧异，许久都没有话说，接着快步走了出去。很快，佛堂里聚集了好些和尚，他们先是小声低语着，然后，又是一阵沉寂。这时，却见住持带着花店女人进来了，女人是光着脑袋的，和尚们看见，有的拍了拍自己的脑袋，有的发出了啧啧的称赞，有的迅速地双手合十，佛堂里好像有一股力量降临了。许常慢慢地跪下，对着观音拜了三下，然后，他抬起了头，细细看着观音，这分明是花店女人的脸。阿弥陀佛。

原载《收获》2023 年第 6 期